扶华 ◎ 著

师父他太难了

终结篇

上 册

青岛出版集团 | 青岛出版社

图书在版编目（CIP）数据

师父他太难了.终结篇/扶华著.—青岛：青岛出版社,2023.11
ISBN 978-7-5552-2626-0

Ⅰ.①师… Ⅱ.①扶… Ⅲ.①长篇小说－中国－当代 Ⅳ.①I247.5

中国版本图书馆CIP数据核字（2021）第147212号

SHIFU TA TAI NAN LE · ZHONGJIE PIAN

书　　名	师父他太难了·终结篇
作　　者	扶　华
出版发行	青岛出版社（青岛市崂山区海尔路182号）
本社网址	http://www.qdpub.com
邮购电话	18613853563
责任编辑	郭红霞
特约编辑	程钰云
校　　对	宋　芸
装帧设计	蒋　晴
照　　排	梁　霞
印　　刷	三河市良远印务有限公司
出版日期	2023年11月第1版　2023年11月第1次印刷
开　　本	32开（880mm×1230mm）
印　　张	16.5
字　　数	429千
书　　号	ISBN 978-7-5552-2626-0
定　　价	59.80元（全2册）

编校印装质量、盗版监督服务电话 4006532017　0532-68068050

目录 [上册]

第一章　风雨龙母祭　　　　　1

第二章　诛妖金华宫　　　　　48

第三章　仙西桃源乡　　　　　108

第四章　学宫日月改　　　　　154

第五章　祸起螭风洞　　　　　203

目 录
【下册】

第 六 章　情丝理还乱　　　253

第 七 章　溯洄忆前尘　　　298

第 八 章　如幻梦一场　　　346

第 九 章　旧乌发迎春　　　390

第 十 章　春去春再来　　　443

番外合集　　　　　　　　　493

第一章　风雨龙母祭

"你有没有看到我的孩子?"

"你有没有看到我的孩子?"

女人面容枯瘦,双眼发直,鞋面都被磨破了,脚趾露在外面也没管,翘起的指甲盖里塞满了黄泥。她似乎有些神志不清醒,走在街上,看见人便上前问一句。

路人都不耐烦,还有些害怕她,匆匆避开,还要摇头念叨几句"疯子"。

辛秀自从出山,见多了"疯子",随身的小罐子里至今还装着个有点儿疯和傻的女鬼。

辛秀刚在街边摊上买了白米糕,那女人就走到了她面前。

女人本以为又会是和之前一样挥手赶自己走的人,没想到听到一句:"你的孩子丢了?孩子长什么样?"

女人一愣,才反应过来是面前的人问自己,连忙回答说:"我有两个孩子。他们是一对兄妹,一个五岁一个三岁。我去田里干活,他们在屋里玩。我回去后就找不见他们了,到处找都找不见……"

辛秀听她语无伦次地说了一阵，伸手拉住了她的手，说："到这边来。"

同为女人，而且辛秀看上去很漂亮，女人没有挣扎，乖顺地跟着她走到一边，只是一边走还一边说："怎么就找不见了，一转眼就不见了？"

辛秀走到无人的屋后，说："把手指伸出来，我取你的一滴血，帮你找孩子。"

女人有点儿蒙，又好像明白了点儿什么，赶紧伸出双手。辛秀在那双难看的手上点了点，扎破一点儿皮，取了血。血珠在辛秀手中凝聚成一个圆滚滚的红珠子，滴溜溜地转动起来。

女人紧张地问："我的孩子呢？我的孩子呢？"

辛秀看她一眼，发现她的神志确实有些混沌，便伸手在她的眉心一点："你先回家去吧，我找到你的孩子会给你送回来的。"

女人眼神中的狂乱之意慢慢平复下来，她梦游一般转身离去了。

辛秀握着那颗红珠子回去了。他们一行人今天在这城里休息，辛秀披着朱荣护法的皮待着难受，让老四代班，自己跑街上来溜达。她看人家做的米糕不错，就买了点儿，准备带回去给白姐姐、老四、老五尝尝。

辛秀回去先把米糕分了，也拿一个塞自己嘴里吃，还时不时观察一下手心里那颗红珠子。

"大姐，这是什么？"

"嗯，一个寻人的小法术。我刚才在街上随手接了个支线任务。"

"大姐，你又在说让人听不懂的话了。"

"我顺手给人帮个忙，要是快的话晚上就回来了。"

见辛秀拍拍手起身要走，申屠郁也跟着起身，准备和她一起去。

辛秀抬手把他按回去，说："白姐姐你不是还受着伤吗？你好好休息吧，这种小事我一个人去就可以。"

此时的辛秀，确实只认为这是件随手就能完成的小事。她出门在外，已经不知道随手做了多少件这样的小事。

她走在围墙上，跟着血珠转动传达出的信息，朝着一个方向走去。可是她路过一棵柳树时，血珠转动所指引的方向忽然变得没有规律起来。

辛秀停下来拨了拨那颗血珠，确定自己的法术没出错，既然这样，肯定是有什么东西影响了血珠。

最后，她的目光定在了那棵柳树上。这一片屋舍的院子里种了不少柳树。辛秀记得蜀陵有位师兄学卜算最喜欢用柳树枝。这种树和松树、桃树、柏树等一样，偶尔也会被视作媒介，用来施一些法术。她本以为这是个寻找走失儿童的任务，结果还有内情，有什么人施了术进行干扰。

她来时拒绝了白姐姐的帮忙，要是现在回去求助岂不是很没面子？

辛秀跳下院墙，直接抱着那棵柳树，用力将它连根拔起，接着又去拔另外一家的柳树。

她当初和一个师兄学了一点儿八卦阵法之类的东西，但是解阵法就和解高数题一样困难，甚至有的阵法解起来比解那高数题还困难。

她回去后询问师父有没有通用的解阵法术，她师父思考片刻告诉她："察觉什么东西不对，直接毁了那东西，十有八九能有所突破。"

她师父教的直接的方法看来还真有用，不愧是长辈的智慧。

布阵的人大约不怎么厉害，或者布阵的时候就很随便，这个阵法轻轻松松地被辛秀这个半吊子破了。

辛秀没察觉什么危险，直奔目的地，眼看前方亮着灯的院子里有人影晃动，面前忽然弥漫起一片大雾，又一个阵法被设下。

辛秀的眼睛眨眼间变成墨绿色。穿透迷雾，她看见院中一个女人抱着两个孩子扭头离开，还剩下两个男人。两个男人见辛秀好像没有被这大雾迷住眼睛，手拿柳木鞭子朝着她这边挥来，准备拦她。

辛秀抬手把叮当熊猫丢了下去。叮当熊猫在半空中变大，一屁股坐在其中一个男人的脸上，把他砸倒在地。

辛秀则直接越过他们去追那个女人，谁知眼前忽然冒出个老太太。

老太太将手里的柳木杖往地上一点，柳木成笼将他们裹在了木笼里。

"你为什么找我们的麻烦？"老太太说话的语气还挺温和，她屁股一抬，柳木就自动编成一把椅子让她坐下。

辛秀挑眉道："刚才那两个孩子不是你们的吧？你们拐卖孩子还理直气壮？"

老太太摇头道："我们不是拐卖。我们需要两个孩子，选中了他们而已。"

辛秀道："抢孩子就是抢孩子，说什么鬼话？！"

老太太道："好吧，就算我们抢了孩子，又如何呢？"

辛秀道："我答应了他们的娘亲把孩子送回去。"

老太太道："只是两个凡人的孩子，凡人应该没什么能力请动异士吧？我看你年纪轻轻有如此修为已是不易，你只要不多管闲事，我就让你离开。"

"我这人平生最爱管闲事。"辛秀一笑，身后的柳木笼子就被一双黑色的爪子撕开了一条缝隙。

辛秀轻巧地踩在叮当熊猫的爪子上，接着被它托了出去。她顺手从撕裂的缝隙间往柳木笼子里扔了个大大的火球——会爆炸的那种。

轰——

辛秀是个不回头看爆炸的女子，懒得管那屁股稳坐在柳木椅子上的老太太有没有被炸成花。

辛秀坐在叮当熊猫身上，让它赶紧追人。叮当熊猫比辛秀跑得快，可就这么一会儿时间，那个带着孩子离开的女人已经跑得很远了。

辛秀只能借助晃动的血珠追到一条河边，见那身影消失在河中央。

辛秀又回到原来的院子里，老太太和两个男人也不见了。

辛秀怒道："气死了，我还从来没有过答应别人的事却做不到的情况。"她还以为是随便接了个支线任务，没想到后面还有隐藏任务。

辛秀回去把这事说给了大家听："看来我们要耽搁一段时间了。朱荣护法，你就说准备在这里多待几天。老五和我一起去找人。"

老五是木系灵根，那些人似乎和柳木有什么关系，或许老五能帮上忙。

老四看大姐对着自己喊朱荣护法，脸一垮，说："大姐，老五腿脚不方便，还是我跟你一起去吧。"他扮朱荣扮得浑身不自在，感觉自己一股猪肉味，和辛秀两个人都是隔两天就想脱下猪皮变回人。

辛秀乐道："他不是有坐骑吗？让道士驮着他就行。我觉得比起跟我一起出门，老五更不愿意留下扮演朱荣护法。"

老五满头大汗，说："四哥，我是真不会演戏。"他扮成朱荣护法，也不知道怎么回事，自带春风满面的效果，看着就别扭。

老四默默地看着他们。

旁边美丽的背景板白无情听了老五的这句话，感同身受，心有戚戚焉，站起来说："我和你们一起去。"

辛秀再度温柔地把白姐姐按回去，说："姐姐好好养伤，这事与你无关，怎么好劳烦你？"

申屠郁有点儿后悔之前谎称受伤了。他发现了，撒一个谎，就要有无数个谎去圆，熊猫圆谎圆得心好累。

辛秀领着老五去先前的屋子看柳树。老五伸手覆在那些柳树上，闭目一阵后开口："我感觉到很多水，充沛的水汽、大雾、水泽还有龙形的河流。我的附木之术还不是很厉害，只能通过它们看到这些。"

老五呼出一口气，收回手，额上有一层薄汗。

辛秀赞道："够了不起了，走，咱们再去看那女人消失的那条河。"

两个人在河边又寻了一阵。

"你看到龙形的河流，这样的河流并不多见，既然那女人是在这里消失的，我怀疑那龙形的河流说不定连接着这一片水域。"

老五在地上画出了看到的那条河流的模样。

辛秀说："我们飞上天空去找，这样的特殊形状肯定不会被漏掉。"

辛秀骑着飞天摩托载着老五，把道士变成小小一只放在老五的膝盖上。

往前飞了一阵，老五拽了拽她的衣服，说："大姐，我感觉好像是那边。"

在老五的感应下，辛秀骑了半日飞天摩托，终于从上空看到了那条龙形的河流。

缓缓降落的过程中，辛秀看到河岸边大片大片的柳树，柳树的枝丫呈现红色。远处青山的脚下，她隐约能看见青砖墙面和乌瓦房顶。

"大姐，你说的拐孩子的人莫非住在那边？嗯，大姐为什么这么看着我？"

辛秀说："我看你这张脸上写了两个字——'好人'。老五，待会儿我幻化成一个老人家，牵着牛，由你和他们交谈。你就说我们是路过,看天色晚了,想在这里借宿一晚,知道吗?"

老五无奈道:"大姐,你知道我演技不好,我尽量不露破绽。"

片刻后,一个弯着腰看着还挺硬朗的老头和一个坐在牛背上的青衣少年走在通往小镇的路上。

他们刚走过小镇前面的那座青石桥,就有两个年轻人跑过来。那两个年轻人警惕地看着他们,问:"你们是什么人?来这里做什么?"

老五坐在牛背上,动一动,那空荡荡的脚部就被看见了。但他没有在意两个年轻人露出的同情之色,脸上带着笑和一点儿拘谨之意,略红着脸,道:"我们路过这里,看天色晚了,想到镇上休息一晚。我在这周围也没看见其他人家……你们这里是不让人借宿吗?"

老五有着一张无害的脸和一身像不会说谎的温柔气质。

两个年轻人对视一眼,有些犹豫,最后还是把他们领了进去。其中一个年轻人边走边转头和他们说:"其实往常我们并不这样,很欢迎陌生人来做客,但再过两日就是我们这里的龙母祭,这是很重要的祭典,为了避免出现问题,我们难免警惕一些。"

老五坐在牛背上带着歉意说:"真不好意思,打扰了,我们住一晚就走了。"

年轻人扭头看他,笑了两声:"不用客气,我先去和奶奶说一声,看看让你们住哪一家。"

老五说:"那真是麻烦你了。"

于是,他们就等在了镇子的牌楼下。

辛秀扮成老头,眯着眼睛笼着袖子,打量旁边的一块碑。上面的字有很多她不认识——这里的文字和蜀陵通用文字不一样,文字不统一就是这么麻烦。好在还有一些字和她会的文字很像,她连蒙带猜能看懂大概意思。

碑上写的是龙母的故事。

很多年前这里出了位龙母，她行云布雨，把这片荒芜贫瘠的土地变成肥沃的良田，还赐予这里的人强健的体魄和沟通云雨的能力，所以这个地方又叫风雨镇。

辛秀抬头看了看那古朴的牌楼，上面果真有"风雨镇"三个大字，字的周围雕刻了祥云花纹和栩栩如生的龙纹，异常精致。

"你们今日就住在这里，房间都是现成的，我的婶婶给你们换了干净的被褥。"年轻人将他们领回了家。

年轻人姓水，叫水原，长相俊朗，有一种蓬勃生长的活力。

其实不仅是他，辛秀自从进了风雨镇就发现了，这里的人不管是老人、小孩儿还是年轻人，都有一种活力。那是一种在金刚天王菩萨阴影的笼罩下，她几乎没再见过的活力。这里人们的精神面貌真的很好。

吃晚饭时，辛秀他们作为来借宿的陌生人，不仅没有被收取借宿的费用，还被邀请一起吃饭。

水原家是一个大家庭，一个看着冷冰冰不太好说话的老太太和三对夫妻大约是水原的长辈，然后就是水原和底下一群弟弟妹妹。

他们围在一起吃饭，吃饭的时候也没什么规矩，小孩子们嘻嘻哈哈地笑，夫妻们随口说些琐碎的事，老太太虽然冷着脸，但看着晚辈们的眼神十分温和。

辛秀路上不知道被多少人请吃饭，那些人都是为了感谢她路见不平拔刀相助。

那些请她吃饭的人有穷有富，但大多时候女人是不上桌的。有时那些人看在辛秀也是女人需要陪客的分儿上，才会让女主人陪坐在一边，但是女主人也不动筷子吃饭，只是陪着她说话。

这里不一样，男女没有太多外面的"尊卑"之分。

辛秀观察片刻，甚至觉得在这家里女人的地位隐隐高于男人，而年纪最大的那位老太太似乎拥有着最大的权力。

辛秀这人心眼多，路上遇到的事多了，看什么心里都要转上七八个弯。她吃饭的时候一直小心着，怕饭菜里有毒，想着这些人已经看出来他们有问题，正准备用计暗算他们。但这顿饭寻寻常常、安安稳稳地吃完了，根本什么事都没有发生。

辛秀又暗想：拐小孩儿的人能是什么好玩意儿？就算这不是黑店，也不会好对付，莫非他们准备半夜动手？

吃完饭，水原找老五说话。

他们的院子都是用青石板铺就的，上面有一根风雨柱，雕成了龙头的样子，旁边就是一口水井。

水原坐在水井旁边处理一大捆柳树枝，老五坐在水原旁边，带着辛秀要求的打听情况的任务，和水原聊天。

水原看上去是个没什么心机的人，听老五问起村子前面那块石碑上写了什么"沟通云雨的能力"就笑着回答："这个啊，我说了你别害怕，我们这里有一些人天生和普通人不一样，你看！"

他抬起水淋淋的手掌，静静注视了片刻，手心的水就全部汇聚在一起，变成一个水球，水球中间还包裹了一片方才沾在他手心的柳叶，而他的手已经变得干燥。

"给你玩。"水原捏着那一颗柔软的水球，随手抛给了老五，接着说，"其实这能力也没什么用。镇上有些人能入水不用呼吸，方便抓鱼；有些人能像我一样凝聚水球，用来互相玩耍罢了；更多的人什么都不会。最厉害的人能制造大雾，能求下大雨，江家婆婆就会，她以前是巫觋。我们的族谱上都说我们是龙的后代，所以才会和普通人不同。"

辛秀坐在不远处，有些惊讶于水原的随意。他这么大大咧咧地说了，是真没避讳的意思，还是压根儿不觉得他们两个能活着离开这里，说了也没关系？

老五捏捏那柔软的水球，见水原熟练地搓着柳树枝将这些红色的柳枝编成细密的篮子，便问他："你编这么多篮子做什么？"

水原解释:"装供品用。娘和婶婶准备了很多糕饼敬给龙母。这些糕饼要用我们这里的红柳枝编成的篮子装,才能送到龙母手中。"他把手里的篮子展示给老五看,"你看,我的手艺不错吧。除了编篮子,我还能用柳枝编其他东西呢。"嘴里说着,他已经新拿了两根柳枝编起来。

水原倒不是炫耀,确实编得不错。

辛秀早就发现了,这里的人格外喜欢用柳木做东西,家里的器具,比如篮子、盘子、盒子,都是用柳木编织而成的。

就这么一会儿时间,水原已经用两根柳枝编出了一条红色的龙,虽说简陋,但那气质很贴合人们对龙的想象。

老五私底下也是一个喜欢做小手工的人,好奇地看着水原编的龙。

水原哈哈笑着,顺手把这条龙也递给了老五:"送给你。"就像逗小孩儿一样。

老五拿起龙,垂下眼睛细看,水原又低头继续编篮子。

厨房里还亮着光,蒸笼上的水蒸气从窗户里弥漫出来,正如水原说的那样,家中的女人正在蒸供品。

辛秀心有疑虑,还特意去看了看。那场景就像在原来世界里,她回乡下时看见婶婶们聚在一起做面点。

辛秀现在是个老头模样,走起路来还有点儿拐。

看顾蒸笼的年轻女人丰盈的脸颊被水蒸气熏红了,见她探头探脑,还以为辛秀晚上没吃饱,于是掀开蒸笼,从里面拣了两个糕饼放在碗里递给辛秀,让辛秀垫垫肚子。

辛秀感激地笑笑,端着碗离开了,打量那两个馒头似的东西,心道:上供用的,莫非这是什么人肉包子?她将其捏开,发现是个素馒头,还挺绵软的。直到这家里的小孩儿拥进厨房,缠在那个女人身边,也被一人投喂了一个馒头,辛秀这才慢吞吞地咬了两口馒头,发现馒头还挺好吃的。

— 10 —

方才她担心饭菜有毒,吃东西都是装模作样,其实完全没吃下去,这会儿真的饿了。辛秀拿着碗又去了厨房。

老五坐在水原旁边听他说话,一转眼看见大姐吃了人家的馒头,还意犹未尽地去拿了第二次,心情有点儿复杂。

天色晚了,大家都准备休息了。辛秀和老五进了屋子,辛秀一抹自己的脸撤去伪装,说:"深更半夜正是杀人放火的好时机,老五你留在这儿,我去周围找找线索,看看能不能找到那两个孩子。"她从那位丢失孩子的母亲手里拿到的血珠,在风雨镇外面被干扰,但到了这里面又正常了,她完全能顺着血珠的指引找到两个孩子。

老五顿了顿,说:"大姐,你是去消食的吧?"

辛秀说:"瞎说什么大实话?!"

老五开了个玩笑,忽然又叹了口气:"大姐,我觉得这里的人不像恶人。"

辛秀抬手抹了把他的额头,叹道:"我的傻弟弟呀,你不是早就明白了吗?被逼到没办法的时候,好人也会做坏事。被逼到绝境也不肯做坏事的,不是好人,是圣人,不是人人都能做圣人。"

老五抬头看着她,表情沉默而悲痛。他是明白的,因为明白,才更难受。

辛秀悄悄溜出去,在风雨镇并不复杂的青石板街道上走了一阵,感觉手心的血珠开始发烫,这是要找的人离她越来越近的现象。她停下脚步,往左边看。她的眼睛变成了碧绿色,能看见一墙之隔的房间里有两个代表着人类的小小的白色影子。

她一个翻身跳上屋顶,掀开两块瓦片往下看,什么都看不见,这里的房梁下面还有一层架空的木板。辛秀把瓦片放回去,又跳到这户人家的院子里。她刚落地就听旁边房间传来一阵咳嗽声,连忙一个闪身躲在了旁边的石磨后面。

隔着窗户,辛秀听见屋里有人在问:"娘,好一点儿了吗?"

老太太声音嘶哑地说:"没事,一不注意被烧了一下,休息几天就好了。你们也别围在这里了,二娘,你们赶紧去做龙包吧,之后还要用呢。"

辛秀寻思着:这声音听着挺熟悉,应该就是先前见到的那个老太太和那两个男人的声音,看来找对地方了。她自从来这里听说了什么龙母祭,就把那两个被抓的孩子和龙母祭联系在一起了。电视剧和小说都这么写,祭祀神明只要需要用人,不是用女人就是用小孩儿。她现在好奇的是:这家人出去拐孩子是他们自己决定的,还是整个风雨镇约定俗成的?不管怎么样,这地方肯定有古怪之处。

门被打开,有人出来了,两个女人进了厨房。还有两个小孩儿,一男一女,牵着手从屋里出来。辛秀还以为这就是自己要找的被拐孩童,结果听他们喊其中一个女人娘,又仔细看,才发觉这两个孩子年龄大一点儿,不太符合她要找的孩子的年龄。

两个孩子在厨房玩了一阵,手里端着碗,悄悄溜了出来。辛秀眼尖,看见他们的碗里放着她之前吃过的素馒头。

两个孩子鬼鬼祟祟地跑到院子角落的一间房边上,那个男孩儿踩着石头趴在房间的窗户上,一手凝聚出一个小水球往里丢。

一会儿,从窗户里探出来一张苍白的小脸,那也是个小男孩儿。

"你和你妹妹饿不饿?给你吃。"窗户外的小男孩儿把碗往里伸了伸,窗户里的那个小男孩儿闻到香味,馋得口水都下来了,接过东西就狼吞虎咽地吃起来,还扭头递给脚边的妹妹。

辛秀静静看着这两对兄妹,他们年龄都不大,还懵懵懂懂的,对情况不太了解。玩水球的小男孩儿好奇地观察着今天家里新来的两个孩子,只知道这是自己的姑姑今天抱回来的两个孩子。

"你们以后是不是就是我姑姑的孩子了?"

屋里的小孩儿抽泣起来:"我不知道。我想我娘。"

外面的小男孩儿紧张地说:"你别哭了,会被发现的,奶奶不让我跟你们说话,我要被骂的!"

屋里的小孩儿小声说:"你们是不是妖怪啊?你们是不是要吃我和妹妹?不要吃我们好不好?"

外面的小孩儿扑哧扑哧地小声笑起来:"我们才不吃人。我们是龙的后代,很厉害的。我们怎么会吃人?"

"可是……可是我听到他们说,我和妹妹是要死的。"屋里的小男孩儿低声说。

外面的小男孩儿瞪眼:"胡说,我们根本不吃人!"

外面的小男孩儿的妹妹忍不住了,也扒拉着哥哥的裤子站到石头上,两只手握着窗户的栏杆,说:"对呀!我们为什么要吃人?人又不好吃!"

外面的小男孩儿反驳道:"你又没有吃过,怎么知道?"

妹妹跺脚,说:"我就是知道!"

见他们两个吵起来,屋里的小男孩儿说:"你们不吃我们,能不能放了我们?我要回家。"

外面的小男孩儿挠了挠头,说:"我要是放了你们,奶奶要打我。"

屋里的小男孩儿哭了起来,哭得惨兮兮的,鼻涕泡都冒出来了。

外面的小妹妹被他出糗的样子逗笑了,说:"别哭了,我放你们走就是了。"

"你不要命啦?奶奶打人可痛了!"哥哥诧异地说。

妹妹骄傲地挺胸,说:"奶奶可喜欢我了,从来不打我。"

哥哥被她说服:"你说得也是。"

外面的两个小孩儿根本没有什么计划,更不知道时机,只是想到就做。他们跑到门边研究了一下门闩,就把门闩弹开了,用水把高高的门闩冲开的哥哥还得意扬扬地朝妹妹炫耀了一下。

"跟我来。"外面的小男孩儿示意屋里的两个孩子出来。屋里的那个小男孩儿牵着妹妹出来,他的妹妹撇撇嘴,大概是害怕得想哭。外面的小男孩儿一下捂住她的嘴巴,朝他们说:"嘘,不能哭。你管一管你的妹妹,别被发现了!"

四个孩子你推我我拉你地出了门,家里的大人们根本没有防备他们,竟然真的让他们逃出了家门。镇上的这两个孩子没有意识到这么做有什么不对的,还觉得挺刺激,跑到街上后就笑了。

"哈哈哈!没被发现!"

"你们知道怎么回家吗?"

被放出来的小男孩儿摇了摇头。

"那怎么办?我也不知道你家在哪儿。"

辛秀在暗处看着他们,忽然摇了摇头,叹口气,心想:小朋友们,你们的逃跑还没成功,已经被发现了。

几个孩子后面,不远处的屋门突然被重重推开,女人和手拿武器的男人神情沉郁,面目狰狞,在黑夜里显得异常可怕。

"你们要去哪儿?都给我回来。"

两对没有逃出大门直线距离一百米的兄妹,被脸色阴沉可怕的夫妻抓了回去。这家的那对兄妹大约是在宠爱中长大的,很少被罚,所以当他们被按在龙头石柱上被柳枝狠狠地抽屁股时,都蒙了,不约而同地大哭起来。

这两个小孩子哭,六分是真的害怕,还有四分是试探。一般来说他们都哭得这么大声了,长辈们该放过他们了。可是这次没有,不管是最疼爱他们的奶奶还是最心软的爹和姑姑,都没有吭声,任由他们被打。到最后两个孩子真的害怕起来,哭得更加凄惨。

重新被关进屋子里的小男孩儿反而没有那么害怕,趴在窗户上看着院子里发生的一切事情,他的小妹妹就靠在他的身边,被吓得撇了撇嘴。

"知道错了吗?我和你爹是怎么告诉你们的?啊?"女人一边狠狠地抽小孩儿的屁股,一边问。

两个孩子不明白长辈在愤怒与恐惧什么,只觉得自己是因为不听话才被责罚,哭喊着"我错了",最后被抱回了屋里。

辛秀靠在石磨后面,看完了这一出闹剧。她用脚指头都能猜到,这家里的老太太带着儿子和女儿出门,选好合适的人,抢了人家的孩子回来替他们疼爱的孩子死,替身祭祀也不是什么新鲜事了。

闹了这么一出,都快凌晨了,这家人才各自去休息。这一次他们在关着被拐的小孩儿的门上扣了一个柳木小人,让小人做耳报神,只要有人挨到门,这小人就会大喊大叫让人发现。麻烦的是,它没有眼睛,幻术对它没用,又通灵,最擅长察觉细微的不对劲之处。

原本辛秀可以直接把门打开,再把两个孩子弄出来,现在就有点儿麻烦了。不过,也就是有一点儿麻烦而已。

她思索片刻,就想出了个办法,掏出一个拇指大的小瓶子敲敲瓶身:"胡三娘,胡三娘,出来。"

胡三娘是从前辛秀收来的那个游荡的女鬼,被辛秀缝好了胸口的大洞。胡三娘先前附身在小木偶上,后来被辛秀装进小罐里随身携带。胡三娘偶尔清醒,偶尔疯癫,好在现在被辛秀从瓶子里倒出来时,看起来还挺清醒。

"你去试试附身在那个柳木小人上。"辛秀低声说。

植物比动物更难产生灵智,有灵的树木想要有神智更为困难。辛秀看出来那个柳木小人有灵性,但没有神智。柳木属阴,对女鬼来说是个不错的附身物品,比小木人和小罐子更合适。如果胡三娘待在那小人的身体里,能得到滋养。

胡三娘听话地飘过去,钻进了那个柳木小人的身体里,然后人性化地打了个饱嗝,左右看看,从门上跳了下来,朝着辛秀跑过去。

辛秀蹲下让小人走上自己的手掌,笑着打量了一下:"你这新身体看起来不错。"何止不错,简直是契合。先前粗糙的柳木人的小脸，看上去都有点儿胡三娘的神韵了。胡三娘已经把先前柳木里的那点儿灵性完全融合了，说不定以后能借这一点儿灵性修成鬼仙。

解决完这个问题，辛秀直接进了屋，发现那两个孩子在屋里的一张床上睡着了。两个人裹着一床干净的厚棉被，睡得还挺香。

辛秀一展袖子，把他们收到了怀里，又悄无声息地离开了，回到水原的家中。

老五在屋内凝视一根柳木树枝，不知道在思索些什么，见辛秀怀中抱着两个熟睡的孩子回来，扶着轮椅的扶手倾身道："孩子找回来了？没事吧？"

"没事。"辛秀不想惊醒这两个孩子，途中给他们施了一个法术，让他们睡得更沉。

老五抬手在两个孩子的额上拂了拂，不太确定地道："这两个孩子似乎适合修炼。"

辛秀不太在乎这些，坐在桌边和老五讨论了一下这里的奇怪之处。

老五说："我方才又和水原聊了一会儿，感觉他们的能力似乎与我们修炼的灵力不太一样。"

辛秀不甚在意，道："修炼之法有千万种，我们是蜀陵一脉。我先前去的项茅，他们的修炼方式也与我们有很大不同。"

老五又说："我觉得院中的水井有些不对，借着帮水原打水，凑近了些观察，觉得那底下仿佛有什么东西。"

辛秀颇感兴趣地问道："什么东西？"

老五摇摇头说："不清楚，只是隐约有种感觉。"他是木系灵根，天生就更敏感些。

辛秀思索片刻，说："那就等我们把孩子送回家去，再转回来细看。"她这好奇心，不弄明白是没法走人了。

很快天亮了，这里的人都起得早。

辛秀用法术暂时把两个孩子变成两个小布娃娃藏在了怀里。她从院子里牵出牛，让老五坐上去，准备告辞。两个人临出门时，水原的大伯从门外进来，脸色异样，瞟他们两眼，和老太太轻声说了几句话。

水原在旁边也听到了，忍不住辩驳说："这和他们有什么关系？他们昨晚又没离开，身上就这点儿行李，藏了人一眼就看出来了。"

辛秀竖着耳朵，听了几句话就懂了。应该是那户人家发现两个被拐来的孩子丢了，通知了镇上的其他人，他们这两个外来人口有嫌疑，现在对方不让他们离开。

这还真是最糟糕的一种情况，因为这代表着，这种拐小孩儿来做替身的事，全镇的人都心知肚明，却助纣为虐、互相勾连，也代表着这个镇上的人肯定不是第一次做这种事。

美丽如桃花源，里面也有食人恶魔。

辛秀越发觉得，蜀陵这样的世外修仙之地真是隐居之地——不想活在混沌世间，又没有办法改变的人，开辟一处居所修身养性。大约历遍世间苦楚的人，最后都想回到蜀陵，从此不问世事，就和她的诸位同门一般。

她现在有些明白，为何祖师爷让他们几个"初生的牛犊"冒冒失失地闯进这一摊红尘死水中了，大约觉得他们会是活水，他老人家大约也不是第一次做这种事。

老五显然也明白过来这镇上的人都有问题，垂眸看了一眼辛秀，辛秀回他一副茫然和担忧的神情。

辛秀和老五被拦下没多久，水原愤愤又不好意思地过来说："你们再在这里住两天吧，现在……我们这里不方便人离开。"他看老五不方便，还主动抬手把老五从牛背上抱了下来，又去给他们拿了早饭，然后自己蹲在一边愤愤地咬馒头，眼里压着忧愁和烦躁的情绪。

很快,辛秀又见到了那对兄妹家的长辈背着咳嗽的老太太过来。老太太像剑一样锐利的目光在辛秀两个人身上刮过,辛秀感觉到轻微眩晕,是有人在施术!

"你们是何人?!"一个声音尖厉地问。

辛秀隐晦地看了一下老五有些迷糊的样子,跟着晕乎乎地道:"是过路人。"说着,她不动声色地掐了老五的背心一下,在他的背后画了个清心符。

老五也跟着说:"过路人。"

"你们可见过一对兄妹?!"

辛秀道:"没有。"

老五也跟着说:"没有。"

一声轻微的铃铛声响起后,辛秀感觉脑子一阵清明。她心里嘀咕:好家伙,他们还会迷惑之术,好在自己这双眼睛足够强大,再次感谢师父,师父真厉害!

他们一下子洗清嫌疑,但镇上的人仍没让他们离开。辛秀听见两家的老太太坐在一起说了几句话:

"人没了,如今再去寻合适的也来不及了。"

"怕是只能……"

"实在没办法……龙母祭不能出问题,不然到时候……"

"我明白……"

那对兄妹的长辈和老太太是红着眼睛走的,辛秀淡定地拍拍自己的肚子,怀里的两个变成布娃娃的小孩儿还在呼呼大睡,不知道这风雨镇里的风雨。

今天外面比昨日吵闹很多,因为龙母祭就在今夜了。辛秀和老五被水原请回屋里,水原叮嘱他们不能乱跑。

门一关,辛秀飞快地搞出了两个人形幻象,然后把老五往背上一背,说:"走,咱们去瞧瞧这些人到底想搞些什么。"

孩子们被拘在屋内不能出来;出门的不管是男人还是女人,一律穿着白衣，看着像是孝衣；年纪大的老头和老太太用柳木束发，穿的同样是白衣，但样式又有所不同，宽袍大袖，更隆重一些。

老人们聚在一座庙内，辛秀带着老五坐在庙顶上，镇里四处都有人在走动，像是在寻找什么，辛秀听到底下传来老人们的谈话声。

"云巫，你家那两个孩子，先准备好吧。"

许久没人出声，随后才是一个嘶哑的女声咳嗽着道："我懂，不会误了龙母祭。"

"十二年一次的大祭，不能出差错，看好各家的孩子，别去风雨井边，免得冲撞了龙母。"

"主祭的……今年就云巫你来吧。"

"抬灵的年轻人要稳重点儿的，别发生像上一次那种事情，真有个万一，就不是死一两个孩子的事了，我们都会有灭顶之灾。"

这群人絮絮叨叨地说了许多，又跪在庙里对着龙母神像跪拜，念诵灵文。

辛秀大着胆子凑近去看，那龙母神像与一般的神像不太一样，没有宽脸、小眼和丰厚的嘴唇，反而十分秀美，穿着类似老太太身上的那种好几层的白纱衣，手上抱着两个孩子，两个孩子下身长长的龙尾缠着她的手臂。

这群人好像不知道饥渴一般，一直在重复念诵什么，直到黄昏才陆续离开庙，然后头上和脸上罩上一层白纱。不少壮年男女的手中举着挂着白灯笼的长杆，跟在他们身后，再看那杆上飘飞的白丝绦，他们真如一支静默的送葬队伍。

途中各家的人都提着柳木篮子前往河边送祭，举着点了红点的素馒头跪拜。

经过那兄妹家中时，辛秀站在屋顶，听到了底下传来的哭声。昨日她见过的那一对兄妹闭着眼睛，一动不动地躺在柳木做成的小摇篮里，脸是白的，嘴唇和眉心点着殷红的颜色，穿着彩色的华丽衣裳，赤着脚。他们哭到抽搐的娘亲亲手将两张白纱罩在他们的身上。

十几个年轻人强忍着悲痛情绪，将那两个孩子抬出来，跟在白色的队伍后面。在他们的身后，有端着水壶的人，一路走一路将壶里的水洒在路面上，手上系着的铃铛发出杂乱的丁零声。

他们上了山，白色的雾气笼罩在他们的身边，浸湿了林间的树木。

丁零零——

沙沙——

山间似乎有一群游魂。

队伍最终停在了一处山壁前，那里有一处潭水，一个苍老的声音响起："把龙子龙女放入风雨井吧。"

那两个沉睡的孩子连同载着他们的小摇篮，在潭水之上轻轻打了个旋儿，慢慢沉了下去。

没有人说话，他们都静静地看着。每个人都戴着白纱，显得面目模糊。他们将挂着白灯笼的长杆插在水潭边，然后全部退去了。

平静下来后，辛秀和老五出现在水潭边，对视了一眼。辛秀把牛和两个小孩儿都放出来，说："牛道士，你在这儿看着，我们去去就来。"

姐弟两个也没商量，二话不说直接入了潭水里。

这潭从外面看起来并不深，可是他们进去了才发现里面竟然完全看不到底。水底并不黑暗，隐隐约约散发着蓝绿色的光。在他们的下方，有两道黑影正在下沉，他们两个人上前，一人捞起一个。正在这时，水中光芒大作，他们看清了水底的模样。

水底有一棵巨大的树，那是一棵柳树，柳树枝往上漂荡，许多柳树枝上都缠着像茧一样的孩童的尸体，而正在发光的是柳树的底部。

这是一幅辛秀不知道该怎样用语言具体描述的画面：柳树在水

中摇摆的枝条，远看像丝丝缕缕的头发。白色的光照在这深深的水中，呈现出荧荧的绿色，诡异又可怕。

辛秀一瞬间感到毛骨悚然，心中生出强烈的逃生欲望。她看一眼老五，向上比了比，示意他赶紧浮上去，却见老五一手捞着个孩子一手难以忍受地按了按额头。

见他模样不太对劲，辛秀脚一蹬游过去拽住他，想带着他往上浮。正在这个时候，他们脚下的柳树好像活了一般摇动起来。浓烈的黑气从柳树中散出，如同被搅浑的黑水，又像有生命似的，追着将他们包裹在其中。

辛秀发现法术失灵了，连身体里的灵力都被冲散了。她听到令人难以忍受的尖锐的声音，无数孩童的哭声直接刺进她的脑子里，带着冲天的怨气。

辛秀感觉身体重得好像背了一座大山，整个人被压得往下沉——是那些孩童成了怨鬼！

她在上面的时候，甚至刚入水的时候，都没有感觉到丝毫不对劲之处，只觉得这潭水清澈。现在，她觉得其中肯定有蹊跷，平时一定有什么东西在压着这股庞大的怨气。

一道光芒在黑色的水中闪烁，那是辛秀先前见过的从大柳树的底部传来的光芒。那道光芒穿透黑色的水照到辛秀的时候，她几乎有一种被太阳照射到的暖意，身上那种沉重和钻进身体里的湿冷的感觉一下子减轻了。

被她拉着的老五忽然用力，拉着她主动往下沉，去接近那一道光芒。

辛秀抬头看一眼上面，他们上不去了，既然如此，干脆就下去看看。

随着越来越靠近大柳树的底部，辛秀终于看清楚了发光的东西是什么。那是一个女人，一个闭着眼睛、面容秀美、乌发如云、穿着一身白色纱衣的女人，长相和她在龙母庙里见过的那尊雕像有七八分像。

女人神情痛苦，心口深深地扎着一支像角的东西，辛秀看着也觉得疼。

那东西像一根红珊瑚。但辛秀见过蜀陵那条紫色的雷龙，觉得这"红珊瑚"看上去像一支缩小的龙角。龙角一头扎进女人的心口，另一头被一只骷髅手握着。靠着女人，手中握着那支龙角的是一具骷髅，骷髅的身量高大，生前应当是个男人。

从两位仿佛拥抱的姿态来看，应当是这位化成了骷髅的男人，把龙角扎进"龙母"的心脏里，杀死了她。

不过辛秀猜不出来他们怎么会凝固在这水底，"龙母"为什么一直保持这个形态。

还有一件让她无法理解的事，就是她靠近柳树的底部后，发现女人和骷髅的身体周围两米的范围内是干的，没有水。

从水里进到那一片干的区域，辛秀一矮身，把手里的孩子放在膝盖上，捏了捏孩子的脖子，抬手顺着孩子的背部往下拍了十几下，将灵气打进孩子的身体里。

"喀喀——噗——"

老五也在做同样的事，只是他的动作比辛秀仔细许多。见两个孩子并没有死，只是仍旧昏迷着，他明显放松了表情，然后才去看柳树上靠坐着的那具尸体和骷髅。辛秀早就蹲过去看了。

老五叮嘱她："大姐，危险，不要靠太近。"

辛秀已经快凑到人家的脸上去了，好像要数清楚人家的眼睫毛有多少根。

"老五，光真的是从'龙母'身上散发出来的。但她的身体是冰的，没有气息，确实是具尸体。而且我没有看出来这具身体有异常的地方，这应该就是个很普通的人，不是妖怪，也不是其他的东西……"要么就是这龙母是非常厉害的东西，厉害到她这双眼睛也看不出异样的地方。

"这光……大姐,我能感觉到这光很纯净。"老五说道。

辛秀也看出来了,龙母满身圣洁之气,看上去竟然是上面那些孩童的尸体产生的怨气在压制、侵蚀着她。辛秀先前猜测龙母是什么邪神,需要孩童祭品,但现在站在这儿亲眼看着,才发觉不是这样。

如果面前这具尸体真的就是龙母,那么自己的猜测就是错的。

辛秀抬手碰了一下那支龙角。老五想阻止,但想到大姐的性格又闭了嘴,只是很紧张地盯着她。

她摸完了,什么事都没发生,嘀咕:"不应该啊,如果咱们这是个历险故事,此时应该有异状发生。"

刚说完,她就感觉自己的百宝囊里一阵发热,同时还有一股奇异的香味萦绕在四周。她伸手在百宝囊里掏了好一会儿才掏出来一块巴掌大、有裂纹、贝壳似的东西。

老五疑惑道:"这是……?"

辛秀也想了一阵才想起来这是个什么东西,说:"这是龙鳞,是我们蜀陵先前被关着的那条龙的龙鳞,老二给我的。"

她曾经和老二一起去地龙囚笼看过那条孽龙,后来不感兴趣就没再去了。但是老二似乎常去,有一次就送了她这么一块东西,说是在那边找到的龙鳞。她当时也不知道其真假,就随手收起来了。

如今,这块坚硬的紫色龙鳞漂浮在水中,正在消融。它碰到这光,就像遇到太阳的雪,很快消融,同时还散发出奇异的香气。龙鳞完全消散的时候,辛秀看到龙母的面颊上落下一行眼泪,然后龙母竟然缓缓睁开了眼睛。那是一双完全漆黑,没有眼白的眼睛。

老五喊道:"大姐小心!"

他扑过来,想隔开辛秀和龙母的视线,但辛秀反应也很快,一个转身反而把他塞到了身后,结果就是两个人全部被龙母眼睛里发出的光笼罩,一起晕倒在地。

辛秀睁开眼，咝了一声，从床上费力地爬起来。

"发生了什么？"从她嘴里发出的声音很陌生，是个温柔的女声。她费力地坐起身，才发觉自己之所以这么费力，是因为肚子鼓起来了，像是怀孕了。

辛秀沉默了几秒钟，自言自语道："二次穿越还是副本效果？"

她捞起房间里的镜子照了照，发现自己如今长了一张龙母的脸——她变成那位龙母了。

辛秀又嘀咕："得，这位龙母娘娘是要我来体验生龙子的。"

"姐姐。"有人敲门，不等辛秀应声，就有个少年提着篮子钻进来，又把门关上。他走到桌前，熟门熟路地打开篮子，开始一样样地把饭菜摆开："姐姐，我给你送饭菜来了，快吃吧。"

辛秀没动，坐在那里打量他。

少年摆好饭菜，走到辛秀身边，看着她："姐姐还是不愿意告诉我孩子是谁的吗？"

辛秀无奈地说道："弟弟，说真的，姐姐真不知道肚子里的孩子究竟是谁的。"

少年认真地说："就算姐姐不说，我也猜得到。是柳缘木的是不是？除了他，不会有别人能让姐姐这样心甘情愿地为其生孩子。"

辛秀奇怪地说道："你都说你知道了，还要问我？"所以，这"柳缘木"是哪位？

少年忽然怒而捶床："姐姐，你为什么不听我的话和他保持距离？他根本不是个好东西，也没有为你想过。不然他怎么会在这个时候让你怀孕？你当初就不该和他生出私情！你和柳缘木都是巫觋，很快就是龙神祭，我听说大巫们要在你们两个之中选一个人奉神，被选中的人从此拥有最纯洁强大的力量！可是现在呢？你怀孕了，女巫怀孕灵力都会消退。一旦生下孩子，你就不能再当奉神大巫了。柳缘木就是故意的，你知不知道他就是欺骗你这样的傻女人，让你失去资格？！你把这么一个大好机会拱手相让了！"

辛秀恍然大悟："哦，原来如此。"

这原来是个争权夺势、情侣反目成仇的故事。难道说龙母被背叛，后面变坏了？这也不太像，龙母要是真和人发生了关系，肚子里怎么会是龙子？如果肚子里的孩子不是龙子，那怎么会被称为龙母？

见她这么说，少年面上一喜，抓住她的手说："姐姐，你终于想明白了？想明白就好！现在还有时间，我们这段时间瞒得很好，所有人都不知道你怀了身孕。只要你现在把孩子打了，过段时间的龙神祭，还是有和柳缘木争一争的机会！"

辛秀也握紧少年的手说："弟弟，不必如此激动，我们慢慢说。不如你去把柳缘木叫来，我们一起好好聊聊？"

既然她不知道现在是什么情况，那干脆把大家喊来一起聊一聊。

少年的脸色又变了，他站起来生气地说："姐姐，你根本就不想打掉孩子，就是想见柳缘木！在你想明白此事之前，我不会再让你见他！"他沉着脸说完，开门出去了。

辛秀耸耸肩，你说不行就不行吗？人长了腿还不会自己走吗？屋门被锁了，她用了个小法术就把锁打开了，大大咧咧地走了出去。她还能用法术，纯粹是因为这具身体灵力充沛，竟然比她自己的身体强多了。

抱着肚子出去，辛秀发现外面屋子的模样和风雨镇格外像，乌瓦青砖，处处都是云纹和龙纹，还有院中的龙头风雨柱，不过柳树很少，没有风雨镇里处处都有的红色柳树。不仅如此，这里似乎还很干旱，处处看不见水，没了她先前在风雨镇看见的各种小溪。

她抱着凸起的肚子走在路上，路上所有看见她的人都目瞪口呆。手上端着水壶的人摔了水壶，手里拿着农具的人摔了农具。

"水……水巫，你的肚子……？"

"水巫怎么会大着肚子？她不是最近几个月生了病，一直在屋内养病吗？怎么会？"

"水巫是怀孕了？"

"怎么可能？水巫要当奉神大巫的，怎么能怀孕？"

辛秀灿烂地对众人笑了笑，随口问路旁的一个人："问一下，柳缘木在哪儿？"

那个人没反应过来，结结巴巴地说："柳……柳巫在风雨台祈雨啊。"

辛秀看向他指的那个方向，哦了一声，又抱着肚子慢悠悠地在众人难以置信的目光中走了。片刻后，她身后传来少年弟弟充满怒气的声音，他好像快气疯了，飞快地跑过来质问："你怎么出来了？"

辛秀不疾不徐地说道："出来晒太阳，外面阳光这么好。"

少年尖叫："你疯了！现在大家都知道你怀孕了！"

辛秀说："知道就知道了，你还怕大家不送礼吗？"

少年怒道："你在搞什么？你这样是自毁前程，当不了大巫了！"

辛秀随意地说："那就不当咯。"

少年被她的平淡语气气到喘粗气，红着眼睛用力拽住她的手往回走，说："你给我回去。"

辛秀反手一扭，把比自己高一个头的少年转了个圈，然后把他按在地上，笑吟吟地说："姐姐要去做事，你乖一点儿，别胡闹。"

少年被她这突然的动作惊呆了，被放开后还是愕然地趴在原地，仿佛不敢相信她对他动手。

辛秀也不管他，径直顶着一路上众人愕然的目光往前走去。

铃铛的丁零声和清越的诵唱声从前方传来，辛秀一抬眼，就看见长街尽头的云台上，一个戴着龙面具、穿着白纱衣的男人正在跳舞，那应该是他们这里的某种祈雨仪式。那男子身形修长、长发披散、仙气飘飘，哪怕辛秀没看见他的脸，也能确定他是位美男子。

辛秀在附近找了块石头坐下，等着他跳完。

高台上旋转的男人看见辛秀，动作顿了顿，但还是很敬业地完成了整个祈雨仪式，才缓缓下台，朝她这边走过来。停在辛秀面前的男人并未开口，只是注视着她。

辛秀也在看他，看来这人就是柳缘木了，他确实是个人类。

"你就这样出来了。"男人终于伸手取下了面具，抬手时，手腕上露出一根红绳，辛秀在自己这具身体的手腕上也见到了一样的红绳。龙面具后面是一张很美丽的脸，能让人见了喊一声美人的那种。

"你这样光明正大地走出来，看来已经做好了决定，准备和我成为陌路人。水凌，我跟你说过，只要你愿意打掉这个不知来历的孽种，我就愿意忘记你对我不贞的事。你知道，我对你说这样的话，已经抛下了我所有的尊严，可你还是不愿这么做。"男人笑容中带着恨意，声音凄厉。

辛秀消化了一下他话里的意思，明白了："稍等，你这话的意思就是说，这肚子里的孩子也不是你的？"

柳缘木的神情就好像被人照着脸打了一拳。

辛秀又问："不懂就问，请教一下，你觉得我肚子里的孩子可能是谁的？"

"你……问我？"柳缘木怒不可遏，手背上青筋都暴出来了。她这一句话问出来，在柳缘木看来简直是挑衅和嘲讽他。

他愤怒了一阵，忽然又冷静下来，仔细地看着辛秀，看她面上不像作伪的神情，冷冷地说道："你会不知道孩子是谁的？你之前不肯说，不就是担心我对那人动手吗？水凌，你究竟是怎么了，今日特地过来我面前装傻？"

辛秀说："大胆说你的想法，你觉得那人是谁？"

柳缘木嘲讽地笑了一声："孩子是水梁的吧？你这位好弟弟一直厌恶我，你说他是年纪小不懂事，可我看得出来，他分明就是将你当成了他的所有物。"

辛秀有点儿惊讶,心里嘀咕:难道孩子是那个她刚醒来就看到的少年的?这太刺激了。

柳缘木咬牙切齿地说:"你要报答水家人收养你、抚养你长大的恩情,甚至宁愿委身于水梁,以此来报答?"

辛秀沉默了,没有刺激剧情,原来她是被收养的,不过这也是好复杂的三角关系。辛秀问:"你说孩子是他的,有证据吗?"

柳缘木被她气笑了,说:"你向我要证据?你不肯承认吗?你与我一样是巫尪,如果你不愿意谁能勉强你?能让你自愿的人还能有谁?你对他不设防,被他占了便宜,又不愿因此对他动手。我说要替你解决这件事,你还一味为他遮掩、开脱,甚至不惜谎称什么感而受孕……你真的觉得我什么都不知道吗?"

辛秀听到最后那句话,心里一动:"等等,我之前和你说我怀孕是感而受孕?"

柳缘木冷冷地说道:"是呀,感而有孕,编出这样离谱的谎话,你想做什么?真如我母亲所说,你是为了成为奉神大巫,想称自己怀了龙神之子?为了和我争夺权力,你不惜这么做……水凌,我从不知道你是这样的人。"

辛秀承受着他的满腹怨气,又听到他这一番诛心的猜测话语,心说:你的母亲和龙母的弟弟还真是用的同一个阴谋论,都在怀疑对方是不是要为了一个什么大巫的位置而做出什么事情。

老实说,辛秀以前也不信什么感而受孕,毕竟是现代人,受过生物学教育。但鉴于如今处于一个不科学的世界里,后世确实称这人为"龙母",所以她大胆猜测,可能感而受孕才是真相。可惜这位龙母的对象不相信,眼看着两个人就要上演分手剧情,还准备反目成仇了。

感而受孕到底是什么流程,辛秀也不清楚。她觉得如果真是感而受孕,那这龙母姑娘可真够冤枉的,这不是被迫代孕所以和男友

- 28 -

产生感情危机吗？哪怕是神仙也不能逼人代孕。

柳缘木与辛秀不欢而散，辛秀又抱着肚子往回走，见到那位黑着脸的弟弟站在家门口。他神色阴沉地看着她，问："你还是去见柳缘木了？怎么，他如今一心争夺大巫之位，还理会你吗？"

辛秀字正腔圆地喊他："水梁？"

水梁隐忍地说："叫我做什么？"

原来柳缘木说的弟弟真的就是这人，那根据水梁一开始的话来看，孩子十有八九不是水梁的。

"水巫，巫老们请你前去龙神庙。"

辛秀还没踏进水家家门，就听有人来请，只好跟着这人又一路去龙神庙。

这个地方的建筑和服饰风格都和风雨镇很像，但地方不像。这里后面没有青山，前面也没有绿水环绕、红柳成排，更没有那种湿润的水汽，反而有种又灰又干的滞涩感。

辛秀到了地方，见到柳缘木也在那儿，还以为自己被喊到龙神庙，是要被三堂会审搞清楚她的肚子的事情。结果她坐下后，听到上面的老者开口说："今年自从入夏后，有四个月没有下雨了，山上的满泉越来越小，我们担心会干涸。"

柳缘木在辛秀身边坐着，闻言俯身一拜："我的祈雨没能成功，是我的过错。"

上首有个拉长着脸的老太太哼了一声，眼神刀子似的扎在辛秀的身上："水巫也祈雨了，同样没能祈到雨，你急着出来认什么错？"

辛秀看一眼那老太太就确定了她肯定是柳缘木的母亲，她应该是个恶婆婆的角色。为什么这种玄幻故事都逃脱不了婆媳关系？这一点儿都不玄幻。

又有老者缓缓开口："祈雨不成功，也不全是你们的错，龙神……失去消息许久了。我们的灵力也日渐减少，今年出生的孩子，身带灵力的一个都没有，再这样下去，我们恐怕会渐渐变得与普通人无异。"

所有人面上都露出忧虑、不甘甚至惶恐的神色。对于他们来说，失去龙神庇护、失去天生灵力，从此族群没落乃至消亡，是绝对无法接受的事。

"水巫，你这漫不经心的模样，是在看什么？"上面又有人开口。

辛秀在看他们身后的神龙雕像，盯着案桌上面那一截供奉起来的龙角，觉得非常眼熟，这好像就是扎进龙母心口的那一根龙角。凶器就摆在面前，她就像玩游戏看到了重要道具，实在没办法不去在意。

注意到她的视线，其他巫老纷纷叹息，终于将话题引到了她的肚子上："水巫，既然你怀有身孕，那之后恐怕无法胜任奉神大巫的职责了。那龙神之角法器，与你无缘啊。"

辛秀淡淡地说："哦。"

辛秀的态度很随意，她既不在乎被人看出来自己和"水凌"不同，也不在乎这些人想怎么样。因为不管她怎么做，这都只是一个体验式的游戏副本。早已发生过的事，她现在做什么都没有意义。她现在的问题是弄懂龙母怎么和柳缘木走向悲剧的，怎么离开这里。她觉得离开的关键可能和这个龙角道具有关。

按照辛秀一直以来的习惯，她会半夜跑来偷龙角真是一点儿都不奇怪。水凌的灵力很好用，这一路上他们设下的防御对水凌也没用。辛秀将龙角拿在手里，仔细琢磨着这个要怎么用。

"水凌，你在做什么？"

柳缘木的身影出现在黑暗处，辛秀微微诧异，不知道原本的故事里有没有这么一出。她觉得原本的水凌应该是不会偷龙角的，不过这也没事。

辛秀的脸上没有丝毫被人抓包的心虚之色，她随手拿着那支龙角，朝着柳缘木走过去，一手搭在柳缘木的肩上。

柳缘木神情一变，眼神复杂地看着她，似想挣扎动摇，又似不甘痛苦，想也知道正身陷复杂的感情旋涡里。

但辛秀自然地对比了一下两个人的姿势，目测了身高差，发现柳缘木似乎和那具骷髅差不多高。

"对不住了，兄弟。"辛秀说。

柳缘木说："什么？……嗯……"他难以置信地低头一看，自己的心口上扎着一支龙角，鲜血顺着龙角溢了出来。他爱的女人握着龙角的另一头，竟然还朝他笑了一下。

看柳缘木的神情，他大约觉得她这一下很突然，像他这么漂亮的人也能说杀就杀。但很可惜，辛秀玩游戏的时候，什么漂亮的NPC（非玩家控制角色）她没有杀过？手软是不存在的。

辛秀说："对不住，我就是试试杀了你会怎么样。"如果柳缘木就是那具骷髅，那死在这里，后面的剧情肯定就没有了。

柳缘木朝辛秀伸出手，那神情见者落泪，辛秀却丝毫不受触动，只看着周围的一切慢慢褪色，挑了挑眉，有点儿兴味地说："果然如此，我猜得不错。"

整个世界剥离，柳缘木和龙角都消失不见。

辛秀从地上坐起，发现自己仍然身处潭底，面前是闭上了眼的龙母。龙母还是那个姿势，骷髅也没变。

辛秀扭头，见老五还躺在一边，抬手去探他的气息，他显然还陷在那个龙母的世界里没有醒来。她没有办法唤醒老五，只能等他自己挣脱才能醒来。不过她很好奇，老五也是当龙母吗？

老五小心翼翼地扶着自己的大肚子，握着手中刚收到的信，决定尽快逃离这里。

这一族世代从未干涸的满泉在三日前完全干涸了，连龙神庙里的龙神井都不再出水，长久的干旱天让所有族人陷入恐慌状态，众人全部跪在龙神庙祈求龙神显灵。

老五小心维持着水凌的身份这么久，没有让人看出不对，但随着情况越来越严重，危险也在逐渐逼近。

就在刚才，他收到一封信，上面告诉他，族里的巫老商量过后决定用最古老的巫祭来祈求龙神再次降临。巫祭需要一个巫尪流干身上的血，他们选的是水凌。怀有身孕的巫尪，具有双重生命力，他们决定牺牲她。

老五心中猜测这一封信应该是柳缘木送来的。老五最开始来这里成为龙母之时，柳缘木就和他恩断义绝了，但这些日子祈雨失败，也是柳缘木在为他说话，与他一起承担压力。所以，老五觉得柳缘木对这身体的原主肯定仍然是有感情的，因此才会悄悄送来这一封信。

老五不擅长战斗，只希望能避开人，先逃离此处，保这具身体平安。然而他没能逃出去。水凌的干弟弟水梁一直偷偷地盯着他，在发现他准备离开的时候，就将这事告诉了其他人，很快就有巫老召集全族人将他抓了回去。

"水凌，你可知错？！"

"水凌，你怎么会是如此贪生怕死之人？为了我们全族的存亡，你竟然不愿意牺牲？我们选择你，也是因为你对龙神的虔诚信奉之心，这是你的荣耀！没想到你会这么做，你真的太令我们失望了。"威严的巫老们坐在上首，失望而愤怒地看着他。

老五挺直背，注视这里的人们，说："你们说得不对，我没有错。我并不贪生怕死，但她的生死，你们不能决定。如果你们所谓的龙神需要用一个怀有身孕的女子去祭祀，那就不配被称为神，不配得到供奉！如果龙神不需要，只是你们自以为是，想用一条性命求一个安心，那就是你们自己愚蠢！"

众人哗然，议论纷纷，所有人看他的目光都有些异样，仿佛他说了什么大逆不道的话。

"大胆！对龙神不敬，水凌，你是疯了！"

老五和所有人疯狂的眼神对视，一字一顿地说道："是你们疯了。"他在这里留了很久，亲眼看着这些人因为泉水枯竭、灵力消失导致信仰崩塌，这些人确实要被灭亡的未来命运吓疯了。

"放肆！"

"马上将她献祭给龙神！"

老五一抬手，挥开了试图来押他的人："雷来！"

轰隆的雷声在龙神庙内炸响，猝不及防的众人乱了一瞬，很快有人愤怒地喊道："你竟然还敢反抗？！"

老五一招手，又是滚滚雷声响起，连龙神庙的屋檐都被他劈掉了一个角。试图抓他的人实在太多了，他的反抗不过是临死的反击。混乱中，不知是谁攻击了他的肚子，老五脸色一白，仍然强撑着。

他不知道所谓的剧情，但觉得十分抱歉。如果他像大姐那么厉害就好了，如果是大姐成为这个女子，一定能保住这个女子的性命，可他只能落到这种境地。

庙中忽然凭空生出一片大雾。

"怎么回事？"

"谁造的雾？"

"缘木！你疯了？！你给我回来！"

老五只觉得越来越痛，这时有人一把搀扶起他，不声不响地带着他往龙神庙里那口井跑过去，趁着混乱无人发现的时候，抱着他跳进了那口井中。

井里已经没有水了，但这下面竟然很宽阔，是个连接着其他地方的洞口。

"跟我来。"帮他逃出来的人是柳缘木。柳缘木仍冷冰冰地不愿多理会他，但望着他的眼神带着担忧和隐痛之意。

老五抱着肚子惨白着脸，心里默默地说：不知此刻身在何处的大姐,我被一个男人这样看着,有点儿尴尬。"

尴尬只是一瞬间的事,但疼痛是无休止的。他们在黑暗的水井暗道里穿行,没命地奔逃。

暗道似乎是天然形成的,乱石遍布,地面仍旧湿润,石缝里还有浅浅的水。老五踩着这些仿佛河滩卵石的石头,脚步踉跄。柳缘木没有回头看他,在手中托起一团光,那团光像一轮小小的月亮照亮了他们脚下的路。

他们走过的路上,鲜血一滴一滴地溅落。老五捂着疼痛的肚子,看见衣裙上溢出的红色痕迹,有些焦急,这个身体里的孩子难道要保不住了吗?他没有做过母亲,现在该怎么办?

老五埋头忍耐,按在肚子上的手忽然摸到一个蠕动的凸起,吓了一跳,然后忽然反应过来,这个感觉怕是要生了。他的脸上痛苦的表情变得茫然,又变得复杂。他真的没想过自己一个男子有朝一日还要尝试生孩子!

老五头疼又肚子疼,一会儿捏眉心,一会儿摸肚子,凌乱了一阵,最后不得不尴尬地开口:"稍等……我觉得,我好像要生了?"

他这一句话说出口,柳缘木也顿住了,两个人一下子停下脚步,面面相觑。

他们的脚步声和说话声在这里都有回响,一直埋头忍痛的老五这才发现他们已经离开了狭窄的暗洞,现在在一个宽阔的凹陷的底部。这里就像一个大肚小口的瓶子,往上看他只能见到一束光从狭窄的洞口照下来。

让老五感到诧异的是,前方不远处有一棵树,那树长在中央,早已死去的枝条下垂,似乎是一棵柳树。老五不得不回想到他们先前身处的那个潭底,这里和那里很像,如果这棵柳树再长大一些,这里再装满水,大概就是那个潭底了。

"这里是哪儿?"老五感到身体里的力气和灵力都在不断地快速流失,控制不住地往下滑倒。

柳缘木伸手扶着他，把已经痛到快动弹不了的老五扶到那棵柳树下面，让他倚着一块大石，冷淡地说："这是满泉底下，满泉连着龙神庙的龙神井。"

柳缘木已经是奉神大巫，所以才知晓这个秘密。他带着水凌从这里逃离，就是为了从满泉出口把她送出去。可他方才出手救她是临时起意，并没有完整的计划，甚至到现在，仍然在犹豫，不知道该如何对待昔日的爱人——放她，还是杀她？

当巫老们追过来时，没有想好的柳缘木还是下意识地护在了水凌的身前。

他们这一族的人天生拥有灵力，哪怕刚出生的孩童也拥有灵力，由巫觋变成的巫老们更是厉害。柳缘木和水凌都是族中年轻一代的佼佼者，可在巫老的眼中，仍是太稚嫩了。

不管是巫老还是族中其他人，都用可怕的眼神注视着不远处的两个人。尤其是巫老，看向水凌的目光再没了从前的温和之意。他们可以是最团结、最护短的一族人，有任何外人敢伤害他们一人，他们便会倾巢出动去复仇。但在族群存亡的生死关头，他们也可以牺牲从前最疼爱的孩子，只为了求一个希望。

"水凌"不愿意为了族群的希望赴死，在他们看来，已经背叛了他们一族。

"缘木，你难道也要为了水凌背叛我们一族？你被她蛊惑了！她给你的苦难道你还没受够吗？"柳缘木的母亲也是巫老之一，首先站出来愤怒地质问道。

柳缘木僵硬地站着，随即微微倾身，一手按在心口行了一礼："各位巫老，不如就由我去祭祀吧，水凌……你们就放过她吧。"

"你胡说什么？不可能，她就是最合适的人选！你以为我们是随便选定的人吗？"

柳缘木看着母亲的神情，动了动嘴唇，但没有说话，只是摇了摇头。

老五看着这剑拔弩张的场面,已经没有了力气做任何事,连话都说不太出来。他的肚子从刚才起就出现了异状,水凌的身体里原本有庞大的灵力,但都被肚子里的孩子夺走了,不仅如此,孩子还在掠夺着母体的生命力,在积蓄力量想要降生。

普通生子应该不至于如此,所以水凌要生的果真是龙子吗?老五在这危险紧张的场面下,窘迫地想着。

不管如何,他也该努力帮这位女子把她的孩子生出来才行。他看一眼柳缘木的背影,心中无奈一叹,道一声朋友辛苦了,然后专心用力地生孩子。

可这生孩子,到底应该往哪里用力?他如果用手按肚子,能把孩子挤出来吗?老五陷入种种思考之中。其实他还有个最大的疑问:孩子究竟是从哪里出来?这么大的孩子要出来,莫非是直接从肚子上撕开一个口子?如果是这样,他需要主动帮忙开个口子吗?

未满二十、没上过生理课程的老五,紧张地吸气,感觉到肚子里的孩子在扭动。老五伸手紧紧攥住了身后湿润腐朽的柳树树干,一边承受着疼痛,一边感到绝望,比当初被人削肉还要绝望。究竟要怎么生孩子?那些当娘的女子天生就知道该怎么生孩子吗?这太难了。

那边巫老已经动手了,他们灵力强大,一旦认真,根本不是柳缘木一个人能阻挡的。风凭空而起,席卷整个空洞,呜呜的风声十分凄厉,回响在整个空洞中。

柳缘木退后两步,以身后枯朽的柳树为中心撑起了一个无风的罩子,刚好罩住了他们两个人。

外面风力强劲,连大石都能被吹起,柳缘木却岿然不动。又有巫老忍不住出手,漫天被风吹起的大石朝着他们砸来,柳缘木身形一颤,单膝跪了下去。

"柳巫,你还不动吗?"

柳缘木的母亲终于也动手了。

在老五和柳缘木的身后,那株死去的柳树忽然舞动起来,柳枝拧成一根鞭子,重重地击打在柳缘木撑起的防御圈上,一声清晰的破碎声中,柳缘木吐出一大口血,被那一根柳木鞭子远远抽了出去,滚落在地。

巫老们抬手,在他们身后的族人们一部分走向柳缘木,一部分走向水凌,想要将两个人带走。

轰隆隆——

外面忽然雷声大作,所有族人都停下动作,下意识地仰头看向那唯一一道能看见天空的口子。

"打雷了?莫非是要下雨了?终于要下雨了?"

巫老们先是一喜,可是很快就有一位老者翻动手中点了鲜红颜色的木牌,说道:"不,这是不好的征兆,有邪物即将降世,此邪灵降世将会是我们一族倾覆、生灵多灾的开端!"

邪物降世?

他们几乎是下意识地看向了树下脸色惨白、肚子鼓起的女子。

柳巫面颊抽动片刻,忽然大步上前,拿着手中的一根柳木杖,想要狠狠地打击水凌鼓起的肚子。

啪——

木杖打在了石头上。

老五用尽全身力气,才一个翻身躲过这一击,狼狈地滚到了柳树下。柳巫面无表情,步步紧逼,再次举起柳木杖。

轰隆——

雷声大作,却也没能掩住那一声凄厉的惨叫。鲜血落在柳树的树根上,原本枯朽的柳树忽然间重新焕发了生机,柳枝伸展,长出绿叶,连快要腐烂的树干都重新生长起来。眨眼间,这棵柳树就长成了一棵巨树。同时,雷声一声接一声,电光闪烁在柳树周围,几乎裹住了满身鲜血的水凌的身体。

柳巫惊疑不定地后退,身后有巫老大呼:"是天谴!"

这位巫老猛地睁开双眼,眼中流出鲜血,大喊:"我看见大水淹没我们,水淩引来了灾难!"

此言一出,众族人更加激动:"快杀了她!"

老五蜷缩在柳树下,看见亮如白昼的周围;看见外面狰狞的族人,他们正在试图攻击自己;看见柳缘木,他跌跌撞撞地爬起来,想要往这边走;还看见头顶柳树的枝丫温柔地招摇。这一切像一个梦。

可能这本身就是个梦,但不是老五的梦,是那个被困在水底多年,被人喊作龙母的女子一个挣脱不了的旧梦。

在她的身上待了这么久,老五越发觉得,她并不是什么龙母,只是个很普通的女子。

"对不起,我没能帮到你。"老五对这具身体说。他总觉得,这个女子还在这具身体里看着他,和他一起感受着这份痛苦。

他忽然抬手按住肚子,将这具身体所有残存的灵力灌进肚子,然后撕开了肚子。

女子腹中的孩子没能平安出生,他们死了。那两团血肉化作两道纠缠的黑色怨气,猛然冲了出去,在半空中、在电光中变成了两条小龙。

祥瑞之龙出世,有祥云彩光;而孽龙降世,有雷霆不息。

这两个没有出世就死去的龙子已成孽龙了。

孽龙出世,与一般的怪物不同,很快变成了身形巨大的狰狞的龙,这么大的空间险些装不下他们。他们发出怒吼声,引动风云,急雨倾盆。

族人一直在祈求大雨,可现在大雨降临,没有一个人露出喜悦之色。

"这是怎么回事?"

"这到底是怎么回事?"

"水淩为什么会生出孽龙?"

"为什么是龙？"

柳缘木一声又一声地崩溃大喊，好像直到现在才明白了什么。

巫老们则大喝："孽龙渴血，他们要杀人！"

老五没法做出反应了，因为感觉到水凌这具身体已经死了，水凌将最后的生命给了那两个孩子。但他还在，还能看见面前发生的一切场景。那些族人狼狈地逃离此处，大雨不停，天上的缺口不断落下水，很快灌满山洞，淹没了柳树与靠在柳树上的水凌的尸身。

两条龙的龙吟十分稚嫩，他们察觉母亲的逝去，泣血哀鸣，又被刺激得凶性大发，徘徊两圈试图靠近母亲的尸身，可是无法靠近。水凌的身体发出淡淡的光，他们一靠近身体就开始熔化。两条龙更加愤怒，仰天长啸后，一飞冲天消失不见。

九十九个日夜未曾停歇的风雨，把这一片原本干涸的土地变成了一片汪洋。空中阴云密布，颜色一深一浅的两条龙在云中穿梭，一次又一次地掀起风浪，冲击一座小小的山头——那座山头的龙神庙现在已成为人们唯一的一个庇护之所。

一族的屋舍被大雨冲垮，所有的族人聚集在一处。巫老们消耗着灵力，让他们在风雨中不被大浪吞没。他们就像风雨中的一叶小舟，孤立无援，垂死挣扎。

风越来越急，雨越来越大，大水往四周奔腾而去，冲垮堤岸，冲掉了远方的良田城镇，将方圆数千里的土地变成了汪洋。

"再这样下去，我们一族真的要灭亡了。"神情憔悴的巫老将手中带有神力的龙角交给面无表情的柳缘木，"如今就剩这一个办法，我们一族人的生死都交到你手里了。"

柳缘木接下龙神之角，一句话都没说，目光缓缓掠过屋内那些神色仓皇的孩童，看见消耗过度已经露出死态的母亲，转身跃下龙神之井。

水凌的尸体仍然静静倚靠在柳树下，在水中漂浮着。她的尸身不朽，连沾了她的鲜血的大柳树都是绿莹莹的。

柳缘木游过来，在他的灵力之下，他们的身体周围两米的水被抽空了。他浑身湿透，走到水凌的尸体前，将她扶抱起来，看了她一会儿后，沉默地将手中的龙神之角扎进了她的心脏。

两条孽龙最后能降世，是因为得了水凌的最后一口气，他们的力量来源于母亲。这支龙神之角能压制水凌，母体与孽龙之间的联系让他们受制于这具尸体。水凌的神魂将永远被龙神之角镇压，那两条孽龙也会因此被重创——只有这样，这族剩下的人才有可能活下来。

老五动了动睫毛，紧闭的眼睛里溢出眼泪。

辛秀正看着他，见状摇晃了他一下，喊道："老五，醒醒！"

老五睁开眼睛，眼中还带着痛意："大姐。"

辛秀摸摸他的额头，语气温和地问他："孩子生了吗？是男是女？我是不是要当姑姑了？"

老五一窘，把泪意逼了回去，说："是龙凤胎。"

辛秀一拍他的胳膊："是龙凤胎？老五，你也太厉害了吧！"

老五连忙说："不是，大姐，孩子跟我没关系。我也不厉害，没生下来！"

辛秀鼓励了他一下："这次没生下来不要紧，下次一定会成功的。"

老五沉默了。

老五心底那点儿残留的情绪被辛秀这一通胡说八道搅了个干干净净，难受是难受不起来了，他赶紧问："大姐，你是不是也变成水凌了？你有没有怎么样？"

辛秀轻松地说："我？我很好，将剧情猜了个七七八八，不想完整地看一遍，就直接把柳缘木捅死了，他一死我就出来了。"

老五惊讶地说："还……还可以这样吗？"迷茫的小表情让人一看就知道他不知道游戏副本内过场动画可以跳，完完整整地过完了一遍剧情。

辛秀怜爱地摸摸傻弟弟的脑袋,心说:老五是不是生孩子给生傻了,反应怎么有点儿慢?

两个人没说两句话,忽然感觉平静的潭水动荡了起来,在他们的面前,龙母的尸体的光芒慢慢减弱。

辛秀疑惑地道:"嗯?这是怎么了?"这位龙母让他们体验了一次自己的经历,现在还闹这一出,究竟是想做什么?

老五说:"她……应该是想结束这一切。"因为刚才太过强力的回溯,他一身冷汗,显得有些狼狈,直直地盯着龙母想站起来,辛秀顺手扶着他靠近龙母。

老五抬手,毫不犹豫地拔下了那一支插在龙母心口的龙神之角。辛秀先前试图去摸这东西,老五还很紧张和担心,如今反倒自己先动手了。

"不怕这位 boss(王怪)没了封印狂暴吗?"辛秀笑着问道,显然也没在怕。

老五和她混久了,也早就知道所谓"波斯"是什么意思,摇头说道:"我知道她不会做什么不好的事,甚至她的心里也没有怨恨之意。她只是很难过,一直很难过。上面那些孩子……"

他抬头看了看柳树上被裹着的孩童的尸体:"这是用来镇压侵蚀她的。只要龙神之角插在她的心口处,她就永远无法解脱。她的族人们害怕她有朝一日脱困会变成邪物回去复仇灭杀全族人,所以每隔一段时间就会投下一对男女幼童来镇压她,到现在已经变成了一种习俗。可她根本没有这样的想法,到现在还在保护着上面那些用来侵蚀她的孩童怨灵。"

如果是祥瑞之龙出世,龙母也会一跃成为神仙,享有长久的寿命和强大的力量。可她死在那样的时刻,因为孽龙出世,她的身体仍旧残存着力量,和两条孽龙连接着,谁都不知道她会变成什么可怕的东西,所有人都恐惧她。

"她只是不想再看到柳树上的孩童怨灵增加了，也不想继续被镇压在此处。沧海桑田、世事变迁，当初伤害她的族人早已死去，时间已经过去太久。"老五的声音低沉且惆怅。

随着老五的述说，没了龙神之角压制的龙母身上猛然爆发出一团亮光。这团亮光十分刺目，辛秀忍不住眯了眯眼睛。她听到一声女子的轻柔叹息，柳树上的孩童尸体同时爆发出强大的怨气。浓郁的黑雾笼罩在上方，像一个盖子，试图压住底下的光。

然而这一次，那光芒穿透黑雾，驱散了所有怨气，就像阳光驱散乌云。哪怕在这么深的冰冷水底，辛秀也感觉到一阵暖意，还有一丝抑制不住的悲伤情绪，这一点儿悲伤情绪是从龙母那里传来的。

龙母看上去是惨死的，还被镇压在这种鬼地方这么久，竟然真的没有一丝怨气。辛秀在心中叹息，这样的人天生就是当圣人的，大约就是这样，龙母才会拥有那样的天地感应，能以人的躯体孕育龙，只可惜最后是以悲剧收尾。

孩童怨灵长久的怨气消散，残余的灵变成纯白色，像一条条小鱼，茫然地穿梭在柳树摇摆的枝叶间。龙母水凌的尸体在水中缓缓消散，如同鳞片剥落，几息之间就成了水底一团渐渐暗淡散去的磷光。但是在她的尸体化去之前，她的体内浮出一颗白色的珠子，没入了老五的额头中。

辛秀和老五都没想到会有这样的突发事件。辛秀想都没想，一掌按在老五的眉心处，试图把那珠子拉回来，可那种力量并不是辛秀能控制的，老五几乎是在下一刻就发出了同水凌身上一样的白光。

辛秀被吓得冷汗都出来了，脸色一变："老五，你不会变成下一个龙母了吧？"

老五的神志还算正常，他的身体漂浮了起来，身体周围白光萦绕，感受了片刻后，他有些迟疑地说道："我的修为似乎在不断上涨。"

辛秀这会儿也感觉到了,一屁股坐在地上呼出一口气:"原来是通关奖励,吓我一跳。"

老五先前脚部空荡荡的,不是坐轮椅就是骑牛或者辛秀帮忙扶着他。可是现在,他心念一动,整个人就立在空中,身形如一朵轻盈的云。

老五往身体周围看了一圈,试着抬手。随着他这一抬手,天上云层汇聚,风雨井里这一潭水不断翻涌,如水龙卷入天上。

辛秀目瞪口呆地看着周围的水消失一空,连她的头发、衣服上的水都被挤出来汇聚成水珠离开她的身体往上飞去。

辛秀忍不住鼓起了掌:"老五,厉害了,你这是一下子涨了多少修为?"

老五也有些诧异自己如今的能力,感受了一番才不确定地说:"我好像……快要成人仙了。"

人仙!辛秀要是没记错,蜀陵里一共就没几个人仙,她的师父那么厉害都还没修成功,老五的修为一下子坐火箭提升了?

老五摆手道:"不是,还没到人仙,我觉得还缺什么,应当是我的心性不足。"凭借他如今的修为,他有一些说不出的天地感应,对许多玄之又玄的东西有了些理解。

辛秀心道:这可真是傻人有傻福了,老五这傻孩子竟然是拿了故事主角剧本的人。

如今潭下的水没了,空荡荡的,柳树下只剩下柳缘木的一具白骨。白骨的周围两米处有一层淡淡的光,那是柳缘木的灵力所致。如今淡光失去了要护的东西,也慢慢散了,同时白骨化灰,柳缘木的一点儿残魂附在柳树上,使得柳枝无风自动。

老五举起一双手,原本只有一点儿的潭口忽然间变大,越来越多的阳光照射下来,落在巨大的柳树上。一些孩童的残魂绕着垂落下来的柳枝,发出细碎的说话声。

飘浮在空中的老五动了动手指，柳树下的许多石头被垒起来，在树根前垒出了一座小小的石头坟墓。曾经长满了绿藻和水草的地上，慢慢长出茸茸绿草和鲜花。老五用自己的木系灵力将这个龙母的埋骨之地变成了一处静谧而灿烂的花园。

辛秀静静地看他做完这一切，见他转头对自己不太好意思地笑了笑，说："大姐，我们走吧。"

他抬手扶住辛秀，往上飞去，先前被他们救下的那两个昏迷的孩子也随着他们往上飞。当他们飞过柳树的枝丫时，那些孩童的残魂在风中散去，重归于天地。

一条长长的水龙盘旋在山间，安静地流淌着。这是风雨井之前的水，水淩最后的灵力都散在这里，将这些水变得无比清澈。

道士原本守着两个变成娃娃的小孩儿在外面，先是见到水涌出来汇聚成水龙的形状，又见到风雨井原本的小口子变大，吓得差点儿拔蹄就跑。

"回来，回来，牛道士，你想往哪儿跑呢？"辛秀一出来就见道士想跑，把他招了回来，顺手把另外两个孩子也让他背上了。

道士讪讪地跑回来，试探地问："你们在底下遇上什么了？怎么这么大动静？"

辛秀没理他，示意他跟着走。他们从山间下去，那条潭水汇聚的水龙像一条真龙盘旋在他们身边。辛秀抬手摸了摸水龙，手探进水龙的身体里，像是在摸一条小溪。

老五飘在她身边说："这里的人再也不能使用灵力了，会变成再普通不过的凡人。祭祀了这么多无辜孩童，没了龙母作为阵眼镇压，今后他们族中气运凋零，也慢慢不会再有孩童降生了。"所以，他们终究要走向灭族的命运。

辛秀捏了捏牛背上一个小男孩儿肉嘟嘟的脸，嗯了一声。她之前其实想过做些什么，但现在似乎也不必做什么了。

风雨镇的人发现山上的异状，聚在一起正准备前去探查，就撞见了从山间下来的辛秀两个人。

他们族里那两个被当作祭品的孩子还睡在牛背上，被辛秀随手塞进了一个人怀里，说："你们的孩子还活着，抱好了，可别再往水里丢。"

"你们……你们……？"他们看着两个人身后盘旋的水龙，不敢轻举妄动。

辛秀说道："你们的龙母祖宗我们带走了，你们以后不需要祭祀了。"

少数几个老人露出愤怒的神色，但辛秀注意到很多年轻人脸上露出了解脱般的神情。

"等等，你们究竟是什么人？"水原分开人群追问。

辛秀看他一眼，指了指牛背上的两个孩童："受他们的母亲之托，来带孩子回家的人而已。"

他们离开了青山绿柳环绕的风雨镇。

水龙被老五收了起来，见老五一寸地把一条小河收起来，道士抽了一口气："这小子怎么变得这么厉害了？"

辛秀没理他，朝老五挑了挑眉。

老五回答道："我想把这些水带到其他地方去。这潭水能孕育出一个灵力旺盛之地，我不想把它留在这里。"经过许多事，老五终究也有了一些变化。

辛秀正感叹，就见老五将那一支龙神之角递给了她。

辛秀接过，疑惑地问道："嗯？"

老五说道："这个给大姐，大姐以后说不定能用上。"

龙神之角，这东西能被供奉那么久，能够镇龙母和这一片的气运，想也知道是好东西，老五却转手给了她。

辛秀敲了敲龙神之角："你继承了龙母的力量，这龙神之角应该也是你的。"

老五摇摇头说道:"那就算我送给大姐吧。我已经有了这样的力量,足够了。"

辛秀一眼就看出他在想什么。他像小孩子一样,觉得两个人都经历了一样的事,只有他得到奖励,不太公平,担心她不高兴。她也不多说,直接把龙神之角收了起来。

老五这才笑了:"大姐,我们把这两个孩子送回去,他们的娘亲应该等急了。"

辛秀和老五一番忙碌,送回了孩子,终于无事一身轻地回到他们先前的落脚处。

见到崭新的老五,老四摸着脑袋思考良久才说:"老五,我怎么觉得你出门三日,变漂亮了不少?"

老五沉默不语,四哥倒是没变,还是不太会说话。

申屠郁则深深看了师侄一眼,指出:"他的修为增长了许多,你们遇到了何事?"

"这事就说来话长了。"辛秀语气一转,"其实很多事我也不太清楚,老五你从头讲一遍?"

老五坐下,果真将事情讲了一遍,只不过在他的口中,故事和辛秀先前想的情况又有点儿不一样。

"我得到了龙母的力量,也看到了她的过去……"

最开始巫族大旱,所有奉神巫再也感应不到龙神,引发了长久的恐慌情绪。作为族中年轻一代中灵力最强的巫尪——水凌得到感应孕育龙子,可她说出的话被巫老曲解,柳巫觉得她是为了与儿子争夺大巫之位不惜撒谎。

他们一族已经很久没有龙神的消息了,而巫老们早已秘密决定牺牲一个巫尪用作祭祀龙神,选择的正是水凌。巫老们听了水凌的这些说辞,都以为她是为了逃脱祭祀而撒谎。更有巫老卜出,水凌将为他们一族带来灭顶之灾,于是他们更不愿相信这个孩子的"谎言"。他们围杀水凌,导致孽龙出世。

这些事虽然和老五的经历并不完全相同，但大体一致。

"风雨镇前那一条龙形的河流，是那两条孽龙之一留下的。当时两条孽龙肆虐，有修士前来阻止降服，其中一条龙受重伤，落在地上流出的血最后成了那一条龙形的河。"

辛秀忽然想到什么："孽龙肆虐？咱们蜀陵之前那条雷龙，不就是因为引起大水淹死了许多人才被抓了吗？难不成两条孽龙之一就是他？"老五默默地点了点头。

孽龙之所以被称为孽龙，是因为他们作孽越多，力量越强。所以他们顺从天性，不断淹没土地，淹死了许多人，最终一条失踪，另一条被祖师爷灵照仙人降服关押在蜀陵。

一个久远的故事到今日终于完全落幕。

第二章　诛妖金华宫

　　几百个妖怪前呼后拥，抬着巨大的轿辇，一路招摇过了后国好几个边城。

　　由于顶着朱荣护法的身份，还带着一大群朱煞法师留下来的小妖怪属下，辛秀他们赶路的速度并不快。

　　老五向来是最安静的人，这几日都坐在大车的角落里修炼。他本是木灵根，又得了龙母的水系灵力，体内多了一枚聚水灵珠。五行之中水生木，如今他的木系法术更加厉害了。因为修为一下子增强了许多，他自觉应该承担起以后作为战斗主力的责任，很认真地提升着自己。

　　老四坐在车上琢磨着他的天工模型，但没什么头绪，心不在焉地琢磨着什么，忽然说："我还是有点儿没搞清楚，这世上真有龙神吗？那两条孽龙是龙神的孩子？"

　　他这几日听了龙母的故事，就一直在纠结。

　　辛秀正在和那位"养伤"中的白姐姐下棋——五子棋，闻言头也不抬地说道："据说龙神早死了，但这个龙神是不是具体指某一条龙还真不一定，应该是某种神奇存在的指代。感而受孕，大概就是天地之间差不多该出现两条龙了，然后就有一个人顺应时势承担了孕育的责任。总之，感而受孕和咱们人类生孩子不一样，和传说中的某位龙神应该也没太大关系。"

她说完朝对面冷若冰霜的白姐姐笑了笑："对吧，姐姐？"

申屠郁注视着面前胶着的棋局，用冷淡的嗓音回话："只要是龙，都可称为龙神的子孙，但具体是什么族类孕育出来的，又会变成不同的龙。龙天生就拥有媲美神仙的力量，与这世间任何一种生物都不相同，他们的出现和多寡有时会决定着尘世运道，反之，尘世运道也会影响这种神妙生灵的多寡。"

他随口解释着，看着徒弟慢悠悠地又悄悄连上了四个棋子，要是不堵，马上她就赢了。

他们一盘五子棋下了许久，申屠郁只稍稍一顿，就决定假装没看见，让徒弟赢一局。他拿了一枚白子连了四个子，辛秀拿了黑子往他旁边放，也不去连那五子。他们两个这是互相放水，申屠郁又一顿，还是顺着徒弟的意思赢了这一盘棋。

辛秀赞叹："白姐姐厉害，第一次下五子棋就赢了！"

申屠郁还没被人让过，本以为自己是在陪孩子玩，结果现在反而变成徒弟在陪他玩了，而且徒弟还故意逗他开心。申屠郁颇纠结地看了徒弟一眼，想起她这些日子对自己的悉心照顾，忍不住心里打鼓：徒弟不是喜欢男子吗？

老四还想再问点儿什么，看大姐和白前辈又开了第二局棋，虽然一个笑容满面一个神情冷淡，但气氛和谐，莫名有点儿开不了口。老五在一旁拉住他，小声说道："四哥，我觉得还是别打扰她们了。"

老四默然片刻，缩到角落和老五坐在一起："大姐是不是老毛病又犯了？"

老五默默点头。他们这位姐姐，但凡是看到顺眼的、合自己心意的人，就想和人交朋友、热情照顾。

老四又说："我早就发现了，越是对她态度淡的人，她就越喜欢，越想和人交朋友。"

辛秀似笑非笑地扭头，一枚棋子砸到老四的脑壳上，说："老四，我听到你编派我了。"

老四揉了揉脑门，缩回脑袋闭嘴。

申屠郁也听到了这话，一思索，顿时觉得醍醐灌顶，原来如此！

之前乌钰是因为那张脸和他心里的顾虑对徒弟就挺冷淡的，难怪徒弟那么喜欢。自己现在这个白无情的身份，又太过冷淡，徒弟对他更好，再这样下去，徒弟要是再喜欢上他，可就不妙了。

申屠郁一思考，觉得自己很需要改一改这性格。

他压根儿没听出辛秀和老四这一来一往就是在开玩笑，自顾自地恍然大悟，又认真思考了可行性，并且决定付诸行动，做出改变。

可让一只熊猫动一动，已经是件困难的事了，再让他热情……他该怎么热情？申屠郁不知道。这辈子他似乎都与"热情"二字无缘。

申屠郁看了一眼徒弟笑嘻嘻的脸和亮亮的眼睛，心里觉得徒弟十分可爱，同时又忍不住想：师父真是累了。这么可爱的徒弟，为何爱好如此奇怪？

辛秀见到白姐姐并不高兴的表情，心道：赢了还不高兴，莫非她是看出我故意让她了？

他们这样声势浩大，碍于朱荣护法的身份，一路上城主、富豪见他们路过都要开门迎接，客气一番地邀他们入住，不管是不是真心实意，面子总归要给。

辛秀自然也不客气，次次都找看上去最有钱有势的人家，先深挖一番他们的底细,再决定自己暂住的态度是友好还是不友好。一旦遇上那种不做好事的人家,他们离开时,无一不是把人家家里闹得鸡飞狗跳,被称为煞星。

辛秀心道:抹黑朱荣护法和金刚天王菩萨的感觉真快乐。

他们又住进一个小城的城主府里,辛秀照例演了一场戏,就快乐地把朱荣护法的皮一撕,去找白姐姐玩耍。

毕竟他们身在敌营,以防万一,也方便互相照顾,都是两个人住一处。按照性别分配,白无情自然是和辛秀住在一起。

不过,辛秀和白无情都住一个房间了,却从来没睡在一张床上过。白无情要么每夜认真修炼,要么彻夜"疗伤",总之辛秀邀请她一起睡,她从不答应。

洗澡也是如此,辛秀邀她洗澡,白无情更不可能答应。一次就足够心惊肉跳了,多来几次,蜀陵幽篁山里的大树都快被她的本体挠光了。

如今申屠郁反思片刻,觉得就是自己这样不断拒绝,反而让徒弟生了执念,不如顺了徒弟的意思,如此一来,徒弟这热情的劲头应该会有所消减。

"白姐姐,一起去洗澡啊。"辛秀照例招呼了一声。

申屠郁一咬牙,说:"好。"

辛秀一愣,没想到白无情会答应,不过旋即就笑开了,挽了姐妹的手一起开开心心地去泡澡。

果真是精诚所至,金石为开,这位冷冰冰的姐姐总算被她焐热了,不再拒人于千里之外。可见她先前觉得这位姐姐外冷内热并没有错,这才没多久,白姐姐就愿意克服困难让她亲近了。

辛秀颇觉有成就感,顺势提出:"我为姐姐擦背?"

申屠郁莫名沉痛地看了徒弟一眼,说:"好,我也可以……可以为你……"

辛秀顺着说:"为我擦背是吧?那就多谢姐姐了。"

她说完一转身，扶着柱子差点儿笑出声来。白姐姐是她见过的最害羞的人了，从前她和姐妹一起泡澡，玩笑打闹都十分随意。就是她在蜀陵和师姐一起泡澡，也没人像白姐姐这么紧张。关键是白姐姐明明那么紧张，还要主动提出给她擦背，一副要和她一样热情的样子，白姐姐究竟是哪里来的大宝贝？实在是太有趣了。

申屠郁趴在光滑的大石上，双眼无神地望着前方的石灯座，听到徒弟在背后说："白姐姐，你的皮肤也太好了，光滑细腻，摸上去简直像温玉，我以前还觉得这种形容太夸张了。"

申屠郁听她这么一说，开始回想自己当初炼制这具躯体是不是用了温玉，仿佛是用过一种玉石。

过了一会儿，他猛然扭过头："不是说擦背吗？"

辛秀乐道："是呀，我看姐姐有点儿僵硬，应该是累了，顺便给姐姐按摩一下。"

她满脸无辜，实则心里在哈哈大笑。

申屠郁忍着那种被挠痒痒的微妙感觉扭头，有点儿感觉到徒弟是在故意玩闹，但能怎么办？他又不能把她丢出去，只能让她捶捶背、捏捏肩，告诉自己这是被徒弟孝顺了，没有任何问题。

辛秀开心地说："好了，姐姐，轮到你了。"

申屠郁慢吞吞地扭头，看见徒弟的模样，又迅速转头。

辛秀又忍不住笑："干什么呀？我有的地方姐姐又不是没有，姐姐的还比我的大呢！"

申屠郁说："好了，你趴着吧。"

辛秀忍住笑意说："好，好，好，我趴着，这就趴着！"

申屠郁挽了挽袖子，拿起浴巾。

辛秀一下子笑不出来了："姐姐，你是在报我刚才笑话你的仇吗？"

申屠郁停下，有些费解："怎么了？"

辛秀龇牙咧嘴地扭头："你再用刚才那力气擦两遍，我的皮就能整个被刷下来你信吗?"

不愧是修为高深的白姐姐,搓个澡的力气,放在普通人身上,大概已经当场咽气了。

申屠郁放轻动作,把徒弟的背当作一块石板擦擦洗洗。

辛秀吸气道:"嗵!红了,一定红了!"

申屠郁问:"力气再小一点儿?"

辛秀点点头:"小一点儿。"

申屠郁耐心地问:"现在呢?"

辛秀突然哈哈大笑:"哈哈哈哈!哈哈哈哈!"

申屠郁纳闷地问:"这样的力气,应当不至于受不住。"

辛秀笑着说道:"太轻了,好痒!"她扭来扭去,摇头晃脑,一头长发又滑了下去。申屠郁顺手帮她把头发撩起来,目不斜视,专心致志地继续擦擦洗洗。辛秀趴在那里,昏昏欲睡,嘴里还开玩笑道,"干脆姐姐再帮我洗个头发,我懒得动弹了。"

申屠郁应道:"那你就这么趴着,不要转过来。"

辛秀懒懒地答道:"好。"

过了一会儿,辛秀睡意全无,捂住自己的脑袋扭头看身后搓头发的白姐姐,幽幽地说道:"姐姐,我要被你拽秃了。"

她先前怎么没发现这位含蓄又冷冰冰的姐姐力气这么大?

申屠郁回神,放开她的头发,发现自己的手上果然拽着十几根断发。

苍天好轮回,一报还一报,当初被辛秀摸下的毛,如今他已经偿还了。

辛秀捞起自己被搓到打结的头发,在白姐姐面前晃了晃,说:"姐,我现在信你以前真的没朋友了。"看这生疏到令人发指的技巧,白姐姐以前绝对没做过这些事。

申屠郁见徒弟神情严肃,忽然抬手动了动手指,手里那十几根断发就自动接了回去,放下手,从容地说:"好了,接回去了。"

辛秀惊奇地问他："还有这种法术？"

申屠郁点头，说道："有。"他当初脱毛太多，在树上吹风觉得有点儿冷，所以想出此种法术，也研究了快速长毛术。

辛秀扑上去勒住白无情的脖子，撒娇道："姐姐快教我，我也要学！"学会了这个，她以后回去摸熊猫师父，就不怕他脱毛了，反正能接回去。

申屠郁要窒息了，说道："松开，趴回去！"

"哈哈哈哈！别激动，别激动，我这就趴回去！"

申屠郁觉得事情有点儿不对了。

他"热情"起来之后，发现徒弟对于白无情的态度并没有改变，不，应该说徒弟更热情了。这样一来就显得两个人姐妹情深，而且情深似海。

申屠郁有点儿招架不住徒弟对于好姐妹之间的随意，当然最招架不住的就是他们晚上睡在一起，徒弟和他聊天说起自己的恋情，提到了乌钰。听到这个名字，申屠郁简直芒刺在背，不知该做出什么表情。

至于在那之前，他们是怎么睡到一起的，这个过程申屠郁自己其实也不太明白。

他就是答应了和徒弟一起泡个澡，结果搓背、捏肩、洗头都做了。等到徒弟终于善心大发地穿好衣服上床休息，他只觉得汗流浃背。

帮人搓澡不是熊猫该干的活，他还思考着下一次要不要答应，就被徒弟揽着胳膊一路回了房间。徒弟谈兴甚佳，说起蜀陵风物滔滔不绝，还夸赞起祖师爷、师叔师伯和师兄师姐，当然少不了夸赞师父。

申屠郁也就是听了一会儿徒弟的吹捧，等反应过来的时候，整个人就已经坐在了床上，连被子都盖一半了。

申屠郁望着手里的被子，脑子里还在想着徒弟刚才那句"我的师父恐怕是世间最好的师父，我的爹娘都没他对我那么千依百顺，别看他看起来冷淡，其实格外疼爱徒弟"，怎么都没办法掀开被子走人。

在他顿在原地的时候，旁边的徒弟已经拍了拍身旁的枕头，奇怪地问他："怎么了？姐，快躺下啊，你该不会准备一直坐着吧？"他就被徒弟拉着，缓缓躺下，顺手把被子盖上了。

至此，申屠郁又打破了之前给自己定的一个规矩——绝不和徒弟一起睡。

辛秀从被子里伸出手，钩了钩白姐姐的头发，说："姐，你这么长的头发，睡觉的时候就这么乱糟糟地散着压在背后？这多不舒服？你起来，我给你扎个辫子。"

申屠郁又缓缓地坐起来，把自己当个没有感情的工具人。他感觉徒弟盘坐在身后捞起自己的长发仔细地梳理，纤细的手指在他的头发里梳过。他低头看了一眼自己这具身体的胸前，默默定了定神。

"好了，扎好了。"辛秀把那漂亮的长发扎成辫子放下，见白姐姐垂着头好似在发呆，笑嘻嘻地扑上去戳了一下她的胸，"白姐姐！好大！"

申屠郁被吓了一跳，骤然回神，拉起被子盖在身前，回身用一言难尽的目光看向徒弟，眼中还有些谴责之意。

辛秀笑嘻嘻地说："是我手痒，姐姐要是不高兴，我让你戳回来？"

申屠郁两指抵着她的肩，把她按了回去："不必，安生睡觉。"

辛秀顺势躺下，哀叹两声："我有点儿睡不着。"她转头看着白姐姐洁白的面颊，笑着说，"我一看到姐姐就觉得面善亲切，说不定我们上辈子真是姐妹。"

申屠郁心道：为师觉得不太可能。

女生之间的夜谈总是话题多变，辛秀随意说了些话题，不知道怎么的就说起了乌钰："后来，我就把他送回自在天去了，今后大概再也不能相见了吧。"

申屠郁听到徒弟惆怅的语调，心中一紧，刚想劝慰几句，就听徒弟继续说："要是再见到他，我倒是想试试姐姐教我的生发之术，说来，和尚免疫这法术吗？"

申屠郁说道："不如我明日寻个人来让你试试？"

辛秀打趣道："哈哈哈哈，白姐姐，你也会开玩笑了！"

申屠郁并没有开玩笑，只是想，既然徒弟好奇，让她试试便是了，只要别说乌钰，谈什么都好。

辛秀听不到申屠郁的心声，又随口一说："不瞒姐姐，其实先前我一直觉得姐姐和乌钰很像。唉，如果姐姐是个男子，说不定咱们如今就不做姐妹，而是做道侣了。"

哪怕习惯了徒弟这口无遮拦、随口开玩笑的性格，听到这两句话，申屠郁仍旧有些紧张："你为何觉得我们相像？"

辛秀说："感觉吧！感觉有些时候是虚无缥缈的，但我这人非常依靠感觉，比如与姐姐你感情好，就是因为姐姐你给我的感觉很好。"

申屠郁问："你该不会将我当成那乌钰吧？"

辛秀理所当然地说道："那当然不会，你们性别都不一样。"她后知后觉白姐姐有些紧张，忽然回过味，拍着被子大笑起来，"我说你怎么总放不开呢！你该不会以为我喜欢女子吧？虽说我是热情了些，但你可千万别害怕。我只喜欢男子，不喜欢女子。"

申屠郁总算得到了一点儿慰藉，放松了些许。谁知辛秀又凑过来，脑袋压着他的肩，很感兴趣地问他："看姐姐你这一副'一朝被蛇咬，十年怕井绳'的模样，莫非以前被女子喜欢过？不然你不至于如此紧张，一般女子之间交朋友都不会想到这种方向吧？"

申屠郁不知道该给白无情这个身份一个怎样的故事背景，又怕自己以后不小心露馅儿，最后憋了半天，板着一张脸憋出来一句话："我不想说。"

白无情这么说，辛秀就明白了，感叹道："白姐姐，你真是个有故事的女人。"估计还是很复杂的故事，所以不像自己，因为没什么压力和心理阴影，随随便便就能拿起来说。

辛秀聊完就睡，申屠郁却睁眼到天明，拽拽自己被人抱住的胳膊，没拽出来，深深感到熊生艰辛。

他的心情不好，别人就倒霉了。最近没有撞上来的敌人，他只好重操旧业，又去毁了金刚天王菩萨的几十座庙宇。

辛秀只当白无情伤好了又迫不及待地想找金刚天王菩萨报仇，心下算了算日子，准备安排上这件事。

恰好此时从后国国都来的信使雀妖寻上"朱荣护法"一行人，传达了金刚天王菩萨的旨意。这位金刚天王菩萨因为手底下几个护法死亡，又寻不到凶手，正在国都发脾气，急召朱荣护法回去。

"我是替菩萨来送消息的，朱荣护法，你离开国都也有些时候了，怎么还不回去向菩萨复命？菩萨可有些不高兴了。"雀妖细细的嗓音带着股不正经的调笑意味，"朱荣护法这次怕是要被罚啦，菩萨可是很生气，就等着护法回去解释黑山护法的死因呢！"

除了雀妖送来的消息，还有黄石城城主送来的急信。金刚天王菩萨终于听说了黄石城的异状，要求城主梁中峤去国都面见。如今的梁中峤是黄苇夫人假扮的，她要去见金刚天王菩萨，自然心虚，所以来信商讨该怎么办。

辛秀直接给她回信，让她去往石象城，与他们会合。

如今辛秀比先前有底气多了，毕竟老五修为大增，白姐姐的伤也养得差不多了，他们此去国都，也不是完全没有胜算。只要不是毫无胜算，辛秀就敢去拼一拼。

石象城是通往国都的一处重要关隘，城池宽广，人口众多。这样的地方一般来说都比较安定，然而辛秀一来到这里，就发现这里和后国其他地方并没有什么不同,同样妖鬼肆虐、疫鬼作乱。这里也有数不清的金刚天王菩萨庙,还有一位巨石护法坐镇。

但在普通人眼中如神明一般的护法,根本就不保护普通人。

这一位石象城里的巨石护法,似乎并不像其他护法那么喜爱美色和珠宝,甚至也没有修建属于自己的护法宫,但所在的地方,疫鬼更加嚣张。

辛秀一行人刚到石象城附近,就发现城外一片连绵的破旧棚户。无数得了疫病的人被驱逐出城,又不敢走远,全部聚在此处。他们用木板、稻草、石头和泥土,建造起低矮的临时住所。

还未死去的人十分绝望,多的是骨瘦如柴的穷苦病老之人在这里苟延残喘,死去的人魂也拥挤在此地不愿离去。辛秀抬眼看去,人影憧憧,像一幅色彩晦暗、笔触诡异扭曲的画。

这是人间的地狱,也是妖鬼的天堂。

在这里,妖鬼想要找到食物非常容易,因为很多人活得如同行尸走肉,他们被妖鬼吓破了胆,完全不会反抗。

人痛苦地死去,被埋进土里,又有不少人被这地方的深重怨气影响,变作妖鬼,从土里爬出来继续祸害活人,所以这里的妖鬼比起其他地方多了很多。

辛秀站在石象城的城墙上,从城内看到城外:"这个巨石护法,是有意识地在这里养妖鬼。"

她的脚边又是一大串妖鬼的尸体。他们刚才在城外破旧的棚户区转了一圈,也没有专门去找,就已经随手插死了这么多妖鬼,妖鬼实在是多到不太正常。

同样跟着辛秀暗暗看了一圈的老四气到脸色黑沉,捶了一下城垛,问道:"大姐,你还没见过巨石护法,怎么知道是他在养妖鬼?"

辛秀说:"我们悄悄在城里城外转了一圈,你没有发现一个问题吗?"

老四问:"什么问题?"

老五这时开口说:"这里没有柏树和桃树,一棵都没有。"

柏枝能杀妖鬼,桃枝能杀疫鬼,他们在其他地方多少能看到这两种树,但石象城里完全没有这两种树。

辛秀又说:"我们在城内看到过被砍断的桃树根,还有那边的树林里被烧毁的一片树正是柏树,显然,这是一种有意识的清理行为。能在城里让人做出这种事的除了一手遮天的护法,还有谁?"

老四明白了,总结道:"所以,要杀巨石护法!"

辛秀提着那一串妖鬼的尸体,拍拍老四的肩:"没错,所以咱们该用朱荣的身份进城了。"

他们走出去一段距离后,辛秀回头喊:"老五。"

老五飘浮在空中,望着那一片人间地狱,收回目光朝辛秀和老四飞去,衣摆划过地面上的一丛丛枯草。

辛秀回到朱荣护法的大车上,申屠郁睁开眼睛看向他们三人:"如何?"

辛秀认真地说:"得想办法杀了巨石护法,不然这里的人迟早会死光。我们这次进城暗访,本来想看看他,但是没有找到他,也不知道他去了哪里,总之先见到他再说。"

申屠郁点头:"好。"

辛秀打算先进城见巨石护法一面再说,谁知第二日他们的大车刚进石象城的城门,就陡生异变。

在大车进入城门甬道时,原本厚重的城墙猛然颤动起来,朝他们砸下,当场就有不少反应不及时的小妖怪被砸成肉酱。

轰隆声响中,申屠郁抱着辛秀,老五带着老四,从破碎的大车里飞出,停在空中。

辛秀还顶着朱荣护法的外表,其他三个人则是一副美人模样。辛秀望着下方的滚滚烟尘,抹了一把脸说道:"要么巨石护法看出了我们不对劲,要么金刚天王菩萨给了他什么命令,要么我们之前去城内暗探打草惊蛇了。"

常在路上走，哪能不翻车？辛秀这一次翻车翻得猝不及防，她紧皱眉头，不知道巨石护法是什么来头，竟然一改护法都智商不高的情况，给她来了个当头棒喝。

申屠郁见她皱眉，说道："不用费心，不管如何，杀了他便是。"

底下那一座"城门"忽然抖抖身上的尘土，站了起来。

眼看城门和那一道城墙变成一个巨石怪人，两只窗户般空洞的眼睛朝他们看来，辛秀立刻反应过来，说道："他就是巨石护法。"

他一个护法，躺在这里当城门干什么？

如果他的本体就是这座石象城的城门和旁边的两道城墙，那么他会知道他们的身份就很正常了，毕竟昨天晚上他们三个就站在城墙上方讨论要杀巨石护法的事。现在想想，说不定他们还是正对着人家的耳朵说的。

唯一让辛秀不明白的是为什么巨石护法身上没有丝毫妖气？凭借她现在的眼睛，她竟然没看出来任何不对的地方。还有老五，以他如今的修为，他竟然也没有察觉异常之处。

"这是什么妖？"

"不是妖，是精怪。"申屠郁盯着那巨石怪人，解释道，"是石怪，这东西稀少，你自然没见过。它身上没有妖气，若是不动弹，和普通的巨石没有区别，令人防不胜防。"

妖一般是动物成妖，也有植物变成妖的，但妖可以有种族，也就是说一棵桃树变成妖，另一棵桃树也可以修炼成妖，他们就是同一种东西。

但精怪是不一定的，哪怕有两块石头变成精怪，他们也不是同一种东西。精怪不是修炼成这模样的，而是因为什么异事，机缘巧合下有了灵智，生出异常的力量。

一块石头可能变成精怪，一片水可能变成精怪，一团云也可能变成精怪，甚至一座屋子、一支笔，在很特殊的情况下也可能变成精怪。至于这精怪厉害与否,就要看其是如何变成精怪的。一般来说,精怪都是些比较弱小的存在,只能闹出点儿小问题。

辛秀听白姐姐解释几句,忽然想起来关于蜀陵的祖师爷灵照仙人有这么一则传说:灵照仙人当初得道时拿在手中的一本书,因为被他时时翻看,日日带在身边,沾了他身上的仙气,又被他成真仙时的玄奥激发,成了精,从此变成一本天书。

这书会自动记录天下发生的一些事,还会自创修炼典籍,从前还有什么"得天书者得道"的传言。关于祖师爷的各种传说太多了,这一则一点儿都不稀奇,辛秀一时都没想起来。申屠郁一说精怪,她才回想起。

那本天书精怪属于精怪中很厉害的一种,而面前这巨石护法应当也不差。

巨石护法站起来后就成了一个顶天立地的巨人,和旁边的低矮房舍比起来显得异常高大。辛秀越看越眼熟,觉得这厮有点儿像奥特曼经常打的那种怪兽。

比阴谋诡计,辛秀完全不虚,可像现在这样突然和敌人面对面拼力量她就不行了,毕竟她的修为摆在这里。

辛秀给了白姐姐一个眼神,从她的怀里翻出去跃到一边,坐上了自己的飞天摩托,给自己找到远程辅助的定位。

那只石怪没有给他们留太多商讨战术的时间,双手如天上流星般朝他们轰然砸下。

石怪的双拳砸到地上,辛秀清楚地看见地面在震动,离得近的房屋当场倒塌,像遭遇了地震,来不及逃脱的人被压在倒塌的房梁下面。和石怪比起来,那些毫无还手之力的普通人,真的如同蝼蚁。

辛秀喊了一声:"老四!"指了指城内的方向。

老四立刻明白了。他在这里也帮不上忙,扭头去把人从倒塌的房子里刨出来。

老五也明白了，不能让石怪继续在这里打。石怪这么大的身体，又不在乎普通人的死活，毫无顾忌，只要乱踩几脚，就不知道要毁掉多少房屋，踩死多少惊慌之下乱跑的人。

申屠郁一脚踢上石怪的脑袋，见他身形要倾倒，看了一眼下方被笼罩在石怪阴影里的房屋，又从反方向踢了一脚，将石怪踢得往前踉跄。这一前一后两脚，看似寻常，给石怪的冲击却很大。

辛秀在天上看到这一幕场景，感觉就像看到了蚂蚁绊倒大象，忍不住一愣，心道：白姐姐看着长腿细腰，当初第一次见面那个火流星更是不得了，我都以为白姐姐是法师，结果白姐姐还是力士，力气竟然这么大，那么大个石怪，她说踢倒就踢倒。

这么看来，上次白姐姐帮自己搓澡的力道还是特意放轻了的，真是感谢她还记得妹妹的脆弱。难怪白姐姐平时没事都不碰我，也不爱挽手，大约是害怕一个没注意扭断我的胳膊。

辛秀有点儿逃过一劫的虚惊感，忍不住动了动肩，觉得自己下次不敢瞎动手动脚了。

"白姐姐，能不能把这东西赶到那边树林里？"辛秀喊道。

申屠郁回了一声好，从石怪的肩上跳下去，试图搬动这座大山，但石怪显然不会坐以待毙，立即抬起大脚踩踏。这么大个玩意儿，力量沉重，应该显得笨重才是，没想到还挺敏捷，原地跳了一阵踢踏舞，地面被他踩得不断震动。申屠郁也找不到机会挪动他，只要稍稍一停就会被踩中。

老五绕着巨石人飞行一圈，在他的周身贴了几道符，地上那些没入脚踝的野草全部疯长起来，像长发缠住了巨石人的腿脚，将他定在原处。

石怪发出一声闷雷般的怒吼，如同山洞里传出的回声。他抬手去扯脚上的野草，一扯就扯断了一大把，辛秀见状骑着飞天摩托吸引他的注意力。

辛秀是金、火双系灵根，对付石怪实在没多少可以发挥的余地，也只能骚扰他，吸引一下他的注意力，好让老五继续用草把他缠严实点儿。作为一个老司机，辛秀车技娴熟，配合着雷击术、爆破符等小法术，确实引起了石怪的注意。

辛秀的爆破符全部往石怪的鼻子、眼睛、耳朵等凹陷里扔，她挺好奇那些像窗户一样的眼睛和鼻子到底是不是真的有眼睛和鼻子的作用，所以有意试探。

充作鼻孔的两个洞里发出一声炸响，石怪喷出一团黑烟，彻底被辛秀激怒了，连脚上捆绑的野草也不顾了，抬手去拍辛秀。辛秀轻松地在石怪的两条胳膊之间穿梭，像玩游戏遇上摇摆大锤，需要找到空隙躲过大锤的攻击。

石怪高大的身形在战场上的时候是个大杀器，一巴掌能拍死一片人，但在这种小而精的团体围攻下就不占优势了，顾头不顾尾。

虽然辛秀不想把自己比作苍蝇，但现在的场景真的很像对苍蝇烦不胜烦的人挥手打苍蝇。石怪没有表情，辛秀也能从他的肢体动作上感觉出他的怒意。

"巨石护法是吧？你不会说话吗？那你听得懂人说话吗？"

石怪一巴掌打到了自己的另一只手上，辛秀确定了，石怪的脑子也不太好。她才有点儿放松，准备再说几句话，忽然间感觉不对，脑后风声呼呼席卷而来，凭借着敏锐的感知，瞬间车头一转，整个人甩着车飞到半空，连身体都离开了车子，险些飞出去。

石怪的胳膊上又长出了一条胳膊，刚才就是那条胳膊差点儿砸上辛秀。石怪抓了一把附近城墙上的石头塞进嘴里嚼了两下，背后瞬间又冒出来一条胳膊，甚至又长出来一只脚，那只脚往地上一踏，扯坏了绑在腿上的野草。

辛秀心道这厮真麻烦，要是能用冰，给这家伙灌一肚子水再把他冰起来就好了，控制系果然还是冰系最强。

申屠郁见到徒弟险些被拍下来，也不想着怎么搬动这石怪了，直接抬起长腿再度用力，在石怪腰间与腿部的连接处重重一击。

轰——轰——轰——

申屠郁重击了上百下，在石怪的上下两处分别被老五和辛秀牵制住的情况下，活生生地把石怪打成了两截。石怪下面一半身体还被疯长的野草定在原地，上身则飞快倒下去。申屠郁身形一闪，出现在石怪身后，举起手，把石怪的半截身体抬了起来。那姿势活像个女超人，一种说不出的力量感让辛秀觉得白姐姐英姿飒爽。

辛秀赞道："好强。"

申屠郁举着那半截身体丢到了远处郁郁葱葱的山林里，那是辛秀先前指定的地方。

辛秀立刻喊道："老五！"

老五同时飞过去，落在树林上方，让那些树木迅速生长缠住石怪的身体。林中的树木和树藤比寻常野草更加坚韧，缠住石怪的力气也更大。半截石怪在林中扭动身躯试图再次站起，伸手挖掘地上的土往嘴里塞，长出新的腿。

辛秀飞到老五身边说了几句话。老五点点头，闭目运转体内的水珠，将石怪浸透。辛秀骑着摩托在林中掠过，带起一片树种。那些树种飞到石怪身上，又在老五的灵力的滋润下迅速长成大树。

树木根系发达，扎根在石怪身上，甚至长到了地下，将石怪牢牢定在原地，不过一会儿，石怪看上去就成了一座长满了树木的小山，一动不动。

申屠郁把剩下的石怪身躯搬了过来，放在另一边。为了防止石怪再度长大，申屠郁又是一顿重击，把石怪的另外半截身体打成了碎石块。老五熟练地把这半截身体也变成了一座长满树木的小山。

城墙砖石混杂着泥土，上面生长着盘根错节的树根，看上去有种古朴厚重的废墟美感。

辛秀看着这一左一右的两座小山，说："这两座小山看上去挺别致的……石怪就这么死了？应该不至于吧？怎么彻底解决他？"

申屠郁说道："精怪很难彻底被杀死，他们的精核有不同的样子，需要找。"

辛秀眼睛一转，又把蚰蜒妖掏了出来："游颜，请你帮个忙怎么样？你多找点儿小蚰蜒，进去那座小山里面看看有什么不寻常的地方。"

大蚰蜒在小罐子里一动不动，仿佛死了一样。辛秀揪着他甩了一顿，见他不应，也没和之前一样想方设法地威逼利诱，反手把他收了回去，决定自己去看看。

"白姐姐，不如我们去那石怪的身体里找找看。"辛秀见白姐姐眼睛还盯着装游颜的罐子，不由得纳闷地挥了挥手，"白姐姐？"

申屠郁回神，缓缓看向她，说："此妖还是早日处理，不宜留在身边。"

他没想到徒弟竟然还把游颜这小妖留在身边，还以为以徒弟的性格，她早就将游颜处理了。他对游颜并不在意，但记得游颜知晓乌钰就是他申屠郁。若有一日游颜忽然把这事告诉了徒弟，他有点儿不敢想结果，立刻就想灭了游颜。

辛秀不知道白姐姐在想什么事，招呼老五看着，自己拉着白姐姐从石怪的眼睛里钻了进去。

石怪整个就是由石头组成，这些石头都是建造城墙、城门的大块石头，有些上面还有花纹和字。那些饱经风霜、坑坑洼洼的大石的缝隙里，如今都长了树根，无数树根缠绕在石怪的身体内部。辛秀踩在那些树根上往里钻，手中托着一团光。

"白姐姐，那精核要怎么找？"辛秀说了几句话才发觉白姐姐有点儿心不在焉，虽然白姐姐经常不回答自己的问题，但总是让人感觉是在很认真地默默听着，可现在白姐姐仿佛在思考什么其他难题，"白姐姐，你怎么了？"

申屠郁刚想回答，忽然捕捉到了极细微的嗒嗒声，立刻丢了一团火光过去，只听吱呀一声细小的尖叫，有什么东西被他扔出去的那团火光困住了。

辛秀的注意力也被吸引过去，她忙跑过去查看。

一团金黄的火光里困着一个巴掌大的石头小人。石头小人由几块碎石头随便组成，好像一推就能散。这么小一个小人，石头脸上竟然还有一张嘴。

石头小人尖叫着，在火焰囚笼里撞来撞去。

辛秀蹲下来问："这就是精核？和我想的有点儿不一样啊。"她还以为是什么晶石之类的东西，没想到还是个活物。

申屠郁将手伸进火球里捞出那个石头小人，用力捏着，准备把他捏成碎渣。辛秀一把握住申屠郁的手说："等等，等等，先别杀，怪好玩的，给我玩一下！"她扒拉开申屠郁的手指，把石头小人揪出来，稀奇地转转他的脑袋，又转转他的胳膊。

石头小人的脑袋、胳膊和腿都可以拆开，就像吸铁石，肢体之间互相有种吸引力，哪怕她拉开胳膊，一放手胳膊也会嗒一声被吸回原本的位置。

"等我玩够了再杀吧。"辛秀捏着精核石头小人忽然想到了什么，问白姐姐，"姐姐，你要这东西吗？"

申屠郁摇头，然后就听徒弟说："那不杀也行，这东西说不定还能用来炼制些特殊的灵器，以后带回去给我师父。"

辛秀发现白姐姐微妙地开心了起来，而先前不断挣扎的石头小人瑟瑟发抖。

精核离开了石怪巨大的外壳，那被树木裹住的城墙废墟一下子显得更加颓败，迅速爬满了青苔。

"老五，解决了。"

"大姐，我们去帮四哥吧，那边塌了不少房屋，他一个人恐怕忙不过来。"

他们回到石象城，如今城门和旁边的两道城墙都没了，剩下周围光秃秃的一截围墙——还被石怪啃掉了大半边，看上去非常凄惨。

刚才经历了那么一场震动人鬼、经费爆炸的打斗，现在战斗结束，应该会有人出来观望，但奇怪的是所有人都躲藏起来，连那些从倒塌的房屋里被救出的人都没了，整个石象城一片寂静，只听到呜呜的风声——老四也不见了。

辛秀觉得有些不妙，落到最近的一间完好的屋子外，强行推开那扇紧闭的窗户，探进半个身子问蹲在窗户底下一脸惊恐之色的男人："刚才在那边救人的少年哪儿去了？就是皮肤有点儿黑、会法术的那个，你离得这么近应该看到了吧？"

男人眼看着她从怪模怪样的东西上下来，这时不敢说瞎话骗人，老实地说道："他……他被妖鬼们抓走了。"

"谢了兄弟。"辛秀又把那扇窗户给他从外面关上了。

"不好了，老五，老四被妖鬼抓走了！"辛秀大喊。

老五刚用法术扫视了整座石象城，也担忧地回答道："我未曾看见妖鬼，也没有察觉到四哥的气息。"

他修为大增的后遗症就是还需要努力适应自己的各种能力，并且还要学习很多法术才能彻底发挥出威力，就像一台电量满格的最新款智能机没有装载手机应用程序。

申屠郁说道："看不见，是因为他们在土地深处。"

妖鬼最擅长的就是土遁术，本来就是从土地里面生出来的东西，而一旦到了土里，它们的气息就会被泥土掩盖，如同一滴水掉进了河里。

"要是在土里应该还好，老四虽然修为不高，但也是土系灵根，对土的适应能力应该不错。当初他和老二一起在土堆里打滚，被土埋也没事。"辛秀点着脚下的土地，语气一转说道，"只是，怕就怕不只是妖鬼。"

老五担心地问："难道还有其他东西在作乱？是了，一般来说，妖鬼不会太聪明，而且遇上一点儿危险就会赶快逃遁，不至于把四哥抓走。"

辛秀接着说："主要是我们打败的那位巨石护法就是个城墙，

压根儿没脑子，看上去只会打架还不会说话，我觉得这种精怪压根儿不会做出让人挖掘、焚毁柏树和桃树的事，所以一定有另外的人在背靠着他搞事情。"

老五问："可是我们该怎么把那人找出来？"

辛秀说："他只要出现过，就一定有人知道，我们去金刚天王菩萨庙问问。"

她语气友好的"问问"就是冲进金刚天王菩萨庙揪出那些干了不少坏事的妖怪然后踩着逼问，再一刀剁了他们。

一般而言，在金刚天王菩萨庙里作威作福的多是背靠大树好乘凉的小妖怪，护卫等服务人员则是普通人，普通人一般知道的事少，问也问不出个所以然来。

"嘿，他们跑得还挺快啊。"

他们去城里几个金刚天王菩萨庙看了个遍，大概是他们在城门口闹的动静太大，这里的妖怪们见势不妙全逃跑了，只留下一群不明情况的护卫和侍女。这些普通人被辛秀逮住只会哭成一团或者吓到晕倒，好像辛秀才是反派恶霸。

金刚天王菩萨这个团体的整体素质真的极差，只有上层管理者还有那么点儿能力，中层管理和下层管理者毫无凝聚力，大难临头各自逃跑，集团倒闭完全是可以预见的必然发展。

辛秀气道："我就不信找不到一条漏网之鱼！"

老五马上说："找到了。"

辛秀笑眯眯地赞叹："老五，你的效率越来越高了，在哪儿呢？"

老五默默地把旁边一盆柏树盆栽端上来。他对木系生灵的感知非常敏锐，哪怕这一点儿淡淡妖气都被他发觉了不对。辛秀看了一会儿，揪着柏树树干把柏树从盆里拔出来，露出的柏树根上果然有张惊恐的老头的脸。

辛秀问："柏树妖？"

柏树妖发出一声痛哭："大王们饶命，小妖才化形没多久，什么坏事都没干过！还因为是柏树妖差点儿被杀死，好不容易才留得性命，一直在此处安分守己地当一株盆栽。放过我吧！求求你们了！"

辛秀幽幽地说："放过你也行，不过你先告诉我，石象城里除了巨石护法，还有什么人说话最管用，就是平时你们菩萨庙里这些妖怪最听谁的话？"

柏树妖看一眼她友好的笑容，小心翼翼地说道："小妖不知……"

"不说实话就烧了你。"辛秀威胁道。

柏树妖立即改口："是财官法师！只是小妖真的没见过他，只听其他妖讨论起而已。小妖绝没有骗大王们……"

辛秀随手把柏树妖戳回了土里。

老五手捧盆栽："财官法师？我们只知晓一个名字，不知他到底是什么来历，不如再去寻妖怪问问？"

辛秀摇了摇头："知道个妖怪的名字就差不多了，我觉得财官法师大约是个棺材成的精。"

老五疑惑地问道："啊？"

根据妖怪们是什么原形就起什么名字的设定，这财官法师的名字一反转，就是棺材法师，所以这妖怪十有八九和棺材脱不了干系。

辛秀思考片刻，见身后的白姐姐一言不发，为了让白姐姐也有一点儿团体参与感，顺口问了一句："姐姐怎么看？"

申屠郁早就有所猜测，但见徒弟有条不紊地想办法，没有遇到困难的模样，就没有多说。但此时他就是个不合格的监考官，考生遇到问题询问，立即就告知了答案，甚至想帮考生写试卷。

"那么多妖鬼不可能凭空消失。他们需要躲藏的地方，短时间内跑不了多远。财官法师既然喜欢养妖鬼，应当和那些妖鬼躲在一处。"申屠郁说道。

辛秀立即明白："所以，他最有可能在城外棚户区底下是不是？"

申屠郁回道："是与不是，一探便知。"

他说的一探便知，就是把整个鬼影幢幢的棚户区上层建筑全部挪到另一边，在底下挖出大坑，把那些蚯蚓一样的妖鬼全部曝光在阳光之下。

既然在土里不好处理，那就把它们挖出来再处理。申屠郁做事，从来如此简单直接。

重新站在倒塌大半的城墙上，望着底下连绵的破旧低矮棚子，辛秀思考着该怎么把这么大片的人和屋全部搬走："白姐姐、老五，你们有什么办……"

她还没问完，就见白姐姐拿出一只灵器白玉盘。

白玉盘脱离了白无情的手后，瞬间变大，往下罩去。流光闪烁，七彩烟霞涌现，白玉盘只片刻就将那一大块土地罩住抓起。

驱使灵器不是件容易的事，需要相应的修为才行，所以辛秀在师父那里见了那么多的灵器，能用的也就两三件，还是师父特地为她改造的。

辛秀见白姐姐这一手轻松从容的搬运之术，再度感叹修为高就是好。

申屠郁见她的神情，下意识地说："你要是喜欢，我送与你便是。"

辛秀摆手道："姐姐误会了，我就是觉得这灵器看着好像有点儿眼熟，所以多看了两眼。我师父似乎也炼制过这样的灵器，就放在楼里，我还拿着装过菜，哈哈哈。"

申屠郁眼皮一跳，心道不妙。他方才没想太多，顺手拿出来用的这个灵器徒弟竟然见过。

他作为乌钰的时候差点儿把徒弟冻死，因此受到教训，用白无情这个身份时,特地带了不少可能用得上的灵器出来,结果又差点儿露馅儿。

"是吗?你见过相似的灵器?"申屠郁哪怕内心动荡,语气还是冷静的,甚至双手还平稳地继续驱使灵器转移那一大片土地。

辛秀随口说道:"对呀,下次我回蜀陵问师父要那白玉盘,拿来送给姐姐凑一对。"

申屠郁立刻说:"不必费心,我有一个就可以了。"

辛秀热情地说:"不用客气,我师父是顶级的炼器仙师,这样的灵器他只是随手炼制而已,并不在意。姐姐帮了我许多忙,我当然要报答,便是我师父知晓,也不会吝啬区区一个白玉盘。"

申屠郁沉默了。师父自然不会吝啬,只是有点儿慌。

蜀陵幽篁山,高大的黑白双色食铁灵兽从水池里站起来,抖抖湿润的毛,化作人形,连长发都没干就飞往小楼,钻进炼炉。为了让徒弟能给他的"小号"送礼,他要再炼制一个一模一样的白玉盘。

申屠郁不得不暗暗告诫自己,那些灵器还是不要随便用了,也不知晓徒弟见过、记得清楚哪一些。

"那是些什么东西?"

申屠郁和辛秀被老五的一句话拉回思绪,看向被转移起的那一片土地。只见那片地面下方带起许多泥土,而泥土之中又有一些长长短短的白色东西和泥土纠缠,仿佛植物的根须,然而再仔细看去,那神似草茎白须的东西竟是一片片白骨。

人和地被挪到了远处,落在巨石护法的躯体变成的两座小山的中间。原本城外那一片地面则出现了一个圆形大坑,坑中白骨堆叠,其中还有骤见天日、发出惶惶尖啸、继续往泥土底下钻的许多妖鬼。

见那一团团密密麻麻蠕动着钻进土里的妖鬼,辛秀也有点儿恶心:"感觉像掀了老鼠窝。"

坑中猛然腾起火光，来不及逃跑的妖鬼被烧得噼啪作响。但这些东西皮糙肉厚，火焰一时也烧不死它们，它们钻进了泥土深处逃生。

辛秀说："还是得用柏树枝才好杀这些东西，但是这里的柏树都被挖了或者烧了。"说着，她不由得将目光放在了老五的手中，老五的手中还端着那盆柏树盆栽。

老五一看她的眼神也反应过来了，落在坑边，一手覆在柏树根系上。这一棵不过胳膊长的柏树盆栽迅速撑破了小小的盆，根系落进土里，树干迅速拔高，树枝往外生长，郁郁葱葱，和不久前那副枯瘦干瘪的模样天差地别。

见这柏树妖被老五一下子喂成个大胖子，辛秀满意了，拿出刀去削柏树枝，把柏树削成了一根光秃树干。

"老五，继续长。"

"嗯，好。"

柏树妖在土里抱紧自己发出抽泣声。虽然只要不伤根系他就不会元气大伤，但是这样不断被剃秃的感觉还是让他感到心慌和害怕。万一这位大王觉得他长得太慢，连他的树根都砍了怎么办？在死亡威胁下，柏树妖努力地长树枝，力求能让辛秀满意，放过他这一条小命。

申屠郁一招手，那些被辛秀砍下、削成一根根的柏树枝凭空浮起，像利剑一般扎进土中，带起一串串妖鬼尸体。

这一层妖鬼死得差不多了，申屠郁又迅速掀开一层土。

老五也在一旁帮忙。老五收集了不少柏树种子，全部撒在坑边，催生出无数柏树。那些发达的根系将泥土拱得松散无比的同时，还有树根直接戳死了在土里乱窜的妖鬼。

在他们这一番操作下，大坑越来越深，很快露出了中心一具普普通通的黑色棺材。

辛秀说："果然是具棺材，我竟然一点儿都不惊讶。"

棺材被摆在空地上，辛秀绕着黑色棺材转了两圈。她透过薄薄的棺材，看到里面安详躺着的老四。要不是老四这些被日子晒黑了很多，就像个躺在水晶棺材里的白雪公主了。

笃笃——

"喂，老四，醒醒。"

辛秀其实一开始想直接砸掉这古怪的棺材，把老四救出来，但是准备动手之前，白姐姐拦了她一下，说："最好不要损坏此棺，否则内里的人可能也会受到损伤。"

因为这一句告诫，辛秀和老五都不敢轻举妄动。辛秀温柔地拍了棺材盖几十下，见老四没有反应，干脆双手用力推着棺材往旁边滚了两圈。这样剧烈的震动总算震醒了棺材里的老四。

老四在棺材里晕乎乎地说："什么？我在哪儿？这是什么地方？怎么这么黑？怎么还这么窄？简直像个棺材。"

辛秀在外面听笑了："你猜对了，就是个棺材。"

老四委屈地说道："大姐，你们把我放棺材里干什么？"

你还记得自己被敌人抓走了吗？辛秀沉默片刻，开始大骂财官法师："本来就不怎么聪明的一个孩子，一定是被财官法师影响了！看看老四这样子，脑子越来越不灵光！财官法师，你有本事就一辈子不出来，否则我一定要把你劈成柴火一把烧了！"

老四幽幽地说道："大姐，你究竟是在骂那个财官法师坏，还是在骂我傻？"

辛秀说道："傻孩子，大姐怎么会骂你傻呢？"

老五一脸忧虑的表情维持不下去了，他愣是忍不住笑了一声，又想到四哥还未脱困，才勉强压住笑意说道："大姐，我们还是赶紧想办法把四哥救出来吧，免得四哥在这棺材里待久了，被影响了。"

稳定了一下被劫持的老四的心情，辛秀不信邪，试图把棺材盖撬开。看着很容易打开的棺材盖，她试了几次却没能撬动一分一毫，老四还一直在里面哎哟哎哟叫唤，叫得怪瘆人的。

"好痛！啊啊啊！"

老四实在叫得太惨，辛秀只好收回手，蹲下来和他说话："老四，我撬棺材盖，又不是撬你的天灵盖，真的有那么疼吗？"

老四的声音在棺材里闷闷的："我感觉刚才就是有人在撬我的天灵盖。"

辛秀站起来，忽然往棺材底下踹了一脚。

"哎哟！"老四又叫了一声。

辛秀问他："这回是什么感觉？"

老四说："有人踹我的屁股的感觉。"

果然，这棺材大概就是那棺材精的真身。棺材精为了活命把老四装进肚子里，和自己性命相连、感知相连，现在他们拿棺材精没办法了。难怪方才白姐姐阻止她一掌拍碎棺材，要是真拍下去，估计老四也一起碎了。

"老五，不然你来试试。"辛秀退后，让老五上。

这棺材是桐木，老五试着对棺材调动木系灵力，让它复苏生长。

"啊啊啊！老五，你在干什么？快住手！"老四在棺材里发出一连串惨叫，吓得老五迅速放开了手。

"四哥，怎么了？"老五举着手问。

老四的指甲变成了木质的，并且长出了叶子，老四说："老五，你再搞下去，我就要变成树了。"

老五捏了一把汗。

辛秀又看向白姐姐："姐姐，你来？"

申屠郁受邀上前，按照一贯的习惯，用大火包裹住棺材。

老四发出要被烤熟的呐喊："我要被烫死了！"

总之，经过一系列水淹、火烧、摔摔砸砸，老四奄奄一息，差点儿没哭出来："大姐，你先歇歇，让我喘口气吧。"

辛秀有点儿生气:"棺材成精还真是麻烦了,这样都不能把他逼出来!"

受害人老四建议:"要不就先别管了?让我在这里躺着算了。"

辛秀乐道:"老四,我们倒是不介意带个棺材上路,但是我怕你在里面日子久了被饿死。"哪怕他们是修仙之人,三四天饿不死,但以老四的修为,饿上几个月他还是有可能饿死的。

老四沉默了。

因为没办法把老四和麻烦的棺材精分开,他们只好把棺材带着。石象城里最厉害和最能搞事的 boss 从某种意义上来说都已经被他们捉拿归案,如今就剩下一团乱象还没人理。好在黄石城城主"梁中峤"带着下属来石象城和他们会合,恰好这时候到达。

一段时间不见,辛秀发现梁中峤之前圆胖的身材竟然瘦了很多,而皮囊底下是黄苇夫人,她的眼神清正坚毅,连带着梁中峤那种油腻的气质也没了。现在的梁中峤,看上去竟然还能被称一声帅大叔。

辛秀赞道:"城主,你这化腐朽为神奇的能力,真是堪比仙术换头啊。"

梁城主微笑着寒暄:"哪里,哪里,比不过仙人!看这石象城翻天覆地的模样,仙人一行人应当是又在此处干了一番大事?"

说起这烂摊子,辛秀毫不犹豫地说:"城主,石象城也交给你了,如今还有许多事情没有头绪,不少人没有安置,就靠你了。你也知道,我们修仙之人不好管太多这种凡俗琐事。"

老四插上了一句:"大姐,你管的事还少吗?"

辛秀假装没听见:"梁城主,这些善后之事都靠你了。"

梁城主心情有点儿复杂。她劳心劳力地建设黄石城,又扩张势力范围,累得一身肥肉都瘦成了精肉。好不容易事情告一段落,她能稍做休息,准备去国都面对严峻的考验,没想到这才走到半路就有新的考验。

辛秀恭维道:"梁城主,能者多劳,你请,你请!"

梁城主说:"仙人有需要,我义不容辞。"虽然累了些,但白捡的地盘不要白不要,她要是安排得当,这石象城日后自然能在她的掌控之下。

两个人又进行了一番寒暄,梁城主最后才说:"说来,我方才便想问了,仙人背后那个棺材,怎么发出了华岳的声音?"

辛秀总是按照排序叫人,一时没反应过来华岳就是老四的名字。

辛秀轻松地说:"这个……城主不用在意,他就是暂时被困进棺材里了。"

梁城主看辛秀云淡风轻的模样,也就面不改色地对着棺材和里面的老四打了个招呼,然后迅速投入了新的工作中。

梁城主不愧是管理方面的人才,一来就带着那些下属安排各种工作,自然而然地接管了人心惶惶的石象城。

老五主动前去帮忙处理那些妖鬼和疫鬼,申屠郁则在徒弟的委托下去寻找四散逃离的小妖怪,免得他们逃到国都汇报消息。

他们先前带在身边的朱煞法师麾下的小妖怪,被敌我不分的巨石护法砸了个七七八八,又逃掉了一部分,石象城里的妖怪也需要解决。辛秀负责留守看管棺材精,免得他在无人看管的时候带着老四逃跑。

辛秀靠在棺材上,闲着没事把先前抓住的小石人掏出来玩。之前威风凛凛的巨石护法如今身高不过二十厘米。他试图逃跑,又被辛秀捏着脑袋拽回来。辛秀玩了一阵,打个哈欠的工夫,这小石人就抠起了地砖,抠出来一块往嘴里塞。

他吃石头个子就会变大,辛秀眼睁睁地看着他长高了三厘米。这要是一个不注意,让他吃回原来的体形,可就麻烦了。

辛秀倒提着小石人疯狂摇晃,又去捏他的肚子:"不要再吃了,吃太胖会被杀掉的!"

小石人:"哆哆哆——"

他吐出些石头渣,一个扭身从辛秀的手指上跳下来,趴在地面上又开始试图抠地砖吃。

辛秀用一根手指把小石人摁住,敲了敲身后立起来的棺材。因为老四觉得躺得久了有点儿烦,辛秀就把他立在了墙上。

"老四,你试试能不能把棺材变成石头,我让小石人去啃棺材精,让这两个精怪互相伤害。"

"大姐,我真做不到。"

申屠郁回来时,见到徒弟正坐在那儿跷着二郎腿大笑。房间里的地面坑坑洼洼的,小石人在地面上跳来跳去,追着面前一块滚动的小石头。驱动那块小石头的人是棺材里的师侄,他在棺材里蹦蹦跳跳。于是只见一具棺材哐当哐当地乱撞,逗着后面的小石人跳来跳去,画面有种诡异的搞笑氛围。

等到老五回来,看到装着四哥的棺材斜倒在一边,从棺材上都能看出无精打采的意味。

老五担心地问:"四哥是在棺材里难受吗?棺材精对他的身体有损伤?"

辛秀乐道:"不是,他就是玩累了在休息。"

老五表情疑惑:"玩?玩什么?"

他们坐在一起围着一个炭盆吃小烤肉,辛秀慢腾腾地转了转手里香喷喷的小烤肉,开口:"老五,老四这样一直被关着也不是个办法,得想想办法怎么把他弄出来。"

老五十分忧愁地说:"我们什么办法都试了都没有用,不如送信回蜀陵问问?"

辛秀摇摇头:"送信太慢了。我上回送信回去,问师父能不能炼制什么灵器暂代你的腿,到现在还没收到回信。"

申屠郁心道:还有这事?他没收到消息。

"他如今的修为已经接近人仙,整个躯体都有所变化,并非单纯的血肉之躯，恐怕双脚的残疾注定无法治愈，炼制的灵器也无法代替双脚。"申屠郁开口。

老五神情平静地说："我并不在意，如今这样也没什么不好，四哥才是真的要紧。这棺材精也不知道是什么来历，如此难以剥离。"

辛秀在烤肉上刷了一层薄薄的蜂蜜。

申屠郁多看了她的动作两眼，说："我知晓一处，或许可以解决棺材精之事。仙西之地历来多秘穴宝墓，古早时，仙西是传说中的仙庭所在，遗留下来很多玄妙之物，大多变成了精怪，所以那处的修士对于这种精怪也有更多了解。若我们去到那里，应该有解。"

辛秀说："仙西？这名字有点儿耳熟啊。"

老五无言片刻，无奈地说道："大姐，你的送信任务不是需要去三处地方吗？仙西正是其中的一处啊。"

辛秀想起来了，哈哈一笑："最近完全没想起来这任务，险些忘记了，都怪那金刚天王菩萨误了我的事。既然事情这么巧，撞到一起去，那仙西这地方是非去不可了。"

申屠郁又看了一眼她的手，说："金刚天王菩萨，你又准备如何处理？"

辛秀略一思索后说："这里离后国国都也不远，干脆直接先打了金刚天王菩萨，彻底解决这档子事，再带老四去开锁。"她说着，把手里烤好的小烤肉分给白姐姐和老五。

辛秀一边吃，一边敲敲旁边的棺材和老四商量："老四，你听到没有？再坚持几天，等我们打完金刚天王菩萨，你行不行？"

老四的语气有点儿幽怨："我现在就想出去。"

辛秀敲了敲棺材："你下午不是还玩得挺开心的？"

老四委屈地说："可我现在想吃小烤肉。好香啊，怎么会这么香？！"

听着他哽咽的声音，辛秀咬了一口小烤肉，申屠郁和老五也默默地吃着自己的那份。

过了一会儿，辛秀丢掉扦子，擦了嘴道："好了，不馋了，我们都吃完了。"

老四隐约嗅到残留的一丝香味，觉得更难过了。

石象城的混乱情况不是一两日能解决的，可是他们必须尽快赶往国都，梁城主只好留下一部分下属在此帮忙，自己跟着辛秀几个人继续赶往国都。

他们还准备用朱荣护法的身份混进国都，因此为了避免有漏网之鱼提前赶到国都泄露了他们的身份，也为了防止这边发生的事传到国都去，必须加速行进。

带着"梁城主"和她那些下属士兵，还有申屠郁路上抓来的一些撑排场的小妖怪，他们用最快的速度赶到国都已经是好几天之后的事了。

后国其他地方所能看见的全是形容枯槁的穷苦百姓、各种折磨普通人的疫病、数不尽的妖鬼，还有麻木绝望的金刚天王菩萨的信徒。唯独这后国的国都简直像是另一个世界，歌舞升平，城门外的垂柳河畔游人如织，城内更是一片繁华景象，来来往往的人群无比光鲜。

他们的坐辇、马车是在石象城重新置办的。小妖怪们死的死、跑的跑，少了很多，难免没有先前的排场那么引人注意，但朱荣护法这张脸还是很有辨识度的。"朱荣护法"刚进城，一露脸，就有不少听到消息的人和妖跑来谄媚迎接。

这也难怪，金刚天王菩萨座下那么多妖魔鬼怪，无数弟子和法师，但其中只有十几个护法最得他信任、依仗，这些护法在国都自然也有不一般的地位。

虽说后国名义上还有个王，但这人类的王早已变成了一个傀儡。他一心供养金刚天王菩萨，把国都变成了妖鬼横行、魍魉肆虐的地方。

辛秀担心见多了人不小心露馅儿，打发走那些来抱大腿的人和妖，进城后干脆躲在车里不再露脸，有什么盘查就让"梁城主"顶上。

"梁城主"与他们一道来，也坐在一辆车中。她如今用的梁中峤的身份也算得上是皇族中人，自然也有不少人巴结，才到主街，就有一个看着二十多岁的男人兴冲冲地骑着马，带着人奔到他们的车队前面。

看那人的穿着打扮，是个典型的纨绔子弟，他原本的容貌应该不错，但气质对人后天的影响太大了，所以他看上去就像一幅上色失败的画，把还算不错的底稿毁得一塌糊涂。总之这油光满面的男人，谁看了都想称他一声"肾虚公子"。

"姐夫！姐夫！我早就听说你要回国都，咱们可是好久没见了！"青年一边大喊，一边殷勤地凑过来。

原来这人正是黄石城原本的继承人，黄苇夫人的亲弟弟黄礜。

"梁城主"原本在和辛秀低声商量着之后该怎么做，被突然冒出来的声音打了岔，眼神一闪，抬头看去就见到自己弟弟满是讨好表情的一张脸。

"姐夫，我在府里备了酒，就准备着招待你呢！走，走，走，上我那儿咱们好好喝一场！"黄礜亲热得就差没有当场摇尾巴了。

"梁城主"定定地看着好些年没见过的弟弟，转头和辛秀对了个眼神，辛秀示意她自便，她才温声和黄礜说："原来是礜弟啊，确实许久不见了。"

黄礜这会儿才瞧见马车里还有其他人，看清楚朱荣护法的脸，倒吸一口凉气，脸上的谄媚和热切之意更加生动了："哎哟，怎么是朱荣护法您哪？我这不懂事，眼神不好，也没看见您，拦了轿辇，耽误了您的事，您恕罪，千万别和我计较！"

辛秀皮笑肉不笑地瞟了他一眼，摆摆手示意分开，于是车队分为两队，往不同方向行去。

"梁城主"跟着黄礜往他那宅子去了，黄礜还喋喋不休地询问着姐夫和朱荣护法是不是有什么交情，请姐夫千万要帮忙说点儿好话，然后又开始大肆抱怨自己这些年过得不好。

黄礜一开始在国都住得还是挺舒服的，可日子一久，王把黄石城完全掌握在自己人手里了，就把他忘到了脑后。国都里有那么多惹不起的皇亲国戚和一群人模人样要人供养的"神仙"，他在这里什么都不是，过得远没有从前那么好。他只好借着梁中峤这个姐夫的名头，才能得到那么一点儿面子，所以今天他才这么迫不及待地半途来堵人。

他住的宅子勉强与富贵人家在同一条街上，宅子里早准备好酒好菜和美丽的侍女。

其实"梁城主"现在应该先去见王，哪怕那位纵情享乐的王不一定有时间见她，但名义上还是该去拜见，不过，她仍然选择了先跟着弟弟来这里。

"梁城主"坐在上首，看着满满一桌案的好酒好菜，听着下面的歌女唱着婉转动听的小曲，打断黄礜没完没了的抱怨，问道："你怎么不问问你姐姐的情况？"

黄礜嘿嘿笑了："咱们男人聊天，谈女人干什么？扫兴！我那姐姐的性子我是知道的，姐夫真是辛苦了，她这几年也没给姐夫你生个一男半女的，姐夫要是愿意尽管找些称心意的女人生，姐姐要是不高兴，我帮你写信回去骂她！"

"梁城主"端着一杯酒，望着他，她的弟弟啊，这就是她的弟弟。

黄礜说了一阵，终于忍不住吐露了自己的真心话："姐夫，你能不能想个办法，让我回黄石城？当然，姐夫别误会，我不想当什么城主，更不会和你抢。我就是觉得王都这里没有我的容身之处，随便一个人都能欺负我，还不如让我回黄石城，到时候姐夫你是老大,我是老二,不比在这里受气舒服?"

"梁城主"听到这番话,握着杯子的手渐渐紧了,杯中的水泛起涟漪,倒映出一张失去笑容的脸:"是吗?你想回黄石城?"她抬手示意席间的歌女和侍从退下去。

黄礴见状还以为她真有什么办法准备和自己秘密商讨,赶紧叫人离开,坐到她身边又为她斟了一杯酒:"是呀,姐夫你跟王说一说,肯定能行。"

"梁城主"笑了起来,轻咳一声,一道寒光从她的袖子里闪现,猝然没入黄礴的心口。黄礴一时还没反应过来发生了什么,感觉心口一凉,茫然地低头一看,才明白过来,发出一声惨叫摔倒在地,袖子把桌上的酒菜拂得撒了满地。

"梁城主"一把拔出那把随身匕首,抬手用拇指擦了擦飞溅在她的脸上的鲜血:"你回不去黄石城了,弟弟。黄石城是我的,我不许任何人染指,你也不可以。"

看着黄礴慌乱痛苦的神情,她想起从前父亲还在时常对她说:你是姐姐,以后要照顾弟弟,要让让弟弟,不要和他抢东西。

"我凭什么什么东西都要让给你?我为什么不能和你抢东西?你这个废物。"她面色平静地又补了一刀,"你到了地下见了父亲和爷爷,替姐姐告诉他们一声,就跟他们说:'我想要,我抢了,你们能拿我怎么样呢?'""梁城主"笑了起来。

黄礴在极度愕然中咽了气。

"梁城主"带来的下属匆匆进来,见到这场景,愣了一下便低下头说:"城主,这宅子里的其他人都被控制住了。"

"梁城主"站起来,面颊上还有血迹:"嗯,把这尸体先封棺吧,不要泄露死讯,去等仙人的消息。"

"是。"下属迅速呈上一方白帕,转身下去安排。

"梁城主"擦了脸,擦了手,擦干净匕首,再不看脚下的尸体一眼。

辛秀几个人和"梁城主"分开后去了朱荣护法的护法宫。

国都中心是王宫，而受供的金刚天王菩萨在王宫后面的那座山上，住处占地面积甚至比前面的王宫还要大上一倍。除了金刚天王菩萨住在那里，他手底下的护法们也在山脚各占了一块地盘，哪怕是驻守其他地方的护法也有空置的护法殿。

辛秀身边一左一右坐着老五和白姐姐这两位大佬，底气十足，直接让人把轿辇抬到朱荣护法殿去。她前往朱荣护法殿的途中也看到了另外几座护法殿，心中暗道：看来这些护法之间的明争暗斗也很激烈，从护法殿外表就能看出来。

朱荣护法殿属于顶级的那种，格外华丽，彰显着他崇高的地位。这家伙虽然看似不怎么厉害，但是很受金刚天王菩萨喜欢。

护法殿里有人出来迎接，是一位外表看上去很富态的老者，有点儿憨态可掬的意味。辛秀知晓朱荣护法的原形是只野猪，看面前这妖怪也觉得他像只猪。

"护法您回来了，菩萨那边可等着您前去回话，说是他老人家又感应到出了事，但寻不到原因，等着您给他分忧呢。"圆胖老妖怪说罢又轻声告状，"朱尧护法仗着您不在，在菩萨那里说了不少您的坏话，都是因为他，菩萨才对您不满，怀疑您和黑山护法的死有关系。就方才，我还听说他又去灵山里求见菩萨了。"

辛秀不知道朱尧护法是哪位，但知道如今这情况越乱越好，最好闹他个天翻地覆，于是眼睛一转，说道："那还等什么？马上去求见菩萨。"

轿辇才到护法宫门口，又改道转往山上去。

山上有灵光，淡淡的白雾萦绕在山间，看着倒像座仙山，但稍微懂些修行的修士待在这里都不会觉得舒服。

"这个地方，妖气、怨气太重，应当死了不少人。"老五低声说道。

深入大本营，难免令人紧张，但辛秀这人面对的挑战越大就越兴奋和期待。她当初一个人偷入项茅也不怕，如今还带了队友，就更不怕了。

辛秀不认识这里的妖怪，但她的轿辇进了山，经过守卫身边，完全看不出生疏的模样。她掀起轿帘理所当然地问道："朱尧也来了？"

她的语气越是颐指气使，护卫模样的一群妖怪越是恭敬，都不敢检查，生怕她发脾气，小心翼翼地说道："朱尧护法确实来了，才来不久。"

辛秀哼了一声，一副要找人算账的模样，神色看着阴沉沉的。

护卫的妖怪们不敢拦她的路，忙不迭地往后退。

顺利进了山，辛秀才发现金刚天王菩萨并不住在山间那几座巨大的庙宇里，那几座在外面看显得异常高大的庙宇竟然只是一座贴在山壁上修建的门楼。他们穿过门楼后，就进了山腹，在一条宽阔的甬道里穿行。

甬道里回声很大，好像前方有什么在呼气一般。辛秀嗅到一丝淡淡的清香，非常奇特，令人一瞬间神清气爽、疲惫全消。这里面竟然充斥着浓郁的灵气，和外面截然不同。只是一座门楼之隔，这样奇特的情况也不知是人为还是天然形成的。

一行人走到甬道尽头，面前赫然洒下一片天光，这座山竟然被人挖通了。顶上有圆如满月的开口，四周山壁上全部是白色的山石，山石上雕刻着各种金刚天王菩萨神像、护法神像，如同一幅万佛像图。

金刚天王菩萨住的那一座华光闪耀的金色宫殿就在中心，被一根升龙柱托在半空中。

"这妖截断了后国的气运之脉，用作修行供养己身。"看到那一座宫殿和底下的升龙柱，申屠郁立刻明白了，说道，"再这样下去，整个后国的气运都会被他吞噬殆尽。"

辛秀说:"不用'再这样下去',现在后国这片地方已经差不多被这群吸血虫吞尽了。"她走过这么多地方,就后国人民活得最水深火热。

申屠郁想到途中见到的各种情景,觉得确实如此。

老五也感觉到了什么,低声说道:"我感觉到源源不断的生气从那边传来。"

申屠郁没有感觉到,不免多看了老五两眼。老五正在忧虑情绪中,没有发现申屠郁的神情。

辛秀发现了白姐姐的疑惑神情,拉了拉老五,问:"什么生气?"

老五自己也有点儿迷糊:"我也不知是什么,但确实有种特殊的生气,很纯粹澎湃的感觉。"

辛秀明白了:"懂了,肯定是金刚天王菩萨手里有什么宝贝。"

听到她笃定的语气,申屠郁再度疑惑:"为何如此肯定?"

当然是靠经验,一般这种大 boss 手里没点儿什么底牌和宝贝,怎么盘踞一方扩展势力?从外面那些事可以看出,这菩萨不是什么好东西,总之肯定是邪恶的一方,能散发出什么纯粹的生气才怪了。

辛秀稍解释两句,搓了搓下巴,说:"我觉得咱们应该把那家伙手里的宝贝搞清楚。"

老五从刚才起神情就很严肃:"大姐,你有什么计划?"

辛秀随意说道:"嗯?我没计划,见机行事就是。"

老五沉默了,这么久了,自己竟然还没有习惯大姐的做事风格,大概是自己没有大姐那样随机应变的能力吧。

辛秀扑哧一笑:"好吧,打算还是有一个的,咱们故技重施,化明为暗。"她如此这般说了一通,老五慎重地点了点头,神情依旧严肃。

申屠郁说道:"放心,哪怕杀不了这金刚天王菩萨,我也能带你们安全逃离此处。"

从某个方面来讲，申屠郁与辛秀这对师徒当真是一模一样，都是遇到危险情况迎难而上，不知道什么叫退缩的人。申屠郁这一生经历的危险多了，并不把这样的阵仗放在眼里，辛秀则是死到临头了也不知道怕。可怜老五喜欢周全行事，夹在这两个人之中瑟瑟发抖。

升龙柱上那座宫殿上忽然间升起一座云桥，有个子低矮、戴着高冠的妖怪从桥上迅速跑过来，尖着嗓子喊道："朱荣护法来了！请进金华宫等待菩萨召唤吧！"

云桥凝成厚实的道路，将他们稳稳地抬了过去。

升龙柱上的宫殿极大，辛秀甚至怀疑它整个是用金子做的，要不然也是镏金。看这屋瓦、柱子和地面，无一不散发着刺目的光芒。辛秀越靠近越发现这建筑精美得令人咋舌，也不知花费了多少人力和物力。

老实说，像这样孤零零的一根棍子上面放一座危房，她就挺想把下面那根柱子撅断，然后看这座宫殿摔下去的景象。

"朱尧那厮呢，他也在？"辛秀调动了一下情绪，掀开帘子，语气愤怒地问。

迎宾的妖怪忙送上笑脸："朱尧护法确实在。"

辛秀怒道："菩萨见他了？"

"不，还没有，朱尧护法刚到不久，菩萨今日还在修炼，没来得及见。您也知道，菩萨修炼，咱们可不敢打扰，都只能等着。"

辛秀哼了一声："这还差不多，走，先去见见朱尧。"

申屠郁在进入此处时已经默默按住了辛秀的手背，为她巩固法术，避免她的伪装被人发现。

辛秀见了朱尧护法，心里一乐，心想：是不是姓朱的妖怪原形都是野猪？怎么都长得一副猪的模样？只不过朱尧是个显得精壮一点儿而不是虚胖一点儿的野猪。

"朱尧，听说我不在的日子里，你上蹿下跳，在菩萨这里说了不少我的坏话？"辛秀一开口，就是奔着拱火去的，语气万分轻蔑。

朱尧护法果然也不是个好脾气的家伙，毫不客气地嘲讽："听说你那没用的弟弟死了？死得真是好，免得你再为了那没用的东西误了菩萨的大事。"

如果是真的朱荣在这里，大约要被这句话气个半死，辛秀做出怒发冲冠的模样："你找死！"

朱尧护法嗤笑："怎么？你还敢在这里和我打起来不成？"

辛秀怒道："我已经受够你了，我弟弟的死和你也脱不了干系！别以为我不知道，你和黑山护法私底下早有交易，是你让他害我弟弟！"

申屠郁一愣，心道：徒弟怎么知晓这些事？我怎么不知呢？

别说他不知，就是作为被指控对象的朱尧护法也不知道自己什么时候和黑山有交易，什么时候又害过朱煞。可辛秀说话没避讳，金华宫里这些妖怪都竖着耳朵听着，眼神都变得异样，搞得好像朱尧护法真做了什么。

朱尧气极反笑："我看你是疯了，在这儿胡乱攀扯！"

辛秀扯谎扯得和真的一样，怒也怒得真情实感，杀气更不是假的。她凝视着朱尧护法，眼底深处变成了碧色，用自己双眼的迷惑能力进一步刺激朱尧，不动声色地挑拨他的怒气与杀意。

他们本就是死对头，朱尧又莫名其妙地被她扣了顶黑锅，哪里肯罢休？辛秀轻而易举地把他的杀意扩大了。她捏了捏白姐姐的手，作势要攻击朱尧，实则是让白姐姐动手。

申屠郁会意，只见一道强光中，朱尧的轿辇被打了个稀巴烂，朱尧没被砸中，但忍受不了被这样挑衅，也毫不客气地开始反击。

辛秀手中的强光十分刺目。围观的一众妖怪看不清楚，只依稀看到他们打成一团，接着听见一声炸响，隐约看到什么炸开来，等到冷静下来后,发现朱荣护法的尸体被炸了一地。

"啊!"

"朱荣护法!"

场面顿时混乱起来。

朱尧蒙蒙地看着自己的手,刚才虽然怒极,但那攻击是不可能杀死朱荣的。他笃定是这贱人想陷害自己,上前一脚踢飞了那野猪脑袋:"朱荣,你给我滚出来,敢在菩萨这里装神弄鬼?!"

一个女妖上前翻看那猪头,骇然惊叫了一声:"这……这确实是朱荣护法的尸体!"

"怎么可能?!"朱尧完全不肯相信,一把推开她,自己再度检查,然后就陷入了沉默之中。

这具尸体确实有朱荣的妖力残余,是他的尸体没错。朱尧抓着那脑袋,僵硬地抬头看向四周。不管是他的下属还是其余妖怪,都惊惶地望着他。他们都亲眼看见他刚才和朱荣打斗,然后朱荣死了。

"他的死一定有蹊跷,他肯定不是被我打死的。"朱尧喊道。

这时朱荣的轿辇边一个妖怪瑟缩着颤声道:"朱荣护法先前和黑山护法一阵厮杀,护法虽然杀了黑山护法,但他自己也是元气大伤,一直在养伤,听到菩萨急召才会回来,本就内伤未愈……"

朱尧又是一僵,现在也不确定方才是什么情况了。他确实怒火中烧,有些没注意轻重,难道朱荣真是他杀的?

场面陷入诡异的僵持状态,直到有妖怪来通传菩萨令,让两位护法进去见他。

朱尧心道:哪里还有两位护法?就剩一位护法了。但他不敢违抗菩萨的命令,哪怕知晓这段时间菩萨处于虚弱期,也不敢生出任何异心,只寄希望于菩萨目前没心力和他计较这事。

"早不死晚不死,偏偏死在这时候!"他咬牙切齿地骂了一句,脚步沉重又无可奈何地拽着那颗猪脑袋进了那扇金色大门。

他一走,这里的妖怪忙收拾起朱荣护法的尸体,无人注意到三个妖怪慢慢消失在了角落里。

老五缓缓呼出一口气:"大姐,你的这个'魔术'真是太厉害了。"

辛秀谦虚地说:"过奖,过奖,只是几个障眼法的小法术组合,利用光和声音以及水镜制造爆炸现场,多亏了白姐姐配合得当,没露出什么马脚。老五,你用灵力保存的朱荣护法的尸体也非常新鲜,可以暂时骗过他们。"

申屠郁点头说道:"确实比想象中更顺利。"他以为距离那金刚天王菩萨这么近,来不及出事就会被金刚天王菩萨阻止,没想到金刚天王菩萨根本没有出现。

辛秀也考虑到了这个问题:"他要么是个能唬人但是不厉害的空壳,所以没发现咱们在这里搞小动作;要么发现了但是没说,准备看咱们想做什么,最后来个瓮中捉鳖,把我们一次性解决掉。"

老五分析:"我觉得他能驱使这么多护法妖怪,应该不是装出来的,肯定有可怕之处。至于后一种猜测,若他当真很厉害,应该不会放任我们捣乱,直接抓住我们的可能性比较大。"

辛秀一针见血地指出:"所以,他现在不在状态,有心无力了?不是吧,我们运气这么好?刚好撞进他的大本营,他正好虚弱,这种事说出来祖师爷都不信。"她嘴里说着,飞快地掏出一座石雕像摆在面前,"待我问祖师爷咱们这次行动顺不顺利。"

申屠郁定睛一看,发现那竟然是自己的师父灵照仙人的一座雕像,而且上面还附有灵光,显然是有灵性的,如果对着它用心祈念,话语可能会传达到师父耳中。

申屠郁问:"这是……?"

辛秀热情洋溢地给白姐姐推荐蜀陵祖师爷:"这是我们的祖师爷灵照仙人的神像。我路过一处灵照仙人庙时,觉得这神像很有眼缘,就用一座金身和那里的仙人庙换了神像,为了便于携带就把这神像变小了。"

申屠郁问:"你为何随身携带这个?"

辛秀说:"我有一段时间想求一件事,心里很没底,所以找祖师爷问问情况。"

申屠郁心里一咯噔,似有所悟,不敢继续追问,只看着自己的徒弟拜师父那座小巧的仙人神像。

辛秀拿出了两块弯月角,念念有词一阵后抛下,然后拍拍手,宣布:"机不可失,时不再来,祖师爷说我们这一次大吉大利,稳了!"

老五老实地问:"大姐,还能这样吗?"

"有什么不能的?!"辛秀乐道,一把揽住老五的脖子,"听大姐的,你以后去找仙人庙,那种年头越久的越好,然后给他们捐个灵照仙人金身,然后你就把换下来的神像变小带在身边。遇到没办法的情况的时候,你就问候祖师爷,尽管大声喊爷爷,他老人家难道还能不管你吗?"

老五受教地点点头,又觉得有哪里不对。

申屠郁则看了看师父神像上更加浓郁的灵性,拍拍徒弟的肩,让她收起来。不然,他怕师父会被徒孙刺激到一道雷劈到这里,劈到徒孙的脑袋上。他作为灵照仙人的弟子,可是知晓自己师父多年前的脾气其实也很火暴的。

因为在金华宫死了一个护法,这里的妖怪都有些躁动,这混乱情况恰好方便了辛秀三人行动。

申屠郁一直抓着徒弟的手为她提供灵力,帮助她隐藏身形和气息,老五飘在一边跟着他们。

他们正在跟踪一个妖怪,这妖怪刚才从内门里走出来,像是什么管事之类的角色,其他小妖对他还挺恭敬的。辛秀选了他,就表示这家伙要倒霉了。

这妖怪先是挺着肚子吆喝一阵,把一群小妖怪指挥得团团转。他在外面的大殿里走了两圈,觉得地面不光滑,又叫了几个小妖怪过来擦地,然后让人送了一桌好吃的东西,独自一人喜滋滋地回房间享用。

当然他最后没能享用那一桌酒菜,因为辛秀三人直接出现,把他按倒在桌上控制了起来。

对付他不用辛秀出手,申屠郁在他粗短滑腻的颈脖上用力一按,金、火双系的灵力涌进他的身体里炸裂开来,当场让他重伤变回原形——一头嗷嗷嚎叫的豪猪。

辛秀瞧着在地上不断打滚、背刺窸窸窣窣扎在地上的豪猪,分析:"手下这么多猪,我合理怀疑那金刚天王菩萨也是只猪妖。"

老五点头道:"有可能,等我们打败了他,让他变回原形就能确定了。"

申屠郁一脚踩在豪猪身上:"你们的菩萨是不是出了什么问题?"

豪猪看上去愤怒又惶恐:"我不会说的,你们好大的胆子,敢闯进金华宫冒犯菩萨!"

辛秀拿出了烧烤架,生起炭火,招呼白姐姐:"姐姐,把这猪放到烤架上,咱们慢慢问。他拖得越久,烤得越熟。他要是不说,等到熟了,咱们还能吃一顿烤肉,也不算白来一趟。"

硬气的豪猪顿时露出惊恐之色:"你们是什么人?手段竟然如此残忍!"

辛秀一巴掌拍在猪头上:"别废话,回答我们的问题!"

辛秀继续把豪猪往烧烤架上放,她的烧烤架经常使用,上面还残留着食物和调料的香味,非常诱人,但这香味在"食材"的鼻子里就不那么好闻了。

豪猪越发惊恐,发出一声接一声的猪叫:"我要是背叛菩萨会死的!我不能说关于菩萨的消息,其他的事你们尽管问,我一定会回答!"这还真是个审时度势、能屈能伸的好妖怪。

辛秀摆弄着一截黑炭:"你们的菩萨给你们下了禁制?"

豪猪连连点头，眼巴巴地看着她手里的黑炭。

辛秀这下连问都不用问了："如果你们的菩萨还好好的，肯定不会给你们下这种禁制，这禁制正说明他现在确实遇到了难题。他是受伤了还是处于升级的虚弱期？"

豪猪结结巴巴地说："我……我不能说。"

辛秀蹲在他的身前，语气温柔，用烧烤的扦子轻轻地戳了戳猪脸："真傻，你只是不能说而已。我可以自己说，你只需要点头或者摇头就可以了，这不也算你没说吗？好了，不用怕。我问你，你们的菩萨如今是不是受了伤，正处于很虚弱的状态？你只需要点一下头，或者摇一下头，我立刻就放了你，说到做到。"

她温柔地说着，手里的扦子晃来晃去，划分了一下后腿肉、猪头肉各种位置，好像在考虑哪些部位比较好吃。

豪猪动摇了，怀着侥幸心理想：我确实没有说话，只是点头，应该不会触发菩萨的禁制。于是他艰难地点了点头。

"哦，多谢你配合。"辛秀笑眯眯地说，"那我们现在就等一等，看你说的到底是不是真的。"

"什么？你不是说放了我……啊！"豪猪忽然发出一声惨叫，鼻孔和嘴里不断溢出血，濒临死亡。

辛秀站起来，拍了拍猪脸："谢谢，现在我确定你没骗我了。"

她刚才偷换概念，还用了迷惑的能力，告诉这妖怪没有亲口说出就不算泄露消息，实际上这当然算，他一泄露情况就死了。既然泄露真实情况会死，那他死了，反推这猜测就是正确的。

辛秀感慨地把自己的烧烤架收起来："不知道是不是我的错觉，我感觉一路上遇到的不管是人还是妖，大家都很纯朴。"

这就是网络不发达、生活地方太闭塞导致的，人容易上当受骗。

老五默默地帮忙收拾豪猪的尸体，心中有些疑惑：为什么此时此刻觉得自己仿佛才是一个坏人？

辛秀又说:"以防万一,咱们再找个妖怪问问。"

这次他们看上的是一位负责送供品给金刚天王菩萨享用的"送餐员"。虽说这个妖怪被辛秀戏称为送餐员,但看上去比先前那只豪猪地位更高,从那一身黑鬃毛来看,辛秀觉得他可能也是只大野猪。

辛秀盯上他之后,三个人跟在这妖怪后面,跟着他一起去了厨房。金华宫的厨房着实太大了,像个大仓库。事实上一走进去,辛秀就觉得这里和仓库也没什么区别,数不清的各种食材摆在外面。

他们进入一扇门后,发现了很多被倒吊在穹顶上的肉——一具具身材丰润、皮肤白皙柔嫩的男女尸体赤着身体被挂在这里,像风干或者腌制的肉。

见到这一仓库的"肉",辛秀清楚地听到身后老五的喉咙里发出咕的一声,那大概代表着恶心欲呕。辛秀也对面前的情景感觉到不适,但她的反应更加冷静,可能和这段时间看到太多尸体有关。

申屠郁最平静,他的原形是食铁灵兽,人对他来说和猪妖、牛妖差不多。

黑毛妖怪吩咐了几句,立刻有人割下十几块肉,处理一番,也没有烹饪,就那么白生生地摆了许多盘,等待着被送去给金刚天王菩萨享用。

黑毛妖怪像个大内总管,拣了一片嫩肉吃了,才点了点头:"这一次的肉还不错,吩咐下面的家伙多找些好肉,最近菩萨需要大量血食,不能用次等的肉,以免惹他老人家不快。"

跟着伺候他的妖怪点头应是。

"端上盘子,该去给菩萨送上血食了。"那妖怪发出指令,五六个妖怪自觉地抬起大盘子,跟在他后面。

辛秀手指一挑,旁边桌案上一瓶不知道是什么的黑色酱料就撒了那黑毛妖怪一身。黑毛妖怪猝不及防,大怒,吓得拿大刀剁肉的厨子急急忙忙地跪下道歉。

"哼，待会儿再收拾你！你们在这儿等着，我换身衣服回来。"

黑毛妖怪独自离开，匆匆去换衣服，辛秀拉着白姐姐和老五跟上，趁机把落单的妖怪堵在屋内。

"我知道你们不能泄露那位菩萨如今的情况，不如你跟我们分享一下他有什么弱点？"

黑毛妖怪比豪猪妖硬气，听了辛秀的威胁后仍然面不改色，神色轻蔑地说道："你们还真是不怕死，蝼蚁也敢冒犯神。"

辛秀心想：得，是个忠诚的下属。她笑着说道："你不想说也可以，咱们聊聊其他的，比如菩萨的宝贝，他那件很厉害的宝贝是怎么来的？"

黑毛妖怪警惕地说："你们怎么知晓那件东西，是不是有叛徒告诉了你们什么？不，菩萨法旨一下，根本没人能说出口！你是在诈我！"这黑毛妖怪竟然还会动脑子。

辛秀对身后两位保镖状的姐姐和弟弟耸耸肩，说："看来从这妖的嘴里是问不出什么了，直接杀了吧。问不出来，还是要自己去看。我们把他的皮剥下来，待会儿你们给我穿上，然后我扮成他的样子。"

这种代替之术脱胎于项茅的法术，比变化之术更不容易被看出来，因为要披着原主的外皮。

黑毛妖怪喊道："我就是死了，也能登上极乐天，以妖魂成为妖将，而你们，呵，很快就要死在菩萨手中！"

辛秀说道："宰了吧，这猪瘟了，没救了。"

一被宰杀，这果真是只黑毛野猪。辛秀心想，他们这是进了猪圈吗？如果金刚天王菩萨也是只猪，那这金华宫真是名副其实了——金华火腿味的宫殿。

辛秀忍着那股味道把妖力散逸的猪皮披在身上，申屠郁却抓住她的手说："我来。"

辛秀安抚道："姐姐放心，这么点儿味道我还能忍受。"

申屠郁解释:"不,你修为最低,之后变作小妖跟在我身后就行,由我来扮这妖怪。"

辛秀笑着说:"我倒不是怀疑姐姐的能力,但是……姐姐,你会演戏吗?"不是她说,白姐姐的演技甚至比不上老五,让白姐姐假扮猪妖,刚进门就能被看出不对了。

申屠郁思考片刻后说:"既然如此,那就我们二人一起。"

辛秀疑惑地问道:"怎么一同?"

申屠郁拿下她当作挂件的叮当熊猫,让这不断生长的灵器变成一件熊皮衣,披在身上后,抬手把徒弟按在怀中。

熊皮衣瞬间把他们包裹住,变成一只熊猫,熊猫身上再披上那猪皮,他们两个人一下子就成了一个黑毛妖怪。

辛秀愕然,随即就觉得有趣:叮当熊猫竟然还有这种能力,我怎么都不知道?我不知道,白姐姐怎么知道?不知是不是错觉,白姐姐似乎对叮当熊猫很熟悉,这就奇怪了,我可没有和白姐姐聊起过叮当熊猫的各种功能。

"我为你提供灵力,你来控制这具身躯。"

带着一丝哑意的清越嗓音在耳边响起,辛秀几乎是下意识地起了一身鸡皮疙瘩。就在这一刻,她有一种异常熟悉的感觉,但不动声色地压了下去,仍然带着笑回答道:"好哇。"

她在两层皮的包裹下,感觉很奇妙,像在开机甲。作为驾驶员,变化出的人物的所见所感,她都能感受到,但和外界像隔着一层什么东西。

在这个空间里,她能清晰地感觉到身后的那个人灵力比自己强太多,但那个人的灵力很安静地蜷缩在后方,像是打起了一把伞,替她撑起这个沉重的外壳,还把控制权拱手相让。

申屠郁早就放开了辛秀,只一手搭在她的肩上,维持两个人之间的灵力连接。

辛秀把心里冒出来的各种不合时宜的猜测全部暂时放到一边,

对老五招了招手,说:"咱们走。"

她举手投足间果真和方才的黑毛妖怪差不多,乍一看还真看不出什么不对。她带着老五一起再次去了大厨房,让老五代替了其中一个小妖怪,然后领着一队人走进内门。

那扇大门里是个十分宽广的空间,房顶尤其高。辛秀第一眼看到中央俯卧的巨大头颅和身躯,就明白这里为什么这么空旷了,不宽的话还真装不下这东西。

巨大而狰狞的猪头左右两侧有三双眼睛,虽然闭着两双,但唯一睁开的那双眼睛猩红又混浊,充满了邪恶的意味;流淌着腥臭唾液的口中长出一对弯而长的尖牙,牙根发黑;颊边长而粗硬的黑毛随着那颗大头颅张嘴呼气而轻轻摇动着。

猪头后面连接着的身躯像一座小山,上面皮肉斑驳,露出坑洼的肉色和白生生的肋骨,甚至能让人从外面看见肋骨里面蠕动的内脏。

看到这只巨猪的第一眼,辛秀就知道这金华宫是实至名归了。面前这只散发着腐烂臭味、仿佛腊肉没腌好的猪就是金刚天王菩萨。

之前老五还说要把他打败才能确定原形,现在省了打败这一步骤,人家直接就是原形。其实辛秀一想也对,人也觉得人样比较舒服,不会觉得变成猪舒服。

因为这只猪太大,辛秀看了好几眼把他看了个大概,然后状似恭敬地垂下了脑袋。她往下一瞥,这才发现原来朱尧还在这儿。

这个刚才被她甩了一脑袋黑锅的倒霉小猪,脸色灰败地跪在前方,可能被教训过了。因为菩萨猪吨位太大,对比起来他就是只小蚂蚁,辛秀差点儿把他忽略了。

"回去吧,这些事之后我再——一清算。"空旷大殿里回响着菩萨猪的声音,重重叠叠地旋转而上。

辛秀暗道:如果这声音是菩萨猪的,那未免也太好听了,和他的外表完全不搭。

朱尧惶恐地磕头，全无在外面身为护法的嚣张样子："是，多谢菩萨，多谢菩萨。"说罢，他连滚带爬地退了下去。

门沉闷地被关上了。

门一关，辛秀就感觉到一道目光放在了自己身上，是的，放在了她身上，或用压更正确，这目光是有重量的。

这种"被注视"的感觉异常可怕，给人的压力就好像站在悬崖边直视着黑暗的无尽深渊。哪怕辛秀的脑子告诉自己不要害怕，但那种寒冷的感觉还是从背脊一寸寸攀升。

辛秀感觉脑子里也一阵刺痛，那目光仿佛凝聚成实质，扎进她的脑袋里面，又不断炸开。

她的背后贴上来一只手掌，是白姐姐的手。白姐姐好像察觉到她在沉重压力下的感觉，伸手一按，辛秀立刻将自己的心神拉了回来，摆出寻常的模样，朝身后招了招手。

小妖们一个个上前，准备把肉摆上，辛秀却觉得那目光仍旧放在自己的身上，心中猛地生出一种危险的预感。这种感觉刚刚模糊地浮现，辛秀就感觉身后的白姐姐动了，然后辛秀被带着跃起离开了原本的位置，当她们落到另一个地方时，那种危险感才清晰起来。

她们原本的站立处出现了一个漆黑的风旋，虽然静默无声，但从那里传来的恐怖气息令人战栗。如果她们刚才没动，现在大概不是被那东西吞噬就是被搅和成一堆肉酱了。

"三只小虫子怎么跑到这里玩耍了？"金刚天王菩萨的语气不显暴戾，反而很是平和。

辛秀他们的伪装一照面就被察觉了！

也对，他至少要厉害到这种程度，才有资格搞出这些大事。辛秀感觉自己被分成了两部分，一部分因为遥不可及的力量压迫在颤抖，另一部分根本不把这只猪放在眼里，仍然冷静，甚至能戏谑调笑。

嘭——

出乎意料,老五首先发动了攻击。他距离菩萨猪最近,脚下长出一丛荆棘,迅速抽向猪的脑袋,照着猪的脸抽。

辛秀还没见过这个弟弟用这种一看就很凶残的荆棘,更没发现他还有这种习惯——打人直接照着脸打,这可能是从她这里学的。

金刚天王菩萨的身体腐烂了一大片,他躺在那里,也就只有一个猪头能转动。但就算是这样,身为一个有格调的反派也不会躺着不动任人打脸。

只见老五的荆棘还没有抽到猪脸上,就被一道看不见的屏障隔开了。那屏障像一张巨口,一口咬断了那些藤蔓。

辛秀只是心念一动,她身后的申屠郁就接手了这具身躯的掌控权,带着她飞起,脚踢向猪脸。

辛秀心道:白姐姐打人也照着脸打,一定不是和我学的,大概是这猪妖让人看了就特别想打他的脸。

辛秀知道白姐姐的力量,但这次,白姐姐的力量也撼动不了这猪妖,哪怕那一脚甚至将屏障踢得发出咯吱声,往下凹陷,最终也没有被破坏。

金刚天王菩萨张开了巨口,里面如云似雾般喷出大股大股浅紫色的云气,云气中夹杂着星星点点的亮点,看上去格外美丽。

辛秀感觉到后面的白姐姐一瞬间绷紧了身体,如临大敌。她背后一空,白姐姐已经自动退出了叮当熊猫的包裹范围,并且将她和叮当熊猫一起推出了这氤氲紫雾的范围。

"危险,你到一边躲着。"耳边还回荡着白姐姐的这句话,被送出雾气范围的辛秀踉跄落地,一转头,发现老五和白姐姐直接放出了大招。

辛秀见过一次的火流星——在白姐姐的背后燃烧的黑石带起灼热的气流轰然砸下,一波接一波不曾停歇,那几个还没反应过来的送菜的小妖已经被砸成一堆堆肉泥。老五就在间隙中不断让荆棘生长，对猪妖进行牵制，试图让荆棘在猪妖的血肉里生长，从内部破坏猪妖的身体。

辛秀隐约闻到一股烤肉的香味，应该是猪油沾了火星的味道，所以哪怕看不见，也能猜到白姐姐的火流星肯定砸到猪身上了。

嗡——

金刚天王菩萨的身体里发出沉重的声音，他被激怒了，他身体周围的那些紫雾里闪烁的光点瞬间鼓胀起来，变成无数个交错重叠的黑色旋涡，如同一张张嘴，悄无声息地出现，试图咬住面前这两个不自量力的人类。

老五应对上还是弱了些，反应不及，脚下出现的黑色旋涡吞噬了他的衣摆，如果他的脚还在，那现在恐怕也没了。他迅速退开，险而又险地避过另外几个旋涡。

围在申屠郁身边的旋涡更多，但他应对起来自如多了。那些旋涡明明没有任何气息，出现得也毫无预兆，但他就是能预知哪里会出现一般，在空中闪躲移动，次次都能恰好躲过，还有空闲出手。

火流星之后凝聚出黑色的剑形，十几道黑色的锋利剑芒穿过旋涡陷阱，带着一往无前的锋芒刺向猪妖的眼睛。

金刚天王菩萨正是虚弱的时候，发觉面前这两个人并不像想象中那样好对付，也没有掉以轻心，张口低吼，睁开了第二双眼睛。

这双眼睛是紫色的，盯住申屠郁两个人之后，他们就无法移动了，在空中被无形之锁定住身形。几个黑色旋涡此时出现在两个人的四肢、头颈处，要将他们吞噬。

申屠郁猛地一阵挣动，直接靠力量脱离了控制，翻身跳出左右夹击而来的两个旋涡。至于老五，那些旋涡出现在他身边，眼看要将他吞噬的时候，他的身体忽然被一股水流包裹住，旋涡奈何他不得，和水流僵持起来。

辛秀在外面静静地看着，仔细观察金刚天王菩萨的每一个反应和身体的每一个部位。

她的灵力最低微,白姐姐让她躲着好像也没错,但是她要是会乖乖躲着,就不叫辛秀了。

在见到老五两个人那边险象环生的时候,辛秀活动了一下身体,猛然从侧面冲进了紫雾里。她一进入有雾气的范围,那些闪烁的光点就被触动,自动变成旋涡进行吞噬。

辛秀心底冷静地数着秒数,她的身上还穿着叮当熊猫,轻灵又矫健地躲过了那些旋涡。可能是因为她的灵力相比起金刚天王菩萨来说实在太渺小,不足一提,他连对付她都不用心,让她得以平安地抵达"肉"山底下。

她近距离看着金刚天王菩萨的原形,觉得更壮观了。此时此刻,她只想到一句话:"猪之大,一锅炖不下。"

这么大一只猪,如果她带回去,蜀陵大大小小老老少少全去参加宴会也能吃饱。

冲过了危机重重的紫色雾气的包裹,辛秀想要伤到猪妖,还需要突破覆盖在猪身表面的防御甲。她亲眼看着,刚才白姐姐也只能用尽全力破开片刻,她这灵力,一般来说就不用妄想了——只是一般来说。

辛秀自言自语:"但是,办法总比问题多。"她掏出了一支红色的龙角,先前老五给她的那支。

她忘记在哪里看过,大约是在蜀陵某位酷爱藏书的师兄那里看过,龙角可破十之七八的防御,所以真龙之角一般用来炼制神兵利器。这支龙角号称龙神之角,应该更加厉害才对得起它的名字。

她灌注灵力,用力刺入屏障,感觉到屏障被她割开了一道口子,立刻顺势划了一个大圈,迅速割开一片。

金刚天王菩萨察觉到后方失火,猛然扭头,最后那一双眼睛也睁开了,是绿色的,目光直刺辛秀。

辛秀刚才看到他的第二双眼睛就有了准备,此时掏出一面又长又宽的镜子——这是她的穿衣镜,在师父的藏宝楼里翻出来的。这灵器具体作用是什么她不太清楚,但她说想要穿衣镜,师父就把这个给了她。

反正都是镜子,应该都可以折射。

辛秀每一个行动都是不确定结果的,她抱着试试的心态,但每一次都误打误撞成功了。她用龙角割开了屏障,用这一面摄魂镜折射了猪妖的视线,让这视线反噬了猪妖自己。

短暂的一秒钟,这面"穿衣镜"碎了,但辛秀已经躲过那视线,一矮身钻进了猪妖庞大的身躯里面。

她就像一只蚂蚁钻进了大象的身体,游走在他的皮肤之下。这只大象再如何愤怒,也拿她没办法。

辛秀是有目的的,进了猪妖的身体就直奔腹内。

在猪妖睁开第二双眼睛的时候,她透过猪妖的肋骨看到了他的身体里闪烁的光芒。那光芒只是闪烁了一瞬间,但辛秀看得清清楚楚。她有种直觉,那肯定是个了不得的东西,说不定就是他们打败这猪妖的关键所在。所以她跑了进来,要看看那东西究竟是什么。

肉腐烂的味道十分难闻,被她激怒的猪妖的怒号声充斥了整个空间。辛秀感觉耳朵一痛,有什么温热的液体流了出来。她浑不在意地抬手一擦,继续往前飞奔。

外面轰轰轰的声音更加清晰了,辛秀知道,那是白姐姐和老五正在吸引猪妖的注意力。她手拿龙角,时不时在身边看上去比较重要的器官上狠狠划动,溅了自己满身的血。

周围颤动得越厉害,辛秀扎入血肉就越深,靠着一支龙角固定自己。

这么走了一段后,她终于看见了一个奇怪的东西。

就在猪妖的心脏下方有一块透明的大石头,石头的中心凝固着一个少女。少女穿着一身白色的裙子,手里握着一块闪着五彩斑斓的光的石头,半个身子呈现出一种云雾般的状态,好像已经渐渐地熔化在了那层半透明的晶体里，只剩下半个身子。

辛秀靠近这个东西之后，感觉晶石里有一股澎湃又强大的力量，这是充沛的生机。这生机被猪妖所用，修复着他的身体，但奇怪的是，这晶体同时也产生了一股破坏的力量，正是这力量流经猪妖周身，让猪妖的身体破败成这个模样。

辛秀犹豫着：这是敌是友？扎还是不扎？她举起龙角，尝试了几个角度，总感觉晶体有点儿硬，担心把龙角崩坏了。

"这位朋友，是敌是友？"

这个少女的声音突然出现在辛秀的脑海里，辛秀一惊，下意识地摆出笑脸回答道："好说，好说，在下屠猪勇士。"

少女笑起来："原来是同道朋友，那我必须帮你一把了。你过来。"

辛秀发觉自己竟然没法抵抗这声音，身体猛地被拉入那坚硬的晶体里，一只微凉的手点在她的额头上。辛秀看着少女的动作，感觉脑海里许多记忆瞬间翻腾，像是一间房间里的灰尘被激起，照射进来的阳光则翻看着这些飞扬的尘埃。

与辛秀脸对脸的少女猛地睁开眼睛，望着辛秀的眼神十分和蔼，惊讶又喜悦地说："蜀陵！你竟然是我蜀陵弟子！真是没想到申屠师弟那般性子孤僻高傲的人也愿意收徒了。"

"蜀陵弟子""申屠师弟"，捕捉到这些关键词，辛秀瞬间清楚了面前的少女和自己的关系，面前的少女喊师父为师弟，那肯定是自己的师伯无疑了。

"不知是哪位师伯？"辛秀问。

师父申屠郁在祖师爷灵照仙人的三十六位弟子中排行第十二，上头还有十一位师兄师姐，辛秀见过的师伯只有一位，就是排行第三的韩房子师伯，其余的都是师叔，排在师父之下。

少女的嘴唇不动，声音直接在辛秀的脑子里响起，少女的笑声清脆悦耳："我几十年没回去，你应当是新弟子，不知道我。我名荆阙。"

这就巧了，辛秀知道她，排行第九的师伯荆阙。

"原来是九师伯。"辛秀的笑容一下子真诚了许多，"我听说过九师伯，还拜读过师伯的大作《烹食记》。"

辛秀在蜀陵时到处跑，翻看过不少师叔的藏书，自然见过不少师伯师叔写的法术和天地感悟等书籍，其中有一本令她印象格外深刻，就是荆阙师伯所写的《烹食记》。

书的内容如文名，非常朴实，不是法术，也不是感悟，就是荆阙记录了某次在哪里找到了非常好吃的食材，四处寻找调料，做了一顿顶级的大餐，太美味了。书里通篇都是大白话，写满了"太好吃了"之类的感叹语。

当时辛秀就觉得这师伯接地气、有趣极了，可惜景成子师叔告诉她：荆阙师伯不在蜀陵，喜欢游历人间，归期不定。没想到她们兜兜转转竟然在这里遇上了，真是舌尖上的缘分。

荆阙也回忆起自己年轻时写的那本狗屁不通的书，对任意一位还要脸面的师伯来说，那都是不堪回首的历史。所以愉快的笑声逐渐消失，她尴尬地说："师侄如此好学，那么久远前我随手写的东西你也看过了，哈哈，很好，很好。"

辛秀问："所以师伯到这里来，是来寻找顶级食材的？嗯，我也喜欢猪肉，只是还没吃过猪妖的肉。"

荆阙神情一变，严肃而正经地说："没有，不是，师侄休要乱说！师伯当然不是来找食材的！这个金刚天王菩萨恶贯满盈，我见许多人受苦，所以前来与他斗法，为人间解决这个大祸！"

辛秀露出一个"既然师伯不想承认那就算了"的宽容表情，说："原来如此！那金刚天王菩萨变成这样，是师伯的功劳吧？"

荆阙不知为何又有点儿尴尬起来："不错，师伯在此与他僵持五十余年了。"

五十多年前，荆阙当时的修为距离人仙仅一步之遥。而当时的金刚天王菩萨修为比她高，又有许多信徒，身具愿力，自带一层宝光防御。荆阙向来自信，哪怕知晓金刚天王菩萨修为更高，也觉得自己可以对付，于是闯入此处试图杀他。

她确实险些成功了，然而这金刚天王菩萨还有一样宝贝——万寿仙珠。这珠子能源源不断地产生生机，在猪妖的体内蕴养他的身体，使他拥有长久的寿命和垂死保命的能力。结果就是她功败垂成，被金刚天王菩萨一口吞了。

如果是一般修士，大约也就变成了他的养料，但荆阙在关键时刻感悟了生死之道，竟然在金刚天王菩萨的腹内修成了人仙。成仙雷劫劈下，直接劈掉了金刚天王菩萨身体外的那一圈香火愿力，又把他劈成重伤。

金刚天王菩萨试图吞噬荆阙，她自然抵抗。不知不觉，二人的灵力碰撞后，荆阙的身体周围就凝聚起这么一层接一层的透明晶体，将她牢牢地包裹了起来。

金刚天王菩萨要将荆阙永远囚困在体内慢慢消化，但荆阙不甘送死，反过来吸取金刚天王菩萨身体里的一切妖气和灵气。这逼得金刚天王菩萨不得不变成原形，承受着日渐虚弱的痛苦，带着她这颗除不掉的毒瘤待在此处。

荆阙自身则因为躯体容纳了太多妖气，半个身子在这里熔化成混沌之物。两个人日日夜夜的拉锯战持续了五十多年。

"我在慢慢变虚弱，如果继续这样下去，不出十年我就会被完全熔化，到时候他能将我的修为全数容纳，他的伤不仅会被尽数修复，他还会实力大增。"荆阙叹息，又看向辛秀，目光停在她手中的龙神之角上，语气带着庆幸，"还好你来了，还带来了能克制他的东西。"

辛秀问："所以我能做什么？"

"你能杀他。"荆阙张开双手，给她看手中抓着的那块五彩石头，"万寿仙珠就在里面，被金刚天王菩萨的恶浊之气形成的实质包裹着，我虽然拿到手，却无法将其打开。"

荆阙当时被困在金刚天王菩萨的体内,还顺便把他的万寿仙珠给抢了。

辛秀意会,将手里的龙角戳在那块彩石上,连续咔嚓几声,石头表面就被她凿出了一个洞,露出内里一颗光芒璀璨、不规则的小石头。说好是珠子,怎么是一块小石头?这圆形看着也不是很规则。

辛秀只看了两眼,那小石头就被荆阙招起,弹射进她的口中。

辛秀捂住自己的脖子:"呃。"

万寿仙珠就这么随便让她吞了真的没问题?

"这猪妖察觉到宝物没了,要发狂了。"荆阙说罢,迅速张开双手,声音轻松含笑,"不要反抗,师伯带你去杀猪。"

她的身体瞬间全部熔化,变成一条晶体里的璀璨银河,扑向辛秀。

辛秀只觉身体里一阵灼热,各处经脉与灵脉剧烈地疼痛起来,连血液都在沸腾,不知道是因为那枚万寿仙珠,还是因为荆阙师伯。

她感觉到了荆阙此刻的心情,甚至有一瞬感觉到了这五十多年里荆阙煎熬的痛苦,并且看到一点儿细碎的记忆。

阴沉欲雨的天幕下,有一只手将荆阙从死人堆里挖出来,那只手的主人说:"你可拜我为师。"

灵气氤氲的青山里,有几个青年模样的男女在远处论道,忽然转身扬声喊道:"师妹!"

富丽堂皇的宫殿里,坐在金玉宝座上的高大男人笑着说:"你这修士,想杀我?"

还有荆阙伸手从巨大的心脏里抓到万寿仙珠,万寿仙珠却先一步被巨大心脏里溢出的各种秽物包裹起来,她一触到那东西,手就一阵灼痛……

"师伯?"

"乖师侄,师伯送你一程,解决了这家伙,就麻烦你日后带我回蜀陵了。"

"好,师伯放心。"辛秀察觉到什么,认真答应下来。

金刚天王菩萨的神魂一阵剧烈震动,他保命的宝贝被一个他不放在眼里的蝼蚁抢走了!腹内的人仙已经被他的身体炼制成灵体,只待时机一到就能变成他的养料被吸收,可现在也被劫走,反倒成全了那个不知哪儿来的家伙。

"你——该死——"

辛秀看着面前忽然凝聚出的神魂,高大的人形缠绕着血气,她看不清面容。这金刚天王菩萨大概是被她气疯了,竟然直接在体内显出神魂,不管外面的攻击。

她警惕地做好防御的准备,却见那金刚天王菩萨周身血气涌动片刻后问她:"你们因何要杀我?只因为我吃人?"

辛秀诧异,没想到这菩萨还是哲学系的 boss,最终一战还要讨论人与妖的关系,进行一下主题升华。

她回答道:"是呀。"

金刚天王菩萨说道:"弱肉强食,天道自然,你们人是何等傲慢,人可以吃猪肉,却不许猪吃人?"

辛秀最不怕的就是说理,闻言反而笑了,坦坦荡荡地说道:"这个问题,你若是问猪,猪肯定会回答'猪可以吃人',可惜我不是猪,谁叫我是个人,当然只会回答你'是呀,猪不能吃人'。"

金刚天王菩萨忽然笑了起来:"你知道吗?人肉非常美味。"

辛秀笑着说道:"多谢夸奖,我也喜欢吃猪肉,五花肉、猪头肉、猪蹄都超好吃。"她笑着夸奖人家好吃的时候,举起手里的龙神之角,毫不客气地刺向金刚天王菩萨的神魂。

申屠郁和老五在外承受了许久金刚天王菩萨的怒火,各自都已负伤,但没有半分退却的意思。两个人都看到了辛秀冲进金刚天王菩萨的身体里的一幕画面,同样感到焦急。

申屠郁一急，落星更加急促了，直把这座宫殿砸得坑坑洼洼，乃至整个空间都摇摇欲坠了也不管，大有直接暴力弄垮这座宫殿的架势。

连老五都因担心自家大姐在猪妖的身体里出意外，第一次全力调动得到的灵力，将猪妖身侧变成一片水泽，又让水泽里长出无数破坏力强大的刺藤，刺进猪妖的身体，对水生木一道无师自通。

金刚天王菩萨突然发疯，昂起巨大的脑袋，身体周围数以千计的旋涡瞬间爆炸。申屠郁与老五都被波及，半个身子血淋淋的，不得不暂时抽身。

"他突然妖力失控了。"申屠郁盯着猪妖残存的两双眼睛，其中一双眼睛方才被他刺瞎了。

"一定是大姐。"老五喘息两声，察觉到什么，目光停在了猪妖的脑袋上，急促地说道，"在那里。"

话音一落，两个人便看见猪妖的脑袋中间猛然裂开了一个口子，一道人影从里面飞出，带着冲天的血气落在前方的水泽上。在她身后，刚才还疯狂的猪妖猛然安静下来，砰的一声，那颗头颅重重地砸在地上，溅起无数水花。

辛秀手握龙角，转身对上金刚天王菩萨混浊的巨大眼珠。水面倒映出她的身影和巨大的猪妖百孔千疮的身体，他们静静对视的画面透着几分古怪之意。

"邑帝，终究还是我杀了你，我赢了。"她忽然露出少女般高兴烂漫的情态。

"你赢了，荆阙。"金刚天王菩萨沉闷的声音渐渐低落消散，唯独眼珠仍旧不曾闭合，带着混浊的冷光失去生机。

金刚天王菩萨终于还是死了。

辛秀在原地立了片刻，忽然晕倒在地，身体周围的水面氤氲出浓郁的红色。

第三章　仙西桃源乡

"白姐姐，现在你的仇报完了，之后要去哪里？"

申屠郁一时还没反应过来这个报仇是什么意思，过了片刻才想起来这个白无情的身份好像阴错阳差地被徒弟认定为和金刚天王菩萨有仇。他静了一会儿才接上话题说："我无牵无挂，四海为家。"

辛秀将她的一系列反应看在眼里，笑着说道："接下来我还要带老四去仙西处理他身上的棺材精，可惜我不知道仙西的具体位置，白姐姐如果知道，能不能和我们一起去？"

申屠郁想起和金刚天王菩萨一战后，徒弟有些虚弱，点头答应下来。

金刚天王菩萨死后，以他为中心的庞大势力几乎一夕瓦解。

辛秀几个人才知道，原来那些护法、法师等妖怪，力量都来自金刚天王菩萨的馈赠，一旦金刚天王菩萨死去，那些妖怪实力大减，他们的消亡就和他们的兴起一样迅速。

最大的毒瘤被解决了，但后国这块地方想要恢复元气也不知道还要多久。唯一值得庆幸的是那昏庸无能的后国君王随着金刚天王菩萨的死，也被人一把火烧死在了宫殿里。那些妖魔鬼怪横行，后国中早有不满之声，如今全数爆发，着实混乱了一阵。

新任的后国君王变成了和屠妖仙人关系亲密的"梁中峤"，她一跃从黄石城城主变为了后国国主。

在辛秀和申屠郁带着老四前往仙西的时候，老五选择了暂时留在后国帮助梁国主恢复此地的生机，驱除那些漏网之鱼与肆虐的妖鬼。

他们挥手告别，再度走上自己的修行之路。

屠杀猪妖结束得匆忙，辛秀也走得匆忙，连收尾都没完成。

倒不是她不想留下来好好帮梁国主处理剩下的那些到处流窜的妖怪和妖鬼，实在是因为棺材里的老四出了意外。

老四虚弱的速度太快了，等他们打完猪妖王满脸血地回去，老四在棺材里就剩下喘气的力气了。也不知道附在他身上的棺材精在搞些什么，辛秀只能尽快带老四前往仙西。

因为走得匆忙，最后怎么杀的金刚天王菩萨，辛秀也只是简单说了说。老五不太在乎这个，没有多问任何问题。但是连和金刚天王菩萨有仇的白姐姐也没有多问几句，一般来说，仇人被杀，她不会这么冷静吧？她不在乎吗？

辛秀特意说得语焉不详，就等着白姐姐来问，却没能等到，不由得怀疑白姐姐是否当真和金刚天王菩萨有仇。

因为要赶时间，辛秀把慢腾腾的道士留给了老五，前往仙西的路上，自己骑着飞天摩托，摩托后面绑着棺材，白姐姐就在旁边飞。

除了时不时敲敲后面的棺材确定老四还活着，看似专心开车的辛秀实际上大部分时间在回顾遇上白姐姐这段日子发生的事，并且进行了反思。

心中没有怀疑的时候，辛秀从来没有觉得哪里不对，一旦开始怀疑，辛秀才发现白姐姐的身上真是处处有破绽。

白姐姐对自己实在太好，如果自己是一见如故才对白姐姐这么亲切，那白姐姐对自己难不成也是一见如故？如果是这样，那她们不是一见如故，应该叫一见钟情才对。

另眼相待、格外照顾自己，这些也就算了，但白姐姐对自己的灵器叮当熊猫那么熟悉，这就有点儿问题了。

如果白姐姐和金刚天王菩萨没仇，那她为什么和自己一路尽心尽力地铲除金刚天王菩萨？如果白姐姐不认识自己，为什么那么熟悉自己的灵器叮当熊猫？

辛秀并非怀疑白姐姐动机不良，而是怀疑她其实认识自己。白无情可能是个假身份，她的真实身份或许是某位师叔或者师伯，也有可能是师姐。白姐姐可能认识师父，因为知晓自己的身份才一路照顾自己，这样就都说得通了。

剩下的疑点就是白姐姐为何要隐瞒身份？难道她的身份不能被知道？

辛秀脑子里转着各种想法，她打定了主意试探一二，斟酌着开口说道："白姐姐，等老四的事处理完了，我要回一趟蜀陵，白姐姐也同我一起去蜀陵看看吗？"

申屠郁心道：徒弟待人真诚热情，可这邀约不好答应。虽说师弟师妹和众位师侄都不知晓他这人身的存在，但若是让师兄们看出了不对，到时候难免平添麻烦。

申屠郁忍痛拒绝："不必了，待送你去过仙西，我另有要事。"

辛秀叹道："那真是可惜了。对了，我这次能杀死金刚天王菩萨，多亏了我的九师伯。"

申屠郁一愣："你不是说用神龙之角杀死的金刚天王菩萨？"

辛秀笑容灿烂地说道："是呀，我之前没说清楚。我当时灵力不足，在金刚天王菩萨腹内遇上了我的九师伯荆棘，是他助我一臂之力。"

申屠郁转过头来盯着天真烂漫的徒弟，心底疑惑，荆棘？他的九师姐名为荆阙，徒弟真的遇到了九师姐？申屠郁疑惑地问道："你遇上了你的九师伯？这又是怎么回事？"

辛秀不动声色地观察着她的反应，发现白姐姐的眼神有些警惕起来，好像有点儿紧张。

她笑了笑，假装毫无所觉："就是九师伯荆棘，他被猪妖困在腹内很多年了，我去了之后，他把力量借给了我……九师伯真是好英俊的男子呀。"

申屠郁问："你如何确定那是你九师伯？"九师姐明明是女子，怎么会变成男子？徒弟莫非是被来历不明的人骗了？

白姐姐的语气分明是不相信自己描述的人是九师伯，可见白姐姐对蜀陵确实很熟悉，就是蜀陵弟子无误了。

辛秀故意逗她道："他当然是我的九师伯，都能说出好几个师叔的名字，也认识我师父。白姐姐你不是我们蜀陵的弟子不知道这些，我相信他不会骗我的，他爆发后杀死了猪妖，神魂还借着我的身体沉睡着呢。"

申屠郁震惊了，担忧地看着徒弟，虽然徒弟大部分时间都警惕聪明，但有时候对于认可的人毫无防备。她这样若真的遇上善于伪装的恶人，必会遭遇危险。

申屠郁语重心长地说："来历不明之人的神魂，你怎么敢让他借用你的身体？不如我为你看看他对你是否有危害？"

辛秀忍着笑拒绝："不必麻烦白姐姐了，我无事的。"

白姐姐呀白姐姐，对仇人之死不闻不问，对蜀陵之事了如指掌，还如此关心我的安危，你究竟是什么身份？难道是我师娘？

接下来的路途中，辛秀听到白姐姐三次提出让自己小心那不明来历的神魂，装出一副奇怪的神情："白姐姐，你有些奇怪，好像太在意我的九师伯了。"

看到白姐姐立刻闭嘴、心虚得不打自招的样子，辛秀暗想，姐姐的演技确实不太行。

也罢，还是等解决完老四的事，她再彻底和白姐姐好好聊一聊。既然对方没有恶意，有什么身份不能公开说？辛秀理所当然地想。

"白姐姐，你去过仙西，那仙西是什么样的地方？"

申屠郁也不好纠缠着之前那话题不放，便回答道："我进入不深，只去过外围，见过两位仙西修士罢了。仙西是陷落的地宫，在很久以前被称作仙庭，据说是仙人所在的城池宫殿落入凡间的遗迹。不过，也有一说那是仙人墓穴，无数个仙人墓穴连成一片，才是仙西真正的模样。"

辛秀心道：仙庭遗址或是仙人墓穴？她好奇地问："仙西与我们蜀陵一般处于另一个天地，寻常人无法看见吗？我们若要找到具体的地方，还需要做些什么？"

申屠郁说道："那里与蜀陵不同，不需做什么，你到了附近应该就能看见了。"

他们风尘仆仆地赶到仙西范围内，辛秀才明白白姐姐的话是什么意思。

仙西用形状酷似墓碑的大石碑为界，石碑上空白无字，只有些凌乱却玄奥奇妙的线条。

不像蜀陵隐藏在山中，寻常人看不见摸不着永远无法接近，仙西的界碑就那么摆放在一个寻常山谷里，没有任何法阵遮掩，周围一片荒凉，毫无灵气。

辛秀的脚踏入碑前一百米范围内时，她忽然有一种奇妙的感觉，身体周围似乎有什么在波动。申屠郁一把攥住她的手腕，将她拉到身后。

就在此时，前方石碑中忽然飞出无数白色缎子，像一朵白花绽放开来。

辛秀与申屠郁还未做任何反应，四周就被白色缎子遮住，瞬时陷入一片纯白世界中。一男一女两位仙西修士穿着飘飘的白衣，踩着白绫翩然而出，脚不沾尘，脸白似雪，好像长久不见天日一般。

辛秀看见这出场方式，露出个恍然大悟的表情：原来是古墓派啊！

前方的白衣俊男美女面无表情地看着他们，既不说话也不动，但那逼视的眼神，看着就很不友好。看了好一会儿，他们才同时张口："你们是何人，所为何来？"两个人同时开口，发出的声音却是一个人的，十分古怪。

辛秀有求于人，前所未有地老实："蜀陵弟子，前来求助。"

"蜀陵弟子？"两个人原本没有感情的声音瞬间变大，仿佛还带上了点儿莫名的意味。

辛秀见此反应，暗道不好，难不成仙西和项茅一样，也和蜀陵有仇？不应该啊，蜀陵在同道修士里名声不至于如此差劲吧？

她正想着如果真的有仇，自己现在是假意投降想办法混进去找法子救老四，还是赶紧带着老四逃跑。

下一刻，那假人似的一男一女脸上露出了热情到有点儿夸张的笑容，亲热地迎了上来："原来是蜀陵的弟子，那我们就是一家人了，快请进来。"

辛秀一愣，什么情况，什么一家人？他们变脸的速度未免太快了？她扭头疑惑地看了一眼白姐姐。

可惜申屠郁也不知道这些人是怎么回事。他当年来过这里，但没有说过自己是蜀陵弟子，也没有和他们起过争端，很快就离开了，没有深入交流。

辛秀意识到白姐姐也对面前这情况没有预料到，迅速平静下来，心想：怕什么？见机行事而已。

"来，进去说话吧，一定要让我好好招待你们！这里难得有蜀陵弟子前来，他要是知道了，一定也会很高兴的。"

这个"他"是谁？

辛秀没能多问两句，两位笑容满面的白衣美人宛如车站拉客的黑车司机，连拖带扶地把她扶进了石碑里，连她放在一边的棺材都被两位新来的修士好好搬了进去。只有没表明身份的申屠郁无人理会，自己跟着走，待遇差别非常明显。

辛秀一脚迈进石碑里面，就像忽然踏进了一座璀璨华美的宫殿：光可鉴人的地面，数以万计的白烛放置在几米高的树状金枝灯座上，周围是精美的壁画，身边是雕花立柱，头顶是繁复的藻井，前方还有室内水池，水中长满了各种奇异花草，芬芳沁人心脾。

还有许多男男女女，一个个都年轻美丽，穿着相似的白衣。这些人见了辛秀他们，全部露出过分热情的笑容，仿佛大家都是熟人热络地同辛秀他们打招呼。辛秀有一瞬间怀疑自己是不是误入了海底捞——没有其他地方能让这么多人同时对第一次见面的陌生人露出这么热情的笑容了。

"欢迎来到仙西。"

"你们一定会喜欢这里的。"

"太好了，见到你们真高兴。"

每一个人发出的声音都是一样的，明明是不同的脸，却有着相似到可怕的笑容。

辛秀觉得事情越来越古怪了。这些人对着她笑成这样真是太可怕了，还不如摆着死人脸，冷冰冰或者不友好地看着她。莫非这里是什么魔鬼洞窟，他们专门抓蜀陵弟子？

辛秀脸上带着客套的笑容，和周围热情的陌生人打招呼，但心里更加警惕。

他们走过那一条长廊，进入另一处更开阔的房间，这里的地面上铺着无数锦缎，走上去像踩在白云上。

整个房间最中央的圆形藻井上垂下无数白色丝绦，丝丝缕缕的线缠绕着一朵颤巍巍的白花。那白花花形大得能裹住一个人，事实上里面确实有一个人。

辛秀透过半透明的花瓣看见里面的人影，那人坐了起来，抬手撩开了花瓣，朝她露出了一个颠倒众生的笑容。

把他们带到这里来的男女已经悄然离去，只剩下他们独自面对这位花中美人。

美人犹抱琵琶半遮面，只露出笑容热情的脸庞和半个肩膀。当她完全从花中站起身的时候，辛秀才发现，这位美人穿的衣服和她这个人非常不搭。

按道理说，这样的出场，绝对是个有身份、有地位、适合穿各种华服或者和外面那些男女一样穿着白衣的人，可这人身上穿的是一套非常普通的粗布衣服，是寻常村妇穿的样式。

古怪的地方，古怪的人。

美人气韵成熟，简而言之，辛秀觉得用美妇人来称呼她更加合适。

美妇人长了一张古墓派掌门的脸，一身超凡脱俗的气质，却穿着一套十分朴素的粗布裙。

辛秀瞧着她一身朴素的衣服，忍不住怀疑这位美妇人上一刻可能还在某个农家小院里喂鸡喂鸭。

"你是蜀陵弟子？"

美妇人一开口，辛秀就发现她的声音和外面那些男男女女口中发出的声音一模一样，是带着一点儿沙哑、充满磁性的中性声音。或者换一个更恰当的形容，外面那些人就好像是她的传声筒，所以，那些人究竟是真人还是假人？

辛秀瞬间想象出了十几个恐怖故事，嘴里却乖乖地说着："是，我叫辛秀，家师申屠郁，不知道您怎么称呼？"

"申屠郁？是了，是了，我听他说过的，是他的十二师弟。"美妇人自言自语完了，笑容更加温柔和蔼，抬手顺了顺辛秀颊边散落的黑发。

辛秀在这一瞬间感觉她像个妈妈,她的身上充满了母性的光辉。

"他们都称我为王母,但你可以喊我师伯,或者喊我伯母,因为我是你一位师伯的道侣。"

辛秀心想:如果是神话故事里那个王母,那就不得了了。听到后面的师伯,她又在心里嘀咕,这是怎么回事?自己又遇上了一位师伯?她出门游历难不成是玩收集游戏吗?收集出门在外的同门?

自称伯母的美妇人的手从辛秀的额头上擦过的时候,辛秀感觉一阵心悸,这种感觉在不久之前也有过,是九师伯荆阙为了确认她的身份翻看她关于蜀陵的记忆的时候。那时候作为交换,九师伯也给辛秀稍稍看过几个场景,好让辛秀同时确认她的身份。

所以面前这个自称师伯的美妇人,也是在看辛秀的记忆碎片。这些大佬要确认别人的身份,都直接动手翻别人的记忆。

不过,美妇人没有让辛秀看记忆的意思,手指短暂地擦过她的额头后收了回去:"乖孩子,伯母真高兴你来了。"

辛秀毫无抗拒的意思,笑得同样真诚乖巧,像所有长辈都很喜欢的晚辈一样,嘴甜地喊道:"伯母是哪位师伯的道侣啊?"

美妇人果然被她的一句伯母取悦了,红唇一抿,笑起来:"是你二师伯的。"

辛秀心道:二师伯?这个人我还真不知道。

蜀陵的很多弟子散落在外,几十年甚至一两百年不回去都很正常。别说他们几个新弟子,就是之前的师兄师姐都不一定认得全所有人。而这位二师伯,因为排序太高,辛秀也没听说过他的事迹,蜀陵里也没有流传关于他的传说。辛秀没想到二师伯在这里,还真感觉有点儿好奇和惊喜。

"走吧,我带你去见他,这些年他没时间回去,现在见到你一定也很高兴。"美妇人说着，迫不及待地站起来，拉着辛秀就要离开，对除了辛秀之外的人视而不见。

辛秀连忙拉住她："哎，二师伯母，你忘啦，我还有个师弟被困在棺材里呢！"

美妇人这才想起来，敲了敲自己的脑袋，懊恼地说道："你看伯母这记性，高兴过头差点儿忘了，这儿还有个师侄，他与你都是申屠师弟的弟子？"

辛秀摇头说道："不，老四是天工师叔的弟子。"

美妇人笑着说道："天工师弟，我也听你二师伯提起过，说他是个愣头愣脑、一心玩石头和木头的傻孩子。"

她的笑容非常真挚，比最开始辛秀看到的那种热情笑容真实多了，现在的她确实像个温和的长辈，对待他们的态度充满了爱屋及乌的喜爱之情。

辛秀暗暗观察她的反应，仔细回想她说的几句话中透露的信息，心中的警惕之意消减了很多，旋即开口："二师伯母，老四身上这个棺材精很难处理，我们都没办法，挺棘手的，你有办法吗？"辛秀敲了敲棺材，发现就这么一段时间，里面的老四已经没有回应了，不由得皱眉。

美妇人看着棺材，和蔼的神情瞬间变得冷漠："小小精怪而已，敢如此对待我的师侄。秀儿放心，二师伯母给你们出气。"

辛秀心道：二师伯母的变脸绝技真是厉害，外面那些朋友都是她的弟子吧，变脸绝技一脉相承，难不成他们古墓派专修变脸技术？

美妇人伸出修长的手在棺材边缘轻轻一拍，辛秀就听到了一声细细的惨叫，整具棺材从美妇人的手底下碎成粉末。辛秀只眨了几下眼睛的时间，那具漆黑的棺材就变成了一片黑灰，落在满地白缎上，露出内里眼睛紧闭、脸色苍白、气息微弱的老四。

辛秀刚想上前扶起老四，美妇人先上前一步，脸上再度露出了那种散发母性光辉的表情。

美妇人十分心疼地扶起了老四,让他躺在自己的怀里,摸摸他的额头,念叨着:"哎呀,这孩子的精气都被吸走了,可怜的孩子,方才那么对那棺材精,真是便宜他了。"

辛秀心里默默地说:伯母啊,刚才那棺材精连精核都没出现,只惨叫一声就被您老人家拍得灰飞烟灭了。

一直沉默着的白姐姐此时拉了拉辛秀,辛秀不动声色地朝她摇了摇头,意思是没关系。

辛秀觉得面前的美妇人对他们并无恶意,有些真实的感觉是无法伪装的,她自问感觉敏锐,不会轻易被骗。

而且这位伯母修为惊人,他们毫无办法应对的棺材精,在她手里一个回合都没挺过,可见伯母修为之高。辛秀怀疑她可能就是仙西之主,如果是这么厉害的人,比那个金刚天王菩萨更厉害,他们再小心也没用,还不如大方点儿。

再说了,既然二师伯在这里,待会儿他们见到了人,问题应当能迎刃而解。

"我不能就这么带你们去见扈郎,不能让他看到他的师侄这个模样,他会怪我没照顾好你们的。"美妇人低声念叨后,就托着老四的脑袋。

也不知道她做了什么,手中一阵光芒过后,老四的面颊上开始出现淡淡的红晕,显出健康的生机。

没过一会儿,老四就睁开眼睛,表情莫名地看着他们。

"你醒啦,孩子。"二师伯母笑着说道。

"什么?这是哪儿?棺材精呢?"老四瞬间跳了起来,看到辛秀站在一边,总算冷静了点儿,"大姐?"

辛秀解释:"在你睡过去的时候,我们来到仙西求助,遇上了二师伯的道侣,就是这位。她刚才帮你解决了棺材精。"

老四毫不怀疑,当下就扬起了地主家的傻儿子似的笑容:

"啊？这么巧吗？二师伯母好，我是华岳。"

美妇人拉住一左一右的两个人："你们都是好孩子，走，我这就带你们去见你们的二师伯。"

辛秀总觉得这位二师伯母像迫不及待地在向人献宝，一边觉得古怪，一边觉得没有问题，在警惕和放松之间犹豫。她谨慎地问："二师伯母，我还有个朋友，让她跟我们一起去见二师伯吧。"

美妇人这才施舍了一个眼神给旁边的申屠郁，语气淡淡地问："你是蜀陵弟子吗？"

申屠郁否认："不是。"心道：是，但不能承认。

辛秀又说："白姐姐虽然不是蜀陵弟子，但是我的恩人和朋友。"

美妇人说："你二师伯现在的情况不适合见陌生人，她就留在此处。看在秀儿你的面子上，伯母会让人好好招待她，就让她在这里等着你吧。"

"那好吧，伯母可千万要让人好好照顾我这姐姐。"辛秀朝白姐姐眨眨眼，示意她少安毋躁。

辛秀和老四跟着美妇人离开此处，又走上了长长的宽阔走廊，这里没有了外面那些白衣人，倒是多了很多雕像。大群的士兵雕像威武地站在两旁，直直看向前方，目不斜视。辛秀觉得它们像兵马俑。走廊中间有一条水渠，水渠中也养了各种花草，香气馥郁。

曲折的地宫非常大，他们到了另一条长廊，两旁的雕像变成了侍从和侍女的模样，一个个栩栩如生，拿着乐器，托着衣裙，端着水瓶，拿着各色花草……好像随时都能活过来，为其主人献上各种服务。

老四悄悄戳戳辛秀，还没怎么反应过来："大姐，我还没问呢，这就是仙西吗？我们二师伯母是什么身份，好像很厉害的样子？"

辛秀捏他一把，让他少说话。她如今也不确定是什么情况，只希望见到二师伯之后能弄清楚。

"快到了。"美妇人带着甜蜜的笑容说,"仙西的地宫在地下,你们二师伯刚来的时候不喜欢住在地下,后来我就另外给他造了一处天地,和外面一模一样,你们看——"

他们走到长廊尽头,那里已经没有了白烛灯光,但是有一片洒下来的阳光。

他们出了长廊,一片蓝天出现在他们眼前。远处的青山和白云,近处的田地、小湖和房屋,还有扑面而来的夏日青草的香味,都真实且自然。

辛秀眨了眨眼睛,瞳孔深处透出一抹绿色,此时再看,仍没看出什么不对。

"这是披云村,你们二师伯现在大约在村中的书堂里给孩子们上课。"美妇人熟门熟路地往前走去。

辛秀和老四对视一眼,跟着往前走。

路边有一丛薄荷,辛秀揪了一片叶子塞进嘴里嚼了嚼,尝到很清新的薄荷苦味。黄色的菜花蝶慢悠悠地从旁边飞过去,辛秀一把捏住蝴蝶的翅膀,把它抓到眼前来仔细看了看,再轻轻松开手指让它飞走。

老四这个老实人浑然不觉有什么不对,还兴奋地对辛秀说:"没想到仙西里面还有这么一个村子!哎,有不少人住在这儿,还有人在田里除草呢!"

他们快要进入村子里了,辛秀也看见了许多村民,先前让她觉得不适合二师伯母的粗布裙装,到了这里一下子变得无比正常起来,因为大家穿得都差不多。

辛秀心道:搞什么,二师伯和他的道侣在这里玩种田游戏吗?这两位长辈的爱好有点儿特殊啊。

村子前面有一座石桥,辛秀踩上去,脑子忽然木了一下,思绪中断。她缓慢而机械地走完那座桥,神情变得迷茫,忍不住伸手敲了敲脑袋。

奇怪，怎么回事，她刚才在想些什么？她脑子里的很多想法好像忽然被什么东西一点点地擦掉了，那些想法转瞬即逝，她抓不住任何一个忽然消失的念头。

"大姐？"老四忽然喊了她一声，辛秀看过去，发现老四一脸傻样，好像忘掉了什么似的，迷茫地看着她。

"怎么了？"辛秀问他。

老四不太确定地问："大姐？你是我大姐吧？"

辛秀应道："是呀，不然呢？傻孩子，你怎么越来越傻了？"

老四又问："可是为什么我是老四，难道还有老二、老三吗？"

辛秀下意识地想回答，张口却迟疑了，也疑惑起来，是呀，为什么她喊弟弟老四，还有老二、老三吗？好像没有哇。

他们已经走进了村子里，迎面跑来好些个小孩子。在这些背着布书包、嬉笑打闹的孩子身后，还有个头发漆黑、做书生打扮的男子，他拿着两本书缓缓走来，见到美妇人，淡淡地说道："真娘，这两个是什么人？"

被他称作真娘的美妇人将辛秀和老四推到男子面前，献宝一样说："扈郎，他们是你的侄子和侄女啊！你不是说离开家许久没见过亲人吗？我就托人打听了一下，找到了他们二人。这个是辛秀，秀儿，是你弟弟申屠郁的孩子。这个是华岳，是你弟弟天工的孩子。因为家中发生变故，他们无处可去，我就让他们来投奔我们了，以后他们就和我们住在一起。"

辛秀听了这番话，隐隐觉得有什么不对，可脑子里又觉得没错，确实是这样，妇人说的是对的。

男子听着，表情迷茫了一瞬，接着皱了皱眉好像在思考什么，听到申屠郁和天工两个名字才放松下来，点了点头："确实，原来是两个弟弟的孩子，没想到都这么大了。"

他走上前，感叹而慈爱地摸了摸辛秀和老四的脑袋。

见扈先紫的脸上露出欣慰的笑容，真娘也满足地笑了起来，好像男人的一个笑容就能让她感到更加快乐。

她挽住扈先紫的胳膊,俨然是最寻常不过的贤妻模样,温声细语地说:"扈郎,我们多年没有孩子,既然秀儿和岳儿是弟弟的孩子,那就和我们亲生的孩子一样,让他们和我们住在一起?"

扈先紫点了点头:"也好,我们应该好好替弟弟照顾好他们,辛苦你了,真娘。"他虽然说话声音一直淡淡的,好像什么都不太在乎,但态度温和。

真娘看见他愿意说话就高兴,带着辛秀和老四往村子里走去。他们住在一个小山包上,山上有一栋单独的小院。虽然他们住的地方也在村子里,但和其他村人的屋舍隔得有些远。

木头、茅草和竹子搭建的小屋看上去充满了田园野趣,小屋前后树木翠绿,通往小院的石板路两边野花丛生,蝴蝶纷飞,还有不少蜜蜂在忙碌地采蜜。

辛秀看着,忽然说道:"二伯母,这里有人养蜂吗?"

真娘回头看着她,柔柔一笑:"怎么啦,秀儿想吃蜂蜜?"

辛秀解释:"不是,我只是忽然想起我师……我爹喜欢吃蜂蜜。"她顿了顿,接着自然而然地把"师父"两个字换成了爹,脱口而出,甚至没有觉得哪里不对。

扈先紫缓缓走在石级上,听了这话,又淡淡地说:"我也记得,十二弟确实喜欢吃蜂蜜。"

看他一直主动说话,真娘就高兴得好像中了奖,对待辛秀两个人的态度更加和蔼:"既然这样,那我们也养一些蜂,弄些蜂蜜,秀儿想吃多少就有多少。"她说着,挥挥手,路边就凭空出现了十几个蜂箱。

辛秀三个人看见了这一幕场景,却没人感觉不对劲,都觉得理所当然。

进了院子里,辛秀发现这院子并不大,房间也只够一对夫妻居住,但是二伯母挥挥手,院子旁边瞬间又起了两间房,屋内什么东西都有。

真娘神情自然，招呼两个人："孩子们快来看看，喜不喜欢这两个房间？"

辛秀莫名有种进入领养家庭的错觉，但这想法一冒出来，她就觉得奇怪，领养家庭是什么？她再想仔细思考什么，但是连着之前的所有想法全部被擦去了，所有想法全部消失，她只觉得屋子干净敞亮，后面开着的窗子能看见不错的风景。

"我喜欢这个房间，谢谢二伯母，谢谢二伯。"

老四也跟着辛秀一起道谢。他好像莫名有些惊惶不安，又找不到源头，于是像个小动物紧紧地跟在让自己有安全感的大姐身后，看辛秀做什么，自己就做什么。

辛秀发现了，自己的二伯真的很不爱说话，如果不仔细观察，没看见他的眼睛一直温和地注视着他们两个，还以为他不欢迎他们这两个侄子、侄女。

真娘带他们看了房间，拍了拍手："对了，秀儿和岳儿刚来，应该饿了吧，伯母这就去准备饭菜。"她拉了拉扈先紫的手："那扈郎你先和秀儿、岳儿聊聊天，我马上就来。"

扈先紫带着辛秀两个人走到客厅里，让他们坐下，指了指桌上的茶盏，说："茶。"

辛秀不客气地给老四倒了一杯，又给自己倒了一杯，咕咚咕咚地喝完了。茶水甘甜，她喝完以后口齿留香，不知道是什么茶。

她抬头一看，二伯还在垂头品茶，十分娴静，宛如大家闺秀。

"二伯。"

扈先紫给了她一个疑惑的眼神。

辛秀顿了顿，说："我感觉自己好像有什么问题想问二伯，但是又想不起来了。"她苦恼地敲了敲脑门。

扈先紫淡淡地说道："无事，慢慢想，想到了再来问。"

辛秀一想也对，准备换个话题。她感觉自己不说话，这里实在安静得有些令人尴尬，于是笑呵呵地问："对了二伯，你还是第一次见我们吧，有没有见面礼呀？"

她就是随口一说，谁知二伯听了，面露恍然之色，很快站起来走了出去。

辛秀赶紧拉着老四跟上，跑到厨房门口，见到二伯正在问二伯母："我忘记了见面礼，见面礼要送什么？"

二伯母也很明显地一愣，用围裙擦了擦手，说："别急，我问一问都送什么。"

辛秀扭头朝老四耸了耸肩，咳嗽一声，扬声说："二伯、二伯母，我开玩笑的，不用啦！"

二伯母见到她，又露出笑容："什么不用，本来就是该给的。"

二伯母推了推扈先紫，让他出去："我会准备好东西的，你带秀儿他们回去坐着吧。"

辛秀三个人回到客厅没多久，真娘就端上来六样色香味俱全的菜——五菜一汤，配上米饭，非常标准。辛秀脑子里又平静地闪过一个念头：二伯母是怎么做的饭菜？速度太快了吧。

普普通通的四方桌子，四个人坐下吃饭。

老四赞道："好吃！"

真娘给他夹菜："好吃就多吃点儿，你们才这么小，还有的长呢。"

老四又说："但是我觉得大姐做的菜更好吃。"

辛秀在桌子底下踢他，这傻孩子会不会说话？

真娘并不在意，笑出声道："是吗？秀儿这么聪明，还会做菜？"

辛秀说道："会啊，不如晚上我来做菜，让二伯和二伯母尝一尝？"

真娘笑着说道："你才来，怎么好让你辛苦？"

扈先紫却应道："好。"

听他这么说，真娘也自然地改了口："那好吧，有什么需要的，秀儿直接告诉二伯母就好。"

一家人亲亲热热地吃饭,好像是已经和睦相处了很多年,相互之间非常友爱的一家人。吃完饭,二伯母给了他们一人一个红包和红纸包着的几枚钱币,用红线穿着几枚钱币,可以当作一条手链。

下午,他们二伯还要去村里的学堂教书,他是村里唯一一个教书先生,二伯母坐在窗下织布,辛秀带着老四跑到后面的山上去。

老四问道:"大姐,我们去做什么?"

辛秀理所当然地说:"去打猎啊,打点儿野味回去吃。"

他们进了后山,才上山没多久,就见到两只兔子蹦过来,撞死在面前的树桩上。老四喜滋滋地捡起那两只兔子说:"我们运气真好哇!"

辛秀摸着下巴:"我好像想到了一个词——守株待兔。"

老四茫然地抓了抓脑袋:"啊,什么意思?"

辛秀不确定地回想自己模糊的记忆:"好像是坐在树桩上就有傻兔子撞上来的故事。"

老四快乐地笑起来:"那我们再等等,说不定除了兔子还有其他东西呢!我想吃野鸡!"

一只花哨的野鸡从林子里蹿出来,一头撞上树桩,当场气绝。

老四高兴地说:"啊,真好,真的有野鸡!"

辛秀望着弟弟傻乎乎的样子,陷入沉默之中。她的脑子告诉她这样是正常的,但看着这样的场景,她还是下意识地想要打出一串省略号来表达此刻无法言说的心情。

她看着天,忽然很认真地说:"我还想吃野猪,那种嫩嫩的小野猪。"

没过片刻,一只身上带着条纹的小野猪横冲直撞地过来,撞在了树桩上,把树桩撞断的同时,自己也撞死了,翻出来的树桩底下还露出一截人参。

老四说:"啊,我们的运气真好!"

辛秀："……"

他们在这儿待了没多久，就已经满载而归，路上还遇到了大把大把的野生菇、捡到好几窝鸟蛋。

虽然才来这里一天，但辛秀已经习惯了这种想要什么就有什么的现象了。外面任何一个人看见都会觉得惊讶的事，在身处这个"世外桃源"的人们眼中都无比正常，没有任何人觉得不对。

辛秀用有限的材料做串串火锅，削竹扦子的时候，二伯回来看到了，忽然说："你爹喜欢吃竹子。"

辛秀脑子一蒙，反应了一会儿才附和道："啊，对，竹子，竹笋嘛。"为什么刚才她说到爹，会忍不住想起一只手感很好的大熊猫？大熊猫和她爹申屠郁有什么关系？

旁边帮忙处理食材的真娘站起来说："你们想吃竹笋啊，那我这就去挖几个回来。"

辛秀问："啊，这个时候还有竹笋？"

真娘微笑："当然有哇。"她果然带回来一篮子水灵灵的竹笋。

四个人围在一起吃串串火锅，二伯和二伯母都对她的新式菜表示了肯定和赞扬，一起将所有食材一扫而空，小小的院子里充满了和谐温馨的气氛。

吃完了晚饭，辛秀和老四去村子里散步消食。

老四捧着肚子跟在辛秀身后，叹了口气："大姐，我觉得人太少了，吃起来也不过瘾。"

辛秀问他："你是不是觉得应该有很多人围在一起吃？男女老少一大堆人？"

老四说："是呀，是呀，大姐你怎么知道？"

辛秀又说："因为刚才有一瞬间我也这么觉得。"

夜空星光灿烂，美丽至极，草木的香味令人心旷神怡。辛秀和老四不知不觉就放松下来，纷纷打了个哈欠。

"困了，别乱想了，回去睡觉。"

披云村的扈先生家里多了两个年轻男女,据说是他的侄女和侄子。披云村的村民性格淳朴,特别是年轻人和一群孩子,很快就和新来的这两个人混熟了。

学堂里不是每日上课,也会放假。一放假,学堂里的十几个孩子就到处疯跑。自从这些孩子撞见辛秀在空地上和老四扎风筝玩,就和他们一起玩上了。

辛秀从孩子们眼中威严的扈先生那里偷拿了纸笔,又带着一群孩子去砍竹子,教他们做风筝,做完了之后他们一个个拉着风筝沿着河边疯跑。

放一次假,辛秀带着他们做了风筝;放第二次假,辛秀带着他们摸鱼捉虾;放第三次假,辛秀带着一群大小孩子踢毽子、跳绳、捉迷藏,在整个村子里乱逛。

对于辛秀带着孩子疯玩的事,二伯从来没有多说什么,二伯母更没有意见。二伯母每天傍晚和村子里的其他母亲一样,做好了饭菜就在家门口喊他们回家吃饭。辛秀每日看着炊烟,就知道差不多该回去了。

一日又一日,日升月落,周而复始。

村子里还有一些年轻人,有一个叫韩成的,种田打猎都是一把好手。他经常路过辛秀带着孩子们玩耍的空地,每次路过都红着脸看辛秀。辛秀察觉到他的视线,扭头看去,他就迅速转过头,快步离开。

村里有一片荷塘,这日,辛秀难得一个人坐在荷塘边上,托着下巴看着荷塘中的荷花,韩成挑着担子从附近路过。

"你……在看荷花吗?"

辛秀随意地说:"嗯。"

她看了这黑脸汉子一眼,就把他看得脸一红低下头去。

韩成又说:"这些荷花可以摘的。"

辛秀说："但是我不想要旁边这些粉色的荷花，想要中央那朵最红的荷花。"这里没有船，无法去最中央，所以她才坐在这儿一直看着。

韩成放下担子，跳下了水，游到中央摘下了那朵最红的荷花，送到辛秀面前。

辛秀没接，看着他："你是喜欢我吗？"

韩成结结巴巴地应了，双眼闪烁地看着她。他从来没见过这么好看又特别的女子，她和这里的人都不一样，就好像一只自由自在的鸟。

辛秀笑了笑："谢谢，可是我不喜欢你，所以你去喜欢别人吧，朋友。"

她摘了两片荷叶走了。

当天晚上，二伯母就笑着问她："韩家的儿子韩成是喜欢我们秀儿吧，秀儿不喜欢他？"

辛秀戳着荷叶鸡，随口应了："对呀。"

二伯母好奇地问："那秀儿喜欢什么样子的人？"

辛秀想了想，脑子里忽然浮现一个模糊的形象，下意识地说："有黑色的长发，长得很俊美，神情冰冷，好像不在乎任何人，不喜欢人多的地方，但是又特别心软。"说完她自己也一愣，这是谁呀？

真娘点了点头："嗯，二伯母明白了。"

披云村来了一位隐世剑客，剑客年轻俊美，有一头漆黑的长发，看上去冷漠又孤傲。村里年轻的姑娘和媳妇都忍不住时常路过村尾那座剑客墨云居住的小屋，就为了多看他一眼。

辛秀对于这位村子里新来的剑客也有些好奇，带着一堆大小孩子跑到小院外面围观。她和弟弟在披云村住的这段时间，已经差不多把整个村子里的人认识完了，颇觉无聊，这时候忽然来了个陌生人，她不可能不来看看。

"听说他是厌倦了外面江湖的打打杀杀,想要归隐田园,才会来到我们这里隐居。"

"哇,他的剑看上去好厉害啊!"

一群人有趴在院墙上的,有站在石头上的,还有爬上树的。辛秀也在其中,嚣张地坐在墙头上视野最好的位置,还跷着二郎腿。他们正围观里面的剑客墨云练剑。

墨云挥动一次剑,小孩儿们就齐刷刷地哇一声,辛秀被他们逗得直乐。

她像瞧节目表演似的,还往嘴里扔豆子。炒黄豆是二伯母给他们做的零食,辛秀嚼着香喷喷的炒黄豆,兴致缺缺地看着木头人练剑。

是的,她感觉里面这位大侠就像个木头人,空心的,没有灵魂。哪怕他外表确实好看,也像个人偶娃娃。

"大姐,你说他会不会说话呀?我们一群人在这里,他都不看我们一眼,太冷漠了吧。"老四从她手里抓走一小把炒黄豆。

辛秀笑笑,捏着一枚黄豆,忽然弹出去,打在墨云的手腕上。练剑的墨云终于手一顿,收住了剑,朝她看来。

他好像看不到其他人,直直看向辛秀,专注地注视着她。不知道是不是错觉,辛秀甚至觉得自己好像在墨云的眼睛里看出了深情。

这要是换了任何一个春心萌动的少女,发现一个俊美的剑客对自己这么特殊,恐怕立即就要脸红,但辛秀只是眨了眨眼,朝他吹了声口哨,转头跳下了围墙,往村子里那条小河走去。

老四连忙跟上她:"哎,大姐,不看了吗?"

辛秀咬碎一颗炒黄豆,神秘兮兮地在他耳边说:"我感觉刚才那个墨云好像在勾引我。"

老四懵懵懂懂地看着她:"啊,没有吧?"

"那个眼神,你不懂,就好像我是他的目标一样。那种目的性很强的眼神我能感觉到。"辛秀说,"让我想起白骨精。"

老四问她:"白骨精是什么?"

辛秀一顿:"我也不记得了,不知道在哪里看过,总之咱们不如去钓鱼,今天想吃酸菜鱼,回去让二伯母做。"

结果他们回家后,看见二伯母在招待墨云。

见他们回来,二伯母自然地接过他们手里的鱼,说:"墨云初来我们披云村,与我们是邻居。我请他过来吃顿饭。"

辛秀应道:"哦。"

二伯母说:"秀儿,来厨房给二伯母帮忙,打打下手吧。"

辛秀说:"好哇。"

两个人像一对母女一样站在灶前,二伯母仔细地看她的神色,忽然笑着说道:"二伯母怎么看你不是很喜欢墨云啊?你不是说喜欢这种吗?"

辛秀一边熟练地切鱼,一边说:"长得确实还可以,但没有我喜欢的气质。"

二伯母不是很明白:"什么样的气质?"

辛秀一笑:"不谙世事,在某一方面很纯粹,但是又有很强大的气场,简言之,要有灵魂。"

二伯母的眼神闪烁了一下,她停下手中的动作,良久才有些感叹地说:"不愧和扈郎一般是蜀陵弟子。"她的声音低不可闻。

辛秀没听清,刚想问二伯母说了什么,就听二伯母声音温柔地说:"来,秀儿,让二伯母看看。"辛秀一歪脑袋,一恍惚,脑海里忽然出现一个人的模样。

二伯母收回和辛秀对视的眼神,自言自语:"叫乌钰,原来是这样的男子吗?"锅铲在锅边轻轻一磕,辛秀回过神来,毫无异常地继续之前的动作。

没过几日,剑客墨云悄无声息地离开了。

"大约是江湖事没了断完,他继续回江湖闯荡了吧。"辛秀不太在意地猜测,又招呼老四,"走,咱们去竹林里砍竹子。我从严大叔那里学了做竹箭的方法,咱做好了试试去打鸟,打到了晚上就吃烤小鸟!"

老四立刻没心思管什么墨云了:"走,走,走!"

两个人在竹林里转了一圈,辛秀没找到合心意的竹子,不知不觉越走越深。忽然间,她停下了脚步,眼睛看着前方一动不动。老四在她身后嘀嘀咕咕,见她不动了,奇怪地越过她往前探头看去——一个双目紧闭的男人坐在前方一棵粗壮的竹子下。

竹林青翠,男人穿着黑衣,长发也和衣服一样漆黑,皮肤白皙,脸色更是苍白,黑白分明,看上去极为干净。老四觉得他和先前的墨云有些像,也是瞧着冷又不近人情的人。

"哎,大姐你去干什么?"

辛秀回过神来后,快步跳过几个竹桩,蹲在了男人面前,探身过去戳了戳他的脸颊:"这个人好眼熟,我好像见过。"

她的目光又不由得放在了男人那头漂亮的长发上,不知为何,她总感觉这长发可能一拽就掉。明明第一次见,她为什么笃定人家的头发是假发?

"大姐,他好像受伤昏迷了。"

辛秀也看见了男人腹部的伤口,上前一把将人抱起来,说:"走吧,回去让二伯和二伯母看看。"

就这样,辛秀在竹林里救下的这个男人,暂时住在她家中养伤。

"我名为乌玉。"男子醒后,面无表情地这么说。

辛秀听到他说的话,看到他的脸,感觉像有一只小鸟在啄她的心,十分可恶。

乌玉的来历,他一直没说,平时也格外沉默,住在这里的大部分时间在养伤,或者看着窗外的景色不言不语。

先前对年轻男子兴致缺缺的辛秀，这回也不带小孩子出去玩了，经常没事就晃悠进乌玉的房间，坐在他对面的椅子上瞧着他。

有时候连吃饭她都端着碗过来，对着人家的脸吃饭，好像人家的脸能下饭一样。

扈先紫也发现了侄女的异样，某天难得主动开口询问妻子："真娘，秀儿是喜欢那个叫乌玉的年轻人吗？"

真娘掩唇而笑："我看着是，秀儿喜欢什么，就会一直围着什么转。"

扈先紫很缓慢地皱了一下眉，真娘立即伸手抚平他的眉心，柔声说："有什么不好的？乌玉以后留在披云村，秀儿和他在这里成家，他们也不会离开，会一直陪着我们的。"

扈先紫心里就是觉得不好，可真娘的声音就像在润物无声地催眠，让他慢慢失去了反对的意思。

申屠郁再一次尝试突破这一层封锁，从藏身的一根立柱里出来，朝着前方飞掠。

一路上散发着芬芳香味的花草都被他用火烧了个七零八落，现在他已经知晓，这些花草的香味可以在不知不觉中迷人心智，那些无处不在的白烛燃烧后散发的香味也能使人迷醉混沌。他所过之处，一片混乱。

没过多久，一群身穿白衣的男女执剑追过来。

"人往哪里跑了？"

"千万不能让她闯进披云村，王母会生气的。"

"是，不能让她惊扰扈仙人。"

这些人说话时声调毫无起伏，古怪至极，在他们一心往前追的时候，申屠郁忽然在他们身后出现。他无声无息地拽住最后一个白衣男子，张开手掌按住男子的面庞，瞬间将其捏碎了。

男子被他的灵力一冲，变成了一地碎块，失去了人类的外表和活气，就像最普通不过的一堆陶片。

申屠郁这些日子已经看过无数次这样的画面，毫不停顿地继续攻击下一个人，很快，这几个人都碎成陶片。

他解决完这些人，越过碎片继续往前掠。

在徒弟和师侄被带走后的第二日，申屠郁就询问过这些"仙西修士"，但没人回答他，只是送上吃喝的东西让他在这里等着。第七日，他已经很肯定徒弟遇见了危险，如果不是这样，她不会对"白无情"不闻不问。但凡她还能自由行动，一定会来找他，让他安心。

申屠郁当时就试图悄悄潜入徒弟当初被带去的地方，可惜中途被发现，然后被那些男女带到一处看管了起来。他自然不会被他们简单地困住，几次逃脱。然而，这地宫实在太大，处处都是幻阵，又坚硬无比，无法被打破，他一直找不到正确的地方，只能被困在这里，不断徘徊。

在这期间，那些男女一直在找他，想把他抓回去。之后他们爆发了战斗，他才发现所谓的"仙西修士"原来都是些陶土做成的东西——空空荡荡，没有灵魂。

他有一个猜测，恐怕整个仙西，真正活着的人只有那位"王母"。

申屠郁想到王母口中自己的二师兄也在此，便猜二师兄与徒儿一样被困在这地宫的某处了。他必须找到他们，才能知道发生了什么事。他摸索了这么久，打碎了上百个陶土人，几乎记住了仙西地宫的每一处地方，通过这些推测出最可能的路径。

这一次，他距离披云村的出口不到一里。

阳光灿烂的洞口处忽然缓缓出现一个婀娜的人影。申屠郁不得不停下，万分警惕地看着眼前之人。

穿着粗布裙子的王母看着他，眼中毫无感情："秀儿那么乖，你是她的朋友，怎么一点儿都不乖？"

申屠郁眸中的冷意丝毫不比她少:"阿秀怎么样了?"

王母淡淡地说:"秀儿是我的好孩子,我当然会好好对她。秀儿让你在这里等她,你为什么不好好等她?"

申屠郁沉声问:"等多久?"

王母语气冰冷地说道:"她当时没要你走,让你等她,你当然要在这儿等一辈子。"

她的意思分明是说要把徒弟困在这里一辈子,申屠郁眼神一黯,迅速朝她冲去。

王母一抬眼,两旁壁画里浮出无数手拿刀剑的男女,他们双脚还在壁画里没来得及拔出来,手就已经朝申屠郁挥刺。

申屠郁赤手空拳,看上去白皙修长的胳膊和腿却像是钢铁铸成,充满了力量,将冲到面前的人全部打成了碎片。他脚下一震,碎片飞向王母。

王母一动不动,只是眨一眨眼睛,碎片就化作飞灰飘浮在四周。而壁画里不断冒出人来,消耗着申屠郁的力量。王母身后就是灿烂的阳光,申屠郁甚至能闻到那股青草香味,知道徒弟一定就在那后面。

"如果你不愿意乖乖待在这里等秀儿,我只能让你变得听话一点儿了。"王母的声音和那些陶土人的声音一般,没有任何情绪。

申屠郁冲破重重阻拦冲到她面前,王母终于抬起手掐住了他的脖子,申屠郁却没有反抗,而是将一样东西越过她丢到了她的身后。

那东西在阳光下炸开。

嘭——

"嗯,什么声响?"老四仰起脑袋四处看。

辛秀也看向窗外,只见远处飘起一阵红色的烟雾,那阵红色的烟雾缓缓地组成一个爱心,隔了好一会儿才逐渐消散。

什么东西?

辛秀看一眼床上躺着的乌玉,跳出窗子,拉了老四一把,说:"走,咱们看看去。"

红色的烟雾信号弹是老四做出来的。

那时候他们还没打完金刚天王菩萨,路途中闲着无事,辛秀想起预警用的烟雾信号弹,考虑到之后大战 boss 时互相联系的问题,就和老四一起折腾出来了。

其实不只烟雾信号弹,还有些其他琐碎的东西,比如他们还搞出了烟花,当天晚上就被他们玩光了。这个爱心烟雾信号弹做出来后,他们玩了一阵就失去了兴趣。辛秀想一出是一出,又觉得可能没什么用,剩下几个就全部送给了白姐姐。

申屠郁对这种小孩儿的玩具没什么兴趣,但徒弟送给他的东西,他也就带在了身上。电光石火间,他丢出这东西,只为了制造一点儿动静,告诉徒弟"白姐姐"过来了。

辛秀寻着天上红色烟雾的位置跑到了村头,踩上那座石桥。

她的动作很快,老四没能跟上,她过了桥,老四还在后面。辛秀过了桥,脑子忽然一顿,扭过头对老四喊了一句:"站住,你就在那边别过来!"

刚想上桥的老四把抬起的脚定在半空,疑惑地看着辛秀,而辛秀没来得及说第二句话,就看见二伯母出现在了身边。

二伯母仍然带着那种寻常的温柔浅笑,手扶上她的肩:"秀儿怎么出了村子?二伯母不是说村外危险,不能随便出来吗?"

辛秀的眼皮动了动,她笑了笑,说:"唉,我忘了,听到奇怪的动静过来看看,刚才那是什么?"

二伯母扶着她走回去,踩上石桥:"没有什么呀,秀儿看错了吧。"

她们走下石桥,辛秀的神情从警惕变回舒缓,没有再追问刚才的任何事情,而是恢复了先前的明亮笑容。二伯母给辛秀理了理头发,神情慈爱。

不远处有孩子喊他们:"大姐姐、四哥哥,快来捉泥鳅!"

辛秀拉着老四跑过去,二伯母还朝他们挥了挥手,说:"待会儿就要吃饭了,早点儿回家。"

辛秀高声应道:"好!"

他们如往日一般和那群孩子混在一起。蹲下来摸泥鳅的时候,辛秀一个踉跄差点儿栽倒。

老四吓了一跳,赶紧扶住她:"大姐你怎么了?"

辛秀用力抓住他的手,说:"嘘,不要喊,扶我蹲下。"

老四有点儿蒙,但还是依言做了。大姐蹲在浅浅的水坑边,一只手死死按着河边的青草,脸上神情狰狞,满头虚汗。他看着大姐这样子,下意识地将她挡住,不让任何人看见异样。

"荆阙师伯,虽然刚才我紧急把您老人家从沉眠中唤醒,但是您现在也不用让我这么疼吧?"辛秀缓过一口气,在脑子里说道。

辛秀脑中有小小的光芒正在闪烁,那是九师伯荆阙的神魂。自从打完金刚天王菩萨,九师伯就因为虚弱陷入了沉睡状态,在辛秀的意识里就像一粒尘埃。

刚才辛秀跑过那座石桥的一瞬间,脑子里忽然出现了很多乱七八糟的念头,在这种混乱中辛秀下意识地感觉不对,最清晰的念头就是"糟糕,出事了"。

她之前的状态不对,好像被什么东西迷惑了,再这样下去,估计她真要在这里成家立业,一辈子种田了。那可不行,她建设新世界的理想还没实现呢!

在那短暂的时间里,辛秀把九师伯荆阙的神魂唤醒了,并且把自己的思绪一股脑打包塞给了她,向她提了一个请求:"九师伯,你想办法让我清醒过来!"

然后就是现在,自己确实从那种迷糊的状态中清醒了,但脑子里好像有针在扎。

九师伯荆阙在辛秀的脑子里说:"不疼你怎么清醒过来?还好

我原本就在你的意识里，不然还真没办法。师侄，我看你们现在这情况不太好哇，怎么办？"

辛秀说："我们这位二师伯的道侣如此厉害，还能怎么办？当然是交给二师伯来办……二师伯估计也被影响了，得想办法把二师伯弄醒。"

老四一边假装摸鱼，一边很紧张地看着大姐，见她缓缓地收回了手，也顾不得自己手上被她捏出来的红痕和一手汗了，连忙小声问："大姐，你这是怎么了？病了吗？要不要回去让二伯和二伯母看看？"

辛秀摸了一把傻弟弟的脑袋，说："没事，记住了，这事不许告诉二伯母。"

老四点头说："好，我不说。"

辛秀又蹲在原地缓了缓，才不紧不慢地抓起了泥鳅。

老四很快忘记了刚才的紧张，沉迷抓泥鳅，一个人抓了大半桶。

辛秀心道：算了，就让老四这么傻着吧，他的演技还骗不过二师伯母，他若是醒了，估计一回去就被看出来不对了。

他们回去以后，辛秀和以前一样去厨房给二伯母帮忙，逗得她笑个不停，又吃了一顿温馨的午饭。

"大姐，你在找什么呢？"老四问她。

辛秀一边把自己当初来这里时穿的那身衣服和一些零碎的小东西从柜子里摸出来，一边回答老四："找点儿好玩的东西。"

老四凑过来看："嗯？一个石头小人？"

辛秀拿起那个石头人，说："走，跟大姐去河滩那边。"

河滩那边有很多石头，还有一面临水的山壁也全是石头。如果这家伙动作快一点儿、胃口大一点儿，足够他吃成一个大怪兽了。

石头小人饿了许久，辛秀一松手，他就趴在河滩上啃石头，最开始吃拇指大的小石头，后来吃鸡蛋大的石头，再后来吃脑袋大的石块，他的身体迅速从几寸大小变成好几米高。

老四从惊叹到警惕:"这……这是什么东西?他好大!他吃石头会变大,我们要阻止他啊!"

"不用。"辛秀拉着他躲到一边,看着那石头人越来越大,大到像座小山一样。

"啊!石头怪看到我们了!"老四惨叫一声,被辛秀拉着往村子里飞跑。

辛秀扭头看了一眼,石头精怪果真跟了上来,看来石头精怪对她的印象挺深刻的,还很记仇。辛秀朝着村子里那个学堂跑,二师伯正在里面教孩子们学习,离得越近,那种琅琅的读书声也越清晰可辨。

石头怪兽动了动自己的脸,巨大的拳头砸下来,发出咚的一声,地面被砸出了一个坑。不过还没等石头怪兽接近学堂砸下第二拳,他突然就不能动了,巨大的身躯定在原地,又哗啦啦地散作一堆石头。

辛秀在心里默默叹一声:来了,她来了,真的太快了。辛秀的脸上却不得不露出心有余悸的惊惶神色。

身穿粗布衣裙的二伯母出现在那堆石头旁边,冷漠地看着那堆石头,转向辛秀两个人时,眼里的冷光还没有完全散去。

辛秀眨眨眼睛,朝她跑了过去,满脸的委屈之色:"二伯母,吓死我了!"

老四也跟过来,跟着说:"是呀,吓死我们了,这东西原本是个石头小人,我们拿出来玩,谁知道他会吃石头,越吃越大!"

真娘看着两个人,脸上温柔慈爱的表情又回来了,像个母亲一样揽住两个人,安慰地拍了拍他们说:"不怕,只是个小东西,已经解决了,在这里不会有任何危险的,也没有人能伤害你们。"

辛秀可惜地看了一眼石堆,说:"二伯母,那个石头小人死了呀?我还觉得挺好玩的,是从我以前的衣服里找出来的,都不知道我从哪儿弄来的,还没玩够呢!"

"还想玩啊？秀儿就是调皮，喜欢玩这些东西。"真娘亲昵地说罢，从那堆石块里拿出了几枚石头放在手里，片刻后，几枚石头重新被拼成了一个小人，小人在她的手里瑟瑟发抖。

"来，这种石头小精怪不容易死，二伯母给你拼回来了。"她像对待贪玩的小孩子，把小玩具放到辛秀的手里，"以后他吃得再多也不会长大了，你可以一直玩。"

辛秀接过石头小人，心里却倒抽凉气。虽然辛秀知道这位二师伯母很厉害，但是稍稍测试一下就发现二师伯母恐怕不是一般厉害，而是厉害到恐怖的程度。让他们束手无策的精怪，在二师伯母这里不费吹灰之力就能被解决。如果说当初面对金刚天王菩萨，辛秀还觉得自己能大胆尝试一下，那面对这位二师伯母，辛秀感到了前所未有的压力。

二师伯母制造了这么一个地方出来，就像楚门的世界，将二师伯放在这里，一切都为了他而存在。哪怕是辛秀和老四，也是讨好二师伯的一环。如果无法唤醒二师伯，恐怕只有祖师爷灵照仙人才能解决这个大麻烦了。

"真娘，这里发生了什么？"听到动静的扈先紫从学堂里走了出来，看见外面忽然多出了一座小山。

真娘迎上去说："都是秀儿调皮，弄出了一座小山，没事，清理一下就好了。"

扈先紫看了看那堆石头，点头："嗯。"

他总是这样，对很多事不在意。

不过现在辛秀无比清醒，自然明白二师伯不是不在意，而是二师伯母不让他在意，他就不会在意——所以把自己喜欢的人变成这个样子，究竟有什么趣味？辛秀不是很懂。

深更半夜，辛秀躺在床上闭目养神，脑子里问："荆阙师伯，咱们怎么让二师伯恢复神志？"

"这个……师伯也不太明白。这个仙西王母太神秘了，你的修为太低可能察觉不到,但是在师伯眼里,她的气息非常强大,恐怕和师父相比也就是一线之差,而且这是她的主场……我感觉这是个死局。"

辛秀听到这些话,反而更加平静,问:"哦,这么可怕吗?既然不知道怎么办,不如咱们来聊聊二师伯。我真是挺好奇的,二师伯是怎样一个奇男子,才能吸引到二师伯母这么一位等级这么高的病态家伙?"

"二师兄啊……你见过师父在凡间各种庙宇的神像没有?二师兄也有神像,一般和师父一起出现。"

辛秀讶异地说道:"祖师爷的神像我见了很多,二师伯是哪位?"

祖师爷灵照仙人的神像可就太多了,而且各处都不太一样,有些年轻,有些年老。仙人庙里除了祖师爷的神像,当然也有些其他神像,比如说左右护法、门神、御使神、妖仙等。这些小神有没有原形都不一定,大多是本地流传多年的小神,信众牵强附会,在传说中搞出了各种各样的形象安在灵照仙人座下。

"师父的很多仙人庙里都有左右护法,右护法叫扈仙子,你二师伯名为扈先紫,你想一想。"

这还想什么?都同音了,这肯定是同一个人。

辛秀问:"这么直接吗?不过如果我没记错,灵照仙人的右护法扈先紫是个女子?"

右护法扈仙子在各路传说里都是个美貌女仙,手拿一枝给世间男女定情用的合欢花。辛秀路过一些地方,看见仙人庙里的右护法都是女子在拜,信徒求姻缘最多。

她忽然想到隔壁那个和乌钰长相一模一样的"乌玉",心道:求姻缘拜什么扈仙子,应该拜扈仙子的道侣,想要什么样的男人都有了,专业定制。

"二师兄确实是男子,只不过从前有一段时间他是用女子外貌

- 140 -

在外行走，后来留下的传说里他就成了美貌的扈仙子。"

辛秀心道：女装黑历史被传扬出去，还被后人铭记，导致形象被歪曲，二师伯太惨了。

"二师兄这人吧，长得好看是好看，就是脾气太差了，动不动就和人打起来。几百年前妖物横行，他到处杀妖，手里拿的那东西不是什么合欢花，是他的灵器丝萝。丝萝能变得铺天盖地，所有被丝萝网住的活物都会在瞬间被吸干血。因为这个灵器太凶煞，师父很长一段时间都亲自带着二师兄，免得他造太多杀孽。"

辛秀震惊了，恕她直言，就二师伯现在这样，他的身上哪里有一丝一毫的暴躁气息？

以前也有人说她师父脾气不好，所以蜀陵诸位同门都是被无情的岁月摧残成这个佛系模样的吗？

辛秀想了好几个办法，一是让九师伯进入二师伯的脑海里去唤醒他，被九师伯干脆地拒绝了。

"不可能！二师兄现在的状态，估计神魂封闭，我进不去，强行进去只会灰飞烟灭。我已经这么惨了，秀儿师侄，换一个方法。"

辛秀一想也对："那就把二师伯打到濒死，说不定他重伤垂危之际就能想起来了。"

荆阙师伯说道："在那之前，你那个温柔慈爱的二师伯母可能会让你先灰飞烟灭。"

辛秀果断放弃："难道就剩下不断和二师伯提起熟悉的人和事，指望他能像个失忆症患者一样凭借着意志力想起来这个傻办法了吗？这也太悬了。得想办法给他点儿刺激，说不定刺激着、刺激着，他就想起来了……"辛秀一直琢磨着这件事，心中有些焦急。

辛秀脑子清醒之后，第一时间就明白那个恶趣味的心形红色烟雾是怎么回事了。

白姐姐还在外面，说不定因为担心她，还和王母闹得不愉快。

辛秀很清楚这个二师伯母看似慈爱，实际上对除了二师伯之外的人非常冷漠，也不在乎别人的性命。辛秀担心白姐姐被王母解决掉了。

辛秀琢磨了两日，毫无头绪。

"大姐，你上次拿的石头小人还有没有？"老四这两天玩石头小人上瘾，已经把之前的惊险忘了个一干二净。

"没了。"辛秀随口说。

老四却笑嘻嘻地摸出来一个小石像，说："这不是还有一个？这个石像能动吗？"

辛秀看过去，心道：把你祖师爷的神像放下，等等，遇事不决，问祖师爷呀。

她一把拿过老四手上的祖师爷雕像，虔诚地拜了两下，默念祷告，询问此事有没有破解之法。祖师爷没有理她，连身上的灵光都没了，像个普通的石头雕像。

辛秀有些失望地反复翻看石雕像，心道：莫非这披云村在仙西地宫底下，祖师爷信号不好辐射不到这里，要不然就是信号被王母屏蔽了？

老四翻出来的石像被抢走，也不在乎，继续在那儿翻一堆零碎的小东西："咦，有个木头人！"

辛秀心里默默回答：对，上面寄生了一个女鬼冤魂。

老四又说："有个罐子，里面装的是虫子吗？"

辛秀心里又默默回答：是呀，是蛐蛐，这家伙原因不明地装死很久了。

老四翻出来两封信，忽然好像想起了什么，无意识地说："这是两封信？大姐你是不是还要送信？"

辛秀愣住了，猛然扭头看向老四，露出个大大的笑容，翻身过去一把捂住他的后脑勺，敲了他一下："好家伙！你提醒我了！对呀！还有信啊！"

老四捂着后脑勺，一脸茫然地看大姐把信拿过去翻来覆去地看。

辛秀拆开那封要送到仙西的信，信纸是空白的，没有写一个字，上面只画了一片淡淡的竹叶。

"一叶障目，我确实是一叶障目。"辛秀失笑着拍了拍自己的脑门，将信折回去收好。因为之前给项茅的信没什么用处，她理所当然地觉得送信是个幌子，这些信都没什么用。但是现在看来，不一定，说不定他们这次的破局关键点就是祖师爷给她的这封信。

她又拍了老四的肩膀一下："好老四，这真是智者千虑必有一失，愚者千虑必有一得！"

老四小声说："大姐，愚者……我怎么感觉你又在说我傻？"

辛秀拍了拍他："老四，愚者可不是傻的意思，愚者是诡秘之主！"

老四又疑惑了："啊？"什么东西？

扈先紫大部分时间在学堂教书，面对着一群小萝卜头。辛秀去旁听过他的课，觉得二师伯其实不太会教书，那照本宣科的样子连她有社交恐惧症的熊猫师父都比不上。

"二伯。"

刚让孩子们自己做功课，扈先紫就听到喊声，见自己调皮的侄女在学堂的窗户外面朝自己招手。他还是很疼爱侄女的，当即放下书，走过去用眼神询问发生了什么事。

辛秀说："二伯，你出来，我有个东西要给你。"

她特地等到二师伯母离开村头那座石桥，才飞奔来找二师伯，就为了多争取一点儿时间。

"是什么？"扈先紫接过信。他抽出那张画着竹叶的信纸时，信纸忽然凭空燃烧起来，那片淡竹叶落进他的手掌中，又化作一道碧绿的灵气钻进他的手心。

先前辛秀也看了信，却没出现这种情况，所以祖师爷的信果然是给二师伯的！

辛秀见二师伯身体摇晃了一下，连忙想去搀扶，却见他那只白皙的手按在桌子上，把厚重的实木桌子按碎了。他的脸上淡漠的表情好像忽然裂开，露出里面熊熊燃烧的怒火。

辛秀原本的计划是把二师伯的神志唤醒，然后大家心平气和地讨论一下如何逃离王母的魔爪，比如虚与委蛇，趁其不备打破这里先跑再说。但是当她看见二师伯愤怒到一脚踢倒了书堂的一面墙之后，就明白计划破灭了。

二师伯不讲计谋，竟然直接动手。看来佛系外表只是他被迷惑的表现，他本质还是个暴躁的老伯。辛秀眼睁睁地看着二师伯飞到半空，一掌把他们先前住的那个小院子打垮了一半，怒吼道："扈真，你给我滚出来！"

辛秀不得不跳出来说："二师伯，等等，掌下留情，我还得去那里拿个东西。"她指着小院的方向。

扈先紫刚刚清醒，如今脑子混乱，见到辛秀，终于从无边的怒气里挤出了一点儿理智，想起来她好像是自己的师侄——申屠师弟收的弟子，就是她让自己清醒过来的，于是勉强红着眼睛、沉着脸点了点头。

辛秀迅速跑向小院。她已经把自己那身行头和零碎的小东西全部放回身上了，这次回去是拿乌玉的。虽然她知道这是个没有灵魂的空壳，但好歹爱过这张脸的主人。这么一个能走能动的精致等身手办，要是被毁掉，太暴殄天物了。

她的动作很快，扈先紫等她出来就直接轰掉了另一半小院，放下手的时候顺便看了一眼她拿了什么东西出来。一下子看到一张眼熟的脸，扈先紫说道："这不是你师父炼制的那具人身吗？怎么在这里？"

他头脑混乱的这段时间，不深刻的记忆他根本记不住，关于乌玉这些天在这里的记忆也特别模糊。但他清楚记得自己十二师弟的人身，当年申屠师弟炼制出人身的动静着实大，还是自己和师父一同去处理的，他自然也看过师弟的这个人身，不过其他师弟师妹很少见过就是了。

辛秀正顺手给乌玉整理乱糟糟的头发，听到二师伯的那句话，手一顿，缓缓扭过头来："什么……我师父的……人身？炼制的……人身？"

扈先紫又打量了一下乌玉，说："哦，不是，只是长相一样，这是扈真那该死的东西做的陶俑。"

长相一样？

长相一样！

辛秀还蹲在乌玉面前，看着他那张异常符合自己审美的脸，一动不动。

"二师伯，我的师父炼制过一具人的躯体，和这个外貌一样，是吗？"辛秀的声音异常平静。

扈先紫疑惑地问道："你不知道？"

辛秀说道："现在知道了。"

她现在知道，为什么乌钰当初第一次见面，就为她解围；为什么乌钰对她处处关心爱护，明明修为比她高那么多，还处处容忍她放肆，她说什么就是什么；为什么乌钰从来不会对她说一句重话，不会拒绝她的要求，毫不犹豫地教给她各种修炼法术，陪着她走那么多地方，甚至次次在她遇到危险的时候奋不顾身地保护她。

乌钰对她那么好，却又死活不愿意接受她，原来如此！

是了，冰龙出世那一回他的反应那么激烈，还有后来她刚和师父抱怨完，乌钰扭头就和她说自己是佛修……真亏师父能做到那个地步！

辛秀忽然手底下用力，乌玉的整个脑袋被她捏碎了。

她站起来拍了拍手上的灰，朝二师伯笑着说道："二师伯，你要快点儿解决这里的事,然后带师侄回蜀陵,师侄很想念师父。"

愤怒的扈先紫感觉不对劲,但现在还有很多事没理清楚,恰好此时空气中传来一阵波动,真娘的身影出现在半空中。扈先紫顾不了那么多,简单说了一句"你退后",就迅速上前一掌打向真娘的脑袋。

辛秀退后,见到被她打发到河边去玩的老四提着个小桶一脸状况外的表情跑过来,顺手又把他拉到身边。

老四疑惑地问道:"怎么了?"

辛秀平静地说:"没什么,打拐而已。"

"扈真,你看看你做的什么好事!"扈先紫大喝一声,声音和表情都十分可怕,好像随时能来个毁天灭地、同归于尽。

在他对面的真娘……扈真,却露出真切的意外和疑惑的神色,问道:"我做什么了?"

虽然扈先紫知道她不是人,就是这么个德行,还是差点儿被她无辜的神情气到当场炸裂:"你迷惑了我,将我困在这里陪你玩,还装成这柔弱的女子的模样!"

扈真躲开他的攻击,仍然温温柔柔地说:"你忘啦,扈郎,我本来就不是人。我们精怪没有性别之分,虽然我们最开始相遇的时候我是男子,但你说喜欢女子,我现在就成为女子了。你要是变成女子,我可以再变回男子,全看你喜欢而已。"

扈先紫一噎,看到扈真现在矮自己半个头的身高、柔软纤细的腰,又不合时宜地想到这么多年间两个人的夫妻身份,脸色又红又白异常精彩:"你还不知错?!"

扈真唯唯诺诺地笑,顺手截住他的手,说:"我知错了,你说的都对。"

扈先紫更生气了:"你知什么错?我教你那么多年白教的吗?你还把我困在这里!你是要气死我!"手下毫不客气地往扈真的脸上打。

扈真还是温柔地说："我不知道你不喜欢，下次不困了。但是我不困你，你就要离开了。我不想你走。"

行，还是和从前一样说不通，扈先紫怀疑自己可能不是死于战斗，而是被气死。

扈先紫灵气一冲，嘴边溢出一丝鲜血。

扈真立即反手扶住他，大惊失色，说道："扈郎，夫君，你怎么了？你受伤了？怎么会这样？不怕，我马上给你治！"

扈先紫擦了擦嘴："算我求你了，别叫我夫君行不行？"

扈真点头："当然行啊，扈郎不让我叫，我就不叫了。"

扈先紫盯着她那张为了家庭和睦无私奉献的脸，咬牙说道："明明是你做错了，为什么如今反倒像是我理亏？"

这一点，旁观的辛秀也不大明白。她看着眼前的一切，心情毫无波动，甚至想吃两瓶蜂蜜。

扈先紫挥开扈真，说："算了，算了，早知道你的脑子不灵光，我跟你在这儿气什么？你打开这里的结界，让我们走。"

扈真对他是千依百顺，但到这种时候，摇头了："不行，我是不会让你离开我的。"

眼看事情陷入僵持状态，两个人好像要动真格的，辛秀迅速盘算了一下两个人的胜率和之后可能会发生的情况，站出去说："二师伯母既然不想和二师伯分开，不如跟我们一起回蜀陵，你们当了这么久的夫妻，怎么能不回去看看亲戚、认认人？"

二师伯愕然地看着辛秀："秀儿，你可知晓你二师伯母是什么？"

扈真则朝她微笑："二师伯母就是仙西本身，无法离开仙西。"

辛秀哦了一声，理所当然地说："那就把整个仙西都搬到蜀陵去好了。"

听到这句话，扈真的神情变得若有所思，仿佛真的思考起把整个仙西搬到蜀陵的可能性。

扈先紫脸一黑，说道："我不会答应的！"

辛秀朝扈真笑了笑："二师伯母，你好好考虑一下怎么搬。"辛秀说着，一把将扈先紫拉到一边，做了个屏蔽声音的小型结界。

"二师伯，师侄有一言，请你静听。我知晓你如今很生气，但你不妨换个思路想一想。你如果不答应，咱们打得过扈真吗？就算能赢我们肯定也要付出不小的代价。万一输了，我和老四出个事还没什么，你再出个什么事那才是真糟糕。你说她会不会疯狂？你能猜到她会做出什么事吗？"

扈先紫沉默了，以他对扈真的了解，她可能会发疯。扈真一旦发疯，恐怕谁都控制不住她。扈先紫看看两位师侄，再看看这个披云村，稍稍冷静了些。

辛秀接着分析："你再想想，你是想杀她吗？我看二师伯应该是生气、恼怒，但不至于想杀死她，那你就是想抓她。这不巧了吗？等她把仙西搬到蜀陵，乖乖跟我们走了，那和你打败她把她带回去关着有什么区别？这办法还省力呢。咱们现在在仙西，在她的地盘上。但是等她跟我们到了蜀陵，到了我们的地盘上，祖师爷还在呢，她还能闹起什么风浪，还不是得乖乖听话？到时候她再欺负你，你跟祖师爷告状，反正离得近。"

扈先紫再次沉默了，这道理似乎没错，但听着怎么感觉那么奇怪？

辛秀继续说道："何况仙西在此恐怕许久了吧？想把仙西搬到蜀陵绝不容易。这动了根本，扈真肯定要元气大伤。"辛秀意味深长地笑起来，"元气大伤，再到了我们的地盘，扈真还不是任二师伯你处置？"

扈先紫越听越觉得有道理，但是为什么听着仿佛他才是恶霸？秀儿师侄……他都不知道该夸她聪明还是阴险了。

扈先紫许久后才说道："扈真此人危险，将她带回蜀陵，如同引狼入室。"

辛秀说:"她要是狼,你就是她脖子上那根绳,我只听说过绳子牵着狼走的。二师伯,只要有你在,她就是最无害的。你越在乎蜀陵的同门,她就同样在乎。你也看到了,这段时间她为了讨好你,对我和老四多好,去了蜀陵自然也一样。

"我听二师伯之前话中的意思,似乎你从前教过她。我看二师伯母是非人之物,恐怕生来就不懂人之善恶,想法和做法都与我们不一样。二师伯你寻常的教法大约是没用的,不妨试试驯兽的方法。她做得对,你对她的态度便好;做得不对,你只管冷淡。时间一长,她自然知道什么能做、什么不能做。你一味生气有什么用?而且她在我们蜀陵,对她也有好处。"

扈先紫听得不自觉地点头,追问道:"什么好处?"

"蜀陵是你在乎的地方,她不敢乱来。她想讨好你,就会对同门好。我们的同门,你也知晓,别人对他们好,他们大多也同样赤诚相待。要让一个什么都不懂的人学会爱,除了她要去爱别人,也需要其他人爱她。等她体会得多了,自然就明白了。她对你的执念,恐怕是因为她的人生中只有你最特殊。这样的执念要断绝很难,但堵不如疏。能让人变得更好的感情一定是相互的,扈真缺少一个契机,缺少更多人引导她。二师伯,你好好考虑,是要在这里打得你死我活了断恩怨,还是用我的办法找到另一条解决之路。"

听完辛秀这一通成熟分析,本就摇摆不决的扈先紫陷入思考之中,彻底冷静了。

这么多年,他被扈真关在这里玩过家家,不生气是不可能的。可当年他也曾把扈真当作不懂事的孩子教导,两个人也曾朝夕相处。他想过给她教训,但没想过杀她。

他把扈真带到人间,让她认识到人的感情,让她生出这些执念。如今希望扈真能更像个人,除了这样孩童般独占的爱,还能理解其他感情。只有理解了这些,她才不会再理所当然地做出这样的事。

如果说辛秀先前那些话还让他有所疑虑，后面这些话就真切地打动了他。

辛秀看出二师伯动摇了，让他自己想想，又凑到了扈真那边，同样凑着头对她说："二师伯母，我已经和二师伯说好了，他也很希望你能和我们一起回蜀陵。我知道要把仙西搬到蜀陵不是一件容易的事情，二师伯母不好下决心。但二师伯母你要为二师伯考虑一下，他这么多年了，难道不想回家？不想念师弟、师妹、师侄吗？他要是回去了一定会很快乐，二师伯母也希望二师伯天天开心，对不对？"见人说人话、见鬼说鬼话的辛秀话音一转，继续说，"而且二师伯母跟我们回了蜀陵，就再也不用怕二师伯会悄悄离开你了，他的家在那里，他不管走多远终究还是要回去的，这叫跑得了和尚跑不了庙！"

这一下稳、准、狠地戳中了扈真的软肋。她的执念无非就是怕扈先紫离开她、不要她罢了，为了这她什么事都做得出来，此时自然也不例外。

"好，我要把仙西搬到蜀陵。"扈真一口答应下来。

辛秀说："那真是太好了，等到了蜀陵，我给二师伯母介绍其他师叔师伯和师兄师姐！二师伯母和二师伯是道侣，虽然咱们修仙之人不在乎那么多俗礼，但酒席还是要办一办的，到时候二师伯母和二师伯一起见过大家，这关系有了见证人，岂不是更加紧密了？"

扈真哪里听过这么好听的话，被辛秀哄得心花怒放，恨不得立刻就把整个仙西搬走。

所以，活得久、修为高的人也不能防止被骗。修为再高、再厉害的人，要是不谙世事，不了解人心险恶，还是很容易被骗。

辛秀花言巧语一番，把两个人说服了个七七八八，将一场吃力不讨好的战斗消弭于无形。

老四还在那儿迷糊着，见辛秀走过来，忍不住问："大姐，发生什么了，你刚才和他们说什么呢？"

辛秀哄人用的笑脸已经消失了，此刻面无表情，她抱着胳膊看着远方，淡淡地说道："没什么，居委会劝架而已，都是套路。"

她现在没心思看人慢慢打架，也不想在这里等个几年等人来救，就想马上解决了这事回去找师父好好谈心！

最后，扈先紫和扈真还是达成了共识，将仙西搬到蜀陵去。

虽说两个人决定了要搬，但想要做到这一点并不容易，还要做许多准备工作，首先要解决的就是披云村的问题。

披云村里面的村民并非陶俑，而是仙西附近遭遇了战乱的一个普通村庄，一村几十口人全部死于非命。恰好当时扈真想制造一个真实的幻境困住扈先紫，便把那些死于战乱的冤魂和一些虚弱得即将散去的魂魄全部圈起来，把他们放进仙西，制造了一个一模一样的披云村，让他们在这里能像普通人一样继续生活。

如今扈先紫醒来了，这个幻境不用再存在了，要让这些魂魄离开，回他们该去的地方。扈真并不在意，披云村里的人对她来说就是工具人而已。

这些魂魄离开时，还是懵懵懂懂的，那些孩子的魂魄变成的光点还眷恋地绕着扈先紫转了很多圈，又掠过辛秀的鼻尖，仿佛和她打了个招呼，才纷纷离去。

"二师伯，怎么了？"辛秀发现二师伯的神情有些异样。

扈先紫背着手，摇了摇头。

当年这些人死得太过凄惨，应当是要变成怨鬼的，但是在仙西这种灵地居住久了，又过了这么多年平静的生活，他们身上的怨气已经完全散去，能即刻再入轮回。

他知道扈真做这些事的时候只是顺手想做个更真实的环境，没有刻意去帮人的意思，但还是有些感叹，阴错阳差，这段经历对这些人来说倒算是好事。

"先前那个乌玉，你师父炼制的人身，是不是有什么问题？"

扈先紫想起这事，身为师伯当然要询问一二。

辛秀一听他提起这事，就假笑起来："二师伯，这是我和师父的秘密，你回去之后可不要跟我师父提起，不然事情就糟啦。"

扈先紫紧锁着眉头，挥挥手道："那我就不管了，你们师徒自己解决。"有个扈真，已经足够他操心了。

辛秀到这时候才搞清楚，扈真就是仙西，或者说是仙西化作的精怪，地下整个绵延几千里的地宫就是她的本体。她是上古仙宫，而传说中的仙西修士都是地宫里生出的陶俑，或者说陪葬品，仙西里的主人只有她一位。

如果精怪也有金字塔，那扈真就是金字塔的顶层，难怪石头人和棺材精在她的面前毫无反抗之力。

在扈真准备把仙西从地下升起的时候，辛秀先找她问了白无情的下落："二师伯母，咱们都是一家人了，如今我应该可以在仙西自由行动了，不知道我的那位白姐姐在哪里？"

辛秀知道，目前扈真不会放自己离开，但自己在仙西里面活动，她肯定不会拒绝。

果然，扈真告诉了辛秀白无情所在之处，两位从墙壁里钻出来的白衣男女面上带着笑容领辛秀前去找人。

听到白无情没事，辛秀心中暗暗松了口气。

只是，在即将到达白无情的房间时，辛秀忽然停下了脚步。差不多尘埃落定的此刻，她忽然意识到一个问题，一个她来仙西路途上就很疑惑的问题：与自己非亲非故的白姐姐，为什么对自己那么好？她先前怀疑白姐姐其实是蜀陵同门，但现在知晓了乌钰的身份，有了一个更加大胆的猜测。

她细细一想，其实白无情的情况和乌钰不是很像吗？他们都在她需要帮助的时候出现，同样厉害，甚至性格都很像。她从前一度觉得在白无情的身上看到了乌钰的影子，只是因为性别，也因为乌钰的佛修身份，没有往别的方向想过。如今她知道乌钰的佛修身份是编出来的，那白无情呢？她的师父是世上最厉害的炼器大师，甚至能炼制出人的躯体。既然人的躯体可以被炼制出来，就像他能随意改变飞天摩托一样，他是否也能改变人的躯体的相貌和性别？

辛秀按了按额头，心道：祖师爷，我是不是又一叶障目了？她看似冷静，但之前突然得知乌钰的真实身份，脑海里的混乱并不比二师伯少。如今差不多理清了情况，她又想起白姐姐的问题，顿时脑子里又是一片混乱。

难道真是她猜测的那样吗？

她一边在心里不断比较着白无情、乌钰与师父的相似之处，一边脑子晕乎乎的，不知道在想些什么。她其实差不多已经确定了自己的猜测，但还是不愿相信，想要求一个真相。

"白姐姐……白无情怎么了？"看见躺在白绫堆中的女子，辛秀皱眉问道。

"她冒犯王母，被打伤了。不过你放心，她并无性命之忧，只是昏迷罢了。"白衣男女回答道。

辛秀俯身，仔仔细细地看白无情的脸，良久后，忽然自言自语道："其实想验证的话，很简单。"

她身陷仙西，除了老四和白姐姐，无人知晓。如果白姐姐就是师父的人躯，那他如今肯定知晓自己现在有危险，就如同先前在妖洞窟被抓那次，师父能去得那么快，那这次师父恐怕也会很快赶来。

"秀儿师侄，仙西之外来了一群妖怪，为首之人自称申屠郁，你去看看是不是你的师父。"一旁墙壁上的仙女雕像忽然变化成鼉真的模样，开口说道。

辛秀简直想要长长地叹一口气：师父啊师父，你竟然真的来了。你这么迫不及待地验证了我的想法，徒弟很难办哪。

第四章　学宫日月改

　　申屠郁还不知道自己在徒弟那里已经"马甲"全脱。他用人身没能救出徒弟，反被王母制住了，无法清醒。他在心中猜测徒儿与师侄或许已经遇到危险，再想到此事恐怕还牵扯到多年未曾有消息的二师兄，更觉不妙，立刻动身前来仙西营救徒弟。

　　离开蜀陵之前，他还曾求见过师父，将二师兄的事禀告了。

　　师父灵照仙人未曾现身，申屠郁只听到师父幽幽地叹息一声，说："自求多福吧。"

　　听闻师父此言，申屠郁惊讶不已，师父何曾怕过什么？如今这劝告听上去竟有语重心长、有心无力之感，莫非仙西此行当真如此危险，师父也觉得鞭长莫及？

　　赶往仙西途中，申屠郁一度试图控制徒弟身边的叮当熊猫，查探她是否还好好活着，可仙西自带天然屏障，令人无法探察。

　　申屠郁不知徒儿的生死，心中焦急万分，只要想到徒儿可能出了事，甚至早已经在他看不见的地方死去了，就感觉有炽热的烈火在不停焚烧着五脏六腑。

一路上，随侍在申屠郁身侧的猴王、鹿妖等妖怪，只感觉深涂妖王身上妖气冲天，连头发丝都带着一触即发的怒意与躁意，吓得他们不敢停歇片刻，用最快的速度来到仙西，生怕他半路上就怒不可遏，杀了他们几个先泄火。

虽说深涂妖王在幽篁山修行多年，越发平和，不爱打打杀杀了，但谁知道他为了徒弟能做出些什么事？

有些事别人不知道，他们这些追随深涂妖王许多年，又一路跟上了幽篁山的妖将哪能不清楚？他们的妖王为了这个徒弟真是操碎了心。这段时间，幽篁山的树都不知道被妖王打断了多少棵，要不是他们跟在后面种树，真怕哪天如今还算葱茏的幽篁山就秃了。

魁梧的猴王护法一般站在轿辇的后方，看着深涂妖王落在仙西的巨碑前长发微微扬起、妖力蓄势待发的模样，默默在心中念道：保佑辛秀小祖宗平安无事，她以后再来揪我的毛，我任她揪，再不朝她翻白眼了。

所有妖将都表情肃然，深知这是一场注定艰难的大战。

在无数目光的注视下，仙西巨碑变成一座大门，从里面走出来一个人。

众妖将见了这人，一时间都有点儿回不过神来。看深涂妖王的模样，他们还以为辛秀受了重伤，现在看来，她这不是活蹦乱跳、什么事都没有吗？

辛秀走出来，一眼就看见了师父。

如果是在得知那个秘密之前，她把师父当作最值得信赖依靠的人，见了他肯定要笑着跑过去喊师父，亲亲热热地领着他去见识一下她忽悠下来的地盘。

可是，一旦得知他就是那个让自己生平第一次尝遍酸甜苦辣滋味，让她心生动摇自己却坐怀不乱的乌钰，是那个让她称呼白姐姐，一同洗澡聊天的密友，她就不知道该怎么反应了，平日的机灵劲儿都被各种复杂的情绪压在了身体的底部。

她朝着申屠郁走去，眼神闪烁，嘴唇微启又闭上。

申屠郁不知道此刻徒弟的心底有多乱，只看到徒弟无事，心底的焦灼终于迎来甘霖一般，被稍稍抚慰。

他很少主动亲近徒弟，此时却主动上前揽住徒弟，仿佛她还是个小小的婴孩，将她拢在怀中，用披风裹住她抱起来，用手抚着她后脑的头发。

"无事就好。"

从他嘴里轻轻落下的四个字，重重地砸在辛秀的心上。

此时，她心中的愤怒、委屈、高兴、尴尬等情绪，全部变成了一种心情：我恨你是块木头。

她的师父有那么一张邪魅的脸，怎么却是这样一只不解风情的熊，又耿直又憨厚？

被申屠郁这样珍惜地抱在怀里，辛秀忽然想起当初自己想和乌钰来一场成年人的身体交流，结果把他吓到摔下床去的事。她想起他最后破窗逃跑的仓皇背影，竟猛然间有一种原来如此的喜感，在事过境迁的此时哑然失笑。师父甚至把人身乌钰剃度了，在她面前露出一个光头，她现在想想都觉得十分好笑。

辛秀伸出双手，缓慢地紧勒住了申屠郁的脖子。

申屠郁只当她被吓到了，拍拍她的背，说："师父来了，你遇到了什么事？可受伤了？"

辛秀深吸一口气，嗅到了师父身上幽篁山的竹子和云雾的味道，还有一点儿紫杜鹃的香味。她仰起头，朝申屠郁露出一个毫无异样的笑容："师父，你怎么来了？"

申屠郁一顿，说："为师算到你身陷危难，所以才会来。"

辛秀讶异地说道："没有哇，徒儿一直好好的，还见到了二师伯和二师伯母。师父还不知道吧，二师伯的道侣就是仙西之主，很快就要跟着二师伯一起回咱们蜀陵了。"

申屠郁十分困惑，不明白发生了什么，事情怎么好像脱缰的野马一样朝着他没有想过的方向狂奔而去?他心潮澎湃过后,试图把徒弟放下。辛秀却不放手,不仅不放手,还抱得越发紧了。

"许久没见师父了,甚是想念。"辛秀揪着他的白毛,心底还真的有点儿思念大熊猫了。

申屠郁发现自己竟然没有那种后脑一麻的感觉,大概是身为白无情的时候经常和徒弟一起泡温泉,现在都有点儿习惯这种接触了。

他抱着徒弟走进仙西地宫。两个人进入地宫的一瞬间,辛秀在他的耳边幽幽地说:"师父不怕我是假的徒弟,是特地来引诱你独自进入地宫的吗?"辛秀的声音微妙而古怪,令人听着就感觉心脏一跳。

申屠郁却没什么反应:"师父不会错认自己的徒弟。"

辛秀终于还是从他的身上跳下来了,拉住准备前去找王母和二师伯弄清楚情况的师父,对他说:"二师伯母正在忙着将地宫从地底抬起,让它重见天日,二师伯也在帮忙,师父稍后再去寻他们吧。"

申屠郁点了点头,被辛秀带着走向一个房间。

辛秀仿佛无意间提起:"师父,你还记得乌钰吗?"

申屠郁沉默了一会儿,说:"记得。"

辛秀又说:"那时候师父说,除了乌钰,不管我和谁在一起,都不会反对,是不是?"

申屠郁有种不太妙的预感。

走在他身前的徒弟扭过头来,朝他一笑,拉着他进了一个房间里。看见那房中沉睡的白无情,申屠郁感觉更加不好了。

辛秀一本正经地说道:"这女子名为白无情,与我一起出生入死、互相扶持。我发现自己爱上她了,想与她做道侣,一辈子与她在一起。"

辛秀欣赏了一下师父变换的神情,不出意外地听到了师父脱口而出的拒绝话语："不可。"

辛秀假装不解地问："为何不可？"

申屠郁慢吞吞地说："她是女子。"

辛秀真诚地说："真爱是超越性别的，徒儿不在乎，师父应当也不是那种腐朽之人。"

申屠郁不知道说什么，半天说出一句："可你以前不是说你不爱女子？"

他现在又纳闷又慌张，不明白这到底是怎么回事，为什么会这样？徒儿一次两次爱上他的人身，莫非真是他炼制的人身有什么问题？申屠郁开始回想自己炼器的时候究竟做了些什么。

辛秀快被师父怀疑人生的表情逗笑了，好不容易才板起脸，摆出一点儿哀怨的神情，说："是的，我以前喜欢男子，但是乌钰之事后，我一度觉得自己无法再爱上任何人了，是白姐姐用她的陪伴治愈了我。她让我走出了失恋的阴影，徒儿觉得自己应该放下过去，迎接新的人生了。"

熊猫的内心一阵震动。熊猫心虚，大惊失色，差点儿变成北极熊。

良久，申屠郁才勉强说道："此事我们之后再谈，你……再多考虑一番。"

说罢，他起身说要去寻二师兄问清楚仙西的情况，就匆匆离开了。

辛秀没有拦他，坐在白无情身边笑了一阵，半晌低声说道："就算是师父也是要负责的，你知道吗？"

申屠郁寻到二师兄扈先紫。两个人也多年未见了，但修仙之人并不如凡人那般在意时间流逝，两个人又知晓对方的性格，此时见面也不见如何激动，互相喊了师兄师弟，相偕坐下。

扈先紫开口："你是想问仙西是怎么回事吧？说来惭愧，都是因我而起，我当年……"

申屠郁坐在一边面无表情地打断他的话："二师兄，我有问题要请教。我想问问师兄，若是徒儿喜欢同为女子的人，该如何是好？"

扈先紫疑惑地问道："你是说秀儿师侄喜欢女子？"

申屠郁看着他，默然不语。

扈先紫连忙说："不要问我，我不知晓如何把女子变为男子。"

申屠郁奇怪地问："为什么要把女子变成男子？我是想问怎么让徒弟放弃。"

扈先紫沉默了，扪心自问为什么首先想到的是改变性别？他忽然恼怒，一掌拍碎桌子，说道："没救了，放弃吧。"

妖将们跟着深途妖王火急火燎地赶到仙西，然后就开始无所事事，在外面聚众聊天、嗑瓜子，并且亲眼见到了传说中的仙西地宫露出真容。

地宫整个升起时，遮天蔽日，飞上天后，就像一朵巨大的乌云。

为了不让凡人见到这奇诡的一幕场景，扈先紫召来无数云雾，形成一座云山，将缩小数倍的仙西地宫包裹在内，托住它，隐藏起它。

辛秀心想：这就是天空之城吧。

扈真随着仙西的出现消失了，这个消失指的是她用的那个人类身体不见了。但在仙西地宫之内，她随时随地能出现，或是以浮雕的模样，或是以陶俑的模样，并不能完全脱离墙壁或地面。

辛秀经常走着走着，敲敲墙壁问一声，扈真就会在墙壁上浮现，顺口回答一下她的问题。辛秀心道：二师伯母这是成了居家小精灵了，简直就是大别墅的智能系统。

仙宫在往蜀陵的方向移动，申屠郁和手下的妖将们也进了仙西，大群陶俑热情地招呼他们，送上酒菜。

辛秀见到这样的场景，觉得扈真像一个嫁进大家族的媳妇，要招待夫家的一大群亲戚，简直太惨了。

显然扈真自己不这么觉得，当二师伯母当得十分快乐。辛秀见到二师伯怒气冲冲地走在路上时，扈真就跟在他的身后，脚下波浪起伏，送着她一路跟着二师伯。

老四彻底清醒，也弄明白发生了什么事。他出乎意料地对整个仙西地宫产生了好奇心，忙着四处参观，琢磨着仙西那些还未被开发的区域究竟有什么。仙西地宫实在太大了，他们的活动区域只是很小一片，据说还有很大的地方是很久之前的宫殿遗迹。

辛秀一个人在地宫里闲逛，如果再准确一点儿形容她在做的事，可能是"老鹰抓小鸡"。

她在找师父，或者白姐姐。

这两个人现在都在躲她，但是躲有什么用呢？

"秀儿师侄在找谁，需要二师伯母帮忙吗？"墙壁上浮出来的美妇人亲切地问。

辛秀笑着说："不用啦二师伯母，我自己找。"

她这么慢腾腾地找来找去，果然没一会儿就捉住了白无情。

她心道：师父竟然选择把人身送出来应付，真是勇气可嘉。

她拉住白无情的手，亲昵地说："姐姐，你在忙什么呢？我听二师伯母说地宫里的灵泉能美容养颜，我们一起去泡。"

白无情虚弱地说道："不了。"

辛秀扣住她的手，说："我们又不是第一次一起洗澡，擦背都擦过无数次了，姐姐怎么突然疏远我？"

白无情当场晕倒，试图以此来逃避徒儿的泡澡邀请。

如果申屠郁不知晓徒儿对白无情抱着那样的心思，就硬着头皮继续当好姐姐了，可如今听了徒弟的那一席话，哪里还敢放任徒弟亲近白无情，被逼得只能使出晕倒这个办法。

辛秀："……"不是我说，师父的演技实在太差了，哪里有人晕倒的时候是直挺挺地倒下的?

申屠郁直接把分在人身上的思绪抽了回来,过了一阵才重新放回去,结果一睁眼,发现情况比晕倒之前更加糟糕了。他的人身穿着一套薄薄的内衫,躺在灵气氤氲的一张玉床上,身上盖着一层白缎,而徒弟就躺在身旁。

辛秀含笑说道:"姐姐突然晕倒,一定是因为之前受伤。好在二师伯母此处有一张含元玉床能梳理灵气,滋养身体和神魂,姐姐在这里多躺一会儿就没事了。"

申屠郁僵硬地问:"你也躺着?"

辛秀就躺在他的旁边,理所当然地说:"一个人躺在这儿多无聊,我当然是陪姐姐一起躺着,聊天解闷。"她撑着脑袋,丝毫不在意自己的衣领因这动作而敞开。

申屠郁一时间不知道应该把白缎裹在徒弟的身上,还是裹住自己的人身。衡量片刻,他决定起来,然而直起一半身子,腿就被压住了,整个人被往后拉了回去。

辛秀轻言细语,手下却牢牢钳着白姐姐的肩:"这是干什么?好好躺着,待会儿再晕倒了怎么办?"

申屠郁突然往后一仰:"我不会再晕倒了。"

辛秀问:"是吗?那我们去泡温泉?"

申屠郁语塞,实在不知道躺在一张床上和一起去泡温泉,哪一个更容易接受。

如此,一行人回到蜀陵的时候,申屠郁天生的黑眼线都更黑了。

蜀陵里好凑热闹的一群同门在云间道场等候多时,此时见到仙西地宫与前面引路飞着的申屠郁和扈先紫,纷纷笑着招招袖子,将云间道场暂时分开。

辛秀知晓这是打开了蜀陵的结界屏障,心怀恶意的人无法进入蜀陵。众位师叔师伯做出这样的动作,肯定得了祖师爷的授意,简言之，祖师爷同意仙西搬进蜀陵了。她莫名觉得王母仿佛一个带着无数嫁妆嫁进蜀陵的儿媳妇。

仙西地宫在地下铺开，还不占地面上的面积，可谓省心。

围观同门只见地宫没入地面，一阵轰轰雷鸣声响起后，一切恢复平静，只是蜀陵之地的生气和灵气又浓郁许多，多了些玄妙的意味。

"这便是仙西？我还从未去过，也不知道今后有没有机会进去看看。"

"方才那位是二师伯？我还没见过二师伯！"

"秀儿师妹回来了！景成子师叔，各种食材准备起来，肯定要举办聚会了。"

辛秀还没来得及和熟悉的师兄师姐打招呼，就见一道七彩霞光落在身上，一个缥缈的声音传来："过来。"是祖师爷的召唤。

辛秀只觉得恍惚了一下，再睁开眼，已经到了一个荒草丛生的石台上。石台的模样很寻常，周围也没什么特殊的风景，唯有一棵熠熠生辉的玉树看上去不凡。

辛秀寻思着，莫非这就是祖师爷的上天台？祖师爷不愧是唯一的真仙，连个房子都不要，这才是真实的强者。像金刚天王菩萨那种用金子建宫殿的，都是虚假的强者。

辛秀再一看身边，才发现二师伯母扈真和她一起来了，除了她们两个没有其他人。她一摸下巴，心想：这是什么情况？祖师爷只找我和二师伯母过来谈话，莫非这是新媳妇见家长的现场吗？

扈真并不是自己来的，而是与辛秀一样被灵照仙人摄来的，没有扈先紫在身边，连个表情都不愿意摆出来。

"仙西王母。"

玉树中传来声音，这声音十分奇特，辛秀无法分辨是男是女是老是少，甚至分不清声音到底是响在耳朵里还是脑子里。

她只听祖师爷说道："你觉得蜀陵如何？"这问题显然不是问

她，是问扈真的。

扈真面无表情地盯着玉树说道："与仙西一般，是个囚笼而已。我无法离开仙西，你不能走出蜀陵，你比我更可怜。只要我愿意，断去根脉还能移动整个仙西，你却只能永远待在蜀陵。"

辛秀一扬眉梢，感觉到了一股火药味，这位二师伯母对祖师爷似乎并不怎么友好。她转念一想，就明白了，这不就是从古至今人间第一大难题之婆媳相处吗？婆婆和媳妇总是互相看不顺眼，这很正常。

祖师爷身边一个好好的徒弟被对象拐走，一走就是好多年，都不能回家探望他。祖师爷肯定生气，第一次见面可不就要把人拉到面前来威胁一下？

至于一直没名没分的儿媳妇扈真，心底大约是觉得自己的道侣一心想回来就是因为孝顺长辈，就是这个老头子阻碍他们小夫妻在外面单独居住，还担心他要棒打鸳鸯，才如此警惕。

想明白后，辛秀再看他们，只觉得画面一下子充满了生活的气息。

灵照仙人的声音没有波澜："仙西被移动了，它的万年根脉已断，你元气大伤再不复从前。"

扈真说："但你要杀我，还是很难。"

灵照仙人说："我不杀你，你与先紫的纠葛，我不会插手。"

扈真仍旧警惕地问："既然如此，你将我摄来此处意欲何为？"

辛秀听到这里，不得不插话："二师伯母，祖师爷的意思是，你既然入了我们蜀陵，就是蜀陵的人，先见见长辈，表示'长辈同意这门婚事'，是一种友好的信息，你不要多想。"

扈真疑惑地问道："真是如此？"

灵照仙人不是很想回答，明明不是这个意思，但非要这么说好像也没错。玉树的枝丫缓缓摇动，扈真整个消失，被灵照仙人送了回去，台上就剩下了辛秀一人。

此时，玉树之内才缓缓浮现一个光团，这光团渐渐拉长，变成了一个模糊的人影。辛秀什么都看不清晰。

这团光的影子飘到辛秀面前，还未说话，辛秀就喊了一声："师父，初次见面，打扰您老人家清修了。"

灵照仙人一默，随即竟也没对她这师父的称呼发表意见，而是伸出手，虚虚地在她的眉心一点："荆阙，出来吧。"

一缕淡淡的灵光流水般从辛秀的眉心处被勾了出来，氤氲雾气飘荡在空中。光芒耀眼的手轻轻一点，灵光就化作一个半透明的影子落在地上，正是九师伯荆阙的模样。

荆阙俯身磕了个头："师父，徒儿回来了。"

"嗯。"灵照仙人应了一声，身后的玉树落下一根枝丫，融进了影子里。

荆阙的身形凝实了一些，现出一层玉色的光芒，她的声音带着笑，很是亲昵，像小女孩儿对着长辈撒娇："多谢师父帮小九再修人身，又折了师父的修为，徒儿真过意不去。"

灵照仙人说道："身躯未修好之前，待在此处莫要乱跑了。"

辛秀一瞬间觉得祖师爷太辛苦了，像个空巢老父亲，为了孩子们有操不完的心，什么事都要管。

"既然没事了，祖师爷，我是不是能先走了？"辛秀还等着回幽篁山去摸熊猫呢。

灵照仙人似乎是又看了她一眼，好像想说什么，最后又没说，只是摆了摆手。

辛秀扭头准备离开，忽然又想到什么，问："祖师爷为什么不能离开蜀陵？"她问出这个问题，其实并不知道祖师爷会不会回答，但他回答了。

"我已成真仙，若我入世，离开蜀陵，天下气运和灵气皆汇聚于我一身，人间再无凡人的生路。"

这是一句很平淡但很可怕的话。

辛秀闭嘴，什么都不问了，朝他拜了拜，迅速掉头离开。

见辛秀离去，立在一旁的荆阙说道："师父，这位秀儿师侄实在有趣，心性又坚韧，不为外物所动，她的修行之路定能走得比我们远。"

大战金刚天王菩萨时，但凡辛秀心中有一点儿贪念动摇，大可将荆阙全部吸收。荆阙的身体和神魂都被金刚天王菩萨炼化，那样的状态下吸收她，辛秀定然能迅速提升修为，而且那时除了辛秀无人知晓她的存在，连后顾之忧都没有。辛秀对此也心知肚明，却仍没有半点儿邪念，直接用荆阙残余的力量蕴养她的神魂，才使她留存神志，如今才能有机会再修人身。

灵照仙人知道一切事情，平和地说道："我蜀陵众弟子，有人修仙道，有人修妖道，有人修神道，唯独辛秀一人，修的乃是人道。"

世间一切生灵修行，都为了成为超越万事万物的存在。修神道者大爱无情；修仙道者逍遥此生；修妖道者随心动性；修人道者，至善至恶，至情至性。

辛秀修人道，不成神仙，就只成她自己的模样。灵照仙人算了数千年，也只算到这一颗异星。

光团回到玉树中，光芒隐没，只有玉树玉质的枝叶微微摇晃，发出轻响。

后山距离幽篁山很近，祖师爷没有送辛秀的意思，辛秀只能自己穿越竹林回幽篁山去。途中她还遇上了几个竹竿师叔，他们远远看着她，没有和她说话的意思，只是点了点头。辛秀出去一遭，看什么都亲切，笑着和他们摆手。

幽篁山仍是那个模样，云雾低垂，在山间绿树的梢头缭绕，竹叶青翠欲滴，草叶碧绿如洗。

山间的野兔、狐狸、鹿群，见到辛秀都不逃了，待在原地该干什么干什么。辛秀也没骚扰它们，跑进竹楼里上上下下找了一圈，没找到师父。

她跑到外面那棵紫杜鹃下,逮住了一只金丝猴,问:"猴哥,我师父呢?"

金丝猴想假装自己是只没有灵智的普通猴子。辛秀揪住他不放,他跑不掉又不敢动手,最后还是没办法地伸出一根手指指了指某个方向。

幽篁山上有片小湖,湖水清浅。辛秀一路询问路边的各位无辜的妖怪,寻到这里,一眼看见巨大的熊猫躺在湖边一块圆形大石头上。她真是太久没看见师父的原形了,黑白分明的毛茸茸的身体看着就让人手痒。

熊猫滚圆的肚子朝天,四个漆黑的爪子耷拉下来,脸颊上的毛发柔顺地贴着。

辛秀竟然从一只熊猫的脸上看到了忧愁的感觉,她心中的怒火在这一刻好像平息了不少。

其实,熊猫这么可爱,她也不是不能原谅他,毕竟师父也是因为关心她才这么做。变成现在这个样子,他其实也不想。当初他好端端地当着爹,后来又当妈,又当初恋,还要当姐姐,也是难为他换了一个又一个身份,被她逼得连社交恐惧的症状都好转了很多。

她摸过去,爬上石头,把自己的脸埋到熊猫的肚子上,双手抓着长长的柔软的白毛摸了两把。

早就发现了辛秀的熊猫没有挣扎,一动不动,仿佛一块晒在太阳底下的熊皮。过了一会儿,他看徒弟也不动,才缓缓举起熊掌,落在徒弟的脑袋上拍了拍。

仙西地宫落户蜀陵,着实是件热闹的大事,偌大的蜀陵,也不是只有辛秀一个自来熟的人,还有不少好热闹又有好奇心的同门。

在辛秀提出要拜访二师伯母时,几乎是一呼百应,不仅来了一大群师兄师姐，老七、老八和老九也来了。他们三个人也好长时间没见到辛秀了，这会儿黏了上来，有说不完的话。

已经好几岁的小九在三师伯韩房子的教导下已经学会了一些简单的法术，看上去像个仙气飘飘的小道童，灵动可爱。辛秀直接把他抱在怀里，带着他一起玩。

扈真刚移动仙西，最近一段时间无法离开，要待在地宫里蕴养精核，让地宫再次扎根，慢慢恢复元气。她见到这么多人来看望她，也没什么异议，甚至被这些师侄一口一个二师伯母喊得心花怒放，露出了标准的慈爱的表情。

她好好听进了辛秀的那些话，毕竟是个多年的精怪，脑子也不傻，在如何得到心上人的喜爱，如何让他高兴的事上，一旦开窍了，就会付诸行动。

很快，每个来仙西地宫玩耍、和她打招呼的师侄都得到了一份见面礼——来自仙西地宫里的灵物。

和辛秀一起这么兴冲冲地跑来的大多是些年轻的师侄，等到他们这一拨人拜访完毕，就来了第一位和扈真同辈的弟子——老四的师父天工师叔。

这位师叔一直致力于建造神奇的天宫，简直疯魔了，轻易不会放下工作。如今搬来了一座地宫，活生生的实体模型，他哪里还坐得住，带着一群弟子过来研究。

扈真当长辈已经当出心得了。这个师弟过来的时候，她就和之前一样站在门口，带着母亲般和善的微笑，给天工师叔和几个师侄全部送了见面礼。

天工师叔："……"

这位沉迷建造的天工师叔思考了一会儿，才回了一句："多谢二……嫂？"

除了天工师叔，老五的师父景成子师叔也和辛秀一起来了，他就自然多了，觍着一张老脸也能中气十足地喊人家二嫂。

仙西地宫里有美容养颜的灵泉，几位师姐自然不愿错过，结伴前来；还有对于上古文化和各种传说法术比较好奇的同门，也抱着研究的心态前来；之前闭关才听到消息的人，都出关了，陆陆续续地过来拜访。

辛秀也是第一次看见蜀陵这么热闹，见到了不少从前没有见过的师兄师姐。平日地广人稀、十分清静的蜀陵，简直像刚过完冬迎来暖春的大地，到处是冒头的各种动物。

她一回来，以前相熟的师兄师姐都要求聚会，也不挑日子，就在仙西正上方的一座山谷里搞了一次露天烧烤。这一回参与的人就多了，连她师父都来了。

不过，她师父的社交恐惧症虽然好了不少，他还是不可能坐在人群里和大家一起啃着肉谈笑风生。他和二师伯、三师伯以及几个师叔师伯坐在另一边，几个长辈单开了一桌。这样看上去更有过年时大家庭聚餐的气氛了。

大家倒也不全是为了吃的，主要是难得这么多人聚在一起，适合顺便讲个道、传个法。三师伯韩房子就准备聚会完了在这里讲个三天三夜的大课，难得师侄们聚得这么齐，不讲课太浪费机会了。

坐在一起的师叔师伯有十几位，看外貌男女老少都有。除了还在上天台修行不能离开的九师伯荆阙和沉迷研究地宫不肯出来的天工师叔，其余还在蜀陵的师叔师伯都来了。他们坐在一处，闻着远处传来的烧烤香味，听着徒弟师侄说笑的声音，喝着面前放着的清茶或酒，进行着平和的聊天环节。

只有二师伯不太平和，砸着桌子和三师伯韩房子吵，又敲着杯子和八师伯焱砂吵，吵一架联络完感情，大家继续平和地聊天。

申屠郁一言不发，单独坐在阴影里，配上那张脸，显得格外厌世。

韩房子作为常驻蜀陵、辈分较大的师兄，非常关心底下的师弟师妹。他今日见了申屠师弟出来参加这种大型聚会还很欣慰，现在见师弟这模样，不由得关心几句："申屠师弟这是怎么啦？看你好像有疑惑。"

他到现在还因为上次的误会怀疑师弟喜欢师父，为此非常担忧。

申屠郁本不想说什么，但这两日实在煎熬，所以一反常态地出现在这儿，此时更是难得开口询问诸位师兄师弟师妹："该怎么教徒弟？"

他问出这种新手问题，得到了大家一致的笑容。

老五的师父景成子摸着胡子，语气充满了神棍的气息："就如同种树，把一颗种子放进地里，让它长。经历雨雪风霜，它自然成长为参天大树。"

白妃看了一眼远处黏着辛秀的两个小徒儿，温温柔柔地说："还是要多些耐心与关怀才是，也不必催促他们成才，他们能感悟到生命的真谛才是最好的。"

老六的师父卜算子捏着本书，儒雅风流地道："学识在书中，道理在心中，历练在尘世中，且让她去闯。"

老三的师父君山，一张娃娃脸含笑，说道："我也不大明白，我的徒弟都没怎么让我操心，想学什么自己学，想做什么自己做。"

老二的师父伯鸢，作为这里最小的师弟，哈哈笑道："徒弟不用教，这么小的年纪，让他玩。"

申屠郁看一圈自己的师弟师妹，觉得他们太不靠谱，目光又转向师兄。

焱砂师兄捧着个小丹炉在那儿烧了半天，不知道在烧些什么，接触到他的目光后笑着说道："你还需要问这种问题吗？秀儿师侄被你教得那么好，你还有什么不满意的？"

申屠郁说道："我的徒儿自然好……"就是眼神有点儿不好，总莫名地看上他的人身。

申屠郁敏锐地发现辛秀往这边来了，立马闭嘴，把脸埋在巨大蓬松的毛领里假装自闭。

辛秀也不找他的麻烦,笑嘻嘻地打了一圈招呼,走到焱砂师伯面前。

"焱砂师伯,烤好了没?"

焱砂端起自己的小炉子,熄了火,递给她:"烤好了。"

辛秀喜滋滋地捧着小丹炉走了。

"焱砂师兄,你那丹炉里烤的是什么?"景成子忍不住问。

焱砂说:"秀儿师侄让我帮忙烤红薯,我的丹炉可大了,一次能烤上千个!"他还挺自豪。

景成子说:"怎么不早说?你也给我们匀几个,算了,我自己去拿。"他说完离席,往香味最浓郁的地方去了。

申屠郁的声音在毛领里闷闷地响起:"阿秀出门外在,我担心她遇上危险,就偷偷跟随,帮她处理她不能解决的事。她在外不便,我自然给她炼制一些能用的灵器。她受伤被欺负了,我也曾寻去救她的性命……我是不是还少做了什么?"

几个师弟听了颇为震惊。

小师弟伯鸾揪着自己彩色的头发,眼神诡异:"申屠师兄?你是真的申屠师兄?怎么说这么多话?"

三师兄韩房子终于开口了,威严而庄重地说:"申屠师弟,你不是少做了什么,而是做得太多了!我们蜀陵从来没有你这样当师父的!师父领进门,修行在个人,你难道把自己当徒弟的爹吗?这像什么话?"他正说着,他的小徒儿老九噔噔噔地跑过来了。

小九举着一个烤红薯,递给了自己的师父,威严的韩房子立刻露出了一个慈爱的笑容。他举起小九放在膝头,问小九有没有吃,进行了一番亲子对话后,才放小九回去玩。

小九一走,韩房子再度板起脸,威严地说:"所以,申屠师弟,你不能太宠徒弟,什么都替她考虑到是不行的!"

其他师弟师妹望着韩房子笑而不语,只有扈先紫不客气地说

— 170 —

道:"那你刚才是在做什么?你那小徒弟简直像你亲生的!我还听说你常常抱着他在蜀陵游玩,你这不是当爹,是当爷爷吗?"

韩房子心里默默发问:二师兄为什么突然挤对我,师兄弟久别重逢,三师弟不是你最爱的师弟了吗?

申屠郁沉思片刻,再度发问:"徒弟出门,师父难道不该担心?有危险,师父难道不该去救?"

韩房子咳嗽了一声:"你这当师父的,难不成能护徒弟一辈子?有时不到绝境,修行便无法突破,你处处照顾,反而阻碍她修行。"

扈先紫想到什么,随口来了一句:"申屠师弟,你不像是在养徒弟,更像是在养道侣。"

熊猫震惊地看向扈先紫。

众人一静,然后纷纷点头。

"说得是呀,我先前看申屠师兄气势汹汹地离开蜀陵去给秀儿师侄出气,若是换成我,徒弟遇到什么事,哪用得着我出马?我晚一点儿过去,他自己都解决了。"

"没想到申屠师兄竟然是这样周到细致的人,我还以为你根本不会在乎徒弟的死活呢,没想到啊!"

"申屠师兄近来好像是多了些鲜活的人气,还是秀儿师侄厉害,多让你操心操心,或许你就能领悟,修成妖仙了!"

没一个人在认真考虑申屠郁的困境。申屠郁看一眼他们,再也不想说话了,将披风一卷,默默坐到一旁思索着什么,只给他们留下一个孤僻的背影。

辛秀此时端着焱砂师伯的丹炉派发烤红薯,全部发了一圈后,想起可怜的老四。他还被他的师父天工师叔押着在地宫里面搞研究,没法参与聚会。于是辛秀便打包了点儿吃的、喝的东西,进仙西地宫找老四,给他送了一顿饭。

老四的感动自不必说,辛秀打着送饭的旗号,主要还是为了来找藏在仙西地宫里不肯出去的白姐姐。

"白姐姐,外面有许多好吃的东西,我还特地做了不少蜜汁鸡腿,就等着你去吃呢,你真不去?"

见白无情摇头,辛秀也不逼她,只是坐到她身边,压低声音说:"那我们在这里单独待着也很好。"

"单独"这两个字被辛秀说得无比暧昧,申屠郁立即感到一阵不自在,那一瞬间他再度战胜了社交恐惧症,求生欲促使他开口:"还是出去吧。"曾经他不喜欢人多的地方,现在比较想去人多的地方,人一多徒弟就不会老惦记着他了。

辛秀早有预料,满意地带着白无情出去了,向诸位师兄师姐介绍:"这是白姐姐,我路上遇到不少危险,多亏了白姐姐一路帮我,我们是同生共死的交情。我十分喜欢白姐姐,若是可以,都想和她做道侣了。"

申屠郁听得心惊肉跳,辛秀身边的师兄师姐却以为她在开玩笑,纷纷大笑起来。

看过申屠郁的人躯模样的人还有几个,如今他变成白无情,就完全无人见过了,顶多是几个修为高一点儿的人感觉白无情的气息比较熟悉,也没察觉不对。因此,对此局面心知肚明的,只有辛秀与申屠郁两个人。

辛秀就这么大摇大摆地将白姐姐安排到稍微偏僻些的位置,又给她端来不少吃的、喝的东西:"姐姐快吃,特地给你留的。"

一人分饰两角的熊猫,"小号"曝光在师侄好奇而友好的目光里,"大号"慢慢隐蔽在浓浓的树影中。

扈先紫扭头看见申屠郁整个人慢慢变暗,说道:"说着话呢,你一个人藏到树丛里干什么?老毛病又犯了?快出来!"

申屠郁幽幽地看着他。

作为修为不低的人,申屠郁的神魂强大,他自然可以兼顾两个身体,让两个身体各做各的事,这么多年里一直做得很好,但是现在觉得不太好。

徒儿对于他的两个身份一无所知,难得回蜀陵,白日里总要来向他请教学习。他身为师父,不可能赶徒弟走,只好翻出些徒弟目前能学的法术让她自己练习。但她练习完了,总是要求摸熊猫。

徒弟以前就喜欢他的原形,抱着就不愿意撒手。申屠郁觉得这是小孩子的爱好,但徒弟摸起来没个分寸,差点儿把他全身上下摸个遍。照理说这样有失当师父的威严,但看她乐和的样子,申屠郁也没法严词拒绝她,就是回想起来,总觉得浑身不对劲。

他安静地坐在树上吹风的时候,想起来就忍不住捶树,这才能发泄一下心里不对劲的感觉。

白天徒弟跑来陪伴师父也就罢了,好歹还有个师慈徒孝的模样。可晚上徒弟去找白无情,说担心她独自在蜀陵不习惯,要陪她一起睡,这就有问题了。

她们先前也不是没有睡在一张床上过,毕竟是好姐妹,悄悄话都不知道说了多少。申屠郁找不到话拒绝,怕被徒弟看出来哪里不对。

这样白天黑夜轮着被徒弟"关心",申屠郁偶尔有些错乱。

这日晚上,辛秀照例来找白无情,忽然脱口唤出一句"师父",申屠郁白天被她喊习惯了,这时候也下意识地回了个"嗯"字。

辛秀扭头看着他,申屠郁反应过来后,汗毛直竖,竟然觉得徒弟的眼神好似洞悉一切,但是很快,就听徒弟扑哧一笑。

"姐姐,我喊错喊成师父了,你'嗯'什么,难道是听错了?"

申屠郁立刻顺着说:"嗯,我听错了。"

不能继续这样下去了,他一定要断了徒弟对白无情的特殊感情。申屠郁看看徒弟纤细窈窕的背影,垂了垂眼睛,决定说出自己酝酿了好几日的故事:"我有话要和你说。"

辛秀放下手里的衣服,散了头发,坐到床边:"白姐姐想说什么?"

她都等好几天了，师父现在才忍不住，看来师父对她的容忍度还挺高的。当然也许是师父觉得说谎很难，需要打草稿，没她这么天赋异禀。

辛秀摆出倾听的模样，申屠郁便干巴巴地说："你还记得我和金刚天王菩萨有仇吧？其实我和他有仇是因为他杀了我的道侣。"

"哦？"辛秀挑了一下眉，很快又露出怜惜的神情，握住白无情的手说，"金刚天王菩萨已经死了，姐姐的仇也报了，这些伤心的事就让它过去吧。相信我，以后你会遇到另一个心爱的道侣。"

申屠郁斩钉截铁地说："不，我这辈子只爱他一人，再不会有其他人了。而且我觉得我的道侣并没有死。我要去找他，找遍天涯海角都不会放弃。所以，我过两日就该告辞了，这一别可能一辈子都不会再相见，你要保重。"

一口气说完，他等着徒弟的反应。

辛秀很想笑，但忍住了。比起上一次乌钰剃度那个明显临时编出来的谎言，这次倒是多了前因后果，师父还学会结合之前的条件，保证故事更可信，拒绝也含蓄了不少。

如果辛秀想的话，当然可以继续扮演一个痴心女子不离不弃，要求和白姐姐一起远走天涯寻找那个莫须有的道侣。

可她略一想，以师父一贯简单粗暴的处理方式，他可能会忍不住直接把白无情这个身份弄死，在她面前来一场假死的戏，永绝后患。她觉得倒也不必把师父逼到那份儿上，让他编出个故事就已经很了不得了。

权衡片刻，辛秀很快做了决定，说道："既然姐姐心意已决，我也不好阻拦，只能祝愿姐姐早日找到道侣了。"

徒弟竟然如此洒脱地放弃了！本打算实在不行干脆让白无情死去的申屠郁颇觉喜出望外。

他的徒弟确实很好，哪怕爱着这女子，也不忍心伤害她，还要尊重她的选择，看着她离开。这么一想，申屠郁又不得劲了，他的徒儿这么好，怎么总遇上这样的事？一次两次的，徒儿今后会不会生出心结？

辛秀则披着外套十分礼貌地给白无情留了一个单独的空间，然后转头去找师父。

她这都第二次"失恋"了，师父难道不需要负责吗？

申屠郁没有在竹楼里休息，而是坐在湖边那块石头上。只要他在这里，湖边就很安静，没有在夜里来湖边喝水的动物，只有偶尔的一声鸟鸣。辛秀找到这里，稍微酝酿了一下情绪，喊了一声师父，眼泪直接唰的一下流了下来。

在申屠郁眼里，徒弟披着一件外套，踩着一双小布鞋，头发垂落着，一副准备休息的模样，却又眼圈通红，满脸难过的神情，好像受了天大的委屈想向人倾诉。

她从草丛里穿过来，衣角掠过那些过膝的草叶，惊出不少荧光飞虫，走到他身边时，裤腿都被雾和夜露打湿了。

"师父，你不用担心我和白姐姐的事了。她根本不喜欢我，就要走了。"她说着，眼睛里大颗的泪珠滚落。

申屠郁最喜欢看她搞事情的时候那种神采飞扬的模样，最见不得她落泪，心里懊恼得不行。他都受过一次教训了，怎么会做错第二次，现在让徒弟这么难受？

他的小徒儿再聪明，在外面再无所顾忌，终究年纪还小，受了这样的打击怎么能不难过？

黑夜里一只巨大的熊猫坐在湖边，脸上那双看上去下垂的黑眼睛简直更显愁苦。他看着徒弟，心里充满了怜爱和歉疚感，几乎忍不住想：不然就让白无情和徒弟在一起算了，满足一下徒弟又如何呢？

辛秀不知道师父动摇得这么厉害，把握机会大晚上跑来，当然不能白来一趟。

她向前一步，把脸埋在熊猫毛茸茸的肚子上，顺便擦了擦眼泪:"师父,你说为什么我喜欢的人都不喜欢我呢?"

申屠郁不敢说话,怕多说点儿什么再刺激到徒弟。但他心里叹气,想着,因为那两个人都是师父,如果不是师父,任谁都会喜欢你的。

"不会再发生这样的事了,师父保证。"申屠郁觉得自己再也不该这么做了,就像三师兄说的,他不该因为不放心,就改变身份去徒弟身边保护她,这样只会弄巧成拙。

他的徒弟阿秀,只有在他面前的时候像个孩子。出门在外对着其他人的时候,她都是个值得依靠的人。申屠郁相信就算没有他,她也能好好的。

辛秀有一搭没一搭地用环抱的姿势摸着熊猫的大腿,脑子里分析着师父的这句话。她寻思,师父这是被吓怕了,再也不敢开"小号"去她身边了?这可不行,她才刚觉出来一点儿趣味。

她咳嗽了一声,连忙暗示,说:"怎么我非要遇见这么好看、这么厉害的人?如果长得丑一点儿、年纪小一点儿的人,我绝对不会像这样陷进去。"

辛秀开始盘算和白姐姐正式告别之后,是不是就能看到师父换"马甲",换一个长得不好、年纪小的小家伙。如果是这样的话,她一定要带着师父的这个"小号"到处跑着玩,哄着叫姐姐,让他多看看这个世界,也多看看她。

可惜,申屠郁已经深刻反思了,决心不再用"小号"去徒弟身边保护她。要是再发生这种事,他还有什么颜面面对徒弟?

他低头看见辛秀漆黑的发顶,看见她哭过后安静地靠在自己怀里,心里又很难受,抱起她不熟练地晃了晃,哄道:"没事了,回去休息吧。"

辛秀揪住他的毛不放:"不,师父,我现在不想休息。"开什么玩笑,气氛正好,熊猫还这么好摸,她睡什么觉?

申屠郁觉得徒弟又被他伤到了,连觉都睡不着了。

他默默抱起辛秀,朝后山走去。辛秀和他食铁灵兽的原形比起来就像是只玩偶,他抱起来毫不费劲甚至觉得轻飘飘的。想了想,他还把辛秀举起来,让她趴到自己的肩上去。

他的原形是妖物,这种任由别人靠近自己的后脑的行为,是十分亲密且充满信任的,更有种对待孩子的宠爱。

辛秀趴在师父的肩上,踩着他抬起的爪子,一抬眼就能看见师父头上的两个黑色耳朵。

她想着:摸还是不摸?当然摸!此时不摸,更待何时?

两个相比起脑袋显得很小的耳朵软软的,摸上去比肚子还舒服,但师父不太喜欢让人摸耳朵。辛秀摸了两下,感觉师父的耳朵在手里不习惯地动了动,但他一声没吭,还是任她摸了。

夜里的后山并不是一片漆黑,后山有一些竹子会发光。辛秀也是这时候才发现,这些发光的竹子照亮了他们前进的路。

辛秀手上摸着熊猫耳朵,时不时看看路,怀疑师父大半夜是带她去后山见祖师爷。让祖师为他们证婚怕是不太可能,莫非师父带她去征婚,拜祖师爷求桃花运?

她乱七八糟地想着,见到前面路上站着几个瘦高的竹竿师叔,好像想拦路。

"申屠师兄,这个时间,怎么带着师侄来后山了?"一位竹竿师叔问。虽然他的语气不像是要阻拦他们,但他站在路中间一动不动。

申屠郁说:"让开。"

竹竿师叔沉默片刻后说:"好吧。"他说着就让开了路。

辛秀心道:竹竿师叔,我记得你们从前没有这么好说话,难道就是意思意思拦一下吗?

越过那些竹竿师叔,辛秀朝他们招了招手,然后问师父:"师父,我们去见祖师爷?"

申屠郁答道:"不是。"

- 177 -

辛秀有点儿疑惑:"那是……?"

师父大半夜用原形抱着她去禁地后山,是为了摸熊猫。

后山的食铁灵兽都是放养的,这个时间大部分食铁灵兽在睡觉。申屠郁找到了一对母子,然后摇醒了它们,把比较小的那只熊猫抓了起来,又把辛秀从身上放下来,放到熊猫崽身边,示意她去玩。

辛秀:"……"

虽说几年前在幽篁山的时候,她一度想闯进后山看看漫山遍野的熊猫,但是如今这场景还是有点儿超出她的想象。月黑风高,师父带她闯进后山摸熊猫,听上去有点儿搞笑。

熊猫崽就在眼前,辛秀思考着问题,还是无法抗拒地摸了两把,又表情深沉地去摸熊猫崽的妈妈——这毛有点儿粗硬扎手啊。

看辛秀好像不是特别喜欢的模样,申屠郁又带着她去找下一只熊猫,如此摸了一圈,大大小小的熊猫都让她试了试手感。

辛秀突然觉得自己圆梦了。

申屠郁问:"你现在开心了吗?"

辛秀笑着,抱着他的脑袋说:"唉,其实还是师父最好摸了,其他的都比不上。"

"白姐姐,以后要是有什么事,你可以随时来找我。"辛秀依依不舍地拉着白无情的手,在蜀陵门口与她告别。

申屠郁马上就能让"小号"远离徒弟,这会儿迫不及待地点了点头,也不多说什么就迅速离去了。为了避免被徒弟发现不对,他准备让白无情先远走,等确定徒弟没有悄悄跟上,再回蜀陵把人身改头换面——徒弟这么轻易放弃白无情让他觉得有点儿奇怪,完全不敢大意。

他这一路实在见过太多徒弟机灵的操作,真怕自己一不小心暴露了身份,那时候徒弟难免要生气伤心,他都不知该怎么办。

申屠郁这次却想多了，辛秀还真没有悄悄跟上白无情的想法，毕竟都清楚了身份。就像她之前和扈真说的那句话，跑得了和尚跑不了庙，她师父那么大一只熊猫还在蜀陵待着，还能跑到哪儿去？

就在蜀陵暂时休息的这段时间，辛秀已经彻底理清了思路。师父是乌钰，也就是她第一个喜欢的人。先前她还为了乌钰的事耿耿于怀，觉得这辈子再也见不到乌钰，有点儿念念不忘。现在好了，原来"乌钰"早就在她的家里躺着了，只要她想见，随时能回蜀陵来见。

身份不是问题，问题是她的师父看着像是把她当孩子，但要说对她完全没有别的感情，那倒也不一定。不过他是只憨憨的熊猫，脑子也是真的不开窍。

辛秀现在完全不急了，怕什么？师父已经是自家的了，跑不掉。他们都是修仙人士，以后有大把的时间，就是水滴石穿，她也要把这个熊猫拿下。

她仔细一想，还是师徒恋，有点儿带感。

她就带着这样的心情，挥一挥衣袖再度离开蜀陵，和老四一起重新去往后国国都。

老四的任务还没完成，他得继续去后国建城。

至于她，还有最后一封信没送。

最后一封信的送信地点旧乌和后国方向不一致，在相反的两边，但辛秀不在意，她的时间还多着，多去其他地方转转也无所谓。而且她还准备离开后国后顺道再去看看老六，老六在琥国的九公学宫里当老师，也不知道怎么样了。

他们陷在仙西太久，再回到后国，见到后国边城黄石城的城门时，都有一种久违的感觉。也许是因为这里和他们第一次来时见到的模样变化太大了。

辛秀那时候初来后国，见到妖鬼、疫鬼肆虐，四处都是金刚天王菩萨的造像、庙宇，几乎所有人都过得十分穷苦，四野弥漫着蒙蒙灰雾，怨气冲天。特别是人多的地方，附近总有成堆的尸体。

如今的后国，虽然仍然贫困，但那种绝望和窒息的感觉没有了，像一棵经历了火烧的树重新焕发生机。

正值春日，他们经过一座村庄，看见田地成片，农田被划成一块一块的格子，里面种满了绿油油的作物，野地、田边随处可见柏树和桃树的影子。

天高云淡，倒映在水田里，田埂边牵着牛、背着苗的农人勤奋劳作。村里的小孩儿也敢随意出门了，三五个小孩儿聚在田边，帮大人们一起干活。

辛秀先前来这里，看见孩子都紧紧跟随在大人身边，或是被关在家中不敢出门，就怕被妖鬼吃了脑子。

"这里变化太大了，短短时间内就好了很多。"老四也忍不住感叹。

辛秀笑着揪了路边一朵小花拿在手上把玩："现在后国有一个很好的国主，当然不一样了。"

黄苇夫人一心想做实事，也一心想让她的子民过好日子。而且老五还留在这里帮忙，他如今的修为，加上他擅长的木系灵力，最合适滋养这种被糟蹋得千疮百孔的地方。

辛秀两个人正说到老五，就见到了老五。

老五还是穿着那身朴素的青色衣裳，稍显单薄的少年坐在牛背上，身边还跟着先前托付给黄苇夫人照顾的小佟，缓缓地行走在田埂边。

见到他的农人都露出发自内心的崇敬和信赖的神情。

老五如今修为高了，早就发现了大姐和四哥，此时坐在牛背上朝他们遥遥看来，露出笑容。在青山绿水的背景下，这场景宛如一幅悠然自得的山水田园画。

三个人自然而然地打了招呼，一起走在路上。老四说了他们离开后国前往仙西发生的事，辛秀说了他们回到蜀陵做了些什么事，并给老五带来了他的师父景成子的一封手书。

老五接过手书展开,见上面的字体潇洒,写着:恭喜艾草徒儿过了此番大劫,然而今后若修神道,还要历遍劫难,师父无能化劫,唯愿徒儿永怀本心。

老五一笑,神情平静地收起手书,与大姐、四哥说起自己这几个月来做的事。

当初他在后国都城帮黄苇夫人处理了许多妖怪,又将妖鬼、疫鬼驱逐,便离开去了后国的其他地方。

这个小国的气运被侵蚀得太厉害了,不是一朝一夕就能恢复的,只靠老五一个人也不能立刻让所有妖鬼、疫鬼退散。所以以梁中峤的身份当上国主的黄苇夫人下令让全国各地拆除金刚天王菩萨庙,并且发下布告,让所有地方大量种植柏树与桃树,用来对付妖鬼和疫鬼。

老五则走遍各处,一边解决逃窜到各地仍然作恶的妖怪,一边救治那些一直被疫病困扰的人。如今的他与一年前的他截然不同,可以根除疫病恶疾,又能令草木复苏,所到之处,人们都将他视作救苦救难的神仙,甚至有些地方砸掉了金刚天王菩萨神像,改为供奉他。

"大姐,你说过想要让农人拥有产量丰富的粮食作物,我已经有了成果。"老五说起这事,"照大姐所说,我将两种相近的作物培育在一起,令它们快速生长,互相影响。如此不断迅速催生,再选出新的种子培育,在很短的时间内令它们繁衍几十代,结出来的穗子果然与最开始的大有不同。我一路上把这些不同的种子分给农人,让他们好好照料。可能短时间里还不会有大的改变,但就像如今的后国一样,一切都会慢慢变得更好,这块土地也会越来越适合人们生存。"

辛秀静静地听着。她以前最不放心的就是老五,但现在看着他的样子,终于放心了。老五的心里已经没有了迟疑和犹豫的情绪,他有了明确的道路与目标，这很好。

老五暂时住在这个小村子里，但是很快又要去往另一个地方。

老四也决定了自己要去的地方。他准备去石象城，当初他就是在那里被棺材精抓住的，他们还在那里大闹一场，现在那里缺了一大块的城墙还没有被补好。

老四说："我反正要去造城墙，刚好那边的城墙是我们弄垮的，我去帮他们补补算了。"

辛秀也没反对老四的做法，还把当初作为石象城城墙的石头小人给了他，说："这位从前的巨石护法如今虽然就是个小玩具，但跟在你身边也算做个伴，你把他带回石象城玩吧。"

老四接过石头小人纳闷地说："大姐，你不是说要把这个石头人的精核送给申屠师伯吗？怎么没给他？"

辛秀笑着说道："呵呵。"

虽然她想清楚了，但被师父骗了两次，他的礼物没了。

老四看着大姐奇怪的笑容，忍不住想问这究竟是什么意思，被老五一把拉住。老五示意他别出声，几次的教训让老四选择了相信五弟，安静闭嘴，躲过一劫。

姐弟三个人挥手告别，各走各的路。

临走前，辛秀拉着道士说了一阵："你以后就跟着老五好好做人。"

道士无言以对："你倒是让我做人哪！"

辛秀改口："跟着他好好做牛。"

跟着老五，就算是道士，有朝一日虽然也会被改造成功的。等哪一天这家伙被磨掉了心中的戾气，学到老五的两分心性，她再还他自由。

辛秀又变成了独自一人。

她的身边来来去去很多人，人多的时候她喜欢，独自一人的时候也能开心。

她离开后国,便进入另一个国家的境内。这个国家看上去也不富裕,但比后国先前的乱象要好。穿过了这个国家,她才到了琥国境内。

琥国是个大国,和后国这种小国不一样,人间的大国是有国运护持的。气运旺盛的国家,就连金刚天王菩萨那样的妖怪也不敢觊觎。因为他吞不下会被气运反噬,所以才选择盘踞在后国那样一个小国里。

辛秀在人间走了这么久,琥国最接近她从前看过的古装剧里的世界。这里人多,商铺也多,大多数人生活富裕,人们有各种各样的消遣娱乐活动,文化昌盛。

唯一的问题是,琥国这边的人说话的口音又不一样了。去一个地方就要学一门新外语,要不是辛秀已经修了仙,脑子也更加好用,不然真是受不住。

九公学宫在琥国极负盛名,位于琥国国都商阳,在里面求学的不是什么普通学子,而是各国有些名望的公子、郎君。普通人一辈子都进不了这学宫的大门,要进这学宫必须得有不俗的出身。

而这些拥有无数"粉丝"的名人在这里互相学习,算是一种另类的镀金——只要上过九公学宫,人们就默认他们是有才之士,追捧他们。

辛秀了解了一番,忍不住感叹,这学校堪称九十九国第一校了,古代名牌大学。

从这里毕业的人,不管去哪个国家,都能直接当官,要是自荐,什么权贵都愿意收他们。甚至从前还有从学宫毕业的人,回去直接另辟一国自己当国主。这片大地上,大大小小九十九个国家不一定是准确数字,说不定更多,比如后国就排不上大国的名次,后国里也没人能进九公学宫。

辛秀来到琥国仔细了解情况之后,开始担心老六南柯。

老六比老五还小几个月，最开始的时候就是个土里土气的小村姑，跟在他们的屁股后面跑，只有干活勤快，却笨嘴拙舌。后来哪怕她被卜算子师叔教得很好，但她的年纪还小，被赶鸭子上架来这种地方当老师，镇得住场子吗？

辛秀原本还想在路上多看看，吃吃喝喝，尝一尝琥国的特色食物。这下子没心思了，她还是看过老六的情况之后再说。

她直接骑着飞天摩托来到琥国国都商阳，停在城外一个偏僻处，随着人流一同进城。

商阳城是一座巨大的城市，也是目前辛秀见过的最大、最壮观的城市。它有高高的城墙和九座城门，只有最两侧的门打开，允许普通人进入。这里入城管理严格，想进商阳城的人需要有证明，要么证明自己是琥国人，要么证明自己是其他国家有资产、有身份的人。

辛秀作为一个黑户，自然是用法术瞒天过海大摇大摆地混进城了。

九公学宫就在这座巨大的城内，位于皇城右侧。辛秀询问路人后找到了九公学宫。但她只是走上学宫前面的广场，都没碰到大门，就有前呼后拥的年轻男子令人将她拦住。

"女子怎么能进学宫？赶紧离开，这可不是女人能来的地方！"

拦路"恶犬"长得一副人样，模样还挺不错，可称风流倜傥，着一身商阳流行的风雅长袍，坐在小型轿辇上，身边跟着四个端着盒子、打着扇子的年轻侍从，还有四个人高马大的护卫。

他说完这一句话后，就懒得多看辛秀一眼，抬抬手让人驱赶她离开。

辛秀本来长相不错，可习惯了在外奔波后，就没从前那么讲究了，一身灰扑扑的适合行动的衣裳，长发凌乱，还戴个斗笠遮阳，身无长物，一看就不是什么有身份的人，因此那男子的下属驱赶她的时候毫不客气。

他们不客气，辛秀更不客气。她毫不掩饰，在大庭广众之下手捏法诀，瞬间平地起风将这一行人吹得离地三米高，他们旋转的模样像洗衣机里的袜子。

那位一看就是炮灰角色的男子的轿辇被吹散，他整个人飞上了天。因为衣袍宽大，他在空中飘荡的样子像个风筝。

辛秀心道：飞得还挺高。

待那些人转了一阵，她将手一扬，那些人又全部落了下来。虽然那些人没摔出个好歹，但上天的经历还是让每个人都腿软得站不起来。那位男子带头，发出一片呕吐声。

"你……你是什么人？"那男子虽然心有余悸，见她用法术却并不惊恐，吐完还有胆子问话。

辛秀立时就明白了，这里应该也有些能人异士。她又打量了一下这男子，觉得让他吃苦头一点儿都不爽。

男子被她打量的目光吓得往后退了一下，但很快又挺起胸膛，试图挽回自己的形象，义正词严地说道："你们这些方外之士，怎么能随意欺辱凡人？恃强凌弱早晚会遭到反噬！"

刚才他强她弱，他就高高在上、理所当然；现在她强他弱，他就反过来指责她欺负弱小，这家伙还挺能颠倒黑白的。

辛秀方才都懒得理会他了，听了这话却走到他面前，笑眯眯地说："只要不杀人就是了，打断你的手和脚、毁了你的脸，又不算什么大事。"

男子这下真的面色如雪了，哆嗦了一下，说道："你敢？我们九公学宫有先生在，谁敢在此放肆？"

辛秀的脸色一沉，她在这破地方随便遇到个人就这德行，老六那个模样来这里，怕不是被欺负得够呛。想到这儿，她也懒得和这人纠缠，准备先进学宫找到老六再说。

学宫门口的异状已经引来了其他人的注意，从学宫里出来不少学子，他们也同样坐着轿辇，大多数人身后跟着护卫。

"什么人敢来九公学宫撒野?快将她拿下!"

"你们也去帮忙。"

几十个护卫提着刀剑,齐齐围了上来,还有提刀便砍的,连人带刀被辛秀踢飞了出去。众人定睛一看,那把刀都被踢断了,不由得骇然失色。

"这……这是什么人?好大的力气!"

"快去通知先生!"

辛秀听着周围乱糟糟的声音,倒也不急了,大大方方地站在那儿,摆出砸场子的气势。她表面上看上去悠闲,心里却暗暗警惕起来:听他们多次提起先生,这位先生应该是什么了不起的角色,听着像是学宫里的老大,我倒要领教领教。

"先生来了!"

那些学生纷纷下了轿辇,对着从大门内走出来的老者行礼,口称先生,还有人诉说着辛秀如何可恶、如何无礼。

辛秀将目光落在老者那异常眼熟的脸庞上,一时哑然——好眼熟的一张脸!这不是景成子师叔那张仙风道骨、适合当神棍的脸吗?

只见顶着景成子的脸的"老者"见到她,眼睛猛地一亮,也不管围在身边的学生了,快步朝她走来。

辛秀沉默了,还有什么不清楚的?这位先生就是她家的老六。老六用景成子师叔的脸在这里混了个"先生"的身份,看上去混得还不错。

老六张口就喊:"大……大师姐!"她本准备喊大姐,见到辛秀的眼神,愣是换成了大师姐。而她这一声喊出来,所有人都愣住了,难以置信地望着两个人。

辛秀心里嘀咕:也不知道老六在这儿立了个什么高端、大气、上档次的人设。

她只和老六打了个照面,就决定了自己接下来的人设,伸手在身上一拂，立时变成白妃师叔的模样。

白妃师叔的外貌可谓倾国倾城，脚下弥漫的云烟将她整个人包裹住，令她的容貌变得朦胧，加上一身超凡脱俗的白衣长裙和身后无风自舞的披帛，这活脱脱就是从书中走下来的高不可攀的神女。

辛秀在众目睽睽之下来了个大变身，连神情和态度都变了，声音带着一种特殊的韵律："我感受到天命指引，前来此地寻找天命之人，却被人冒犯。"

那些方才还喊打喊杀的人全部面露惊艳之色，放下兵器，还有人直接跪下。不少人看傻了，好不容易醒过神，闻言又是惊喜又是意外又是忐忑。先前被她用狂风吹成"风筝"的那位男子，吓得一下子晕倒在地，然而没人搭理他。

辛秀一手搭在老六的手上，示意了一下，带着她一起飞过九公学宫的大门，消失在众人眼前。

"原来世间真有如此神女……"许久后才有学子如痴如醉地喃喃道。

"神女"这会儿早和老六一起到了她暂居的屋子里。这屋子摆设清雅，院中种了梅花和兰花，屋内燃着香炉，摆满了各种书籍。两个人到了这里，脱下身上两位师叔的"马甲"，露出了原本的模样。

老六抓住辛秀的手，迫不及待地说："大姐！你怎么来了？你竟然来这里了！"她有点儿兴奋过头，一副看见久别亲人的激动神情。

辛秀找地方坐下了："老六，真有你的，我还担心你在这里被人欺负。"

老六抿了抿唇，笑着说："没有，我最开始想进来，那些人不让，我就想起大姐你跟我说，要是出门在外想让人相信自己，可以用法术变成景成子师叔的样子，比较容易取信于人，所以我就……"

辛秀失笑,还以为有点儿死心眼的老六要吃亏,没想到数老六混得最好,赞道:"做得不错。"

听大姐夸奖自己,老六越发不好意思:"没有,没有,我做得还不够好。我好不容易才习惯这里的生活,现在偶尔还是会担心被人看出来哪里不对。"

辛秀好奇地问:"你在这里当老师,教他们什么?"

老六答:"我告诉他们我是仙人,是九公学宫创办者的弟子南柯子。因为我是修仙人士,不像其他老师那样教书本上的学识,而是隔一段时间讲一次道,就是我的师父以前和我讲过的内容,我都记住了,然后现在给他们讲。我离开蜀陵的时候,师父叮嘱我不要放松学业,还给了我一些传道珠。我不用去上课的日子,就告诉他们我要修行,待在这里自己看传道珠学习。"

传道珠,辛秀也是知道的。她当初拜入师父门下,师父的社交恐惧症还挺严重的,又不擅长和她交流,还不会教徒弟,他就给了她很多传道珠,让她自己学习。

辛秀稍稍走了一会儿神,把思绪从熊猫那边拉回来,继续听老六述说。

老六正在说自己遇到的难题和苦恼:"讲道我可以按照师父以前教我的说,但是经常有学子和权贵来拜见我,想让我帮他们做一些事,或者询问我一些问题,那些我都没法回答。还好大姐以前教过我,说不知道怎么回应的时候就笑,要不然就点头或者摇头,我都是这么做的。好在还没出过问题,他们都没怀疑我。"

她说着,心有余悸地拍了拍胸口。

辛秀真没想到,当初自己在蜀陵乱七八糟地说了那么多东西,老六听得最认真,还活学活用了。

"喀,那些人找你问问题,都问些什么?"辛秀问。

老六回忆了一下,答道:"琥国的国主来见过我,问我琥国是否能延绵万代。"

辛秀问:"你怎么回的?"

老六不好意思地说:"我也不知道,所以就笑,没说什么。我还以为国主要发脾气,结果他拜了拜我,还很满意地离开了。"

辛秀语塞,那国主大概是觉得老神仙笑得这么和蔼,就是肯定的意思,当然高兴。

老六又说:"还有一个一直很尊敬我的学生公子紫,是夏国国君的儿子,上回问我他能不能成为夏国国主。"

辛秀问她:"你也笑而不语?"

老六摇了摇头:"不是,我想着他父亲是国主,他以后肯定也能当国主,他的人品又不错,所以我就点头。他特别高兴,第二天就回国去了。前不久他给我送了很多礼物,听说他如今是夏国的新国主。"

辛秀猜测,那公子紫会那么问,明显就是不只他一个人能继承夏国国主之位,说不定就是因为老六给他一个肯定的答复,让他受到了鼓舞回去争皇位,结果成功了。

这事辛秀猜得八九不离十,但促成此事的老六沉迷修仙,不太懂国家各种权力的倾轧,还在状况外。

辛秀无言地拍了拍老六的肩:"看你过得不错,没遇上什么危险,大姐就放心了。"

老六犹豫了一下,还是说:"也不是没遇上,之前有人来刺杀我。"

辛秀挑眉:"什么?有人来刺杀你?"

老六点了点头:"嗯,那是我来学宫不久的时候。一天晚上,我刚好在练习法术,动静有点儿大,整个屋子都在发光,结果外面突然就响起一群人哭喊着说神仙饶命的声音。我吓了一跳,出去看,见他们丢下刀跪在外面还捂着眼睛。"

辛秀心想:他们来刺杀老六,结果刚到门口就看见整个屋子都在发光,所以吓破胆子跪地求饶吗?

"原来是学宫的一位德高望重的老师派人来刺杀我。"老六说到这儿,感到有些不解,"那位老师确实厉害,我也悄悄听过他的课。那么有才学的一个人,我与他没有仇,他为什么要杀我呢?"

"你刚过来就大出风头,引人嫉妒很正常,或许还有人想试探你是不是真那么厉害。老六你记住了,有才学的人不一定有人性,能力和道德要分开看。我来时听人说九公学宫里的学子如何厉害过人,但现在看来,不过如此。"辛秀撇嘴道,想起大门前发生的事,往后面的坐具上一靠,"你的这些学生哪,还性别歧视。"

老六疑惑地问道:"性别歧视?"

辛秀点了点头:"我先前想进学宫找你,那些人想赶我走,说什么女子不能进学宫。"

老六说道:"学宫一直以来都不让女子进来。大姐,你是不是也觉得这样不对?"

辛秀说道:"虽然在他们那些人看来这是对的,但在我看来,这是不对的。"

老六到她身边坐下,说:"我记得以前还在家的时候,我总是被骂。他们说女儿无用,只要能干活、能生孩子就可以了。我其实也想过,或许以后像我的母亲一样,嫁给一个庄稼汉,生儿育女,度过一生。可是我到了蜀陵,遇到师父,学到许多道理。师父从不说我比不过师兄,也会用心教导我。所以我觉得女子与男子应当是一样的,是不是?"

辛秀说:"是,当然一样。"

老六舒心地笑了:"我就想,要是外面这些只收男子的学堂、学宫,都能收女子就好了。"

辛秀叹道:"这可太难了。"

老六苦了脸:"确实太难了,我也不知道该怎么办。"

辛秀说:"难归难,也不是不能想办法改变的。这样吧,就先在你的那些学生里做个实验。"

老六问:"实验?"

辛秀解释:"这里的学子都是有身份、有地位的人,要是能扭转他们的思想,就算成功了第一步。"

老六虽然不太明白,但十分信任大姐,立即就点头说好:"那大姐,我们该怎么做?"

辛秀说道:"给他们变性。"

说起变性,如今的辛秀可谓经验十足。

前有二师伯和二师伯母恩怨情仇中的性别疑云、祖师爷变成女子在凡间叱咤风云的传说,后有师父"小号"从男变女潜伏在她的身边骗身骗心的经历,还有老四、老五和她一起当美女又当肥猪男子上演反间计的实际操作,她甚至把黄苇夫人和梁中峤互换了身体。

这样丰富多彩的经历和各式各样的选择,使辛秀的第一反应就是——男变女,岂不美哉?

老六却目瞪口呆,愣愣地看着辛秀回不过神来,心想自己还是经历太少,太年轻了。

辛秀安慰她:"没什么,暂时让他们当一段时间的女子感受一下而已,还是能变回来的。"当然,能变一次他们就能变第二次。

老六震惊过后,又思考了很久,终于反应了过来:"我觉得大姐这个办法别出心裁,说不定能有效果。"

辛秀说道:"没有什么事是一蹴而就的,这次实验要是不成功也没事,咱们有的是时间慢慢尝试,现在咱们先商量一下具体操作。"

老六问:"直接把他们都变成女子吗?大姐,你如今的修为好像提高了很多,但你能一下子将他们全部变成女子?"

辛秀说:"不急,之后再告诉你办法。你知道,大姐也不是不讲道理的人,就算我们要把人家变性,也要尊重他们自己的意愿和想法。"

老六又有点儿茫然:"他们自己的意愿和想法?可是如果让他们自己选,他们应该不愿意变成女子吧?"

辛秀笑了:"我不是说的这个意愿。你们这儿是学宫,难道平时没什么考核吗?先来一场考试,让他们写一写关于女子的话题。"

"原来是这样!"老六恍然大悟,"大姐是让他们以女子为论题作文章,以此来看出他们每一个人对于女子的想法!然后选择那些能接受女子进学宫的学生让他们尝试一下成为女子的滋味,这样他们以后会更愿意帮助女子、赞同女子学习!"

"傻孩子,错了,要选那些对女子十分轻蔑的学生,把他们变成女子。不亲自做女子,他们怎么能体验自己的想法是对还是不对?"辛秀说得理所当然。

老六一呆,很快又扑哧乐了:"大姐,你还是这样有趣。突然变成他们看不起的女子,他们肯定会吓死的。"

想到可能会出现的场景,老六忍不住快乐地笑了起来。

辛秀一来,老六就感觉有了依靠,那些还未成形的想法也自然而然地变清晰了。老六现在什么都不想,就想像以前一样跟着大姐,听大姐怎么说就怎么做。

毕竟她的年纪还不大,她只觉得可能会很有趣,没有考虑这件事可能引发的后果。如果此时换一个更加成熟的人,大概是不会同意辛秀的这个做法的。

辛秀倒是考虑过,但不在乎什么合不合适、成不成熟,笑眯眯地揉了揉老六的脑袋:"咱们这次改造行动,可以称为'变形计'。"

"先生还是第一次出题考验我们,只是这'女子'为题是何意?我们作文章不谈国家大事,不说民生百态,却说女子,女子有何好说的?"大部分学生感到疑惑。

有人猜测:"先生是修道之士,道家讲究阴阳相合,是否要在这上面做文章?"

还有人猜测:"是否和之前那位神女有关?"

说起那位神秘的神女,学宫内已经传得沸沸扬扬,甚至商阳的许多权贵也知晓了这位神女的存在。但是听说神女是那神仙南柯子先生的师姐,也没人敢冒失地前去打听,只知道她叫甄湘神女。不知有多少人因为她的美名想见她一面——越神秘越引人注意。

"或许这题不是先生所出,而是那位神女所出,神女当初说自己是受天命指引来寻天命之人……"这话意味深长,引人遐想。

如今世上既有仙人,那自然少不了各种神仙鬼怪的传说。试问这些读书人哪个没看过神女引导某某国主攻打周围国家,扩充国土,或是天上神女被凡间有才学的人吸引,下凡与人成就一场夫妻缘分之类的传说?

他们充满了野心勃勃的幻想,自然尽力完成考试题目。

九公学宫一共一百多名学生,在一个下午完成了各自的作文。

老六拿着一沓作文,在屋里和辛秀一起看。

辛秀嗑着坚果,听老六念作文,时不时和她讨论一下。

"这个写的是《神女赋》,辞藻华丽,大姐,他写的好像是你呀。"老六说。

辛秀说道:"嗯,听出来了,通篇在夸我貌美。既然他这么喜欢漂亮的女孩子,就成全他让他当漂亮的女孩子吧,我要让他学会欣赏自己。"

老六立刻拿朱笔在这名学生的名字上画个红圈,然后拿起下一份作文继续念。

"这个写阴阳相合对修仙的好处……嗯,通篇胡说八道啊。"老六有点儿无奈,"这学生一心想修仙,之前还想拜我为师。他自己琢磨出不少长寿之法,但都毫无用处。"

辛秀又说:"这学生确实很有想法,这么有想法,不当女子可惜了,算他一个。"这学生很适合去写香艳小说,很有想象力,说女子的第一次对修炼有好处，还洋洋洒洒地举了例子。好一个炉鼎派祖师，就想着采阴补阳，估计他家里大小老婆不少，他肾亏也应该比较严重。

老六又拿起一份作文。

听她念罢，辛秀笑着说道："这个倒是有点儿趣味，说女子野心勃勃，要是不像驯服野兽一样压制她们让她们变得温顺，男子就会被反噬，还举例说前朝差点儿成为女皇的某个皇后。他是个聪明人，我要告诉他，他的想法是对的。我相信他成为女子后会更明白这一点，希望他以后能以女子的身份继续追求权力和野心，争取不要被和他一样的男人驯服，然后被关进家里生孩子。"辛秀拍了拍手，表示非常欣赏这人。

老六再画了个圈。

下一个学生说女子都是祸水，漂亮的女子尤其是，所以男人不能太在乎女人，应该要将她们当作生儿育女的工具，女子天生就做不了大事。

辛秀托着下巴笑眯眯地说："哎，是吗？我有点儿好奇他变成女子后是不是也做不成大事。原来他做大事不是用脑子，圈上，圈上。"

老六圈了一个又一个名字，最后，那一份名单上一片红艳艳的，几乎全军覆没。

辛秀拿着那份名单看了看，感叹："我真是一点儿都不奇怪会是这个结果。"这个世界和她原本那个世界的古代差得不是特别多，人们的很多思想很相似，对女子的附庸论的理解也尤其深刻。在这种环境和教育下要是出现平等论的男人，那才是奇怪。

没有被画上红圈的只有十个人不到，老六看过那一大沓作文后，头一次清楚了世间男子对女子的种种看法，感到一阵不愉快。其实这些学生里面，大多是聪明人，以前她作为先生与他们讲道，还很欣赏其中一些人。如今，她却有些难以接受这个事实。

见了这几个没画圈的名字,老六忍不住夸道:"他们几个人真是难得。"

辛秀摇了摇头:"别急着下定论,老六,你要知道,人是会骗人的,文字也会,这些人真正的想法可不一定像写出来的文章这么漂亮。"

老六问:"那我们再来一场考试?"

辛秀说:"不用,明察完了,现在我们暗访。"她虽然提出了这种大胆的变性提议,但也不是真的莽撞,总要做好准备。

"老六,走,我带你去偷偷家访。"

所谓家访,就是她们用法术去这些人家中,看看他们日常生活中是如何对待身边人的,尤其是女人。

辛秀和老六第一个去的就是没被画圈的一个学生家。这位学生作文里写女子十分伟大,承担生育职责。听他在外的名声,他应当是个大孝子,所以她们第一个去看他的母亲。

这学生确实是个孝子,出门、回家都要去拜见母亲,恭恭敬敬,决不让母亲有一点儿不舒心的地方,亲自给母亲奉菜端汤。不过,他对他儿子的母亲就没有这么态度谦和了。

这些学生从十几岁到三十几岁都有,在这个普遍早婚早育的世界里,他们基本上都已经当爹了。

她们亲眼看见这学生在母亲面前周到殷勤,在妻子面前呼来喝去,甚至对自己的女儿也像对待陌生人一样,懒得多看一眼。

老六皱眉说道:"我以为他是尊敬所有的母亲,他的文章明明写的……"

辛秀直说:"这和是不是女子没关系。很简单,他孝顺母亲,外面就有人宣扬他的美名;但没必要对妻子好,因为这对他的名声没好处;对女儿好也没用,毕竟女儿又不能为他继承香火。"

老六没说话,把他的名字圈上了。

下一个学生大约是个花花公子,说需要怜惜女子,需要好好照顾女子，就看不得女子受委屈。据说他有无数红颜知己，又写得一手好文章，是个有真才实学、幽默风趣的人。

辛秀和老六蹲在这人的大宅子里，老六惊讶地看着起码二十几位女子争夺一个男子，而男子享受万分，坐在花丛中欣赏美人为他争风吃醋的场面。

这还不够，他和一群小老婆卿卿我我之后，就出门去见红颜知己了。他见了三个红颜知己，和每一个都相谈甚欢，还滚了床单。

老六无奈地说道："他将女子比作花，原来是有一座花园啊。"

辛秀感叹："哇，这小子哄人真是一把好手，脚踏着那么多条船都稳稳当当的，简直是蜈蚣转世。厉害，厉害，我迫不及待地想看他变成姐妹和大家一起相亲相爱的场景了。"

调查走访环节结束，没有被圈上的名字就剩下孤零零的三个了。

辛秀还有点儿遗憾："怎么还有三个？我还以为能一网打尽呢！这三个好学生，只能下一次继续探察了。"

老六这十几日下来，也算看遍了自己的学生私底下的各种嘴脸，如今迫不及待地想闹出点儿动静，便开口询问："大姐，现在你可以告诉我怎么让这些人变成女子了吧？"

辛秀也不卖关子了："这个呀，我们要感谢二师伯母。"

二师伯母扈真，仙西王母，她的仙西地宫里有无数宝贝，其中就有这么一池阴泉。若是男子喝了泉水，就会变成女子，时效半年。辛秀之前一看到这好东西，立刻心动了，要了一些准备用来玩耍。这水对修士没用，修为越高者越没用，但对凡人还是十分见效的。也因为有这东西在手，辛秀一开始才会直接想到变性的办法。

老六期待地问："那我们悄悄把这阴泉水给他们喝？"

辛秀大义凛然地说："我不是那种偷偷摸摸的人。我喜欢光明正大地行事。"

一个消息传遍商阳,神女甄湘,南柯子先生的师姐,将在九公学宫门前引雷炼丹。

这消息引来了无数人的关注,上到琥国国主下到平民百姓,都想看看这位神女的真面目。九公学宫大门前宽阔的广场上,一时间人山人海、红旗招展、锣鼓喧天、鞭炮齐鸣。神女甄湘惊艳出场,当众施法,当真引来三十六道神雷,炼制出一百多枚丹药。

"此丹药可延年益寿。"

这话一出,无数人的眼中现出贪婪之色。

"九公学宫乃我师父创办,与我一脉有缘,我今日来此,将丹药赠予九公学宫的诸位学子。"

九公学宫的学生一听,顿时兴奋无比,仙丹竟然是他们的!

然而辛秀的话还没说完,她摆着一副超凡脱俗的神情加了一句:"不过,此丹药只适合女子服用,因此,是赠予九公学宫诸位学子的妻子或女儿的。"

先前兴奋的学生又全部僵住,仙丹摆在面前,竟然不是给他们的?这让人怎么甘心?

不管他们甘不甘心,辛秀将仙丹一一分发了下去,保持着神女的姿态,原地飞天,消失不见。

她们回到九公学宫后,老六问道:"大姐,那些丹药他们真会给妻子和女儿吃吗?"

辛秀嗤笑:"这就是给他们最后的选择机会了。要是他们当真愿意让出仙丹,按照我的话给妻子或女儿服下,自然没事。要是他们不甘心,觉得女人不配,自己吃了仙丹,那就一起当女人好了。"

他们是男是女,就在他们自己的一念之间了。

辛秀当众炼丹的场面经过精心设计,仙气十足。她用引雷符和幻术,还有一些灵器道具营造出了视听效果满分的舞台——平地而起的烟雾、不知从哪里传来的缥缈仙乐和成丹时的霞光。

这一切都非常符合古代人物对于神仙炼丹的想象，在没有经历过现代信息爆炸生活的古代观众眼中，这是从未见过的神迹，对于仙丹自然更加推崇。

实际上，辛秀都没和蜀陵专修炼丹的焱砂师伯学过炼丹，那些仙丹是她提前用药材和阴泉水搓出来的丸子，做好后直接放在用来充场面的丹鼎里。

就是这一百多枚小小的丸子，如同在平静湖面扔下的大石头，在商阳城引起一片动荡。

"走，咱们去看看那些变性丹药到底都被谁吃了。"

辛秀变回原本的模样，快乐地带着老六一起去看热闹。果然不出她所料，这样的仙丹，大部分人不舍得给妻子，更不舍得给女儿，都是自己吃了。

九公学宫的学子大多身份高贵，某某家的嫡系、某某氏的长子、外国贵族学子，本身就处于权力上层，自然不客气地占据了仙丹。

不过也有一些人没有自己服用，比如琥国国主的几个儿子，拿到丹药后全部要进献到宫中，给他们的父亲，伟大的国主。

至于其他国家的国主的儿子，如果不是辛秀给丹药时说过这丹药三日后就没有效用了，又没法在三天内把仙丹送回去，估计也要千里迢迢地用仙丹去讨好自己的爹。

"大姐，这几位琥国公子都把丹药献给了国主，他们自己吃不上了。要是国主吃了，变成女子了怎么办？"老六眼巴巴地看着这场面，好像有点儿想让辛秀阻拦一下。

辛秀却无动于衷："这不是更好？这几个没吃的人，就暂时不管。他们的爹要是吃了仙丹，三日后变成了女子，你说会不会气到要杀这几个儿子？"

虽然仙丹是她给的，但是那些吃了仙丹，三日后会变成女子的人敢向她发火吗？当然不敢！他们对神仙抱有畏惧之心，还想求着她把自己变回男子，不敢对她不满，但这气总要发出来，迁怒送仙丹的人，是理所当然的。

除了这几位公子，还有那个红粉知己无数、游遍花丛的学生王集没有自己吃下仙丹。这有点儿出乎辛秀的预料，他把仙丹给了唯一的女儿。

王集出身于显赫的大家族，虽然有姬妾无数，但膝下只有一个病弱的女儿。他拿到仙丹后毫不犹豫地就给女儿吃下了，见她的身体明显好转，不由得面露喜色。

看着王集把女儿抱起来抛了一下，发出爽朗的笑声，窗外的辛秀耸耸肩，带着老六去下一家，看那位大孝子。

老六猜测道："范伯严如此孝顺，应当会把仙丹送给母亲吧。"

辛秀笑容微妙："这可不一定。"

见到孝子范伯严自己吃下仙丹，老六的神情极为诧异，她很不明白，又问："为什么？"

辛秀早有预料，此时也不奇怪："我说过了，他的孝顺都是为了博取名誉，但名誉哪有延年益寿有用？我看他也是个聪明人，自然知道取舍。"辛秀嫌无聊，懒得多看这人，"走吧，看下一家。"

下一家可就精彩了，刚好让她们看了一场大戏。

这个学生名叫郑枭，辛秀对他有印象，纯粹是因为他写的那篇作文，说女子有野心十分可怕，需要驯服、压制云云。辛秀先前还不知道他为什么表现得对女子那么深恶痛绝，还态度慎重，如今可算明白了。

郑枭家中有一名妻子，同是大家族出身，脾气火暴，辛秀和老六眼睁睁地看着那位彪悍的夫人和丈夫郑枭大战了三百回合。夫妻两个人用香炉、坐凳、古琴等器械，从屋内打到屋外，并且互相辱骂，就为了抢夺郑枭带回来的那枚仙丹。

那漂亮的夫人头发散乱，钗环歪斜，嘴里大喊："神女说过要给妻子，郑枭你竟然想要隐瞒自己独吞！你算个什么东西？你给我交出来,那仙丹是我的!"

郑枭同样狼狈,衣服都被撕破了,看上去快气疯了,大骂着:"你这疯妇!岂有此理!"

两个人缠斗半晌,最后是夫人胜利,一把抢过郑枭藏在怀中的盒子,拿出仙丹直接吞了,完全没给他抢回去的机会。吃过仙丹精神百倍的夫人意气风发,扬长而去,留下郑枭躺在原地不甘地捶地。他竟然失声痛哭,仿佛一个被恶霸欺凌的无辜少女。

老六一言难尽:"呃……"

辛秀则感叹:"他有个好老婆,为他保住了命根子。等到三日后,他发现同学都变性了,一定会感谢他老婆的。"

像这位夫人一样彪悍、敢于去抢仙丹的,还有一位女子。这位是个公主,比丈夫地位更高,毫不客气地要求丈夫将应该属于她的仙丹交出来。

哪怕甄湘神女在众目睽睽之下说过,仙丹是给九公学宫的学生的妻子或女儿的,可真正能到他们的妻子和女儿手中的仙丹寥寥无几,而且得到仙丹的女子,大多是本身有身份、有能力,主动去抢回去的。

老六一开始看得还挺乐和,但慢慢地越来越沉默了,最终忍不住发问:"仙丹明明在名义上是给那些女子的,他们也都是有才学之士,被许多人追捧,怎么会做出这种事?"

辛秀说道:"习惯了吧,习惯作为男人可以获得最好的东西,所以有好东西他们都会默认是属于他们的。对他们来说,给他们的妻子和女儿的仙丹就是给他们的,算不得强占。"

不过这次,她就要教教这些人,伸手去拿属于别人的东西是要付出代价的。

瞧着那一个个吃了仙丹红光满面的人,辛秀嗤笑一声,带着老六打道回府。

等待阴泉水发挥效果的三日,商阳城风平浪静。交情不错的学子们聚在一处喝酒,纷纷说起仙丹,只觉得自己吃了仙丹之后,果真更加有精神,言语中尽是欣喜自得之意。还有人盘算着以后有机会要再求神女赐下仙丹,浑然忘记这仙丹本不是给他们吃的。

哪怕少数几个人仍旧有些担心私自吃了仙丹是否会被甄湘神女怪罪,但看大家都是如此,也就放宽了心。毕竟罪不及众,他们这么多身份贵重之人吃了仙丹,神女难道还能一怒之下对他们怎么样?

前有老神仙南柯子下凡来为他们讲道,后有神女甄湘赠给他们仙丹,这些本就自诩身份尊贵的人更加膨胀,没有一个人觉得会有什么了不得的后果。

众人得到仙丹的三日后,一声尖叫撕开了所有人的美梦。

一百多个权贵子弟、社会名流,早上起来发现自己的胸前多了两团肉,身下少了一块东西,说话的声音柔了,腰软了,个子矮了。他们一照镜子,镜子里映出的面庞熟悉又陌生,顿时全傻了。

"这是怎么回事?"崔弩是个身材高大、皮肤黝黑的男子,在家中向来唯我独尊,动辄发怒,家人都十分惧怕他,尤其是他愤怒之下,说话的声音都像铜钟震耳。但这日早上,他那令人惧怕的声音变得尖细嘹亮,从铜钟变成了号子。

他的妻子听到声音匆匆赶来,惊愕地看着自己的丈夫回不过神来,良久才试探着问道:"你……你是谁?"

崔弩又惊又怒,气得鼻孔大张,见妻子愚蠢的模样,上前就是一巴掌:"你这蠢妇,连我都不认识了?!"他往常一巴掌能把人打得面庞红肿、牙齿脱落,但如今这一巴掌虽然声音清脆但杀伤力骤降。

他的妻子被这一巴掌打得头一歪,顿时清醒了,尖叫起来,声音比崔弩更高八度:"你怎么变成女子了?"

发现面前又黑又丑的女子是自己的丈夫崔弩,崔夫人险些昏厥。再看崔弩衣襟里露出来的胸,崔夫人一口气没上来,终于彻底晕了过去。

虽然崔弩当男子的时候能被称一声伟岸男子，但容貌确实不太好，如今成为女子，见过他的人都说丑。

这一日，像崔家这样混乱的情形，在商阳城权贵聚集的区域，许多地方在上演。

卢夔是士族卢氏主支的小公子，才学出众，但比他的才学更出众的是他的外貌。他往日乘车出门，都能引得一众爱慕者追车送花，时常被堵住路。对此，他觉得烦不胜烦的同时，又有些自傲。因此，每日早上，他都要对镜让仆人为自己仔细清洗他的脸。

这一日早上，他对着镜子看了许久许久，可无论看几次，都无法相信镜中那雪肤红唇、柳眉杏眼的美丽女子竟然是自己。

他先前写了一篇《神女赋》赞美神女甄湘的容貌，极尽夸赞之能事。可如今，他竟然成为一个容貌比神女甄湘也差不了多少的美人！这张脸要是长在别的女人身上，他自然愿意多欣赏，甚至愿意将那人收入后院当个姬妾。可如今这张脸长在自己的身上，他变成女人了！

啪——

镜子被他砸碎，屋内的摆设都没能幸免于难。首先发现他的异样，又被他赶出去的侍女们在门外听着屋内的动静，瑟瑟发抖，完全不知道该如何是好。

第五章　祸起螭风洞

从男子变为女子，许多人没听说过这种荒谬的事，更不要说这种事有一天降临在自己的身上，自然阵脚大乱。

大部分人的第一反应就是赶紧隐瞒这种"丑事"，但变成女子的人实在太多了，这事不可能完全被瞒住。大家互相听到风声，很快发现，九公学宫的学子，除了十几个人，其余全部变成了女子。

这下子，他们明白过来了。

"难道是那仙丹的问题？"

这事也很容易得出结论，只要大家询问没有变成女子的少数几位学子有没有吃仙丹就清楚了。

九公学宫的大门前来了一拨又一拨侍从和卫兵，全部是各家派出来求神女救命的。

然而没人能见到神女，连南柯子先生都闭门不出，更无一人能靠近两个人。

那些把自己藏在家中不敢出去见人的学子，短短半日就已经觉得受尽煎熬，无法再忍受下去。他们见被派去的人无功而返，也顾不得丢不丢脸了，全部聚集在一起，赶往学宫亲自向神女求情。"

辛秀站在学宫大门上，看着底下那些变成女子的学生做贼一样遮住头脸，三五成群，无头苍蝇般互相询问情况又一起匆匆地踏入学宫的大门，不由得和身边的老六开玩笑道："你看，如今九公学宫有这么多女学生了。"

阴泉水把男子变成女子的时效只有半年。

老六听着门外那些人或慷慨激昂或痛哭哀号，内容都是要求变回男子，于是问辛秀："大姐，我们就这样放着不管，让他们当半年女子，是不是等到他们体会到女子的不易之处，他们以后对待女子就会多些宽容与支持了？"

老六的眼里满是期待向往之意，辛秀却不客气地打破了她的幻想："当然不可能！他们在这种男尊女卑的环境里长大，怎么可能在短短半年的变性生涯里就学会正确看待男女的身份差异？他们不会一下子变成支持女子入学的人。"

她从一开始就没想过让这群学生学会感同身受，学会体谅女性。

"老六，我让他们变成女子，只是为了打开一个口子。当他们接受自己变成女子这个事实，并且不知道自己还能不能恢复的时候，就会开始为自己谋求权利，退一步说，也就是为女子谋求权利。"

当他们是男子的时候，自然觉得作为男子高高在上是理所应当的。但现在他们是女子，肯定不愿意做被压迫的人，会奋起反抗，推翻自己之前的提议。辛秀这一下就是为了把敌方主力变成我方队友，这一招叫作：化敌为友。

"你现在去和他们说，女子不能入学宫，他们就会给出和之前完全相反的答案了。"辛秀手里搓着变性药丸，听着外面的鬼哭狼嚎声，心情颇好。

万事开头难，她做的就是给他们开这个头。

从最高学府开始，女子入学不罕见了，那么以后女子入学自然少了许多阻力。这也是为了方便老六以后在这里继续开展工作，毕竟她也不能给老六留个烂摊子。

老六再一次努力消化辛秀说的话，露出那种困惑又有些明了的神情。老六其实是个不太聪明的孩子，但十分好学，也许不能一下子想通，但愿意不断思考。

她习惯随身带个小本子，有时候听到不能理解的话都会随手记下。不管是她的师父卜算子说的，还是辛秀说的，或者其他人说的，能让她产生触动的话语都能登上她的小本子。

两个人三日闭门不出，外面群情沸腾。因为事情太大隐瞒不住，几乎整个商阳城的人都知道了这一件奇事——九公学宫的学子因为触怒神女，由男子变作女子了！

在这个没什么娱乐消息的时代，这种爆炸性消息当然引发全民热议。可那些要面子的学子已经顾不得外面的流言和猜测，如今满心就想变回男子，日日在九公学宫南柯子的屋舍外面哀求。

不知是哪位学子首先带来了自己的妻子和女儿，让她们来哀求神女。其余人有样学样，也带来了各自的妻子和女儿。既然甄湘神女的仙丹是赐予她们的，那让她们自己站出来说是自愿让出仙丹，让她们求情，神女总该消气吧。

至于神女消没消气？辛秀听着外面一群女人、小孩儿苦苦哀求，脸上的笑容更大，对老六说道："反正这些人都吃了一颗变性丹了，应该不介意再吃一颗。"

半年还是太短，那就持续一年，这是对他们不择手段的"奖励"。

她们一直不露面，终于有人等不下去了。琥国王宫数千甲胄士兵肃穆紧张地穿过商阳城的主干街道，来到九公学宫，包围了前门后，又有一队人来到南柯子的屋舍外。

能让琥国国主身边的精锐士兵跑来这里，显然是琥国国主也吃了那丹药，现在正因为痛失男人的象征在那儿焦急不已，连神仙都敢挑衅了。

老六有大姐在身边，什么都不怕，就是有点儿纳闷："国主竟然直接让士兵来围住我们，不怕死吗？如果他需要继承人，因此焦急还有些道理，可国主又不需要再生继承人，难道男子的身份比性命还重要？"

辛秀被她提醒，想到了另一个方面的事："哎，老六啊，你说他们变成女子，现在能不能生孩子？"

老六也一愣："是呀，他们能生孩子吗？"

辛秀感叹："希望他们有兴趣能试试，解答一下我的疑惑。"

解答疑惑就留待以后了，那些逼到她们门口的士兵拱卫着一个年轻男子站了出来。该名男子是琥国国主的儿子之一，也是没有变成女子的学子之一，硬着头皮代表众人发言。

他的发言内容总结一下就是：神仙有什么要求尽管提，只要能赐下变回男子的丹药，大家一切好说，但是如果不能，他们就算是凡人也不能忍，他们人多，神仙应该也怕人多。

辛秀用行动告诉了他神仙究竟怕不怕人多。

平地而起的风将所有试图接近的人全部卷起，整个九公学宫的人都在天上飞，只有那一座屋子岿然不动。

"大姐，这个灵器叫什么名字？它好厉害，能吹出这么大的旋风！"老六看了看外面的情况，又跑到辛秀对面，艳羡地看着辛秀手里的扇子。

辛秀说："没名字，这是师父给我炼制的。"

她这一次离开蜀陵，师父给了她很多灵器，各种各样的灵器都有，都是新炼制的，也是她能使用的，师父可谓是煞费苦心。收到这些灵器，辛秀就知道师父大概短期内不会开"小号"来陪她了，不然他也不会是这副要把她全副武装起来的架势。

听老六还在问名字，辛秀随口说："叫公主铁扇。"这个灵器的

- 206 -

形状和她小时候看过的动画片《红孩儿》里铁扇公主的那把扇子还挺像。

不管是士兵还是来求情的学子,全部被风卷到了九公学宫外面,滚了一地。这一出上天的遭遇,几乎把他们吓破了胆,无论如何都没有士兵再敢去冒犯神仙。在这个世界上,王权固然可怕,但手段莫测、反手能决定无数人生死的神仙更令人畏惧。

发现来硬的没用,国主终于纡尊降贵亲自来了,然而不管是神女还是南柯子都没有理会他的意思,甚至那座神秘的屋子里一点儿声音都没有。

发现神女这边行不通,不少学子开始求助其他神仙、道人。他们各有各的渠道,去寻那些所谓的隐士、高人、道人,送出大把的金银珠宝,一时间商阳城到处都能看到仙风道骨的玄门人士。

然而,不论这些人名声如何,等到他们真的看了那些学子都是毫无办法。聪明些的玄门人士立即转身就走,远离这大麻烦;自以为聪明的人,用些拖延之法,试图从焦急的"肥羊们"手中多骗取一些钱财。

一时间,简直是乱象丛生,什么"妖魔鬼怪"都出来了,闹得满城风雨。

去看那些骗子骗人对辛秀和老六来说是个非常好的消遣节目,至少她们每天都能看不同的热闹,感到非常快乐。

辛秀连连感慨:"人间真是太有趣了!"这次师父没跟着她有点儿可惜,不然他跟着看完这一出出大戏,估计社交恐惧的状况还能大幅改善。

当然,除了骗子,这群有权有势的人也请到了些有真材实料的修士。

"李郎君这是完全变成了女子,体内阳火不兴,阴火旺盛。小道修为浅薄,怕是没办法。"说话的中年男子清瘦儒雅,背后背着一把剑,身上沾着泥土,有几分落魄。当他说出这话时,李家上下的人如丧考妣。

穿着一身男子衣袍的女子焦急地说道:"徐仙师,您以前还帮我们驱过鬼。那凶戾恶鬼您都能降服,如今我不过是误食了一枚丹药而已,您怎么会没有办法呢?"

徐仙师摇头:"这恐怕不是普通丹药,我从未见过世间有如此神奇的丹药。"

李郎君的面色难看至极,他忽然狠狠地说道:"那什么神女,说不定是哪里来的妖怪,若是真正的修仙之士,怎么会对凡人做出这种丧心病狂之事?徐仙师,您一定要帮帮我们,如今只有您能拆穿那两个妖物的真面目,还我们公道了!"

李郎君苦劝许久,徐仙师终于答应了去会会那两位神仙。就如李郎君所说,这种将男子变成女子的行径确实有些偏门了,徐仙师要去看看那两个人究竟是何方神圣。

辛秀从睡梦中醒来,揉了揉趴在耳边提醒自己的叮当熊猫,披上衣服打开门,扬声道:"朋友,夜探此地,你是准备来硬的还是来软的?"

徐仙师踩着对面的屋瓦现出身形,跳下屋顶落在木质台阶下方,很是客气地朝辛秀拱了拱手:"在下徐孟洲,特来向二位同道讨教。"

辛秀说:"那就来吧。"

徐孟洲一招手,背后长剑出鞘,然而还不等他握剑,辛秀已经出现在他的身后,一道千钧灵符把他压倒在地。

辛秀徒手捏着徐孟洲的剑尖,用剑柄戳戳他的肩:"好了,你输了,哪里来的回哪里去吧。"

徐孟洲还没回神。他四处云游,为不少凡人解决过厉鬼凶煞,也曾遇到很厉害的妖物,但如此厉害的人还是第一次见,竟然一个照面就制住他了。

徐孟洲灰头土脸地从地上爬起来,忍不住说道:"我看你也是有师承之人，应当明白修士不可欺压寻常凡人，怎么却在这里酿成大祸？我劝你还是赶紧收手吧，不然恐遭反噬。"

辛秀懒得听这些废话，披着衣服往回走，忽然又听身后那古板的中年人说："我师从蜀陵，不知这位同道有没有听说过？如果听说过，还希望你能给我一个面子，不要再为难此处的凡人了。"

辛秀脚步一顿，这时候才匆匆起身的老六站在门口，也听到了这话，两个人一同看向徐孟洲。

"你师从蜀陵？那你的师父是谁？"辛秀问。

徐孟洲见她们有反应，心中一喜，忙说道："家师姓安，名讳度明。"

辛秀思考半晌才想起来："是安度明师兄吗？他是采星师兄的师弟，采星师兄说过的安度明师兄似乎还在外面游历不曾回去。"

徐孟洲一怔："你们也是蜀陵弟子？"

辛秀说道："你师父安度明，师从离明真人，是不是？如果你真是度明师兄的弟子，那应该管我们叫师叔。"

三个人进了屋，交谈一番才确认了对方的身份。

徐孟洲尴尬地说道："其实我也不算师父的嫡传弟子，他只是救过我，教了我一些法术，并没有记我入弟子录。此次也是情急之下，我才报出蜀陵，真是惭愧。"

辛秀无所谓地摆摆手，在蜀陵他们就是最小的，没想到现在都当师叔了。

"不过，两位师叔为何要做这样的事？"身份没问题了，徐孟洲这下知道她们不是什么来历不明的妖人了，但还是感到很困惑。

老六要解释，辛秀直接高深莫测地说了一句："这是祖师爷灵照仙人的指示，也是给这些人的一场试炼。"

就这一句话，徐孟洲深信不疑："原来如此，既然是祖师爷灵照仙人的法旨，自有其用意。"他的出生之地的人都信奉灵照仙人，他对蜀陵更是充满信任，完全没有怀疑辛秀二人。

辛秀心道：遇到的人都好骗，祖师爷的名头也是真的好用。

徐孟洲再也不追问了，还表示要待在二位师叔的身边帮忙，为她们解决那些前来骚扰的人。有他这么一个能干活的师侄在，确实给辛秀免了不少麻烦。

不过，徐孟洲修为并不高，拦不下所有来找麻烦的人。

辛秀和老六坐在屋内闲谈，盘算着再过几日，等到这些学子都认命了，就出面让事情走上正轨。忽然，屋门被人暴力破开，她们刚认下没多久的师侄徐孟洲口吐鲜血，猛然被人从外面丢了进来，摔在两个人的身前。

来人叫嚣："哪里来的小修士在这儿装神弄鬼？赶紧滚出来给爷看看！"

徐孟洲这中年师侄虽然古板又死心眼了点儿，但为人正派，又异常尊师重道，这几日跟在辛秀二人身边，尽心尽力地侍奉。

辛秀是人家的师叔，见师侄摔到脚下、口吐鲜血的模样，自然不能无动于衷。辛秀一挑眉梢，一手将人抓起塞给老六照顾，然后一跃而起直扑向门口那道人影。

那人刚放完狠话，连屋内的人的脸都没看清，就见寒光闪烁直扑面门。他一惊，张手如同轻盈的鸟一般往后退去。

"你……"

需要说理的时候，辛秀的大道理一套又一套，不需要讲道理的时候，辛秀也不喜欢多说。那人刚吐出一个字，辛秀已经抽出刀劈向他的脑袋。他只好继续躲开，两个人在院中你追我赶，屋瓦被他们踩得咔咔作响。

大约是觉得这样被人追着砍实在没面子，那人忽然一个转身，用手臂挡住了辛秀的刀锋。男子手臂之上覆盖着的一层浅金色的灵力，完全隔开了刀锋的伤害。毫发无伤的男人发出一声轻蔑冷笑："就凭你也想伤我？我身上光是防御灵器就有好几样！"

男人似乎很年轻，还挺英俊，但身上有一股骄纵跋扈的气质，实在令人喜欢不起来。简单来说，他看上去像个"修二代"，在修仙流小说中经常出现，这种人的主要作用是给主角送人头、被主角轻松吊打，然后引出家里的大人来给他报仇。

辛秀只简单地扫了他一眼，就得出以上结论，手上的刀一个翻转，砍向他的脸。

虽然有灵器防御，可被人用刀砸脸也是真丢人，男子大喝一声："哈！"

他周身猛然一震，无形风箭冲向辛秀。

辛秀的手腕上浮起一个圆环，在她的身前迅速张开，如同一面盾将所有攻击全部吞下。

男子趁此机会拿出一只葫芦对着辛秀："风来！"

辛秀反手抽出铁扇，也跟着说："吹他！"

那葫芦刚刮出一阵毒风，就被辛秀的铁扇吹得猛然灌了回去。男子方才还露出胜券在握的神情，张嘴要笑，结果毒风被辛秀扇回去灌了他一嘴，呛得他连连咳嗽："喀……喀……呸！"

他收起葫芦，又拿出一只大鼎砸向辛秀，口中含混骂道："等老子困住你，定叫你求生不得，求死不能！"

大鼎像一座山迅速朝辛秀压下，眨眼间将她罩在大鼎的底部。

辛秀抽出头发里的一根圆头黑簪，轻轻一抖，簪子迅速变得粗大如柱，势不可当地将沉重的大鼎戳了个对穿，破了这困鼎灵器，让它变成了一只废鼎。

辛秀叹道："可惜，你困不住我！要跟我比灵器数量，小伙子你怕不是没见过世面。"她的师父的灵器可都是量产！

一脚踢开废鼎，辛秀拿回慢慢变小的黑簪。这东西是她和师父描述过的金箍棒的同款，虽然没有金箍棒那么了不得，但变大变小是基础功能，她拿着当个周边玩还是非常过瘾的。

黑簪一头大一头小，被辛秀握着顺势砸向对面那想掏灵器的男子，把他砸到了地上动弹不得。

男子大约身上确实有不少灵器，为所欲为惯了，还没有遇上教他做人的人，不敢相信自己竟然在比灵器上被人碾压了，破口大骂道："你这贱人敢这么对待老子！你死定了，你知不知道老子是谁？"

辛秀蹲下，一脸假笑的表情，问道："哦，那你是什么来头？"

男子也冷笑："我可是螭风洞薛衣元君的独子薛延年！"

辛秀说："哦，你叫薛延年？那我叫你一声，你敢答应吗？"她笑眯眯地露出袖口一个袖珍小葫芦的葫芦口。

薛延年丝毫不知道害怕，报出自己的身份后就等着人跪下道歉，口气极大："我薛延年没什么不敢的！"

然后他就被吸进了辛秀的小葫芦里。

辛秀塞上葫芦塞子，摇晃了一下。

她可是看过《西游记》的人，什么托塔天王的塔、天蓬元帅的耙，什么芭蕉扇、紫金红葫芦，闲着没事都跟师父描述过。她的师父，人间小叮当，炼器大师，手工达人，致力于满足她的所有幻想。每一样她说过的东西，师父都能炼制出类似的。这次回蜀陵，师父把这些灵器全当玩具给她玩了。

辛秀疯狂摇晃葫芦："你以为就你是'修二代'吗？我也是呀！惊喜吗？意外吗？"

徐孟洲吐着血，还担心辛秀师叔解决不了外面的不速之客，强撑着要起身帮忙，谁知还没爬起来，就见辛秀师叔摇晃着一个葫芦回来了。

"大姐，你没事吧？"老六按住徐孟洲师侄，关心地问。

辛秀还在不停摇晃葫芦："没事，就是个修为不高、靠灵器装模作样的人，被我用灵器抓住了，在这葫芦里。你要玩吗？给你玩。"

老六好奇地接过葫芦，放在耳边细听，听到葫芦里面好像有细细的呕吐声："嗯……大姐，这人在里面吐了。"

辛秀淡淡地说："哦，那你多晃晃，务必把他腌渍入味。"

徐孟洲看向辛秀的目光变得无比敬仰。辛秀给了他两粒焱砂师伯送的调理灵气的丹药，嘱咐他去休息。

她们的运气或许真的不错，除了薛延年这么一位还算有点儿威胁的修士过来找碴儿，就没有其他值得注意的人来添麻烦了。在商阳城一众变性学子终于意识到解铃还须系铃人，其他渠道都没有办法之后，他们终于再度齐聚九公学宫。

辛秀像个炒菜的厨师，看着火候差不多了，一个变化之术将自己变成景成子师叔的样子，作为南柯子出现在已经绝望认命的学子们的眼前。

见到先生终于出现，一群"女学生"喜极而泣，顾不得其他，七嘴八舌地求饶倾诉。

辛秀不动如山，在他们冷静之后，才说道："你们有此一劫，实是你们自作自受。甄湘神女给你们的考验还未结束。今后，若你们能有所改变，自然会变回去。"

众学子在绝望后看见了希望的光芒。

"先生，我们当真还能变回去吗？"

"先生，敢问神女的考验究竟是要我们如何做？"

"先生，改变是何改变？"

辛秀鬓边白发浮动，声音缥缈："甄湘神女已经回去，但她留下一座灯盏。"

说到这里，她的身边凭空出现一盏散发着银色光芒的莲花灯盏，灯盏晶莹剔透，光华璀璨。

"若是你们能深刻意识到自己的错误，今后改正自身，多做有益苍生之事，这莲花灯盏就会掉落一片花瓣。等到花瓣全数掉落，你们就能恢复原样。"

她说得玄妙，其实这莲花灯盏就是个沙漏，用处是计时，倒计时一年。除了是个好看点儿的灯盏，没有其他作用。师父以前给她做这个,她是准备当闹钟和台灯用的,但觉得光太亮,就一直没怎么用。

所有学子都看向空中飘浮的灯盏,各自思索起来。毕竟这些学子的脑子都不差,这些日子他们想得也够多了,如今得到指示纷纷猜测起来。

辛秀抚一抚胡须,见众人神情变化,颇满意地说道:"既然如此,从明日起,尔等继续回学宫学习。"

她忽悠了一通,回到老六那里。

辛秀看老六做教案,商讨接下来做些什么:"接下来就先让这个国家里上层权贵的女性入学,让她们和那些男子接受同样的教育。"辛秀已经能预见,一旦开了这个头,之后的一切将会顺利许多。

有野心没机会的女性拥有了机会,有野心没能力的女性锻炼了能力,有身份但没野心的女性被激发了野心。当这些人觉醒,自然而然会为自己争取好处,而她们的权力扩大,就需要下属和更多的人手为她们办事。

只要领导是女性,那么她的手下将会不断涌现优秀能干的女性,这是必然。

等到以后,权力结构里两性数量渐渐持平,民间也会涌现更多收容女子学习的地方,好向那些上层女性输送人手,毕竟有需求就有市场。

老六挨个儿挑选适合入学的女子,打算做个名单,期待地说:"国主有许多女儿,各大家族里也有许多有地位的女性,现在让她们入学九公学宫,肯定比以前容易许多了。"

辛秀看她忙碌,往后靠去,伸了个懒腰:"老六,我之前和老五描述过我想要看见的世界。但现在,我又有了新的想法,你要听吗?"

老六立刻放下笔等着听:"大姐,你说。"

辛秀摆手："就是闲聊而已，你边写边听吧。"

老六只好拿起笔，听着大姐描述一个她从未想象过的世界。

辛秀说："我想，等到这片大地上的大部分人不再为了填饱肚子而挣扎的时候，每一座城池都能有自己的学校。而这些学校，不仅仅是教为人处世的道理，教一些礼仪规矩，我希望，学校还能教人修行。"

老六才写了几个字，听到这儿就愣住了，有点儿不敢相信："修行……修仙吗？像我们一样？"

辛秀笑起来："当然！我希望以后修仙不是少数人的权利，所有人都能尝试。哪怕他们没有修仙的资质，也有其他方法让他们能提升自身的能力。"

辛秀之前没有想过全民修仙，但现在开始想了。

这个世界和她来的那个世界不同，本身的发展自然也不同。她先前只一味地想把这个世界变得像她原来的世界，可是，或许这个世界有自己的进化方向。

她原来那个世界通过科学进化，这个世界为什么不能利用修仙进化？

辛秀这番话哪怕放在蜀陵，师兄师姐、师叔师伯听了都会笑她异想天开，但是老六没有。

老六还处于摸索世界的过程中，对她来说，大姐的想法虽然自己从没想过，但如果顺着大姐所想的未来场景继续往下畅想，会出现一个全新的世界，而那个仅有幻想雏形的未知世界是如此吸引她。

辛秀撑着下巴说："那可能是很遥远的未来，也可能根本没法成功，但你不觉得很有趣吗？"

老六激动地点头："是很有趣！"

辛秀笑了："那你可要好好当个老师，让星星之火能燃烧到这个世界的其他角落。"

老六兴奋过后，忽然面露沉思之色，半响，抬头正色问道："大姐，如果想要这样的学校开遍各处，就需要每一个地方都像商阳这样繁华与和平。我的学生有的来自他国，我听说在他们的国家，还有战争不断发生，死了很多人……我觉得，要先让战争结束，让大家休养生息才行。"她表情严肃得好像瞬间背上了一个巨大的包袱。

辛秀失笑，揉了揉老六的脑袋："不用着急，不论是哪一件事，想要改变都不是短时间内能完成的。远方的战争也好，我说的修仙学校也好，暂时都离你很远。你要好好学习，充实自己，在你的能力范围内多影响这里的学生，这就足够了。

"以后有机会，大姐会去那些战场看看，等我看过所有的地方，会再回来这里，来和你讨论我们还可以做什么。老六，你要知道，世界不是一个人可以改变的，需要很多人一起改变，但如果你能影响更多人，让更多人拥有和你一样的想法，这个世界就更可能按照你的想法发生变化。"

九公学宫新入学二十几位女学生，和那些半路变性的女学生不一样，新入学的这些都是琥国和周边国家送来的公主和权贵的女儿，年纪从十几岁到二十几岁。

送她们来这里的家族和王室不是想让她们学到什么，而是听说九公学宫有了不得的老神仙，特地按照要求选了人送过来打好关系，探听消息。

但不管他们打的什么主意，老六都不在乎。老六亲自教这些学生，不仅有之前的讲道，还有许多其他的课程，比如在辛秀的建议下开设的基础武学，辛秀和她最开始在蜀陵强身健体就是练的刀剑。

在这一群女学生里，真正拿过刀剑的不过三四个人，但神仙老师要求，她们不敢反驳，只能老实地练。

这些人进入九公学宫的第一堂课是辛秀上的,她不教其他,顶着南柯子的身份,拿着老六翻出的各家史书,给这群人生动地讲述了许多故事。

她讲古往今来所有在权力场上翻云覆雨的女子,讲她们的生平和经历。她讲那些在史书里被批判的女性,她们抛开那些男子制定的礼法规矩,为所有人展示了一个女子在世间用尽全力所能做到的最自由的事。

来自各处的女学生的反应各不相同,但她们都被截然不同的思想冲击,这是必然的。而这样的冲击,在她们今后的求学生涯中,还会不断发生。

在九公学宫容纳了新学生的时候,先前那些学生也开始了与从前一样的学习生活,只不过,氛围难免有些别扭古怪。如果大家全部变成女子了,那倒还好,偏偏他们之中有十几个人还是男子模样。这十几个人混在这一群穿男装的女子之中。

"卢夔,我有疑问不解,你可愿意与我好好探讨一番?"王集笑容满面地坐到卢夔的身边问。

从前的白皙美公子,如今的肤白美人卢夔手下的毛笔咔嚓一响,脸色铁青,他咬牙切齿地说道:"王琼英,你老毛病又犯了吗?我可是男子!"

王集和卢夔从前就臭味相投,算是好友,时常在一起饮酒作乐,王集还带卢夔去见识过自己那一花园的红颜知己。如今他们一个人变成了女子,一个人还是男子模样,卢夔对王集放荡不羁爱美人的底细一清二楚,看到他凑过来就警惕。

卢夔说:"你别直呼我的名字,喊我的字就行,我跟你没什么好探讨的,回你自己的地方坐着!"

王集哈哈大笑,一手搭在卢夔的肩上:"哎,子明,你和我这么疏远做什么?我们以前可是抵足而眠、彻夜长谈的关系,你变成女子也不妨碍我们的情谊啊。"

卢夔阴恻恻地冷笑:"王琼英,我劝你把手放下去,你敢对我有什么非分之想,我就让你永远做不成男人。"

王集深知自己的朋友记仇的毛病,还是遗憾地收回了手,目光可惜地看着卢夔漂亮的脸,说:"你看你,别这么敏感,我怎么会对你有什么其他想法?我们可是兄弟。也罢,也罢,既然你不想和我聊天,我去找其他朋友聊就是了。"

他说罢又提着书晃荡到了一个尖脸凤眼的美貌女子身边,朝那女子咧嘴一笑:"窦升,咱们一起谈谈诗词歌赋、人生哲学吗?"

凤眼女子穿着一身月白色男子长袍,有着掩不住的风流体态。王集说着话,眼睛就非常"礼貌"地"欣赏"了一遍对方的身材。

窦升把桌上的砚台拿起来砸向王集,毫不客气地骂道:"滚!"

王集对女子一向宽容,对美貌的女子尤其宽容,也不生气,跌跌撞撞地躲过砚台,恰好撞在身后一个同学身上,触到丰腴的身体。他扭头一看就笑了起来:"哎呀,房世公子,真是不好意思,撞疼你了没有?"

身材丰腴仿若人间富贵花的房世面无表情,用扇子将他隔开,说:"不好意思就离我远点儿。"

房世先前是个有点儿富态、皮肤白皙的男子,也是个好美色的人,还看上过王集的一位红颜知己,向王集讨要美人却被拒绝。这会儿他变成了女子,平添了几分姿色,一身肌肤尤其令人垂涎。王集越看越觉得这富态美人其实也不错,有点儿意动:"房世呀,你现在对我的美人还有兴趣吗?我可以带你去见她,我们三个人可以一起喝喝酒、聊聊天,你意下如何?"

房世脸色一沉,心里骂了句脏话。

王集如同掉进了粮仓里的耗子,环顾一圈周围环肥燕瘦的美女,心情复杂,十分满足又十分失落:"从前好友们都与我很亲近,怎么如今都躲避我,不愿理睬我呢?"

被他骚扰过的众好友一致发出冷笑,若不是看在从前的交情上,又知道他这人的毛病,早就联手把他赶出去了!

王集才学出众,但从前在九公学宫上学最不喜欢的就是这里不让女子进来,如今可算快乐了,不过这快乐是建立在朋友们的痛苦之上的。

"王集,向你请教个事。"崔弩走到他身边说。

王集只看了来人一眼就立即拿过旁边一人的扇子遮住眼睛,连连推拒道:"我帮不了你,你去问别人吧!"

变成女子后又黑又丑的崔弩忍了又忍,忍无可忍,对着自己的同学挥舞拳头。

辛秀来观察这群学生的时候,看过这一幕场景,被逗得直乐,和老六说起王集:"这家伙真是个真实的喜欢漂亮脸蛋儿的人,不仅没有知'男'而退,还要迎'男'而上,真是厉害。"

也就只有王集还能这么闹腾,其余几个没有变成女子的同学都被排挤了,尤其是避女子如虎的郑枭。因为家里的夫人是个"母老虎",郑枭在学校看到这群越发暴躁的"女同学",都恨不得离这些人远远的,可是其中又有许多人是他的朋友。郑枭和这些人谈话时总忍不住露出微妙的眼神,而最近对别人的眼神很敏感的诸位变性学子感觉到了,开始看他不顺眼。

"你用这眼神看我们做什么?"

"没做什么。"

"郑枭,你是不是在嘲笑我等?"

"我没有。"

"你就是在嘲笑我等!"

"我真没有!"

"你不是从前就时常叱骂女子吗?你现在是在心里骂我们吗?"

"我没有……"

百口莫辩的郑枭被朋友们痛心疾首地写文章骂了好几顿,险些气得吐血。

学生之间的相处摩擦不断,师生之间也陷入微妙的境地。

九公学宫里当然不只有南柯子这个从天而降的老师,还有许多原本的老师在此教学。这些老师有的德高望重,有的声名在外,不过有不少人不愿意教导女子,甚至有十分刻板的老师,对于女子入学宫抗议到底,在发现学生变成女子后,还第一个宣称要让这些不再是男人的学子退学,免得他们玷污学宫圣地。

这位老师的一句话捅了马蜂窝,他遭到了所有变性学子的仇视。触及他们自身的利益,哪怕他们先前的观念同这位老师一样,但今非昔比,谁赞同他谁利益受损。

众位学子毫不犹豫,投票把他投了出去,联名要求这位老师自己辞职。而从琥国宫中来的一道旨意,直接把这位老师赶出学宫,让他回老家种田了。

辛秀看完这一出"自相残杀"的场面,觉得特别有趣,甚至颇觉欣慰。

自从学子变性,各大家族中也不乏蠢蠢欲动的人,想把这些学子拉下马,抢夺属于他们的利益,但都没能成功。毕竟,连国主都被变性了。大家虽然不敢讨论这件事,但也心照不宣。

琥国国主地位稳固,几个儿子互相制衡,没人能撼动他的地位。要是有人敢跳出来明说"变成女人就该放弃权力",估计第一个就会被恼羞成怒的国主弄死。国主估计会怀疑此人影射自己不配当国主,想谋朝篡位。

这么一来,哪里还有人敢有大动作?

于是,商阳城在风风雨雨过后,迅速陷入了一种诡异又尴尬的平静期。变性男子们都毫无办法,只能凑合着生活。

借由国主和学子的力量,老六搞定了让真正的女子入学宫的事,并且筛选了九公学宫里的老师,剔除了那些实在接受不了让女子学习的老师。

剩下那些老师,明面上看着是接受了这件事,结果私底下教女子的时候，有人不教学问，张口就是批判，上课上成了公开审判。

老六苦恼极了，询问辛秀该如何解决。

辛秀说道："好解决，你让变性的学子和新的学子一起上课。"

果然，那些心底还有不平的老师，对着自己曾经的得意学生，看着他们变成了女子的脸，没法开口贬低人了。大家都有交情，他也骂不出口。

辛秀叹道："也是权宜之计……这样吧，老六，写封信回蜀陵，问问师兄师姐有没有时间来这里帮忙上几堂课。"

蜀陵那么多师兄师姐，要是想出来玩，可以顺便来这里帮师妹上几堂课，就算没时间，认识其他适合的人，也可以介绍一二。

老六问："大姐，这样也可以吗？"

辛秀点头："要是师兄师姐答应了，那就可以。"

老六听话地前去写信了。

辛秀看她担心没有合适的老师，觉得老六现在有点儿当校长的感觉，宽慰她说："我到处走，要是看到适合当老师的人，也帮你问问他们有没有兴趣来这里当老师。"

老六说："好，大姐看中的人一定不错！我们约定一个信物，只要有人拿着大姐给的信物来这里，我都会安排他们在这里当老师。"老六说完才反应过来辛秀话里的意思，"大姐，你要走了？"

辛秀说："对，接下来也没我什么事了，还有徐孟洲师侄在这里给你帮忙。至于阴泉水仙丹，我也给你准备了两大壶，你自己看着用。"

老六知晓大姐有任务需要完成，哪怕舍不得，还是点了点头："嗯，那大姐你出门在外要多加小心。"

辛秀说道："好，有时间我再来看你。"

辛秀离开九公学宫，琢磨着是时候启程去旧乌了。旧乌在北边，她可以往回走，也可以绕个圈子走。按照她的性子，她当然是绕远路走了。

她一个人上路,骑着飞天摩托,晚上没找到住宿的地方,就直接选了棵大树休息。外面有好风好水,还能欣赏月色,夏天躺在屋子里还不如睡外面。唯一破坏气氛的,就是一直有个声音在她的耳边断断续续地大叫大嚷,比蛙鸣还吵。

辛秀掏出葫芦,葫芦里面关着薛延年。这家伙被她关了这么久,从最开始疯狂辱骂到后面疯狂求饶,她都无动于衷,于是他再度从哀求变成了痛骂,简直恨不得剥了她的皮、生吃她的肉。

辛秀掏掏耳朵,摇着葫芦,心想:下次跟师父提个意见,这个葫芦应该做成隔音的。

她之所以这么快离开九公学宫,主要原因是葫芦里的薛延年。

他既然是个"修二代",身上有那么多灵器,肯定有些背景。她是没听过什么螭风洞薛衣元君,但也不能大意。万一这家伙失踪太久,他的爸爸或者爷爷追着他的气息找来了,她一个人更适合逃命。

"你这女人有本事就杀了我,否则我一定让你死得难看!"葫芦里的薛延年叫嚣着。

辛秀气定神闲地说:"我杀你做什么?万一真有人找上门来,打不过我还可以用你做人质威胁他们。"

螭风洞乃是一处适宜修行的洞天福地。不像蜀陵和项茅那样修士聚居,螭风洞只有一位主人薛衣元君,他座下没有弟子,除了独子薛延年,就是一些负责照料薛延年的仆从和薛延年的姬妾。

薛衣元君有人仙修为,是个厉害的人物,在苍山楚水一带颇有名望,也有凡人供奉他祈求保佑。

作为他的独子,哪怕薛延年根本没有修行资质,傲慢又蠢笨,也依靠着父亲带给他的好处,一路顺畅修行,平安长大,变成了一个嚣张跋扈的"修二代"。

这薛延年没有其他爱好，就喜欢带着一身灵器装模作样。在听说有什么神女把一群大男人变成女人之前，他正在楚国为自己挑选新的仆人和姬妾。他在各个府邸晃了一圈，只要有看得上眼的人，就现身展现一些神异手段，想要什么人都能得偿所愿，那些主人家也愿意奉上。

就算这些主人不愿意也得愿意，他长这么大，还从没有想要却得不到的东西。

神女将男变女的传言传到薛延年的耳中，他来了兴趣，又觉得这自称神仙的家伙闹得满城风雨，夺了他的风头。他心下有些不快，便直接前去挑衅。他不知天高地厚惯了，哪能想到会踢到铁板？

他去琥国九公学宫找麻烦是突发奇想，独自前去，他的仆从等人还在楚国，对此毫不知情。最开始没人察觉不对，但时间一天天过去，侍从始终不见薛延年回来，也没有传来半点儿消息，这才担心起来。

薛延年好逸恶劳，娇生惯养，平时少不得人伺候。他撇下其他人独自出去三两日还有可能，但一走大半个月没有音信，这种情况就从未有过了。

"莫非延年公子是遇到了什么危险？"

"延年公子身上有那么多灵器，足以护他平安了。如果他真遇到了什么危险，怎么没有发出求救信号？"

"就怕他遇到着实厉害的修士，连求救都没来得及。可是在这一带，还有谁不知晓薛衣元君的名号，敢不给面子？"

这些侍从大多修为不是很高，都是薛延年从各处挑选出来陪自己玩耍的人，平时的主要工作就是拍薛延年的马屁，作为小弟给他撑场面，跟着他一起耀武扬威，就没几个聪明的。

他们无头苍蝇般四处寻找一阵，没能找到人，越发惶恐，猜测薛延年可能真的遭遇了不测，实在没办法，只好赶回螭风洞寻求帮助。

螭风洞的主人薛衣元君行踪莫测，时常不在螭风洞里，剩下唯一还能做主的只有一个名为都俨的男人。都俨被薛衣元君救过一命，后来留在螭风洞报恩，也身兼保护薛延年的职责。

既然他能当这个保镖，那修为自然不弱，虽不到人仙，也足以傲视大部分修士。这一次若不是他临时闭关修炼，薛延年也不可能独自出去乱跑惹事。

薛延年那些侍从慌慌张张地回到螭风洞报信，恰好遇上都俨出关，当下将薛延年失踪之事回禀。都俨闻言，袖中飞出两道风卷，将两个侍从摔出洞府，让他们摔下了外面的万丈悬崖。

两声惨叫过后，其余侍从瑟瑟发抖，不敢多说，只感觉面前一阵微风吹过，都俨乘风消失。

都俨是个中年男子的模样，头发灰白，面容沧桑，刚闭关出来，身体周围的灵气还未收敛，灵光煌煌。他去薛延年常去的地方寻了一遍，没找到薛延年留下的灵力，连他给的求救之器都没发出。

想到这里，都俨也怀疑薛延年已经遭遇不测。他皱着眉头思索片刻，一拍心口，吐出一口血来。

他修行的道法特殊，有一种血符寻人之术，可以突破结界、灵器的阻隔探寻气息。只是血符之术消耗太大，他也不想轻易动用，但如今也顾不得许多了。

血符在他的面前越聚越多，变成了一只通体绯红的鸟。都俨拿出一枚寄放了薛延年的指尖血的玉佩。鸟将玉佩衔在口中，利箭一般往前飞去，他紧随其后。

在这位不好惹的保镖找到薛延年之前，辛秀正在烤肉。她这一路都行走在荒郊野外，过着风餐露宿的生活，画画地图，写写计划，烤烤肉。

辛秀喊道："最近吃得太油腻，我竟然有点儿想念豆腐和青菜，要是再配点儿小粥就更不错了！"

她翻着烤肉说了这么一句，忽然看见远方天际云层被搅动，一大片云被风吹散，露出湛蓝的天空。这异样场景让辛秀迅速警惕起来，她抓住旁边树枝上挂着的葫芦，刚烤好的肉都没来得及尝一口就被丢到了火堆里。

远处那不好惹的气息以一种迅捷的速度逼近。

都俨浮在空中，逼视着下方修为不算高的年轻女子，开口："交出你手中的葫芦。"

葫芦里的薛延年被辛秀关得有点儿受不住了，已经一天没有吭声叫骂，这时候忽然听到都俨的声音，立即大喊："俨叔，你终于来救我了！快，快杀了这女人替我出气！"

辛秀感觉手里这家伙还真是学不乖，一点儿都看不清眼下的形势，捏紧葫芦回答道："交出葫芦我不就死定了？"

都俨说："不交出来，你一样是死。"

辛秀说："交出去我一个人死，不交出去我和他一起死，怎么看都是后者比较划算。"

都俨已经将自己的气势铺开，没想到这小修士竟然面不改色、毫不畏惧，脸色又沉了几分，威胁道："你死了，你的家人和师门也要替你的行为付出代价。"

辛秀听他一出口就是这种话，薛延年这样肯定是他教出来的。

辛秀不在意地笑了笑："你要是真对我做什么，你们螭风洞日后别想过好日子了。"

都俨全然没把她的话放在心上，在他看来，螭风洞就是最了不得的地方，薛衣元君的修为也不需要怕任何人。

他不想再和眼前的小姑娘废话，伸手一抓。

辛秀一捏手中的葫芦，薛延年猛然发出一声惨叫，那叫声让都俨的动作一顿。辛秀说："只要我稍稍用力，这葫芦就会变成碎片，里面的薛延年也会跟着碎成几块，魂魄和肉身一起碎。"

都俨没想到她手中的灵器如此厉害，一时投鼠忌器，不敢轻举妄动，问她："你究竟想要什么？"

辛秀叹道："冤枉哪，我又不是什么穷凶极恶的绑匪，也不想要什么，只是想平安离开。你应该知晓薛延年的德行，是他先来找我的麻烦，我没办法只好把他关起来了，都没折磨过他。"葫芦里的薛延年大喊放屁，辛秀也没理会他，面不改色地说道，"我修为这么低，想也知道我不可能放开这个保命的葫芦。"

都俨说："你将葫芦给我，我保证不杀你。"

辛秀说："那可不行，谁知道你是不是在骗我？我离开师门游历没多久，遇到的骗子可太多了。要是你说话不算话，我难道只能自认倒霉？"

两个人一番交谈，谁也说服不了谁，当场僵持。

眼看太阳从头顶落到西山，都俨的表情也越来越难看，辛秀几乎怀疑他想要不顾薛延年的死活一掌把他们两个都拍死。

"不如这样吧，"辛秀大方提议，"人我是不会放的，但你可以跟着我一起，说不定相处多了能交个朋友。等我们了解了对方的品行，也好和平地解决这件事。"

葫芦里的薛延年大喊做梦，但都俨沉着脸点了点头。

这女子十分警惕，看着年纪小，却毫无破绽。都俨没办法保证在万无一失的情况下救下薛延年，只好假意答应，准备趁这个女子松懈的时候再要了她的命。

远远看去，他们两个人隔着一个人的距离走在一处，背影和谐，不知情的人还以为他们是父女。

"唉，我饿了，之前正准备吃饭，你一来把我的烤肉都吓掉了。"辛秀说道。

"活该，饿死你这个坏女人！"葫芦里的薛延年大喊。

辛秀捏着葫芦，朝都俨笑："麻烦你找点儿食物回来。"

都俨难以置信:"你在对我说话?"

辛秀用笑容回答了他。

都俨冷笑,还未说话就听到葫芦里薛延年的惨叫声。都俨一咬牙,拂袖而去。

过了片刻,辛秀坐在一块大石头上吃烧鸭,问:"这烧鸭是在哪里买的?味道很不错。"

薛延年在葫芦里骂骂咧咧,又委屈又愤怒:"俨叔,你怎么能听她的话?"

都俨呵斥他:"闭嘴!"

辛秀听着他们两个隔着葫芦上演叛逆的儿子和焦心的爸爸的戏码,忍不住问:"你是他的爹?可他叫你叔啊。"

都俨答道:"我不是薛衣元君。"

薛延年又喊:"他是我爹派来保护我的!"

辛秀懂了,都俨是保镖,可能还要兼职保姆。她慢吞吞地吃着东西,看似轻松,但都俨看见她的手始终搭在葫芦上,没有一刻拿开过。

晚上辛秀还要找地方休息,在路边一个避风的破旧小屋里歇着。都俨等到半夜,见辛秀平躺在垫子上手握葫芦气息平缓,眼中迸出杀意,出现在辛秀的身前举手要打——

"啊啊啊——"

葫芦里的薛延年发出惨叫声,像深夜里起来上厕所的人不小心踩到一只尖叫鸡。

这声音对都俨来说,就是威胁。

都俨没想到这女子竟然仍然没有放松片刻,还这么迅速地察觉到他的靠近。都俨恨恨地放下手,重新退进黑暗处,盯着连睫毛都没颤动一下的辛秀,心道:看你能坚持多久!

辛秀愣是三天都没让都俨找到机会,都俨都有点儿欣赏这位年纪不大的女子了。同时,他心里的杀意也更重,能这样冒犯他的人,无论如何,他都要杀了。

这一日,他们路过一片湖泊,湖水清澈,湖边茅草有一人高。

辛秀挠了挠脑袋,说:"好几日没洗澡了,我去洗个澡。"她态度自然,还顺口调侃,"我看你对我也没兴趣,应当不会偷看我洗澡吧?"

都俨这三日都被迫为辛秀寻找食物和住所,忍受她的挑剔行为,好几次都在爆发边缘,又实在懒得理会这奸猾狡诈的小姑娘。他真是想不明白,这小姑娘年纪不大,到底怎么看出他准备的食物有问题,又怎么避开他布下的陷阱的。

辛秀捏着葫芦走进湖里洗澡。

微风徐徐,都俨听到茅草丛一边传来哗哗的水声,还有葫芦里薛延年的大骂:"坏女人,你又折磨我,别摇了!"

都俨都有点儿习惯在葫芦里的薛延年被辛秀折腾的叫声了,下意识地瞟过去一眼,见到辛秀散开长发的背影。

他忽然想到,三日过去,辛秀应当也受不了了,现在应该就是她最放松的时刻,不如趁现在——想到这里,他将手伸进湖水中。

几道模糊的影子从都俨的袖中游走,在水底接近辛秀。那几道影子就像透明的蛇,悄无声息,靠近辛秀时,猛然显露出狰狞的模样,出水的一瞬间变成了十几道风刃,将辛秀削成了无数块。

都俨想象中血肉横飞的情景没有出现,只看到许多被割碎的木屑落在水面上。

他哪里还能不明白?辛秀是用什么灵器遮掩了气息,又用这一块代形之木玩了个金蝉脱壳。他方才一个疏忽,竟然没有注意到辛秀是什么时候跑掉的。

原来不只是他在等辛秀露出破绽,那狡猾的辛秀同样在等他走神。

都俨要去追,忽然发现那块木头人的手上抓着关薛延年的小葫芦,而且葫芦正在燃烧。如果他不能立刻破开葫芦把人救出来,薛延年就危险了。

都俨立刻上前试图破开葫芦，也顾不得先去抓人了。

等都俨费劲又小心地破开葫芦，把陷入昏迷奄奄一息的薛延年救出来，毫不意外地发现已经完全追寻不到辛秀的行踪了。都俨再一看薛延年的惨状，骂了一句，袖子一卷，带着薛延年先回螭风洞治伤。

辛秀摆脱了都俨，终于可以好好放松一下了。她想着都俨如今应该忙着救薛延年，顾不上来抓她，便大摇大摆地找了个比较大的城池，在里面休整。

她一路奔波，之前连洗澡都没法好好洗。

辛秀在城里找了个店住下，一边说着不太熟练的本地话，一边比画着，要求伙计送些热水。结果伙计告诉她，附近就有个公共澡堂，去那里洗澡舒服多了。

辛秀二话不说，直奔澡堂好好洗了个澡。虽然有法术能让衣服变干净一点儿，但没有经过清水洗涤的干净都是虚假的干净，还是洗澡舒服。

洗完澡，辛秀又在路边找到了一家食肆。老板娘长得好看，说话又好听，还按照辛秀的要求特地给她熬了一锅爽口好吃的粥，粥里放了鲜嫩的青菜，再加上自家打的豆腐、额外的榨菜、一小碟子加了辣椒的酱料和几个皮薄馅大的软包子，这些食物将辛秀从长久的单调的烤肉里解救了出来。

这地方不仅有澡堂，竟然还习惯吃辣椒，辛秀一口气喝了两大碗粥，又吃了几个大包子。吃饱喝足之际，她觉得自己几乎要喜欢上这里了，决定在这里多住两天。先前她时刻要防备那个都俨偷袭，真的快要累死了。

她先前进城匆忙，没有注意这地方的模样，这会儿懒洋洋地走在街上，观察着这里的风土人情，顺便找找有什么好玩的东西。

这里应该是燕国，九公学宫里有一位学子好像就是燕国的，但是不怎么出挑，辛秀连那人长什么样都忘记了。

不过，这个燕国似乎还挺和平，人们的生活水平不低，这从她逛过两条街看到三家公共澡堂就可以知道了。

老实说，她走过那么多地方，就没有几个地方的百姓喜欢洗澡。也是因为条件限制，洗澡麻烦，浪费柴火和时间，大部分百姓一年洗个十几次澡就差不多了，所以她看到的普通百姓多是灰扑扑、脏兮兮的。

但走在这个衷元城里，普通人都比较干净，起码比其他地方的百姓白净很多。

不只是澡堂多，辛秀发现这里食肆也挺多，食物种类丰富得有点儿超乎她的想象。

这一带怎么如此繁华？辛秀心下奇怪，有意打探一番。结果她发现附近有个薛衣元君庙，庙里香火鼎盛，而这里距离螭风洞比较近，属于螭风洞治下。

"仙人住的螭风洞就在苍山绝壁上，薛衣元君会保佑我们风调雨顺。"上香的老太太拉着辛秀热情地传教。

辛秀顿时觉得自己手里的煎豆腐块都不香了。她竟然不知不觉地深入敌营了。都俨果然也不是什么省油的灯，看似拿她没办法，实则故意引着她往螭风洞的方向走，想让她自投罗网。要不是她跑得快，怕是要直接被带着走到他们的家门口。

老太太还在那儿念念叨叨说着什么薛衣元君保佑庄稼不生虫，辛秀反手握住老太太的手，说："您听说过灵照仙人吗？灵照仙人的光芒普照万方，他能保佑风调雨顺，能保佑身体健康。女子拜他祈求姻缘，男子拜他祈求功名，妇女拜他还能求子，很灵验的！"

老太太先前听她说什么灵照仙人，表情不太耐烦，待听到最后一句，立刻来了兴趣，追问："真能求子？真的很灵验？"

辛秀面不改色地说："我骗您干什么？我们那边的人都拜灵照

仙人求子。你看这个灵照仙人的灵就是灵验的灵,那个照就是普照大地的照,还是预兆的意思,好的预兆哇。您想想,是不是一听就感觉特别有希望?"

老太太一听,觉得是这个道理,连忙追问:"那你给我讲讲,具体要怎么拜?我的儿媳妇嫁到我家都两年了,肚子一点儿动静都没有……"

辛秀反向给祖师爷拉了一位他老人家不太想要的求子信徒,然后从薛衣元君庙离开,继续在大街上晃荡。

虽然她已经知道这里距离敌人的大本营比较近,但来都来了,还怕什么危险,趁机好好调查一下才是正确做法,毕竟知己知彼,百战百胜。

她先好好了解了一下各家澡堂的舒适程度,又调查了一下各家食肆的食物种类,放松了一番身心。

在这期间,辛秀发现了一个怪人。

据说北城门那边有衷元城一绝的肉丸子,辛秀去吃的时候,撞见一个丑陋疯癫的乞丐拦住一个女子。乞丐吓得那女子发出尖叫声,辛秀差点儿以为杀人了。

身边吃饭的其他食客见怪不怪,随口讨论了几句。辛秀连蒙带猜,弄清楚了他们在说那乞丐经常做这种事,他总是拦住人说些胡话。这乞丐不知道哪儿来的,每年这个时候就在北城门附近徘徊,胡乱拦人,大家都叫他"丑疯子"。

有人曾经因为家里妻子被他拦住受到惊吓,气得纠集了一群人去教训他,然而没人能碰到他的半根手指,不管怎样都没法接近他。那一次过后,大家都说他有点儿玄乎,之后慢慢也没人敢对他怎么样了。

被他拦住的女人除了被迫听他说几句话,也没受到什么伤害。大家就自认倒霉,平时远离他,不往北城门走就是了。

辛秀仔细地观察那丑疯子,来了点儿兴趣。不能靠近他是怎么个不能靠近法?莫非这人也是修士?可是她感受不到他有什么特殊的地方。她一好奇就故意往北城门那边走,然而她进城出城几次,那丑疯子都没理会她,就呆呆地坐在城墙根下面,好像一具尸体。

辛秀心想:不应该啊,难不成是自己穿得不像柔弱女子,不在他拦人的范围内?

辛秀原本只有一点儿好奇,现在好奇的感觉慢慢增加。她特意天天去吃肉丸子,观察了几日,发现疯子拦人是有规律的。

首先,他拦的都是女人,年龄从六七十岁的老婆婆到十几岁的小姑娘都有。其次,看这个年龄跨度,辛秀猜测他不是为了美色,毕竟他拦的人除了年龄,美丑跨度也挺大的。最终,辛秀找出了那些人疑似的相同点——她们都用木簪子簪头发,而且簪头雕刻的是同一种名为白鹤仙的花。这里很多人家种了这种花。

辛秀觉得这丑疯子就像一个游戏里的NPC,有特定的触发机制,要是能正确触发对话,或许会有奇遇。

她想到自己玩过的游戏奇遇,兴致勃勃地也去买了一支白鹤仙花木簪,准备做个实验。

她一般都是扎个马尾,这一次特地用簪子盘了头发。除此之外,她准备去北城门的时候,忽然心念一动,顺手摘了人家院子里一枝白鹤仙花拿在手上,然后就这么在北城门的丑疯子面前晃了过去。

她走到那丑疯子附近的时候,明显地感觉到那人转过头看向了她,不像之前那样无动于衷。但他这次也只是看着,没有其他任何反应。

辛秀放慢脚步,直到走出了城也没见丑疯子过来拦她。辛秀摸一摸头上的白鹤仙花木簪,心道:不应该啊,莫非是弄错了条件?我还有什么没有注意到的地方吗?

她想着,无意识地走到了城外的一片山坡上,那里也长了一片白鹤仙花,淡淡的香味格外好闻。

辛秀还在思考自己哪里没做对，想要转身回去再试一次，结果一转头就见丑疯子不知道什么时候悄无声息地站在了她的身后，吓了她一跳。

辛秀眼皮一跳，又笑起来："怎么？有什么事吗？"

她只看过丑疯子拦人，还没见过他跟踪，莫非真触发了什么特殊条件？

丑疯子用一种很奇怪的眼神注视着她。他浑身肮脏，散发着古怪的气味，面庞如同被火烧刀割过。寻常女子见了他无不是尖叫后退，但辛秀见过的可怕东西多了去了，还不至于被他吓到，说话时面不改色。

丑疯子看她的眼神越发不对，像是有什么东西要从那双眼睛里溢出来。他慢慢地伸出手放在辛秀的面前，嗓音沙哑，说话含混："给我，你的木簪。"

辛秀说："我没听清，你再说一遍。"语言不通真的影响发挥。

丑疯子再说了一遍："给我你的木簪。"

辛秀这回搞明白了，摸上头上的木簪，也没怎么犹豫，顺手就抽了出来，放在了他的手中。一支木簪，给就给了，她倒要看看这奇遇是什么。

她把木簪拔出，一头长发都散了，披在肩上，却没有在意，好奇地注视着他。

丑疯子望着她，忽然笑了起来，那张脸霎时间更加可怕了。但在他手中的木簪被他脏兮兮的手拂过后，瞬间变成了一支青玉簪，簪头的白鹤仙花则变成白玉。粗糙的木簪脱胎换骨，变得精致而美丽。

这一幕场景让辛秀确定了面前的丑疯子肯定不是普通人。等到他将手中的玉簪送了回来，辛秀顺手接过细细观察，心里猜测道：莫非这是个道具商或武器商？他能把普通物品附魔或者锻造成特殊物品？我就是随手一试，结果这个世界还真有这种游戏设定吗？

辛秀正在那儿大开脑洞，丑疯子已经再度开口。他再也掩饰不了激动，整个身体都在颤抖，用一种望着失而复得的珍宝的眼神望着辛秀，说："你终于回到我身边了，我终于等到你了。"

辛秀抓着簪子，忽然觉得有点儿不对，这发展和她想的好像有点儿不一样。

丑疯子朝她走近了一步，说："青娥，你说你会在白鹤仙开花的时候回来，我就在这里等你，等了那么久……"

辛秀有点儿混乱："等一下，等一下，朋友，我错了。我不该乱试。我不是什么青娥，你认错人了，我这就走，好吗？"

丑疯子用坚定的语气说："你就是青娥。你只是转世了，忘记了我。但是没关系，我们以后会有更多的时间在一起。"

辛秀二话不说，立刻决定先跑再说。

然而，她的法术施展不出，灵器催动又被什么压制了下去。她明明想要躲开，丑疯子却用更快的速度抓住了她的手腕。辛秀连连被制，心下一凛，知道这丑疯子怕是修为很高。可是讲道理，如果他真是大佬，为什么要在这里装乞丐？

"不要怕，青娥，我只是想带你回家，我们的孩子也长大了，你想见他吗？"丑疯子动作平常地制住了她所有的小动作，语气和缓地说道。

辛秀干巴巴地笑了两声："老实说，我不太想。"

丑疯子已经展开袖子将她兜了起来，辛秀只觉得眼前一黑又一花。

她再被人放出来时，身处一块悬崖绝壁上，周围狂风大作。三个大字"螭风洞"掩在绝壁的青松底下，这三个字清晰明了地告诉了她这儿是什么地方。

辛秀在心里暗骂了一句。

辛秀一瞬间就猜到这丑疯子是谁了。

"薛衣元君？"

丑疯子朝她笑,一笑脸上的疤痕就全部挤到一起,简直是灰容土貌。他语气和缓地说:"你可以叫我伝松。你以前都这么叫我。"

辛秀心道:得,她这是自己送到人家门口来了。她前头刚打完人家的孩子,骗完人家的保镖,现在就被爹掳了回来,这叫什么事啊?

想她辛秀数次在狂风暴雨边缘大鹏展翅逃出生天,这一次却应了那句老话:常在河边走,哪有不湿鞋。呜呼哀哉!

她脑子里转了几转,考虑着怎么在薛衣元君的眼皮底下逃跑。从他把自己搞成个丑疯子去凡人城里当乞丐来看,辛秀就觉得薛衣元君的脑子大概不太正常,他怕是真有点儿疯。既然他不正常,那她就有可乘之机。

"薛衣元君,你说我是青娥转世,有没有证据?"

薛衣元君想起方才的情景,望着她,眼睛都红了:"我与青娥初相见,就是方才的情景,你分明与当初的青娥一般无二。"

无论是她簪着木簪,拿着一枝白鹤仙花,还是对他那张脸毫无畏惧和厌恶的神情,甚至对话都是一样的,仿佛旧日场景重现。他当时就知道,一定是青娥回来了,就像她说过的,她终有一日会回来,回到他们最初相见的地方。

"如果我说一切都是巧合,我真不是你的青娥……"辛秀说到这儿,话音一顿,观察薛衣元君的神情,哂笑道,"看样子你也不会相信了。"

薛衣元君自顾自地说:"没关系,你没有前世的记忆了,所以不相信,但是我会找到办法让你想起前世的种种事情。"

辛秀这下子来劲了,好奇地问道:"还真有办法能让人想起前世的事?"

老实说,她都有点儿想待在这儿让薛衣元君想办法,好看看自己的前世是什么模样了。虽然她不觉得自己一个穿越的人的前世和薛衣元君的老婆青娥有什么关系,但这也不妨碍她对自己的前世好奇。

反正目前又没危险，既来之，则安之，她到螭风洞见识一下也行。

辛秀一考量薛衣元君对自己的态度，立刻从容起来，只露出一点儿为难的神色："既然如此，我可以暂时留在螭风洞，只是没有想起前世的事之前，不会与你做什么夫妻。"

薛衣元君只是说道："青娥放心，我定会让你尽快想起来。"

两个人站在螭风洞说这几句话的当口，有人察觉到螭风洞主人回来，前来洞口迎接。这些仆从早已习惯薛衣元君的这个模样，毕竟每年他都会不定时消失，而他回来时就是这个样子，也没人敢问他老人家究竟是去做什么。

不过，今年薛衣元君身边的年轻女子又是怎么回事？

辛秀感觉到那些似有若无的打量目光，也不在意，大大方方地让人打量。她像是被请来的客人自然地跟在薛衣元君身边，环顾四周。

她听师兄师姐说过，外面有许多洞天福地，那些大佬大多各自占据一块洞天福地建府修炼，薛衣元君占的这地方也不知是什么模样。

苍山绝壁是一片仿佛被巨刀劈开的垂直山壁，高耸入云，往下看就是一片云雾。螭风洞则是绝壁上的一道奇怪的缝隙，越往里走越亮，还有不知道从哪个角落吹拂过来的风，发出奇怪的啸声。

辛秀走着走着，感觉周围的缝隙越来越大，路边细碎的石头渐渐变成了巨岩。

等她走到缝隙尽头，就见一棵巨大的盘旋生长的松树，松枝上建着亭台楼阁。松树与楼宇上方，一颗十八面镂空的圆珠旋转着发光，从下方往上看像悬挂着一个太阳，只是这太阳无法带来热度，每旋转一下只会带来更多风。

他们要通过松树长长的枝干前往松枝掩映中的楼宇。薛衣元君拉住辛秀的手腕，辛秀觉得自己贴着松树粗壮的枝干迅速飞向了前方。在他们飞过的时候，身体周围的风静止了，而她身边的薛衣元君整个人倏然发生变化。

薛衣元君的身体微微佝偻起来，身上脏污的衣物变成了描画着松枝的雪白衣裳，乱糟糟的头发也变成了长发，被一根松枝固定住披在身后，脸庞没有发生太大的变化，仍是那副被火烧刀割过的模样，只是脸上多了一块白布遮住了狰狞的容貌。

这么一变化，薛衣元君的气息与先前截然不同，辛秀只觉得他的身边有微风在不断飘荡，那风蕴含着危险的气息。而他的年龄似乎成谜，从略佝偻的身体看，他应当是个老人，可手上皮肤又不像老人的，总之就是很奇怪。

眨眼间，他们已经来到了松树楼宇门前，高大的门嘎吱一声自动打开，仆人向他们行礼恭迎主人。

辛秀落在木制的光洁地板上，还能感觉有一道将她送过来的风在脚下打了两个旋。

他们刚刚站定，便有一个身影风一般从另一道门里刮过来。

那人见了薛衣元君，开口就是："元君，小主人受了重伤，您快去看看吧！"

辛秀早知道来螭风洞一定会遇上都俨和薛延年，没想到刚进门就撞见了。

薛衣元君听见儿子受了重伤的消息，周身气势一冷，身边围绕的风鼓噪起来，吹得他衣袂飘飘，白布底下的脸更显狰狞了。

"我儿延年受重伤？怎么回事？"薛衣元君的声音低沉，含着怒意，他仿佛随时要爆发。

都俨已经注意到了薛衣元君身边一脸无辜表情的辛秀，也没多想，立即指着她说："就是这个嚣张的小贼害得小主人受重伤！"他说完忽然觉得似乎有哪里不对，略迟疑地问道，"元君将此凶手抓来，莫非不是因为小主人之事？"

他刚才第一眼看到辛秀，还以为是元君知晓儿子被人重伤，特意抓来凶手给儿子出气，但现在看元君的反应，又不太像。

薛衣元君身边那些鼓噪的风慢慢停了下来，变得和缓。场面古怪地沉默了一阵，薛衣元君才慢慢开口："你见过延年了？"

这话显然问的是辛秀。

辛秀朝不明白状况还怒视着自己的都俨露出无辜的笑容，才有些委屈地说："去衷元城之前，我才从都俨和薛延年的手中逃出来。先前薛延年不知为何主动找我的麻烦，喊打喊杀，我没办法，便把他关在灵器葫芦里。后来都俨寻去要为他报仇，我为自保确实与他们闹了些矛盾。"说完她才好像忽然明白了什么，"啊，难道你先前说的孩子就是薛延年？"

见辛秀满脸的无措和尴尬之色，还有些气愤，好像不太满意孩子如今的模样，薛衣元君的语气不由得更轻了些："是我这些年没有好好教导那孩子，才让他变成这样，你不要在意。现在你回来了，日后自然可以好好教导他。"

都俨听得目瞪口呆，目光在薛衣元君和辛秀的身上转来转去，尤其是听到薛衣元君这番充满了安抚意味的话，更是愕然万分，如坠梦中。

都俨心道：元君在说些什么？他唯一的儿子可是被这女人打伤了！这么个修为低微的小修士，元君又怎么会以如此礼遇待她？

都俨百思不得其解，犹自皱眉，又说道："元君，她可是伤了小主人……"

辛秀接过他的话，很不好意思地对薛衣元君说道："我伤了你的儿子，你不怪我？"

薛衣元君温柔地说："延年是我的儿子，也是你的儿子。他冒犯你本就是他不对，你无须在意，你想怎样管教他都可以。"似乎还嫌自己这番话不够惊吓螭风洞众人，薛衣元君又语气冷漠地说，"若你实在觉得这孩子废了，处置了他也没关系，以后我们自然可以有其他的孩子。"

都俨愣住了。

辛秀也沉默了，在心里嘀咕：这薛衣元君这么爱妻子吗？他的老婆是亲的，他的儿子是捡来的吧？

都俨终于找回了自己的声音，先确认了面前的人确实是薛衣元君，又确认自己没有陷入幻境，这才疑惑地低声询问："元君，这究竟是……？"

薛衣元君指着辛秀说道："她是青娥夫人，我的爱侣的转世，今后，也是螭风洞的女主人。"

辛秀面不改色地认了这个替身身份。

都俨沉默了。薛衣元君是他的恩人，他对薛衣元君尊敬。也是因为薛衣元君，他才会万般照顾薛延年。如今薛衣元君都这么说了，再看他的态度，他明显更加在意辛秀。都俨还能说什么？他只好对着辛秀躬身行礼，闷闷地道歉："原来是青娥夫人，先前属下不知夫人的身份，冒犯夫人了，请夫人恕罪。"

辛秀格外大度地摆了摆手："那倒不用，先前我也不知道自己的身份，想不到大家原是一家人。"

众仆人也跟着上前拜她："青娥夫人。"

辛秀咳嗽一声，假惺惺地对着都俨说道："你刚才说薛延年受重伤，他现在怎么样？我也不知道我们之间还有这种渊源，若是早知晓，也不会为了自己逃命，就让他伤成这样。"

薛衣元君说道："不用介怀，重伤而已。"

刚准备接话的都俨听到这番偏心的安慰话语，无奈地闭了嘴。只是他望着辛秀带着关心的脸，心中已然戒备起来。他心想：此女定然不是个好东西，不知用什么办法迷惑了元君，到螭风洞也是不怀好意！

辛秀在都俨怀疑戒备的眼神下提议去探望薛延年。

薛衣元君微微一叹："果真是母子连心。"

辛秀再见到薛延年的模样，差点儿笑出来。这家伙果然伤得厉害，全身都被包裹住，就剩一张脸还算完好。她的师父炼制的东西，哪怕是给她玩的，也不是普通灵器。都俨花费了不少功夫才破开葫芦救出薛延年，难怪薛延年伤成这样。

薛延年被救回螭风洞后，吃了不少灵物，已经苏醒过来，如今只是有些昏昏欲睡。听到声音，他慢慢睁开眼，就看到辛秀朝他微笑。

辛秀笑着对他说："你醒啦，该吃药了。"

薛延年一震，迅速清醒过来，眼睛泛红，目光定在了辛秀身上，脸都瞬间扭曲了，张口大骂："就是你这坏女人，敢伤我，我要将你扒皮抽筋，让你被火烧成焦炭！"

他又瞧见旁边站着的薛衣元君，直接说道："爹，是不是你把这坏女人抓来给我报仇的？你快帮我杀了……"

薛延年整个人突然被风甩了一巴掌，在床榻上滚了两圈。

薛衣元君冷声道："孽子，你对你娘胡说些什么？"

薛延年多年没被亲爹打过，一时被打蒙了，也不记得发脾气，反而愣愣地问："什么娘？"

辛秀微笑着说："孩子，我其实是你娘啊。"

薛延年表情扭曲，脸色涨得青紫，良久发出一声号叫："你勾引了我爹要当我后娘？！"

薛延年受重伤刚好了一点儿，差点儿又被亲爹打废了。辛秀在一旁全程围观了家暴现场，深觉薛衣元君此人深不可测。他变脸的速度这么快，一会儿对他的儿子关心，一会儿对他的儿子狠心，表现得这么分裂，肯定不是寻常人。

薛衣元君打完孩子，邀请辛秀叙旧。辛秀虽然十分感动，但还是拒绝了他，并表示自己要照看薛延年，和孩子培养一下感情。

薛衣元君默默地看了她一阵，还是同意了。

因为对亲娘不敬，薛延年没能得到什么灵丹妙药来治愈身体，只能躺在床上慢慢养伤。他住的是巨松枝上风景最好的一处宫殿，辛秀每日都打着来照顾孩子的旗号，理所当然地霸占薛延年屋里最舒服的榻。

她躺在风景绝好处，使唤着薛延年平时使唤的仆人，吃着往日独属于薛延年的各种琼浆玉液和美食糕点，把玩着薛延年四处收集的各种宝贝玩意儿，对不远处薛延年的瞪视视而不见。

薛延年动也不能动，就剩一双眼睛咕噜咕噜地转着去看辛秀，眼角都快瞪裂了。他如今已经知晓这该死的女人不是后娘，而是他的亲娘转世，但是他的心里并不愿意承认这个事实。

他长这么大，有记忆之前母亲就去世了，对母亲本来就没什么眷恋和喜爱之情。再加上他和辛秀先前就有仇，她这会儿突然跳出来让他们父子反目，薛延年恨得牙痒痒。如果他能动，都恨不得咬下这女人的一块肉了，哪会真心实意地认她当娘？

前两日，辛秀主动说起要来照顾他，薛延年还想着如何折腾她一番，让她见识见识这螭风洞到底谁做主。可是两天下来，薛延年发现那口口声声说要来照顾他的人，根本就是鸠占鹊巢，特地来气他的！

眼看着辛秀把他从前最喜爱的一个宝匣搬出来，将里面栩栩如生的宝境世界拆了个七零八落，薛延年又气又急。他本来二度重伤不能说话，现在都在巨大的毅力下开口了："你……就是……这么照顾……我的？！"

舒服地跷着腿坐着的辛秀放下把玩珍玩的手，瞟了他一眼，说："我这不是照顾得挺好的吗？你看看你，伤上加伤的情况下，这么快又能开口说话了。大约是我们母子连心，你不忍心母亲为你担心。"

薛延年没想到辛秀这么无耻，惊怒交加，一口血喷了出来："噗——"

他吐出了堵在喉咙里的一口血。周围几个仆人都是一阵心惊胆战,不知道该不该过去。

都俨恰好进来,见到此情景,脸色一黑:"青娥夫人,你在这里,小主人没法养好伤。不如你去他处休息,或是去陪伴元君,想必元君也会高兴。"

辛秀优哉游哉地说:"都俨,你说什么呢?我在这里怎么会妨碍到延年养伤?你不要在此挑拨我们母子的感情了。"她陪薛衣元君聊天是不可能的,和那精神好像不太正常,又有能力压制她的薛衣元君在一起,哪有在小气又重伤的"儿子"这里有安全感?

薛延年瞪着辛秀,又努力蹦出两个字:"你……走!"

辛秀笑嘻嘻地说:"你听到没?延年让你赶紧走,没事别来打扰我们。"

薛延年又吐了一口血,面如死灰,似乎快要把自己气死了:"我说……你!"

辛秀笑着说:"儿啊,娘亲是不会离开你的,你尽管放心养伤。"

都俨深吸一口气,拿辛秀没办法,只好坐到薛延年的床边,恨铁不成钢地看着薛延年:"怎么这么沉不住气?定神定心,专心恢复,不要再被外物所扰了!"

薛延年气苦。他从前就没有什么机会受伤,哪怕有个小伤,也很快有人送来各种天材地宝助他疗伤,可如今什么都没有!

"俨叔……我爹……我的伤……"薛延年断断续续地说,想让父亲来为自己治伤。

都俨明白薛延年的意思。这孩子从前被宠溺太过,如今还觉得元君会和从前一样对他百依百顺,却不知元君如今被迷了心智,一心想要找回原来的青娥夫人,对辛秀很看重。再加上元君亲耳听见薛延年骂娘,打定了主意要让薛延年吃些苦头。如今哪怕是都俨,也没办法帮薛延年。

都俨只能宽慰道:"你不要多想,养好身子,静心修炼。你以前实在散漫，今后不能再如此了。"

要是辛秀真是青娥夫人，以后留在螭风洞，按照她的性子，他和薛延年怕是都要倒霉。别听她一口一个儿子，都俨可听得出来，她压根儿没半点儿真心实意。

听了都俨的安慰话语，薛延年只觉得都是些废话。他忍不住想，都俨是不是看那女人得父亲喜欢，不敢得罪她，所以也不敢为自己去求父亲？他满心愤怒，竟然双眼一翻又晕了过去。

等到薛延年再次醒来，还未睁开眼睛，就听身边传来莺声燕语，仿佛有许多女子巧笑嫣然地在说话。

他勉力睁开眼睛，一眼瞧见自己的娇妻美妾都围坐在辛秀身边，为她捶背、剥果皮，竟然还有人在为她跳舞！

那是他的姬妾，不是那女人的！而且他都伤成这样了，那些女人竟然还跳舞唱歌取乐！

薛延年大怒："你在我……的……宫殿里……干什么？"

他的声音微弱，根本没人听见。那边一群女子还在满口奉承地喊着辛秀夫人，嘴甜得不行，好像真将辛秀当亲娘侍奉了。

辛秀身边围着一群"儿媳妇"，提前享受了当婆婆的感觉。其实这群女子原本是争着来伺候薛延年的，但是看他重伤得仿佛命不久矣的样子，有个聪明的女人就转头过来讨好侍奉辛秀了。

有了这姑娘带头，其余女子也都想明白了，万一薛延年死了，她们估计也要没命，说不好要被送去殉葬，不如先讨好婆婆，说不定能有个活命的机会。

这才造成了辛秀被美人环绕的一幕场景。

辛秀和她们聊天，说起螭风洞的各种消息。姬妾们虽然知道得不多，但毕竟来这里更久，对辛秀是知无不言，还争抢着告诉她更多事情。辛秀只能说，这群姑娘要是去搞情报工作，肯定也是一把好手。

什么守大门的某某仆从老家在哪里，某厨子原本是在某某皇宫做御膳,薛延年从前最喜欢找哪位姑娘共度良宵,都俨闭关时洞府里传出奇怪的惨叫声,月半山腹处出现异状好似有鬼哭等真真假假什么消息她们都能拿出来说道说道。

"青娥夫人!求夫人救我!"

一群人正热闹着,有人狼狈地提着裙子跑进屋内,对着辛秀扑通一声跪下了。

屋内一静,大多数人一副看好戏的模样望着那跪下的女子。仿佛老太君一样的辛秀稍稍起身,语气和蔼地询问:"怎么了?你有什么冤屈呀?"

那女子头发散乱,面色憔悴,一副视死如归的毅然神情:"妾乃湘国公主项窈,三月前被掳到此处。可妾不愿做薛延年的姬妾,只想回去。听说青娥夫人宽和善良,求夫人放妾回去吧!"她说完,用脑袋哐哐砸地。

辛秀手一勾,项窈就身不由己地站了起来。

她问项窈:"你留在这里做薛延年的姬妾,说不定能长命百岁。我看许多人想走上仙途,恨不得留在仙人身边当牛做马,你不愿?"

项窈毫不犹豫地说:"妾不愿,不愿卖了自己的身体得到什么延寿的宝贝,只想当个凡人,好好过这一生足矣!"

辛秀蓦然笑起来:"好,那我就让人送你回去。"

项窈自称是被掳来的,看这情形她先前还被关着,能跑到辛秀面前,又敢放手一搏向辛秀求助,这姑娘倒也不简单。

辛秀张开手,一枚碧绿的竹叶形状的书简落在项窈的手中。项窈握住那枚玉叶,听到脑海中响起辛秀的声音:"拿着这枚玉叶,若是湘国没有容身之地,就去琥国九公学宫吧。"

项窈眼睛一亮,红着眼深深下拜。

把项窈送走后,辛秀发现身边的好些女子都开始眼神闪烁。她不禁摆出最慈祥的神态问道:"我这儿子太不像话了,怎么能强掳人家过来？！如果你们也有不愿留下的，尽管和我说，我会安排人送你们回去，这点儿小事我还是能做主的。"

一群女子左右看看，还是那位首先跑来讨好她的女子越众而出，跪下一拜，一切尽在不言中。

辛秀笑眯眯地把薛延年的一群姬妾送走了差不多一半。

等到送完一个又一个面露感激之色的女子，辛秀好像才发现薛延年醒来一般，说道："儿啊，你醒啦，你的爱妾美姬我都给你送走了。你也不要怪母亲。你应该多修身养性，这些美人我看你也享受不了，就别耽误她们了。"

薛延年目眦欲裂，又吐了一口血。

辛秀觉得，他也差不多该吐习惯了。他还不习惯，她都有点儿看烦了。三日过后，辛秀彻底失去了继续折腾薛延年的兴趣，开始在螭风洞溜达。一路上没人拦她，她就直接晃荡进了那些美人和她说过的宝阁。

据说螭风洞的宝阁里放着许多宝贝，不过那些美人都没法进去。辛秀倒是能进去，但试图翻看宝阁里放着的法术书卷时，却根本触碰不到。

都俨忽然出现在辛秀身后，看她的眼神就像是在看贼："青娥夫人，这里没什么好玩的，还是请你离开吧。"

辛秀先前只是想随手翻翻，被人阻止后，就变成非看不可了。她抱着胸不客气地开口："我想看看这个御风术，你帮我拿下来。"

都俨说："没有元君首肯，谁都不能从这里取宝物。"

辛秀露出假笑："那我直接去问元君，你猜他肯不肯给我看？"

都俨沉默了，他猜肯。

果不其然，薛衣元君在辛秀找上门去后，给了她一道令牌，让她能从宝阁里取走宝贝。

辛秀再度前往宝阁，当着都俨的面取走了御风术，又在他的眼前慢悠悠而接二连三地取走了一整面墙的法术典籍和法宝。

都俨的表情就好像看到自家的银行被劫匪抢劫了一样，他勉强露出一个牙疼般的笑容："夫人，你要这么多法术做什么？"

辛秀欣赏着都俨想拦自己又不敢的模样，说："我拿这么多当然是去学习。"

她越过脸色难看的都俨，嚣张地带着一堆宝贝扬长而去。

她走在路上，随手拿过记载的御风术，撇了撇嘴。她现在被困在这里，想踏出螭风洞一步都不行。既然如此，他们就不要怪她学走他们的独家法术，再做点儿有趣的事给自己解闷了。

半夜时分，螭风洞内一片宁静，只有如泣如诉的风声不曾停歇。忽然，一点火光落在宝阁之上，光芒一闪，发出轰隆的爆炸声，震得螭风洞内所有人惊醒了过来。

都俨作为螭风洞修为第二高的人，察觉不对，几乎是爆炸刚发生就出现在宝阁上方，合掌召唤出水，试图灭火。可这火焰十分奇特，竟然无法被浇灭，甚至借着螭风洞周围的风势越发嚣张。火焰冲天而起，很快蔓延到另一侧的阁楼上。

急急奔出的仆从等人忙去取水，都俨见止不了火势，皱眉望了一眼薛衣元君所在的宫殿，有些疑惑他怎么没有现身。

薛衣元君此刻却出现在螭风洞的洞口处，巡视着周围，片刻后语气淡淡地说道："别躲了，出来吧。"

无人响应，他摇摇头，手往前抓去，在半空中抓出了一只鸟。

那鸟一身青绿色夹杂孔雀蓝的羽毛，无辜地在他的手中挣扎了一下，用一双黑豆眼看着他。

薛衣元君也不多说，回到了巨松上的宫殿里，身形突然变成一个缥缈的巨人。他一手抓住宫殿上蔓延的火焰，将火焰包在了一个半透明的风团中，慢慢压缩，直至火焰熄灭。

都俨上前说道："元君，此火不能被水灭，却能被风势助长，不是普通火焰，应当是宝阁里多年前存放的一朵引风火。"

薛衣元君说:"确实。"

都俨看他好似没有收到自己的暗示,不由得咳嗽一声,试图解释得更明白:"这引风火无缘无故怎么会烧起来?最近青娥夫人常来宝阁,似乎取过引风火。"

这话已经说得很明白了,都俨敢肯定,这火就是那女人放的!可是他说了这些,元君也没什么反应,只嗯了一声,然后就离开了。

在元君离开之前,都俨看见元君袖中的手里握着一只鸟,鸟好似挑衅般朝他歪了歪头。如果他没看错,那应该是辛秀。她用附羽之术变化成鸟是想做什么?

薛衣元君将鸟带到自己的阁楼里才松了手,鸟落在不远处的一块垫子上,变成了辛秀。

辛秀神情自若地摘下脑袋上一片用作施展法术的青绿色的鸟羽,对薛衣元君笑了笑:"这个附羽之术还挺好用的,就是气息没法完全被遮掩,一眼就被你看穿了。"

薛衣元君负手,低声问道:"玩得开心吗?"

辛秀实话实说:"不太开心。"她几次尝试悄悄溜走,都被当场抓住,薛衣元君怎么盯得这么紧?

薛衣元君打量她片刻,忽然说道:"青娥,你和从前似乎不太一样了。"

辛秀说:"薛衣元君,你有没有想过,我和青娥不一样,其实是因为我根本不是青娥?"

薛衣元君自顾自地说:"我知道你在怪我。可是你好不容易回到我身边,我不放心你离开。只要等到你找回从前的记忆,愿意好好过日子了,我就不会再像这样把你关在这里。"

辛秀仰天大喊:"我不是青娥。"

薛衣元君说:"你要是高兴,宫殿随便烧就是。只不过放你走是不可能的,你只能乖乖待在这里。"

果然无法正常交流，辛秀都不觉得意外了。她只好换个话题问："那你想好让我恢复前世记忆的办法了吗？"

薛衣元君说："我已经有办法了，还差一些材料，过两日就要外出去寻。"

辛秀立刻笑了："哎呀，那你早去早回。"薛衣元君一走，山中无老虎，猴子称大王，哪怕有都俨在这儿，她也有机会逃走，都俨可比薛衣元君好对付多了。

她正盘算着，薛衣元君又说道："我走了，不放心你在这儿，所以我会暂时封住你的灵力，你好好待在此处，等我回来。"

辛秀内心无比想骂人。

薛衣元君这几日算是见识过青娥转世后的性子了，只要她想就能搅得别人不得安宁。她对于法术、灵力一道又非常有天赋，拿着那些风系法术典籍，短短几日已经能熟练运用一些小法术。若是不暂时封住她的灵力限制她一下，薛衣元君怀疑等自己回来，她就已经逃之夭夭了。

辛秀也看明白了薛衣元君这人，看似对她宽容，实则性格强硬，说要封她的灵力就一定会封她的灵力。她怕是挣扎也没用，这男人可不像她的师父对她那么纵容。

想到师父，辛秀忽然眼睛一眯想到什么，对薛衣元君说道："说来，你认定我是青娥夫人了，可我毕竟转世，与她不同，既然你想我留在螭风洞，是不是应该要办个婚礼、喜宴什么的？"

没想到她会突然提起喜宴，薛衣元君还有些意外，但很快点头："喜宴当然要有，我会广发请帖，邀请一些友人前来参加宴会，将你的身份告知所有人。"

辛秀说："既然这样，那就快点儿办，我这边的亲朋好友也该请，尤其是我的师父。"她笑弯了眼睛，想到自己那自闭的熊猫师父，突然很期待，语气更轻快了，"我的师门是蜀陵，师从灵照仙人第十二位弟子申屠郁，你要娶我，得先问过我师父的意思。"

- 248 -

薛衣元君第一次听她说起师门，顿了顿，似乎有些诧异，但很快又恢复了平淡表情，颔首道："那是自然，我会遣人去请你的师父。"

至于那人同不同意，对薛衣元君来说，并不在他的考虑范围内。他进了他的螭风洞，只要他不允许，就没人能带走他的人。

辛秀现在不想跑了，反正目前看来也跑不掉。她比较想看师父来参加自己的婚礼时是什么表情。

她兴致勃勃地摸到纸笔，思忖着下笔："你等等，我现在就写个喜帖，你早点儿发给我的师父。我的师父不来，咱们的婚事就办不成。"

从薛衣元君处离开，辛秀的心情不错，她半途看见堵在面前的都俨，也给了个笑脸。

都俨扫她一眼就发现她身上的灵气消失了，心中一动：莫非元君终于被她的所作所为激怒，责罚了她，封了她的灵力，好让她不能再闹事？

"青娥夫人，这几日胡闹够了吧。"都俨心道元君还是有分寸的，知道要管教这女子，语气便有了几分从前的强硬之意，"你不要以为螭风洞当真就任由你为所欲为了。今日烧宝阁事小，可你若一直如此不知好歹，元君也不会一直护你。"

辛秀一下子就猜到了他这态度是怎么回事，笑了两声，忽然凑近他，手指戳了戳他的胸口，故意用那种别有意味的语气小声地说："你觉得如果我们两个有一腿，你家元君会杀你还是杀我？"

都俨听得嘴角一抽，迅速退开，看她的眼神警惕又古怪。

辛秀摊手："要试试吗？"

都俨再不和她说话，避着她贴着走廊边缘走了，好像真的怕她凑上来诬陷他。

薛衣元君要与辛秀举办婚宴的消息，第二日就传遍了整个螭风洞。仆从们喜气洋洋地开始布置宫殿，昨夜被烧掉的建筑今日也在重新修建，还有人专门印制喜帖，准备发往各处。

辛秀坐在薛延年的房内，特地把送给师父的喜帖亲自写了一遍，不太满意地看了两三遍，心道：这请柬怎么没有录制功能？最好是一打开请柬就能录制看请柬之人的脸，也好让她看看师父见了喜帖到底是什么表情。

薛延年才刚好了一点儿，这会儿差点儿没被那一堆红色的请柬气死，呼哧呼哧直喘气。

辛秀捏着笔，故意跟他说："我要给你当后娘了，开不开心？"

薛延年怒道："你不是说……你是我……亲娘？……"

辛秀说："不了，不了，我现在觉得我生不出你这种不孝子。"

薛延年又被她气了一通，整个人在床上发抖。这几日他没见过父亲来看望自己，除了都俨也没人管他，如今看辛秀春风得意，终于忍耐不下去了。

在都俨来探望的时候，薛延年吃力地说道："俨叔，父亲的婚事……"

都俨神情沉沉地说："元君真的被那女人迷住了，我也没有办法。"

薛延年继续说："请柬……"

都俨说道："你要请柬干什么？你看了只会更生气。"

薛延年翻了个白眼，坚持说："送到火……"

都俨道："丢到火里烧了有什么用？只会惹元君不快而已，你别想了。"

薛延年几次被他抢答，气急，用力抓他的袖子，脑袋都快昂起来了，脖子上的青筋暴起才终于说了一句完整的话："送喜帖到火丹山！"

都俨这才明白了薛延年的意思。火丹山主人尪夫人，是薛衣元君从前的义妹，痴恋薛衣元君多年。

薛衣元君的妻子死后，尪夫人更是纠缠不休，薛衣元君因此厌烦她，断了与她的往来。不过，听说这么多年来，尪夫人对薛衣元君还是念念不忘。

这一次薛衣元君邀请友人前来参加喜宴,为了防止虺夫人捣乱,应当是没有发请柬给她。火丹山地处偏僻,周围赤地千里,虺夫人性子古怪,没人敢轻易靠近火丹山。若是没有请柬,她怕是等薛衣元君大婚之后都收不到这消息。

薛延年用力拽着都俨的衣袖,用眼神催促他。

都俨只迟疑了一瞬,想起辛秀先前的种种行径,也不犹豫了:"喜帖不能送,不过我们可以安排人去告知虺夫人这个消息。"

如果虺夫人得到消息,能在大怒之下把辛秀杀死,就再好不过了,就算元君回来,应当也不会怪到他们身上。

都俨想着,站起来说:"必须立刻把消息送过去,最好趁着元君出门未归的时候,也好让虺夫人能顺利地闯进螭风洞。"

薛延年露出了多日来第一个舒心的笑容。什么亲娘?就算真是亲娘,让他不爽了,他也要将人解决掉!

"看你这两天好像心情很好。"辛秀狐疑地在薛延年的床边走来走去,捏着他的脸左右看看,思考一阵忽然问,"你这么高兴,莫非是想到了什么对付我的办法?"

薛延年得意的笑容猛然一僵。

辛秀盯着他的眼睛猜测:"你肯定是和都俨联合起来要搞事情是不是?趁着你爹离开,现在这里没人会护着我,你想杀我?我谅你们不敢亲自动手,莫非准备借刀杀人?"

薛延年没想到她这么敏锐,不过他也不在乎了,在他的眼里这女人就是个死人,他瞪着眼睛扯出个狰狞的笑容:"怕了吧!跪下,舔老子的脚,留你全尸!"

辛秀云淡风轻地说:"虽然不知道你要搞什么,但我这人就不爱吃亏。"说着她跳上床,用脚踩上薛延年的脸,"你想搞我,我就先从你身上收利息。"

师父他太难了

终结篇

扶华 ◎ 著

下册

青岛出版集团 | 青岛出版社

第六章　情丝理还乱

火丹山，虺夫人的黑熔岩洞府前。

手拿松枝前来送消息的仆从紧张地望着洞穴的顶上，被洞顶密密麻麻数不清的红色小眼睛吓得双腿直打哆嗦。

他被都俨派来暗中送信，一路上还想着办成事情之后会有什么样的奖励，可等来到这火丹山，才发现自己到底领了个什么样的任务。此刻别说奖励，他恨不得立刻完成任务赶紧离开这鬼地方。

等了一会儿，仆从听到窸窸窣窣的声音，似乎有什么东西在身边爬动，忍不住转了一下头，脸颊边吹过去一阵风，风中有一股说不清的腥臊味。

"你是螭风洞的人，来做什么？"

前方忽然传来的声音吓了仆从一跳，他抬头望去才发现前方林立的石笋形成的天然座椅上不知道什么时候坐了一个女人。女人一身在黑暗里微微反光的衣裙，裙尾透迤拖入黑暗中，半边脸颊上都是淡淡的鳞片，妖冶恐怖，乍一看简直夺人心魄。

仆从咽了下口水，结结巴巴地将都俨吩咐的话说出。因为不能泄露这是都俨指使的,他还特别解释了一番。可上首的虺夫人注意不到那些,只听了两句话,一双竖瞳就阴狠地往上吊起,发狂地喊道:"他要成婚了!他要和别的女人成婚了!可他不是说这辈子只会有青娥一人?!"

仆从还想说什么,只见一道黑影迎面扑来,接着感觉腰间一紧,被什么钩住朝前方的虺夫人飞去。在他靠近的时候,虺夫人蓦地大张红唇,露出猩红的舌头,将他整个人吞了下去。

"不——啊啊啊——"

被尖叫声惊动,黑熔岩洞窟顶部的无数双红色眼睛一阵骚乱。再过片刻,石林上的虺夫人消失不见,洞窟上方才陆续传来细碎的说话声和翅膀的扑扇声。

"虺夫人离开了。"

"虺夫人去干什么了?"

"虺夫人去吃人了,嘻嘻嘻。"

"虺夫人生气了,嘻嘻嘻。"

蜀陵距离螭风洞遥远,倒是火丹山与螭风洞相隔并不是特别远。因此,薛衣元君离开螭风洞不过两日,大部分送出的喜帖还在路途中,虺夫人已经带着怒火一路冲到了螭风洞。

那一股黑风卷到螭风洞时被屏障阻拦片刻,很快就见屏障被什么东西腐蚀般破开一个大洞,黑风一股脑地从破洞间卷了进去。

一些螭风洞的仆人不明所以,还未来得及警告来人莫要乱闯,就被那股黑风卷了进去,接二连三地发出惨叫声,原本的黑风之中立刻就夹杂上一些血腥气。

黑风掠过巨松时,宫殿顶端的风珠骤然发出尖锐的呜呜声。都俨不得不现身,故作为难地看着黑风中的虺夫人:"虺夫人怎么来了?元君暂时不在府中,你擅闯螭风洞不太好吧?"

虺夫人已经看到螭风洞宫殿中处处布置的喜庆红色装饰,她的竖瞳也越发猩红，声音嘶哑地说道："把那个女人交出来！"

都俨心知肚明她说的是谁："我若将夫人交出，元君定会怪罪，虺夫人莫要为难我。"

虺夫人说道："那我就先吃了你！"

辛秀听到外面的响动，从床上跳下，站在窗边往外看了一眼，就见到打得热闹的都俨和从黑风中现身的一个水蛇腰的女人。

辛秀看了一会儿，扭头问床上被她踩得奄奄一息的薛延年："下面那个闯进来嚷嚷着'交出那女人'的朋友，就是你喊来的救兵吗？"

薛延年吸了一口气，凭借着仇恨的意志发出一声幸灾乐祸的怪笑，一切尽在不言中。

辛秀起了杀心。外面那女人肯定是都俨和薛延年搞鬼请来的，只看都俨假打的架势就知道，他根本就是故意在做样子，估计很快就会装作不敌，让那女人闯进来抓住她。

她还以为就算都俨对她有点儿意见，也不敢在薛衣元君不在的时候乱来。谁知道他竟然敢这么做，宁愿冒着被薛衣元君迁怒的风险也要弄死她。

辛秀暗忖：小看了他们二人对自己的恨意。她如今灵力被封，又被困在这儿发不出信息，逃也逃不了，眼看要等死，总要带走一个人，目前能抢先带走的也就这个薛延年，不如干脆……

也许是察觉到辛秀的杀意，外面的都俨忽然做作地痛呼一声，恰好被击飞，精准地砸进屋内，窗户、墙壁被他砸坏了一大片。

辛秀心道：你刚好就砸到我面前阻止了我动手，演戏演得也太明显了。

都俨吐了口血，给了辛秀一个恶意满满的眼神，才对一阵风一样跟着卷进屋内的虺夫人说道："虺夫人，我劝你不要伤害这女子，元君对她十分看重，你若是伤害了她，元君回来定会找你的麻烦。"

虺夫人嗤嗤冷笑："他早就不愿见我了，我还怕什么？！我就是要吃了这个女人。我不能和他在一起，他也不能和任何人在一起，我不允许！"

辛秀明白了，又是痴男怨女、你爱我我却爱着她的故事。

都俨落在薛延年床边，捂着胸口一副不能起身阻拦的模样，表面劝告，实则暗自拱火。辛秀听得竟然还觉得有点儿好笑，这演技也太假了。

都俨演技差，奈何有个十足配合的演员。虺夫人已然疯魔了一般，也不管都俨了，那双眼睛死死盯着无辜的辛秀，张开双手朝她扑去，瞬间将她卷进黑风，留下一阵阴森的笑声后带着辛秀消失不见了。

且不说螭风洞这边都俨和薛延年是如何得意、如何商讨着等薛衣元君回来告知辛秀的死讯，辛秀这边被裹在黑风里带回黑熔岩洞窟，一路上吸霾过量差点儿窒息。她被丢到黑漆漆的洞窟里时，都觉得自己是不是吸霾过多要中毒了。

辛秀撑着冰冷潮湿的地面坐起，看着面前愤怒的虺夫人。虺夫人好像并不急着杀死她，而是用满含恶意的眼神仔仔细细地看着她。

虺夫人指甲尖锐的双手摸着辛秀的脸，她问："你用什么迷惑了他？"

这怨恨又嫉妒的话语让辛秀暗暗叹息，说来她其实真没想到薛衣元君也有爱慕者，这爱慕者还爱慕得这么疯狂，毕竟薛衣元君那模样，她自问是爱慕不起来的。可见人间除了她这种耿直而真实的看脸的人，也有面前这种不知道惦记啥反正就是执念深重的痴女。

不过，不管怎么样，既然对方不是立刻要搞死她，她就还有说理的余地。辛秀在这一刻感觉自己的生命安全又有了保障。

"其实你误会了，我并不是你的敌人，虺姐姐。"辛秀一手搭在虺夫人阴冷的手背上，异常真诚地说，"实不相瞒，我是被薛衣元君抓到螭风洞的，一直很想逃跑。我心中根本没有薛衣元君！如果姐姐不信，请看我身上的灵力，它就是被薛衣元君封住的，为了防止我逃跑。其实我另有情投意合的爱侣，如果要我另嫁他人，我还不如去死！我真要多谢虺姐姐救我！"

虺夫人没想到这女人被她抓到这里，既不惊慌失措，也不连声求饶，反而向她道谢。再看她身上，果然被薛衣元君封了灵力，虺夫人一时间竟不知道要不要继续按照原本的主意折磨她，最后将她吞吃。

"你说你看不上薛衣元君，他那么好，你怎会不爱他？你是为了活命在欺骗我。"虺夫人又阴沉沉地说，手慢慢移到了辛秀的脖子上。

辛秀叹息一声，按住虺夫人的手，说："薛衣元君固然很好，可在我心中，谁也比不上我的郁郎。我看姐姐也是性情中人，应当能明白那种感觉，不管这世上其他人有多好，在我看来也不及我心爱之人。"

虺夫人看上去相信了辛秀的话，但仍杀心不灭，甚至表情显得更加扭曲了："凭什么？你都不爱他，他却爱你！他还要娶你！你给我去死！"

"且慢，我有办法助虺姐姐得偿所愿！"辛秀面不改色，一把握住虺夫人的手，"虺姐姐，你先别急，咱们同为天涯沦落人，不如先好好聊聊。"

虺夫人几次三番想杀她，又几次被她的话引得停下动作，终于不动手了，追问："你说你有办法助我得偿所愿？"

"是呀，我一看姐姐就有种亲近的感觉。姐姐又助我脱困，我一定要报答你。"辛秀说着花言巧语，"我看姐姐对薛衣元君一片真心，既然这样，不如我们换一换，各取所需。"

见虺夫人眯起眼睛有些意动，辛秀继续说道："元君已经发出请柬，要办婚宴，可我是不可能与他成亲的，不如姐姐你替我嫁给薛衣元君？"

这"替嫁"一词，抓住了虺夫人的心，她不由得凑近了些，问："你有什么主意？"

辛秀说："姐姐与我一起去螭风洞，等到薛衣元君回来，我便说与姐姐一见如故，邀请姐姐留在螭风洞等待婚礼。到了婚礼那日，我会配合姐姐暗中换身份让姐姐嫁给薛衣元君，姐姐就可与心上人共成好事。"

虺夫人冷笑："你以为他会看不出来换了人？"

辛秀也笑："那样的大喜之日，哪怕是薛衣元君也会有片刻疏忽，不管是用药还是用灵器法宝，只要能迷惑薛衣元君一时便够了。等到姐姐得偿所愿了，薛衣元君怕也舍不得对姐姐如何，俗话说一日夫妻百日恩，姐姐说是不是？"

虺夫人沉思片刻，竟然觉得这女子说得有几分道理，而且自己确实想嫁给薛衣元君，想到发狂。虺夫人从没想过还有这样的办法能和心上人在一起，越想越心动。

"你怎么会帮我？"

辛秀一听这话就知道自己的小命保住了，继续半真半假地忽悠："我只希望姐姐与薛衣元君在一起后，能放我回去与我的郁郎团聚。说到底，我的修为这么低，不能反抗，我要是骗了姐姐，姐姐反手就能杀了我，又有什么好担心的呢？"

虺夫人暗道：确实如此，自己还有办法能以防万一。这女人要是愿意帮自己当然最好，要是她想耍什么花招，自己也可以让她立刻死去。

辛秀又说："我看姐姐是真心爱着薛衣元君，可他郎心似铁，姐姐一时得不到他的心，何妨先得到他的人？说不定这就是你们之间的契机，无论如何，总比如今这般结怨好吧？"

虺夫人的手终于从辛秀的脖子上放开了，她坐到石林宝座上，思考了片刻，比起刚才被气到发疯的模样显得冷静许多，审视辛秀片刻，问："他为什么爱你，为什么娶你？"

她真正在意、无法释怀的就是这事。从前元君爱的人是青娥，现在是这女人，为什么就不能是她？

辛秀在这种一问别人就能知道的事情上并不说谎，直言道："薛衣元君以为我是青娥夫人转世。"

虺夫人一愣，直起身子说道："不可能！你不可能是青娥转世！"

辛秀心中一动，看她说得这么肯定，莫非有什么别人不知道的秘密？

辛秀花言巧语一通哄骗，成功暂时保住了自己的小命。

只是虺夫人虽然被她说动，却也没有立即带着她回螭风洞，而是暂时把她关在火丹山黑熔岩洞窟里。

对被困在这儿，辛秀没什么意见，也不是第一次被人困住，不过对这个居住环境就真的有话要说了。

住宅周边毫无景致可言，还有一股硫黄味。火丹山一整座山上竟然连一根草、一棵树都没有，除了焦土就是大石。在辛秀看来，这山不该叫什么火丹山，应该叫秃顶山。

黑熔岩洞窟占地面积很广，洞窟里光线暗淡，四周都是天然形成的钟乳石，地面不平，好像一个没有装修过的毛坯房。

辛秀在周围粗略一看就在心里嘀咕：难怪虺夫人一副看上去有心理疾病的模样，独自在这种压抑黑暗的环境里住久了，谁能没有点儿心理疾病？看来，居住环境对人的心理健康果然有很大影响。

最让辛秀无法忍受的就是黑熔岩洞窟里竟然只有虺夫人一个活人……活妖。看她身上的鳞片、听她的名字，辛秀觉得她的原形大概是条大蛇。

虺夫人好歹也是独占一个洞窟的妖怪，就算没有她的师父那样有一个山的妖怪下属可以差遣，也该有些小喽啰充门面，或者像螭风洞那样招些杂役侍从，但是这里什么都没有，偌大的洞窟里就只有虺夫人神出鬼没。

虺夫人自信辛秀无法从这里逃出去,从打听到辛秀为什么得薛衣元君青睐后就不知道在想什么,对她的嫉妒和敌视也大大降低,再没管过她,也不和她唠嗑了。

辛秀只得自己参观:"要命,一个其他人都没有,这不是要憋死我?"螭风洞再无聊,好歹还有人能让她打发时间,再不行让薛延年那厮受气也能得到点儿乐趣,这里她找个能聊天的人都找不到。

辛秀刚抱怨完,无意间一抬头,就见头顶一大排闪着红光的小眼睛,像一排排闪亮的红色小灯泡,就是过年用的缠在树上的那种小彩灯。

辛秀愣住了,很快看出来这些睁着眼睛盯着她的东西是一大群黑压压的蝙蝠。她也真是闲得慌,竟然朝着那些恐怖的"小红灯"招了招手:"朋友们,听得懂人话吗?"

她的声音在洞穴里层层回响,立刻就得到了回应。

细碎的声音夹杂着诡异的笑声从头顶传来,那些黑压压的红眼蝙蝠小声说着话。

"有人来了,有人来了。"

"有人要被虺夫人吃掉了,嘻嘻嘻。"

"虺夫人又要吃人了,嘻嘻嘻。"

这场景实在诡异,辛秀却不怕,灵力被封,只能老实地顺着那些石笋、石壁爬上去。她踩着凸起的岩壁,爬到距离那些蝙蝠比较近的地方,掏出一个流光溢彩的灯盏往那边照,稀奇地说:"怎么,你们也是妖怪吗?竟然会说话?"

她把灯盏一拿出来,这个小些的洞窟就被照亮了,那群不停嘻嘻怪笑的蝙蝠顿时露出长翅膀的小老鼠模样,有些惊恐地扑扇着翅膀试图转移到其他黑暗的地方去。

辛秀不依不饶地跟上去问:"朋友们,别急着走啊,我是新来的，大家一起聊聊天怎么样？"

蝙蝠们一边细细地喊着"杀人了，杀人了，别杀我，救救我"，一边在洞窟里乱飞，飞到另一片洞窟里，又惊起那一个小洞窟里的蝙蝠。

辛秀没办法，发现自己要聊天只能和它们一起沉浸在黑暗处，只好收起了灯，这才顺利地融入它们。

不过，很快她就发现这些蝙蝠既不是妖怪，也没什么智商，而是吸了太多秽气变成的小小邪祟。

它们染了太多死人身上的死气和怨气，又常年在这种地方生活，所以能开口说话，说的都是在这里死去的人们所听、所说过的话，牛头不对马嘴。一旦有什么词汇和场景触及这些蝙蝠残存的记忆，它们就会忽然说出些句子，絮絮叨叨，听得人毛骨悚然。

面对这样恐怖的场景和对象，辛秀竟然有一种在现代调戏人工智能的快乐。她蹲在高高的一根石柱上，尝试一个又一个的关键词，玩得不亦乐乎。

"青娥！"辛秀说。

蝙蝠们顿时如同群聊刷屏般说：

"青娥该死。"

"青娥坏女人。"

"青娥死了，薛义兄就是我的。"

辛秀继续喊青娥，蝙蝠群还有不同的回应，她甚至听到有个仿佛在唱歌的细细声音幽幽地说着："拆掉她的头当酒壶，剁了她的手脚做筷子，挖出她的心肝切成片，割下她的肉全吃掉……"

辛秀评价："不是很押韵。"她又说，"薛衣元君！"

蝙蝠们凄婉地说：

"义兄为什么不爱我？"

"元君来了，元君来了，夫人高兴了！"

"元君，元君，夫人又吃人了。"

辛秀再说:"尸体!"

蝙蝠们凄凄惨惨地说:

"啊,尯夫人把我吃了!"

"尯夫人吃了好多人。"

"我的骨头在那里,呜呜呜。"

"我的骨头被他们丢到坑里去了,他们的骨头以后会压在我的骨头上面。"

…………

这些细碎的话语大部分是害怕、惊惶的词和没什么意义的信息,只有偶尔一句话意有所指,带着能推测出的消息。

至少辛秀很快就猜到,以前这里是有很多仆人的,但是都被尯夫人吃掉了,而且这里应该有个扔了很多尸骨的大坑,她不如去找找看?

辛秀在黑熔岩洞窟里四处探险的时候,螭风洞的仆人终于借由辛秀提供的地图,成功将那一张喜帖送到了蜀陵。

申屠郁自从送走徒弟,又决定不让人身跟着徒弟后,就一直心绪不宁,担心徒弟遇上生命危险。他如此煎熬度日,连嘴里的竹子和蜂蜜都觉得不好吃了,在幽篁山上哪一棵树上待得都不舒服。没办法,他只好睁着两个天生带黑眼圈的眼睛,用原形进了炉中天地准备炼制点儿什么东西打发时间。

他就像每一个已经把等级练到最高、没有了提升空间,所以找不到追求的职业工作者一样失去激情,只有在给徒弟炼制玩具的时候能得到点儿乐趣。

因此,申屠郁进了炼炉,发现了徒弟不知道什么时候留在那里的一支龙神之角,第一反应不是自己收到了徒弟的礼物,而是开始思考用这东西给徒弟炼制个什么。

龙神之角固然厉害,本身可以当作武器来使用,但要经过他的炼制,才能发挥出全部威力,这样徒弟用着才更方便。

他说炼就炼，待在炼炉里许久没出来。

若是以往，他再在炼炉里待上几十年也不会有人来打扰他，可这次，喜帖都送上门了，他这个当师父的，自然被新晋蜀陵门卫、热心助人的扈先紫二师兄直接从炼炉里提了出来。

"二师兄，何事？"申屠郁出了炼炉，面无表情地询问。

仍和当年一样暴躁的二师兄已经将一张帖子重重地拍到了申屠郁的面前，说："你自己看！"

申屠郁不明所以，拿过帖子看了一眼。除了扈先紫，还有些消息灵通的师侄一起跟了过来，都等着看申屠师伯会有什么反应。

申屠郁看着喜帖，第一反应是慌张，闭目感应了片刻。申屠郁感应的是自己的人身，被他重新捏了个模样的分身正乖乖待在某个安全的地方，没有被徒弟发现拉走成婚。

发现和徒弟结婚的并不是自己的分身，熊猫师父才露出松一口气的神情，又忽然僵住了——不对，不是他的人身？

"这是什么东西？"申屠郁漆黑的尖指甲滑过喜帖上薛衣元君的名字，仿佛自言自语。

"显然，是个人的名字，他应当就是秀儿师妹以后的道侣了。"师侄采星很不怕死地把脑袋伸过去看了一眼，嘴快地回答。

又有个师侄咦了一声："我似乎听说过这位元君，他好像是苍山一处洞天福地的主人。"

"是吗？那修为如何，与我们秀儿师妹配不配？"

"这就不知了，我也只是有所耳闻，未曾见过。不过既然秀儿师妹愿意，那这人应当不是寻常人物。"

申屠郁根本没听师侄们热火朝天地讨论什么，默默起身，跺了跺脚。地面震荡片刻后，幽篁山猿奔鹿跃鸟啼鸣，众妖将恢复妖身赶来。

众妖将先前休息了那么多年，仿佛提早跟着妖王一起开始了养老生涯。结果自从妖王收了徒弟，隔三岔五他们就要出山晃一圈。

也不知道他们那位小主人又出了什么问题,让妖王拉着他们出去放风。

"申屠师伯,你这架势根本不像去参加秀儿师妹的婚宴,更像是去抢亲。"围观的师侄发出欢乐的笑声。

申屠郁面无表情地看向远方:"没有婚礼,不会结亲。阿秀遇到了危险,我去救她。"

几位师侄面面相觑:"申屠师伯怎么知道?我看笔迹是秀儿师妹的,或许她真的遇到了心爱之人想要与之共结连理呢?"

申屠郁表情可怕,捏着喜帖,指尖戳在薛衣元君的名字上:"不可能。强娶我的徒儿,我杀了他。"

他话音未落,手中的喜帖就燃烧起来,从薛衣元君的名字开始往四周迅速燃烧,最后只剩下辛秀的名字,飘飘忽忽地落在申屠郁的手心里,被他握住。

见申屠师伯面色狰狞地带着大群妖将出去了,一群师侄议论纷纷。

"既然申屠师伯这么说,秀儿师妹怕是真的遇上了人要强娶。不过作为蜀陵弟子,秀儿师妹遇上这事也寻常,毕竟遭遇过强抢的也不只一个两个,大家谁没遇上过?这样的小事,申屠师伯怎么这么紧张?"

"你又不是不知道,申屠师伯对秀儿师妹十分关心爱护。不知来历的人要娶自己唯一的徒弟,申屠师伯这反应也正常。等下次秀儿师妹再遇上这种事,师伯就不会如此在意了。"

"要我说,申屠师伯不必这么担心,秀儿师妹向来机灵,肯定不会有什么事,万一真是自愿的怎么办?师伯要是不顺便带点儿礼物过去,万一是误会,匆匆忙忙的,到时候怎么临时找贺礼?"某位很有经验的师侄摇头。

还有师侄心有戚戚焉地感叹:"申屠师伯果然如同秀儿师妹说的一样贴心,换作我师父,怕是直接就把喜帖扔到一边懒得管了。"

又有人摸摸下巴说道:"不如咱们也跟着去看看?若真是秀儿师妹的婚礼,咱们也好去喝杯喜酒;如果不是,凑个热闹也好。"

这么一说,和辛秀相处比较多、身上也没什么事牵绊的众位师兄师姐,也各自回去带上一份还算过得去的礼物,远远跟在申屠郁身后,一起前往螭风洞。

"莫非虺夫人不是蛇妖,而是个白骨精?怎么这么多骨头?"辛秀找到蝙蝠说的那个尸骨大坑后,咋舌感慨。

这是个很寻常的天坑,周围黑雾弥漫,一片白骨在坑底若隐若现,底部还有黑色的岩浆缓缓流动。不知道这里的岩浆具体是什么样的污染物质,她一凑过去就能闻到一股说不清的怪味。

辛秀绕着天坑走了一圈,又想:这里应该是虺夫人扔"厨余垃圾"的地方,没有意外的话,虺夫人把没吃完的、吃了没消化的人和动物全部扔到这里来了。

在这个没有明显正邪门派划分的修仙世界,像虺夫人这样喜欢吃人的邪恶阵营的妖,辛秀见得也不少,每次见了这种,就想搞点儿什么事把人送去轮回。

辛秀在坑边待了一会儿,准备往回走,忽然见到虺夫人伴随着一阵黑风来到此处。辛秀脚步一顿,顺势藏在了旁边两块巨石的缝隙里,等着看虺夫人要干什么。

虺夫人轻轻摆了摆腰肢,进了黑雾,往天坑底部走去。辛秀眼睁睁地瞧着虺夫人变成一条长角大蛇在底部的黑色泥浆中翻滚,那些诡异、流动的黑色泥浆被她的身躯吸收,让她的鳞片更显明亮。

辛秀心道:泥浆浴效果这么好吗?整条蛇都更亮了,好像被打磨抛光了一样。

今夜是满月,天坑正对着的穹顶上有个小小的洞,月光成一条线从上面照射下来,恰好落在虺夫人身上。辛秀隐约看见虺夫人的蛇身里有什么在闪光,一挑眉,第一反应就是有宝贝。

《西游记》和其他诸多神魔小说里，修炼成精的妖怪身上总会有些宝贝，要是会发光，那肯定就是了，就像他们之前聚众杀猪的时候，金刚天王菩萨身体里发光的万寿仙珠。万寿仙珠如今在她的身体里，就是因为这宝珠，她修炼的时候如有神助，水平提升速度都快了不少，也不知道虺夫人身体里的又是什么样的宝贝。

辛秀正在垂涎人家的宝贝，就见坑内的大蛇昂起脑袋朝着一线月光长嘶一声。大蛇的脑袋后面猛然张开两片翅膀似的薄膜，像两个大耳朵，在空中微微张合。同时大坑里飞出了许多光点，像一群可怜的萤火虫，被大蛇吸进了嘴里——那些好像是人的残魂。

普通人若是死了，魂魄十分脆弱，除了一些因为种种意外变成各种鬼东西，其余的都会随着时间慢慢消散。偏偏这个世界上，妖魔鬼怪里除了很多喜欢吃人肉的，还有些能吃魂魄的，虺夫人看来就是难得的能吃人魂魄的妖怪了。

辛秀想起虺夫人先前看着自己嗞嗞冷笑的样子，想起她说自己不可能是青娥转世，青娥已经不可能转世，莫非虺夫人把青娥的魂魄都吃了？如果真是这样，薛衣元君知不知道此事？

脑中思考着这些问题，辛秀忽然一激灵，察觉危险降临，连头都没抬，迅速就地一滚，然而还是没躲开那黝黑发亮的尾巴。辛秀被不知何时从坑里游出来、半人半蛇模样的虺夫人拖拽到面前，对上一双混沌无神的眼睛。

眼看距离那烈焰红唇越来越近，辛秀大喊："虺姐姐不想嫁给薛衣元君了？"看见蛇尾的动作顿住，辛秀再接再厉地说，"虺姐姐放下我吧，我们都说好了，我帮你嫁给薛衣元君，让你们从此当一对神仙眷侣，不是吗？虺姐姐应当也很期待吧，我一定会帮你的，姐姐马上就要如愿了。"

虺夫人混沌的双眼出现了一丝清明，她仔细凝视着辛秀，终于还是把辛秀放下了。

"对，我要嫁给薛义兄了。"虺夫人缓缓地说，完全变回了人的模样，冰冷的手捏住辛秀的下巴，"如果你敢弄什么花样，我就会吞了你，连人带魂一起吞，知道吗？"

辛秀瞧一眼她手背上还未完全消下去的鳞片，露出真诚的微笑："我修为低微，万不敢欺骗虺姐姐。说来，薛衣元君应当也知晓我被姐姐请来做客了，为免误了虺姐姐和元君的婚事，我们是不是现在就回螭风洞做准备？"

再不赶紧回去，谁知道虺夫人下次再发疯还能不能及时停住？

"是，你说得没错，是该去螭风洞了。"

辛秀微微嘘出一口气。

螭风洞主人薛衣元君才取到最后那样用来炼制溯洄丹的宝贝，便收到都俨的消息，迅速赶了回来。

都俨本就白的面色，在感觉到薛衣元君的怒火之后，显得更加白了，看着颇为凄惨。他艰难地说："我也不知晓虺夫人怎么会收到这个消息，可是她修为比起从前又有提升，闯入螭风洞掳人，我实在阻拦不住。"

薛衣元君直直地望着这个忠心的追随者，一言不发地就要转身离开。都俨一咬牙追上去劝道："这么久过去，虺夫人肯定已经将人……元君此时去也已经晚了……"

"虺女！"薛衣元君忽然怒喝一声。

都俨随之看去，见螭风洞口卷来一阵黑风，也不由得惊讶：这虺夫人杀了辛秀，怎么还敢来直面元君的怒气？

然而下一刻，薛衣元君和都俨看见黑风散去，露出辛秀那张熟悉的笑脸。辛秀面色红润，不仅没有丝毫损伤，还挽着旁边虺夫人的手，两个人一副好姐妹的模样。

不仅都俨目瞪口呆，怀疑自己看错，就连先前惊怒交加的薛衣元君看见这个场景也是一愣。

薛衣元君对虺夫人对自己的执念早有了解，方才听到辛秀被掳走的消息，就觉得辛秀落入虺女手中恐怕已经遭遇不测，谁知道下一刻就见两个人一起好端端地出现，这实在有些出乎他的意料。

喜帖被发出去后，这几日离得近的宾客已经纷纷到来，就是没有收到喜帖，只收到消息的一些山野妖精、道人都纷纷上门祝贺。螭风洞热闹得很，人来人往。魃夫人和薛衣元君一现身，顿时引起众人的注意。

"魃女，你想做什么？"薛衣元君语气警惕，带着威胁之意。

魃夫人又怒又怨地看着他，喃喃道："义兄，你何必对我如此绝情？我们还和从前一般，不好吗？"

薛衣元君说："道不同，不相为谋。你如今已经病入膏肓，我救不了你。放开她，你快离开吧。看在你没有伤害她的分儿上，我这次也不伤你。"

魃夫人说："你真的狠心，说不见我，这么多年就再也不见我，久别重逢，也能这样冷漠。"

辛秀暗叹道：真是痴男怨女。她和周围一群围观的路人一起竖着耳朵听现场，毫无身为三角恋主角之一的自觉，直到薛衣元君朝她伸手："过来吧，我在这里，魃女不能再伤你。"

站在魃夫人身边的辛秀清楚地感觉到，魃夫人因为薛衣元君的态度大受刺激，正处在发疯的边缘，连带着魃夫人先前给她缠在颈项上充作项链的细小长蛇都缓缓爬动，露出了毒牙，威胁着她的性命，她心里真是着急。

"薛衣元君，你误会魃姐姐了，这次你真的要好好谢她，是她救了我一命。魃姐姐先前来螭风洞，恰好撞见都俨要迫害我，你又不在螭风洞，我灵力被封无处可逃，幸好魃姐姐撞见，才带我逃走。"

突然被提到的都俨脸一黑："你胡说什么？！"

辛秀怒目而视："元君和魃姐姐都在，我也不怕你了！都俨，你早就对我有意见，又一直怀疑我想害薛延年。你和薛延年情同父子，比元君更疼他，所以在他的哭诉和撺掇下要杀我！"

辛秀的怒意不像作假，薛衣元君也有些忍不住怀疑起来，方才就感觉都俨有些不对。

有口难言的都俨张张口，又不知道该说什么，毕竟自己确实想杀辛秀，在几个人各异的目光下，一句"她在说谎"毫无说服力。

辛秀又说道："元君，如果真是虺夫人要杀我，我现在怎么会好好地站在这里？倒是都俨这小人，肯定会把事情怪在虺夫人身上，如果我没猜错，他一定还会劝元君不要去找我，就是怕他的谎言被拆穿！"

还真是如此。薛衣元君转向都俨，面上虽然蒙着白布，那危险的气息却已经昭示着他的杀意。

辛秀丝毫不觉得自己像个陷害臣子的祸国妖妃，还演得正气凛然："虺姐姐也跟我说了，她之所以会来，就是因为都俨派人前去告知了婚讯。都俨不怀好心想借刀杀人，奈何没料到虺姐姐会选择救我，这才让他的阴谋没有得逞！"

"都俨！"薛衣元君衣袖飘飞，定定地看着都俨，"你如今认不清自己的身份了？"

都俨面上露出恐惧的神色，还强忍着喊道："元君，此女满口胡言，在元君身边一定会害了元君的性命，我也是为了元君着想！"

这话就是间接承认了他做过的事。

薛衣元君轻飘飘地挥一挥袖子，再没让都俨开口，就将他打得七窍流血、筋骨断绝，又一下将他拂落坠入底下的深渊，说："这是给你自作主张的惩罚，你今后就在下面等死吧。"

见辛秀三两句话就让薛衣元君处置了都俨，螭风洞的仆从和早来的宾客都是一阵唏嘘，随后明白了这女子大约就是薛衣元君要娶的人，薛衣元君当真是十分疼爱和看重她。

对都俨的下场，辛秀没什么感觉，既然他想杀她，就别怪她反杀。她在众人的目光下露出心有余悸的神情，又听见薛衣元君喊她:"青娥,你没事吧?快随我去休息。"

辛秀紧紧拉着要发疯的虺夫人,说道:"多谢元君为我主持公道,我没事。对了,我听虺姐姐说,她是元君的义妹,只是当初闹了些矛盾才不再往来,不如趁此机会大家一起聊聊,能尽释前嫌最好。"

开什么玩笑,如果她单独和薛衣元君走了,虺夫人立刻就要嫉妒发疯。她脖子上这蛇圈是虺夫人的分神,咬下来直接咬的是她的魂魄,可不是闹着玩的。

辛秀在薛衣元君和虺夫人中间当了一下午的调解人,处处照顾虺夫人的心态,让虺夫人高兴,只感觉自己脑子快不够用了。

好不容易挨到晚上,薛衣元君突然说:"为了防止再出现意外,我们的婚宴提前两日。等我们大婚之后,我再为你找人炼制溯洄丹寻回前世记忆。"

辛秀:这我就不能同意了。

她说道:"我不是说过,我师父不到,婚礼就推迟吗?"

薛衣元君看上去却不想纵容她,自顾自地决定:"没到也没关系,到不到你都要嫁我。等你师父来了,我们再见他就是。"

辛秀听他这理所当然、不容人反驳的安排,一瞬间面无表情,又忽然笑了起来:"既然如此,那就提前吧。"

辛秀虽然挺期待师父过来看到她要嫁人的场景,最好自己穿上喜服,若能搞出一出狗血的抢亲戏码就最有意思了。奈何事情由不得她做主,她只是个生命没法保障、随时可能在两个大佬中间成为炮灰的投机取巧者。

薛衣元君那边没的商量,虺夫人这边不会和她商量,辛秀只好将计就计,能解决一个就解决一个。

螭风洞之前的屏障已撤掉,为了迎接四方来送贺礼的宾客。巨松上的宫殿几乎住满了人,比起他们送出去的喜帖,来的客人多了好几倍。

薛衣元君在这一片名气挺大，有不少修为低微的人早想抱大腿而求不到门路，如今嗅到机会自然不愿放过。螭风洞热闹得好似集市，松树长桥上来往的宾客络绎不绝，大家互相寒暄交友。

螭风洞也换了个模样，到处都是红绸、彩花和红灯笼，还有无数彩灯因为周围的风停在空中缓缓旋转。哪怕白日里，这里也灯火通明、鼓乐不停。

辛秀穿着一身红衣坐在妆镜前，就算是她这么大胆的人，在魑夫人一动不动地阴冷注视着她时，也感觉到头皮发麻。

"魑姐姐，这一身喜服，你就当是我替你试试，很快就会是你的……连薛衣元君也快是你的了，你何必在乎这一身衣服呢？"辛秀感觉自己要是再不说两句，魑夫人恐怕就要忍不住当场发疯，直接像吸果冻那样把自己整个吃掉了。

魑夫人冷冷地看着她，说："你该去给义兄送酒了。"魑夫人拿出一个长颈玉壶，"这里的酒，你要让义兄喝下去。"

辛秀端过酒壶看了一眼，有些担心地说："魑姐姐的酒准备得没有破绽吧？万一薛衣元君看出什么，不愿意喝，我真怕坏了姐姐的大事。"

魑夫人扭曲了一下脸孔，说："他的青娥送到他嘴边的，他怎么会怀疑？你要临阵退缩就只有死，立刻给我去送，亲眼看着他喝下！"

辛秀忙答应下来，又忍不住问："等薛衣元君喝下这东西，他的神志就会暂时被姐姐迷住，姐姐到时得偿所愿了，一定会按照约定放了我，让我离开吧？"

魑夫人看了一眼辛秀脖子上那一条细小的黑圈，古怪一笑，说："当然。"

辛秀这才放心又讨好地笑笑，端着酒壶从屋内走出去。回到螭风洞一天多，她大部分时间处在魑夫人的眼皮底下，但今晚婚宴就要开始,这个时间她必须去给薛衣元君送迷魂酒了。哪怕虺夫人非常想亲自跟着她去看薛衣元君喝下酒,也不敢在这种时候误了大事。

辛秀一出门,一改在虺夫人面前讨好的模样,昂首挺胸,面带微笑,很符合新娘的身份。两个原本守在门外的侍女跟在她的身后,随她一起走向薛衣元君的重阁。

她行走在外人不能进入的空中长廊上,低头就看见下方交错的两个广场上坐满了宾客,喧闹声和说笑声随着山风一起传进她的耳朵里。

太阳落下西山,光线变得暗淡,最后一缕光落在辛秀带笑的侧脸上,她眉目不动仿若假面。随着她往前行走,那光线被她踩在脚下,又落到拖曳的裙摆上。

洞内是铺天盖地的红色装饰,长廊两侧的红灯笼微微摇曳,独自登上重阁的辛秀抬手敲了敲门。

门应声打开,露出屋内换上了喜服的薛衣元君。他坐在那儿,脸上的布也换成了红布,哪怕没露出眼睛,辛秀也能察觉到明显的注视感。

"怎么这个时间突然过来?"薛衣元君问。

辛秀关上门,将手中放着酒壶的托盘放在桌上,忽然眼中含泪,几步扑到薛衣元君的身前,按住他的手,仓皇地说道:"元君救我!"她按在薛衣元君胳膊上的手在颤抖,那双漆黑清澈的眼睛好像波动的池水,同样颤动着。

她之前遇到什么事都浑不在意、嬉皮笑脸,薛衣元君总说她和从前不一样。辛秀当然知道,用脚丫子都能想到青娥肯定不是自己这样,只要稍微问一下螭风洞的老仆人,就能知道青娥是个温柔胆怯的美丽女人。

辛秀心想:算了,只能演了,还能怎么办?

她惶恐、慌张的模样果然得到了薛衣元君的温和对待,他扶住辛秀,声音也低了两分:"怎么了?"

辛秀颤着手,微微拉下自己的衣襟,露出缠在脖子上的一条黑绳,低声快速地说:"虺夫人要杀我,威胁我带她来螭风洞见你,让我帮她说好话,还要我……要我给你送迷魂酒,然后好在今晚取代我嫁给你!"

薛衣元君见了她脖子上的东西,蒙面的红巾微微浮动,语气森然地说道:"虺女!哼,多年不见,她竟然如此猖狂!"

见辛秀被吓白了一张小脸、强忍镇定仍在发抖的模样,薛衣元君又缓和了语气说道:"别怕,我会让虺女取下她的这片分神。"

辛秀酝酿了一下情绪,突然忍无可忍般闹起脾气,喊道:"我怎么能不怕?你自己把我带到这里又扔下不管,还封了我的灵力,我……我先前差点儿就死了!她对你志在必得,你要是出面让她解开,她肯定不会解开,还会直接杀了我的!"

她委屈地哽咽,擦了擦脸,像个小孩儿。

薛衣元君从把她带回来,就习惯了她小孩子似的喜欢瞎胡闹的脾气,见她怕成这模样,沉默片刻,将她揽到怀中,安抚道:"我会杀了虺女,只要她死了,这片分神就会自动消散,伤不到你。"

辛秀问:"那你要怎么杀她?她那么厉害!"

薛衣元君也想到了,若是不能一下击杀虺女,等她有喘息之机,她肯定会直接杀了青娥报复。他的目光落在辛秀送来的那壶迷魂酒上,他打开酒壶看了一眼,说道:"将计就计。我会装作被迷魂,先稳住虺女。等到婚宴结束,回到重阁,只剩我和她二人,我会找个时机击杀她。等到杀了她,我们明日再办个婚宴。我已经准备好了能让你想起前世记忆的溯洄丹,等我们婚后你再服下。你昏睡几日,在梦中就会慢慢想起我们的过往经历。"薛衣元君有安抚之意,故意说起其他事。

辛秀从他的怀里起身,抬起头,眼睛还是红的,问:"这个溯洄丹真的这么厉害吗?我看你也没准备两天,这么随便也有用吗?"

薛衣元君说:"从你离开我不久,我就开始寻找溯洄丹的材料,寻了这么多年,花了无数珍贵宝物,才配置一丸。还有一样灵宝,这么多年我都没有寻到,是你来到我身边后,我才收到消息。所以,苍天垂怜,注定你我要再续前缘。"

辛秀内心毫无波动,脸上是半信半疑的神色,伸出手,说:"那个什么丹,你给我看看。"

薛衣元君和魉夫人一样,并不觉得辛秀能脱离自己的掌心,所以听到她讨要,为了安抚她,直接就将溯洄丹递给了她。

辛秀看了一会儿,觉得这丸子和焱砂师伯送她的清新口气丹、补血丹那些东西也没什么区别,看了一会儿直接往自己怀里塞,理直气壮地说道:"既然是给我吃的,那就放我这儿了。"

薛衣元君微微皱眉,辛秀的眉头皱得比他的更紧:"放我这儿不行吗?你要是不准备给我吃,我就不要了!都是你先封了我的灵力,如果你没封我的灵力,我也不会那么简单就被魉夫人抓住!"

薛衣元君打消拿回溯洄丹的念头,就像她说的,溯洄丹确实是给她吃的,提前让她拿着也没什么,有他坐镇的螭风洞能发生什么事?

看辛秀张牙舞爪的样子,他有些不以为意地安抚道:"纵然你有灵力,这个修为又能如何?没有灵力倒省得你胡来冒险了。青娥,你听话一点儿,等到你想起过去的事,不再闹了,我自然会助你继续修行。听我的,你回去后不要激怒魉女,我很快就会解决此事。"

辛秀端着空了的酒壶再度穿过长廊回去,仍有穿廊而过的风掠过她的衣裙。她抬起手,慢条斯理地擦了擦眼角的泪痕,发出一声低低的嗤笑。

她现在就是在走钢丝,如果知道她在说谎,魉夫人只要动一下念头,脖子上的蛇就能咬掉她的魂魄,她不死也要变傻。薛衣元君那边目前还会保护她，但如果他能确定青娥的魂魄早就被虺夫人吃了，她不是真的青娥，他肯定也会恼羞成怒地直接杀了她。从薛衣元君直接解决都俨的手段，以及对儿子骤然翻脸的态度来看，他也是个心狠手辣的人。

他们三个人，说一句全员恶人不算过分，如今就看谁能先搞死谁了。

如果没有意外，应该是虺夫人先被薛衣元君杀死，这样威胁她的生命的蛇就没了。至于薛衣元君那边，她还可以继续拖延。就算出了什么意外，虺夫人死前要拉她一起死，告诉薛衣元君青娥的魂魄早没了，揭她的底，她也有办法拖些时日。吃了这个溯洄丹会昏睡几日，薛衣元君想确定她是不是真的青娥，肯定要等她醒来，这样一来拖延了几天，说不定她的熊猫师父就赶来了。

辛秀考虑了好几种情况，甚至把溯洄丹从小盒子里拿出来，和自己身上随便放的补血丹交换了一下，免得回去之后被虺夫人发现溯洄丹然后抢走。

不过她担忧的这事情没有发生，她回去交任务后，虺夫人一心只剩下马上要举办的婚礼，再顾不上理会她。虺夫人穿上那身送来的喜服，坐在镜子前笑。

被忘到角落里的辛秀乐得轻松，继续琢磨可能会出现的意外状况，顺便透过窗户缝隙看外面的宴会现场。

连还没死的薛延年，都被人包扎成一个红包的模样抬出去见人了，竟然还有人睁着眼睛说瞎话，夸他丰神俊朗。她回来后就没时间管这厮，他还能顽强活着也是命大。

辛秀看了一会儿，幽幽地叹了口气。蜀陵离这里有些远，师父这两天怕是看不到热闹了，只能来收个尾，枉费了这刺激的剧情。

辛秀要做的事都已经做完，她就看着虺夫人狂喜地顶着一身华丽的行头、遮住脸，被人当作新夫人迎了出去。

辛秀撑着下巴随口感叹了一句："唉，热闹是别人的，我什么都没有。"

婚礼很匆忙,薛衣元君领着新夫人只露了个面,连宾客都没见完就走了。宾客还笑着说薛衣元君急着和新夫人共度洞房花烛夜,乐和地打趣,浑然不知喜气洋洋的重阁之中杀机毕露。

轰隆——

重阁突然坍塌,还未离席的宾客诧异地抬头,正好见到黑风大作,坍塌的重阁上出现一条巨蛇。巨蛇盘踞在巨松上,一扭身躯就将宫殿一角绞得粉碎。在巨蛇的身躯之上,一个巨大的伤口喷溅出黑血,淋得下方宾客大呼小叫。

"这是怎么了?"

"这妖血好毒,快躲开!"

辛秀远远看到了这场面,心道不妙,薛衣元君竟然没有一击得手。

螭风洞整个乱了起来。

此时远方的天空黑云滚滚,云头之上数千妖将跟着神情冰冷的申屠郁,已经隐约看见前方绝壁中的热闹灯火。

申屠郁一副要去大开杀戒的模样,跟在他身后的蜀陵师侄也只好铆足劲赶上,追着个尾巴,边赶路边聊天。

"申屠师伯何必这么着急?喜帖上的日子还没到,咱们一路游山玩水,大可以慢慢来。路途中我看见有些地方气运和风水出现奇怪的变化,这么赶我都没法下去看看情况。"

"恕我直言,我越来越觉得申屠师伯不像去参加婚礼,像去参加战斗,顺便制造一场葬礼。"

眼看快要到螭风洞了,众人又看见前方的申屠师伯有了动作,他竟然离开云头,再次加快速度,落在了螭风洞的绝壁上。

他们只见申屠师伯忽然变作一只遮天蔽日的巨兽,铁齿狰狞,铁爪锋利,一巴掌下去,把绝壁砸开了一个豁口,露出一棵巨松和宫殿的一角。

轰隆之声不绝于耳，拆墙的巨兽凶狠残暴。

事情发生得太快，众人一时失语，半晌才有人说："申屠师伯连情况都不问，上去直接打吗？而且申屠师伯是不是直接暴露了他是食铁灵兽的身份？"

申屠师伯的食铁灵兽身份难道不是个秘密吗？亏他们先前知晓此事的人都守口如瓶从不外传，结果他老人家直接就当着他们一大群人的面变身了！

"咱们现在怎么办？"有人问。

也有人无奈失笑道："来都来了，还能怎么办？当然是凑近点儿看了。"

申屠郁一巴掌拍掉薛衣元君的老巢外壳之前，薛衣元君和虺夫人已经闹翻了。

他们在宾客的头顶打了起来，虺夫人身受重伤，血洒了遍地，薛衣元君也中了招，心口黑气缭绕。

辛秀躲在暗处观望，心道：不对，虺夫人怎么会对薛衣元君动手？她不是痴恋薛衣元君吗？莫非她因爱生恨，已经不想再和薛衣元君玩什么相亲相爱的戏码，要和薛衣元君相爱相杀？

果不其然，虺夫人变成的巨蛇一副要拖着薛衣元君一起赴死的姿态，嗓音阴毒缠绵："义兄，今日我们二人同归于尽！等我吃了你，把你融入我的骨血，从今以后就再不分开了！"

薛衣元君也冷笑道："你从前只是执迷不悟，如今彻底被这执念影响了心性，疯魔成这样。"

辛秀推测了一下，两个人可能都带着要偷袭杀死对方的心，还都以为对方毫无防备，于是同时露出恶人面孔，结果就是最后谁也没偷袭成功，各自受了伤，场面僵持。

辛秀只能求祖师爷保佑这两个人自己打自己的，别给她这个小角色眼神，最好他们两败俱伤、同归于尽，她也好趁乱逃跑。

谁知道她刚求完祖师爷，就听到轰隆的声响，看见大地震荡，螭风洞的绝壁成块地碎裂，露出一张巨大而狰狞的熊猫脸。她一抬头看到这场景，不由得陷入了沉默之中。

山岳一样高大的熊猫刨山像刨蜂巢，一抓就抓下来一大块。哪怕是这么一张狰狞的大脸，辛秀也一眼认出这是自家的熊猫师父。

她表情木然，捂了捂额头，叹道：师父，您来得可真是时候啊！怎么就这么寸呢？早不来，晚不来，您偏在这种混乱的时候出现！等薛衣元君和虺夫人打完了，您再来收尾、捡宝箱不好吗？您这样高调地出现，吸引火力，万一薛衣元君和虺夫人不打了，决定先一致对外那不是完了？

遇见什么大场面都不虚的辛秀，此时倒吸两口凉气，只想立即带着熊猫师父离开此地。

离开是不可能离开的，因为这个拉风惹眼的出场方式，申屠郁以一己之力将所有人的目光吸引到了自己身上。

先前被变故吓得躲在一边围观的宾客又是一阵惊慌，对着越发紧张的局面议论纷纷，甚至有人躲到了辛秀这屋子附近，避开可能的战斗现场。

"这是怎么了，找薛衣元君寻仇的人？"

"这是什么妖？我竟从未见过。有没有人知道他是什么来历？"

申屠郁刨掉了大半座苍山，将螭风洞整个暴露在外，又一掌打掉了那个红彤彤的挂满灯笼、彩花的喜宴台子，把那些对他来说像模型玩具的宴会桌椅全压了个稀巴烂，才瓮声瓮气地说道："薛衣！你将我的徒儿藏到了何处？！"

辛秀灵力被封，申屠郁一时间没有找到她。如果不是担心徒弟被藏在这建筑的某处，他可能直接就踩断巨松，把螭风洞的宫殿全部摔烂了。

他带着怒意的声音还是像雷声，震得人耳朵疼，离得近些、修为低些的宾客直接被震倒。好些个宾客用法术飘在空中,这会儿都不敢再飞,生怕自己被这巨兽一巴掌拍成死苍蝇。

那边打得难分难解的虺夫人和薛衣元君终于不得不停了下来,薛衣元君这个被点名的人没说什么,虺夫人却大怒道:"是谁敢来此坏我的好事?!"

申屠郁的怒气半点儿不比她的小,他闻言看过去,咧开嘴喷出一口气:"一条假虺,也敢猖狂?!"说罢他抬手抓她。

他直接用的法相真身,格外庞大,先前缠在宫殿上的巨蛇和他比起来只有他的半只胳膊粗细。熊爪按下去后,虺夫人逃避不及,发出一声凄厉的尖叫。

虺夫人被他的力量惊住,深觉可怕,下意识地就用了自己最厉害的毒牙,企图毒杀这来历不明的大妖。谁知她一口咬下去,别说毒杀,连延缓申屠郁的动作都没能做到,她锋利的毒牙根本没能刺穿申屠郁的熊皮。

申屠郁能以不到人仙的修为凌驾于蜀陵几位已经修成人仙的师兄之上,就是因为身为妖,他的防御力和攻击力都太过惊人。

所有人都看到巨大的食铁灵兽双爪撕扯虺夫人,将她长条的身躯生生撕成了两半。

"啊——"

虺夫人的尖叫声伴随着看见这一幕场景的众人的尖叫声,此起彼伏。

薛衣元君也暂时压住心口的黑气,飞身而起,拿下宫殿上方旋转的风珠。无数风刃从天而降,全落在申屠郁的身上。

虺夫人趁此机会挣脱申屠郁的手,砰一声撞在山壁上,贴着山壁游走。

申屠郁没有追击,挡开这些风刃,看向薛衣元君,一手举起虺夫人的另一半身躯塞进了嘴里。

咯吱——咯吱——那咀嚼的声音非常清晰,在场众人听得清清楚楚，不少人没见过如此凶残的妖物，他竟然一个照面就吃掉了虺夫人的半个身躯！谁知道他跑来这里会不会顺手再抓几个其他人吃了？如果这样，那他们岂不是也危险了？！

至于看见这一幕场景的辛秀，有点儿相信师父年轻的时候真是暴脾气了。别看他平时是个憨憨的、有社交恐惧症的熊猫，生气起来还挺可怕。

"你从何而来，为何在我这里闹事？！"好好一个大婚之日，接二连三地遇到搅局者，薛衣元君也是气得不行。不像快要疯魔的虺夫人，他可是能看出面前的妖起码已经是妖王境界，哪怕是他也没有把握杀死对方，只得压着脾气问。

申屠郁却不给他面子，俯身看着他，恶意十足地龇了龇牙："交出我的徒儿，否则我就吃了你！"

薛衣元君冷哼道："你的徒弟是哪个？……等等，你莫非是辛秀的师父？"

申屠郁说道："果然是你将她藏了起来。"

薛衣元君呼出一口气，打量面前的大妖，说："辛秀前世是我的妻子，今生自然也该是我的妻子，你既然是她的师父，来此与我动手又是何意？"

薛衣元君自觉自己这话没有错，可说出口，就见面前的大妖不知为何又被激怒，盯着自己忽然就是一巴掌砸过来，眼里的杀意清楚明白。

薛衣元君说："看在夫人的面子上，我敬你两分，可你再不知好歹，就不要怪我。"

申屠郁说："她是我的徒儿，不是你的。"说罢他又一巴掌劈头盖脸地砸了下去。

薛衣元君见他不依不饶，也召出法身，变成一个身穿铠甲的将军，手拿巨钺挡住他。

薛衣元君也有许多年没动用过法身，从前他和人比拼法身从未输过，可这一次，他竟然没能完全挡下那股巨力，法身被砸得往下一沉。如此还不算，那大妖抓住他的法身，张口便撕咬，连他凝实的法身都撕扯下一根手臂吞吃。

薛衣元君直到此时才大吃一惊，迅速退后，再不敢让对方近身。

"你竟然能吞吃人的魂魄！"也不怪薛衣元君如此震惊，能吃人魂魄的妖实在太少，如果不是有特殊血脉，就是身怀异宝。如果是因为本身血脉特殊，这样的妖比寻常妖物难对付百倍。

申屠郁带来的妖将和后面跟着的那些蜀陵弟子此时才到了近前，恰好见到申屠郁将一条法身的胳膊吞吃下去。

只听一个苍老却中气十足的声音从蜀陵弟子中传来："申屠师弟，你打人可以，吞吃魂魄还是算了，如果师父知晓你吞人魂魄，怕是要罚你。"

蜀陵弟子这才看见焱砂师伯不知道什么时候竟然跟着他们一起来了，还混在他们中间，如果不是他突然开口，他们一个都没发现他。

申屠郁也听到了焱砂师兄的话，但仍用被激怒的神情望着薛衣元君的法身魂魄，说："我今日要吃了他。"

他一字一顿，语气异常冰冷。

不说在场战战兢兢的宾客，就是蜀陵一群来看热闹的师侄听着这话都有些害怕，不由得往八师伯身后缩了缩，悄悄用眼神交流：不得了，申屠师伯原来真的这么凶吗？不能惹！不能惹！

这打斗一来一往只是片刻间，辛秀恰好没见到。她没了灵力，无法靠近，只能用双腿从阁楼上跑下来，跑到外面的空旷显眼处。等跳下楼梯跑上平台，她就见薛衣元君的法身都出来了，还少了条胳膊。

"这大妖原来是来抢薛衣元君的夫人的？"

"听这意思，他似乎是新夫人的师父……可这当师父的，徒弟成婚也不用如此愤怒吧，倒像是被抢了道侣一般。"

辛秀穿过静观事态的人群，跑到摇摇欲坠、空无一人的平台边缘，靠着栏杆大喊："师父！"

别人都在避开申屠郁和薛衣元君二人，就她一个人不怕死地凑近，还大喊师父，立刻显眼了。申屠郁刚准备继续去撕薛衣元君，听到声音后低头，见徒弟活蹦乱跳地在朝自己招手。

暴怒的熊猫眨了下眼睛，一只熊爪凑近徒弟。辛秀直接踩着栏杆一个飞扑，跌在熊爪厚实的皮毛里，打了个滚，像只蚂蚁被申屠郁托到眼前。

"阿秀，你没事吧？"

刚才还担心师弟要凶性大发的焱砂师兄，听到师弟瞬间放轻的声音，咝了一声，总觉得有点儿牙酸，默默地又藏进了一群师侄里。他真就是随便来凑个热闹，方才随口提醒一句，可不想管事。

辛秀在熊爪里坐起身，抓着几根毛大声告状："有事！我的灵力被封了，还有这个，"她扯下衣领，露出脖子上的蛇，"刚才被师父吃掉一半的那条虺留了这东西在我身上，师父快把她找出来，别让她跑了！"

众多故事和教训告诉大家，斩草不除根，后患必无穷。

辛秀方才注意力被师父拉走片刻，只是眨眼间，虺夫人剩下的半个身子就不见了踪影，也不知躲到了哪里。

辛秀心里大喊不妙，第一反应就是赶紧催师父去斩草除根，不然虺夫人疯成那样，说不定下一刻就直接朝自己动手，自己要是有个什么三长两短，师父岂不是要独守空房了？

看师父现在这个熊样，她还没怎么样，师父看上去都要气疯了，连人都不想做了。

"先别管薛衣元君，解决了那个虺夫人再说。"辛秀拽住熊毛，固定身体，趁机凑近蹭了蹭近咫尺的大黑鼻子，安抚师父。

虽然已经收敛了狰狞表情，但还是显得很可怕的熊猫师父说：

"好，师父去吃了那条虺。"

辛秀回想起刚才听到的咯吱声，觉得师父嚼蛇跟嚼海带似的，笑道："师父，好吃你就吃，不好吃还是算了吧。"

申屠郁托着徒弟，又看了薛衣元君一眼，就开始在虺夫人逃走的山壁上巡视，不理会其他人了。

见凶兽不再散发怒气，宾客也放松了些，忍不住窃窃私语。

"那是新夫人？我怎么感觉她和她师父之间的气氛有些古怪？"

"新夫人看上去怎么完全不关心薛衣元君？说是师徒，我看他们怎么更像是一对儿，这……？"

蜀陵弟子也在默默用眼神交流：实不相瞒，我们看到这场面也有一点儿不足为外人道的猜想。

只有目前这里辈分最大的焱砂师伯直言不讳："申屠师弟和秀儿师侄看上去怎么像道侣一样？"

师侄纷纷开口："焱砂师伯休要乱说，不要听他人的胡言乱语。他们明明是师徒情深。"

焱砂师伯看着那边秀儿师侄伸长手臂去摸她师父的大鼻子，申屠师弟顺势就低头给她摸了，忍不住喃喃道："莫非是我老眼昏花？"

全场最惨的薛衣元君，此时真正是气极了，他的新夫人当着他的面和另一个男人卿卿我我，浑然不把他放在眼里，让他在他们大婚之日被宾客嘲笑。如果辛秀一直像先前那样倒还好，可如今她对那大妖态度如何，再对比一下她在自己面前的模样，薛衣元君哪还能感觉不出来她的虚情假意？

她分明就对自己毫不在意！

薛衣元君此刻已经忘记自己把人强行带回来，又把人关在螭风洞的种种行为，一双眼睛死死盯着辛秀，心中翻滚着被青娥背叛的愤怒情绪。

见巨兽托着人要走，薛衣元君再不去管自己那丢失的半条胳膊,挥袖向天招了三下,语气森森地说道:"都给我留下!"

山中一阵飞沙走石,三股旋风出现在申屠郁的法身周围,拦住他的去路。这旋风实在可怕,几乎连接天地,搅和得天上的云都出现了三个旋涡。粗壮又带着黑雾的旋风,只要谁碰到边缘就是被无数风刃切割成块的下场。靠得近的几个蹭吃蹭喝的小妖没来得及逃跑,立时成了一堆碎块被吹上天。

那旋风碰到山壁,就像凿子,把山壁凿出了一个个深深的印迹。哪怕申屠郁的法身皮糙肉厚,能抵御片刻,也扛不住无休无止的风刃,很快他的身上出现了无数细细的伤口。

辛秀被师父握在手里,没有受到半点儿伤害,只能靠听声音感觉外面的混乱情况。她使劲扒拉着爪子的缝隙才看到一点儿外面的情形,不由得大骂一声。

师父根本没有理会这些旋风,埋头在那一大片绝壁上翻找魌夫人躲藏的痕迹。那些旋风割到他的身上,他头也不回,只有挡了他的路,才会被他用另一只熊爪挥开一点儿。

那三股可怕的旋风随着申屠郁的动作一齐开凿着山壁,一块块巨大的石块被吹上天,又陆续落下来。

轰轰轰——

咔嚓——

托着螭风洞宫殿的巨松被旋风扫到,拦腰折断,上面的宫殿也跟着坠入底下的深渊。

原本藏在宫殿里的人全部跑了出来,狼狈地用各种办法停在空中,又被大风扫到,在空中晃晃悠悠,好些个灵力不济的人直接摔了下去。

辛秀见到这一幕,发现薛衣元君不依不饶地追了上来,他眼中看不进其他东西,一心控制着旋风要置她师父于死地。

辛秀思考片刻,扒着缝隙朝师父喊:"师父,你先躲开这三股旋风啊,怎么傻站着让人砍?!要么你松手把我放出去,让我跟薛衣元君说两句！"

她这句话喊出去，师父动作一顿，不仅没有放开她，还把爪子握得更紧了，连最后一丝缝隙都没留给她。

辛秀："……"嘿，新鲜了，师父这是做什么呢？

申屠郁已经嗅到尩夫人残留的气息，一拳砸在山壁上，山壁上裂开一条小缝隙。他凑近嗅了嗅，继续对着山壁出拳，山壁上那条裂缝越来越大。偏偏这时候那三股旋风已经融合到一起，将申屠郁完全包裹起来，阻止了他的动作。

两位与薛衣元君交好、修为不低的修士带着各自的弟子和准备的贺礼赶到了螭风洞。

"大老远就见义兄的风，义兄可多年未曾用出这风了，今日这是怎么了，不是义兄的喜宴吗？"

"是呀，元君莫不是遇到了什么麻烦事？我们还是快快前去帮一帮。"

两个人见到薛衣元君与大妖斗法的场面，再一听那些心有余悸的宾客所言，立即对视一眼，飞身上前。

"义兄，小弟来晚了。"

"元君，我来助你一臂之力。"

见这两位姗姗来迟的薛衣元君的友人要掺和进激烈的战斗，修为低微的宾客更加害怕了，生怕再被牵连，一退再退。

申屠郁带来的妖将自然不会坐视不理，方才没听到妖王传唤，只等在一边，现下见这两个人要帮着薛衣元君一起打妖王，马上上前截住这两个人。

"别想过去捣乱，来跟我们打。"妖将巨猿捶一捶自己的拳头，也露出了狰狞凶狠的神情。

这两个人没想到忽然冒出这么多妖将拦路，也是一蒙，发觉己方势孤力薄，问道："你们是何方妖怪？敢来薛衣元君的螭风洞闹事？！"

巨猿说:"闹什么事?!还不是你们那个什么元君抢了我们妖王的女人,不然谁乐意来你们这破地方?!"

两个人又愣住了。

巨猿说道:"别废话了,直接打!"

蜀陵弟子坐在云上讨论:

"我们就在这儿看着?"

"申屠师伯看样子应付得过来,我们看着就是了。"

"不好,那边又来人了,这薛衣元君认识的人还挺多。"

"我们的人也不少,得了,来都来了,只好帮忙拦一拦,别让他们靠近申屠师伯。否则申屠师伯来者不拒,不知道要造多少杀孽,万一杀到凶性大发,咱们也没办法收拾。"

因为喜帖上的日期临近,陆续来了不少宾客。这一批到的人都离得比较远,又大多与薛衣元君交好,全被妖将与众位蜀陵弟子拦在了外围。

薛衣元君也注意到自己的一些友人来了,可正与申屠郁对峙,无暇他顾。他的旋风看似可怕,却没办法对申屠郁造成致命伤害。薛衣元君一怒,将法身融合到旋风里,大大增强了旋风的杀伤力。

申屠郁身上的伤口瞬间扩大,溢出无数血珠。他被这疼痛感激怒,朝天狂吼一声,脚下迅速生起一片火焰,冲天而上,把他巨大的身躯和那些旋风隔开了。

风从火势,原本的旋风一下子变成了火红色,连天上都好像铺上了一层火红的云彩。

烈焰燃烧,风声呼啸,辛秀一时听见师父愤怒的叫声,一时听到薛衣元君的惨叫声,她师父愣是不肯松爪。

她无计可施,半天才想到包裹里有个之前为了装神弄鬼做出的扩音器,摸出来就坐在师父的手里大喊:"薛衣元君!薛衣元君!你听着!你老婆青娥的魂魄被魈夫人吃掉了,没有转世了!我再重复一遍!薛衣元君!薛衣元君!你老婆青娥夫人的魂魄被你的爱慕者魈夫人偷偷吃掉了，她没有转世！我真的不是青娥转世！"

外面的风声忽然停了下来。

辛秀拿着扩音器猛打师父的熊爪，让他放开，这才重见天日。

外面已经一片狼藉，别说螭风洞，这座苍山都快没了。辛秀内心嘀咕：男人为了抢老婆真是什么事都做得出来。

薛衣元君脸上的布被烧成了灰，露出那张可怕的脸，但比他的脸更可怕的是他的眼神。

他嗓音嘶哑地说道："青娥，快过来。"

辛秀语塞，他是没听见还是不愿相信她说的话？

她刚再想说话，发现师父的熊爪蠢蠢欲动好像准备继续把她包在手心里藏起来，立即跳起来踩了他一脚。

视线掠过熊猫师父手上的一道道伤痕和溢出的血珠，舌头扫了一圈牙齿，她才开口说："我一早跟你说过，我不是青娥转世，你不肯信。后来我被魈夫人抓走，她自己说漏嘴了，她早把青娥的魂魄吃了。我为了活命，之前没跟你说，现在你清楚了，想要报仇可以去找魈夫人，请。"

她的语气又冷又平静，脸上没有半点儿笑意。

薛衣元君充耳不闻，只继续说："我应该在你一转世就找到你，这样你就不会站在别人身边，不肯回来。"

他的反应有些不对，若他真的对青娥的魂魄被吃一事全不知情，听到这话，应该会惊怒和怀疑，不该是这个反应。

辛秀迅速明白过来，随即毫不客气地揭他的伤疤："所以，薛衣元君其实早有这种猜测，只是不愿意相信，一直在自欺欺人，骗自己青娥会转世，对吗？恰好我撞上来，你想要一个慰藉，所以抓着我不愿放手。"

他心里某个角落应该很清楚这一点，知道她其实不可能是青娥，所以把她带回螭风洞，远远地用那种审视的目光观察她，却没有失而复得的喜悦之情。他没有将她留在身边日夜陪伴，看似很在乎她，却完全不考虑她独自留在螭风洞可能遇到的危险。

可他终究抱有一线希望，所以还是准备了溯洄丹，想要彻底确认，就这么犹豫、挣扎，若即若离。若是事情没有变故，她吃下溯洄丹，薛衣元君确认她不是青娥，她大约会被这执拗的男人杀死。

辛秀心想：谈个恋爱而已，这些人至于这么要死要活地发疯吗？

薛衣元君头发凌乱，和那佝偻的身躯配在一起，像个疯子。他语气压抑地说："你是不是青娥，吃了溯洄丹之后自有分晓。现在，你到我身边来。"

申屠郁听到这里，托着辛秀朝薛衣元君大步走去，每走一步都地动山摇。

辛秀疑惑地问道："干吗，师父你还真送我过去？"

申屠郁露出锋利的牙齿，说："我带你过去，让你亲眼看我吃掉他。"

熊猫师父是个成熟的熊猫了，终于学会自己吃醋了。虽然他目前还忙着打架，可能一边吃醋，一边都没反应过来自己在吃醋。

自从当了申屠郁的徒弟，辛秀要什么师父就给什么，不能给的也给，就差连心也一起给她。辛秀还真没想过自己会阻止不了师父，可这次确实没能阻止师父狂性大发地和薛衣元君生死大战。

辛秀自认是个社会人，奉行有事先来一场友好的谈话，实在谈不来再打打杀杀的原则。可她几次在师父耳边劝解未果，大喊"你们不要再打了"，师父都装听不到，她只能无奈地看着他和薛衣元君继续打得天崩地裂、日月无光。

为自己的小命着想，辛秀权衡片刻，老实地待在师父耳朵边那个毛茸茸的窝窝里，一手拽住黑色的熊猫耳朵，把熊猫耳朵拉下来盖着，建立了一个临时的安全所，以防自己被风刃误伤，再让师父分心。

哪怕一只耳朵竖着，一只耳朵折着，也不能折损深涂妖王身为食铁灵兽凶神恶煞的模样。原本螭风洞所在的苍山彻底被他踏成了一片平地，土地平整得立刻能在上面打地基。

薛衣元君虽然已有人仙修为，却因妻子之死多年心神不稳，隐有入妄之相。他先前又与虺夫人战斗一场，被虺夫人的毒牙伤到心肺，只是勉力暂时压制。他对上深涂妖王申屠郁，原先还凭借着一腔怨愤之情打了个不分上下，可越打气势越低迷，连连被克制，法身被撕咬少了大半身躯，最后连法身也无法维持，在空中变回人形轰然落地。

相比薛衣元君，申屠郁越打越凶猛，哪怕身上伤口无数，一身熊皮上满是淋漓鲜血，也毫不在意，凶煞之气几乎要凝成实质。

到天明时分，天空之上仍是一片灰霾，久久不见阳光照耀，目之所及都是飘荡的烟灰。薛衣元君用的风与申屠郁用的火肆虐一夜，百里范围内除了他们，再无其他人的踪影。其余人不管属于哪方阵营，都没敢在他们打得最激烈的时候凑近。

外围的战斗早已落幕，一群和他们的主人风格相近的妖将满载而归，抓住了好些个帮薛衣元君动手的某某仙翁、某某玉女、某某道人。薛衣元君这边其余的人见势不妙，打不过的都跑了。

还剩下的除了蜀陵弟子，就是少数胆子奇大的宾客，仍在远处张望，想看薛衣元君与妖王一战谁胜谁败。

随着薛衣元君的法身消散，远远围观的众人发出一声长长的叹息，都知晓这场战斗终于结束了。

"看样子是薛衣元君败了。"

"没想到那妖王如此厉害，他究竟是什么来历？他打败了薛衣元君，莫非以后这片地盘就归他了？我们是否要上供交好？"

"你还不知晓吗？他们从蜀陵来，据说妖王还是那位灵照仙人的弟子。"

"嗞——灵照仙人吗？竟然是这个来头，那也怪不得了。"

"不知诸位说的蜀陵是什么地方，我从未听说过。"

"蜀陵此地可了不得，距我们这里十分遥远，除了蜀陵弟子，少有人知晓其具体方位，在里面镇守着的乃是世间唯一一位真仙灵照仙人。我也是年轻时游历得远了，才得知这位仙人的事迹。"

"像我们这些修为不济的人，怕是一辈子都寻不到蜀陵所在。"

没有互联网，信息落后，一群没有架打的围观群众，早已从剖析薛衣元君和新夫人以及大妖的关系，变成了讨论蜀陵传说。

神秘的蜀陵弟子聚众打坐，从云头上向下张望："终于打完了，焱砂师伯，咱们现在下去吗？"

焱砂师伯摇头，拿出自己的经验之谈："可别，你们申屠师伯打出凶性来了，一时半会儿敌我不分，此时还是莫要靠近，等他自己冷静片刻……"

"焱砂师伯，我怎么看申屠师伯没什么凶性呢？你看秀儿师妹把他按倒了。"

不知是哪位师姐说了一句语气微妙的话，惹得其他人纷纷探出头去看。

薛衣元君重伤昏迷，破破烂烂地倒在地上。申屠郁也终于变回了人形，之前躲在他的耳朵里的辛秀在他变回人形后，被他一手拦腰提住放在了地上。

辛秀扶着脑袋一回头，看到师父的模样，被他满身的鲜血吓了一大跳。

申屠郁那一头白发几乎被染红了，脸上、手上、身上都是血红的颜色。腹部一大块皮连着肉被割开，他随手捞了一下，又把皮肉贴回去，那清脆的啪的一声听得辛秀心惊肉跳。

辛秀尖叫一声，一把将师父推倒，抱着他的脑袋说："你怎么伤成这样？！你是不是要不行了？！"

申屠郁确实力竭，才会这么轻易被她推倒，见她满脸担忧之色，挣扎着想要起身。"皮肉伤而已。"只要没死都是皮肉伤。在成为灵照仙人的弟子之前，他经常和人争斗，互相开膛破肚都是常事。也就是这些年,他性子变了许多,才每天啃竹子、吹风。

可在辛秀看来,师父的肠子都要掉出来了。她天不怕地不怕,这回差点儿被师父新鲜的血肠吓出个好歹。她后背出了一层冷汗,有点儿手足无措地看着师父的肚子。

"这可怎么办?我不会医术,也不会什么治愈法术,灵力都没被解封。"

她瞅着僵硬地躺在自己怀里、满身是血、活似悲情剧男主角的师父,发现他眼睛都直了,心慢慢发沉。

"我有一件事想和你说。"申屠郁第一次看见徒弟露出慌张的模样,发觉自己心里怪怪的,莫名躁动,盯着她的眼睛,不知不觉眼睛都看直了,开口略带迟疑地说,"我瞒了你一些事。"

辛秀更慌张了,师父为什么一副死前交代遗言的样子?

她一把捂住申屠郁的嘴,说:"别说了,还能抢救,我们这就回去找祖师爷。"她在身上摸索了一下,摸出一把补血丹塞进了师父的嘴里,"没事的,没事的。"

察觉到辛秀的手指在微微颤抖,申屠郁只好把堵住喉咙的丹药全吞了,然后试图继续坦白:"我先前……"

辛秀捏住他的嘴:"不要说了,一般等你说完,你脑袋一歪就要升天了。"

远处围观的妖将与蜀陵弟子:"我们到底要不要过去?"

辛秀扭头四顾,看见焱砂师伯从一群师兄师姐里探出脑袋,当即眼睛一亮,喊道:"焱砂师伯,快来救我师父,他要不行了!"

申屠郁一个仰卧起坐,坐起来说:"我行。"

辛秀看他"回光返照",心里后悔不已,心道:我为什么非得一封信把他喊过来?现在好了,搞得他性命垂危!

"焱砂师伯,你快来!"

焱砂师伯其实本职是修医道,兼职才是炼丹,不过蜀陵几年也不见得有人生病,他发挥有限。辛秀还没见过他治病,只看见他成天围着丹炉打转，炼的丹药也没什么太神异的效果。她本着死马当活马医的原则把他呼唤了过来，殷切地问道："师伯，你身上带着什么保命的丹药吗？"

焱砂师伯回道："我出来得匆忙，没带什么东西，申屠师弟这伤我没法治。"

辛秀按着申屠郁的胸膛的手一紧，问道："抢救都不抢救一下？这么严重吗？"

焱砂师伯说："严重是严重，但他是妖，致死倒不至于。我帮不了他，他只能靠自己修炼恢复，本来以前也一直是这样。"

辛秀愕然："不致死？他都站不起来了！"

辛秀刚说完这句话，就感觉人影一闪，怀里的师父不见了踪影。他出现在不远处躺着的薛衣元君身边，一把按住一条细小的蛇。

"想在我面前把人偷走？"申屠郁用带血带伤的手掐住那条不断扭动、只剩半截身体的小蛇。

辛秀："……"

焱砂师伯拍了拍她的背说："别慌，妖王与凡人的身躯不一样。"

辛秀心道：行，是我反应过度了，下次不慌了。她这才想起来，自己脖子上还有个索命圈。

刚才逃走的虺夫人是个情种，自身难保还要冒险试图救走薛衣元君，谁知被她师父逮了个正着。

"劝你放了我，否则你的宝贝徒弟就要跟着我一起死！"虺夫人尖声道。

辛秀走过去，重点看了看师父的肚子，默默伸出一只手捂住那个伤口，迅速调整了一下心态，对虺夫人说道："别虚张声势了，你伤成这样，这蛇的威力也下降了吧？你没办法一下子依靠它杀了我，不然刚才就不是偷偷来救人，而是直接出现威胁我了。"

虺夫人不动了，说："就算杀不了你，只要我的分神咬你一下，你的魂魄还是要受损，魂魄受损极难治愈，你难道真要和我两败俱伤吗？"

辛秀说："所以大家有话好说，你想要什么？"

虺夫人立刻说："放我和薛衣元君离开！"

辛秀觉得放虎归山这事不能干，她和这两个人都结了深仇大恨，万一放他们走，他们日后卷土重来就是个定时炸弹，而且师父这一身伤刚才还把她吓得半死，决不能随随便便放过他们。

辛秀刚张口要拖延，申屠郁已经在旁边说道："行，你取走你的分神，我放你们走。"

辛秀心里乐开了花，这熊猫太爱我了。

接下来就是经典的"谁先放手"的问题，双方都防着对方临时变卦翻脸，都不愿意先退一步。

"你先解开分神。"

"你先放我和薛衣元君离开。"

辛秀觉得这样下去不行，琢磨着有什么稳妥的办法。谁知这时忽然出现了预料不到的场景——薛衣元君的身体忽然风化，消失无踪，他竟然在这种时候死了！

看来师父刚才真的照着打死人的强度来打的薛衣元君，丝毫没有留情。

这一幕场景发生的刹那，三个人都第一时间反应过来发生了什么，于是三个人也几乎同时做出了反应。

虺夫人尖叫一声，辛秀感觉脖子上的蛇动起来朝她的脖子咬了下去，心中一跳徒劳地捂了一下脖子，而申屠郁瞬间掐瘪了虺夫人的脑袋。

方才神情轻松地看热闹的焱砂师伯皱眉喊道："不好，秀儿师侄的魂魄被那东西吃了一些！"

虺夫人残留的魂魄发出尖啸后散去，生机彻底消弭，如愿和薛衣元君死在一起。辛秀被她临死前发动的蛇反噬，脑子里瞬间爆发出剧烈的疼痛，呻吟一声抱头往前栽倒。

申屠郁迅速捞住徒弟，捂住她的额头探寻片刻，抬手放出一只炼炉。

焱砂一愣："师弟，你怎么把炼炉都带出来了？你此时放炼炉出来做什么？"

申屠郁说道："趁她魂魄刚失，把缺失的那一部分补回来。"

焱砂从没听过人的魂魄能用炼炉补回来，片刻后才意识到申屠郁想做什么，瞪大了眼睛，问："你莫不是要用自己的魂魄去补她的？"

申屠郁已经挥手打开了炼炉，带着辛秀投入炼炉，说："师兄为我护法。"

焱砂这下是真的有点儿慌了，想起来，这位师弟从前就什么都敢放炉子里炼，为此没少被雷劈，也就是这些年才消停些。

焱砂拽住自己的胡子惨呼："哎呀，傻师弟，你别胡来！"

这世间但凡开了灵智的生物，都有三魂七魄，未开灵智的生物则魂魄混沌，只凝成一团，无法分清晰。但申屠郁与其他人或妖不同，天生就多了一魂一魄，有四魂八魄。

正因为这多出的一魂一魄，他才能自如地使用另一具人类躯体。

那是他天生就拥有的魂魄，可是有时，他会觉得那一魂一魄与另外三魂七魄并不能很好融合。很久以前，他见到师父灵照仙人得道，恍惚间有所感悟：那一魂一魄并非他的，而是他一直为什么人保存的。

但那是什么人？他无法从天地间追寻那一丝缥缈的天机。

灵照仙人对他说："我收你为弟子，从此以后，你在我座下，不妄造杀孽，终有一日得遇一场因果。"

这么多年过去，申屠郁变了不少，几乎快遗忘久远前的那个感悟。可是此时，他看着魂魄有缺的徒弟，忽然间心神一动，原来是这样。

申屠郁有种尘埃落定的放松感，是的，没错，这一魂一魄就该是阿秀的。

哪怕申屠郁一直知晓那一魂一魄可能并不属于自己，但要把融合多年的魂魄分开，仍要遭受巨大的痛苦。

忍受着这样能夺走人神志的痛，申屠郁将那魂魄炼入辛秀的身体里。

想要分割魂魄并不容易，让两个不同的魂魄相融更不容易。然而，意料之外，情理之中，申屠郁发现从自己身上割下来的一魂一魄，竟然与徒弟的魂魄相融得异常顺利。她被魊妖吞噬，还在慢慢消散的魂魄再度稳定下来，只要之后继续温养便无大碍。

炼炉之内并没有火，他要熔炼魂魄也并不用火，而是用一种昂贵、稀少、极难寻到的温养魂魄的材料。这材料像一块琥珀，将徒弟包裹其中，等到"琥珀"被她完全吸收，魂魄曾有亏损的隐伤就会痊愈。

申屠郁坐在小炼炉前，静静地看着沉睡的徒弟，反思自己近来种种心潮澎湃和辗转反侧的表现，一个清晰的念头几乎要破胸而出。

"阿秀，我……"

他低声说着，忽而感到一阵无法抵抗的困意袭来。

扑通一声，变回原形的大熊猫栽倒在地，四仰八叉地躺着。

炼炉内安安静静，在外面护法的焱砂师伯可急坏了。他拦又拦不住，只好依言在外面等着，可是左等右等都没等出个结果。他等了三天三夜，看热闹的人都走光了，周围就剩下一群妖将和蜀陵弟子面面相觑。

部分师侄无聊得忍不住开始给巨猿看手相，替鹿女算姻缘。

"不行,不能再等了,炼炉内一直没有消息,申屠师弟怕是遇上难题了,我得进去看看!"焱砂师伯终于下定决心,叮嘱其他师侄看着,自己强行打开炼炉进入。

他费尽千辛万苦才进了申屠师弟的大炼炉,擦一把额头上的汗,瞧见师弟和师侄两个都躺着。一个躺在小炼炉内,周身包裹着一层薄薄的淡黄色的透明物,活像个裹上了糖浆的假人。另一个变回了食铁灵兽的原形,躺在地上。

焱砂一惊,要不是下一刻注意到食铁灵兽的肚子还在起伏,几乎要怀疑师弟是不是一不小心把自己弄死了。

焱砂上前小心检查一番,才彻底放心。妖王不愧是妖王,哪怕重伤成这样,只要好好休息,也能渐渐自行恢复。只是焱砂不明白,师弟为什么晕倒了?师弟伤不致命,魂魄看似完整,也不至于疲累晕倒,怎么会醒不过来?

焱砂盘腿坐在师弟面前,检查半天无果,忽然听到一声呻吟,随后见到从小炼炉内伸出一只手。秀儿师侄按着脑门从里面爬了出来,身上一层薄薄的"糖浆"已经完全不见了。

"秀儿师侄,你没事吧?"

辛秀哒了一声回了一句:"我没事。"她看到那只一动不动、身上全是血污的熊猫,下意识地屏息了一下,随即发现他柔软的毛肚皮还在起伏,这才缓缓呼出一口气,心有余悸地拍拍胸口,喃喃道,"可吓死我了。"她也蹲到熊猫身边,伸手摸摸他的肚子,查看了一下他肚子上的伤口,"焱砂师伯,我师父这是怎么了?"

焱砂师伯肃容道:"我怀疑他是因为把自己的魂魄分割了一部分给你,导致魂魄缺失,才会陷入昏迷之中,我怎么都唤不醒他。"

辛秀一愣,知道自己醒来什么事都没有,肯定是师父做了什么,可没想到师父竟然把自己的魂魄分给了她。魂魄这种东西,损伤一点儿都疼得要命,他连自己的魂魄都能为她割舍,如果这都不是爱,辛秀觉得自己这辈子可能都不知道什么是爱了。

焱砂师伯停顿很久后又加了一句:"但我又仔细检查了一番,发现他的三魂七魄没事,他应该不是因为魂魄缺失而昏迷。"

辛秀:"……"我才感动完……

焱砂师伯说:"这症状有点儿像吃了什么丹药导致的,莫非他吃错了药?"

辛秀说:"师父怎么会吃错丹药?他……"

她忽然想到什么,脸色一变,迅速摸出一个小盒子,盒子里面有一颗丹药。

焱砂看了一眼,他的副业是炼丹,抽了抽鼻子就说道:"一颗补血丹?你把补血丹放在这么精致的盒子里做什么?"

辛秀又摸出个空瓶子,无语凝噎。

她先前从薛衣元君那里拿到溯洄丹,为了防止被抢走,留了个心眼,就用一颗补血丹和溯洄丹换了一下。枉她还觉得万无一失,谁知道聪明反被聪明误!

先前她被师父那副满身血的样子吓了一跳,下意识地给他喂了一把补血丹。所以如果没猜错,她应该顺手把溯洄丹也给他喂了下去。

辛秀面无表情地低声骂了一串脏话,然后说:"智者千虑,必有一失,我坑我自己。"

师父吃了溯洄丹,现在昏迷不醒,可能正在找回前世的记忆。辛秀开始慌了,这玩意儿不会真的有用,能让人找回前世的记忆吧?万一师父前世有个恋人,她这不是给自己添堵吗?

越想越不得劲,辛秀啪的一声拍了一下自己颤抖的右手,骂道:"让你胡来,让你乱喂药!"

辛秀后悔得就差造一台时光机回到过去,可惜申屠郁不知道她此刻的郁闷心情,正沉浸在一个绵长的梦境里。

第七章　溯洄忆前尘

寒风凛冽，雪花簌簌地砸在竹叶上。寒冷的冬日，他仿佛还是一只幼兽，险些被冻死在这严寒的风雪里。

"咦，这是什么？"

他听到一个声音，在濒死时用尽全力抬头望过去，望见了一个少女。她肤色极白，穿一身颜色鲜艳、花纹繁复的裙子，好像丝毫不畏惧这严寒。她的脚踝和手腕上都缀着银铃，脖颈上刺着一圈奇怪又美丽的花纹。当她踩着雪来到他的面前时，铃声空灵，那双赤着踩在雪地上的脚白得和雪一般。

她朝他伸出手，指甲上的红色油彩像火焰一样，格外鲜艳温暖。

"真可怜，都被冻僵了。"

他被这个少女捡了回去，在她温暖的怀抱里再度苏醒。

少女叫辛秀，是一个巫族人。巫族人拥有长久的寿命，天生能使用巫术，部族群居，敌对且蔑视其他种族，辛秀却不一样。她救下他这个妖族的幼崽，用一个小竹篓背着他跑上跑下的。

他们外出的时候，申屠郁经常能听见部族里其他人和辛秀说话。

"阿秀，你怎么把妖族带进来了？快丢掉他吧。"

"阿秀，你不能坏了规矩。"

但是辛秀根本不在意那些话，只是笑嘻嘻地说："我喜欢这个妖族，等他长大了，我要他当我的坐骑。"

部族里其他人劝不住她，她的父亲又是部族中最厉害的巫，于是申屠郁就作为唯一一个例外，在巫族中长大了。

他小小一只的时候，少女用竹篓背着他。等到他长大了，少女苦恼地看着他说："你这么重，我可懒得背你了，你自己跟着我。"他就开始跟在她的身后。

少女叮嘱他："你要紧跟着我，不要落单，不然会被这里的其他人抓走杀掉，知道吗？"

他们一直形影不离，度过了很多年。后来他学会化形成人，第一次化形就是个和她差不多高的小少年，后来就变成他背着她到处玩。

巫族的人寿命太长了，申屠郁越长越高，人形高过辛秀一个头，原形甚至进不了屋子，辛秀还是他们第一次见面时的模样，只是比那时脱去了许多稚气。

巫族并不太平，或者说整个世界都不太平。不同的神创造了不同的种族，各个种族之间为了生存互相残杀，巫族人也时常遭到他族人袭击。

申屠郁跟在辛秀的身边，会变作原形让她坐在自己的肩上。他力气大，战斗时，死在他爪下的敌人数不胜数。

往往一场战斗结束后，他满身都是鲜血，有别人的，也有他自己的。

他们坐在泉边，辛秀给他梳理身上纠结在一起的毛发，梳着梳着，忽然对他说："你已经很厉害了，不需要我了，离开巫族回你自己的族群去吧。"

申屠郁想也不想就摇头说道："不。"

辛秀给他刷着毛，不知为何很苦恼又有些恼怒地看他一眼："我很小的时候就把你捡回来照顾，你不会是因为这个把我当母亲了吧？"

她越想越生气，从他身上揪下来一把白毛。

"不是，"申屠郁动了动爪子，想要碰一碰她的脸，可是爪子上还有很多血，于是抓了两下自己的毛还是放弃了，低声说，"我要当你的坐骑。"

辛秀说："我从前这么说是为了堵别人的嘴，也跟你开玩笑的。你是妖族，又不是真的兽，真的愿意给我当坐骑吗？"

他心里是愿意的，不管是当坐骑还是什么，他都想一直待在她身边，继续背着她在这山间行走，听着她身上的铃铛声和风声一同响起。

"算了，算了，你要是不走就留在这儿一辈子给我当坐骑。"辛秀把他的毛刷干净了，忽然又开心起来，改了主意，嘻嘻笑着扑在他的身上，和他一起躺在大石头上晒太阳。

申屠郁觉得她身上特别香，比旁边开得烂漫的山花还要香。

他越来越厉害，整个巫族的人都知道大巫的女儿辛秀驯服了一只食铁妖兽。那食铁妖兽对她无比忠诚，只要她手指指向哪里，小山一般的食铁妖兽就会载着她冲向哪里，对她的敌人露出最凶暴的一面。所有伤害她的敌人，都会被食铁妖兽踩成烂泥。

申屠郁变成人形也会把辛秀背在身上，他们不在乎巫族里其他人的目光，但是申屠郁经常会被人挑衅。

和幼时巫族人因为他的外族身份产生恶意不同，后来挑衅他的都是些巫族男子，说他抢走了巫族最厉害的女人。

"你是妖族，就算再喜欢阿秀也没用，阿秀迟早要和我们巫族男子生下孩子！"

申屠郁其实不是很清楚这些男子到底为什么挑衅自己,但知道这些人是来抢辛秀的,一瞬间就被激怒了。

他毫不客气地把他们打得落荒而逃,因为下手太重,好几个人是吐着血被人抬走的。

他打完人才有些担忧辛秀会不会生气,忐忑地去看她的神情,却见她坐在旁边的栏杆上,托着腮笑得特别开心又特别……温柔。

"深涂,过来。"辛秀朝他招手,在他走过去的时候,将手上的花插在他染血的爪子上。

"深涂"在巫族语里,有黑色和凶猛的意思。

但是深涂在辛秀面前,从来都和凶猛这个词没有关系。一只食铁妖兽,当他收起铁齿和利爪,挪动着圆滚的身躯,周身毛发伏贴的时候,看上去憨态可掬。

见识过深涂打架的巫族人已经不会被他的外表迷惑,但是当他随着辛秀偷偷离开巫族,遇到的其他种族的人都没有这样的觉悟,两个人单独在外行走,会被他族人攻击是很正常的事。

他们一路上见到了性情暴躁,全身长着黑毛,能用毛发攻击人的毛公族人;见到了额上生着三目,能从目中射出雷电的目连族人;见到了不分性别,生育能力惊人,在大陆上大肆扩大地盘的女裔族人;见到了族人大多蛇首人身、冷血,且生活在沼泽中的蚍丘国人;还见到了头和四肢能脱离身体移动、交换、更替,生命力顽强的瘁尸族人。

强大的神为了争夺神位和信仰,侵占更多地盘,不断制造出各种各样的种族。妖族和巫族就是不同的神所造,妖族人数众多,比山脉深处的巫族更庞大,但巫族的人能力更强。从各个种族的兴衰中,就能看出那些神之间的博弈。

这无数种族,就像纵横的大陆上的一枚枚棋子,在操纵他们的神的手中不断诞生又不断消亡。

辛秀从巫族走出来，只带着深涂，两个人一起走过了许多地方。辛秀作为巫族大巫的女儿，能力强大，能和深涂一起解决大部分敌人，但有时候他们也会遇上无法对付的敌人。

轻松的时候，辛秀会坐在深涂的怀中，或趴在他的肩上晃悠着胳膊和腿，闲适地晒太阳、唱歌。打不赢逃命的时候，深涂一身鲜血地冲出包围，辛秀会用沾血的双手召唤出地下的恶气，用巫术消灭追赶他们的敌人。

在最贫瘠的中原，辛秀和深涂遇上了一个新的种族。

"人族？"

辛秀好奇地看着那些无比弱小的人族。他们甚至打不赢最弱小的野兽，很短的时间里没吃东西会死，还会被水淹死。相比此时大陆上其他大大小小的种族，人族实在太脆弱了，而且寿命十分短暂，飞快出生又飞快苍老。

"这是哪位神创造的种族？"辛秀有些好奇，偷偷围观了他们的祭祀，才知道造他们的神是女娲神，一位据说十分慈悲的神。

"如果女娲神真的慈悲，为什么要创造这样朝生暮死的种族？他们在短暂的生命里要受无尽的苦楚，这不是毫无意义吗？"辛秀觉得很奇怪。

人族的繁衍能力比女裔族更强，他们力量弱小，但是会创造各种各样的东西，学习其他种族的文明。当辛秀和深涂走过半个大陆的时候，再回首，赫然发现，人族已经遍布中原，并且还在不断往外探索、扩张。

辛秀对人族很感兴趣，他们在中原之地待了很久，见到了三代人族近百年的变迁。

"这是一个特殊的种族。"辛秀发现人族与其他种族似乎有些不同，他们绵延不绝，能不断诞生。

可是每个种族的数量都和造他们的神的力量大小有关，如果创造他们的神无法承担这样庞大的人数,那么神会因此消亡,族群也会因此灭亡。

但人族越来越多,越来越强盛,这是很奇怪的事。

"深涂,我们要回巫族了。"辛秀思考过后,决定回到巫族,有许多疑问要询问父亲。

他们回到巫族,这个力量强盛的种族与他们离开之前并没有什么区别,但辛秀敏锐地察觉到以父亲为首的大巫忧心忡忡。

"父亲,我在外面见到了一个奇怪的种族,人族。"

她的父亲用一种奇怪的眼神看着她,良久才对她说:"阿秀,或许神的战争,很快就要结束了。"

辛秀竟然不觉得意外,张口就说道:"女娲神赢了吗?"

父亲摇头:"已经没有女娲神了。"

曾经最强大的神之一女娲神,亲眼看着自己创造出的人族挣扎生存,看着他们朝生暮死、如同尘埃,感受到他们无尽的生死哀别之痛,也感到沉重得几乎无法负担的痛楚,又因为不断地创造人族,神力几乎竭尽,于是如同远古的创世神盘古一般,也牺牲了自己,散去神身,用神魂为人族创造了魂魄。

在此之前,所有种族都没听说过魂魄,而人族最先拥有了魂魄——超脱于肉体的另一种生命存在。人族拥有了魂魄,也拥有了轮回,于是循环往复,生生不息。他们不再依靠神的力量诞生,已经自行融入了天地规律。

"人族兴盛,神明衰落,万族皆殒。"

这是创造巫族的巫神给出的结果。

没有一个神明和种族愿意等待死亡降临,于是最大的混战发生了。无数种族参战,都想灭绝人族。创造了妖族的日月双神成了庇佑人族的一方,至于巫族,他们封闭了族群,待在群山深处不再和外族交流。

像巫族这样中立的族群还有许多,无一不是能力强大、被称为最接近神的种族。

辛秀又偷偷带着深涂离开："走吧，山下很热闹，据说妖族都在帮人族，你也是妖族，我带你去看看。"

这一场战争旷日持久，辛秀和深涂大部分时间游离于战场之外，偶尔会帮一帮人族和妖族。种族之间的战争与每个种族的善恶没有关系，毕竟每个种族之中都有善恶之分，真要说起来，人族的欲望更加强烈——求生欲、食欲、爱欲……人族几乎是一个承载着无数欲望的种族。

"阿秀，你帮他们，是因为喜欢人族吗？"深涂问她。

辛秀摇头："无所谓喜欢不喜欢，但我觉得，如果以后这片大陆上到处都是人族，肯定比现在要有趣，换作任何一个其他种族存在，好像都显得单调了。人族是女娲神从黄土中捏出的，在我们巫族的记忆里，土地中有无数恶孼，盘古大神所有的恶浊之气都下沉为土地，可是从土中走出的人族有很多像星星一样闪亮的人，短暂却耀眼。黄土随处可见，树木、山川、河流都被土地承载，或许正是这样，这无处不在的黄土才会诞生出无处不在的人族。他们就像黄土一样匍匐在大地上，从他们的身躯里长出万物生灵。"

"为什么这样看着我？"辛秀一转头，看见深涂眼睛一眨不眨地望着自己，不由得笑起来，"我说的这些，你觉得怎么样？"

深涂说："我不知道。"

辛秀抬手抓他的头发："那你知道什么？"

深涂说："我知道，如果有一天你死去了，我会和你一起死。"

辛秀抱住他的脖子，将脑袋靠在他的肩上，说："当然一起，我是巫族，你是妖族，我们都没有魂魄，等我们死了，就是一起消失得干干净净，也不会有人族的轮回……其实我有些好奇轮回和魂魄究竟是怎样的。如果有轮回，我们会不会变成和上一世相同的人，会不会同样相遇？"

深涂抱着她很认真地说："如果我们也有轮回，我还会喜欢你。"

大战中死了无数的妖，人族则建立了皇朝，第一位皇帝是妖族共主金龙与人族所生，世间诞生了第一个半妖半人的生物。而除了妖族，没有任何其他种族能跨种族生出孩子。

当这位半妖半人的皇帝死去时，他的身份被天地承认，从此妖族也拥有了魂魄，所有死去的妖也能进入轮回，转生为人。

"可惜，你不会和我一起消散在天地间了。"辛秀长长地叹息了一声，在深涂的额头上亲了一下。

"我不要轮回，要跟你一起走。"深涂和许多妖一样，爱恨都十分直白鲜明。

辛秀只是笑着趴在他的肩上，并不说话。

种族开始一个接一个地消亡，终于轮到了巫族。巫族人死后，化为石头、草木和青山。

辛秀偶尔也会和深涂讨论："我要是死了，化作什么比较好呢？化作一块石头，让你随身带着？"

深涂沉默不语。

"看你的表情应该是不喜欢，那我化作一片湖泊怎么样？以后你要是和人打架受了伤，可以在湖里清洗，就当是我帮你洗。"辛秀又说。

深涂的表情越发沉重。

"嗯，也不行啊？你最近怎么越来越难哄了？"

辛秀笑嘻嘻的，手和脚上的银铃叮叮当当响。

深涂却笑不出来，只能一再重复："我会和你一起走的。"

他们两个如果意见相左，最后赢的往往是辛秀，最后一次也没有例外。

辛秀消亡时，含笑望着身旁的深涂："我想好了，我会化作一丛竹子，等你吃完了这竹子，就可以来找我了，好不好？"

深涂最怕她不愿意让自己随她一起去，听她松口了，立即点头:"好!"

辛秀说:"你答应我了,就不能反悔了。"她露出那种深涂最熟悉的狡黠笑容。

确实如她所说,她化作了竹子。深涂把那一丛竹子折下吃了,却发现转眼这一丛竹子就变成好几丛,然后越长越快,蔓延了一座又一座的山头,最后长成一大片连绵的竹海。就算是再大的食铁妖兽,费尽一生时间,恐怕也无法吃完这些竹子。

他被骗了。她其实常常骗他,逗着他玩,他从不在意,但这一次委屈得无法释怀。

竹叶沙沙,深涂走在这望不到尽头的竹海中,偶尔会听到银铃声。

叮——

银铃声就在他耳边——四处都是他的阿秀,四处都见不到他的阿秀。

深涂离开竹海,回到妖族,探寻魂魄的秘密。他加入妖族与人族一方,抵御其他种族的攻击。直到其他种族消亡,妖族转头与人族决裂,双方开始敌对,深涂又和少部分妖族一起站在人族一方,帮人族抵御妖族攻击。

"你分明是妖族,为何要帮助人族?!"许多妖在战场上叱骂深涂,深涂也不在意。对他来说,不管是妖族、巫族还是人族都没有区别,他所求的只有一样——阿秀生出能转世轮回的魂魄,他想与她再次相见。

守护人族,是他向女娲神的一丝神念求来的生机。

"巫族无法在这个世界轮回,但是,只要你有一份执念留存,你们终能相遇。"慈悲的女娲神在他将死之际留下了这么一句话。

魂魄是什么呢?

深涂在濒死时,觉得自己又回到了多年前第一次见到阿秀的场景,第一眼看到那个雪中的少女朝他伸手。他忽然明白了,魂魄的诞生，大约起始于不灭的思念。

远在巫族的竹海在风中轻响，这风轻柔地掠过竹梢，将许多无形的光点凝结。光点一部分消散在天际，另一部分被风送着飘过山川，落入深涂渐渐冰冷的身躯里，与他即将轮回的魂魄融为一体。

深涂死去，再睁开眼的就是申屠郁。

"师父，你醒啦？"

一张熟悉的脸出现在申屠郁的眼前，那张脸上带着五分担忧、四分怜爱和一分心虚之色。

申屠郁有些恍惚，望着辛秀的眼睛，沉默良久后，才缓缓吐出一句话："你骗我。"

辛秀几乎是下意识地把心虚吞到了肚子里，脸上摆出了更加无辜的神情。师父怎么一醒过来就控诉她骗人？他难道不是应该追究她乱喂药让他昏迷了七日吗？

而且她骗了师父什么？辛秀承认自己确实骗过人，出门在外，为了求生都不知道随口撒了多少次谎，对师父她多多少少也撒了谎，所以，师父这一句主要是针对她哪一次骗他？

从近的来说，师父是气她在喜帖上故意写要和薛衣元君百年好合，把他气得当场飞过来打人？还是从远的说，他气她明明知晓他的人身身份，还故意装作不知道，把他吓得不轻？

辛秀在极短的时间内把自己的记忆翻了一遍，确认自己并没有露馅儿，于是对着师父笑起来，果断先认错："我错了，我不该骗师父，再也不会了。"

申屠郁一看到她的眼睛就知道，她没有听懂他在说些什么，但是，她这个神情他太熟悉了，在他的一场大梦中，那个巫族的辛秀就经常会对深涂露出这样的表情，这代表着"不知道自己哪里错了，但我最擅长道歉""就算知道自己哪里错了，可我下次还敢"。

她就是这样的辛秀。

申屠郁有满怀无法诉说的情绪，前世种种事情对他来说，就像是忽然想起的久远回忆，带着一层朦胧的轻纱，每一个画面都好似云中的山，唯独那些激烈的情绪像山的本身一样庞大而沉重。

两个人许下同生共死的誓言，她死后却化作无边竹海，直至临死时还想要再见一面的执念一股脑地在他的身体里复苏。

辛秀还在想着怎么快速解决溯洄丹这事，顺便找个机会打听一下溯洄丹对师父到底有没有用，忽然脸颊一热，她的脸被师父捧了过去。

辛秀愣住了，不知道师父要干什么。

她不由自主地顺着师父的力道靠过去，眼看离他的脸越来越近，不由得有点儿得意，心说：这是怎么了？难不成师父经历了一场生死看开了红尘纷扰，觉得应该好好珍惜眼前人，所以激动之下准备从了她？

那这个爱情故事眼看就可以结局了呀！

辛秀脑子里胡思乱想，还有心思跟自己开玩笑，结果被申屠郁轻轻亲上前额的时候，脑内各种纷乱的思绪戛然而止。她这么厚的脸皮，这么多的见识，一般情况下，没人能让她脸红。她要是脸红一百次，有九十九次是装的，可这一次，她自己都没反应过来，脸上突然就热了。

申屠郁望着她有点儿蒙的样子，感受到自己手掌中的一点儿热度，忽然笑了。

等待能有结果，那片郁葱的竹海和竹海中孤独的食铁妖兽，终于可以安息于遥远的时空里。

原来"深涂"和"辛秀"，都是早有前缘。他当年起下深涂这个名字，自己也不知来由，就像他生来四魂八魄，也不知来由，原来是在等人。

汹涌的情绪最终化作潺潺溪流，申屠郁又低头碰了碰辛秀的唇。

察觉到强烈的视线，熊猫一转头，就见到旁边一张僵硬如石头、表情惊恐的老脸，是焱砂师兄的脸。

焱砂师兄身后还有一群同样木头一样戳着，脸上满是意外、茫然和惊讶表情的师侄，简直如一片木头森林。

申屠郁才醒来，根本没有注意身边还有这么多人在看着，残留的恐惧社交属性使他一秒变脸，笑容消失，恢复了熊猫常用的表情。和他对视了一眼的焱砂师兄动了动眼珠，醒神一般往上看了看，又看了回来。

焱砂咳嗽了一声，手僵硬地捋了捋自己的胡须："师弟啊……"

焱砂现下真不知道该说点儿什么好。要说同门内部消化，师侄里同辈常年相处，确实有一两对修成道侣。但师徒修成道侣的情况，蜀陵还真未有过，可能是年龄差距太大，师徒之间多是教导之情，没有男女之爱……总之，刚才那一幕画面给他的冲击力有点儿大。

焱砂正想着该说点儿什么，就见秀儿师侄忽然啊了一声。

辛秀从"熊猫竟然也会主动"的惊讶情绪中回过神来，快乐地往前一扑，把坐起身的申屠郁扑回了床榻上，大喊着："我刚才都没反应过来，师父你也太突然了。"

这憨憨的熊猫师父，一下子搞"秃"然袭击，一下子搞突然袭击。她可还记着师父晕倒之前，他们分明还处于窗户纸糊了九十九层都没捅穿的情况，现在可好，师父睡了一觉，醒来就自己破窗而出。

焱砂感觉自己多余，忍不住开口："师弟、师侄啊，你们这是……？"

辛秀笑眯眯地按着申屠郁的胸口，一回头看见慢慢解除石化状态的同门，张口就说道："我与师父情投意合，准备共结连理。"

也许是因为辛秀说话的态度太理所当然，众人惊讶过后竟然也没什么太大的感觉，反而是被她情投意合、共结连理的另一个主角申屠郁，他的反应还要大一点儿。只见他微微瞪大了眼睛，瞅着上方的徒弟，陷入迷惑状态。

刚才他是亲了徒弟一下，但是徒弟这么热情地回应是什么情况？阿秀应该没有前世的记忆，应该还是喜欢乌钰或者白无情，怎么立刻就接受他了？

他感到迷惑的同时，想起大梦中的前世，辛秀曾说过"如果喜欢你，哪怕转世依然喜欢。"好像嘴里忽然被人倒进去一桶蜂蜜，他的脑子都被粘住了。

辛秀还在对着师伯和师兄师姐通报："实不相瞒，我和师父的事已经跟祖师爷说过了，祖师爷已经准许。"

焱砂师伯讶然地说道："原来师父都知晓了，那我们也没什么好说的，说起来这也是一件好事，恭喜申屠师弟了。"

师兄师姐也瞬间活跃起来，不约而同地露出喜庆的笑容，道贺声一声接一声。

"是呀，恭喜恭喜！"

"秀儿师妹，恭喜！申屠师伯，恭喜！"

"不对，日后我们也不好再叫秀儿师妹了，她这不是比我们高上一辈了吗？"

"秀儿师妹不是在意这种小节的人，对了，师兄带了新婚贺礼，刚好送给师妹。"

有头脑灵光的同门立刻拿出了礼物。大家原本过来看热闹就是准备参加婚礼的，虽然最后婚礼没参加成，但这礼还是送出去了。最开始建议大家带贺礼的师兄不由得沾沾自喜，自己果然考虑周到。大家纷纷送上贺礼，场面喜气洋洋，一度像是婚礼现场。

另一位主角申屠郁再度陷入迷茫状态。师父灵照仙人知晓了，还同意了，这是什么时候的事？他都是刚刚才知晓自己的心意，并且还没确定徒弟的心意。

这一定有哪里不对。

辛秀意气风发，对诸位热情的同门说："大家不用这么客气，等我们回蜀陵办了婚宴再送礼也不迟。"

师姐说："那很好哇，蜀陵多年没有这样的大事了。师伯成婚，大家肯定都要出关祝贺的，说不定在外的师兄师姐都要回来。对了，秀儿师妹选好时间了吗？"

辛秀转头问申屠郁，语气有商有量："师父，你看三个月后怎么样？"

申屠郁用一张像写满了问号的脸无声回答了她。

辛秀忍住笑，一本正经地说道："看来师父还没做好心理准备，也是，三个月太急了，那就再等三年吧，多一点儿时间给师父准备。"

三个月本来就是开玩笑的，她的送信任务还没完成，几个弟弟妹妹在外还未回来。她当大姐的要结婚，底下的几个弟弟妹妹总要回来，所以时间不急。毕竟他们都是修仙人士，以后日子还长着，她现在就是故意吓唬人而已。

看师父呆若木鸡的熊样，这也太好笑了。辛秀动了动手掌，感觉手底下这颗心脏快要跳出来了似的，像是有猫在用脑袋顶她的手。

大家发出善意的哄笑声，纷纷夸赞辛秀。

"秀儿师妹真是贴心，申屠师伯有福了！"

"申屠师伯怎么不说话，别是害羞了吧？"

几个师兄笑着笑着开始挠头："怎么感觉有哪里不对？"

申屠郁也觉得哪里不对，但脑子糊涂，理不清楚。他醒来后，大家准备回蜀陵，他一个人坐在妖将抬着的轿子上，连辛秀都不在身边。他终于有时间，也有脑子开始回想这一切到底是怎么回事。

辛秀一离开师父的视线，就捂着肚子笑了个前仰后合，连带着刚才一群故意促狭的师兄师姐都发出了快乐的笑声，现场一片祥和欢乐的气氛。

- 311 -

一个师姐笑着说道:"可是难得见到申屠师伯那模样,真是托了秀儿师妹的福。从前秀儿师妹就常和我说申屠师伯一点儿不凶,我当时还不信。现在想来,申屠师伯是凶的,只是从来不凶秀儿师妹罢了。"

还有师兄朝着辛秀叹服:"秀儿师妹真是厉害,连申屠师伯的主意都敢打。"

辛秀笑而不语,等大家乐够了,才说道:"诸位师兄师姐,现在就回蜀陵吗?大家难得出来一趟,不如在外面多转转再回去。六师妹南柯如今在琥国九公学宫,离此地也不算太远。她正缺人指点,不如诸位师兄师姐结伴前去看看,帮南柯师妹一点儿小忙?"

众位同门互相看看,露出明了的神色,秀儿师妹这是想支开他们,好和申屠师伯好好相处。

辛秀大大方方地让他们取笑了一番,然后将他们送走,连焱砂师伯都悄无声息地跑了,没有打扰她和师父谈心的意思。

辛秀心道:不愧是一家人,真贴心。

她扭头回去上了师父的轿子,和师父对视一眼,一张笑脸迅速变得严肃,张口就说:"你骗我。"

这话申屠郁刚醒时对她说过,辛秀如今一字不改,让申屠郁措手不及。

辛秀说道:"师父,我知道你以前用人身变成乌钰和白无情骗我了。"

申屠郁沉默了,耳朵都折了起来。

辛秀做西子捧心状,说:"师父,你知道我当初有多难受吗?"

申屠郁说道:"是我错了,我再不会如此了。"他拿出辛秀的回答,但听上去比辛秀的回答要诚恳一百倍。

辛秀放下捂心口的手,脸上重新挂上笑容:"好吧,那我原谅你了,毕竟是夫妻,闹点儿小矛盾也正常,关键是要沟通,能沟通就没问题,对吧,师父?"

申屠郁点头点到一半,才意识到徒弟说的那个"夫妻",顿时一愣。好在熊猫只有黑白两色,所以他不会脸红。

辛秀仗着申屠郁刚长睡醒来,脑子还不是很清楚,接二连三地把他唬得一愣一愣的。

她迅速揭穿了熊猫的身份,忽然又说:"师父,你不小心误食了溯洄丹,这丹药能让人看到前世的事,所以你是不是看到了前世的事?我们前世是不是有什么关系?"不然没道理他一醒来就亲她,还满脸失而复得、爱在心里口难开的模样。

申屠郁将深涂与辛秀相识的始末简单述说了。

辛秀听罢,不禁摸着下巴得意一笑:"不愧是我。"

虽说女娲神造人族,日月双神造妖族,巫神造巫族,其他神分别造出其他许多种族,然后大混战的故事和辛秀听过的神话故事不太一样,而且这若是真实发生的事情,听上去比较不可信,但鉴于她都穿越了,姑且就当这些事是真的。

辛秀一点儿都不怀疑那个能骗熊猫吃竹子的巫族辛秀不是自己,就是有点儿奇怪,如果自己是巫族那位辛秀,又怎么会出生在另一个世界?

"师父,你最开始说女娲神为了人族奉献了自己,已经陨灭,那后来深涂又是怎么向她求得辛秀的一线生机的?"

其实关于上一世的记忆,申屠郁记得并不是特别清晰,随着清醒的时间变长,那些因为溯洄丹想起来的东西越发模糊,像是镜中花、水中月,当真成了一场似幻还真的梦境。

听到辛秀提问,他思索了一会儿才说:"女娲神确实最早陨灭,但她是造人族的神,人族给她供奉香火,使她留下了一丝神念,这一丝神念寄身于人族最早建立起来的商城女娲神像中。"

"我前世如果是巫族,是不是只有我一个巫族有了魂魄,能轮回转世?"辛秀对这点尤其好奇。

- 313 -

申屠郁解释："消亡的种族很多，深涂也未曾听过其他种族再生出魂魄。女娲神曾在深涂临死前说过，巫族不能再降临这片大地，巫族的魂魄也无法再在这片大地上降生，你应当是唯一一位。"

辛秀若有所思，"不能再降临这片大地"，所以她才会在另一个现代社会出生，又因为莫名的牵绊，或者是女娲神遗存的力量，她被拉回这个世界，算是女娲神对深涂"还他一个老婆"的承诺。

她先前一直觉得现代社会和这个玄幻修真世界差别巨大，哪里都不一样，但是换一个方向想想，这两个世界都有相似的存在，比如盘古开天辟地、女娲造人的故事，这些都是很相似的神话。

或许这两个世界就像是双胞胎，只不过长得不太一样，说不定还不只是双胞胎，在她不知道的地方，还有无数个和这个世界类似的其他世界。

佛说一花一世界，或许真的如此，他们都是一花世界里的人，而她因缘际会下从一朵花乘风飞到另一朵花中，谁知道这两朵花附近还有没有其他的花？

她这么一想，好像宇宙宽广，世界无边，个人变得无比渺小。

辛秀走神了一会儿，察觉到旁边的视线，转头看过去，对上申屠郁的眼睛。她一瞬间好像被人从广袤无边的宇宙里拉回红尘中，忍不住笑了一下。

世界再大她也不怕迷失，毕竟这里有一个永远清晰的坐标，就算走得再远，只要回头一看，这个坐标就在那儿闪闪发亮。

"喀喀，"辛秀清了清嗓子，突然正色说，"师父，申屠郁，我爱你。"

申屠郁只是看着徒弟发了一会儿呆，没想到突然被徒弟真心告白，整个熊一震。这一天他已经被震太多次，毛都被震得根根分明。如果他现在是熊猫原形，辛秀就会发现他整个身体都蓬松了一圈。

辛秀还没告白完，搭住师父的手，用言情小说中最经典的"深情的目光"望着他,说:"我喜欢师父,喜欢熊猫妈妈,喜欢乌钰,也喜欢白无情,这些不同的喜欢都是给你一个人的,所以这世上我最爱你。无论我的爱是什么样子,最终都是你的样子。"

辛秀连停顿都没有,干脆地说完,心里有点儿庆幸还好师父现在是用人形而不是原形,否则有些话还真不好对着熊猫说。熊猫当然也很好,但她第一次认真告白,还是得有个人样才像话。

申屠郁虽然天生有眼线和黑色指甲,但被辛秀这么握着手直白地表白一通后,他的反应像个良家少女,不仅手足无措还十分慌张,几次张口想说点儿什么都没出声,只会抓紧徒弟的手,最后有点儿磕巴地憋出一句:"我也是……我也……"

他亏就亏在没上过网,没听过多少情话,连情书都没收到过一封,又不是专修文学的,才连一句像样的表白话语都没能说出口,在辛秀面前毫无还手之力。

辛秀带着笑听师父磕磕巴巴地说话,感觉旧日重现,仿佛回到第一次见到师父的日子,他那时候社交恐惧症还很严重,但第一次见她就对她格外宽容和疼爱。

上一世的深涂是一只异常直白的妖兽,这辈子的他可能是变成了灵兽,又在灵照仙人这位单身人士的座下太久,身边全是沉迷修仙、没有家属的同门,在这种事上就显得更含蓄些。

辛秀告白了半天,都没等到师父动手,只好神色如常地往前一挪,挪到师父怀里,抱住他以示尊敬。好在憨憨的熊猫不是真的木头,她姿势都摆好了,他也下意识地伸手把她抱紧了些。

食铁灵兽的吨位太大,哪怕变成人形也比辛秀高大许多,这会儿足以把徒弟整个团进怀里,像是抱一棵超大的竹笋或者一大缸蜂蜜。

辛秀心想:熊猫师父的心跳这么快,一般这心率就该被推进医院抢救了吧?他这么激动,可见是情话听得太少,以后听多了估计就习惯了,不过师父是不是抱太紧了?

察觉到这个拥抱越发用力，辛秀呲了一声，师父不会一个激动用上最大的力气吧？要真这样他立马就要当鳏夫了。

辛秀试探着喊了一声："师父？"

她忽然发觉不对劲，因为感觉到师父在颤抖，要说这是激动到颤抖，似乎反应太过夸张了，因为师父抖动的幅度太大了。

辛秀一抬头，惊讶地看到师父的下巴上滚下一滴汗，着急地问："师父，你怎么了？"她用力掰开腰上的手，才看清申屠郁此刻的模样。他用力咬着牙，下颌紧绷，额上都暴出了青筋，在忍受着剧烈的痛苦。那双紧闭的眼睛和皱起的眉带着锋利的气息。一头白发散在颊边，他的脸色都快和头发一样白了。

这究竟是怎么了？难道是之前的伤还没好引发的疼痛？不太像。难道是溯洄丹的后遗症？也不应该啊。辛秀抬手拂开申屠郁的白发，试了试他脸上的温度，却见他忽然睁开眼，瞳孔几乎缩成针尖儿大小，身上自然而然地散发出凶暴的气息，仿佛下一刻就要暴起杀人。

危险！

辛秀汗毛倒竖，强忍住了后退的冲动，语气更轻几分："师父，你这突然怎么了，不舒服吗？"

申屠郁猛然晃了晃脑袋，喘息了两声，才开口："有什么东西方才钻进了我的心脏里……阿秀，你别怕，待会儿不要停留，尽快赶回蜀陵。"

辛秀虽然不明白突然发生了什么，但也迅速回答道："好，师父不必担心。"

申屠郁又看她一眼，强迫自己沉浸在修炼中，强行封闭了五感六识。

辛秀有些后悔，怎么没有把焱砂师伯带回来？要是他在，也不至于什么都不知道，师父刚才三言两语也没讲清楚。

这么一闹，辛秀毫无谈恋爱的快乐感了，满心疑惑和担忧的情绪。

他们好不容易赶回蜀陵,刚踏入云间道场,辛秀就发现一道光落在自己与申屠郁身上,二人瞬间从云间道场来到后山上天台。

祖师爷灵照仙人所在的上天台还是十分清静与荒芜,但此时,那里已经有一道朦胧的人影。辛秀都没来得及说话,那人影就在申屠郁的心口一拂。

随即,笼罩在光与烟中的人影一指点在申屠郁的额心上。辛秀手疾眼快,一把托住倒下的申屠郁。

"祖师爷,师父他怎么了?"

人影回到玉树中,只传出一个缥缈的声音:"他吃下了一样邪煞之物。"

辛秀皱起眉:"什么邪煞之物?难道是薛衣元君的魂魄?总不可能是溯洄丹吧?"

"邪煞之物是一颗吸收了无数执念的石心。"灵照仙人沉默片刻,顺着弟子心上的一根黑线,算到这个因果,说道,"从前有一个男子,天生没有心脏,无法爱上任何人。后来,有一只妖虺对他动心,取石心赠予他,但石心不动仍不能爱人。虺求而不得,最终生吞了此人,将石心藏入虺心。

"石心藏煞,虺心凝聚那虺多年修为,与石心最终融为一体。食此石心能修成虺,能吞噬魂魄,因此那虺死后,石心被人当作宝物争抢。后来,这石心辗转多处,凡得石心者,必会被影响心智,变得日渐偏执疯狂。"

听到这里,辛秀已然明白是怎么回事了,是虺夫人!

是了,她先前被虺夫人抓回黑熔岩洞窟时,看见虺夫人在那个天坑里洗泥浆浴、吸收残魂,那时候就看见虺夫人身体里有什么东西在发光,当时还想虺夫人身上是不是带着什么宝贝,想必发光的就是那石心了。

后来师父和魊夫人打起来，扯断了魊夫人的半个身子，直接塞嘴里吃掉了，估计就是那时候把魊夫人身体里的石心也吃进去了！

想明白后，辛秀简直不知道该说什么好，总之，下次要提醒师父，不能乱吃东西了。

知道了原因，辛秀冷静下来，说："祖师爷，师父还有救吗？我们刚刚才定情，连婚礼都没办，您老人家不好让徒孙直接丧夫吧？"

祖师爷可疑地沉默了片刻，才说："能救。"

这就好。辛秀松了一口气，脸上有了笑模样。

"那怎么救？"辛秀问这个问题的时候，想起了魊夫人。魊夫人那样狂躁偏执，很有可能是受石心影响，难道师父也会变成那样？吃了石心能修成魊，可师父是熊猫，怎么修成魊？

灵照仙人的语调仍然平静缥缈："只要不动情念，修身养性就可以。"

辛秀愣住了，祖师爷说得挺轻松，但是这方法等于直接让他们分手了。

灵照仙人又说："石心承载了太多主人的感情和执念，会影响人的心智，应当是在申屠徒儿心绪激荡、情丝翻涌的时候钻入他心中的，若是不加以控制，后果严重。"

辛秀沉默了，怪自己一个劲地撩拨师父。

灵照仙人平静地说："他在上天台好好修身养性，突破了人仙修为，我便能助他脱开石心。不过在此期间，最好不要引动他的情丝，你就先别见他了。"

辛秀想：还好，还好，虽然暂时不能见面，但好歹还有时限，也就是说把师父放在祖师爷眼皮底下乖乖修炼，等他修成人仙就没事了。

想到这儿，辛秀扼腕叹息，等师父闭关出来还不知道要几年，早知道她就先把人睡了，现在说什么都晚了。

申屠郁大约是在昏迷中感觉到了什么，动了动脑袋。辛秀摸了摸他的额头，想想还是在上面亲了一下，随后放下他，朝玉树里的祖师爷一拜，说："祖师爷……不是，师父，那我就先出山了，郁郎就拜托师父管教了！您记得催他好好修炼，赶紧突破，告诉他我还等着办婚宴！"

祖师爷的语气好像都波动起来："快点儿走。"

辛秀要去的三个送信点分别是项茅、仙西和旧乌。

前两个任务她都完成了，就剩下最后一个。只是辛秀很怀疑，自己送信一个来回，这短短的时间里估计师父还被关着修炼。既然这样，她似乎也不急着去旧乌这最后一个地方送信了，干脆在外面多转两圈。

她已经看到了老四、老五和老六，却没听到一点儿老二和老三那边的消息。老二要去瀛海流潭，老三要去终山。从她目前掌握的基本地图位置来看，终山在旧乌更北边，位置最远，倒是瀛海近一点儿。

所以，她可以先稍微绕一点儿路去瀛海那边看看，或许能有老二的消息，再去旧乌，送完信最后去终山转一圈。

辛秀做好决定，骑着飞车赶路，路途遥远又没人唠嗑，着实无聊。好在辛秀在路上抓了一只害人的无脑鬼，用法术把它圈起来关在"气球"里绑在飞车上，无聊了就和它聊天。

无脑鬼喜欢吃小孩儿，长得一副臊眉耷眼、手长肚大的模样，胃口奇大，但凡一处有一只无脑鬼，那一地的人都不敢生孩子。这东西要是饿得久了，吃不到小孩儿，会开始吃自己的脑子，吃了自己的脑子就失去理智发狂，变得比之前更厉害。

对普通人来说，无脑鬼当然很厉害，但对如今的辛秀来说，把无脑鬼抓走也就是顺手的事。她把无脑鬼关在气球里，它再发狂都逃脱不了囚笼。

"你现在这副被关起来想逃又逃不掉的样子，不禁让我想起师父。"辛秀触景生情，颇为感叹，"师父现在估计也被祖师爷关着，出又出不来，太难受了。"

气球里挤成一团的无脑鬼正处于清醒状态，闻言连忙装可怜："是呀，是呀，被关起来太难受了。你这么关心师父，真是个好徒弟，不然就看在我们同病相怜的分儿上放了我吧。"

辛秀说道："不，师父被关，我感同身受，也要体会被关的痛苦！"

眉眼耷拉的无脑鬼心里默默骂着：你要是想体会就把自己关起来，你关着我体会个什么？！

辛秀忽然叹了口气："说来我真是倒霉，刚和心上人确定关系，又要分开，你说我惨不惨？"

无脑鬼不敢说不，只好点头："惨！惨！"

辛秀不太满意地瞥它一眼："再惨能有你惨？你回答的时候注意点儿。"

无脑鬼："……"

辛秀又说："我感觉我们的祖师爷似乎有点儿嫌弃我，难不成是我离开之前用肉麻的称呼喊师父把他硌硬到了？不对呀，说到底，祖师爷是不是有点儿没搞清楚自己的身份？他是当公公，又不是当岳父，不是嫁女儿啊，我是不是该提醒一下他？……"

虽然师父现在真的很像被关起来准备嫁妆。

无脑鬼看着这个先前满脸担心之色，现在又忽然自顾自笑成一团的修士，只觉得内心一片凄楚，抱着肚子饿得要命，舔舔嘴唇哀求道："好饿啊，求求你给我点儿吃的，给我两个小孩儿，不，一个就够了！"

辛秀语气自在地说："小孩儿是没有的，你实在饿可以吃你自己的脑子。"

无脑鬼已经吃过两回自己的脑子了，吃了自己的脑子就会发

- 320 -

狂，然后脑子又会慢慢长出来。不过长一次脑子，他的身体就会缩小一些，也会变虚弱一些。

从最开始被辛秀关起来时的凶狠健壮，到现在瘦骨伶仃，无脑鬼再也生不出反抗逃跑的心思，只会痛哭流涕地求饶。

辛秀看着它痛哭，无动于衷："多坚持一段时间，不然我路上没人说话岂不无聊？"

在她的鼓励下，无脑鬼坚持到了瀛海附近的一座城前。

辛秀收起飞车，拎起气球，看见里面的无脑鬼虚弱得只剩下一口气，说："我到了，多谢你陪我聊天了。"说完她干脆地一戳气球，把里面的无脑鬼消灭干净，然后拍拍手转身进了海城。

这地方大约不叫海城，毕竟城门上是三个字，可辛秀看不懂，文字和语言差异的问题再度出现。

一般来说，海边似乎应该有港口，要比内陆繁华，但是这里情况不一般。辛秀没看到什么港口，这个海边的城池不大，人民生活水平中等偏下，贫穷的人比较多，从街边食铺的多寡就能判断出来。

辛秀在这儿待了三天，吃了三天味道不怎么样的海鲜。这里主要的菜色是一种手臂长的大鱼，是腌制的咸鱼，非常咸，又很腥。

她既没在这儿遇上老二，也没听到什么关于流潭岛的消息。倒是这边的人的口音比较易学，她学了三天就能进行基础交流。

辛秀没找到人也没太在意，毕竟瀛海这么大，沿海的城又那么多，大大小小还有很多渔村，要找一个人何其难？

她往前一处处走过去，也不去城里吃东西了，毕竟这边的人做海鲜真的不讲究，还不如她自己钻进海里或者找一处滩涂弄点儿新鲜货，自己随便烤的海鲜都比城中饭馆里的好吃。

她不管走到哪里，只要不满意伙食，最后都是自己动手。在这样的情况下，要是周围有人烟，她做的食物的香味多半会吸引到一

- 321 -

群孩子来围观,她都见怪不怪了。

尤其是这个世界的很多地方的父母没有那么多时间管孩子,孩子随便在外跑,又胆大,导致她经常被围观。

"要吃吗?"

辛秀倒是不介意分一些食物给这些孩子,看他们每个人都是黑黑瘦瘦的,就知道他们平时大多是吃不饱的。

一群光屁股、光脚的小孩儿扔下从家里偷出来的网,蹲过来埋头就吃。虽然大家并不认识,但是吃了她的东西,一群小孩儿就对她友好很多。这个时候辛秀再和他们聊天,问问情况,能知道的东西就多了。

出门在外,辛秀没少做这种事。

因为口音问题,辛秀问点儿什么,这群小孩儿都要先哄笑一阵才会回答,笑着笑着,有些年纪大点儿的小男孩儿就会对着她脸红。

他们常年生活在这海边,见多了晒得黝黑、被海风吹得皮肤皲裂的人,像辛秀这样皮肤白皙、眉眼动人的年轻姑娘十分少见,而且她还很有趣。

辛秀在这儿多待了两天,就有长胳膊长腿的黝黑少年来给她送鱼。

瞅着少年送来的鱼,辛秀暗道一声罪过,这海边的半大男孩子真是太热情了。

辛秀把鱼烤了再喂回这些小孩子的肚子里,然后在他们恋恋不舍的目光下离开,去往下一个地方。

走的地方多了,辛秀终于打听到了一点儿消息。

大半年前,有渔人出海的时候听到海中有什么东西发出叫声,声音传了很远,海上还下了好几天的雷雨,之后有人看见一群人渡海而来,眨眼间这群人又消失不见了。

这件事情传出了十八个版本,被这边的人热议了一阵。辛秀提取关键字，觉得这件事情或许和老二有点儿关系。

"之后呢，之后发生什么事没？"辛秀追问。

"不知道，没听说了。"小孩儿诚实地摇头。

"你问这个，是在找人吗？"蹲在旁边吃烤鱿鱼须的其他小孩儿问。

辛秀点头："是呀，我在找一个断了左臂的年轻男人，你们看到过吗？"

吃得脸颊鼓鼓的其余小孩儿都抬起头说："断右手的可以吗？"

辛秀问："断右手？谁呀？"

小孩儿答道："我村子里的村长爷爷！"

辛秀微笑："不可以。"

还有小孩儿举手："断手的姐姐可以吗？"

辛秀说："不可以。"

一群小孩儿叽叽喳喳地讨论自己有没有见过断手臂的男人，最后的结论是没有，辛秀也不失望，慢悠悠地烤着香味浓郁的鱿鱼。

她忽然察觉到一道灼热的视线，抬头看过去，距离他们几米远的地方站着个个子和她差不多高的少年。少年穿着最普通的布衣，长相普通，脸上还有一块疤。

他面无表情地看向这边，只不过眼神有点儿可怕，好像饿惨了。

辛秀看了他一眼，回头问一群小孩儿："他也是你们这里的人？"

一群小孩儿都摇头。

"不认识！"

"不是我们这里的！"

"没见过。"

辛秀再抬头，笑着朝少年招了招手："过来。"

少年立刻走了过来，辛秀抬抬脚，让一群小孩儿给他挪了个位置,好让他也能蹲下。

"给,吃吧。"

辛秀亲手递过去一串鱿鱼,望着少年,语气带笑,神色格外温柔。

少年一声不吭地接过鱿鱼,两排小白牙咔嚓咔嚓地咬着。他嘴里吃着东西,眼睛还一眨不眨地盯着她,有点儿丧心病狂的感觉。

辛秀和他对视片刻,勾了勾嘴角。

"孩儿们,吃饱了吗?吃饱了就赶紧回家吧,很晚了。"辛秀看了一眼海边的礁石和沙地,忽然催促道。

那些小孩儿恋恋不舍地看着她,有点儿舍不得她这个"饭票",问:"你明天还在吗?"

辛秀说:"不一定在,好了,好了,你们赶紧回去吧,以后天晚了别来这边玩。"

最后只剩下辛秀和那个脸上有疤的少年坐在烤架边上,辛秀支着脑袋看着少年,笑眯眯地问:"你叫什么名字,几岁了?"

少年咀嚼的动作慢下来,他好像在思考,不知道该怎么回答,看上去有点儿呆。

辛秀也不催他,继续问:"会说话吗?这个烤鱿鱼好不好吃呀?"

少年点了点头。

辛秀又说:"吃了姐姐的东西,你是不是要喊一声姐姐?"

少年沉默不语。

辛秀闷笑,仔细打量他,越看越乐。少年被她笑得坐立不安,眼神也有些飘忽不定。

这时候,沙子里发出窸窣的声音,有一个小东西飞快地从沙子里射出来,照着辛秀的后脑飞去。而辛秀还在笑,好像根本没发现。

少年眨眼间出现在辛秀身后,一手捏住了那东西。

那是一颗黑色的小螺蛳,叫作人螺,是一种海边的小精怪。这东西粘住人的后脑就会抛弃自己的壳,从头皮钻进人脑,从此把人的脑壳当成自己的壳,然后越长越大,长满整个脑子。别人看这种被人螺寄生的人,也不会察觉哪里不对,只会觉得这人变成了傻子。

辛秀瞥了一眼,把人螺接过来扔到烤架上,烤得它发出细微的惨叫声。

"弟弟的速度很快啊,姐姐都没看到你是怎么捏住人螺的。"辛秀用一根棍子压着烤架上的人螺,跷着腿继续说笑,"哎呀,你真的不会说话吗?不叫姐姐的话,随便说点儿什么也好哇。"

少年张了张口,又闭上了。辛秀抬手去捏他的脸。少年忽然上前,一把抱住辛秀。辛秀没躲,被他抱了个正着。

辛秀被抱得往后一仰,扶着自己的腰哎哟一声:"还是好大的力气……生气啦?不至于吧。我离开之前也想告别的,这不是咱们的师父不让吗?"

辛秀见到这个少年的第一眼,就觉得有些古怪,多看几眼就确定了,是师父的"小号"又出现了。看这一模一样的面瘫样和气质,盯着她不放的眼神,还有这力气,是师父无疑了。

海边滩涂的夜晚并不平静,除了人螺那种小精怪,可能还会出现其他妖怪,所以海城附近的渔民一般都不会在夜晚出海。

不过,与这份危机相对的是美丽的景色,月亮像银盘挂在天上,倒映在海里,滩涂和礁石附近都被照得一片亮堂,披了霜似的。

辛秀坐在烤架边上,手里不紧不慢地用枯枝摁着十几只人螺,在一片嗞嗞的响声和人螺的尖叫声中含笑望着身边的少年。

他似乎对自己现在这个有疤痕的少年的外貌有点儿在意,话都不肯多说两句,直接把脸藏进黑暗里了。

辛秀眼珠一转就知道他在想什么。

当初她知道了师父的"小号"，特地假装不知，还坏心眼地故意对白姐姐告白，把他吓了一跳，又去找他哭了一场，最后特地打着小算盘告诉他，如果对方长得不好看、年纪小点儿，她就不会喜欢了。

大概是那时候，师父把白无情回收，捏成了这个她不会喜欢的模样，可能准备着哪天以防万一又要用"小号"见她。

结果，师父的所有身份都被揭穿了，不需要隐瞒了。他本人被祖师爷关着修炼，只有"小号"在外面跑来找她，这个样子就没法重捏。他顶着这个她亲口说过不会喜欢的模样出现在她面前，也难怪会是这反应。

师父太惨了。

辛秀说："师父，不必那么在意外貌，在我眼里你现在和从前是一样的。"看脸的阿秀，说起这话毫不心虚。

申屠少年这才转过头，把脸露在月光下，看着她："真的？"他好像是信了。

辛秀信誓旦旦地说："当然是真的，我怎么会骗你呢？"

她不说还好，一说申屠郁就忍不住想起她从前是怎么骗自己的。辛秀也立刻反应过来，坐得离申屠少年近了点儿，不动声色地转移话题："师父，你这样用人身来见我，没问题吗？"

申屠少年磕磕巴巴地说："没……问题。"

辛秀觉得他有点儿呆呆的反应可爱极了。这次的少年比起从前的乌钰和白无情，显得更呆一点儿，也不知道是因为给了她一魂一魄，所以人身连接本体出现了延迟，还是那个石心影响了神志，导致人身这边也有改变。

"我会和你……一起走。"申屠少年定定地看着她说。

辛秀笑了笑："好哇。"

她想起石心的上一个拥有者虺夫人，先前就觉得虺夫人绝对有精神病。虺夫人偏执又狂暴,对薛衣元君有着诡异的执念。薛衣元君越不喜欢虺夫人,虺夫人越疯狂。

师父这个人身现在倒是没有什么太明显的症状,除了看她的眼神好像自带瞄准镜,其他没什么大问题。

辛秀第二天带着申屠少年一起上路,最开始确实没什么问题,但很快问题就出现了。两个人在城里买了点儿东西,他忽然问她:"为什么……对他笑?"

辛秀一愣,指指刚才卖盐的那位大叔,说:"你是问我为什么对他笑?"

申屠少年面无表情地又问了一次:"为什么?"

辛秀想:我不是天生这副德行吗?从前乌钰、白无情以及师父本体可都不会在意。

辛秀没有回答这个问题,忽然朝他露出一个大大的笑容,柔声说:"因为刚才想到师父了,师父想吃什么,我看看这边有没有其他卖调料的地方,给师父做点儿好吃的东西?"

申屠少年看了她一会儿,终于同意了。辛秀又在城里买了点儿东西,途中难免和人交谈,每次都是说两句就扭头朝申屠少年笑一笑,并且一直牵着他的手好像舍不得放开,看着他的眼神尤其温柔。

申屠少年被她哄得晕乎乎的,活像只不小心掉进蜂蜜罐里的小熊,甜得脑子都不清楚了,再也不介意辛秀和其他人说话,只是紧紧地拽着她,跟在她身边。

辛秀说两句话就朝他笑,捏一捏他的手,小动作不断,申屠少年差点儿被她顺秃了毛,乖得像个假人。

晚上两个人去海边赏月,辛秀深情款款地拿出酒壶和酒杯,问:"师父,喝酒吗?"

申屠少年当然不会拒绝,被哄得晕头转向,辛秀给他倒什么他都喝,没有半点儿戒心。最后他一个人喝掉了一整壶酒,喝完眼睛一闭倒了下去，被辛秀轻巧接住。

"当场抓获。"辛秀嬉笑着接住被药酒迷晕的师父，一手揉了揉腮帮子，"不太行啊，好好一个熊猫师父，被石心影响得都要变态了。"

辛秀之前就觉得石心作用于师父的本体，能影响他的神志，肯定也能影响人身。人身在她这里，只要看到她心绪自然就会起伏，他的种种情绪好像都被放大了很多，这样的波动会传回本体，反过来影响本体修炼，所以让他的"小号"一直跟着自己是不行的。

辛秀从看到师父的"小号"出现，就已经做了决定——总之先把他弄晕，送回蜀陵让祖师爷看着，让"大号"和"小号"一起修身养性。

她伸手摸了摸申屠少年的脸，正色道："有病就好好治病，不遵医嘱没有好下场。为师父你的身心健康着想，我只好骗你了。"

反正他也不是第一次被骗了，也是奇怪，被骗了这么多次，从前世被骗到今生，还没学会吃一堑，长一智。枉费她还花了一天时间准备，其实根本不用做什么准备，昨晚上直接把他药晕就算了。

"好吧，我承认有点儿想师父了，所以私心让你多陪了我一天。"晕过去的人当然没听到辛秀这句话。

辛秀拦腰把人扛起来，召出飞车，准备把逃离医院的病人送回去，谁知开了没一会儿，迎面在云上见到了匆匆赶来的韩房子师伯。

"韩房子师伯？你怎么离开蜀陵了，这么匆匆忙忙的，是要去哪儿？"辛秀在飞车上朝他打了个招呼。

韩房子一眼瞧见她飞车上人事不省的申屠少年，眉头一跳："师父令我来把申屠师弟的人身押回去。"

辛秀一下子猜到什么："师父那边是不是病情加重了？"

韩房子师伯露出不忍回想的神情："申屠师弟发狂想跑，被师父镇压了。"

短短一句话，令人浮想联翩。辛秀脑子里不由自主地出现大熊猫无能狂怒，被祖师爷一掌压在五行山下的场景。

师父这么惨吗？

她咳嗽一声，把后座上躺着的师父的"小号"交了出去："我正准备去送师父的人身回去，既然师伯来了，那就交给师伯，你也好快点儿带他回去接受治疗。"

自己肯定不能回去，她越往师父面前凑，师父的情况越严重。

辛秀坐在飞车上看着韩房子师伯把师父的人身带走，静静在原地待了一会儿，又骑着飞车缓缓掉头。

想起刚才师父一脑袋栽倒的傻样，她忽然忍不住笑出来，笑罢又拿出来一壶酒，还是刚才给师父喝的那种酒，只不过没加药。辛秀慢悠悠地喝了一口，咂咂嘴，说："为了骗师父加了太多蜂蜜，这也太甜了。"

今晚月色很美，云层上的月亮尤其好看，她却觉得，月亮没有刚才师父在时那么圆。她忍不住感叹："月有阴晴圆缺啊……"

人有悲欢离合，都是一时的。

"师父不会生我的气吧？"辛秀想起这个问题。要是师父真因为她把他的"小号"弄回蜀陵而生气，她只好告诉师父，为了让他的"小号"不被带走，她和韩房子师伯大战三百回合，最后没办法了才让他被抢走。

她只是一个弱小、可怜又无助的小徒弟。

经过这个小插曲，辛秀没什么心思继续在瀛海沿岸转悠，主要是也没发现附近有老二的行踪。找人强求不得，说不定他还没往这边来，她干脆还是先去旧乌送信。

旧乌这个地方和辛秀之前去过的仙西、项茅都不同，那两个地方至少周围还有人烟，不管是仙西还是项茅，它们本身都代表着一处仙人洞府，可旧乌不是。

辛秀到了旧乌附近，才发现旧乌整个地盘特别大，包括大片的草原、沙地和好几个湖泊，还有好几条山脉，面积约等于十几个国家。

所以，她这封信要送给谁？也没听说旧乌里有同名的仙人洞府。

旧乌范围内没有人生活，只有边缘还有些人数不多的部落在活动，顺着旧乌边缘的草场迁徙。这边已经不是村庄了，只有不断移动的帐篷和牛羊马群。

"客人要进去那里面？"说不清楚是什么部族的女孩子说着辛秀完全听不懂的话。

见辛秀听不懂，女孩儿只好一个劲地给辛秀倒羊奶，热情地招呼辛秀喝羊奶。

辛秀喝了两口，两个人继续鸡同鸭讲地交流。

这是个小部落，一共有十几个帐篷，不管男孩子还是女孩子都有大眼睛和长睫毛，眼窝略深，美丽的双眼像小鹿的眼睛，映着清澈宽广的天地。

辛秀不急着进旧乌，就跟着这个小部落走了一段路，顺便学学他们的语言。能简单交流之后，辛秀才从他们口中打听到，旧乌里面是有仙人的。仙人被他们称为雪山神，旧乌是他们朝圣的圣地，但是再多的事，他们就不知道了，毕竟已经很久没有人敢进旧乌去寻找雪山神。

"那里面很危险，有很多猛兽！"

牵着小马的女孩儿阿果，把小时候祖母用来吓唬她的种种故事全部讲给了辛秀听：什么披着冰霜的雪怪，只要有人知道雪怪的名字，在梦中呼唤它，它就会出现在人面前，把人和周围的土地一起冻成冰块；什么云中呼啸的马群，巨大的云中马会把人踩成肉泥；还有草原深处会移动的大湖，大湖移动到活物身边，将活物淹死在水里等。

辛秀听故事听得津津有味,还挺想去见识见识这些东西的,只不过这些东西是否存在还存疑,就像很多传说都出自臆想。

"阿秀姐,明天我们要经过科苏部族,你不要露面,不然被科苏部族的人看见了,他们会把你抓去当奴隶的。"

这么大的地方,当然不可能只有阿果他们这种友善的小部族,还有些排外又强大的部族,比如这个科苏部族。据说这个部族足有好几千人,世代在这里居住,如果遇上其他地方过来的人,就会把他们抓起来当奴隶。

旧乌这边的人的长相和外面的人有些不一样,他们一眼就能看出来是不是外面的人。辛秀懒得惹麻烦,披了条头巾遮住面容。

阿果他们的小部族要从这边借路,上供一些牛羊能得到科苏部族招待的一顿晚饭,辛秀披着头巾跟在阿果他们身边一起去蹭饭。

准备离开的时候,辛秀看到一队穿着漂亮裙子的奴隶抱着酒瓶往大帐走去,她的目光不期然地和队伍最后面那位高挑的美女对上了,美女婀娜的步伐忽然一顿。

美女愣住了,辛秀也愣住了。等一下,这位美女好像是老二!

辛秀脑子里冒出一行字:女装可能算蜀陵的传统吧。

她用眼睛扫视过慢慢脱离队伍的美女老二,对他现在这模样表示了欣赏——光从外表来看,老二这女装扮得太真实、太漂亮了。

他没有用法术直接变女子的偷懒办法,而是真正展现出了女装大佬的高水平,纯粹用演技、化妆和气质成功扮演了女子。就他那步姿婀娜、眉眼动人的模样,要不是辛秀和这位弟弟相处过几年,了解对方,怕一时都不敢确定他的性别。

比起当初在她的要求下变成美女的老四和老五,老二的段位高了很多,不愧是老二。

辛秀学会的障眼法这个时候就派上了用场,她自然而然地脱离了阿果他们,迅速走到老二身边,把他提到了一边无人的阴暗角落里。两个人迅速掩住自身气息,顺利会师。

"过儿？"

老二沉默不语。

"老二？"

"哎，大姐。"

"叫你过儿没反应，叫老二就应了，你就对老二有反应是吗？"辛秀乐和而熟练地开着玩笑。

老二也笑起来，同时放下手里的酒瓶，用手托了托自己沉重的胸部，满脸再见亲人的喜悦表情："老大，你怎么在这儿？我刚才一时还没反应过来真是你！哦，对了，你要到旧乌送信是吧！"

辛秀点了点头："是呀，我先前还去瀛海那边走了一圈，没找到你。你这是干什么，体验人生吗？"

老二大大咧咧地叉着腿坐下："嗐，别提了，我正逃命呢！我被人追杀，好不容易才逃到这里喘口气！"

老二的任务是出瀛海，找到瀛海中的流潭岛，把上流潭岛后见到的第一样东西带回蜀陵。

"所以，我猜你肯定已经找到流潭了，你是被流潭上的修士追杀？"辛秀猜测道。

老二嘿嘿笑道："其实找流潭也没有师兄说的那么难。瀛海上还是挺好玩的，就是流潭的那些人实在太凶残了点，而且不讲道理。他们自称海上之国，不把流潭岛之外的人当人，脾气大得不像话。"

辛秀看他还笑得出来，就知道他大约没什么大事，问："所以，你怎么惹他们了？"

"这就说来话长了。"老二又托了一把自己沉甸甸、颤巍巍的胸，左右看了看，"在这儿蹲着也不是个事，这里蚊子又多，而且我们一用法术，那些流潭岛的人追过来马上就能发现我们了，最好还是别用法术。"

哪怕最普通的障眼法、隐息术都能被他们发现，这才是老二完全不靠法术,只用女装走天下的真实原因。

辛秀跟着老二,两个人不引人注意地穿过一座座小帐篷,老二还顺手在某个放了食物的帐篷里拿了几块夹肉大饼,最后他们才钻进了一个稍大些的帐篷里。

一进帐篷,辛秀就看到帐篷里猛地扑过来一个男人。这人一头深紫色的头发被剪得狗啃似的,短短地在头顶上支棱着。他扑向老二,带着小孩子式的不满之意,脸上的神情活像个没断奶的三岁孩子。

"姐姐!我饿了!"

老二也异常熟练地按着他的脸,把他推到一边去,丢给他两个刚才路上顺来的大饼。男人这才抱着大饼坐到一边去啃了,从头到尾没把一旁的辛秀看在眼里,搞得辛秀怀疑自己是不是没解除隐身术。

"老大,坐啊。"

老二已经坐到了毡毯上,辛秀也钩了个小凳来坐,跷着脚观察了一会儿啃饼的紫发男人,笑道:"哪儿来的?你对象?我听他刚才喊你姐姐,老二,你们玩得还挺野。"

老二对她的玩笑没什么反应,反而笑出一口白牙,颇得意地说道:"大姐,你没看出来他是什么东西吧?"

辛秀是没看出来,但被老二这么一说,再度仔细打量男人暗紫色的头发和金黄色的眼睛,猜道:"莫非……他是龙?"

老二这下愣住了:"大姐怎么猜出来的?"

辛秀说:"不然怎么是你大姐?"老二先前就对龙有执念,能让他这么得意的,除了龙还能有什么。

现在老二这个"过儿",配上一个"龙儿",就差只雕了。

老二啧了一声,说:"其实他是我捡的,我不是要去流潭嘛,说什么把上岛后见到的第一样东西带回去。这要求也太古怪了,我要是第一眼看到流潭岛上的一栋房子,难不成我还要把房子整个搬回蜀陵？所以我就想了个办法。"

辛秀示意："嗯哼？"

老二说："我蒙上了眼睛，上岛了也不乱看，等随便拿块石头，再扯下眼罩看一眼，不就结了？简单！"

辛秀点头："想法不错，所以你这是怎么回事？"

老二一脸晦气表情地说："我刚上岛，还没来得及扯眼罩就被抓了。流潭不许人随便上去，我是偷渡过去的，可不就被抓了。他们把我关在牢笼里，那里关着一堆误入流潭的人，那些人都是要被杀了祭天的。我也不能一直装瞎等死，就扯了眼罩。扯眼罩之前我踢到一个破布袋子，那地牢周围也没其他东西，我只好选了这个破布袋。结果你猜怎么着？嘿，我把眼罩一摘，什么破布袋，那分明就是个人！"

辛秀指了指那吃饼吃得满脸油光的男人："就他？"

老二点头说："就他。他当时和破布袋也没什么差别，所以没办法了，我只好准备把他带回蜀陵。"

辛秀幸灾乐祸地说："听上去事情没有这么简单啊。"

老二说道："没错，这家伙脑子糊涂，一直浑浑噩噩的，我好不容易带着他逃离牢笼，结果他发疯乱跑，被流潭的那些修士发现。流潭岛上有厉害的修士认出这家伙是龙，要把他杀死进行祭祀。"

辛秀问："杀龙进行祭祀？"

老二说："是呀，他们好像是说用他们特殊的方法杀龙，就能保护流潭在海中不受风浪侵袭。他们还能做出龙药，得到更长久的寿命，总之就是这一类的说法。"

这龙明明是他先捡到的，平白让给别人是不可能的，就算是个普通人，他都不可能说交出去就交出去，更何况是龙。哪怕这龙看上去脑子不灵光，可到底也是龙，他疯了才让出去。再者，流潭的那些修士一个个都态度奇差，喊打喊杀的，他才不乐意把龙交给他们。

"所以,最后我大闹流潭岛,把这龙救了出来。"

辛秀听老二简单描述了一遍事情经过,已经明白了:"所以,流潭的那些修士才会从流潭一路追到旧乌?"

老二又嘿嘿地笑着说:"其实也不只是因为我带着龙跑了,还有个原因。"

辛秀一点儿都不意外,问:"嗯,我就知道,你还做什么了?"

老二拉起自己左边的袖子,脱下手套,露出一条黑色的木质手臂。这手臂的模样很奇怪,看上去并不是正常的手臂,像是天然生长的木头根系。

辛秀伸手捏了捏,又仔细查看,最后得出结论:"一截木头。"

"对,是一截木头,但不是普通的木头,是他们祭祀的时候供起来的木头。"老二动了动这条怪异的木头手臂,"我们在祭祀的时候逃跑,我当时顺手把这东西也带出来了,那时候这就是一截普通的木头。后来,我把它藏在左袖子里,就发现它慢慢长成手臂的模样了,虽然不是真的手臂,但是说不定以后长着长着就和真的一样好用了。"

辛秀听到这里,也为老二高兴。他失去一条手臂,自然要比普通人受更多苦,要是这神奇的木头真能还老二一条手臂,他也算是因祸得福了。

"姐姐,我还饿!"

他们说这么几句话的工夫,那边的龙又喊了起来,老二看也没看又丢了一块饼过去。

辛秀又问:"那他为什么喊你姐姐?"

老二摸摸鼻子嘀咕:"我哪知道啊?!我为了躲避流潭的人,所以扮了女装,结果这浑浑噩噩的龙忽然清醒了一点儿,开始喊我姐姐……奇怪了,他要是因为第一眼看到我把我当亲人,怎么不喊我娘呢?"

辛秀倒是有个猜测，若有所思地看着这龙。

"姐！我口渴，要喝羊奶！"小孩儿一样的龙又喊道。

老二虎着脸扭过头说："前阵子给水就喝水，前几天喝了奶现在整天就喊着要喝奶，要求这么高，我惯的你，你还没断奶吗？！"

龙好像很熟悉这种被骂的感觉，当即撒泼打滚起来："我就要喝羊奶，就要喝！"

辛秀有点儿不能直视这么大一个男人在地上翻滚撒地的画面，结果一扭头，就看到了更加不能直视的画面。

老二骂骂咧咧地一手拉开自己的衣服，从胸前掏出一个水袋，丢到撒泼的弟弟怀里，说："喝喝喝，闭嘴吧。"原本的一边大胸眼看着就瘪了下来。

傻弟弟靠撒泼得到了满足，爬起来喝羊奶。

"真是的，不懂事的小孩儿怎么这么难带？还是我们老七、老八和老九乖。"老二嘴里叨叨着，看到大姐的眼神，疑惑地把另一个放在胸口充当胸部的水袋提了起来，"大姐也要喝？我一直藏在胸前，它还是暖的。"

辛秀微笑着说："不了，你自己喝吧。"

老二顺手又把那囊袋塞回了胸前，抱怨道："大姐，你不知道装女人有多难，胸部最难假装了，我之前绑了个布包，时不时要掉。后来用包子，结果没两天就馊了，他又老想吃包子，路上一直盯着我流口水。到了这里我才想到了办法，用这个软囊袋装水或者羊奶，看上去就特别像了。"

跑路的时候他还能掏出来解渴，等于随身带水壶了。

老二真是太有生活经验了，辛秀感慨地拍了拍他的肩说："老二，你也长大了。还有就是，我得告诉你一件事。"

老二又搞了个囊袋装上羊奶，重新撑起瘪下去的胸，问："什么事？"

辛秀说:"你的这位干弟弟,应该就是咱们蜀陵的那条地龙。"

老二愣住了:"啥?"

辛秀说:"没错。你还不知道吧,咱们蜀陵的那条地龙已经被祖师爷放走了,因为他姐姐自愿代替他被关。我没看到现场,但师兄师姐和我说起过,当时他们还讨论雷龙会去哪儿,谁知道被你捡到了。"

老二蒙了一下,很快就接受了这个消息,看一眼小孩子一样躺在那儿哼哼唧唧的龙,说:"他还真有个姐姐,怪不得把我当姐姐了。"说罢他突然觉得有趣,拍着大腿狂笑起来,"我们当初去看地龙的时候,那龙凶得很,结果现在成了个小孩儿,哈哈哈哈!"

老二先前被流潭的一群修士撵得慌不择路,连灵力都不敢用,只有混在这个科苏部族里假装成女奴隶,才能暂时生活下去。

"其实我要是一个人,肯定不会被追成这个样子,主要还是我这个小弟太麻烦了,他老不听话,还吃得多!"老二说得很嫌弃雷龙,但辛秀想起先前他给傻孩子分饼、分奶的动作,就觉得他像个慈母。

辛秀一敲他的左胳膊,那里如今是根木头,被她敲得梆梆作响:"恐怕不只是因为小弟太麻烦,还有你这条木头手臂吧,流潭那些修士能感觉到它们的气息?"

老二说:"嗯,他们有一样东西,能指出这木头所在的方向,不过也只能指出方向而已,而且一旦气息混乱,就感觉不清晰了。"

辛秀用手指咚咚地敲了敲桌,说:"但是总这么混在人群里一直逃跑也不是个办法,流潭这群修士看上去不会轻易放弃,咱们得想个一劳永逸的办法……追杀你的人修为怎么样?"

老二嗯了一声,诚实地说道:"我们两个加起来也打不过,而且他们人多。"

"哦。"辛秀毫无触动,毕竟从出山后就经常越级打怪,面对的基本都是高等级大佬,完全不符合修仙小说里逐渐升级的基本法,如今不过是些追杀他们的修士，小事一桩，"你先跟我说说，流潭那些修士具体是什么情况，然后咱们才好想办法对付他们。"

老二一听辛秀这话，就觉得回到了好几年前他们还在蜀陵的时候，作为他们几个人的老大，辛秀一有什么想法就是这个语气。

老二瞬间兴奋起来，只是刚准备和大姐说一说那些人的情况，就听到外面突然响起惊雷声。

轰隆隆的雷声之后，就是哗哗的大雨，豆大的雨点砸在帐篷上的声音像急促的鼓点。

辛秀记得就在刚刚还是月明星稀的夜晚，看上去完全没有要下雨的意思，所以这一场急雨肯定有问题。

果然，老二神情一变，低骂了句："他们这次怎么这么快就赶过来了？！流潭的修士能祈雨，下雨的时候，他们的能力会提升很多。"所以他们追他到哪里，确定他在哪一片地方了，就会在那一片下雨。

他们的追赶经常就像这雨一样，来得又急又快。

想到大雨跟在老二屁股后面追的模样，辛秀吹了声口哨："你要是跑到沙漠，说不定能凭空造几片绿洲出来。"

她掀开帘子看了一眼，都不用灵力去感应，就用双眼看到空中出现了十几个高高在上的人影。

这些人举着伞，穿着精致的衣服，不像是修士，更像是什么来头很大的大少爷和大小姐，有种高贵优雅的气质。

辛秀扭头看向老二，有点儿想不明白："他们的修为好像都不低，这样的修为他们还要举伞遮雨吗？"

老二耸了耸肩说道："谁知道呢？他们又不怕下雨！我觉得主要是因为他们认为打着伞在雨中飘的样子看上去比较厉害。"

辛秀又看了两眼，一本正经地分析："估计是降落伞，主要功能是让他们飘在空中。"

这时候一个声音在雨中如同惊雷般响起："此处的凡人听着，

速速将这里断臂的男女以及紫发金眸的男子交出来。"

不管是这场突如其来的大雨，还是这些宛如神明一般突然出现在空中的人，都让地上部族的人感到诧异和畏惧。有不少躲进帐篷里的人偷偷掀开帘子往外看，露出惶恐的神情，然后整个科苏部族的营地嘈杂起来。

辛秀感叹："他们说话这么大声又有什么用呢？这里的人又听不懂他们的话。"所以说，语言不通真的影响修仙人士装相。

"他们流潭说话和我们蜀陵其实挺像的，多在岛上待两天的人就能听懂了。他们现在是让这里的人交出我和小弟。"老二摊手，"知道别人听不懂，还次次都要说，他们是有毛病吗？"

其实这一路上都是这样，只要他躲在某个人多的地方，不用灵力，再伪装自己，这群人确定不了他的位置，就要一个个地去找人。但他们高高在上，压根儿懒得和普通人交流，又语言不通，所以一次又一次地让他在他们的眼皮底下逃掉。

追到这里的流潭修士已经十分恼火，见下方营地久久没人敢出来，心情更糟糕。

"洪笙，这些人应该也听不懂我们的话。"空中一个女子说道，"不如下去问问，找到这里能主事之人，让他替我们寻找？"

站在女子身侧的另一个男子忍不住上前一步，也对为首的洪笙说道："那小偷肯定就藏在这里，我们也别和这些听不懂话的凡人啰唆，直接把这些帐篷全撕碎，把藏起来的人全部赶到一起，肯定能找出来！"

另一个男子举着伞转了转，语气凉凉地说："对，就像前一次，也是听你的话，把一群人赶到一起，浪费了我们一天时间去排查，结果找到了吗？还不是让人给溜了。"

"你什么意思？那只是个意外而已，这一次我绝不会让他逃跑！"

眼看他们要吵起来，一个容貌稍显阴柔的男子不耐烦地说道：

"人还没找到,怎么又开始内讧了?时间可不是拿来给你们吵架的,一路上也吵够了吧。"

见他出来说话,那脾气暴躁的男人立即毫不客气地嘲讽:"黄扬,你闭嘴吧!你忘了之前是谁面对面都没认出那小偷,还把人放走了?!"

黄扬脸一黑,对这人总把这事拿出来说也很不满:"谁能想到他一个男人如此无耻,竟然扮成女人?!我一时没认出来也情有可原。"

另一个身形娇小的女子冷笑:"是呀,反正你看到长得漂亮的女人就什么都不记得了。"

"够了!别吵了!"为首的洪笙阻止了他们互相责怪的行为,拿出一个像手一样的木雕,在木雕上点了点,见它一根手指微微弯曲指向下方的营地,"人确实就在这里,这一次我们绝不能再让他逃跑。嘉盈,布下十二困生阵。"

他吩咐过后,一直没说话的一名女子上前,取下手腕上的一串手链。十二颗金珠射向四面八方,在女子的低声咒念中慢慢将整个营地笼罩起来。

淡黄色的光十分显眼,惹得部族里的人发出一阵阵惊呼声。

老二也咂了一声:"他们这次是真的被逼到没办法了,连这么厉害的阵法都拿出来困我们,不妙了。"

困阵一成,先前那位暴躁男子立刻取出大刀,在空中一划,霎时有两座帐篷被破,里面躲藏的人惊叫着跑出来。大约是觉得这些人惊恐地尖叫着奔跑的样子狼狈有趣,那男子咧嘴笑起来,又轻轻松松划开另两座帐篷。虽然这些帐篷距离辛秀他们所在的这个小帐篷有点儿远,但照这样下去,很快就轮到他们了。

老二利索地把完全不关心外面发生了什么,还想呼呼大睡的小弟揪起来:"别睡了,赶紧起来,咱们又得跑了!"

龙闭上眼睛,卷着毡毯不愿意起来,老二扯他,他就不耐烦地喊:"不,我困了,要睡觉!"

老二扭头对辛秀说:"你看,这'熊孩子'吃饱了就要睡,任性得要命。"

辛秀看出来了,不过"熊孩子"在她这里都是任性不起来的。她上前一步,掏出一颗丸子,在上面粘了几根毛,说:"老二,把他的嘴巴捏开。"

老二嘿嘿笑着,扑上去揪住"熊孩子",两个人合力把那东西给龙喂了下去,这时老二才问:"大姐,你给他喂的是什么?"

辛秀说:"一种出自项茅的奇怪配方,具体不知道是法术还是咒术,但它可以让人变成长毛的动物。"她稍稍改良了一下,还准备了不少各种动物的毛发,用起来非常方便。

老二问:"这么神奇?可他是龙,也有用吗?"

"有用没用,试试不就知道了?"辛秀又掏出一个丸子粘上毛,"来,老二,这是你的。"

老二也没说什么,接过丸子往嘴里一抛,接着就很好奇地看着自己的手和脚,想看自己是怎么变化的。不过在他之前,龙先一步变成了一只咩咩叫的羊。

辛秀自己都诧异了:"这还真有用!"

这方法严格来说不需要动用灵力,是一种项茅独有的"术",除了项茅一系学过此术的人,其他人很难看出不对劲。

哪怕龙有一头紫发,变成羊后也是白的。

老二也跟着变化了,变成了一只羊,只不过他这只羊的一只蹄子黑乎乎的。老二咩咩叫了两声,还在原地蹦跳了两下,好像对自己现在这样感到很新奇。

旁边的龙则有点儿蒙地坐在地上,不知道发生了什么。他像个发脾气的小孩儿一样不高兴地大喊,四蹄乱蹬,但是一只羊做出这个动作只会显得搞笑。

辛秀含笑看着他们,拿了根绳子把他们绑在一起,免得龙乱跑，然后趁着最混乱的时候把两只羊塞进了羊圈。

"行了，我之后再来找你们，见机行事。"

说完，她理一理头上的头巾，自然而然地混进人群中。

空中那十几名流潭修士已经举着伞成功着陆，用法术驱赶所有人聚到一处，然后把人群分成十二块，一人负责一块进行排查。

看起来他们先前已经被老二的逃跑方法骗过几次了，上来就直接驱使雨水把所有人清洗了一遍，确保每个人的脸都是干净的，没有任何人伪装的情况。

每一个人都排查得异常仔细，不放过任何一个人，只是他们的注意力都放在人身上，完全没人想到去管那些数量众多的牛、羊和马。

辛秀淡定地跟着周围惶恐的人一起接受了三遍筛查。

那些修士排查的结果当然是一无所获，眼看天光大亮，一夜过去了，瓢泼大雨变成了淅淅沥沥的小雨，已经用了所有办法排查的十几名流潭修士面色阴沉地聚在一起。

"还是没找到。"

"他是不是已经跑了？"

"不可能，困阵一出，他绝对跑不了！"

"他真的这么会伪装吗？黄扬，是不是你又被什么女人骗了，没有仔细查？！"

"呵，我看是你粗心大意，才会漏了人没查到吧！"

洪笙皱着眉，示意众人住口："圣手一日只能用一次，等到今夜我再用圣手确定他是不是还在这里。"

黄衣女子嘉盈说道："可这困阵持续不了太久，就要破了。"

"那就给我都紧紧盯着这些人，别让他们跑出去一个。"

困阵消散，紧盯着人群的修士没有注意到，羊圈那边似乎发生了一些躁动。一小群羊像是被什么驱赶着，慢慢散去，一边吃草，一边越跑越远。

洪笙放下圣手，面色前所未有地难看："他已经不在这里了。"

其余人都愕然，拿刀的男人忍不住大声嚷嚷："怎么可能？我们看得这么紧，绝对没有人能逃出去！"

"可事实上，圣手确实感觉不到那小偷的气息了，圣手总不可能出错！"另一个人说。

几个人说着，一股阴云笼罩了他们，淅淅沥沥下起的冷雨把他们糟糕的心情表现得淋漓尽致。他们离开流潭这么久了，都没成功抓到人，而要抓的人不仅修为低微，甚至带着一条疯了的龙。就像这次，明明是万无一失的情况下，他们仍然功亏一篑。

他们在流潭都是天之骄子，是年轻一代中最有能力的人，如果不是这样，也不会被派出来带回圣物和龙。然而就在这段时间里，他们被人耍了无数次，就算是最自傲的洪笙，此刻都有些无法保持自己的骄傲了。

"走，在那个方向，我们追过去。"洪笙语气沉重而冰冷，打断了其他人的互相抱怨和推诿。

在他们离开后，辛秀也动了。先前和她挤在一起的小女孩儿阿果察觉到什么，忙抬头看去，就见先前待在身边护着自己的那名外来的奇怪姐姐，此时正像一道灰色的影子穿梭在人群里。辛秀感受到阿果的视线后，略微一顿，朝阿果笑了笑，之后就彻底消失了。

被那些能飞在空中、能带来大雨的怪人折腾一夜后，疲惫的阿果看到这一幕场景，甚至有种自己是不是看见了什么不可言说的事物的悚然感。毕竟在铅灰的天色下，所有人缩着脑袋的背影中，那姐姐回头一望露出笑容，好像她幼时听过的某个故事中描述的女妖。

"阿果？阿果？"她被自己的母亲唤醒，打了个寒战，缩在母亲身后。

一望无际的原野上，数不清的草皮因为冬日渐近而开始显露枯黄的颜色。朔风卷起荒草，草原上干枯的草球在地上翻滚。

洪笙一行人跟着圣手的指引来到这片空旷的草原上，陷入了迷惑状态。

先前他们每次找到的老二的藏身之处，都是人多的聚集地，气息驳杂，让他们无法分辨。可这一次，这一片地方连一个人都没有，除了一小群散落在地上吃草的羊，地面上连多余的活物他们也没见到一个。

"没有察觉到任何灵力波动。"黄衣女子困惑地说道。

没有灵力波动，就代表着他们要找的人不可能用法术隐藏起来了。

"难道是藏在了土里面？"

不过根据他们的目力，他们同样能很清楚地看见这一大片地面平整而自然，完全没有被人挖开躲藏的痕迹。

如果辛秀在这里，看到这群过度相信自己能力的朋友，一定会感叹他们是待在流潭那一个小地方太久了，脑子不会转，见识也太少——这世上的人又不是只有使用灵力才能伪装或者藏起来。

"一定就在这一片地方，以这里为中心，分开去寻找。"圣手今日的指引已经消失，洪笙只能划分了范围让所有人仔细查找土地里的情况。

一小群羊就这么慢悠悠地越走越远。离开那群还在寻找人的流潭修士的视线之后，羊群中走出一只普通的羊，它拖着另一只脾气暴躁、使劲刨蹄子的小羊。

"嘿，老二，当羊的感觉怎么样？"一辆飞车在风中呼啸而来，停在荒草叶尖上，坐在飞车上的辛秀侧身笑问。

"羊过"仰头朝她咩咩叫起来。

"好吧。"辛秀给他解除了咒术，不过没有给龙解除。

老二甩了甩自己的胳膊，伸了个懒腰，一把捞过另一只毛茸茸的肥羊，动作自然地坐上飞车后座，并且又用脚一钩，捞起了另外一只看上去很普通的羊。

辛秀开动飞车，见状笑道："怎么还额外带一只羊走？怎么，当一天羊你就认识了新朋友？"

老二一手捞着一只羊，吸了吸口水："我昨晚就看中这只小肥羊了，等我们之后找个地方休息，就可以把它烤来吃，肯定好吃！"他开始抱怨，"老大，你不知道我多久没有吃过好吃的东西了，我都快馋死了，这段时间我风餐露宿，还要想办法喂龙……"

辛秀说："行，知道了，等咱们进了旧乌再说。"

反正她遇上在外讨生活的弟弟妹妹，他们都要表达一番对她手制的烤肉的想念之情。

"当然，前提是旧乌里面有安全的地方能让咱们烤羊。"辛秀补充了一句。

直接让老二和龙一起进入旧乌，是辛秀做出的决定。她能想象得到，旧乌肯定不是个简单的地方，要说没有危险是绝对不可能的，但正是因为里面很大，可能有危险，她才能放心地把那些紧跟在后面的流潭修士引进旧乌去。在危险的边缘反复试探，并且把他们的敌人坑进去，是辛秀和老二都喜欢做的事。

第八章　如幻梦一场

两位明知山有虎，偏向虎山行的勇士在草原上飞驰了一段时间，终于看见了传说中的旧乌。任何人看到面前的场景，都能清晰地认识到，那就是旧乌的边界。

一层薄薄的、宛如白纱的白雾缓缓流动着，他们隐约能看见白雾后面笼罩的高山。

"那雾后面是有几座山吗？"老二兴致勃勃地问。

事实上，他们看见的薄雾和高山并不是什么美丽的场景，反而充满一种扭曲而微妙的感觉，只是靠近就让人后背发寒，所有神经都发出危险的警报。那雾太像扭曲的活物了，而雾中若隐若现的高山也险恶万分，像是什么活着的庞然大物在静静凝视着他们。

就在老二问出那句话的同时，先前还在远处的白雾和山，已经骤然到了他们眼前。辛秀甚至觉得不是她的飞车在接近边界，而是边界在接近他们。

"我现在有种感觉。"哪怕是老二这种家伙，也不由得放小了声音嘀咕。

辛秀同样小声说："我懂，这种感觉就好像咱们正在往一个怪物张开的大嘴里跑。"

话虽如此，两个人也没有扭头的意思，飞车直直冲进了薄雾里。

他们两个人的修为不是很高，一般来讲，这么一层薄薄的雾无法阻隔他们的视线，可事实是，进入雾中之后，周围的一切就变成了白蒙蒙的一片。更糟糕的是，他们很快发现那"雾"根本就不是雾。

"咝，这是什么东西？"老二在脸上摸了一下，搓下来一把细细的白丝。

辛秀同样感觉到不对，在头上、脸上一搓，抓下来一些轻软的丝状物，疑惑地问道："是丝？"

这些所谓的"白雾"竟然是一些细到肉眼无法分辨，在空中飘飞的白丝。他们原本早该发现，可因为这东西实在太细了，又没有那种蛛丝粘着的感觉，所以直到飞车飞进来这么久，他们才因为白丝一层层覆盖在脸上累积导致的微痒感察觉到不对。

"这不是蛛丝吧？多大的蜘蛛才能吐出这么多丝啊？"老二试着在空中一顿乱抓，却没能抓到什么东西。

"不像是蜘蛛丝。"辛秀肯定地说道。她往后看了一眼，明明还没有进入大雾多久，但后面的路已经完全消失。她扭过头试图分辨前面的方向，最后还是放弃了，开始在自己的装备袋里掏东西。

相比这两位乘客的冷静，龙闹腾多了，不断发出愤怒的咩咩叫，大概因为长长的眼睫毛上都覆盖了一层薄丝，让他很不舒服。至于另外一只倒霉的真羊，好像遇到了什么威胁一般瑟瑟发抖，一声都不敢吭。

辛秀摸出来一个遮雨棚，装在飞车上。有了这东西，那些细丝就会裹在飞车上，而不会裹在他们的身上。

唯一麻烦的是，他们每隔一段时间就要清理一下车棚上覆盖了一层的白丝，不然等它们越积越多，肯定能把他们连人带车一起裹成一个茧——就像他们刚刚在路边偶尔看见的那些茧。

第一次看到茧的出现，他们两个人还警惕了一下。老二好奇心发作，主动要求跳下车，去探查那个茧是什么东西。他小心地把那个茧剖开，发现里面没有什么怪物，只有一具羊的骨架。

大概是草原上的野羊误入这里，又没法出去，于是走着走着，最终被这些无处不在的细丝裹成了茧。

像这个倒霉的羊一样的东西还有许多，一个个白色的茧偶尔会像沙漠公路边的路标一样，出现在他们经过的地方，里面包裹着各种不同的牛骨、马骨以及一些小型动物的骨头。老二拆了好几个茧都没看见想象中的怪物和妖怪，也不知道到底是放心了还是感到遗憾。辛秀专心开车，警惕周围的环境，而老二就负责各种实验。

"老大，这些丝根本烧不着哇。"他向辛秀汇报着，丢下手里的一撮白丝。龙和羊已经被他用带子绑在了车后座上，这样他就能解放双手尽情实验。

无边无际的沉沉白色世界里，没有任何声音，只有一个个包裹尸骨的白茧。如此可怕的恐怖片场景，在老二的絮絮叨叨中，竟然显出一种无趣的搞笑气氛来。对普通人来说的险地，对他们来说，至少对目前的他们来说，只能造成一点儿麻烦。

就连辛秀都开始松懈时，有一个咕噜咕噜的声音由远及近，那好像是一种人的肚子在叫的声音。

刚才还在试图讲冷笑话的老二第一时间安静下来，并且迅速捂住了一直咩咩叫的龙。他对危险的感知，似乎比辛秀更敏锐。

当他们安静下来时，那种古怪的咕噜咕噜声越来越响亮，与此同时，一片浓重的黑夜朝他们靠近。

那就是黏稠的黑夜，像巨浪，缓慢地朝他们压了过来。

辛秀仰头看去，见到白色薄雾中缓慢蠕动的黑色巨物，瞬间反应过来，这应该就是他们先前在外面见到的山。既然现在"薄雾"

不是雾,那么"大山"不是真的山,也就不那么令人惊讶了。

"看上去像个巨大的咖啡果冻。"辛秀在那避无可避的大家伙快将他们包裹住的时候,轻声嘟囔了一句。

老二小声问她:"老大,我们这是要被它吃了吗?"

辛秀说:"应该是。"

下一秒,他们被这巨大的"咖啡果冻"包裹进了它的身体里。那种挤压感应该是令人难受的,不过,辛秀仍然坐在飞车上,雨棚罩住的空间里,他们两个人和两只羊并没有像另外的白茧一样被挤成碎末。

毕竟熊猫师父做的雨棚,显然也不太可能真的只是用来遮雨的东西。

他们就像一个小小的气泡,在"咖啡果冻"的身体里艰难前行,在某种东西的体内前进总是有阻力的,飞车的速度骤然降低。

"嗯,从好的方向来想,这奇怪的白雾和这个大家伙,肯定也能给追我的那些家伙带来同样的体验。"老二乐观地想。

辛秀就这么仗着飞车和雨棚,慢悠悠地穿行在没有路的怪物的体内,硬生生开出了一条路。

不知道往前开了多久,那只倒霉的真羊已经憋死了,他们还没能脱困。老二躺在两只羊身上,朝着自己的脸扇风。

再这样下去,他们说不定要被困死在这里了。

辛秀想了片刻,拿出来一把红色的匕首。这东西的前身是龙神之角,她和老五一起解决龙母事件的时候掉落的稀有材料,被熊猫师父锻成了武器。

在这之前,她曾用龙神之角破过金刚天王菩萨的防御,就是不知道它对这怪物有没有用。

辛秀把位置让给老二,自己踩着车头抓着龙神之角往前一划。

"哇——"老二大叫一声,他们周身的胶质物蠕动起来,飞车颠来倒去,接着他们眼前猛然一亮。一个翻滚倒转,飞车噗的一声冲向前方，眼前豁然开朗。

没完没了的白雾消失了，灰色的天空和草原上的枯草也不见了，取而代之的是蓝得异常纯粹、如同画出来的天空，还有一望无际的绿色草地。与外面相比，这里仿佛在另外一个季节。

"我们出来了？"

"看来是的。"辛秀收起那柄龙神之角匕首，觉得这神器真的很有用。

蓝天绿地之间，白云低到不可思议，大约只在他们头顶上一米的位置。当一片宽广且低垂的白云飘过他们的头顶时，老二跳起来摸了一下，摸到一手湿润的水汽。

"怎么是真的云？云里面怎么没东西？"他好像非常期待能看到其他古怪的东西。

见他不死心地还想跑到云上去仔细看，辛秀轻踢了他一脚："走了，找个地方做点儿吃的东西，饿了。"

这么好的景色，他们不野炊也太浪费了。

季节猛然从秋、冬交接之际变成了炎炎夏日，天上的蓝与地上的绿都无比纯粹。虽然这里是旧鸟，可能蕴含了无数未知的危险，但这种环境确实令人放松并且让人非常想野炊。

试想一下，微风习习，空气清新，材料齐全，他们饥肠辘辘。

"你带来的小肥羊才死不久，现在赶紧抢救一下，放血腌制，味道还是可以的。等那只羊死得久了，味道肯定比不上新鲜的。"辛秀有足够的理由在这个时候进行野炊活动。

老二连连点头："老大说得是呀！"

辛秀拿出随身携带的烤架、炭以及调料等，和老二一起把小肥羊剥皮、放血料理干净，然后两个人就对坐烤架旁，愉快地烤起肉来。

龙此时终于得以恢复人身，直嚷嚷饿，好像先前吃了那么多饼的不是他,不过他的本体是龙,能吃似乎也是理所当然的。他如同大部分七岁左右的人类小男孩儿一样,吵闹、难缠、不明原因地发脾气、动不动就在地上打滚。

老二看上去已经完全不想管他了,一心只看着烤架上的肉流口水,不动如山,任由自己的腿被地上翻滚的傻弟弟拖着摆动。但是只要发现傻弟弟试图爬起来伸手去抓烤架上还没熟的烤肉,老二就会第一时间把他按下去。

辛秀瞧着对面还是一身女装的二弟,恍惚间以为自己面对的是一个带着孩子的年轻母亲。

随着烤架上的肉被烤熟,香味越飘越远。辛秀和老二几乎同时开吃,龙也不闹了,蹲在一边吃得满嘴流油。

他们正吃得热火朝天,一阵嗒嗒的轻快脚步声吸引了他们的注意。

老二动作一顿,头也不抬,只是啃肉的动作更快了,腮帮子鼓动几下就把嘴里的肉咽下去,反正什么都不能阻止他先把手上的肉吃完。辛秀没察觉到危险,也没有动,只是迅速转头飞快地往声音传来处看了一眼。

不远处的绿色草地上不知道什么时候竟然来了一条大狗,看上去像黑黄相间的西藏牧羊犬。辛秀吃烤肉的动作完全停了下来,难得有点儿发愣地看着那边望过来的大狗。

这狗长得很像她曾经养过的那条叫大宝贝的狗。她养的那条狗最开始是爷爷奶奶的,后来爷爷奶奶给了她,陪伴她长大。在她莫名穿越的前一年,大宝贝就已经因为疾病离开她了。

她那时候非常伤心,父母和朋友都建议她再养一条狗,但是她没有答应,对她来说大宝贝不是宠物,也无法被替代。她从小时候起,就异常偏爱那种毛多柔软的忠诚生物,正因为她表露出对大宝贝的喜爱,爷爷奶奶才把它送给了她。

或许在其他人看来,狗都是长得一样的,但对将一条狗当作亲人、朋友的人来说，每条狗都不一样，那种细微的地方，毛色、眼睛、耳朵和四肢，不会有两条狗完全一样。可辛秀现在看着面前这条大狗，忍不住想起大宝贝，它们长得实在太像了。

"嘿，小宝贝，过来。"辛秀忍不住朝它招手。

那条大狗汪汪叫了两声，并不是凶狠地叫，听上去也没有恶意，倒像是在打招呼。

辛秀看它不动，拿起一块烤肉摇晃，示意："要吃肉吗？给你吃，快来。"

大狗犹豫着，尾巴在身后缓慢摇晃，似乎是被太香的肉味所诱惑，最终还是迈着嗒嗒的轻快步伐朝她走了过来。

"乖——乖——来，给你吃。"辛秀用肉块把这条大狗引过来，一边喂着它，一边用手自然地梳理起它的脖子、后背上的毛，又顺手摸它的下巴。这条和大宝贝异常相像的陌生大狗，没有对她的亲近动作做出排斥反应，只是很乖顺地吃着肉。

辛秀一直看着它，跟它说："嘿，你是我的大宝贝吗？狗也有转世？难不成你是我家大宝贝的前世？"

大狗吧唧吧唧地吃着肉，表现得特别友好，但辛秀喂了一会儿就幽幽地叹了口气，虽然这条狗长得特别像她的那条狗，但应该不是她的大宝贝。毕竟她的大宝贝体内住着半个哈士奇，可不像面前这条大狗一样乖巧。

但是，作为替身，她还是能摸一摸的。她来到这个世界后，和她从前的世界里相似的东西难免会勾起她的怜爱之情。

老二一边好奇地看着老大玩狗，一边往嘴里猛塞烤肉。龙弟弟吃得比他还多，好像永远吃不饱。老二从龙弟弟手中抢到了最后一块肉，给了他一个得意的眼神，结果刚张口要吃，手里的肉又被大姐截走。

她把那块肉抢走，喂给了外来的大狗，说："老二，你怎么也吃这么多？差不多得了，这最后一块给这个小宝贝吃。"

老二听着这句话,噎了一下,忍不住扭头看了一眼刚被他抢了肉、哼唧着在地上翻滚的弟弟。

弟不如肉,弟不如狗。

老二咂咂嘴,虽然吃得意犹未尽,但多少解了点儿馋,看大姐慈祥又怀念的神情,不由得问:"大姐,你现在喂的这位朋友是什么来头?"

辛秀尽情揉着狗毛,一本正经地说:"大概是我的白月光。"

老二愣住了:"哈?"

收拾了烤具,辛秀一直试图把大狗拐骗走,但它听不懂,在绿色的草地上走走停停,时不时仰头看看天上偶尔飘过的大片低矮的白云。

"小宝贝,你看云做什么,难不成这云上面有什么?"

辛秀也随着大狗的目光往天上看去。

这地方很奇怪,已经看不见他们来时的那片"薄雾森林"和"果冻大山"。这地方前后左右都是一模一样的草原,让人很容易分不清方向。

远处悠悠飘来一片白云,这片白云实在太大了,遮天蔽日,白云之上似乎还有雷声在响,轰隆隆的声音,辛秀和老二都听得分明。

大狗站定不动,辛秀猜测它是在等那片打雷的白云过来。

老二凝视着那片白云,察觉到什么,肩膀略微紧绷了些,询问:"大姐,那上面好像有不太好的东西,我们现在怎么办?躲还是想办法上去看看?"

辛秀还没做出决定,就见面前的大狗忽然间变得无比高大,从背脊到脚起码拔高了四米。而它变得这么巨大之后,往他们这边侧了侧,似乎是准备挡住他们的样子。辛秀为它突然变化呲了一声,又见大狗转头,对着她呜了一声。辛秀心道:不知道是不是错觉,我感觉听懂了它的意思。

耳听着雷声越来越响亮,辛秀不再多想,抓着大狗的毛跳上它的脊背:"老二,走,我们藏到它身上去。"

大狗脖子上的一圈毛稍微长一些,那些长而浓密的毛发可以让他们三个藏在那里。唯一麻烦的就是龙总闹脾气,可能会发出声音暴露他们。

"不怕,等我把这吵闹的家伙的嘴捏住。"老二熟练地撸起袖子。

辛秀拦住他,摸出一块半透明的琥珀色糖块,在糖块下面插了根棍子,做成了棒棒糖的模样。她把这颗糖给了龙之后,他忙于嘬糖块,立刻就安静了下来。

这么立竿见影的效果让老二一惊,他迅速回神,鼓掌吹嘘:"不愧是老大,厉害,厉害,什么时候我才能像老大一样优秀?!"

辛秀神色淡淡地摆手,宠辱不惊地说:"唉,不值一提,不值一提。"

虽然见到这龙弟弟没多久,但辛秀已经见识到他对食物的渴望,吃东西的时候是他最安静的时刻。他的种种行为又像是个真正的小孩子,既然这样,一根美味的蜂蜜棒棒糖阻止孩子吵闹是不错的选择。

虽然这蜂蜜棒棒糖其实是她给师父准备的小零食,但师父应该不会介意,反正师父也不可能知道属于自己的小零食被其他人吃了。

他们三个人躲好之后,那片云已经来到了眼前。大狗往前奔跑,脚下忽然涌出白云,托着它将它送上云端,大狗在云上奔跑。辛秀拽着狗毛,在颠簸中透过毛的缝隙看出去,以为会见到闪电或者其他东西,但是只看见了一片马腹。

在这片云上有着异常高大的马群,它们踏云奔跑,啼声如雷。辛秀猛然想起来阿果小姑娘告诉她的某个关于旧鸟的传说——云中的马群。

咚咚咚——

在如雷的马蹄声里,还有一个非常响亮的擂鼓声。辛秀最开始没有看见这鼓声从哪里传来,因为大狗比这些高大的骏马要矮一些。可大狗的速度很快,光一样往前奔跑,他们很快就到达了马群的最前端。

在马群的最前方,八匹马拉了辆大车,车上拖着一面鼓,咚咚的鼓声就是从那里传来的。擂鼓的是个赤着上身的大汉,他的体毛很长,腋下两蓬黑毛尤其长,随着他的动作飘摇;他粗壮的下肢牢牢踩在车上;他手臂紧绷,双手握成拳头,一下下捶着鼓面;他的脖子上没有脑袋,但腰间用链子挂着四个脑袋,分别对着四方。

辛秀心想:这是什么鬼玩意儿?!她忍不住紧紧盯着正对着这边的一个头颅,清楚地看到那头颅微微动了动,一双红色的眼睛朝这边看过来,似乎察觉到了什么。

辛秀吓了一跳,缓缓呼出一口气,紧紧靠在大狗的皮毛里,顺手掐了老二一把,让他也安分点儿乖乖待着。

马群前面除了拉车的八匹马和无头鼓手,还有好几条其他的大狗。它们似乎各带领着一群马,仿佛是在放牧。

她还真是头一次听说牧马犬。

等了一会儿,辛秀感觉那无形的目光移开了,换个方向接着观察四周。

这些高大的马匹是做什么的?那个高大的无头鼓手又是什么人?他们要去哪儿?辛秀猜测了一圈,最让她在意的就是她没有感受到任何灵力。大狗也好,马也好,巨人也好,他们显然都不是寻常的东西,但是辛秀完全不能从他们身上感觉出灵力的存在。

他们身上什么都没有,一片混沌。

马群往前奔跑了大约一日,这是辛秀估算出的时间。天完全没有黑下来的意思,还是如同他们刚进入这里的时候那样明亮。

她经常往外观察,因此没有错过那一刹那天上的异样。湛蓝的天空好像凭空破了个洞,露出灰白的天空和黑色"果冻"蠕动的身躯,有什么东西从"果冻"的身体里飞了出来,就像某种菌类喷射孢子的场景。

辛秀一眼看出来,那些是追着老二的流潭修士。他们有些狼狈地出现在这片天空中,倒霉地和马群正面对上了。

辛秀刚准备去叫醒老二,一扭头就发现他悄无声息地蹲在旁边,正目光炯炯地看着前方。老二这家伙心宽得不行,躺在大狗的脖子上也能睡,而且能瞬间睡着瞬间清醒。

两个人几乎是屏住呼吸看着前方,脑子里冒出同一句话:打起来!

以洪笙为首的十二名流潭修士,循着圣手的指引,一路追到了旧乌边界。

面对这诡异的情景,有人心怀疑虑,提出不要轻易进去,但这样想的只有两个人,其他十个人包括洪笙都不愿放弃继续追踪。

若是他们这么多人追了这么久,都没法把人抓住,此时还要灰溜溜地回流潭求助,以后他们还有何颜面可言?

"这区区白雾不见得有什么我们对付不了的危险,难道这些装神弄鬼的伎俩还能比得过瀛海底下那些呼风唤雨的妖兽吗?"大刀男子骄傲地昂着头颅表示不屑,"我们连海中妖兽都能杀,就算眼前有危险,也没什么好畏惧的!"

洪笙难得地看了他一眼,赞许道:"确实,陈致说得对。这些鬼蜮魍魉没什么好怕的,最重要的是我们必须杀死那个冒犯了流潭圣物、打断了祭祀的罪人,用他的鲜血平息族人的怒火。"

先前有些退缩的两个人露出羞愧的神色,跟在最后不作声了。被洪笙勉励了一番的众人带着必胜的心,穿过白雾还有那个"咖啡果冻山",进入的时候比他们想的要容易一些,但进入的地方也比他们想象中更奇怪。

他们迎面就见无数高大的马踩着云奔腾而来。

"这是什么地方？"

"好大的骏马，莫非是什么妖兽？"

"不对，感觉不出妖气。"

甚至有个活泼的女子惊叹地看着那些巨大的马匹，说道："我好喜欢这样大的骏马，等抓到那小偷，我要带几匹这样的马回去！"

当这群见识短浅的孤岛天之骄子对新世界啧啧称奇的时候，赶马的无头巨人也看到了他们，腰间四个人头顿时热闹地讨论起来。

其中一个用奇怪的口音含含混混地说："好久没有人能闯进这里了……我也好久没有吃过人了，吃了他们解馋，嘿嘿嘿！"

其余三个人头迫不及待地说："好哇，好哇！"

没等天上诸位摆好造型，巨人腰上的四个人头猛然飞出去，朝十二个人张开血盆大口——口之大，一个人横卧也能吞下。

辛秀和老二躲在大狗的毛下一动不动地注视着面前的血腥场面。

老二眨眨眼睛，有点儿干巴巴地说："哈哈，现在不用再担心被他们抓住打死了。"

毕竟，现在流潭修士都被那四个脑袋吃掉了，十二个人，一个都没能逃出去，四个人头一个人头吃三个人，分配均匀。

在辛秀看来，大约也就过了三分钟，让他们先前感到头痛的追杀者就完全被解决了，而那四个人头吃得意犹未尽，飞回无头巨人腰间的时候还在不停地舔嘴唇。

这地方比辛秀先前想的还要危险，辛秀和老二对视一眼，两个人十分默契地一人捂住龙的嘴，一人压住龙，保证两人一龙完全不发出任何声音。被人头怪物吃掉可不是什么好的体验。

他们就这样像虱子一样无声无息地趴在大狗身上，任由它载着他们奔跑在马群前面。跑了不知道多久，辛秀发现天空尽头出现了一面巨大的镜子。最开始她并没有发现那是面镜子，因为镜面反射出的天空和地面都是相同的色块，大块的蓝和绿的景致令人无法分清。

但是承载着马群的白云最边缘碰到那镜子后被吞没了，白云消失的画面才让人捕捉到了一丝不对劲，她才能看出那是面横跨在天空中的大镜子。

经过镜子的一刹那，辛秀耳朵里出现一阵耳鸣，短暂的耳鸣和眩晕之后，映入她的眼帘的就是另一个世界。

黄昏时分的天空，颜色绚烂，然而各种艳丽的色彩混杂在一块儿的感觉有些扭曲，看着令人极不舒服。地面都是砂石，显得有些荒芜，周围除了大块竖起的石头，什么也没有。那些竖起的石头随意地划分出来一片范围，马群就在几只大狗的带领下进入那片范围，似乎准备休息。

辛秀有个猜测，这马群在先前的草原上被巨人放牧去吃草，吃完了就回来休息。

至于那位无头巨人，还在大车上，放倒了他的鼓，把大鼓当成床，卧倒在上面休息。腰上那四颗头颅则飞到了几条大狗身上，由大狗载着在马群周围巡逻。

辛秀他们藏身的这条大狗背上也有一个头颅，距离他们非常近，只要这个头颅一转方向，那双骨碌碌转的眼睛就能看到他们。哪怕胆大如辛秀，在这种恐怖片一般的场景下也忍不住心跳加速。

这里和镜子另一边的草原比起来，就像是丧尸生存的世界对比青青草原。

狗背上的头颅发出呼哧的喘气声，巡视着自己的马群，慢慢地也陷入了困倦状态。辛秀听到它在打哈欠，没过片刻，就响起了规律的呼噜声，它睡着了！谢天谢地，一个脑袋也会睡觉！

大狗停了下来，鼻子轻轻呼了口气。辛秀立即一手拉着老二，一手拉着龙弟弟，离开了大狗的脖子，瞬间落到地上。她和老二几乎同时落地,并且默契地托住了睡死过去的龙弟弟。大狗看见他们落地后,低下脑袋嗅了嗅他们。

辛秀抬手摸了摸大狗的鼻子,感激地说道:"乖狗狗。"

大狗又迈着悠悠的步伐,再度跑动起来,把他们留在这里。

老二将睡觉流口水的龙弟弟倒背在背上,小声问:"大姐,那条大狗是在报答你的赠烤肉之恩吗?"

辛秀点头:"可能是,也有可能是因为它觉得我很亲切。"可惜这条乖乖的大狗没有跟她私奔的意思,只准备送她一程。

如果没有这条大狗先前的保护,他们大概就和那些流潭修士一样,一个照面就被巨人头颅吃了。

"走,我们先离开这里。"辛秀轻声说。

有那个吃人的巨人在,这里并不安全。

他们钻入黑暗处,远远地离开了那片被大石头圈起的马群。夜风火辣辣地吹在人身上,让人不停冒汗。

"这天空倒是稀奇,像是苗姑师姐那里的水彩落在水面上,又被人搅乱了。"老二嘟哝道。

确实,因为天已经黑了,天空上混沌的颜色都变成了冷色调的。要辛秀来说,这里的天空更像是梵高的画。

脱离了危险的老二看上去又恢复了从前没心没肺,天不怕、地不怕的模样,甩着背上熟睡的龙弟弟问道:"大姐,你来旧乌送信,要送给谁?难道是那个吃人的巨人?"

辛秀说道:"我也不知道,还是多转几个地方,弄清楚这里面到底是怎么回事再说。万一送错了人,我可不想再拿回来。"

周围到处都是砂石土坡,没有草,也没有树。除了迎面的风热了点儿,他们没有遇上其他危险,两个人都放松了些,开始闲聊。两人相遇仓促,许多事只能匆匆述说,如今有喘息的机会,刚好把这些事细细道来。

老二说起他从蜀陵去往瀛海的种种见闻,是如何出海的;在海里遇到了怎样的妖兽;又是怎么认识了其中一些妖兽,让它们送自己偷渡进了流潭;还有就是流潭上那些奇怪的人和习俗。

至于辛秀,她说的东西就多了,她自己路上遇上的事,还有老四、老五和老六各自遇到的事。

老二听得目瞪口呆,扼腕叹息道:"早知道大姐那边那么有趣,我先跟着大姐去玩就好了!"

听说了老五和龙母还有风雨镇的故事,老二爆发出一阵大笑声:"这么说,老五得了龙母的传承,这龙和他的姐姐都是那个龙母所生,所以现在老五差不多能算龙的母亲?哈哈哈,该不会龙弟弟以后看到老五会管老五叫娘吧?!"

辛秀想起这个事,笑眯眯地挥动扇子扇去炎热气息,说:"很有可能,到时候可以试试看!毕竟你这傻乎乎的龙弟弟都能把你错认成姐姐,遇到气息有点儿像母亲的老五,说不定还真会上去喊娘!"

想到那个画面,老二和辛秀又是一阵狂笑,对此都十分期待。

听到辛秀说起老六在九公学宫教书育人,还有她们给那些学生集体变性,老二忍不住打了一个哆嗦,夹紧了腿,警惕地说道:"大姐,那个变性的丹药,你可别给我吃呀。"

辛秀乐道:"这丹药对修士没用。"

老二这才松了一口气,重新快乐起来:"以后有机会,我也要去老六那里玩玩,学生不听话,我也有办法!"

提起这事,辛秀又把先前激励过老五、忽悠过老四、震撼过老六的那个新世界的妄想和老二说了一遍。

对老二说这些时,她把前面那些"鸡汤"全去掉了,直接告诉他:"我觉得这个世界还不够好,想要个更好玩的世界……这个意思就是会有更多的人遍布在这片大陆上,填满那些荒芜的村落、野地和城池,那时候会比现在热闹百倍。然后大部分人不再需要为了吃喝担心,可以创作出更多好看、好吃、好玩的东西。还有,我想让更多的人能'修炼',学会使用灵力……"

老二没有其他几个弟弟妹妹那么激动和振奋,认真地瞧了辛秀两眼,思考了好一会儿才咧嘴一笑,说:"听上去真是很麻烦,这肯定需要很长时间,不过好像也挺有趣的,老大想做什么,可以加我一个。"

辛秀说:"我还没想好怎么让普通人也能修炼,而且还有个大问题想弄清楚。"

老二问:"什么问题?"

辛秀竖起一根手指摇了摇,说:"关于咱们的祖师爷为什么不能离开蜀陵的问题。"

她的思维跳跃,老二也跟着跳,猜测道:"难不成祖师爷离开蜀陵,蜀陵就会坍塌?就像是海里面一个洞窟中有颗珠子,要是拿走了珠子,那个洞都会坍塌了。"

辛秀睨他:"你在海底拿了什么珠子?"

老二嘿嘿一笑,费力地掏出来一颗大珍珠,说:"就是这个,我在一条很丑又很凶的海兽的洞穴里拿的。那个海兽想吃我,结果最后被坍塌的洞府埋了。"

辛秀没有细问老二的海底历险记,把话题拉了回去:"我觉得祖师爷不能出去,应该不是蜀陵的问题。只要他愿意,这个蜀陵坏了,再建一个不就行了?所以我觉得他应该有其他原因。"

譬如说要是祖师爷离开蜀陵,就会吸取天地间所有灵气,导致世界荒芜。又比如说只要他离开蜀陵,马上就有天雷降世,把他劈到另一个上层世界——现代修仙小说都是这么说的。

不过鉴于最开始被修仙小说的常识误导了很多次,辛秀并不能确定这个猜测是不是真的。她只是觉得,解决全民修仙的问题,可能和祖师爷有关,和祖师爷的状态有关。

她一向很相信自己的直觉。

两个人唠着嗑,不知不觉走出去很远,面前开始出现稀疏的树木。几米高的树,树干光秃,三根枝丫往上,在黑夜里像个立在大地上的黝黑的叉子。

"那是树吗?长得好奇怪,要不过去看看?"老二很自然地提议。

辛秀也很自然地一口答应了:"行啊。"

两个人慢慢靠近最边缘的一棵大树,忽然看到中间一根树杈上亮起两个圆点。

老二哈哈大笑:"大姐,你看那像不像一对眼睛?"

辛秀叹道:"我的傻弟弟,我觉得那就是一对眼睛。"

老二背着龙扭头就跑,辛秀立马跟上。

而那棵静默的"树"放下了两根举起来的手臂,迈动着又长又细的长腿,朝他们追了过来。

"那东西好像在后面说话!"老二扭头看了一眼,大喊,"大姐,你知道它在说什么吗?"

辛秀同样在快速奔跑中喊道:"谁知道?!到处都语言不通,我们和它都不是一个种族的,怎么可能听得懂?!"

随便遇到个什么人和怪物,不管对方说什么都听得懂,那可是二次元作品的设定,和他们现实修仙的可没有什么关系。

天色很黑,天空是深蓝、深紫带着点儿青色混合的混沌颜色,以辛秀两个人的修为来看,他们也没法很清晰地看见周围的一切,只能看个大概的轮廓。那追着他们的东西就像一棵高大的枯树,因为那个东西的腿特长,走一步顶得上他们跑好几步。

最糟糕的是,他们先前看到的是一片"树林",这个追着他们的"树人"只是最边上一个,只需往后一看就能看到更加恐怖的场景——那些原本安静地站在地上的瘦高个儿在渐渐苏醒,一个个都跟着追过来了!

没过多久,他们身后就缀了一片挨挨挤挤的树。它们仿佛不会累,大步往前走着,嘴里还发出些让人听不懂的叽里咕噜声。

跑着跑着，老二哀号道："大姐，我背不动了！"他还背着在睡觉的龙。

辛秀没办法，只好接过睡得雷打不动的龙，刚一接过来就知道老二为什么累成这样了。这家伙是真的重，好几百斤的重量也不知道究竟长在哪里，人身也看不出来这么重啊！辛秀抱过最重的东西除了熊猫师父就数这龙了，可她抱熊猫师父那叫甜蜜的负担，抱这傻弟弟算是怎么回事？

她跑了一阵，试图弄醒龙。

老二甩着手说："没用的，他睡着了就很难被喊醒。"

辛秀闻言，又把龙丢回了老二的肩上，往后瞥了一眼，说："这么跑不是个事，那家伙已经追来了。"

毕竟那东西腿长，还是一点点拉近了和他们的距离，眼看那瘦长的脸就在他们上方了。离得这么近，辛秀总算看清楚了些，那东西除了两只发亮的眼睛和一个略扁平的鼻子，还有一张黑洞洞的嘴，嘴里散发着腐肉的气味。

辛秀心道：看来这东西确实是吃肉的。

它用两只同样很长的手来抓他们，那手上面岔开五个雪亮的尖爪，这尖锐的爪子从他们身侧擦过去，如果不是他们两个人躲得快，就被人穿成糖葫芦了。

这爪子虽然没刺中两个人，但那尖尖的指甲划破了龙的屁股，留下一道浅浅的血痕。

"啊！什么？！谁打我？！"沉睡的龙终于醒了，没头没脑地发起怒来。

老二说了句谢天谢地，把他从肩上丢下来："小弟，快，这儿有人要杀姐姐！"

龙闻言，一个劲地往前冲，一脑袋将那瘦高个儿撞倒了。

辛秀喘口气，摸出龙神之角匕首，听到老二同样叉着腰大大喘了口气。

老二解释道:"这傻弟弟虽然不能变成龙,也没有法术能用,但肉身力量很不错,有时候也能帮忙打架。"

其实先前老二被追杀得没办法的时候,也不是没想过丢下这个傻弟弟。哪怕他是龙,但又变不成龙形,对老二来说是食之无味,弃之可惜。只不过后来龙将他认作姐姐,还拼了命地要从妖兽手中保护他,一路上除了吵闹些,每次他遇上危险,龙都要冲在前面,数次都受了伤也不退缩。

老二把这些看在眼里,也就慢慢认下了这个傻弟弟,护着他一路逃跑,又费心地给他找吃的、喝的东西,喂养他。

看见龙弟弟把那个大高个儿撞倒,凶猛地试图去撕咬它,辛秀也看出来了:"这些高个儿兄弟好像不是很厉害?"

她刚说完,就听龙痛呼一声:"姐!姐!它咬我!"

老二气都没喘匀,翻了个白眼,说:"算了,咱们还是跑吧。"

辛秀留下一句:"等等,我去试试。"人已经蹿到了重新爬起的高个儿身边。她手起刀落,红色的龙神之角匕首好似快刀砍竹子,一和高个儿的大长腿接触,就直接削断了那两条瘦腿。

伤口截面扑哧喷出血来,辛秀有点儿讶异地发现这东西是有血肉的,和人类差不多,皮肤更像是干尸,而不是树皮。所以,这些家伙只是站在地上的时候看上去像树,其实根本不是"树人",更像是"竹节虫人"。

这种怪异的东西到底是什么?辛秀脑子里闪过一丝灵光,又没能抓住。

被她削掉了一截腿的瘦高个儿发出一声痛呼后,竟然稳稳地靠着断掉一截的腿支撑身体,试图继续攻击他们。

辛秀只好再度削断了它的一截腿——截又一截——辛秀把这一个急先锋削断了腰,它还能张牙舞爪地挥舞双手。

"失策!"辛秀疾步退后,看见又有两位瘦高个儿靠近,懒得再浪费力气给这些朋友修腿毛了,想想摸出来一条绳子,把其中一端丢给老二,"老二,接着!"

没等她说明,老二就明白了她的意思,抓着绳子一跃而起,风一般奔跑在瘦高个儿的腿间。辛秀看准方向,向着他的方向划了个弧线奔跑。两个人飞快相遇,擦身而过,同时绳子一端已经缠上了瘦高个儿的大长腿。

那两条大长腿还没迈出去就被迫捆在了一起,那瘦高个儿猝不及防地来了个五体投地式跪拜。

越来越多的瘦高个儿跑过来,但这个时候,它们数量越多,就越显得混乱。辛秀和老二在这一群瘦高个儿脚下乱窜,长长的绳子不断交错,一下捆住两个瘦高个儿的腿,让这两个东西体验两人三足,一下捆住另外三条靠近的长腿,让它们被对方的力气制住,分别来一个大劈叉。

辛秀有种自己缩小后奔跑在甘蔗田里的感觉。老二再次和她擦身而过,像个野猴子,找到了"捆甘蔗"的乐趣,哈哈大笑着伸出手来和她击了个掌。

辛秀一巴掌把老二劈歪,让他躲过了一只叉过来的手。

这些"甘蔗"被捆住脚倒下后,没法轻易地挣脱移动,但上半身还是能动,那些细长的手臂和尖锐的指甲从各个角度攻向他们。

"我现在觉得我们比它们小也有好处,你看,躲起来比较容易,不容易被它们刺中!"老二在地上一个翻滚,躲过钢叉手,还有心思笑。

辛秀接过他手上剩下的一截短短的绳子,三两下打成结一丢,然后说道:"好了,咱们现在该跑了!"

两个人拖上晕头转向的龙。龙不懂配合,刚才好几次差点儿被那些瘦高个儿的手刺中,老二就把他团成一团滚出了包围圈,让他在外面待着。结果龙果然是个傻弟弟,一次又一次地试图冲进怪物的包围圈,老二只好一次又一次找着机会就把他滚出去。弄到现在,老二满身都是土。

好吧，其实三个人看上去差不多，都是从土里滚过的人。

几乎所有的"甘蔗怪人"都被他们绑住腿，一时无法移动，就剩下"小猫三两只"在遥远的后方慢吞吞地追赶。

两人一龙停留下来稍事休息，才继续上路。

他们断断续续地跑了一夜，天终于亮了。天空从梵高的《星月夜》变成《向日葵》，从深沉变得灿烂，只是笔触依旧混沌。

老二往后看去，停下脚步，顺便把辛秀也拉住了，示意她往后看："它们是不是停下了？"

辛秀眯起眼睛看，就剩寥寥几个瘦高个儿追了一夜，还跟在他们后面。之前不久辛秀还感觉它们在奋力追赶，但现在那几个东西一动不动，沉默地站在地上，双手高举，重新摆出他们第一次见到它们时的姿态。

"莫非是天亮了的原因？"辛秀和老二对视一眼，决定走过去看看。

这回他们平安地走到了一个瘦高个儿的脚下，看清楚了它的模样。它两条长腿并拢，毫无缝隙，看上去就像一根树干，长长的脑袋和长长的脸，以及两条高举的手臂，真不怪人远看时把它们当树。

老二敲了敲它们的长腿，听着那清脆的咚咚声，说："这东西还真是白天休息，晚上出动觅食！"

辛秀又多看了这东西一会儿，脑子里再度出现那种飘忽不定的灵感。眼看越来越热，不知道是不是天上的太阳的金黄色光圈爆发出强光，辛秀不得不提醒："好了，咱们先找个地方休息。"

老二摸摸肚子，说："这里还没什么能吃的东西，虽然大姐你随身带食物，但万一我们在这儿待太久了，食物不够怎么办？"他说着就看向旁边的瘦高个儿，眼神闪烁。

辛秀拒绝了他："我不想尝这东西，一看味道就不好。"

老二遗憾地说："好吧，那我们找点儿其他吃的东西。"

他们走出去很远,仍然没看到树木,好在地上慢慢有草出现了,虽然这些草颜色怪异,但总算是植物。辛秀第一眼看见,还以为那是只趴在地上的大蜘蛛,老二凑上去拨弄了一下,才确定那就是团草。

辛秀点评道:"这里的草,看上去味道就不好。"

他们继续往前走,天气就热得有些离谱了。老二不得不把自己的两袋羊奶掏出来喝掉,再不喝掉坏了就浪费了。辛秀依旧谢绝了老二随身携带的羊奶,看他和龙一人一袋,咕嘟咕嘟地喝。

形似蜘蛛的草越来越密集,草丛深处出现了一座小庙。这座小庙出现得十分突兀,又与周边环境格格不入,一看就是个危险的地方。但辛秀和老二实在受不住这古怪的热度了,一心就想有个地方能遮一遮,因此没多犹豫,很快达成一致:进去再说。

辛秀踩着那些草靠近小庙,只觉得好像真的踩在蜘蛛身上,那种噗噗的声响和那种踩爆了什么的触感,令人浑身的鸡皮疙瘩争先恐后地冒出来。

感到不适的只有辛秀,老二踩着那些草似乎还觉得挺有趣。龙更不在乎,又吵着饿了要吃的东西。

他们好不容易走到小庙前,老二一下就把庙门推开了。

辛秀说道:"啧,你就不能表现得警惕、小心点儿吗?!"

老二受教,迅速缩到辛秀的背后,探出个脑袋表现自己的警惕,辛秀抬手就给了他一肘子。

小庙面积不大,是用土和石头建造的,墙壁十分朴素,但屋顶被画成了彩色,不知道是用什么东西画的,屋檐下也有复杂的各种条纹,一圈圈交叠在一起,显出和这个粗糙小庙完全不符的精致样子。

庙门大约只能让一个一米七的人昂首挺胸地走进去,超过这个身高的人进去就得弯腰。透过墙壁的气孔照进小屋内的光不甚多,但他们还是能看清楚里面的情形。

庙内和庙外差不多，里面没有雕像。

辛秀之所以一开始认为这是庙，就是因为它的外表和顶部很像庙宇，结果里面只有中间一个一平方米大小的火塘，里面是一堆燃尽的灰。

这里莫非是个安全区休息点？

辛秀走进去转了一圈，没有听到任何动静，也没遇上危险，不由得这样想着。

小庙内的情形一目了然，实在没什么好注意的。辛秀在火塘边的一块草垫子上坐下来，摸出扇子摇了摇。这风一吹，辛秀才意识到这屋内十分清凉，与外面的炎热完全不同。所以，这屋子里为什么像个冰箱一样，是有什么东西在制冷？

龙弟弟滚在地上闭眼小憩。老二还不想休息，在小小的一间屋子里东摸摸，西摸摸，摸完墙壁之后开始用脚丈量每一块地面。

"不会吧，难道这里真的没有什么奇怪的东西？"老二的语气仿佛有点儿失望。

谁知话音刚落，他身子猛然一歪，哎呀一声怪叫着摔进了坑。他踩的地方原本放着个草垫，结果下面有个大坑。

辛秀跳了起来，以为老二遇上了机关，第一时间扑了过去："老二！"

扑过去的动作，在看清楚大坑里的情况时慢了下来，最后她蹲在坑边，用拳头抵住了自己的嘴。

坑里面有一具一丝不挂的躯体，白花花的，不知该说是男人还是女人。从细腻精致的面容来看，这应该是个女子；从扁平的身躯和宽肩来看，这应该是个男子；但这具躯体的下身一片平整，既不像男性也不是女性。

既然如此，他们只好叫他"美女"了。

老二轻手轻脚地从坑里爬起来，屏息爬到辛秀的身边，才说："大姐，他是凉的。"

辛秀一想：凉了？是具尸体？这里面这么凉，还真像个保存尸体的冰库。不过这尸体到底是何方神圣？

老二刚才被吓了一跳，还没过几分钟，胆子又大了，伸出一只手去摸了摸尸体的脖子。

辛秀也没阻拦，等他摸完了问："怎么样？"

老二说："没呼吸，而且这个头就是他的头，竟然不是接上去的。"

他还想再仔细看看，辛秀一把将他抓住："得了，人都死了，别乱摸，把席子给人家盖回去。"

主要是她突然回忆起了童年时看过的各种国产鬼片里那种活人靠死人太近，结果死人吸了活人的阳气立刻诈尸的剧情，看老二凑过去，总感觉这尸体下一刻就要坐起来。

她倒不是怕尸体，在外行走好几年了，看到的尸体很多，但是在这种奇怪的地方，猛然看到一具正常的尸体，给人的感觉真不是在外面随便看到个死人能比的。

老二用席子重新遮住了大坑，问："这尸体太古怪了，大姐，咱们走吗？"

辛秀说："不走，与其去外面被热死，不如待在这里，真有危险再跑也不迟。"

老二说："说得也是。"

两个人真就舒服地在这里休息了，他们跑了一晚上，还要经常停下来和那些追上来的瘦高个儿来一场生死搏斗，消耗了许多精力，十分需要休息。

休息过后，两个人的话题又转到了尸体身上。

老二问："大姐，你说这尸体是什么人啊？"

辛秀猜测道："从我这一路上去哪里都能遇上咱们蜀陵的师伯来看，我有点儿怀疑这是某位师伯。"

老二猜："可他那身体看上去不像个人，说不定和先前那些瘦高个儿，还有那个放马的巨人一样，都是这里特有的物种呢？"

辛秀说："你说得也有道理，刚才你有没有注意到他身上有什么伤口？"

老二说："没，是要看他是怎么死的吗？我现在去看！"

辛秀又把他拽了回来，说："算了，别去扰人家清净了。咱们等到天黑，等外面这个能晒死人的太阳下去了，就赶紧离开。"

老二面露遗憾之色："好吧。"

天空中的色彩刚刚变化，辛秀二人还没来得及拽上龙离开，就见身前的火塘忽然自燃。那火塘里面连根柴都没有，火焰就在灰烬上凭空燃烧起来。这火一起，屋子里的凉气迅速消失，变得温暖宜人。

辛秀正惊疑不定，又听老二急呼一声："诈尸了！"

坑中的尸体在摇曳的火光中掀开了盖在坑上的席子，从坑里爬了起来，已然睁开了眼睛，看向屋子里多出来的不速之客。

辛秀拉开屋门准备带着俩弟弟逃跑，一眼瞧见外面的蜘蛛草在地上爬动起来，那种密密麻麻的窸窸窣窣声令人头皮发麻，彩色条纹在它们身上起伏，看得人眼晕。

只看了一眼，辛秀果断地退回了屋里，关上了门。

和这些难看的蜘蛛比起来，她还不如选屋里诈尸的人，至少对方只有一个人。

这具躯体朝他们走过来，没有忽然露出血盆大口，也没有张牙舞爪地要杀人，只是很平静地坐在了火塘边，伸出手去烤了烤火，仿佛没看见他们的存在。

烤了一会儿火，他忽然抬起手取下了自己的头。

老二倒吸一口凉气："嗞——"

辛秀立马伸手捂住了老二的嘴。

那人拿下自己的头后，又拿下了自己的两条腿，然后就是两只脚，最后只剩下光秃秃的躯干还在那儿戳着。而被取下来的手、脚和人头,仿佛有独立的意识般,各自做起了自己的事。两只手捞起一块席子把躯干围起来,仿佛穿了件衣服,然后那两只手才跟着头颅以及两条腿一起出了门。

走在最后的两只手还非常贴心地关上了门,没让外面的风吹进屋子里。

辛秀和老二安安静静地待在火塘边,两个人四只眼睛盯着席子里包裹的躯干,一动不敢动。

对方似乎没有恶意,但他们的感觉不是绝对正确,因此两个人不约而同地选择保持安静。

偏偏这个时候龙弟弟又醒了,醒来第一件事必定是喊饿,一出声,那裹着席子的躯干就动了动。

老二赶紧低声说:"傻孩子,快住口!"

龙弟弟压根儿不知道这是什么情况,撇嘴:"我不!我饿了,你又不想给我吃的东西!"

老二都想扑过去捂他的嘴了,门突然被推开,两只手臂各自抓着两团大蜘蛛草回来了。它们把蜘蛛草放在火塘边,来到吵闹的龙身边。

老二说:"等等!手下留龙!"

两只手臂,一只手臂抱住龙把他从地上扶起来,一只手臂摸摸他的脑袋,梳理他的头发——这本该是十分恐怖的画面,辛秀却在里面看出了一股浓浓的母爱,这画面仿佛一个温柔母亲在安抚一个孩子。

老二还想扑过去救龙,见状一呆,惊恐地缩到辛秀背后,抚了抚胳膊上的鸡皮疙瘩。辛秀瞥了他一眼。

老二这家伙什么都不怕,踩蜘蛛草都那么高兴,看到两只手臂展现母爱却被吓得不轻,什么毛病?

很快腿、脚也回来了,它们挑着一根棍子,下面挂着一排蜘蛛草。放下东西之后,两条大腿代替了两只手,让龙躺在了屈起的大腿上。

龙看上去也有点儿蒙，盯着眼前的两条大腿看了半天，迟疑地喊对面的老二："姐姐？"

老二朝他挥手："你乖乖待着，别吵，别吵！"

那两只手已经忙碌起来了，配合着在火塘里烤蜘蛛草，看样子是在准备食物。

老二犹豫着在辛秀耳边小声问："大姐，他……不会是想让我们吃这个蜘蛛草吧？"

辛秀回答他："你说不会就是会。"

模样奇怪的蜘蛛草在火上被烤得吱吱作响，慢慢变成了橙红色，一股香味溢散开来。

两只手烤完了四个蜘蛛草，将两个分给了一直喊饿的龙，又分给辛秀和老二一人一个。辛秀最开始真的不准备吃这玩意儿，但是，它被烤熟之后真的太像螃蟹了，而且闻起来又很好吃的样子。

那边的龙对食物来者不拒，已经开吃了。他一嘴利齿，咔嚓咔嚓咬掉了壳，露出蜘蛛草里面雪白的嫩肉。光从他那满意的神情来看，这东西应该是好吃的。

辛秀谨慎观察着手里的食物，这不是草吗？怎么里面好像是肉？她刚想扭头问问老二的意见，就见他已经开吃了，还满脸意犹未尽之意。老二还对着她比了个大拇指："大姐，这个味道还不错，就是少了点儿调料。"

算了，两个弟弟毫无戒心，她一个人也救不了两个人，既然这样，她也吃吧。一尝之下，她觉得味道真是不错，口感有点儿像虾肉。

"不对呀，为什么龙能吃两个，我们就一个啊？"老二发出疑问。

辛秀思考片刻，忽然往地上一扑，真情实感地哭闹起来。

那一双手马上放下专心吃东西的龙，来到她身边，又像刚才对龙那样十分温柔地把她抱住，摸摸她的脑袋，梳梳她的头发，并且很快开始烤新的蜘蛛草，又给她分了两个。

老二蹲在一边目瞪口呆地看着这一切："什……什么？"

辛秀说："哦，我实验一下我的想法对不对，看来是对的。"

这位不知道来历的人，真的好像一个溺爱孩子的慈母，对哭闹的孩子尤其关注。刚才她碰到那一双手臂，只觉得十分温软，带着一股幽幽的香味，有那么一瞬间，她回想起了小时候被妈妈抱在怀里的感觉。

她绝对是被什么东西影响了，这感觉太奇怪了。

那双手臂好像是觉得不能遗漏一个孩子，又向着老二去了。老二惨叫了一下，僵成一团任由那双手臂抱了抱，那怂样差点儿让辛秀看笑了。

他不怕可怕的怪物，却怕母爱泛滥的一双手。

辛秀和老二一人吃了三个蜘蛛草填饱了肚子，接下来就坐在一边看着那双手任劳任怨地不停地去抓蜘蛛草回来，再给永远填不饱肚子的龙烤蜘蛛草。龙埋头苦吃，一刻不停。

老二幽幽地说："从前我都没让他吃饱过吗？"

辛秀说："看样子是的。"

老二问："养龙这么难吗？他怎么吃这么多？"

辛秀说道："你这是叶公好龙，光想着龙威武、有趣，一点儿都不考虑人家吃喝拉撒的一面。"

老二问："叶公好龙是什么？"

辛秀把这个民间玄幻故事讲了一遍。

天快亮的时候，龙终于停嘴了，满足地打了个嗝就地躺下睡觉。喂了他一晚上的手终于可以停下来休息，两只手拉起一块席子往龙的身上盖，互相在手腕上捏了捏缓解疲劳，又来到辛秀二人的身边，也给他们一人拿了块席子盖上了。

辛秀试着问那手臂："你对我们这么好，莫非是蜀陵的同门，我们的师伯或者师叔?"

两只手臂没有反应。

她又拿出祖师爷交给她的最后一封信往前递了递。那只手臂碰到了信,仍没什么反应,只是温柔慈爱地在她的身上拍了拍,好像在催她快睡觉。

天亮了,一晚上没回来的头颅回来了,落回躯干上,手脚也安了回去,重新变成一具完整的躯体,回到坑边躺下,拉起席子把自己盖住。

天一亮,火塘熄灭,那具躯体还在睡觉。

老二一骨碌从地上爬起来,紧张地小声说:"大姐,趁他休息了,咱们是不是得走了?"

辛秀没动,说:"要不今晚吃一顿饭再走?"

老二怒捶大腿,说:"大姐,防人之心不可无,多留一天更危险!"

辛秀听这家伙说这种话真是感觉怪怪的,但也感到了他想要马上离开的心情,不再逗他,示意他把龙弟弟扛上走人。

"唉,外面又热起来了,我们得想个办法找代步工具。"辛秀望着外面和昨日一样的橘黄天色。

老二掂了掂背上的龙弟弟,也叹了口气:"大姐,你的飞车还不能用吗?"

辛秀说道:"不行,开不动了。"

从进入此处的第一个夜晚,他们在瘦高个儿的追杀下逃命的时候起,辛秀就发现自己的飞车不知为何无法开动了。不仅如此,从前负责守夜、多次提醒她有危险来临的叮当熊猫,也开始昏昏欲睡,窝在她的口袋里。

辛秀猜测着,但凡是依靠灵力行动的物体,在这个特殊的地方,慢慢地都会没办法使用。

这样一来,对他们来说,不仅多了许多不便,也多了很多危险。

他们体内的灵力目前还能用,只是用起来稍显凝滞,而且这里的灵气极为稀少,两个人都不敢胡乱把体内储存的灵力用光,只在实在忍受不了炎热的时候用法术凉快一下,大部分时间只靠两条腿赶路。

"早知如此,当初就应该在那个无头巨人那里骗一匹马。"老二突然蠢蠢欲动,怂恿道,"不如我们现在回去搞一匹马来代步?"

辛秀说道:"我们三个还不够那四个人头一口吃的,你还是歇了这心思吧。"看老二目露失望之色,辛秀又说道,"不过做辆小推车给你减轻一下负担还是行的。"

最后两个人合力做出来一辆简陋的加大滑板车,让龙躺在中间,两个人一人一边往前蹬,他们的力气都非比寻常,蹬一下车就丁零当啷地冲出去老远。两个人配合一阵,这破车就能在地面上飞蹿了,哪怕车的减震能力差了点儿,但还是比双腿走快很多。

如此,他们离开了那个自带老妈子照顾的休息点。

大半天之后,辛秀发现地面上多出了许多不同的草,野草连成了片,周围也出现了树木,这回是真的树木。

"前面有树!"

差点儿被太阳晒成人干的两个人精神一振,简陋的车子屁股后面扬起漫天灰尘。烟尘滚滚中,他们进入了那片树林,立时感到凉爽,还有腥风拂面。

等等,腥风拂面?!

他们定睛一看,只见那树林之中青褐色的树皮和树枝之上缠着个东西,乍一看见那青褐色的蛇头和咝咝吐出的蛇芯子距离他们不过一米,惊得一阵凉意直透心底。

这极速降温可太刺激了,辛秀和老二同时弃车,分别拽住龙的头和脚把他拖着离开——笨重简陋的车此时要转头可太难,还是放弃了吧。

然而,他们此时要跑太晚了,那蛇头比他们想象的更快,迅速弹出去拦在他们面前。辛秀险些被他抓住,才看清那其实不是一条大蛇,他只有一个蛇头,身体部分更像人类,有四肢和身躯。

那个蛇头可以猛地拉长弹出去,比一般的人形或者蛇形都要灵活。辛秀心道:还好躲得快!

老二问:"这是个人?蛇人?这地方怎么尽是怪东西?……嘿,朋友,你能听得懂我们说话吗?"

回答他的是蛇头的暴击,好吧,看来这个蛇人是听不懂了。

前面有蛇人拦路,他们只好往树林深处跑。

老二一边跑,一边问:"该不会这树林里不只有一个蛇人吧?"

辛秀一边跑,一边回答他:"无头巨人只有一个,四肢可拆卸的'美女'也只有一个,我猜这种蛇人也只有一个!"她选择性地把瘦高个儿们抛诸脑后。

老二重拾自信:"那我就放心了,只有一个我们还是躲得过的!"

他放心得太早,才跑出去没多久,脚下一软,整个人带着龙都栽进了地里。

看上去毫无异样、覆盖着一层落叶,还长着小草的地面是软的,眨眼间就吞掉了老二的半个身子。

"大姐别过来,是沼泽!"

还在后方负责断后的辛秀闻言急急刹车,然而身后忽然一阵重力袭来,她不由自主地飞扑出去,落在老二身边。两个人面面相觑,被黏性极强的泥潭迅速包裹。

老二努力昂起头,吐出一点儿不小心咽到嘴里的泥浆,悲痛地说:"大姐,我们是不是要死了?!"

辛秀说:"别对着我喷泥巴!"

那蛇首人身的怪物站在沼泽边发出带着号叫的怒骂声。

辛秀很确定那是一句脏话,脏话是所有语言体系中最好懂的词汇，哪怕听不懂内容，也能从各种肢体语言和语气中迅速分辨出：他在骂人！

蛇人试图从沼泽中把他们捞起来，他的四肢可以趴在沼泽上，浮而不沉，但辛秀三个人加在一起实在太重了，他拔了半天没拔动。

辛秀一回头瞧见他露出大嘴和里面变异的牙齿，他似乎在考虑是不是就这么直接把他们蘸着泥巴吃了。辛秀问："老二，你是宁愿被这老兄吃掉，还是被沼泽吞掉？"

老二大喊："我选沼泽！至少有个全尸！"他同时挣扎起来，好让自己迅速被吞没。

他们沉没的速度快到不正常，没等两个人多说几句话，就有巨大的吸力把他们拉下去。完全被沼泽吞没之前，辛秀又听到蛇人在怒骂什么，她猜他可能在骂"到手的食物飞了"。

还未来得及体会被沼泽淹没的窒息感，辛秀感觉腰间被什么东西卷住，然后被狠狠往下一拉，那股拉力令人眼前发黑。

嗒、嗒、嗒……是水滴落在岩石上的声音。

在意识完全恢复之前，辛秀先闻到了一股水汽味和腥气。

她脑子里冒出的第一个想法就是：好家伙，我果然没那么容易死。

辛秀睁开眼睛，正对上老二一双骨碌碌转动的眼睛，发现老二和龙都在她身边躺着。老二斜视着后方，朝她挤眉弄眼，趴着的身体一动不动。她心想：行，看来老二比我醒得早。龙还在昏迷，辛秀不太确定他是昏迷了还是睡着了，从他嘴边的口水来看，他睡着的可能性更大。

"你们醒啦。"一个声音幽幽地传来。

因为他们在山洞中，所以还能听到一点儿回音。

从进到这里就没听到过正常人说话，不管老二那滑稽的表情，辛秀直接坐了起来，朝声音的来处看过去。

有个人趴在潭边的一块石头上,下身藏在水里。此人眼睛狭长,嘴唇殷红,两只手臂白得吓人。

辛秀看看他的长相,试探着问道:"我们是蜀陵弟子,敢问您是我们流落在外的师伯吗?还是师叔?"

那人神色不动,脸上的笑容像一张面具,朝她伸出手:"来呀……"

这声音有些含混和古怪,听在耳朵里有诱惑人心的威力。

辛秀眨了眨眼睛,眼中的绿色一闪而过,很快恢复清明。

她拧了老二一把,往后退了退。她方才瞧见这人泡在池水里分叉的尾巴了——这位压根儿不是人,是个有两条尾巴的美人蛇,瞧着应该不是她的师叔或师伯,她竟然又猜错了。

"快过来呀。"美人蛇不断朝他们招手,颇为急切。

老二也爬了起来,抹了一下脸上的泥巴,随口说道:"要我们过去干什么?你自己过来不就行了。"

他先前隐约有点儿意识,模模糊糊中记得是这个长尾巴人蛇把他们从沼泽底下拖到这个山洞里来的。虽说这家伙算是救了他们,但这家伙给他的感觉危险又古怪。

美人蛇侧了侧头:"你说得对,你们不过来,我就过去了。"

他从水里游了出来,朝他们这个角落靠近。

辛秀感慨:"既然大家都会说人话,那就是一家人,咱们有话好好说,先不要动手也不要动嘴,好吧?!"

美人蛇摇摇摆摆,说:"我现在不杀你们,只是要借你们生孩子而已。"

辛秀和老二不由得看向他那两条摇摆的尾巴。

辛秀镇定地说:"不知道你有没有听说过物种隔离?我们不是同一种生物,根本不能生孩子。"

美人蛇说:"妖族和人族偶尔可以诞下孩子,我女裔族说不定也可以。"他说罢十分单纯地笑了一下,"我只是试一试而已。"

女裔族，辛秀听到这个名字，脑子里飞快转动——女裔族，是女裔族？！

师父吃了溯洄丹之后，给她讲述过的神话故事里似乎提起过女裔族。同时，她也想起来那具"美女"躯体是什么来头了，头颅和四肢可以脱离身体，那是瘴尸族。沼泽森林那里的人身蛇首的怪物应该是蚺丘族。至于瘦高个儿的"树人"和放马的无头巨人，她倒是没听师父说起过，也不知道他们是不是同样是上古遗族。

不过，这些种族应该早就没了，这里居然还有遗漏的。原来旧乌是个大型珍稀动物保护基地，里面养了一群濒临灭绝的物种？！

辛秀在脑内解谜的同时，女裔族的双尾人蛇已经来到他们面前，好像在超市挑橘子一样，目光在他们三个人身上徘徊。

辛秀想起来，据说女裔族是不分性别的，而且这个族类的人生育能力惊人，对，他们是自己生孩子，不是让别人生孩子。

想到这儿，她拍一拍老二的肩，对逼近的人蛇说道："这位女裔族的朋友，你是自己生孩子对吧？我作为女子没法让你怀上孩子，但我弟弟可以。"

老二愣住了："大姐？我们之间深厚的姐弟情呢？"

辛秀又拍了拍他："老二，怕什么？老五连妈都当过了，你当个爹有什么不行的？！"

老二和大姐对视一眼，忽然迅速抓起龙弟弟，扭头神情真挚地对美人蛇说道："不如选我弟弟，他跟你更配，而且他绝对不会挣扎！"龙和美人蛇都有尾巴，说不定更有共同话题。

美人蛇拒绝了老二的提议："他是龙，不是人族，我只和人族试。你们别急，人族分男女，不管男女，我都试一试便是了。"

他说着就要动手来抓两个人。

辛秀立刻打断他的动作："等等，你动手之前，我还想问，你是女裔族，怎么你说话我们竟然听得懂？"

她只是随便扯个话题想拖延时间，但美人蛇停下来回答了她的问题。

美人蛇笑着说:"有什么难的?我吃一个人就会说你们人族的话了。如果和你们试完,你们也不能和我一起生下孩子,我也会把你们吃掉。"

他说完,像是不想再忍耐了,两条尾巴缠了过来。

老二身形一闪拦在辛秀面前,沉声道:"大姐,你快跑!"

辛秀则同时把他一脚踢飞出去,手中不知何时握住的龙神之角匕首往前一划,将缠过来的蛇尾划开了一个大口子,霎时鲜血飞溅。

"你怎么能伤我?"美人蛇颦眉,神色忧郁。

辛秀怒道:"你忧郁个大头蛇啊。"

她紧紧握着匕首,盯着美人蛇的动作。虽然她刚才趁他不备划伤了他,但也看得出来,面前这东西根本没跟她动真格的。如果双方真打起来,他们三个都不是他的对手。

不过打不过也只能提刀硬抗了,不然他们就要被他吃掉!

辛秀感到前所未有的危机感,整个人都绷紧了,说:"老二,你找机会跑,别管我,也别管龙。"

老二不知从何处抽出一把缠着羽毛的小刀,绕到美人蛇的身后:"大姐,别说了,我一个人跑出去也没意思,不如我们一起杀了这家伙。大姐,你可别放弃,你不是还等着送完信回咱们老家蜀陵结婚吗?"

辛秀沉默了,这种时候老二还提起"回老家结婚"的事,她看他是想让她死!不过,她是不可能死的!

双方的战斗一触即发时,潭水里冒出来一个脑袋,随即是一双手,还有一双脚,最后是躯干——先前在小庙里躺着的瘩尸族人竟然找到了这里。

辛秀见到突然出现的人,脑子里瞬间回荡起一个字:妈!

瘩尸族人的残肢断臂和头颅是从老二身后的水潭里冒出来的,

老二余光一扫，吓得大喊一声："哎呀娘呀！"算是帮辛秀把那声回荡在脑海中的"妈"给喊出来了。

不过，比起要和他们一起生孩子的吃人美人蛇，老二似乎更怕对他们没有恶意的瘪尸族人，弹簧一样跳到一边，也没注意落点，直接跳到了龙的身上，把龙踩醒了。

被吵醒的龙弟弟很不高兴，嚷嚷着："姐！坏姐姐！又不让我好好睡觉！"

突然出现的瘪尸族人让美人蛇的动作停了下来，美人蛇歪头看着瘪尸族人灵活的手脚奔向辛秀几个人，又摸摸龙的脑袋的样子，不由得叹息："你又想来阻止我吗？"

辛秀心道：这个"又"字就很有灵性，带着巨大的信息量。

"就算你是我生的，可如此一次次来坏我的事，我也会杀了你。"美人蛇的语气不见得多愤怒，但听着完全不像是在开玩笑。

辛秀听懂了美人蛇的言下之意，一愣，这个瘪尸族人竟然是这个女裔族人生的？不对呀，他不是瘪尸族吗？她也没听说过女裔族能和瘪尸族生孩子的，这到底是什么混乱的关系？

辛秀的目光下意识地在女裔族的美人蛇身上转了转，从他平坦的胸部到腰部最后到两条分叉的尾巴，心里猜测他到底是用哪里生孩子，无性别族群未免太厉害了！

瘪尸族人的人头飞在空中，正拦在辛秀身前，和美人蛇形成对峙的态势。他没有发出一点儿声音，但手脚都蓄势待发，俨然是要打一场的姿态。

辛秀这会儿仔细观察了这位瘪尸族人的脸，又对比一下美人蛇的脸，发觉他们好像确实有点儿像，特别是雪白的皮肤和脸的轮廓，他们都十分俊秀漂亮，给人感觉是被精心创造的。

"让开吧，不然我真的要杀你了。"美人蛇又说。

疑似瘪尸族的那人双脚跳起来，在空中踢向了美人蛇甩来的两条尾巴，他们果真一言不合就打了起来。二者相撞的瞬间，响起了一声巨响,足见这两个人到底用了多大的力道。和他们比起来,辛秀觉得自己和老二就像两只可怜的小鸡崽。

疑似瘠尸族的那人的两只手将他们抓到身后,甚至试图把他们赶下水潭,无声表达出想要带他们走的意思。

可惜美人蛇不让,他的两条尾巴竟然还能拉长,舞动起来的时候整个洞窟都是蛇尾巴的影子。那两只脚哪怕有着奇怪的力量,也没法和发狂的蛇尾抗衡,不得已之下,原本护在辛秀他们身前的两只手臂也迎了上去。拳头配脚,不断和蛇尾撞击着发出砰砰声。

辛秀手握龙神之角匕首,在蛇尾扫到他们这边的时候,抽冷子一刀划下——热刀切黄油,一切一个口。哪怕她只是在两个人战斗的间隙补上一刀,不过片刻,两条蛇尾上也全是被她划开的小口子了。

美人蛇稍稍退后一些,拉起自己受伤的尾巴,伸出长长的舌尖舔了舔伤口里溢出来的血,细长的眼睛觑着辛秀:"这是上古妖族之尊金龙留下来的血角。你看起来这么弱,却拿着这样厉害的东西。"

辛秀无所谓地开口:"不好意思,我毕竟才修仙没几年,很多东西还没学会。如果你觉得我太弱,打得不爽,不如放了我,等我一百年后再来找你?"

她一边说着,一边看着那具躯体的手和脚。他原本白皙的手脚上布满了嫣红的颜色,那是因为相撞的力量太过强大,崩裂了皮肤。

蛇尾再度甩来,这回辛秀感觉到美人蛇好像想把她砸死,连甩尾带起的风都特别凌厉。

那具躯体的两只手臂不得不专门移到这里,抵挡美人蛇的针对性攻击,可显然没有美人蛇厉害,渐渐落在下风,没办法滴水不漏地护住辛秀。

辛秀硬接了两下蛇尾,被那力道砸得胸口一疼,腥气几乎从喉咙溢出，又被她吞了回去。

辛秀心道：血吐出来浪费，还是咽回去吧。

老二也上来替她挡了一次，嘴边霎时出现一条血线。他没有龙神之角匕首在手，不能如同辛秀一样抵挡几分。

"小老弟，别逞强了，往后躲躲。"辛秀把他扒拉回角落里。

见老二被打，先前还闹脾气的龙弟弟又狂怒了，和手臂一起朝美人蛇扑过去。他不能化龙，但身体比起他们两个人类要强上许多，被蛇尾巴甩了也不见受伤，就是被打得实在痛了，一边哭，一边叫姐姐，听上去有点儿惨。老二心情复杂。

没过多久，那具躯体的左臂咔嚓一声被美人蛇接连不断地甩来的尾巴砸断了，骨头戳破皮肉支棱着，整个畸形了。就算如此，他仍旧没有放弃，徒劳地阻拦着美人蛇的攻击。

辛秀忽然上前，一个灵巧的动作将手中的龙神之角匕首交到了他另一只尚且完好的手中，笑着说："妈，我这唯一能用的保命神器就交给你了。"

面对强大的美人蛇，辛秀毫无胜算，匕首是她唯一的保命手段，正常人更应该死死握着不放才能心安，但此时，辛秀将它交给了一个只相处了一晚，甚至不知道是什么东西的生物手中。

在老二警惕地将辛秀拉过去的同时，握住匕首的手臂飞快地蹿到了美人蛇面前，干脆且直接地刺进了美人蛇的心口。

美人蛇心口喷出一股鲜血，从他口中发出的尖锐叫声几乎能震破耳膜。辛秀和老二只觉得尖锐的噪声在脑子里响起来，温热的血从耳朵里溢出。

老二擦着从耳朵里流出的血，说出的话自己都听不清："那人蛇这回要死了吧？"

结果没有！一般人被刺中心口必死无疑，可美人蛇不是人，不仅没死，还拧断了那只右臂，然后发狂放大招了！

被折断的右臂握着匕首迅速后退，抓向辛秀二人，将他们推向潭边，趁着美人蛇受伤大怒的瞬间，成功将他们两个下饺子一般丢进了潭水。辛秀仓促回头，瞧见美人蛇胸口上那道伤口蠕动着似乎要愈合。

老二在潭水里冒出头颅，喊道："老弟，过来！"

龙弟弟接着摔进了那充满蛇腥气、长着绿色水生植物的潭水里。

辛秀也喊："妈，咱们打不赢别打了，快逃了！"

那颗头颅朝他们飞了过来，但他被折断的手臂和脚没有一起过来，仍在牵制着发狂的美人蛇。辛秀看到的最后一幕画面，就是那断手回到躯干上，带着躯干紧紧抱住美人蛇。躯干猛然爆炸，将那具身体炸得粉碎，也将美人蛇炸得皮开肉绽，砸到了山壁上。

小小一个山洞立时坍塌了，大块石头落进潭水里。辛秀捞回被扔进水里的匕首，和老二、龙弟弟一起跟着仅剩的头颅往水底游。

混浊的水底，只有那颗浮浮沉沉的头颅作为他们的指向标。他们在水中太久，几乎坚持不下去了。龙是这个时候唯一行动如常的人，他拽着老二，老二拽着辛秀，排成一列往前游。

慢慢地那股水腥气淡了很多，水里漂浮的绿藻和浮萍也消失了，前面的水变得清澈，从上方透下来浅淡的蓝色光。

哗啦——

终于再见天光，辛秀趴在河边咳嗽片刻，一眼见到远处连绵的雪山，再回首看去，他们身处一个巨大湖泊的边缘。湖面如镜，倒映着湛蓝的天空。辛秀湿淋淋地从水里爬起来，碰了碰滚落在地一动不动的那颗头颅。头颅宛如女孩子般俊秀的脸上双眼紧闭。

老二也蹲过来，试了试气息："没气了！他……他是死了？"

他们都看到了先前这人的双手、双脚和躯干一起炸得粉碎的画面。

辛秀把头颅的脸颊上的泥水擦了擦，捡起来抱在怀里，说："他应该没死，瘆尸族好像生命力很顽强。乐观点儿想，说不定他只要有一颗头在，身体的其他部分还能长出来。"如果他真的是瘴尸族的话。

不过，对先前美人蛇说的他和这具躯体的母子关系，辛秀还有些疑虑。

老二轻轻呼出一口气，似乎觉得她说得对，抓了一把湿漉漉的头发，举目四望，很快注意到一个问题："这是哪儿？看这天空挺正常的，好像不是咱们先前在的那地方。"

这天空是很普通的蓝色，不像那种混沌的绘画笔触。

看过一圈，老二又说道："我们还是快点儿走，万一那个人蛇又追过来了。"

辛秀点点头，那美人蛇看上去才是真的生命力顽强，刚才那一炸，他只是被炸伤而已，也不知道他的伤和坍塌的山洞能挡他多久。万一他还是不死心地想来抓他们，下回可没有一个伟大的母亲来牺牲自己救他们了。

辛秀说："我们往那个雪山的方向走。"

这附近也就那些连绵的雪山比较特殊。

再上路的时候，他们显得有点儿沉默，老二不嬉皮笑脸了，连龙都没喊饿，噘着嘴不知道在想什么。

过了一会儿，他们身上的水被晒干了，衣服贴在身上。

老二搓着干硬的衣服，突然问："大姐，你说他为什么要这样保护我们？"这个"他"是指那个疑似瘴尸族的人，"我想不明白，他是真的把我们当成他的孩子了？可他又不是一位母亲，他都没有性别。而且……就算是真正的母亲也不一定愿意保护自己的孩子，他是为了什么？"

辛秀一手抱着那颗头颅，说："我也不知道，但肯定有原因，或许以后就知道了。"

老二闷闷地哦了一声。

到了夜晚，他们还在往前走。天上没有月亮，但周围并不昏暗，地上有一层白霜似的东西。

"老二，先别走了，这白霜不太对劲。"辛秀用鞋子蹭了蹭脚下的一块石头，把不知何时凝结成的一层白色物质蹍碎了。

雪山还在遥远的前方，周围并不显得冷，但地面就是结了一层霜。

这里面的一切东西都很古怪，不能以常理来推测，辛秀不得不小心再小心。

老二蹲下来观察了一会儿白霜，用手蘸了一点儿直接往嘴里塞："咸的，有点儿像盐。"

辛秀目光一闪，说："走，我们往回走，绕路过去，不要留在白霜出现的地方。"

老二问："我们什么时候走进这白霜的范围的？似乎很久了，也没有注意。"

白霜出现得太自然了，和夜间的光线一样自然。

三个人在旷野上奔跑起来。不知过了多久，辛秀忽然觉得脚下踩到了一摊水。水从细碎的砂石缝隙里溢出来，淙淙流动。

他们奔跑的时候，那些渐渐汇聚起来的水洼被踩踏溅起，不断发出哗哗水声。

从地面上薄薄一层水到过膝的水深，他们回头望去，极大的范围内已经形成了一片海。

辛秀问："这些水是忽然从地里冒出来的？"

老二掬起一捧水喝了一口，说："咸的，有点儿像海水。"但没有海腥气。

辛秀催促着两个弟弟快跑，从这突然出现的"海"中察觉到了深深的危险气息。

当水没过脖子的时候，辛秀和老二都发现这海水的古怪之处，他们无法在水里游动，仿佛海水重逾千斤，压着他们的身体。只有龙弟弟还能行动，哼哼唧唧地奋力推着两个人往前行，终于将他们推上了岸。

一行三个人外加一颗脑袋，瘫在波光粼粼的海边。

"我累了，不要走了！"龙弟弟发脾气。

"唉，我也好累，大姐，我好想先吃一顿火锅补充体力。"老二长叹一口气。

辛秀无奈地说道："醒醒，我们可是在逃命！"

老二问："逃命的时候不能吃火锅吗？"

辛秀沉默了几秒，说："能，但是没有新鲜食材了，我的存货不多。"她话音一顿，得出结论，"所以我们只能吃菜的种类比较单一的火锅。"

当头颅缓缓睁开眼睛的时候，正看到一个冒着热气的红油火锅。他一颗头被放在小桌子的一方，另外三方坐着的三个人都在专心涮火锅。

头顶是夜空，左侧是一望无际的海，右侧是看不到头的平原，气氛闲适。

蜀陵后山，上天台。

原本独属于灵照仙人的静修之地，因为多了一只食铁灵兽，近来热闹了许多。

"申屠师弟这两日都没发狂，看样子是修炼有些效果了。"灵照仙人的九弟子荆阙仍是魂体，坐在上天台的玉树下说道。

这些时日时常过来探望师弟师妹的韩房子站在她的身边，也欣慰地点了点头："师弟的情况确实稳定了些。"

前段时间申屠师弟被体内忧心影响，几次试图逃跑，死活不愿意乖乖待着，他们的师父出于无奈，只能镇压他。后来还是师父从幽篁山移植了一大片竹子种在上天台下，申屠师弟才勉勉强强愿意待在这里。

幽篁山的竹子和别处的竹子不太一样，或者说，对申屠师弟来说不一样。

他如今日日以原形坐在那一小片竹林中，修炼不辍，背影看上去分外孤寂，仿佛人生都失去了颜色——可能是因为他只有黑、白两色，比旁人更显得"黯然失色"。

韩房子看得不忍，感叹了几次"问世间情为何物"。他如今已经知晓申屠师弟其实是与秀儿师侄生了情，只是没想到，师弟看着这么大一只熊了，谈起感情来却不稳重，做了许多傻事，相比起来还是秀儿师侄懂事些。

韩房子说："照这样下去，可能过不了多久，师弟就能修成人仙，炼化出石心了。"

荆阙笑道："其实也算是好事，以师弟的资质，他本来早该修成人仙了。只是他先前沉迷炼器，整个人越炼越傻，也不肯好好修炼，如今正好借机一鼓作气地修成人仙。他如今这情况也不用担心，用秀儿师侄的话来说，他就是长了个'结石'，等取出来就好了。"

离他们不远的熊猫动了动两只黑色的耳朵，仿佛捕捉到了什么关键词一样支棱起来。

荆阙捂嘴："我又忘了，不能提起师侄，师弟要分心。"

韩房子则苦口婆心地朝那边劝道："申屠师弟，你若是真想早日再见她，就快些修炼，莫再分心了。"

熊猫扭头看了他们一眼，下垂的熊猫眼黑黑的。他将两只合起的熊爪放下搭在膝头，倚靠着旁边一根翠绿的青竹，压得竹子可怜地弯了腰。他又扶着那根竹子，背对着师兄和师姐长长地叹气。

韩房子和荆阙沉默了。

韩房子感慨："师弟不狂躁了，变忧郁了。"

台上的玉树忽然一阵摇晃，落下的琼枝变作一个看不清面容的人，他站在高台上，对熊猫说："你可放心，辛秀会平安归来。"

韩房子与荆阙都喊了声"师父"。

荆阙跟着安慰师弟："师父说得对，秀儿师侄肯定能平安归来，她体内还有从金刚天王菩萨那儿得来的万寿仙珠，就是想死也没法轻易死，你尽管放心吧。她又不是还需要你抱在怀中的三岁孩儿，你怎至于如此担忧？"

申屠郁却没有轻易被安慰到，扭头看着师父，说："我感觉到她进了一个很不好的地方，那种气息影响了她，现在的她没有办法从那里全身而退。"

从他将保管多年的一魂一魄送回辛秀体内后，他就开始能隐约感应到她的处境与状况，所以他这段时间才数次不安发狂，想要去到她的身边。

就是灵照仙人也没料到他们两个人的牵绊竟然如此深刻，两个人相隔这么远，还有那一层石心阻隔，辛秀的情况都能影响到申屠郁。

灵照仙人遥遥望向天际，声音依旧缥缈："早有前因注定，必要走上这一遭，避之不得。不过，已经快了。"

韩房子望一眼师父凝实的一片衣角，迟疑地问道："师父许久没有将本体放出了，如今突然出现，应当不只是因为秀儿师侄之事？"

灵照仙人周身环绕着玉树凋零的玉叶，没有回答三弟子的话，静静地站着，仿佛在等待着什么。

第九章　旧乌发迎春

"那雪山真的在前方吗？我怎么感觉我们走了这么久，距离一点儿都没拉近？"老二奋力蹬着自行车，嘴里咕哝。

辛秀骑着另一辆用简陋材料自制的自行车，感觉到微风拂面，还挺惬意："如果这是个游戏副本，咱们现在就是在自行探索，也没有明确的任务目标，别有压力，四处看看总能发现什么，也不一定要去雪山。"

他们从美人蛇手底下死里逃生后，就想办法自制了简陋的自行车，骑车上路。辛秀载着那颗一声不吭、大部分时间闭着眼睛仿佛死了的头颅，老二则载着龙弟弟。

先前他们倒是也给龙弟弟做了辆简陋的自行车，奈何龙弟弟怎么都学不会骑自行车，学得烦了干脆用力一压，把自行车都坐塌了。老二气得跳起来打他，两个大男人上演了一场"姐"弟相残的戏码。最后没办法，老二只得载着他。好在老二自己学骑自行车学得飞快，骑上就能带人飙车。

如此，这两位才十九级、装备都没更新的玩家，才能在这个九十九级的副本里加速赶路。

老二叹道:"我觉得周围的景色太单调了,都没个变化,咱们都看了一天的砂石地了。"

辛秀神色诡异地说:"老二,这种话不能说,根据我的经验,在这种地方一般是要什么来什么。"

老二奇怪地问道:"这么厉害?会来什么?"

嘎吱——

辛秀猛地刹车,面色木然地说:"喏,说来就来了。"

老二也猛地停下,看向前方一个突然出现的大洞窟,问:"这是什么玩意儿?刚才还没有呢!海市蜃楼吗?"老二觉得自己之前也算经历了许多事,但跟着大姐一起行动的短短时间里,发现自己还是经历得太少了。

辛秀说道:"如果真是海市蜃楼倒还好了,但你发现没有?这'洞窟'在动啊,而且离我们越来越近了。"

不用多说了,他们赶紧骑车飞奔,避开这东西。反正进了旧乌,他们不是在赶路就是在逃跑,已经非常习惯了。

老二踩着车轮子,吭哧吭哧地喘气,扭头往后看了一眼,动作越发快起来:"我现在觉得那不像'洞窟',像一张大张的嘴。"

辛秀赞同道:"对,它是挺像大张的鲨鱼嘴。其实想想也不奇怪,这旷野中晚上能凭空出现海,有大鱼也很正常。"

老二点头:"大姐说得好有道理,我竟然无法反驳。"

但这是什么怪鱼,还能在砂石里游动?

"它游得特别快,离我们越来越近了!"老二大喊,声音很兴奋。

岩石模样的大嘴缓缓闭了起来,老二沿着边从缝隙里骑出来,得意地喊:"哈哈哈,大姐,你看,它其实咬不到我们。"老二甚至在那大嘴再度张开的时候,特意往那嘴里骑了一圈又骑出来,巨嘴里回荡着他快乐的笑声。

乐极生悲，老二还在人家嘴里玩极限运动，忽然从土里冒出来一个三米多高的巨人。这人一手拿着鱼叉，额上生着三目，大喝一声，额心的眼睛里霎时迸出一道电光，把那只露出一张大嘴的鱼电死了。

这大鱼一死，嘴巴合上，恰好把老二和龙连人带车一起吞进了嘴里，而三目巨人压根儿没注意到那么多事，用鱼叉叉着大鱼就准备走。

和三目巨人脚部接触的地方，土地和砂石像水一样波动。

辛秀眼看"二郎神"突然出现，老二突然进了鱼腹，他们又要突然消失，总共不过两三秒的事，她也没来得及阻止，只好骑着破自行车猛冲过去，一秒完成带着头颅跳车、抱紧甩出来的鱼尾的动作，接着被一起带进了土地里。

这土地并没有泥土和砂石的沉重感，反而真的像水一样。她跟着鱼被拽进土里，也没有被砂石埋掉。如同镜面翻转，她眼睛一闭一睁，就到了另一个世界，周身是海水。

她扒着大鱼，而大鱼被三眼巨人拖到了岸边。

连绵的雪山还在远方，但砂石遍布的旷野已经消失了，取而代之的是海面和一座岛屿。岛的面积不大，除了一小片树林，就只有一座木屋。那应该是属于渔夫的木屋，因为门前空地上晒着鱼干，还放了许多渔具，网和鱼叉之类的东西。

辛秀有点儿被突然变换的场景惊到，还在诧异，就被那三米多高的"二郎神"拈了起来。在这之前，她只来得及把那颗头颅悄悄滚到旁边一个石头后面。

辛秀说："劳驾，您别捏着我的脑袋把我吊在半空中看好吗？"

三眼巨人仿佛眼神不好，凑近看了好一会儿，才把她放到地上。

他观察辛秀的时候，辛秀也在观察他，心底暗暗猜测他的身份——三只眼，眼睛能射雷电——他应该是目连族人，这又是一个本该在上古灭绝的种族。

"人……人类？"目连族的巨人蹲下，语调奇怪且很不熟练，一副很久没说过话的模样。

辛秀心道：他怎么也会说人话？难道说这些种族的人都是吃了人就能说人话吗？也不对，这人用的语言和那个美人蛇用的语言是一样的，都是蜀陵以及其他灵照仙人所庇佑之地的通用语。

巨人很高大，手也特别大，一根拇指戳在辛秀的脸颊上，稍微一蹭就把她的整张脸蹭成了红色的。

"一个……小娃娃！"

目连族巨人裂开嘴笑——对，就是"裂开"，他的嘴是一条细细的缝隙，一笑就像裂开了，看着还挺憨厚的。

他把辛秀捏起来，一手拖着大鱼走了几步，走到木屋前的一个火堆边，丢下鱼，抬手摘了两片树叶放在地上，然后把辛秀放在了树叶上。

辛秀有那么一瞬间觉得自己是个拇指姑娘。

她察觉到这位目连族人似乎没什么恶意，扬起友好的笑容，试图沟通："这条大鱼，我弟弟被它吞了，你能剖开鱼腹把他拿出来吗？"

目连族人听得半懂不懂，可能是一句话太长了，他面带疑惑地问："吃鱼？"

辛秀不得不起身，拍着鱼腹，说："我弟弟，在鱼肚子里。"

目连族巨人还是没听懂："吃鱼肚？鱼……子？"

辛秀暗暗叹道：看来这位大哥会说的人话少得可怜。

目连族人也不等她多说了，豪爽地用鱼叉划开了大鱼的肚子。听到那扑哧一声，辛秀咽了一下口水，生怕弟弟倒霉地被这鱼叉戳中了。

头像岩石的大鱼肚子挺大的，稀里哗啦一阵响，巨人把鱼肚剖开了。他大手一抓，抓出来一堆鱼肠，还有些乱七八糟的东西。

"嗯？"目连族巨人一愣，看向自己的手，有两个人形的东西抱着他的手指被他从鱼腹里带出来了，"又有两个……小娃娃！"

辛秀三个人坐成一排，一人捧着一块鱼肉。这鱼肉的味道很不错，没有刺，很嫩，鱼腥味还不重，甚至闻上去都没有老二身上的鱼腥味重。

"大姐，这是什么情况？"老二边吃鱼边用胳膊撞了撞辛秀。

他才从鱼肚子里出来，就被那个高大的巨人放到这边，然后被塞了一块鱼肉，这让他不由得想起某位给他们烤蜘蛛草的人。

这旧乌里面的人怎么都这么奇怪？不是要吃他们，就是要给他们吃的。

"我也不知道，总之你吃你的，看起来我们在这里暂时性命无忧。"辛秀小声说。

没一会儿她又听见老二更小声地问："头呢？头怎么不见了？"

辛秀说："头被我藏起来了。"

"呼——那就好。"

辛秀慢吞吞地咬着鱼肉，眼睛四处扫视，试图把这个地方观察得更仔细，也好弄明白他们如今是什么处境。

目连族巨人只是说话略结巴，智商看上去倒是没什么问题，做事很爽利。他像个捕鱼为生的原始人，跳进海里用叉子叉鱼，用火烤制食物，穿着布料制成的简陋衣裳。

等一下，这布料是哪里来的？

巨人太过高大了，和辛秀他们比起来就像小女孩儿和她的洋娃娃，因此对辛秀的目光，他也没有注意到，自顾自地做着自己的事。他用石头磨着鱼叉，然后把抓到的鱼挨个儿开膛破肚，再挂起来晾晒。如果不是因为那些鱼的外貌看上去都很奇特，这真是一幅朴素的渔夫晒鱼图。

还有堆在一边不知道用什么编织的大网，雪白一团，被目连族巨人提起来一抖，就蓬松地散开来。

正是因为这张网被拿开，辛秀才看见大网原先堆着的地方竟然有块一人高的石头，石头上刻了些字。

石头上最大的两个字就是"炬目"，辛秀念出来之后，忽然发觉晒渔网的目连族巨人停下动作蹲了下来，他目光炯炯地看着她。

辛秀愣住了，被三只眼睛盯着还是稍微让人感到有一些不适。

"炬目！"巨人脸上的嘴又裂开了，"名字！我的名字！"

辛秀感到诧异，炬目竟然是他的名字？！关键的地方在于，这个目连族人有一个用人族的语言起的名字，那这个名字肯定不是他自己起的，很有可能是别人给他起的！辛秀瞬间又有了想法。

大石上面除了炬目两个大字，还有一些其他的小字。见目连族人没有阻止，辛秀蹲到了那块大石前面，一一辨认。

大石上面有"鱼"字，还有"火"字，以及"海、水、吃"等常用字，看上去没什么特别的，剩下唯一值得注意的也就只有大石底下的两个小字——獍胡。

辛秀辨认出这两个字后，忍不住捶了捶膝盖。獍胡，她知道这个名字！

蜀陵诸位师叔师伯的藏书中偶尔会出现这个名字，这是他们蜀陵的大师伯，也就是灵照仙人的大弟子的名讳！在各种受灵照仙人庇护的地方，大师伯也是享受香火供奉的，与二师伯扈先紫一同作为祖师爷座下的左右护法，出现频率极高。

大师伯名号"胡将军"，雕像是个拿刀的猛男，长相超级可怕。

但这形象是否与大师伯本人相符，辛秀不敢确定，毕竟二师伯扈先紫的神像可是个貌美的姑娘，但实际上二师伯是个男人。

他们蜀陵的大师伯獍胡曾来过这里，留下了这些痕迹。看这个目连族巨人炬目对他们的态度这么和蔼，多半是因为大师伯，正所谓前人栽树，后人乘凉。

辛秀脑子转了几圈，猜了个八九不离十，扭头朝炬目说道：

"獍胡在这里？"

炬目听到"獍胡"二字，笑容更大，朝她赞许地点头，但随即又摇头，露出遗憾的神情："獍胡不在了。"

辛秀心里猛地一跳：不在了？这个不在了，是走了还是死了？她连忙追问："獍胡去哪里了？"

她问了两遍，炬目才听明白。他看向远方的雪山，遥遥地朝那边一指，说："不回来了。"

炬目的表情就像养的猫离家出走了一样悲伤。

但辛秀松了一口气，如果是这样，很有可能大师伯并没有死，就在雪山那边，或许就像先前的二师伯扈先紫和九师伯荆阙一样被困在了某个地方。辛秀乐观地想：毕竟大师伯都有人仙修为了，也不会那么容易死，说不定只要他们也往雪山去，很快就能见到大师伯了。

不过，祖师爷是怎么回事？他自己不能出蜀陵，就让徒子徒孙代劳？她的送信任务表面是送信，其实怕不是个收集任务，收集散落在各地的师伯。

老二蹲过来问："大姐，獍胡是谁？"

辛秀开始教育他："你看看你，在蜀陵光顾着到处跑，到处玩，不爱看书就是这个下场，连人都认不全！"

老二人聪明，但实在坐不住，也没有辛秀这么清楚蜀陵诸位师叔师伯的名讳，立刻向辛秀撒娇，得到了答案。

"哟……竟然是大师伯吗？大姐你这一路遇上三次师伯了吧？你简直就像那些民间小说里的主角，什么事都能遇上。"老二说着说着，关注到了其他的地方，"这么说的话，如果巨人对我们友善、给我们喂食是因为大师伯，那先前那个瘆尸族人呢？他也给我们喂东西，是不是他也见过大师伯？"

辛秀还真没想过这个，现在顺着老二的想法一思考，觉得确实有可能，得找个机会问问。

只不过痹尸族的这人如今就剩一个脑袋，还一直在睡觉，最重要的问题是他不会说话，似乎是个哑巴，这就很难交流了。

辛秀说："但是不管怎么说，我们真的得去雪山走一趟。"

"去雪山"这三个字，让巨人炬目有了反应。他一手捞起两个娃娃，放到眼前，很严肃地说："不行，不能去雪山，危险。雪山危险。"他重申了好几遍，在两个小娃娃的脑袋上摸了又摸，"不能去！"

辛秀和老二都乖乖地不吭声，不过两个人对视一眼，眼中都别有意味。他们不可能永远留在这里，迟早要离开，现在唯一的问题就是怎么走。

他们要么回到先前的砂石地，赶往雪山，要么造船或者通过其他的办法，从这片海中赶往雪山。

这雪山，应该都是一样的吧。

辛秀和老二被巨人摆回一边排排坐好。

老二看一眼浑然不知发生了什么、仍在大啃鱼肉的龙弟弟，长叹一口气，小声嘀咕："他怎么不能变成龙呢？他要是能变成龙，说不定能带我们飞过去。现在这样，他真是没有一点儿用啊。"

辛秀赞同地补了一句："确实，这孩子干啥啥不行，只有吃饭和睡觉是第一名。而且，如果他真是咱们蜀陵的那条雷龙，我听说祖师爷给他下过一个禁制，没有危及性命的时候，他就没法再变成龙形。"

"危及性命吗？"老二心中一动，但扭头看到龙弟弟一张脸埋在鱼肉上吃得十分快乐、仿佛饿死鬼投胎的模样，又想起从前几次他拼命保护自己这个"姐姐"的情形，打消了心里那个还没成形的想法，"唉，算了，没用就没用吧。"老二唉声叹气。

辛秀见状，笑着敲了一下他的脑袋："条条大路通罗马，想办法就是了。"

老二问："条条大路通罗马是什么意思？"

他们在岛上休息了一天，巨人炬目像个再次得到猫的爱猫之人，从屋子里翻出从前用过的皮毛，给三个小娃娃铺了睡觉的地方，并且不知道从哪里摘来了水果，给他们一人分了一个脑袋那么大的果子。

老二心里还有点儿虚，悄悄问辛秀："这大哥对我们这么照顾，万一发现咱们跑了，不会打我们吧？"

辛秀十分淡定地说："怕什么？追杀而已，又不是没经历过，而且很大可能他不会对我们做什么。你想想，猿胡大师伯走了，巨人爷爷也没生气，还很怀念的样子，对我们还爱屋及乌。"

再比如瘅尸族的那人，他们跑了之后，他还不是追过来选择保护他们？

老二稍微放心了点儿，但仍然有些疑惑："大姐，为什么要叫他爷爷？"

辛秀剥着手中红果的皮，解释道："因为他刚才给我们铺床、送吃的东西的样子特别像我爷爷。"

夜晚降临，两个漆黑的人影悄悄地从木屋里溜了出来，正是辛秀和老二。他们踮着脚、屏着呼吸从沉睡的巨人身边经过，出了门。

在逃跑之前，他们准备先查明地形，比如辛秀就挺好奇这里到了夜晚，大海是否会消失。还有，她把瘅尸族人藏到一块石头后面，一天都没看过，得去看看情况。

两个人溜出来，在海边晃了一圈。

辛秀到石头边把头颅从缝隙里摸出来，顺便给他擦了擦脸，问："妈？怎么还没醒？"

老二叹道："他要长身体，肯定需要很久，就像病重的人需要一直睡。"

辛秀看着那平滑的脖子截面，试着摸了一下，说："好像也没长什么。"

老二凑过来打量半晌,说:"脖子好像长了点儿。"

两人比画了一下那截脖子的长度,最终也没得出什么结论,只好暂时不提,准备明天再来对比。

看完人头,两个人又摸到海边,辛秀准备上前,被老二拦住。

老二自告奋勇地说:"大姐,你先别靠近,我去看看。"

他走进海水里,感受了一番,又比了个手势,一脑袋扎下去,过了一会儿才冒出头来,一身湿淋淋地走了回来。

"大姐,这片海和我们白天看到的海好像有点儿不一样。这水太重了,我就在很浅的地方,也差点儿起不来……就像我们先前在旷野上赶路遇到的那片海水。"

辛秀猜到了,问:"海面下降了多少,你注意了没有?"

老二说:"我白天记了海平面的高度,大约在那块石头的中间部分。我刚才去摸了摸,只看海边这一块,下降了起码一人高的深度。"

他望着漆黑的海面,觉得这片海在夜晚给他的感觉比白天要危险很多。

辛秀说:"那就对了,我们在那边遇见的突然冒出来的海水,就是这里的海水夜晚倒灌过去的。"

老二问:"大姐,我们现在怎么办?"

辛秀站在原地,朝四处看了看,忽然目光定住:"老二,你看那是什么东西?"

在岩石后面有一个黑乎乎的东西,被潮水慢慢带了出来。辛秀先前以为那是岩石,再看才发现不对,那隐约是个人形。老二也是被她提醒,才发现那东西的怪异之处,不等辛秀再说,三两下跳过去查看。

"大姐,那不知道是个什么东西,样子很怪,身体冰凉,很多地方还腐烂了,没有气,但是不知道死没死。"老二谨慎地观察了一下就回来汇报，好像什么都说了，又好像什么有用的东西都没说。

不过这也怪不得他，旧乌这地方多的是古怪的东西，他认不出来才正常。如果不是先前为了和师父多培养感情，她和师父聊了许多上古文化，她也半个人都认不出来。

辛秀问："死没死都不确定吗？烂成那样应该死了吧？"

老二说："这也不一定。僵尸族的那人一直没有气，甚至就剩一个头，也不能算死了。谁知道这东西是死还是活？"

辛秀说："说得有道理啊。"

老二又问："那要不我想个办法把它拖上来仔细看看？"

"不用，"辛秀说，"我们回去休息。"

老二愣住了："我们不搞清楚它是什么东西吗？"

辛秀说："走了，明天再说。"

第二天一大早，辛秀跟在炬目身后爬了起来，顺便踢醒老二。两个人走出去，见外面天光大亮，海浪又淹到了那块巨石的中部，而昨天晚上他们模糊看到的那个人形物体，果然被涨起的浪潮送到了岸边。

在白天，他们总算看得清那东西的模样了。那东西确实是人形，但看上去可够古怪的，身上鳞片斑驳，是先前他们见过的蚰丘族的模样，脑袋却不像蚰丘族，更像目连族，而且它额上多出来一只眼睛，如果只看三目这个特点，这东西更像目连族。

辛秀清楚明白地给这东西下了个定义："杂交品"。

她观察着目连族巨人炬目的反应。

他也见到了那东西，上前扒拉了一下，然后很快把那东西拖到了屋后的树林里，动作熟练且迅速。没一会儿，他空手回来，对着大海和远处雪山的方向大吼了一阵。

他说的不是人话，辛秀听不懂，但他的声音里面那种愤怒的情绪她绝不可能听错。在辛秀看来,这场景有点儿像邻居把垃圾扔到了他家门口,他气得在门口破口大骂。

等炬目骂完,情绪平复下来,辛秀才凑上去和他交流,询问刚才那东西到底是什么。

炬目知道的人类语言词汇不多,两个人交流起来有点儿困难,辛秀最后也没搞懂那是什么。炬目只告诉她,那是"不好的东西",来自雪山那边,被潮汐带到这里的。

"从炬目的反应来看,那种东西肯定不止一次飘到这座小岛上,他都习惯了。"辛秀说着,看问老二,"你看到了什么?"

老二刚才趁她和炬目说话的时候,悄悄跑到屋后去找那东西。他说:"那东西被埋掉了,我们要挖开吗?那里动过土的地方不止一处,我觉得除了那东西,肯定还有别的东西,我们全挖出来看看怎么样?"

看他很有兴致,辛秀摆摆手随他去了:"你挖去吧。"她自己打算跟着炬目。炬目白天会在海中打鱼,辛秀决定跟着他一起去海里看看。

两个人像卧底接头,对接了任务后,分开各自查看情况。

老二把屋里睡觉的龙弟弟抓起来,强制让他帮自己挖坑。老二一开始以为或许能挖出好几具那东西的尸体,谁知这一挖,赫然发现整个树林底下都是尸骸,而且是大大小小不同的尸骸。从留下来的骨架、皮毛来看,这里起码有几十种不同的生物,长得奇形怪状的。

这边辛秀跟着炬目往海里走。白天的海不像夜晚那么深邃,水的重量也恢复了正常,她连续下潜了两次都能长时间闭气。

她在海里玩,炬目看了她一会儿,发现她只在距离海岸很近的水里玩耍,就没再管她了,开始自顾自地抓鱼。他能踩在海面上,看准海面下的小鱼群,大手把渔网一撒,收紧网提拽,就能收获一兜鱼。

辛秀观察了一会儿炬目。他用渔网抓小鱼，用鱼叉抓大鱼，要是看见那种皮像岩石一样坚硬的鱼，还会用额心的第三只眼睛射出雷电来电鱼——炬目这样的形象，要是放在外面，就是凡人想象中雷电巨人的模样，也会被奉为神明。上古那些神所创造的种族，确实都非常强大。

她观察完，往海水更深处潜，试图找到海水连接另一边砂石旷野的地方。

她游着游着，没有找到两个地方的连接点，却发现了另外一件事——这座岛的地形和她以前见过的海岛不太一样。

这座小岛周围地势平缓，海水淹没了乱石和死掉的树。这种树在岛上还有很多，但不是生长在海中的水生树木，所以长在这里只能说明这里以前是没有海水的。

这些海水后来淹到这个位置，从树木的死亡情况来看，海水上涨到现在的位置用的时间不是很长。

辛秀在水里游动，睁大眼睛仔细巡视那些在水中如同尸体一般的树木，这些树木上生长了绿色的水藻，把周围映得一片绿，许多小鱼和浮游生物在一团团绿藻中穿梭。

"呼——"

出来换了口气，辛秀捋了一把头发，从头发里抓出几只虾丢到岸边，又往水里钻，这回换了一个方向。她准备绕岛游上一圈，再往底下更深处看看，验证一下自己的猜想。

这里从前很有可能并不是海岛，而是一座山，只是因为海水越来越多汇聚到这里，才淹掉了一座高山。

老二满身土地找到海岸边的时候，看见大姐像水鬼一样从海里爬出来，然后抓着散开的头发在里面抓虾子。

老二惊讶地说："大姐，你也不必用自己的头发网虾吧？"说完他又兴冲冲地问，"怎么样，抓了多少虾，够咱们吃一顿吗？"

辛秀反问："你挖坟挖得怎么样了？"

"什么叫挖坟？！"老二嘀咕了一句，然后低声神神秘秘地说，"大姐，你猜我挖出来了什么？"

辛秀说："走，去看看。"

一具一具被隔开的尸骸——留下来的骨头最大的有好几米高，最小的只有半人高——大部分是类人形的骨骼，还有些类似动物的骨骼。

"这个……是不是和那个美人蛇一样？"辛秀蹲在一个坑边，瞧着半身人骨半身蛇骨的尸骸。

"但是这个只有一条尾巴。"老二蹲在旁边说，"大姐说过那个人蛇是女裔族，那女裔族到底有几条蛇尾？"

辛秀思考片刻说："老实说，我也不是很清楚。"

"除了这些有骨头的，还有具更奇怪的尸体，大姐快来看这个！"老二让她看一个坑里的一团浓密的毛发，长条形的毛发怪，似乎挺适合做拖把。

辛秀问："这也是尸体？"

老二说："是呀，很奇怪吧？还有这个，这个也是尸体！"老二指着另一个坑里的半截木质化的身躯。

"还有这个！"老二从坑里弄出来一块石头。

石头上面还有木质的纹理，从后面来看这块石头并不出奇，但把它转过来，另一面能看出一个人的面部轮廓，整块石头是人蜷缩起来的形状。

"我一开始没想到这也是具尸体，但它在一堆尸骨中间，我挖出来后发现它还有张脸，就猜这说不定也是什么东西的尸体！"老二补充道。

辛秀看着这块淡青色的木纹石头，很久没说话，久到老二觉得不对劲，疑惑地看着她。辛秀有些恍惚，目光被这东西吸引了，忍不住抬手抚摩青色石块。她的手指接触到石块，掌心完全贴合，最后她将脑门也贴了上去。在她将脑门贴上去之后，石块忽然裂开一些，缝隙里开始发芽，长出了树苗。

老二急忙撒手，跳到一边，喊道："哇！这是什么？！"见辛秀还靠在那石头上，他又连忙跑过去把她拉开。

辛秀猛地离开那块石头，看着它在眼前快速长成一棵大树，眼里还有几分恍惚之意。她抬起手指用力按了按脑袋，才将脑子里刚才看到的一些混乱扭曲的画面驱散。

"大姐，你怎么样？"

"没事……这个，"辛秀望着石块，缓缓说道，"这应该是巫族的尸体，不对，不是单纯的巫族，只能说，有巫族的血脉。"

巫族没有魂魄，巫族辛秀的血肉凝成了她最初的魂魄，一部分被投入轮回，一部分保留了巫族的特质与气息，被申屠郁保管了漫长的时间才物归原主。如今她可以说是人类，但魂魄又拥有了巫族的气息，因此才能与这具尸体产生一些共鸣。

哗啦哗啦——

天上忽然下起了雨，刚才还风和日丽的，突然阴云滚滚，雨点冰冷地砸在两个人身上。

"突然下雨了？"老二奇怪地说道，旋即又反应过来，"不对！"

雷电交加，来得异常急促。这根本不是普通的雷，是目连族人用雷连续攻击才会发出的响动。炬目弄出这么大的动静，显然也不是为了劈着玩，辛秀和老二隐约还能听见海面上的怒吼声。

"遇上敌人了？"辛秀站起来，刚才气息震荡，让她一时间有些头晕目眩。

老二见状，忙扶着她，看一眼天上层叠汹涌的阴云，又干脆一矮身把人背起来，先跑回木屋。

龙挖完坑跑回木屋休息了，痹尸族的脑袋也被他们藏在木屋的皮毛底下，这两者都不能放着不管。

回到木屋后，辛秀推开窗户看向海面，远处有什么东西正在往这边来，两个影子越来越清晰。

待看清楚那两个战斗中的人影，辛秀骂了一声："是那个美人蛇！"

他怎么阴魂不散？！他前不久才受到一次爆炸攻击，这才休息几天就追上来了！有这么高的攻防能力，这家伙其实才是以生命力顽强著称的痨尸族吧？！而且隔得这么远，他还能找过来，这又是何等执着？！

两条尾巴的女裔族美人蛇，身躯变得庞大了一些，面对目连族巨人虽然显得有些瘦小，但攻击丝毫不弱于目连族巨人，那两条蛇尾尤为难缠，灵活得可怕。炬目不断掀起风浪，打下闪电，都没能打中美人蛇。在他们周围，海水就像沸腾的火锅，混浊地冒着泡，还漂浮着被他们无辜连累死了的各种鱼。

两颗脑袋聚在窗下，遥遥望着"神仙"打架。

辛秀瞧着美人蛇那两条蛇尾缠住巨人炬目，好像要将他砸进海里，忍不住想起一句经典台词——蛇精，快放了我爷爷！

老二问："咱爷爷打得过这条美人蛇吗？"

辛秀叹道："怎么说呢？我们只能祈祷了。"

海水翻涌，雷电交加，一个目连族巨人和一个双尾美人蛇打得难解难分。

"他们打架要打好久，难道我们就在这里看着？"老二趴在窗户上，因为看了很久，最初的紧张情绪都消散得差不多了。

辛秀说："不然呢？我们上去就是送死，被战斗中的'蛇精'和'二郎神'碰一下就死了。而且我们也没办法逃跑，海里有许多凶残的大鱼；我们没有渡海的船；我们的灵力不足以支撑我们横渡大海……"

她一条一条数过去，老二忍不住挠头："那我们岂不是要等着送死了？"

辛秀说："做人乐观点儿，说不定咱爷爷会赢！"

只听又一阵翻天覆地的响动传来，巨人炬目被拉长的蛇尾砸进了海水里。

老二惊讶地问:"人蛇这么厉害吗?"

辛秀也愣住了:"是我的乌鸦嘴起反效果了吗?"

好在很快炬目又从海中跳了出来,手中鱼叉一旋,狠狠戳进了美人蛇的尾巴里,直接将一条尾巴戳了个对穿!

辛秀海豹式鼓掌:"干得漂亮!"

老二激动地大喊:"太帅了!这声爷爷我叫得心甘情愿!"

围观的两个人如同观看球赛,情不自禁地发出喝彩声。他们都想看炬目再接再厉地直接把美人蛇打败,但美人蛇太聪明,见势不妙,竟然虚晃一招,钻到海底逃跑了。炬目没能追上,只能气恼地站在海面上又用他们听不懂的话怒骂了一阵。

辛秀痛惜地拍大腿:"这一下可惜了!"

老二捶胸顿足:"错失良机呀!"

海面恢复平静,炬目回到了海岛上。

辛秀跑上前还没说话,就见巨人蹲下来,带着一股鱼腥味的大手在她的脑袋上摸了摸。炬目安慰她:"娃娃不怕!"

老实说,他这个力道,真的这么摸下来,不仅她的头发要被他摸掉,连她的脑袋都要被他摸掉了,但是这话语又让她忍不住想起自己的爷爷。

她面不改色地按住自己的脖子,稳住脑袋,仰头询问起炬目刚才美人蛇的情况。炬目提起那美人蛇就有气,说他是不好的东西。辛秀记得这形容,炬目也用来形容过被埋在屋后的"杂交品"尸体。

"他还要再来的,要抓我们。"辛秀说完,炬目爷爷就很凶地戳了戳鱼叉说:"他不敢再来!"

但是,美人蛇实在太执着了,就算受了伤也没放弃。就在当天夜晚,美人蛇又来了。他悄悄潜入了岛上,那条白天被戳个对穿的蛇尾不知为何伤得更加严重,鲜血淋漓。

辛秀和老二趁着半夜从木屋里溜出来伐木造船,才造了船底。辛秀敲着那棵从石头缝里长出来的有巫族血脉的大树,考虑要不要把它砍了造船,和老二讨论着这棵树做船会不会更稳固。

他们听到窸窸窣窣的声音,一转头,就和潜入岛上的美人蛇对上了。乍然见到美人蛇那张白皙的脸,两个人都是一惊,忍不住尖叫:"啊啊啊啊啊啊啊!"

老二狂奔着大喊:"他的胆子怎么比我们还大?!"

辛秀也大喊道:"爷爷!'蛇精'又来偷孩子了!"

先前他们还觉得炬目巨人晚上睡得沉是好事,方便他们偷偷造船,现在就尝到苦果了。他们的声音还没能吵醒炬目,他们就先被美人蛇抓住了。

美人蛇用两条尾巴一条绑住一个人,把他们的声音都封了。

辛秀手腕一转,把龙神之角匕首狠狠往下一斩,削掉蛇尾巴上的一大块肉,旋即就听美人蛇愤怒地嗞了一声。她被蛇尾巴绑着砸到一块大石上,被砸到大石上的一刹那,利用美人蛇尾巴挥舞的惯性,将匕首一横,斩断了他的一截蛇尾。

辛秀满头血地滚落到一边,身上还缠着被她斩断的那截蛇尾。

老二见到她满头鲜血,奋力挣扎起来:"大姐!老大!"

断了尾的美人蛇一条尾巴抽搐,又试图去捆辛秀。

这时,炬目终于醒了过来。他愤怒地一拳砸穿木屋,冲了出来。

美人蛇看见他,权衡片刻,选择放弃辛秀,只捆着老二迅速游向海边。

炬目手举鱼叉追上去,看见一个小娃娃被蛇尾绑住,有心想用眼睛电人蛇,又顾及着小娃娃,不敢电。

美人蛇明白炬目的顾忌,压根儿不担心他用雷电攻击。美人蛇尾巴上拖着一个人,还有条尾巴断了,游动的速度却仍然很快,游到海边,刺溜一下滑下了水。

炬目赶到海边，将鱼叉往美人蛇的尾巴上叉，想将他钉在这里。

狡猾的美人蛇这时直接将尾巴上绑着的老二送了上去，把老二当挡箭牌。

那鱼叉险些插在老二身上，炬目喝了一声，硬生生将差点儿捅下的鱼叉转了个方向，鱼叉咣当一声被插在旁边的一块大石上。

就耽搁了这么一会儿，美人蛇已经完全溜进了水里，老二同时被拽进了海里。

辛秀捂着脑袋跌跌撞撞地爬起来，挣开身上捆着的蛇尾，喊道："哐……老二……"

老二遥遥往辛秀这个方向看了一眼，什么都没来得及说，只挣扎着伸出一只手朝她摆了一下就被淹没了。

龙弟弟迷迷瞪瞪地跑出来。之前他发脾气不想帮忙造船，被老二提着耳朵骂了一顿后就安心地窝在一边睡觉，才被老二的声音惊醒，找过来恰好看见"姐姐"被带走的这一幕场景。

这样的场面似乎也发生过——与他一起诞生的姐姐被人带走，和他分开，后来他就再也找不见姐姐了。这世上到处都是要杀死他们的人，只有姐姐会一直照顾他、保护他，可他好不容易找到的姐姐又被人抓走了！

雷龙金黄色的眼睛变成了红色，他的人形也有一瞬好像要膨胀起来，却被什么东西压制了回去。天上乌云涌动，电闪雷鸣。

雷龙在和老二从流潭离开的逃亡路上，在海中妖兽手里保护过老二，那次伤得无法动弹，也险些化龙，使得海面上雷声滚滚。不过那时他生吃了个海中妖兽，伤好了大半，就没有再化龙，只是露出了一双金黄色的眼睛。

如今他愤怒之下，金色的双眼变成了红色，头也不回地追着美人蛇而去。

炬目刚才没有拦下美人蛇，现在又没抓住主动往海里跑的另一个小娃娃,气得瞪圆了眼睛,跑到海中要追赶他们。

这时,深色的海面接二连三地冒出了模样奇怪的大鱼,鱼身上有一张巨嘴,满口尖锐的牙齿。

这东西是食尸鱼,什么东西都吃,从雪山那边被潮汐带来的某些尸体是它们最爱吃的东西。因为吃得多了,有些鱼慢慢也有了变化,显得越发凶猛疯狂。

炬目最不喜欢这些食尸鱼,也不吃它们,它们平时不在这一片徘徊,所以双方还算相安无事。今日它们无端汇聚在这里,不用想也知道是被那人蛇引来的。

人蛇游得飞快,而且是在往海底游动,雷龙追上去,游动的速度竟然不比他慢。

炬目也想追,却在海面上被那些食尸鱼阻拦了脚步。比起身形偏小的对象,炬目这样肉多的大块头更受食尸鱼欢迎,这些鱼几乎全部围聚在他的身边,阻拦了他追赶的脚步。

炬目没法,只得先杀那些阻碍他的食尸鱼,一鱼叉下去,戳得那凶猛噬咬的食尸鱼肠穿肚烂。很快,鱼尸浮了一海面,海水都染上了血腥味,甚至引来了更多在这片海里徘徊的东西。

眼瞧着小娃娃都没了,这些见血就疯的食尸鱼又杀不尽,炬目气得眼中迸出大片电光,把这一片海水都炸出了电火花。

辛秀头疼得要命,拎着匕首走到海边。

老二、美人蛇以及龙早就不见了,只有炬目还在愤怒地杀鱼。

见她跑过来,炬目大概以为她也要往水里钻,赶紧扭头上了岸。两条食尸鱼还咬着他的大脚,被他走上岸后甩一甩腿甩飞了出去。

辛秀刚才被撞得头破血流,现在看东西都有重影,抬手擦了擦快滴到眼睛里的血,就被巨人用手掌围住了。

"不能去,不能去!"炬目着急地说。

辛秀扶着炬目爷爷的手,撑着自己的脑袋摇头,说:"我现在不去。"她这会儿找死才带着这满头血跑下水。

老二被抓,她这个当老大的肯定要去救人,只希望他能多坚持一会儿,千万别在她赶过去之前就当了爹。他年纪轻轻就要当爹,也太惨了。

而且他这一去,万一她没来得及救人,也不知道老二会不会留下心理阴影。

辛秀稍稍处理了一下自己的伤口,就和炬目商量去找美人蛇和老二。她自然想要炬目帮忙,如果炬目不帮忙,她一个人不是去救老二,而是把自己送去帮老二带孩子。

"找回来,把他们找回来。"辛秀传达着这个意思。

炬目皱着一双浓眉,缓缓摇头:"不能去。"

辛秀拍了拍胸口,说:"我去。"

她作势要走,又被巨人用手推了回来。辛秀沉默了,这就很难办了,炬目看上去不仅不会去救人,还不让她去。

炬目安抚她:"娃娃听话。"

辛秀叹了一口气,心道:对不住,我最不擅长的就是听话了。连师父的话她都不听,别人的话就更不用说了。

她想了想,跑到木屋里把那颗头颅装好,又去树林里推出了她和老二刚才制作的简单船底——用几根木头连接起来的简陋木排。

她把这东西推到岸边,推下水,准备向炬目展现一下自己的决心。

刚因为目标消失而消停了一阵的食尸鱼突然又冒出来,咔嚓咔嚓地咬起了木头,虽然很快发现那不是肉,对木排失去了兴趣,但木排已经被它们咬得七零八落了。

辛秀看见这一幕场景,心里盘算一番,决定还是再等一会儿。

她又回到树林里,砍下了那棵从巫族血脉尸体里长出来的大树,剥开树皮,挖空树干,准备用这棵大树做一条小舟。

天亮了,她观察到水里的食尸鱼慢慢散去,把这小舟推进水里，自己站了进去。

炬目还在犹豫，把辛秀连着小舟一起拖上了岸，没一会儿辛秀又把小舟推下水。两个人这么来来回回几次，炬目终于妥协了。他没有再把小舟拖上岸，伸手把小舟往前推了推，自己跟在后面，踩在水面上——对他来说，小舟实在太小了。

辛秀暗暗舒一口气——还好，半路认的爷爷还是挺好说话的。

究竟要怎么去找老二，辛秀是知道的。

老二被美人蛇带走的时候，挣扎着伸出手朝辛秀挥了一下，那时他的手中拿着的是一片颜色缤纷的羽毛。老二有一小包这种羽毛，给过辛秀三片。

"从我师父那儿拿来的，可以引路用。"

老二给她羽毛，告诉她这羽毛能引路，是为了以防他们在这里走失。旧乌之大远超他们先前所想，危险程度太高了，说不定他们哪天顾不上那么多就走散了，有这羽毛在，也能更快集合。

她收下羽毛，但没想到这么快就用上了。

一片彩色的羽毛看上去平平常常，但稍微有一丝灵力的刺激，立刻就变成了一只模样奇特的鸟。鸟只有手心大小，辛秀从没见过这样的鸟。鸟身上什么气息都没有，停在那里就像一团空气。

依靠这只鸟引路，辛秀坐在小舟上，被巨人炬目推着往前行。

她一点儿也不意外，他们是在向着雪山的方向前进。

第一天漂在海上，辛秀躺在小舟上仰面看着天。天和水都十分干净剔透，远处连绵的雪山更是圣洁美丽，是她从未见过的美景。

夜晚，海水发出宛如巨兽吞水的声音，辛秀猜测，海水底下可能有巨大的空洞。

一群食尸鱼游了过来。辛秀已经见识过这种东西的难缠程度了，一看到它们冒出脑袋就感觉头皮发麻，提着匕首挨个儿戳，好几次差点儿被它们咬中手腕，连乘坐的小舟也险些被它们挤翻。

炬目更是对这种鱼厌烦，一把捞起辛秀的小舟，在海面上往前跑。带路的小鸟飞在他的头顶上,在夜里像一个一闪一闪的小灯泡。

他们就这么跑出去很远,天又亮了,小鸟还是没有停下。

辛秀心道:那美人蛇把老二他们带了这么远吗?

等到三日过去,辛秀仍旧没有找到美人蛇,心里已经忍不住想:老二,完了呀!

她一直在海上漂,人都快被晒黑了,还是没有看到任何和海水不同的东西,老二究竟被带到哪里去了?时间拖得越久,辛秀越担心炬目一个不耐烦会转身把她带回去。

炬目这几天特别辛苦,一点儿都不能休息。他白天抓鱼生吃,晚上遇到各种凶残的海中怪物,只能一边扛着她的小舟战斗,一边在海面上奔跑,没有片刻能休息。辛秀都开始过意不去,觉得炬目遇到他们,真是无妄之灾。

好在炬目似乎有点儿实心眼,答应了她就没有再反悔,宽容得不像话。辛秀只能感叹,这就是爱屋及乌的力量。猿胡大师伯大概确实很有魅力,才让炬目随便对一个相似的人类都特别好。

也有可能是身为喜欢人族的上古遗族,只要是个人,炬目都忍不住对他好。

第四日下午,辛秀远远地瞧见了一个小黑点,那是和炬目先前居住的小岛差不多的一座小岛。岛面积不大,基本就剩下一个小山坡,看上去很快会被海水淹掉。岛上的东西也一目了然,基本没有其他树木,只有一棵开满了黄花的矮树。

那只越来越暗淡的小鸟飞上岛,刚落在岛上就消失了。

小舟撞上小岛,辛秀从上面跳下来,踩上略微湿润的土地,顺着丰茂的野草往缓坡上爬去。

她大半时间在休息,还有精神,炬目却累了,躺在草地上睡觉,打起呼来。

辛秀看他一眼,接着往山坡上爬去,走近了才发现山坡顶上灿烂的黄花竟然是一大丛迎春花。

在这种海中小岛上长了迎春实在是一件很奇怪的事，不过要是这"小岛"和炬目的岛一样，先前只是一座寻常的山，倒也说得过去。

不过，不论地方，迎春在这种时节开花也有些奇怪。

大丛的迎春花大约长了许多年，远看像一棵大树。可惜迎春花是灌木，一大丛簇拥着长得再多，下垂的枝条大部分仍匍匐在地面上。

"老二在这里？"辛秀绕着岛走了一圈，除了最中间的迎春花，没能找到其他奇怪的地方，自言自语道，"在哪儿呢？难不成在土里？"辛秀瞧着脚底下的土，心道：不会吧，老二难道已经被埋了吗？

她准备再拿出一片羽毛来试试，突然感觉腰间用布裹着的头颅动了动。

辛秀钻进开满黄花的迎春花丛里，掏出那颗脑袋："妈，你醒啦！出事了？"

睁开眼睛的头颅望着辛秀，张了张嘴，然而说不出什么话。辛秀只感觉他在自己的手中一转就滚落在地，咕噜咕噜往前滚。

辛秀心道：难道他知道这儿是哪里，准备给我带路？有可能啊，考虑到头颅所在的那具躯体和美人蛇可能是母女或母子或父子关系，说不定他真的知道些什么。

辛秀犹豫地看了一眼外面打呼噜的炬目爷爷，又看了看滚进迎春花丛深处的头颅，觉得这真是难以抉择的家庭关系。

她轻声说："多谢爷爷送我，接下来还是我自己先去探探路吧。"辛秀跟上了那颗头颅。

拂开那些坠满黄花的枝条，在淡淡的幽香中进到花丛中央，辛秀感觉自己好像穿过了那一大丛迎春花，有一点儿眩晕。但她再次拂开花枝走出去的时候，见到的就不再是海了。海面被熟悉的砂石地所取代,长满草的山坡变成了荒山,炬目也不见了,只有身后的迎春花丛还是那个模样。

这个世界的转变总是这么突然,这究竟是什么原理?

不等辛秀探寻世界的真相,迎面一道闪电险些劈中她。

辛秀低声骂了一句,就地一滚避开那道闪电,抬头望见天上雷云滚滚,一条暗紫色的龙在云中翻滚,发出高亢的龙吟——是雷龙,他变回原形了?!

两条尾巴的美人蛇竟然也在雷云之上,和那条龙缠斗不休。美人蛇还能上天?!辛秀觉得美人蛇强得有点儿过分了。

在辛秀看来,龙应当很厉害,只不过这条龙模样太可怜了——伤痕累累,还有点儿疯疯癫癫,比不上凶悍的美人蛇。不断有斑驳的龙鳞从天上往下掉,辛秀看见了那些鳞片上的反光,龙鳞掉在地上发出的声音就像下冰雹。

辛秀再一次觉得祖师爷他老人家让她来这里,真的是让她来送死的。大师伯的踪迹出现在旧乌不是巧合,莫非大师伯也是应祖师爷的要求来这里?所以,祖师爷是不是专业坑弟子?

尽管脑子里想着各种复杂的问题,辛秀也没忘记四处寻找老二的踪迹。好在她面前还有颗头颅,哪怕只剩头颅也兢兢业业地当着宠爱孩子的母亲的瘠尸族。头颅往前滚去,辛秀追着头颅,在一块大石后面看见了老二。

她倒抽一口凉气,老二这个模样实在太惨了!她自己先前被美人蛇甩石头上砸了一下,搞得头破血流。老二现在可不止头破血流,简直浑身都是血。辛秀跑过去摸老二的脖子,险些以为他死了。

"喀——"

老二带血的手忽然抓上辛秀的手腕,他猛地睁开了眼,虚弱地说:"大姐,敌人太厉害了,我们都不是他的对手,你别管我了,赶快离开——"他一句话没说完,头一歪,手也垂了下去,一幅电视剧主角死亡的经典场景。

辛秀拼命掐老二的人中。

老二弹了一下双腿,再度睁开眼睛,呻吟着说道:"老大,我四天没闭眼了,还这么多伤,你行行好,轻点儿……"

他被美人蛇抓走后,最开始被带进了地下巢穴。他当然不肯就范,发挥了自己最大的优势,在迷宫里到处躲藏。后来龙弟弟跟过来,他们三个人开始在迷宫里你追我赶。龙弟弟还是人形,被美人蛇打到吐血,老二身上的血多半是他的。

之后老二也豁出去了,和龙弟弟一起对付美人蛇。美人蛇本就受伤,再被他们激怒,也不客气起来,老二这一身骨折和脏腑震荡的伤就是被蛇尾甩的。

他被一顿毒打,坚持着和龙弟弟跑出地下洞窟,就在这里吐血倒地,半天没爬起来。结果龙弟弟看他这个样子,好像以为他死了,疯得更加厉害,和追出来的美人蛇厮打半天后,突然彻底挣脱了封印,变作了雷龙原形。

然后,龙弟弟和美人蛇就在天上打到现在。

"大姐,我说真的,那美人蛇简直太变态了。他的伤好得特别快,我们打不赢了,你还是走吧。"老二虽然还在不停地说话,看着挺有精神的样子,但辛秀看得出来,他分明是强撑的。

辛秀把他抬起来背到自己身上,往那片迎春花丛走去:"行了,别在这儿演电视剧了,爷爷还在那边,你先去那边等我。"

老二晃了晃自己黑黢黢的木头左手:"那我还是留在这儿跟你们同生共死吧,有姐有弟,咱们三个做伴也不孤单了。"

辛秀说:"不了,我要是在这里跟你们死同穴,我师父能气疯,我还是要回老家结婚的。"

她把老二塞进了迎春花丛,谁知道他们还没走到连通两处的地方,天上的雷龙和美人蛇就发现了下方的动静。伤痕累累的雷龙几乎是从天上掉了下来,重重砸在了迎春花上。

鲜红的血、金黄的花、盘踞的暗紫色龙身，这个场景竟然有种说不出的凄迷绮丽感。

雷龙伤得太厉害了。他被囚多年，神志疯癫，早已不复当年强盛，力量所剩无几，如今消耗许多，摔到地上后，也无法再动弹，只一双红色的眼睛望着自己的"姐姐"，流下血泪。

美人蛇的叫声尖锐又愤怒，他紧追着落在迎春花丛边。

他和疯狂的雷龙打了这么久，也受了重伤，连脸上都有道道血痕，两条强韧的蛇尾更是鳞片翻卷、血肉模糊，断得一条长一条短的，身上到处都是撕裂的伤口，同样大股地往外冒着血。美人蛇不知为何一副气疯了的模样，朝他们扑来。

辛秀见状，赶紧拖着老二往花丛另一边跑去。

老二扭头看向雷龙。

雷龙望着他，神情像一个要被人抛弃的小孩子。但他发觉美人蛇要追赶老二，又猛地甩起了尾巴，挣扎着爬起来，用最后一丝力量将美人蛇砸飞了出去。美人蛇滚落下山。

辛秀看了一眼，紧紧拽着老二，想趁这个机会把他先送走。

"大姐……"可是老二从辛秀身上翻了下来，跌坐在地回头望着雷龙。老二没说什么，但那意思很明显。

辛秀叹口气，还是把他扶起来，往回走到雷龙身边。

用尽了最后一丝力量的雷龙微微动了动尾巴，高兴地看着老二。雷龙好像不在乎自己是不是要死了，只知道自己的姐姐又回来了。

老二一直穿着那身可笑的裙子，早已狼狈不堪，跌在雷龙身边，右手已经抬不起来，只好用木头左手摸摸龙的脑袋。

龙蹭了蹭他的手，喷出一口气息，安静地合上了眼睛。

老二望着雷龙，怔了一会儿，忽然语气低沉地说："我以前……也有个弟弟，同样有些傻，同样很喜欢我，但我讨厌他，因为他的母亲害得我失去了手臂。后来他死了，才六岁。我没救他，一直很……后悔。"

或许,不只是这条龙把他当"姐姐",他不知不觉地也将这条龙当成了当年那个弟弟。

辛秀不知道该说什么。她没有经历过老二和雷龙那一段相依为命的逃跑旅程,在她心里,这条龙只是个顽皮的孩子,当然没有老二这个弟弟重要。

滚下山坡的美人蛇已经爬起来了,支起肩膀抬起头,苍白的手臂抓在岩石上。

"老二,我知道你伤心,但我们必须马上走。"辛秀低声说。

老二双眼通红地看了雷龙一眼,手上重重地按着龙脑袋,准备起身。这时,他的左手却发出红色光芒。

他的左手是所谓的流潭岛圣物,一截干枯木头的模样,怪异地长在他的断臂上。这一次,看上去没什么奇特之处的木头被他的鲜血浸透,发出红色光芒,竟然笼罩住雷龙,将整个龙身吸入了木头里。

"啊啊啊——"老二痛得大喊,猛地抱着手臂跪倒在地,额头重重磕在地上——从手臂传达到全身的尖锐疼痛感,还有灼烧感,实在太痛了。

"老二!"

辛秀比忍受剧痛的老二看得更加清楚。她看见雷龙消失在木头手臂里,而那木头手臂慢慢长出了血肉和暗紫色的鳞片,最后长成了一只龙爪一般的怪物手臂。

美人蛇又爬上来了,老二还痛得浑身颤抖,所有裸露出来的血管都凸起了,看上去格外可怕。

辛秀一咬牙,把他半拖半抱起来,往花丛中间跑去。

原本美丽的迎春花丛已经满是残枝落花,地上全是飞溅的鲜血,幽幽的花香和浓郁的血腥气混杂在一起。

快要穿过花丛时,辛秀又感觉到有点儿眩晕,这代表他们逃生在望。但这时她脚腕上忽然一紧,被什么东西缠住。辛秀心中一突,扑倒在地的那一瞬间,都没有回头看,直接手上一个用力,把老二甩出花丛——他的身影消失了。

辛秀松了口气,又迅速掏出那柄匕首,对着自己腿上缠着的蛇尾就要斩去。还没碰到蛇尾,她整个人就被拽起抛回了花丛中间。

辛秀踉跄落地,沾了满身的血和花,握着匕首严阵以待。美人蛇在她手中吃了亏,再加上如今伤重,堵在她逃跑的路上,冷冷地盯着她。辛秀不得不扭头往另一个方向跑去,心里嘀咕:受了这么重的伤还没死,这生命力顽强的怪物到底是什么来头?

杂乱仓促的脚步声中,刚才不知藏到哪里去的头颅滚了出来,辛秀毫不犹豫地跟着他,一起滚下山坡。

头颅钻进岩石缝隙里,辛秀也跟着一起挤进去。

她能感觉到美人蛇跟上来了,喘息之间总觉得身后有窸窸窣窣的声音。头颅在前方滚动,辛秀不知道他要带自己去哪里,只能一刻不停地跟上,跑过那些天然形成的弯弯绕绕的石窟。

扑通。

辛秀落下水,冰冷清冽的水没过半身。涉过洞窟中的小河,她见到了水中的一个石台,上面有一具长方体的简陋石棺,头颅已经滚到了石棺边等着她。

辛秀也爬上石棺,问:"你是让我打开这个?里面难道有逃生密道吗?"

她看过的盗墓小说都是这么写的。

辛秀用力推开石棺,出乎意料,里面并没有显而易见的密道,也没有尸体,只放着一个无比狰狞的鬼面具。

石棺里的面具是一件死物,可辛秀望着鬼面具上属于眼睛的两个黑洞,竟然觉得仿佛在被什么人凝视。

她忽然无法控制双手。

辛秀看见自己的手触到面具,将它拿起来,往脸上盖了上去——鬼面具冰冷地覆在她的脸上,眼前蓦然成为一片黑色。

蛇弋初次见到那个人时,圣山上风雪连天,正是这里最冷的时节。

他从圣山上下去,准备去山腰的热湖。蛇弋继承了大部分女裔族人的血统,有两条蛇尾,在雪山上时常感到僵冷。

游走到半山腰时,他远远见到一个人影在风雪中缓缓行来。

那人身材高挑,负着一柄极长的黑色长剑,穿着一身黑衣,连脸上的鬼面具也是黑沉沉的,在纯白的雪山中无比醒目。

那应当是一个人族的人。

在圣山上,人类极其稀少而特殊,只属于他们的母亲雪山神。所以,蛇弋没有多做思考,悄无声息地潜伏过去,准备捉住难得送上门的人类。

离得近了,蛇弋才发现,黑衣女人身上有浓郁的血腥气,血腥气被寒风裹着,有种凛冽尖锐的杀意萦绕在那人身边,哪怕是蛇弋也感觉到了危险气息。

在他将要发动攻击的时候,那人停下脚步,朝他的藏身处望了过来。漆黑厚重的鬼面之下,有一双极明亮的眼睛。她握住背后的长剑,白皙的手上还残留着嫣红的血。

蛇弋想,那应当是她在山下沾染的,山下守卫雪山的那些东西许是被她杀了。但他不在意,失败品死多少都无所谓,只要有母亲在,那种东西会源源不断地出现。他只是再度肯定,这人类定然十分厉害。

"又是什么怪物?出来!"她的声音在风雪中十分缥缈。

蛇弋猛然蹿了出去。

出生至今,他从没有感受过这样的疼痛,为了活命和其他兄弟姐妹厮杀的时候也曾伤重,但最后都能活下来,这一次,却感觉到了死亡的降临——他的两条长尾被长剑剖开,鲜血洒满了雪地,像雪地上盛放的红梅。

大量失血令他浑身僵冷，无法再动弹的蛇尾让他变成废物，他只能等死。

风雪很大，即将杀死他的人类站在雪中，半身沾着白雪，但毫不在意，冷冷淡淡地执剑对着他。带着杀气的冰冷长剑点在他的胸膛上，似乎下一刻就要刺下去，却忽然被抬了起来，贴在他的脸颊上，挑开了他的长发。

"长得还挺好看，饶你一次吧。"

蛇弋听到她这么说，看见她收回长剑的姿势干脆利落。

她把他拽起来，丢到了热湖边上。

蛇弋不想死，努力蜷缩起蛇尾，汲取着热湖的热气让身体恢复正常温度，盯着不远处的人类，怕她突然又要杀他。

那人坐在热湖边清洗着双手，仔细洗去上面沾染的红色鲜血。然后她就走了，背影如同来时一样消失在风雪里。

蛇弋第二次见到这个厉害的人，是在圣山深处的监牢里，她被抓住了。这很正常，再厉害的人类也无法战胜他们的母亲雪山神。雪山神就是这世间唯一的神，哪怕被暂时困在这茫茫雪山中，也是最强大的存在。

只是他们这些孩子都知道，母亲只有使用人类的躯体才能发挥出力量，而且越强大的人类躯体能用得越久，这个被抓住的人类应当就是母亲下一次使用的容器。等到母亲如今使用的人类躯体连人带魂一同被消耗光，这个人类就会被用上。

在那之前，这个人必须生活在这监牢里。

蛇弋是来看守她的人。

蛇弋在雪山神的子嗣中并不算强大，但拥有女裔族的繁衍能力，如果没有人类躯体能供母亲使用，他生下的孩子的躯体也是母亲的容器选择之一。因此他也颇得母亲器重，得到看守这个人类的任务。

"是你？"端坐在监牢内的人看了他两眼，认出了他，"你的生命力很顽强。"

蛇弋甩了甩自己已经恢复了大半的尾巴，再一次感觉到那种尾巴被整个剖开的疼痛。他游走到监牢上方，长尾缠在监牢的大石上，往下望着那人，一向没有表情的脸上神情怔怔的，不知道在想些什么。

人类抱着剑走到他的下方，抬起剑在他的身上戳了戳，蛇弋吓了一跳，迅速离她远了点儿。

那人就看着他，仿佛自言自语地说："果然不会说人话，这里除了那所谓的雪山神，就没有个会说人话的人。"

蛇弋开口说："我会说。"

虽然听上去发音怪异了点儿，但他确实会说人话。女裔族有这样一种特殊能力——他们吃了什么生物就能说对方的语言。

那人好像很意外他会说人话："你竟然会说……那也听得懂？"

蛇弋又说："听得懂。"

当——那人抬起自己的剑柄，轻敲了一下面具的额心，也不知道是为什么。

"你们的雪山神，准备什么时候用我？"那人在地上坐了下来。

蛇弋老实地说："还要一段时间，母亲现在这具身体还没用坏。"

那人说："你竟然这么诚实地回答我……人蛇，你好像忘了，我先前差点儿把你切成两半？"

蛇弋说："你没有杀我。"

对他来说，是不会仇恨什么的，毕竟他们从来如此，打不过别人就被别人打死，这很正常。蛇弋只记得这人没有杀自己，对这奇怪的人有些好奇。

蛇弋有一张很好看的脸，流水一样顺滑的漆黑头发，白皙的皮肤，精瘦的胸膛和腰。若他是个寻常男子，定然要祸国殃民。他趴在监牢外看那戴着鬼面具的人，长发凌乱地遮住脸和胸膛，比起怪物似乎更像个蛇妖。

就这样，蛇弋每日都过来看这个人，会和她说些话，更多的时间是盘着蛇尾坐在那儿看她。戴着狰狞鬼面具的人类偶尔会问他一些问题，每次都能得到回答，蛇弋却没有问过她什么。

直到某天，蛇弋又趴在栏杆外面看她，问出了第一个问题："你叫什么？"

那人端坐着，按照她的说法，她是在修炼。

"你叫什么？"蛇弋问了她两遍。

那人这才睁开眼睛给了他两个字："猿胡。"

蛇弋问："为什么叫猿胡？"

猿胡见他好奇这种事，便也随意地说道："因我师父捡到我时，就是在镜湖中。只是我不喜欢"镜湖"二字，干脆改了改，称猿胡。"

她用剑在一边的山岩上刻了"猿胡"二字。

蛇弋看她刻出的字，忽然伸手，把刻着"猿胡"二字的岩壁抠了下来，抱着那块石头游走了，趴到他时常窝着的位置上看来看去，最后小心地将石头藏在了一块大石的缝隙里。他几乎是在关猿胡的监牢外面造了一个窝，除了觅食，其余时间都在这里。

"你的肚子好像凸起了点儿？"猿胡有一天问他。

蛇弋最喜欢她主动和自己说话，有问必答，便告诉她："因为过一段时间我肚子里的孩子就要出生了。"

猿胡伸出剑柄托了托脸上的面具，说："我以为你是男子。"

蛇弋解释："母亲拥有神的力量，无论男女，只要母亲希望，她的子嗣都能互相孕育孩子。"

猿胡问："那你会生出什么？也是两条尾巴的蛇？"

蛇弋语气寻常地说："我的血脉来自母亲和女裔族，但母亲想要瘠尸族那种更有生命力的躯体做备用身体，所以吩咐我试一试。

这个孩子可能会更像痹尸族。"

猊胡透过面具望着他："你生下的孩子也会成为雪山神的容器？"

蛇弋趴在自己修长的手臂上，微微甩动蛇尾："除了人类的躯体，母亲能用的躯体只有和她有血缘关系的。没有人类躯体能用的时候，我们都有可能被她使用，只不过母亲更喜欢人类的躯体，那样她的力量更强大。"

他说着，忽然想起面前这个人或许不久之后就要成为母亲的新容器了，一旦成为母亲的新躯体，她的身体和魂魄都会被慢慢消耗殆尽。

蛇弋的蛇尾慢慢垂下来，不再缓缓甩动。

猊胡说："你过来一下。"

蛇弋游下大石建造的窝，来到监牢前。猊胡走过来，有些好奇地打量他的肚子，然后伸手摸了摸。

蛇弋像蛇一样，身体总是冰凉的，但能感觉到猊胡的手是热的，被摸得仿佛触了电，猛然溜到了一边，弓着腰，抱着自己的尾巴，好像受到了惊吓。

猊胡抵了抵自己的面具，声音隐约带了笑意："我当初切你的尾巴，你都没这么大反应。"

蛇弋也不知道自己是怎么了，但是刚才那人的手摸过来的时候，自己浑身都忍不住颤抖。是害怕吗？似乎不是，但他从未有过这种感觉。

他有点儿想游过去，靠猊胡近一点儿，又莫名不太好意思过去，只好在不远不近的地方抖着尾巴。

猊胡又问："我上雪山之前，杀了很多奇怪的东西，那些也是你们生的？"

蛇弋犹犹豫豫地又靠近了些，说："不是，那些是原本生活在这里的东西，一代代繁衍出来的，母亲的力量使它们能繁衍，但是各种不同的种族之间太过混乱，越生越多，很多就变得特别没用。"

母亲是不屑用那些东西的，就是对他们这些母亲的子嗣来说，那些东西也是垃圾。

"但是，母亲说过，它们繁衍得越多越好。等到日后母亲带着我们离开这里，去到你们人族生活的地方时，这些新生的不同种族的生物将是我们的臣民。"蛇弋又说，"离开这里，占领更多人族的地方，是母亲一直想要的。"

獍胡并不意外，只是淡淡地问："哦？你也想去人族的地方？"

蛇弋又趴到了栏杆上，目光盯在她的身上，说："我也想去外面看看，去更温暖一点儿的地方。你住在哪里？我要去你住的地方。"

獍胡说："你说我家？我家也在山中，但比这雪山要美丽许多。那里青山滴翠，山花如荼。"

蛇弋问："山花……如荼？"

獍胡耐心地解释："就是有许多花。在雪山中我还没见过花，你离开过这里吗？"

蛇弋摇头，晃荡的黑发披在肩上，说："我从出生起就在这里待着。你说的花是什么样的，真的很好看？"

獍胡摸出了一粒种子放在手中。种子在她的手中发芽，抽出了一根小小的枝条，绿色的枝条上冒出几朵嫩黄的小花苞。

漆黑的面具被她往上推了推，露出下巴与红唇。她微微启唇吹了一口灵气，几朵小花苞霎时全部开放了。

柔嫩的黄色小花被她拿在手中，连空气里都有了一股淡淡的馨香。

"这是迎春花，冬雪之后开的第一枝花，所以叫迎春。"獍胡说。

蛇弋呆呆地看着她露出的下半张脸，又愣愣地接过了那枝花。等到獍胡重新拉下面具遮住下巴，他才低下头，试着用手碰了碰嫩黄的花瓣。

他第一次见到花,第一次碰到花,第一次闻到花香,从不知花是这样的东西。

手中的花枝掉在了地上,蛇弋忽然紧张地捂住胸口,在胸口处摸索了一下。

獍胡问:"嗯?你怎么了?"

蛇弋望那地上的迎春花枝一眼,说:"这是传说中的毒花吗?我刚才拿着它,身体里感觉很奇怪,仿佛血液变得灼热了,心口处又突然缩紧,不太好受。"

獍胡似乎有些无奈,又有些叹息,甚至语气里带着几分怜悯之意:"不是花有毒,你只是……心动而已。"

这一处雪山只有千千万万年不融化的雪,除了他们这样的东西,并没有其他的活物。

从未离开过雪山的蛇弋,第一次见花就被迷了眼,或许,不是被花迷了眼。

那一枝迎春很快就凋零了,这样的花应该活在青翠的山中,在雪里是活不下去的。

"它死了。"蛇弋拿着枯死的花枝来到獍胡面前,将枯死的花枝递给她看。

"确实死了。"獍胡问道,"你还想要?"

蛇弋说:"想要。"

他说这话时,就如同孩童一般直接,漆黑的双眼期待地望着她。

獍胡就笑了:"不如你放我出去,我给你一树花?"

蛇弋放开监牢的栏杆,往后退了退,低下头轻轻甩着尾巴。他很想再看獍胡催开的花,但放她离开是不行的。

过了一会儿他也没说话,这时却有一只手穿过栏杆,拂开了他垂在脸颊边的长发,把他的长发别到耳后,将一小枝新开的迎春别在他的耳边。

她的手碰到他的脸颊和耳朵，那种轻微的温热触感，就像他第一次碰花。

"跟你开玩笑呢，就算你想放我离开也没有办法，你打不开这监牢。"

蛇弋抬起头，看见半抬起的面具下一双勾起的红唇。

猊胡说："或许我不该让你看到花开。这花在这里开不久，这样短的花期，你一看见它开，它就要谢了。若是真心喜欢，又不能长久拥有，你岂不是很难过？"

蛇弋不知道什么是难过，也不清楚猊胡的感叹，只感觉到柔软的花枝蹭着他的脸颊，胸膛里有什么在生长，剧烈地生长。

他忽然很想和这个叫猊胡的人一起离开这里，去到迎春能生长的地方，每天都能看到花开、看到她，每天都可以和她这样相伴——不要隔着这个栏杆。

他胸膛起伏，不知不觉又扒在了栏杆上，眼神热烈地看着她，说："我……我喜欢……"

猊胡为他补完整一句话："你喜欢花。"

蛇弋摇头："我喜欢……你！"

猊胡站在那儿一动不动，将面具盖下，仿佛回答他，又仿佛自言自语："蛇怎么会喜欢花？大约是条傻蛇。"

蛇弋畏惧着自己的母亲，像雪山上所有雪山神的后裔一样，对他们的神明畏惧且尊崇，从未想过违抗母亲的命令。只要雪山神需要，他能毫不犹豫地献出自己的生命——这仿佛是他们被创造出的天性。

可是现在，他发现自己不想献出猊胡的生命，哪怕她并不属于他。

猊胡一直待在监牢里，就待在他的身边，哪里也不能去，就好像是被他藏起来的宝物。如果这个世界上有什么东西能属于他，他觉得自己只想要这个人。

雪山神现在使用的身体快要没用了,猇胡很快就要成为母亲的新容器,所以她不再属于他了。

知道自己死期将近的猇胡十分冷静,仍然和从前一样坐在那儿修炼。蛇弋见过母亲从前使用的人类,那都是母亲用某种办法从外面的终山雪山中摄来的。那些人面对死亡时异常悲痛恐惧,从没有一个人能像猇胡一般冷静从容。

"你快要死了。"蛇弋如今看着她,就觉得自己在看凋零的花枝,可是心中的难受感觉远比看花枝凋零要强烈千万倍。

猇胡说:"人都会死,我当然也会。何况我来这里,本就是送死的。"

蛇弋说:"我听说人族有魂魄,肉身死去了,魂魄还能转世。你是不是以为你死了魂魄还能转世?不是的,母亲要用你的躯体是连你的魂魄一起用,等到你的魂魄被一起消磨光了,你的身体才会跟着彻底死去。所以你要是死了,就再也不能转世了。"

猇胡说:"我知晓。"

蛇弋犹豫了许久才说:"你要自杀吗?"

她肯定无法逃出去了,但如果在母亲用她之前自杀,或许还有下一世。事实上蛇弋被遣来这里看管猇胡,为的不是防止她逃走,而是防止她自杀。

猇胡笑起来:"我不会自杀。我要是自杀了,你岂不是会被惩罚?"

蛇弋一愣,蜷缩起尾巴。他抱紧自己的长尾倚靠在监牢边,看见猇胡像一块冰冷的山岩一动不动地坐着。他看着看着,又慢慢躺下来,把自己的手伸进去,轻轻抓挠着监牢中的山壁,弄出一点儿窸窸窣窣的动静,想要吸引猇胡的注意。

猇胡问:"怎么?"

蛇弋问:"你们人族的魂魄是什么样的?"

猊胡答:"这我却不知,或许无形无影,似一阵清风。"

蛇弋又问:"那你们人族转世还记得前世的事吗?会记得前世遇见的人吗?"

猊胡答:"不记得。"

蛇弋追问:"那你能不能记得?"

猊胡仍答道:"不记得。"

蛇弋爬起来,往外游走了。

他好几日没有过来,在附近徘徊,只是不肯来见她。又过了几日,他才缓缓游走进来,那种蛇尾摩擦地面的细微声响比往日更沉重。他带了满身冰雪的气息,头发上结了霜,蛇尾巴尖结了冰,略僵直地拖在地上,才发出那样沉闷的声响。

他来到监牢边,看见猊胡还好端端地坐在那儿,仍是他离开时的模样。

"你没有死,为什么?你真的不怕魂魄也消散吗?"

"我不是说过吗?我不会自杀。"猊胡的语气还是那般从容,听上去有些冷,但仔细一听,似乎又带着一股柔和的笑意,缠着人的心。

蛇弋忽然狠狠一甩尾巴,尾巴砸在了栏杆上,碎冰四溅。他焦躁地在监牢外面游来游去,长尾时不时砸到栏杆上。

猊胡说:"你满身杀气,看来很想杀我。"

她说着,竟然起身走到栏杆边,距离蛇弋极近,只要蛇弋伸出手就能勒住她的脖子。

蛇弋真的伸出了手,他的手和胸膛一样白,指甲异常尖锐,在猊胡的脖子上一钩就抓出了一道血痕。

她脖子上有细小的血丝,几颗鲜艳的血珠溢出来,顺着她的颈脖缓缓流进黑色的衣衫里,但她负着手一动不动,甚至没动她的剑。

蛇弋知道,如果她用她的剑,可以在这时切下他的手臂。

鲜红的血也沾在他的手指上，温热的血和皮肤烫得他浑身忍不住地颤抖。不知不觉，他的呼吸都沉重急促起来。

来见她之前，蛇弋心中想过，不如杀了这人，至少她还有来世，或许他们来世还能再见。可是来到这里，碰到她后，他就下不了手了，甚至看见那血，只想凑上去舔干净。

冰冷的手哆哆嗦嗦地往上摸索，微微推开鬼面具。

猿胡仍一动不动，垂目望着他。

蛇弋见她没有阻止，便将面具越推越高，露出她的下巴、嘴唇、鼻子，还有眼睛。她仿佛在看一件很有趣的事，脸上带着笑。

终于完整地看见她的脸，蛇弋呆了，下意识地摸索上去，手指上的血擦在她的嘴角，血色和唇色一样鲜艳。

他察觉不出自己的呼吸有多急促，着魔般望着那点儿血色，神魂颠倒地凑上去，想要为她舔舐干净。

蛇弋快要接近的时候，猿胡动了，后退一步避开蛇弋的动作，叹道："蛇，你好像不是想杀我，而是想自杀啊。"

蛇弋紧紧盯着她，用力扒在栏杆上，伸长手臂，嘴里喃喃道："求你……"

他不知道是在求什么。

猿胡摇头笑了一声，伸出手握住蛇弋冰冷的手臂往他的胸口弯折，上前一步，在他鲜艳的唇上亲了一下，一触即分。

"求这个吗？"

蛇弋说不出话，只用力拉着她的手，眼睛亮得吓人。

猿胡却说："好了，你走吧，在送我去见你们的雪山神之前，不要再来这里见我了。"

她拉开蛇弋的手，动作干脆利落，就像当初放过他收剑时一样干脆。

蛇弋浑浑噩噩地离开，蜷缩在自己的巢穴里。

他从前整个身体都是冰冷的，连血都是冷的，但如今，感觉自己浑身在烧灼,大火从心里燃起来,好像要把他烧成灰烬了。

数十个雪山神后裔警惕地望着从监牢里走出来的人类。他们来押送猿胡前去见雪山神,今日之后,她就会成为雪山神的新容器。以往也有过厉害的人类成为雪山神的容器,但被如此慎重对待的,她是第一个。

猿胡看了一圈周围各种模样的雪山神后裔,目光随意地掠过双尾的蛇弋,没有停留。

他们走在风雪中,风忽然大了起来。猿胡身侧骤然响起好几声惨叫声,所有雪山神后裔都在警惕猿胡动手,却没有人料到致命的杀机来自身边的同伴。

蛇弋折断了身边一个人的头颅,捅穿了另一个人的身体,将他们撕碎,又扑向另一个没有反应过来的人,凶狠地挖出了他额心的眼睛。

这些雪山神后裔终于反应过来,扑向蛇弋——那场面是真正的怪物厮杀。

蛇弋一人对着这么多敌人,很快受了伤,但毫不在乎身上的伤,异常凶悍。

猿胡望见厮杀中蛇弋投过来的眼神,看见白色的雪地溅满了鲜血,微微叹气,一指钩出背后的剑。

霎时间,刀光雪亮,蛇弋看见了她挥剑的模样。她毫不留情地斩杀他们,身上的黑衣被血浇透,仍是深沉的黑色,看着却无比干净。

最后就剩下他们两个。

猿胡走到他面前,语气有些苦恼:"你看你,现在要怎么办?"

蛇弋如梦初醒,紧紧抓住她的手,拉着她往雪山下奔逃:"我们快逃!离开这里!"

他以为猿胡不会答应,但她没有拒绝,被他拉着在风雪中奔跑。

蛇弋浑身是伤,但感觉不到痛了,也感觉不到冷,只有说不出的兴奋情绪。

"你的肚子好像在蠕动?"猊胡将他拉住,指了指他的腹部。

蛇弋勉强低头看了一眼,说:"肚子里的东西要出来了而已。"他说着毫不在意地伸手一划,划开肚子,从肚子里拽出个东西,随手丢到一边的雪地里,拽着猊胡要继续跑,"别管了,我们快跑。"

猊胡却用剑柄一钩,把那孩子钩到了怀里。

蛇弋伸手要抢孩子,有些焦急地说:"别管这东西了,我们要赶紧离开,要是被雪山神发现,你就跑不了了!"

猊胡说:"既然是你的孩子,还是带上吧。"

蛇弋不愿和她继续争执浪费时间,拽着她继续跑,只是似乎因此生气了,再不像刚才那样时不时扭头看她,而是梗着脖子努力不看她。

猊胡笑笑,倒不在意,端详自己抱着的这个孩子。这个孩子和人类的孩子不一样,天生雪白冰凉的皮肤,没有性别,连哭也不会,挺有趣的。

跑了一阵,猊胡见蛇弋还是梗着脖子,笑着问:"你怎么不看我?"

蛇弋说:"我生气的时候不能看你。"

猊胡笑起来:"哈哈,那你还真是很生气啊,都不想看我了。"

蛇弋说:"我看见你,就生不起气了,所以不看你。"

静谧的雪山很美,有种说不出的圣洁感,但是当这座雪山发怒,就宛如末日来临。

"她发现了!雪山神发现我们了!"蛇弋骤然扭头,看见风雪翻涌,雪浪奔腾地从山顶朝他们扑来。

他的脸上满是畏缩与恐惧之色,但他拉着猊胡的手拽得更紧,往前奔逃的速度也越来越快。

铺天盖地、声势浩大的雪崩比他们更快,他们就像两只蚂蚁妄图躲避洪水。面对雪山这个庞然大物,他们根本无法逃离。蛇弋只能眼睁睁地看着大雪淹没他们,在轰隆的震荡中迎来灭顶之灾。

或许他就要死在雪山神的怒火下了,要为自己的贪婪和背叛行为付出代价,可是想到死亡,却意外地没有感到恐惧和不甘,反而有些欣喜,因为他的手里抓着的人是獍胡,她的温度让他不畏惧风雪,如果能和这个人死在一块儿,好像也令人喜悦。

蛇弋没想过自己还能醒来,眼前是一片炫目耀眼的白色世界,阳光照耀下的雪地异常刺眼。他动了动脑袋,突然听见一个声音在耳畔响起。

"醒了?"

蛇弋一惊,然后才意识到自己现在被獍胡背在背上。她背着他,步伐从容地走在雪地上。周围没有风雪了,只有他们,显得很安静。他刚醒来时下意识地竖起的蛇尾又迅速软了下去,拖在地上。

他的蛇尾太长了,獍胡不太好背。

"既然醒了,不如下来自己走?我这样可不好抱孩子。"

蛇弋被她背着,又被太阳晒着,浑身暖融融的舒服得快要化了,长尾不由自主地想往她身上缠,听到她说了这一句,才发现獍胡怀里还抱着个孩子。蛇弋一下子溜了下来,表情冷漠又凶狠地说:"他对我们没用,你为什么不扔了他?!"

"哦,因为我不想扔。"獍胡说,"孩子长得还挺可爱的。"

蛇弋敏锐地察觉到,如果自己偷偷杀死这个孩子或者想办法丢弃他,獍胡会生气。虽然他没见过她生气的模样,但对让她生气这件事感到畏惧,那是不同于惹怒雪山神的畏惧,好像还更煎熬一点儿。

他于是选择了退却,又试图往獍胡身上缠:"你要是喜欢就给你玩好了……"

猃胡转头看了他一眼,没管他蠢蠢欲动的长尾在自己腿上缠绕着,而是迈着步子,指了指前方:"你从未离开过雪山吧?如今,你已经算是离开了。"

他们在雪山脚下,黑色的石滩和白色的积雪交会在一起,有一条分明的界线,那条界线就在不远处,他们再走几步就到了。

蛇弋这时好像才发现他们逃脱了雪山神,他的眼睛明亮,和猃胡说话时的声音也甜蜜得过分:"是你把我从雪中挖出来,带我来到这里的?"

猃胡仍是那乍听无情细听多情的语气:"你今后打算怎么办?雪山你怕是回不去了。虽然你出不了旧乌,但距离雪山远一些的地方,温度挺高的,或许会适合你。"

蛇弋听不出她的言下之意,只觉得快乐,不管去哪里,都愿意跟这个人走。

他们离开雪山往外走,看见大片荒芜的土地,一些荒山上长着奇形怪状的植物,偶尔还会遇上一些来找麻烦的东西。那都是旧乌里上古遗族杂交繁衍出来的种族,有些变得更厉害,有些则退化了,变成一些低级的怪物,连神智都没有。

猃胡从这里去雪山时,杀过不少怪物,但这一回,蛇弋代她解决了所有来找麻烦的怪物。他像所有陷入爱河的普通男子一样,试图展示自己,保护心爱的人,哪怕知道她并不畏惧这些怪物。

距离雪山很远之后,猃胡停了下来,说:"就在这里吧,我记得这座荒山下有个洞穴,洞穴里有暗河,潮湿,适合你。"

蛇弋蹭在她身边说:"不去更远一点儿的地方吗?"他仍然畏惧着雪山神,希望离那座雪山更远一点儿。

猃胡笑道:"算了,远一点儿的地方,有一位巨人朋友太热情了,还是别被他看见比较好。"

他们在这片荒山上暂时住了下来,就像猃胡说的,这里有地下洞窟,蛇弋喜欢这里。但是猲胡大部分时间在荒山的山顶上,遥遥对着雪山的方向打坐修炼。

蛇弋时时刻刻都想待在她身边,便用尾巴盘起来绕一个圈,把猲胡虚虚地圈在圈里。猲胡不管他这划地盘的行为,自顾自地修炼,只有结束修炼时,才和他说话。

"想看花?"她微微笑着,"这么喜欢迎春的话,我想办法给你种一点儿吧。"

蛇弋趴在她的膝头目光灼灼地望着她,长发流水般散在背上:"种在这里?这里不是开不了你说的花吗?"

猲胡说:"所以我替你想想办法。"

她确实想到了办法,将自己的百宝囊中的一个小圆盆拿了出来,在荒山顶上倾倒,"这圆盆中另有一方小小天地,里面放了蜀陵土。我那师弟炼制的一个好好的法宝,倒被我糟蹋了,可惜,可惜。"她嘴里说着可惜,动作却爽快。她带着笑将荒山覆盖了一层土,又在上面布置了一个阵法。

蛇弋坐在一边的大石上看着她,眼睛一眨不眨。

猲胡撒下种子,又拿出一块充满生机的透明结晶,那坚硬美丽的结晶在她手中被碾成粉末,从她的指缝中漏了出来。

她掀开鬼面具,对着手中星星点点的粉末轻轻一吹,那些粉末便顺风飘落在前方的新土上。

仿佛遇见一场甘霖,迎春的种子迅速发芽抽条,越长越大,并且不断往外蔓延,很快长成了一片花林。那如梦似幻的场景足以迷住任何人的眼睛。

蛇弋以为她说的种花只是种一枝花,像她从前给他看过的那样,枝头只开几朵花,没想到她给他种的是这样一片美丽到令人炫目的花林。

柔软清香的黄花开满枝头,千万朵花在风中摇曳的模样,是蛇弋从未见过,也想象不出来的美景。

他坐在大石上望着眼前的花林，呆愣许久，直到那黑衣女子朝他走来，挑眉朝他微笑："怎么样，还喜欢吗？"

花林在她身后摇曳，她在花中笑，蛇弋觉得自己这辈子都忘不掉这一幕场景，这一幕场景会永远刻在他的每一寸骨血里。

"用这种木灵结晶种花确实奢侈，不过也确实好看。你觉得怎么样？你怎么都不会说话了？"

蛇弋猛地扑上去，用手臂揽着她，用长尾缠着她，呼吸急促地用自己的脸蹭她的颈脖。猿胡不得不把自己的鬼面具摘下来，才能防止他激动地用自己的额头去撞那硬硬的鬼面具。

"猿胡……猿胡，我好喜欢你。我想永远和你在一起。你不要走了。你陪我，我可以为你做任何事，做什么事都可以，只要你不离开我……"

猿胡有点儿苦恼地用鬼面具敲了敲自己的额头，瞧一眼这没骨头般又絮絮叨叨的蛇，什么都没说。

她难得待在蛇弋的石窟里，抱一抱那个安静漂亮的孩子，还给他做了一件小衣服，好歹给他裹一裹身体。可是她做了什么，蛇弋很快就会拿走藏起来，不许她的东西给任何人。

猿胡偶尔逗弄一下那个孩子，会抱着他，抚摩他的脑袋，像哄一个寻常小孩那样哄他，还会找一些吃的东西喂给他吃，温柔得不像话。蛇弋每次看到她这样就满目痴迷之意。

蛇弋趴在她身边，将脑袋倚在她的膝上，看她哄孩子，说："你不用管他，他也不会死的。我们都是一出生就记得所有事，放着不管也能慢慢长大。你把他丢在一边就行了。"

猿胡勾勾他的下巴，问："你也是这样长大的？"

"嗯，能活下来的人都是这样长大的。"蛇弋温顺地挨着她温暖的手，每次被她主动触碰，就十分激动，两条蛇尾也忍不住缠上她的腿，仿佛想把她裹进自己的身躯里。

猿胡摸着乖小孩的脑袋，忽然整个人一僵，看见孩子的脑袋脱落了，接着小孩的手也从身体上掉了下来。她露出了震惊和慌张的表情。

蛇弋第一次看到她露出这样的表情，也是一呆，不知道自己此时的感觉是被她可爱到了，就觉得心脏被人捏成了小小一个，紧紧缩着。

"你真好，我真喜欢你。"蛇弋又带着那种痴迷心动的神情缠了上来。

猈胡还在观察着孩子的异状，随手按住他的脸，把他推开。

她已经发现手里的孩子不是死了，但仍然因为刚才的惊吓有点儿失态，捡起孩子掉落在地的脑袋和一只手，试着往孩子的身体上放。

蛇弋得不到回应，悻悻地说："他是瘠尸族的血脉。瘠尸族就是这样，脑袋、四肢都有自己的意识，会脱离身体单独行动，他们的生命力最顽强了。"

所以放着不管也没事。

猈胡没有在意他那点儿心思，摸摸孩子的脑袋，失笑道："是吗？那还真是挺有趣的。"

孩子长得很快，没过多久就长到猈胡的腰间那么高了。猈胡给了他一件充满异域风情的花纹毯子，让他披在身上，那毯子上织着一座庙宇和鲜花的图案。

小孩儿披着这块毯子，经常跟在猈胡和蛇弋身后，三个人一起爬到荒山顶上去看迎春花。小孩儿还没法很好地控制自己的身体，走着走着，整个人突然就会散成好几块。

听到声响的猈胡扭头去看，喊他："椿，快起来。"

散架的孩子就把自己组装好，跌跌撞撞地爬起来，再跟在他们两个人身后，亦步亦趋地认真爬山，看上去有点儿傻傻的。

蛇弋从来不管他，只围着猈胡转，猈胡对他们两个的态度却差不多。

猇胡很好，蛇弋一直都是这么觉得的。她给他种了这么多的迎春花，带他离开雪山，世上再没有比她更好的人了。可是蛇弋自己也不知道为什么，心里偶尔觉得空虚，风从里面穿过，又冷又空，怎么都填不满。他只好更紧地缠着猇胡，只有这样才会觉得心里不是空的。

"猇胡，你说外面有四季，花不会每天都开，但你种的迎春一直在开。"蛇弋小心地摸着那些黄花。

猇胡说："你不是不喜欢花谢吗？这些花不会谢，你每天能看见开花，应当会高兴些。"

蛇弋感到有些不安，游走到猇胡身边，拉她的手，说："我不要花也可以，我看到你会更高兴。"

猇胡侧身而笑。她如今不常戴鬼面具了，经常将鬼面具推到头顶或挂在腰间。望见她的这种神情，蛇弋就受不了，凑近她，用一种祈求的姿态索要亲吻。猇胡对他的动情没什么表示，在他越凑越近的时候一抬手，将自己的面具盖在他的脸上，踱步走开。

蛇弋只好抱住她的面具，甩着尾巴失望地跟过去。

猇胡也很少会躺下休息。她躺在石床上，蛇弋就会爬上去躺到她身边，两条长尾缠住她的腿和腰。他的双手紧紧地抱住她，用力得让人喘不过气。

猇胡睁开眼睛，无奈地叹气，支起脑袋："你这蛇，真是缠人啊。"

蛇弋仰脸看着她，苍白的面容在昏暗的光线里有种说不出的凄清艳丽感："猇胡，我看到你，有时候心里感觉很满，有时候心里又感觉很空，这是为什么？"

他眉眼间是满满的困惑和不自知的爱欲之火。

猇胡静静看他一阵，终于还是俯身，拂开他的头发，亲吻他的眼睛："你这样看我，让我觉得自己仿佛是个浑蛋。"

蛇弋受宠若惊，激动地仰起自己的脸，去挨她的唇。

猰貐一指按着他的脑门，把他按倒在一边，口中轻柔温和地说："你这蛇啊，好好活下去吧！或许以后某一天，你也能离开这里，去更远的地方，去旧乌外面，看看世间的千万种花。"

"猰貐？猰貐？你在哪儿？猰貐——"

这一日醒来，蛇弋没有找到自己心爱的人族，找了一日都没发现猰貐的行踪，最后将目光投向远处的雪山。

他畏惧雪山，不敢靠近，可是有种莫名的感觉，猰貐一定是回雪山了。

只要想到要回雪山，想到雪山神，蛇弋就恐惧得浑身颤抖。可是他将手放在嘴里狠狠咬了一下，还是义无反顾地奔向雪山，去寻找离开的那个人。

蛇弋强压着心中巨大的恐惧感前往雪山，他的速度非常快，在半途就看见了那个身着黑衣的人影。

她就和他初见她时一样，身材高挑，独自一人行走在旷野上，仿佛前方有一个无法动摇的目标。

"猰貐！"蛇弋感觉到另一种有别于雪山神带来的恐慌感，大喊一声，用最快的速度游过去，抱住猰貐，仿佛失而复得。

猰貐扭头看他，露出个早有预料的表情，不等蛇弋胡乱说出什么求情的话，抬手在蛇弋面前一挥，蛇弋就软倒下去，只能看着猰貐将自己背起来往回走。

这一段路，像他们从雪山上离开的那一段路。

蛇弋趴在她的身上，受尽煎熬。他想：猰貐什么都没说，但是她要和他回去吗？她还会离开吗？她为什么突然又要前往雪山？一个又一个问题出现在他的心里，每一个问题都没有答案。

他们很快看见了熟悉的荒山和上面的迎春花丛。这娇柔美丽的花无论看几次，都和这里格格不入。

猰貐一直将蛇弋背进了花林，将他放在花林中间靠坐着。

"蛇，我有必须做的事。"

蛇弋无力地动了动手指，拽住她的一片衣角，嗓音沙哑地说道："不要去。"他明白，猃胡这一去一定会死的，会魂飞魄散，他再也不能见到她了，"不要走。你答应我的，你一直陪我。"他的脸上那种急切、激动的祈求的表情，任谁看了都会不忍心。

猃胡顺了顺他的额发，叹道："我可没有答应你这种事。我从不承诺别人这种事……"猃胡忽然语气一转，轻笑一声，"不过，我可以答应你，我的魂魄不会被雪山神所用，会投入轮回，然后，下一世我还会来到雪山和你相见。"

蛇弋明白自己无法改变她的想法，绝望之中看到了一点点曙光，眼巴巴地望着她："真的吗？"

猃胡说："我向你承诺，哪怕我投胎转世，成为另一个完全不一样的人，也会遵循因果的指引再度来到这里……不过到那时候，你还能认出我吗？"

蛇弋一下子被转移了注意力，怕她不相信一般用力捏着她的手说："能的，我一定能的！"

猃胡笑着说："那好，那你就在这里等着我，好吗？"

蛇弋仍不肯放开她："可是我要等多久呢？你多久才会回来呢？"

猃胡说："我也不知道，但是如果有一天你不想等了，随时可以放弃。"她拉开蛇弋的手，安抚般揭下自己的面具放到他的手里，"我的面具放在你这里，等到我们下次相见，你可以把它还给我。"

蛇弋完全被她掌控了情绪，这个时候就像被哄好了的孩子，只会用力点头。他只顾着抱着重要的鬼面具，一时顾不上再拉猃胡的衣角，便让她轻松脱身站起。

看她要走，蛇弋又忍不住抬起手想要挽留她。他那饱含力量、能撕开怪物的身躯的手臂，此时像一株柔弱的花枝，在风中颤抖着，无处可依。猃胡稍稍托了一把，花枝就紧紧缠住她。

"你亲我一下,行不行?"蛇弋颤抖着嘴唇说。

猿胡依言俯身凑上去亲吻他。

这一次,或许才真真正正算得上是一个吻。

蛇弋躺在花枝上,当回过神时,猿胡早已消失,但是他周身花香馥郁,怀中属于猿胡的鬼面具依旧温暖,仿佛她还在身边。

当力气完全恢复后,蛇弋再次爬起——他要离开花林,要去雪山,要追上猿胡。虽然他面对猿胡的时候无力招架,万分听话,但是只要她不在面前,他就能把那些自己答应的东西全部吞回去。他不是被人好好教导长大的有着美好品德的人,只是个想要心爱的人永远陪伴自己的怪物。

可是,他没能走出花林,猿胡用阵法困住了他。他在花林里找不到方向,胡乱冲撞的结果也只是撞断了一些花枝。他感到气愤,长尾甩动的时候折断了不少花枝,可是看着那些花枝折断倒在地上,又觉得舍不得,再小心地扶起那些花枝,把它们重新插在地上。

他不知道在这花林里待了多久,只有怀里温暖如初的鬼面具让他得到些安慰。这个鬼面具的暖意代表着猿胡还好好活着,甚至这个困住他的阵法带着猿胡的气息,它的存在同样代表猿胡还好好活着。

于是蛇弋游走在花林里,抱着面具发呆,一不小心身上就落满了黄色的迎春花。

他第一次觉得,花也不是全然让他喜爱,困住他的花,也让他生了恨。

突然间,天地动摇,蛇弋猛然昂起头颅望向天际,感到一阵说不出的心悸和恐慌。那种来自血脉和造物者的压迫感,从雪山的方向传来——是雪山神,她出事了!

天上阴云密布,汹涌翻腾的云中闪电交错,那种冰雪的气息甚至随着凛冽的风被吹到了远方。接着就是瓢泼大雨,天仿佛塌了一般,雨水从穹顶上倾泻而下。

当初他和獍胡逃跑时雪山的动静与现在相比,根本不值一提。哪怕这里离雪山很远,蛇弋还是不由自主地匍匐在了地上。

到底发生了什么?这一切和獍胡有关吗?是不是她做了什么?

这样翻天覆地的动静持续了很久,蛇弋心急如焚地想要出去,却只能做徒劳的困兽。当长达几十日的震荡与大雨稍稍停歇时,天地间忽然变得极安静。蛇弋没有听到任何细微的声响,不安地紧紧抓住怀里的鬼面具。

就在这时,他发现怀中的鬼面具好像失去了原本的温度,它慢慢地变得冰冷。蛇弋迅速反应过来这代表着什么,惊恐地瞪着手中的鬼面具,又手忙脚乱地将它往心口贴,试图把它暖回来。可他是人蛇,身上根本没有温度,只能徒劳地感受着面具慢慢变冷,冰冷的面具如同冰块一样沉沉压着他的心。

蛇弋看见面具上溅起水花,伸手擦了擦,有水珠不断滴下来,擦不干净。大雨虽然停了,但花枝早已吸饱了水,或许是他头顶的花枝在滴水。

窸窸窣窣的声音中,那个被獍胡起名叫椿的孩子钻进花丛,凑过来,小心地伸手在蛇弋的面上摸了摸,替他擦去眼泪。

蛇弋茫然地望着他,又望向花林中出现的那条小路。

这个孩子能进花林了,困住自己的结界也消失了,意识到这一点,蛇弋飞快地游走出去,这一次没有被阵法阻拦,顺利地离开了。

蛇弋站在荒山上,看到翻天覆地的世界——无数旷野石滩如今被水淹没,那些荒山则成了水中的一座座孤岛——旷野几乎变成汪洋。

他义无反顾地奔向大海,在冰冷刺骨的水中沉浮,游向雪山。连绵巍峨的雪山有了很大的改变,雪山上大部分的雪融化了,一条又一条小溪将不断融化的雪水汇入新出现的汪洋。

还没有到达雪山时，又出现了一次震荡，这一次并不剧烈，但蛇弋下意识地找地方躲藏了起来，因为感觉到了雪山神的力量。

这股力量试图冻结海水，却失败了。蛇弋能感觉到雪山神此时的虚弱，这是从未有过的情况，她的力量不稳使得这片世界都产生了轻微的割裂感。

海水和砂石地好像突然被分割成了两个世界，眼前的所有景物都在跳动，稳定的世界出现了无数裂缝，而这些裂缝就是雪山神身上的伤口。

蛇弋偷偷回到了雪山，发现雪山神的后裔几乎全部死去，雪山变得更加冰冷，充斥着死亡的气息。

他没能寻找到猿胡的踪迹。哪怕他很小心，可是在寻觅的过程中，还是引起了雪山神的注意。雪山神的那股怒意差点儿杀了他，幸好她如今实在太过虚弱，蛇弋再次逃离了雪山。

从那之后，蛇弋再也没有回去过，在远离雪山的石窟中生活，和那些旧乌原本的上古遗族一样，游荡在荒野上。

时间过去很久，蛇弋没有再见到猿胡所谓的转世之人，在这漫长的时间里想明白了，她大概是在骗他。她说过的，人类很擅长骗人，所以她骗了他，她不会再回来了，不会再回来了！

第十章　春去春再来

蛇弋带着满身伤痕和戾气，追着那个逃跑的人类来到石窟深处。他的长尾断了一条，身上皮肉翻开，但心中的愤怒盖过了身体上的疼痛，叫嚣着让他杀死那个狡猾难缠的人类。

他追赶到石窟暗河边，见到那个人类站在石棺边上，立刻发出愤怒的啸声，想要将她驱赶开。

然后，那个人类侧身转过头来，戴着他许久没有触碰过的恶鬼面具。她居高临下地望过来的那一眼，熟悉得让蛇弋浑身僵硬。他僵在那儿，脸上冷漠凶狠的神情也变得恍惚。

"蛇，好久不见。"戴着鬼面具的人说着，是猿胡独有的语调。

蛇弋瞳孔紧缩，张了张嘴，恍惚又急切地渡过了暗河，靠近那鬼面人。

他伸出手，试探地碰到石台上的鬼面人的脚。那人却垂眸望着他，往后退了一步。她越是退步，蛇弋就越是激动惶恐。他爬上石台，断尾和伤口留下一路血色的痕迹。

"猿胡？是你吗？你真的……真的回来了？"

鬼面人笑了一声："蛇，这些年，你做了些不好的事，是不是？"虽然是带着笑意的声音，但她显然生气了。

蛇弋一僵，仓皇地低下头，又很快抬起，抬手抱住鬼面人的腿，语气里带着小心和哀求之意："不是，我错了。我知道错了，再也不会做那种事了。我只是很害怕，太害怕了。你一直不回来，我以为你骗我，以为你不会回来了……雪山神要我繁衍有人族血脉的孩子，说如果我能繁衍出有人族和巫族血脉的孩子，就让我回到雪山去。我想回去……你不在了，我只是想回去……我太怕她了……"

美人蛇看上去惶恐不安又如坠迷梦之中，颠三倒四地说着话，因为过于激动，身上的许多伤口在不断流血。鲜血染红了鬼面人的衣摆和鞋子，甚至汇聚成了一个小小的血泊，蛇弋却浑然不觉。

"你原谅我，我再也不敢了。"

鬼面人说："我要去雪山，去见雪山神。"

还在喃喃认错的蛇弋猛地抬起头，露出凶相："不！不行！"

鬼面人按住他颤抖的手："你要和我一起去。"她的声音慢慢变得温柔起来，"这次，你要和我一起走吗？为了你想要的重逢。"

蛇弋被她迷惑了，也或许是重伤使他神志不清，忽然安静下来，试探着将脑袋靠在她的膝上，安心地喃喃道："好……好……你别丢下我……"

辛秀在自己的身体里，冷眼旁观着面前的美人蛇从凶狠冷漠变得无比卑微。

从无法自控地戴上那个鬼面具后，她就再没办法控制自己的身体。鬼面具和她脸庞相贴的地方在微微发热，似乎是这块面具在借着她的口说出那些话。

"我们要去雪山，了结这一切，你准备好了吗？"

从自己口中说出的这句话，让辛秀觉得，好像是这块面具对她说的。

我出来历练难不成就是为了集齐流落在外的师伯,顺便见证他们的爱恨情仇?辛秀问自己。她这样被人控制着身体赶往雪山,像个请了代练上自己的号去练号的游戏玩家。

"大师伯?是猿胡大师伯吧?这边也是蜀陵弟子,我是申屠郁的徒儿,大家都是一家人,拜托不要坑我好吗?求求了!"辛秀在心里说道。

但这个控制着她的面具似乎没有和她交流的意思。

辛秀只好看着越来越近的雪山,再看看旁边拽着她不放手的美人蛇,硬着头皮继续在心里念叨:"大师伯,我修为这么低微,您带我直接去雪山解决问题,也不升级修炼什么的,真的会出问题的。您再瞧瞧旁边这位美人蛇这个样子,要他一起去面对反派,莫不是想弄死他?所以,我们其实可以缓一缓,对不对?"

她没有得到任何回应。

辛秀都忍不住在心里猜测大师伯是不是有什么特殊的技能,是不是攻击很厉害,才会这么无所畏惧。结果和美人蛇进入雪山的时候,她忽然觉得脸上的面具的温度在慢慢消退,那股控制着她的感觉也变弱了。

辛秀心想:我们都走到 boss 家门口了,您不是要掉线吧?师伯!师伯,不要啊,别走!

辛秀仔细感受着面具上附着的力量,冷静下来后,忽然有了另一个可怕的猜想——或许这面具里根本就没有大师伯的魂魄,只是她从前留下来的一股执念。这一点儿执念被自己触动,而自己修为太低才会被控制,因为面具上残留的前往雪山的执念,变成现在这样。

辛秀曾经被九师伯荆阙的神魂所控,虽然时间短暂,但体会过那种被人仙修为的神魂附身后力量在身体里如泉涌的感觉。这个面具覆在她的脸上，她没有感觉到任何力量增加。按理来说，以大师伯的修为，她的控制不该这么虚弱无力。

辛秀把情况这样一捋，事实就很清晰了。

辛秀简直要呻吟出来，如果真的如她所想，这面具承载的不是大师伯的神魂，只是一股执念，那么现在她到了雪山，这股执念即将消散，之后的情势就很严峻了。别说是对付雪山神，就是旁边这位美人蛇，她都降不住啊！

她又不是真的猃胡大师伯转世，不能让凶残杀手变成听话的小蛇。万一被认出来不是猃胡本人，她都能想象到美人蛇发飙的凶残场面！

虽然她心中祈祷着大师伯别关键时刻掉链子，但是显而易见，祈祷奇迹发生总是没有用的。她踏入雪山地界后，那股控制着她的身体的感觉彻底消失了。

辛秀默默扣住面具，心道：还能怎么办呢？演起来吧。

关于怎么演戏，辛秀还是有点儿心得的，最重要的就是不要慌张。

"猃胡……"蛇弋拽住她的胳膊的手忽然一紧，辛秀心里也跟着一紧。

"我感觉到……她的气息了，雪山神……"蛇弋颤抖起来，显然十分恐惧。

辛秀心说：真的，我也很怕。我更怕，兄弟！

"猃胡，你怎么不说话，还在生气吗？我真的不敢了，以后都听你的。"蛇弋非常执着地想要她再说一句话。

辛秀知道，如果在这里不能安抚住他，他大概立刻就要闹了；反之，如果安抚住了他，就算他现在面对雪山神感到害怕，真遇上了也一定会帮"猃胡"，毕竟都为猃胡做了几次"二五仔"了。辛秀深吸一口气，拿出自己的毕生演技，看向蛇弋。

然而她还没开口说话，只是一对视，蛇弋的神情就迅速有了变化,拽着她的手的力道加大,他脱口而出道:"你不是獍胡!"

辛秀震惊了,心道:我还没来得及演,你都不让我发挥吗?!看一眼就确定我不是獍胡,你们难不成还有心灵感应?!

辛秀虽然没想过对视一眼就被戳穿,但反应足够快,手中匕首一转就刺向蛇弋的手臂。而蛇弋毫不犹豫地将她的手臂一扭,把她的手臂折断了。

辛秀大骂一声,回了他一刀,两个人瞬间在雪地上分开。蛇弋神情可怕,辛秀一手掀开面具,将鬼面具往右侧一扔——那里有个狭窄的沟壑,鬼面具咣当一声击中夹缝掉了下去。辛秀扔完面具,头也不回地往雪山中飞奔。如她所预料,蛇弋的第一反应不是来追杀她,而是去缝隙那边捞鬼面具。

趁着这时间,辛秀简直是夺命奔逃。

蛇弋和她从前见过的二伯母有点儿相似,可能是因为他们都有种非人的特性,但他们又是完全不同的,二伯母会因为二师伯对她爱屋及乌,可蛇弋显然不是这种性格,绝对不在乎这些。

辛秀毫不怀疑,要是被他抓住,自己就是只有死这一个下场。

所以,别扯什么亲属关系了,她还是赶快逃吧!

"站住——"辛秀身后传来蛇弋阴魂不散的声音,声音里带着杀气。

辛秀大喊:"我疯了才听你的!"

"把我的獍胡还给我——"蛇弋的声音很凄厉。

辛秀喊道:"獍胡是雪山神带走的,不是我带走的,你清醒一点儿!"她怀疑这个人蛇可能疯了。

辛秀跑了半天都没甩掉蛇弋,甚至快被他追上了。她按着自己的额头继续狂奔,心想:这美人蛇身上的伤都是假的吗?他受着重伤一路赶到雪山,还这么有精神地来追自己?

辛秀实在没办法了,望一望雪山上的积雪,开始大喊起来。

"啊啊啊啊——"女高音在雪山中回荡。

辛秀觉得这样作用似乎不明显，从自己的百宝囊杂物堆里翻出了一个锣。

这锣还是先前她在某个城里路见不平的时候买的。她当时抓到一个意图强暴妇女的流氓地痞，小小施了个法术，让那个人在大街上敲锣痛骂自己和本地残暴的乡绅老爷。因为锣声响亮，场面一度十分热闹。

如今这锣被辛秀翻出来再利用，她哐哐地疯狂敲锣，效果立竿见影，喜欢安静的雪山因为这噪声直接来了场雪崩表达自己的愤怒。

在雪山上大喊大叫，很容易引发雪崩，大家都懂。

辛秀在最后关头用存下的一点儿灵力唤出了叮当熊猫，给自己披了个厚厚的皮甲，然后就被呼啸而来的大雪淹没了，追着她的蛇弋自然也被一起淹没。

如果有其他办法，辛秀真不想用这种伤敌一千，自损八百的办法，都是被逼无奈。

厚厚的熊猫皮甲让辛秀拥有了强大的力量，她看准时机，在那一刹那，从雪浪中蹦起。不像蛇弋是强弩之末，她注意着保存体力，因此躲过了雪崩的最中心地方，只是被雪崩边缘扫到，砸在地上浑身火辣辣地疼，还好平安降落。

辛秀从雪地里爬出来，耗尽灵力的叮当熊猫又变成小小一只。师父给她炼制的这些东西好用是好用，奈何没有灵力就像没有电，这些好用的东西都需要灵力充沛时才能发挥作用，真是令人头痛，她以后一定要让师父研制不需要灵力也能使用的工具！

辛秀看一眼身后再度平静的雪地，往前走去。这一次她没有发出任何声音，只是快速奔跑。她是真的怕了那生命力顽强又甩不掉的美人蛇了，雪崩估计也弄不死他，她还是赶紧跑得远一点儿为妙。

雪山非常大，辛秀跑着跑着就有点儿不认识路了。四处都是皑

- 448 -

皑白雪，每一座山头好像都长得差不多。山中还突然下起了雪，寒风凛冽，温度极低。曾经差点儿被冻成冰块的辛秀裹起了大皮袄子，深一脚浅一脚地走在风雪中。

风雪太大，她几乎看不清面前的路。

应该找个地方暂时躲避一下风雪，辛秀哆嗦着，感觉自己的手和脚都没知觉了。

她有意识地在山壁上寻找，却没能找到什么能躲避风雪的地方，行走的脚步变得机械。她没有想到进入雪山之后，这里的天气会这么恶劣，这里简直不是人能活的地方。

不知在雪中踢到了什么，辛秀整个人往前扑倒。这一下子她浑身都失去了力量，连脚都抬不起来了。

辛秀叹道：这都到 boss 家门口了，结果最后不是被 boss 打死的，而是被风雪冻死的，这也太丢人了吧！

辛秀在雪地上躺了一会儿，积蓄了一点儿力量，再度艰难地爬起来，跌跌撞撞地走了两步。

突然，她望见前方雪地上出现一个人影——风雪中她看不清，影影绰绰的似乎真是个人。她快要被冻僵的脑子立刻转动起来，她警惕万分地握住匕首。她现在是跑不动了，还能站起来都算她毅力过人。

那人也发现了辛秀，靠近的速度更快了。

辛秀想着，应该不是美人蛇找来了吧？如果来人不是美人蛇，那就是雪山里雪山神那一阵营的大小 boss——好像情况也没有好到哪里去？辛秀盘算着，要来的真是敌人，不如她就先认输，只要对方不立马杀她，她还能挣扎一下。她也不是没做过这种事。

辛秀想着比较乐观的情况，但没想到情况比她想的乐观百倍，靠近的人是一个她之前无论如何也没想到的熟人。

"老……三？"

在风雪中走到辛秀面前来的人俨然是老三，她的三妹梅溪，看起来高冷不太爱理人，其实内心柔软又认真的姑娘。从她们各自离开蜀陵去做任务，她们也有好几年没见到了。和当初在蜀陵时的模样相比，老三成熟了许多，长高了，比辛秀还高出大半个脑袋。

"大姐？你怎么会在这里？"老三惊讶的情绪不比辛秀少，脸上的惊喜之色尤其鲜明。

辛秀几乎是听到她喊大姐的熟悉语调，脸上就露出了慈祥的笑容："老三？真是老三？我该不会是被冻傻了产生幻觉了吧？"

老三笑了一声，注意到辛秀现在的境况，上前搀扶她，并且毫不犹豫地把身上的一件披风解开递给了她："大姐，你把这披风裹在皮衣里面，披风上的火鸟毛能保持温暖。"

这么贴心，是她家老三没错了。

辛秀说："一起裹着吧，这么冷，别把你冻坏了。"

老三给她披了披披风才说道："放心吧大姐，我没有你怕冷。我在蜀陵住的地方不是也很冷吗？我早就习惯了。先别说话，我带大姐去那边一个避风的洞穴。"

在老三的带领下，进入那洞穴后，辛秀一下子感觉到风雪远去。洞穴里燃烧着火堆，比外面明亮温暖许多。辛秀跺跺脚把脚上的雪跺掉，老三已经帮她拍掉了身上和头上的雪。

两个人都坐到火堆边，辛秀这才问道："老三，你怎么也跑到旧乌来了？"

"旧乌？"老三很诧异，反问道，"这不是终山雪山吗？"

"我本来要去终山寻雪精花，因为路上管了些不平事耽搁了时间，所以前不久才到达终山。我已经找到雪精花的行踪，只是它十分狡猾，数次从我手里逃脱，我一路追着它才来到这里。"老三说道，"我以为这里还是终山，怎么到了旧乌？莫非旧乌和终山相隔很近，我才会不知不觉地走进这里？"

辛秀注意过终山雪山的位置，如今画了那么多地图，对很多地方的大致方位比较清楚。终山雪山在更遥远一点儿的地方，与旧乌之间的距离并不是特别近，二者中间似乎还有一小片内海，绝不可能像老三所说的那样能不知不觉从终山走到这片雪山里。

只是她看老三的神情，老三似乎真的不太清楚情况。

从她进旧乌开始，就怪事不断，许多事已经超出了辛秀先前的预料。她觉得这一次的事与先前打金刚天王菩萨以及面对仙西王母的事都不一样，那种从未有过的极度危险的感觉像达摩克利斯之剑，挂在她的头顶指着她，摇摇欲坠，令她也多了几分焦躁感。

辛秀思考了片刻，对老三说道："这里是旧乌，是个很危险的地方，尤其是这片雪山。雪山里似乎还有一位'雪山神'以及她的后裔，他们多是强大的怪物。只有我们两个的话，没办法和他们抗衡，所以，老三，我们恐怕要先离开这里。"

老三脸上露出犹豫的神情："可是，除了大姐，我没有在这雪山上见过其他活物。而且我还没有抓住雪精花，就这样离开未免可惜。"

辛秀毫不犹豫地说道："雪精花之后再说，等我们离开旧乌，我再陪你去终山找雪精花。"

老三说道："大姐不用陪我，我自己就可以。我记得大姐要到旧乌送信，大姐的任务完成了吗？"

辛秀想到这儿就郁闷："别提了，这信到底送给谁我都不知道……我怀疑祖师爷是想弄死我。"

听她语气坚定，老三虽然一时不清楚到底发生了什么，也答应了下来："那好，我们先离开这里。"

辛秀看老三一眼，神情微微放松，伸长了腿烤着湿透了的鞋子，说："等离开这里，我们还要先去找老二，他也进了旧乌，现在还不知道他那边是什么情况。"

之前她把老二送走，美人蛇后来一直专注在她这边，所以老二应该安全了。"

老三更加惊讶："什么？！二哥也来了这里，他不是要去流潭吗？"

辛秀说道："这就说来话长了……"

她又把这一路的事简单说了说。她每次遇到一个弟弟或妹妹就得说一遍，说得太熟练，像在说相声。

老三听辛秀讲完，总算明白大姐为什么要她立刻离开这里。

"事情确实不太对。"老三犹豫片刻又说，"大姐，我确实没有在这里见过你说的雪山神和什么怪物，但是发现了一个奇怪的地方，那里有人活动过的痕迹。那地方我不太好描述，大姐要去看看吗？"

辛秀沉默了，觉得好奇心在折磨自己！

她深沉地说："在危险的地方产生好奇心是很危险的，俗话说好奇心害死猫。"

老三了然："那我们就不看了，尽快离开这里。"

辛秀忍痛点头，同时心里盘算着，就算这次离开了，迟早还要再探旧鸟，只是下次要带熊猫师父来，就当度蜜月了。旧鸟简直就是个大型游乐场，打怪、解谜、还能跑酷，或许除了带上师父，她还得另外带其他的大佬，组个团来游玩才是正确的方法。

辛秀从大石的缝隙往外看了一眼，说："外面天色黑了，风雪太大，我们明日想办法下雪山。"

老三点头应答，顺手整理了个休息的地方出来："大姐，你先好好休息吧。"

辛秀依言躺到火堆边上，感觉自己这一阵子真是累到浑身骨头都痛。老三抬起了辛秀一直放在身侧的那只手，辛秀也懒得动。

"刚才就见大姐这只手好像受了伤，我替大姐看看。"老三十分贴心。

辛秀那只手是被美人蛇捏断的，她瞧着老三用法术给她治伤，忽然眯起了眼睛:"老三,你现在还能使用灵力?"

老三抬起头,火堆的暖色火光在她漆黑的眸子里跳跃,她微笑着,有点儿不明所以地说:"可以呀。"

辛秀一动不动,盯着老三看了许久。老三被辛秀看得感觉有点儿奇怪,回了个疑惑的眼神。

"我和老二到旧乌之后,身上的灵力一直在减少,如今基本上用不了灵力。"辛秀缓缓说道。

老三皱眉思考:"大姐的意思是,我身上有什么特殊之处吗?还是大姐在怀疑我不是真的三妹?"

辛秀淡定地拍了拍她的手:"我知道你是三妹梅溪。"这一点她刚才确认过了。

人是真实的,不是幻觉。聊天的时候,辛秀有意无意地引导话题,观察老三的反应,老三的一切表现都很真实。她们相处过的某些小细节,老三基本记得。至于不记得的事,老三也很随性,不太在意,没有流露出丝毫紧张之类的情绪,放松又亲近。

如果有这样的影帝能把老三演绎得如此活灵活现,辛秀就地认输,没什么好说的。

老三呼了一口气,靠坐在辛秀身边,说:"其实我刚才也有点儿怀疑大姐不是大姐,毕竟你出现得太突然,但是听大姐说了你这一路的经历之后,我就不怀疑了。"大姐那种做事风格只此一家,太鲜明,她一看就不是假冒的。

"所以我身上应该有什么我不知道的特殊之处。"老三分析着,皱起眉头。

辛秀手指点着旁边的石头,把从进入旧乌之后遇到的所有事一一复盘,说:"也有可能是我这边的问题。"

最后两个人达成共识,还是早点儿离开这里比较好。

天一亮,哪怕外面风雪未停,两个人还是准备离开。

"老三你能使用灵力,对我们来说倒是方便了,来,开我的车！咱们穿越雪线！"辛秀把飞车放了出来。

师父两度改装过的飞车对灵力的需求没有从前大，但还没法完全脱离灵力，偏偏辛秀现在一点儿灵力也没有了，老三这个代驾真是出现得太及时了。

辛秀坐上飞车的后座，看老三不太熟练地开着车。老三在蜀陵也开过飞车，但没有老二那么喜欢开车，因此上手次数不多。老三第一次在雪原上开飞车，还歪歪扭扭地画了个蛇形。辛秀淡定地坐着——只要坐过老二开的飞车，自然能培养出这种波澜不惊的乘车心态。

一阵歪扭之后，飞车渐渐平稳，流线型的炫酷飞车在雪地上划出一道雪痕，像风雪里的利剑，穿透阴霾。

虽然雪里飞车冷了点儿，但不得不说这种感觉还挺爽快的，飞车的速度也快到令人欣喜。

几乎没过多久，老三找到了下山的正确道路。雪线近在咫尺，辛秀没来得及放松，就感觉老三整个人颤抖起来。

随着老三的颤抖，飞车拐向了旁边的大石。如果不是辛秀及时扭转车头，她们大概要和那块硬石头发生惨烈碰撞。车子斜飞了出去，两个人各自摔落在雪地上。

辛秀跳起来奔向不远处的老三，一把将她抱起来："老三？！"

老三张口要说话，嘴里涌出大股鲜血，全流在了辛秀的手里和雪地上，异常刺目。

这到底是怎么回事？！

辛秀抬头，望见方才浅灰色的天空忽然间阴云层叠，有隐隐的雷光从灰云中透出，像某种威胁。

辛秀低骂了一句："难不成被雪山神发现了？！"她抱起老三就往雪线处跑。

可是越靠近雪线，老三的脸色就越灰败，老三甚至浑身痉挛震颤，停不下来地在辛秀怀里挣扎，血也不断从嘴里涌出来，看上去下一秒就会死。

辛秀脸色可怕，停住脚步，神色不定地望望距离不远的雪线，一咬牙试着往回走，往雪山上跑去。

在辛秀把老三带回雪山上时，老三的情况很快好转，她停止了震颤，也不再吐血，只合着眼睛显露出虚弱的模样，迅速陷入了昏迷之中。

老三难道不能离开雪山吗？

辛秀心里猜测着，探了探老三的脖子、心口和鼻息。老三心跳有力，呼吸正常。辛秀满心疑问，用雪擦了擦老三嘴边的血迹。

突然，老三伸手抓住了辛秀的手腕。再度睁开眼睛的老三用一种辛秀没见过的神情看了过来，辛秀心里一突，霎时被一股无形的力量慑住。

辛秀僵住的时候，老三缓缓坐起来，打量了她一眼，抬手抚过她的额心。好像有一片雪花落在她的额心上，冰冷的感觉深入骨髓，辛秀甚至觉得有什么东西在粗暴地翻搅自己的神魂。她清楚地看见老三从冷漠到扭曲的神情变化，这个老三现在正用一种异常灼热的狂喜目光望着她。

这是什么情况？

那眼神好像她是什么绝世美味，简直令人浑身战栗。

就冲这个表现，面前这个人肯定不是老三！

"老三"掐住她的脖子，张大嘴迫不及待地凑了过来——不管是要亲她还是要吃她，这都太吓人了。

辛秀一下子挣脱那股慑人的气势，一手把老三的脑袋按进了雪地里，喊道："老三，你醒醒！你不是被脏东西附身了吧？！"

起先还在挣扎的老三动作慢慢停滞，最后雪地里传来一声闷闷的痛呼："大姐？你做……什么？……"

辛秀分辨了一下语气，一下子放开手。老三顶着满头雪爬起来，和辛秀面面相觑。

"老三,你记得你刚才做了什么吗?"

"我刚才?我刚才不是昏迷了吗?"

辛秀蹲下来,说:"完了,完了,我就知道情况不会这么简单。"

老三甩了甩头,发现自己鼻子里又流出了血,瓮声瓮气地问:"哟——究竟怎么了?"

辛秀团了一团雪示意老三擦擦鼻血,语气沉重地说:"根据我的经验,我合理怀疑老三你身体里还有另一个人,你刚才好像想吃我。"

老三被辛秀说得毛骨悚然:"我没有察觉到有什么异样。"

辛秀追问:"真的没有?你再好好想想,来到这片雪山上后,是不是遇到了什么怪事?"

老三说:"如果真要说的话,只有一件事。我和大姐你说过的那个奇怪的地方,我在那里休息过一晚上,那一个晚上我睡得很沉……能让我感觉不太对劲的只有那里了。"

看来,就是辛秀不想去,也得去看看那个地方了。

辛秀也不打算挣扎了,站起来说:"走,咱们去你说的那地方看看。"

老三捂着鼻子:"我们不下山了?"

辛秀按了按她的脑袋,说:"傻孩子呀,你现在是没法离开这雪山了,一离开雪山你就要吐血,知道吗?"

老三问:"我刚才突然觉得浑身剧痛,真的是因为要离开这雪山?"

辛秀说:"我是这么猜的。"

老三说:"那我再试试。"得,这也是个倔强的妹妹。

老三试着往雪线那边跑,越跑速度越慢,痛得差点儿跪下——她果然无法靠近雪线。

辛秀看一眼天上再度聚起的阴云,迅速把老三拖回了雪山上。

老三擦了擦鼻血,说:"嗯,现在确定了。大姐,你自己下山去吧。你应该可以下山。"

辛秀直接把飞车拖回来,拍拍座椅,完全冷静了下来,说:"来吧,司机!咱们别搞你走我不走的经典剧情了,抓紧时间上车,去看看你说的奇怪的地方究竟有多奇怪。"

那是一个形状如同眼睛一般的天坑。

两个人从边缘看去,天坑底下都是数十米高的冰凌,如同冰树组成的冰霜森林,折射在冰凌上的光芒几乎照亮了整个天坑。

辛秀和老三顺着绳索滑下去。辛秀飘荡在空中,随着风飞旋的时候,一下子就感觉到自己的渺小——从顶上俯视的冰凌,在平视时几乎成了高塔。她们平安降落,踩在结冰的雪地上。辛秀仰头看去,眼形天坑上方旋转的阴云仿佛一颗眼珠正看向天坑内部。

"就是从这里进入。"老三指了指另一边那个开在天坑山壁上的长条形宽广洞口。

辛秀扭头看到那洞口。洞口没有雕琢的痕迹,但绝对规整的样子也并不像自然形成,从里面吹出的风表明里面肯定还有极大的开阔空间。

老三迈步往里走,却见辛秀没动,疑惑地喊了一声:"大姐?"

辛秀注视着冰霜森林的方向,说:"先去那里看看,我在上面的时候见到中心处一个格外大的冰柱有点儿奇怪。"

老三闻言,放弃了直接进入洞口的想法,跟在辛秀身后走进冰霜森林。

粗而高的冰柱能模糊映出人的影子,她们踩在冰雪上,走在冰霜森林中,哪怕周围很安静,只有她们两个人,余光也能捕捉到一些不同寻常的动静——好像是她们落在冰面上的影子,又好像不是。

辛秀招手把老三叫过去:"老三,来,你走我前面。"

老三说:"也好,大姐如今没灵力可用,在我身后护好自己,我来开路。"

辛秀说:"不,我就是担心你身体里那个家伙突然冒出来又要杀我,你在我背后走着,我怕到时候反应不及时。"

老三沉默了。

辛秀语重心长地说:"老三啊,你可千万得坚持住,要是你坚持不住,被别的东西控制,说不定一醒过来就看到大姐被你吃得只剩下一只手了,到时候那只手你是吃还是不吃?"

老三忍不住想了想那个画面,整个人激灵了一下,眉毛都快飞出去了,感到一阵反胃:"大姐,这种时候就别开玩笑了。你放心,我肯定坚持住……万一我没坚持住,大姐你逃跑的速度可千万要快!"老三不太放心地添了一句,"要不,大姐你再离我远一点儿?"

辛秀在老三身后大约一步的位置,将紧张的情绪传递给老三之后,自己显得轻松了许多,笑着说:"这是对你的考验,老三加油!"

老三无奈又严肃地盯着前方,心里更加警惕。

踩着积雪的嘎吱声轻微,呼吸声同样轻微,她们安静地到达了那根巨大的冰柱下。

冰柱如同巨树,"树干"粗壮,往上看去,直插云霄。

"咦?"老三伸手抚了抚冰柱上结着的冰花,仔细往里看。

辛秀有一双被炼制过的眼睛,看得比老三更加清晰,此时直接开口说道:"里面有一柄巨剑。"

黑色的巨大长剑被冰霜包裹,成为这片冰霜森林里最高大、最粗壮的冰凌。

"老三,来配合一下,咱们把这冰弄开看看。"辛秀抽出龙神之角匕首,横插进冰凌中,绕着冰凌狠狠一划,划出去好几米,切豆腐般切割出大块碎冰。

老三上前一步,说:"大姐,你先退后,让我来吧。"

辛秀依言退后,避在不远处一根冰凌后面,看着老三对准切开的缝隙运转灵力。不多时,冰块碎裂的咔嚓声此起彼伏,冰柱上出现无数闪电状的裂纹,纹路不断蔓延。老三飞身而起,一脚踢在冰柱之上,一下、两下、三下——哗啦——冰柱的柱身在巨力的撞击下碎裂成块,半透明的坚硬碎冰从巨剑上寸寸剥落,砸在地上。老三灵巧地避开这些坠落的碎冰,踩着碎冰再度跃起,将巨剑上另一半的碎冰也踢散。

冰柱大部分被剥落之后,黑色巨剑清晰地出现在她们眼前。它静静地伫立在雪地上,剑柄处还结着没有散落的碎冰,剑身大范围覆盖着冰花,显得又冷又孤寂。

老三轻巧地落在一块碎冰上,仰头望着这柄巨剑。

辛秀也走上前去。巨剑是露出来了,但巨剑的底座还结着冰,那些冰层里冻着起码上百具模样不同的尸体,上层的冰碎裂后,底下这些尸体就清晰了许多。

老三见辛秀去查看巨剑底座下的尸体,也走上前去,问:"这里怎么会有这么多尸体?这些尸体的模样很奇特。"

辛秀瞧着那些被冰雪阻隔的尸体,手指在冰面上无意识地划了划,说:"这些尸体,我觉得他们可能都是雪山神的后裔,就像我先前遇到的那条美人蛇一样。"

所以,老三说在这里没有遇见什么怪物,很有可能是因为雪山神的后裔都已经死在了这里。这些怪物死成一堆,被冻成一块。

因为面具给辛秀的沉浸式体验,知晓大部分故事的辛秀不难猜到,这把剑就是猰㺄大师伯的剑。大师伯当年最后那次独自来到雪山,不仅对雪山神做了什么,还用这把剑将雪山神一干后裔都杀死在此处——大师伯真是个强到可怕的女人。

同时,辛秀心里也明白,既然这些雪山神的后裔死去,那么占据了老三的身体的很有可能就是雪山神。雪山神可能因为当年的猰胡大师伯而变得虚弱,才会附身在老三身上。

一定也是雪山神用了什么办法把老三拉到这片雪山里,试图占据老三的身体。可是,为什么偏偏是老三?

辛秀的目光在巨剑上徘徊一阵,又在身旁的老三的身上徘徊一阵。

"这是猇胡大师伯的剑。"辛秀若有所思地说。

老三望着剑,说:"确实,剑身上隐约有两个字,看着好像是'镜湖'二字。"

辛秀一推老三的肩膀,说:"你去试试能不能把这剑弄出来。"

老三说:"我?这么一柄有灵性的巨剑,我应当弄不出来,就算我还能使用灵力也没有办法。"

辛秀却推着她,催促道:"快去试,快去试,你没听说过那种前辈死后留下武器,有缘人遇到就能拔起来并且拥有的好事吗?说不定你就是这个幸运儿!"

老三觉得有些莫名其妙,被辛秀推着往前走,还扭头笑着说道:"如果是这样,说不定大姐才是有缘人,大姐先请?"

辛秀心想:可惜我知道的事太多了。辛秀没准备把自己猜测的结果告诉老三,只将她推到巨剑跟前。

老三将手按在巨剑剑身上,用力推了推,又收回手,说:"没什么用。"

辛秀说:"再试一下。"

老三又卖力地推了一阵,巨剑纹丝不动。

莫非自己猜错了?辛秀拉起老三的手,决定尝试一下小说中常见的方法,用匕首在老三的掌心一划,接着将老三的手掌往剑身上贴。

老三呲了一声,哭笑不得地说:"大姐,就算你用我的血去试也不可能……"

巨剑清鸣一声,音如凤鸣,在整个天坑里回响。在所有冰柱都簌簌震动的时候，巨剑迅速缩小，变成了一把可以手握的黑色长剑，落在老三身前，剑身仍在轻轻颤抖。

老三愣住了。

辛秀拍拍老三的肩，说："你看，大姐说了你是有缘人。"

现在她猜测成真了，她家老三梅溪十有八九是大师伯转世。祖师爷常说什么因果、前缘，修仙人讲究这个，所以老三被弄到这里，估计就是前世作为猿猢的因导致的果。

那自己呢？自己也被牵扯进这最后一个关卡，这里和她辛秀又有什么因果关系？

老三收了把绝世宝剑，握着剑挥了挥，忽然皱眉，低声说道："大姐，我觉得这剑好像……很伤心。"

剑很伤心？这么唯心吗？老三怎么感受出来的？

辛秀只能说："哦，那你把它带在身边，和它多沟通，哄哄它。"

老三却反手把剑放到辛秀面前，坦坦荡荡地说："我身体里本就有个不知身份的人存在，我再拿着这剑恐怕对大姐不利，大姐先保管这剑吧，有武器在手也好自保。"

辛秀一想也是，接过了剑。剑一入手，她没感觉到伤心，就觉得冷冰冰的，剑气有点儿刺人。

两个人又一前一后地在周围观察寻找一阵，没见到其他异样，便一同前往老三先前所说的奇怪地方。

两个人从那长方形的通道进去，没有出现其他弯弯绕绕的通道，直接就是一个空间高阔的地方。无数白色方形石块组成石台，一处处石台垒起，堆出一座高不可攀的建筑，建筑顶上却有一块平台——确实像老三说的一样奇怪。

"老三，你爬上去过吗？上面是什么情况？"辛秀问。

"没有，我当时十分疲累，不知不觉就在这底下睡着了，醒来后觉得此处奇怪，就匆匆离开了，没有多探察。"老三老实地说。

"好，那我们爬上去看看。"辛秀说。

两个人站在白色石台下方，需要她们攀爬上去的石台建筑越发显得高不可攀，令人望而生畏。每一个石台的高度都尤为可观，无法轻易爬上去。

此时，辛秀掏出来一架梯子。

老三惊讶地问："大姐，你这梯子……你怎么还带了梯子？"

辛秀把梯子架上去试了试，说："哦，我路上遇到一对贫困的母女，顺手帮她们修了修房子，梯子就是当时做的。反正百宝囊里放得下这梯子，我就随身带着了。"

老三内心感叹：不愧是大姐。

她们踩着梯子上一格，把梯子提上去架好，再上一格，速度倒也不慢。这样不断往上攀爬，慢慢变成了机械动作，辛秀爬着爬着有点儿走神，所以石块缝隙里突然间伸出来一条尾巴把她拖进去的时候，她没能第一时间反应过来挣脱。

辛秀摔进大石缝隙里，被那条尾巴拖着迅速往前移动。她不得不抱住脑袋，防止自己撞到石壁，大石缝隙里太挤了。她在颠倒中看了一眼自己的腰上，好眼熟的尾巴——又是美人蛇！

辛秀百思不得其解，这是怎么回事？这美人蛇的生命力未免太顽强了！他不是被雪压住了吗？他又是什么时候溜到这里来的？关键是美人蛇抓她干什么？！

听到后面老三的喊叫声，辛秀简直想叹气。美人蛇先前看她一眼，就能认出她是不是獍胡，如今真的獍胡转世在那里，他不抓，反而来抓她。她和老三，一道题就这两个答案，摆到美人蛇面前了，他还能选错！辛秀痛心疾首得像一个数学老师。

蛇弋似乎对这里的地形很熟悉，转来转去，很快甩掉了老三。辛秀被啪一声甩在地上，脖子又被人掐住了。

"她的剑！"蛇弋抖着手，眼睛里都是光。

他紧张地往他们来时的方向看了一眼，面露恐惧、焦急之色，拿出鬼面具就往辛秀的脸上按，急促地道："把猲胡还给我，还给我！"

辛秀心道：大哥，你冷静点儿，剑不是我的，我也不能戴上面具就变成猲胡，你把我的鼻子压扁了我也变不了！

辛秀努力拯救着自己快被面具压扁的鼻子，想把发疯的美人蛇踹开，这时候老三的声音透过缝隙传来。蛇弋一听老三追过来了，脸上的恐惧之色更浓，焦躁地一把拖住辛秀，慌不择路地继续跑。

辛秀觉得此时此刻的自己就像个拖把，被拖着甩来甩去。大概是被她那龙神之角匕首刺出心理阴影了，蛇弋现在拖着她几乎把她甩晕，好保证她没有任何机会动那柄匕首。

辛秀感觉自己在被往上拖，脑袋都被撞出来好几个包。再度停下来时，辛秀已经被美人蛇带到了白石建筑的最高处。

平台上有一口青铜大钟，小半隐没在穹顶上，大半笼罩在高台上。大钟底下的空间里，一座半人半蛇的雕像正用慈悲面容俯视下方的辛秀与美人蛇。

雕像一手托着几个小人，另一手往前探去。辛秀瞥见雕像的右手食指似乎少了两节指骨。

"快点儿！快点儿让她出来！"蛇弋再度扑上来，仍不放弃用鬼面具压辛秀的鼻子。

辛秀忍无可忍，大怒："我不是你的猲胡，猲胡是在后面追我们的那个！"

蛇弋一愣，同样大怒："你骗我，那是母亲，不是猲胡！"

辛秀心道：确定了，老三身体里的东西是雪山神！

雪山神还没发飙，面前这个美人蛇看上去更危险。辛秀脑子一转，幽幽地说道："你不是说你爱猲胡吗？怎么连她的转世也认不出？我背着的这把剑，就是她收起来暂时交给我保管的，你说她是谁？"

蛇弋握着鬼面具，有些发愣。

老三恰好在这时追了上来。蛇弋扭头看着老三，身体不知道是因为恐惧还是激动而颤抖着。

"放开她。"老三面带怒气，心念一动，被蛇弋拿到一边的黑色长剑就落到了她的手中。

执剑对着他的人显得那般冰冷肃杀。蛇弋颤抖得更厉害了，缠着辛秀的脖子的蛇尾也缩了回去。辛秀悄悄挪了挪，听到他喉咙里发出咕噜两声，仿佛含混地吞下了一个名字。

"獍胡……"

蛇弋伸长手臂，往老三的方向探了探。

老三这时突然闷哼一声，嘴角溢出一丝鲜血，脸上神情倏然变换，阴毒地盯着蛇弋："母亲的好孩子，你竟然还敢回来，是准备接受惩罚吗？"

说话间，她毫不在意地任由嘴边的血不断流下。

辛秀和蛇弋看着这个突然神情大变的老三，辛秀神色凝重，蛇弋更是恐惧又恍惚。

不能让这个雪山神再出现控制老三了，不然老三的身体会受不住。辛秀才这么忧虑地想着，就见蛇弋发狂一般凶狠地朝老三扑了过去。

辛秀大惊："等一下！"

事情发生得太突然了，蛇弋几乎是毫不犹豫地扑过去，一手成爪捅穿了老三的腹部。而被雪山神附身的老三同样没有留情，露出与他一样凶狠的神情，直接用手中的长剑斩断了蛇弋的脑袋，断绝了他的生机。

蛇弋的脑袋飞了出去，滚落在辛秀身前不远处，鲜血狂涌。

哪怕是辛秀都没想到这个发展，看着那颗头颅惊呆了。过了一会儿，她才迅速越过蛇弋的脑袋，跑到老三面前。

老三的腹部破了个大洞，正在不断流血，但她神色清明，属于雪山神的凶狠神色从她的脸上退去。在她身前，蛇弋的无头身躯轰然倒下。

老三摇摇欲坠地收回剑，稳住自己的身体，如梦初醒，神情有些茫然地问："大姐？我刚才又被控制了？"

说着，她不由自主地看向不远处的蛇弋的头颅。

那颗头颅上，一张嘴还在开合着，好像在说些什么，但是已经发不出声音，唯独眼睛仍然紧紧地盯着老三，里面明亮的光像黑夜里的残烛，一阵风来，就慢慢熄灭了。

——"哪怕我转世成为另一个人，也会来这里再次和你相见，不过到那时候，你还能认出我吗？"

——"能的，我一定能的！"

——可惜，我却不记得你了。

辛秀注意到蛇弋满是鲜血的手中握着一团血肉，那是老三腹部的血肉，而这团血肉之中，包裹着两节洁白发光的指骨。

"老三，你看这个。"辛秀一抬头，看见老三脸上的一道泪痕，声音骤然停住。

老三回神，将目光从蛇弋失去了生机的头颅上移开，擦了擦脸上的泪痕，奇怪又有些不好意思地说道："我怎么流泪了？"

辛秀抿了抿唇，抬手替老三擦了擦眼泪："大概是疼哭了。"

老三捂着腹部，运转灵力止血、修复伤口，从刚才那种莫名的情绪中抽身，皱眉看向蛇弋的尸身："这个蛇尾怪物就是大姐先前所说的人蛇？他方才是要攻击我才被杀的？"

辛秀沉默片刻后，说："或许不是攻击你……算了，这些都不重要，你来看这两节指骨。"

蛇弋刚才大约终于认出了自己等待多年的人，豁出了性命想要救她，可惜，最后连一句"你回来了"都来不及说。

或许他们的故事早该结束，毕竟这世上早就没了蛇弋心心念念的獂胡，当年獂胡答应的再相见也只是一个谎言罢了。

辛秀并不想让老三知道獂胡大师伯与她的关系，也不想让她知道蛇弋与獂胡的故事，这些说到底都和她无关。

事过境迁，她已经连唏嘘都不需要了。

为了转移老三的注意力，辛秀指着蛇弋手中抓着的那团血肉，示意她看里面包裹的洁白骨头："老三，你看看这个骨头，好像是人的手指骨头。"

受伤后脸色煞白的老三垂首看去，轻轻皱起眉："骨头？这分明是石头啊，形状有点儿像手指。"

辛秀眨了眨眼睛，又仔细看了看骨头——仍是那洁白到发光的两节指骨。可老三说得很认真，虽然因为疼痛额头上冒着细汗，但眼神并不迷糊，显然神志清醒，没有眼花。

"你仔细说说，看到的是什么样的东西？"辛秀问。

老三也发觉了，自己和大姐可能看到的是不一样的东西，不由得舔舔唇说道："是泥土的颜色，形状好像是半根手指。"她将目光转到她们身后的那座半人半蛇的神像上，一眼看见那根缺失的手指，立即说道，"就像这座神像上缺失的手指。"

看来她们看到的确实是不一样的东西，辛秀看到的是骨头，老三看到的是泥塑手指。辛秀思考着，是因为自己的双眼曾被熊猫师父炼制过，还是有其他原因？面对那节指骨，辛秀感到十分不适，下意识地将老三拉远了一点儿。

"那手指很古怪，显然是从你的身体里弄出来的。我怀疑那个附身在你身上的雪山神就是这指骨，你记得你是什么时候把这东西弄到肚子里的吗？"

老三捂着腹部，努力回想却一无所获："我不记得了。我没有见过这东西。"

辛秀心里思索着该怎么毁掉这古怪又危险的骨头，忽然发现那骨头在这段时间内再度发生了异变——它化在了蛇弋的血肉里。与此同时，蛇弋无头的身躯开始颤动。

老三惊讶地说："这人蛇没死？"

辛秀严肃地说："不是他，是雪山神，那骨头在搞鬼！"

难道说雪山神连死去的身体也能使用和控制吗？

辛秀掏出一罐油，往那具无头尸体上泼，同时催促老三："快用火烧了他！"

老三顾不得其他，迅速召出一点儿火落在尸体上。

火沾上油迅速烧起来，然而就在此时，那尸身忽然熔化了，化成一摊血水。火焰渐渐熄灭，血水流动着，仿佛有生命一样向着辛秀和老三的方向漫延。

辛秀一把拽起老三，搀扶着她一同后退。老三还要攻击，被辛秀按住了手。

"没用，省点儿力气，就算变成骨头，雪山神恐怕也不是我们能对付的。但她现在一定很虚弱，我们赶快离开这里，不能让她再有机会寄生在我们身上！"

辛秀急声说，准备带着老三从先前蛇弋带自己上来的那道缝隙逃跑。

没走出两步，辛秀发觉面前的白石地面出现丝丝缕缕的红色鲜血，像一张蛛网等着她们撞上去。辛秀猛然停下脚步，谨慎地往后看了一眼，就这一眼令她毛骨悚然——身后那摊血水竟然消失了！

不好！

辛秀立刻要换方向，然而不管她们换哪个方向，前面都会出现丝丝缕缕的鲜血，要将她们包裹在中间。

辛秀下意识地抽出镜湖剑去斩那些血丝，血丝没有被镜湖剑斩断，一触碰到镜湖剑，就如同细长的血虫顺着长剑飞快向上蔓延，似乎将剑当作一个通道，想要蹿进辛秀的手里。

血丝即将碰到辛秀的手指的时候，老三在辛秀的手腕上一敲，使她松开了长剑，接着反手把她抱在怀里，尽可能地护住她，用自己的身体冲破了血线的包围。

老三如今比辛秀这个姐姐还高，抱着辛秀时将辛秀护得严严实实的，没有让辛秀沾到一丝血线，可是她自己身上已经爬满了血丝。

那些血丝穿透她的衣服，印在她的皮肤上。老三原本白皙的皮肤霎时出现一道道血丝的痕迹，就像身上裂开的缝隙，不断有血从那些"缝隙"里流出来。老三的脸色本就因为受伤苍白，如今连嘴唇都失去了颜色。

"老三！"

辛秀没想到老三会突然这么做，见她满脸痛苦之色，立即去掏自己身上的药瓶，倒出了补血的和一些其他补身体的丹药，就想往老三嘴里送。然而手伸到一半，辛秀看清楚自己手中丹药的模样，突然手一抖将那些丹药全部远远丢了出去，十几枚丹药滚落一地。

刚才她倒出来的丹药中，俨然有一节小小的洁白指骨。

该死，那鬼东西怎么会出现在丹药瓶里？可辛秀再仔细一看，白色指骨又没了。

老三浑身是血，好像整个人都已经裂开，伸手按住辛秀的手，声音低微，语气虚弱地说："大姐，别急，我没事。"

辛秀望着三妹这模样，再看看周围地上布满蠢蠢欲动地朝她们蠕动的血丝，感到束手无策。

渺小如她们，连挣扎都没用吗？

辛秀怒骂一声，放下老三，握着匕首站起身，直扑向旁边那座半人半蛇的神像。

辛秀带着满腔怒火，踩着神像的手臂跃起，将匕首刺进神像的眉心，狠狠往里扎去。

那节指骨是从这座神像上掉下来的,如果那是所谓的雪山神,那么这座神像应该和指骨有很大关系。哪怕这座神像看上去像是造人的女娲神像,是受香火供奉的大地之母,辛秀也毫不犹豫地动了手——她有种不甚清晰的直觉,想要试试毁了这神像会发生什么事。

在她的匕首扎进神像的眉心的一刹那,她听到头顶巨大的铜钟响了起来,厚重的声音好像穿透了时间与空间,从远古传来,刺穿她的双耳。

一瞬的震荡过后,她感觉周围的世界仿佛凝结成琥珀。她一动不能动,看着神像带着凝固的慈悲神情伸出手抱住了她,神像裂开缝隙的眉心处缓缓浮出一节指骨——这节指骨不是白色的,而是黑色的。

黑色的指骨迫不及待地钻进辛秀的眉心。

与此同时,辛秀发觉自己的百宝囊动了动,有什么钻了出来——是最后一封信——祖师爷交给她,她却不知要送给谁的信。信变成一只白色小鸟,像她在蜀陵幽篁山里见过的云雀。

小白鸟追着黑色指骨一起钻进了辛秀的眉心。

不知从何处传来的钟声突然响彻蜀陵。

蜀陵后山上天台处,正在等候师弟申屠郁完成人仙之劫的韩房子望向天际。

"时机到了。"

玉树枝叶簌簌摇动。

灵照仙人的声音让韩房子猛然回神,韩房子回身望去:"师父?!"

灵照仙人真身所化的玉树骤然变作一道白光,飞向天际铺展开来,凡他法相经过之处都好似披上破开黑夜的晨曦之光。

"我先行一步,尔等随我一道。"灵照仙人留下这么一句话,白光便照向远方。

从蜀陵建成便镇守此处从未离开的灵照仙人如今真身离去,整个蜀陵都随之发生了震动。韩房子正欲出手,便见有一道灵力从蜀陵之下往上渗透,稳住了蜀陵的气脉。

灵照仙人的二弟子扈先紫从地下浮出,身旁站着仙西王母扈真。

"师父令我镇守蜀陵,师弟你这便随师父前去吧。"扈先紫说道。

韩房子叫了声二师兄,说:"申屠师弟正在度人仙之劫,我走了,二师兄可要多加关照……"

不等韩房子说完,扈先紫不耐烦地往上天台旁边的竹林里一指,示意他看过去。

韩房子一看,申屠师弟竟然在这紧要关头突破了人仙之劫,一句话没说已经跟着师父先走了。

韩房子说道:"我好歹也守了师弟这么久,他成功度了人仙之劫怎么都不打声招呼?"

扈先紫更加不耐烦:"你怎么年纪越大越啰唆,还说什么?赶快走吧。"

韩房子只好肃着一张脸,同样化作白光飞向天际。

除他之外,蜀陵各处,凡是闭关的灵照仙人的弟子全部同时出关,辛秀没见过的好些师叔师伯化作一道道白光从洞府中飞出,好似白日流星。

"在蜀陵待了这么久,总算能出去了。"

"诸位师兄,好久不见。"

"师父有令,不要多言,速速追上!"

"哈哈哈哈,这便去了!"

扈先紫站在上天台上,望着师弟师妹一个个化光远去,神情凝重。

在他身旁的扈真倒是笑着，忽而拍了拍手："我如今才明白了一件事！"

扈先紫瞧她一眼，扈真便说道："原来我将仙西搬来蜀陵，是灵照老……灵照仙人早已算到的。他需要我来蜀陵，代替他镇守蜀陵一时，否则这种时候，他这个阵眼一离开，蜀陵就要被混乱的天地灵气搅成碎片，无法再与旧乌抗衡了，我猜得对不对？"

"我不知晓。"扈先紫表情难看。

扈真怜爱地抱着他的胳膊，温柔地说道："你师父什么都不告诉你这个弟子，可见就是不把你放在心上，哪里比得上我？我永远都将你视作最重要的人，毕竟我们夫妻一体。"

扈先紫的表情更难看了，他感觉扈真好像人间那些趁着婆婆不在家向丈夫说婆婆坏话的媳妇儿。

不，我一个修仙之人怎么会有这么可怕的想法？一定是秀儿师侄之前总在耳边念叨，把我带偏了！

想到辛秀，扈先紫又不由得皱眉，看向师父与诸位师弟消失的方向。秀儿师侄会平安归来吗？还是会像大师姐一般——

这一场延续许久的劫难已经牺牲了太多人，若是再无法彻底消弭，师父恐怕也没办法再等待下一场轮回中的生机了。

辛秀站在荒芜的大地之上，举目望去，天色阴沉。

灰黑色的云铺天盖地要将她彻底淹没，她是这样渺小，仿佛眨眼间就会被那些灰霾吞噬。

她感觉不到自己的身体，也无法看清周围的景色，站在这里就好像守着身体里的最后一片领土，灰云则是准备侵占她这具躯体的敌人。敌人凶狠地朝她进攻，她没有丝毫抵御的能力，只能眼睁睁地看着对方吞噬这片天地，清晰感觉到无处可逃的窒息。

忽然间，灰云之中出现了一丝光线，一只白鸟钻破灰云飞向她。灰云之中的缝隙越来越大，晨曦瞬间撕开笼罩大地的阴云，无数光透进来。

这些光托在阴云下方,铺开在大地上,阻挡着阴云的侵蚀,又慢慢围成一个光圈,将她护在中间。

接下来,就变成了灰云与白光的争斗。

辛秀甚至颇有闲心地想:他们是把我的身体当成战场了吗?

事到如今,辛秀也有些明白是怎么回事了。现在保护她的白鸟是祖师爷的信变的,那封信不是别人的,就是给她准备的。

联想到雪山神附在老三身上的时候曾对她露出过狂喜、垂涎的模样,她觉得自己大概是个还不错的诱饵。

这些大佬为什么要在她的身体里打架,她不清楚,也反抗不了,只希望他们能爱护"场地",别把她一起搞死——这一点大约只能寄希望于己方的祖师爷,因为显然雪山神就是想用她的身体和魂魄,用不到就要和她鱼死网破。

她自问是个普通人,如果非要说有什么不一样的地方,大概就是熊猫师父还给她的一魂一魄——那是巫族的一魂一魄。这种人族和巫族混合成功的奇迹估计就她一例,真的比大熊猫还稀奇,雪山神可能有这方面的需求。

辛秀的身体陷入昏迷之中,成为双方拉锯的战场的时候,旧乌发生了从未有过的动荡和混乱现象。

雪山在许久之前的那次动荡后再次崩裂,无数冰峰倒塌,雪峰融化。而砂石地上海水翻涌,许多生活在海中的自上古繁衍下来的奇怪物种被切割开的空间震到另一处荒野上。旧乌上空海水倒灌,瓢泼大雨顷刻间落下。

伴随着地动,旧乌边缘处的山与地都倒塌、开裂了,好像有人用力摇晃着世界。

那些数量稀少的上古遗族和杂交降级的混血物种,大多生活在距离雪山很远的地方,此刻也因为地动纷纷往外逃亡。

无数活物在远离雪山,在这种时候逆流而上的,只有一个左臂如龙爪的青年和一个高壮的三眼巨人。他们避开那些奔逃的生物，走在前面的青年身上还带着伤，却坚定无畏地前往雪山。就像凝成他的左臂的那条龙也曾不顾一切地想要救自己的姐姐，他如今也一样想要救自己的姐姐。

旧乌之内天翻地覆，影响还在不断往外扩散。

最靠近旧乌边界的凡人地界上，一个人数不多的部族驻扎在那儿。几个人正赶着洁白的羊群回去，忽然间见到天边出现白雾。不该在这种时候出现的白雾飞快地朝他们的聚居地蔓延过来，似乎要将他们笼罩住。

人们惊恐地看着那些突然出现的浓雾，看着浓雾中黑色大山一般缓缓挪动的影子。对这样庞大而未知的不可名状的生物，所有人都感到一种从内心生出的恐惧情绪。

"那是什么？"

"天哪——那是什么怪物？！"

"快跑啊！"

他们抛下牛羊拼命奔逃，惊惶的尖叫声随着浓雾的靠近变成了绝望的哭喊声。

膨胀着往外扩散的旧乌就像一个巨大的怪物，从边界开始吞噬外面的世界，浓雾和黑影终于笼罩住奔逃不及的人群。被浓雾罩住的人瞬间感觉到窒息，死亡的信号在他们的脑海中变得鲜明。

然后下一瞬，远方飞来的光照在他们的身上。那道光芒所到之处，浓雾被驱散，黑影蜷缩，膨胀的旧乌迅速缩了回去。

一道光……两道光……无数道光出现在天边。

"阿姆，那是神仙吗？是神仙变成星星落下来救了我们吗？"从浓雾中逃脱的阿果大口喘气，紧紧依偎在母亲的怀里，看着那一幕场景。

作为凡人，小女孩儿阿果一直将这一幕场景深深记在心里，直到几十年后死去的那一刻还念念不忘，伸出干枯的手模仿着白光划过的弧线。

黄昏时分暗淡混沌的天空，被白光照成清晨的颜色，仿佛时间倒退。这些光芒驱散黑影和浓雾，好像赶走了夜幕。族人跪在地上表达劫后余生的喜悦之情，阿果却一动不动地注视着天，觉得这是她一辈子见过的最震撼、美丽的景色。

最前面的那道光划破天空，径直落入旧乌的雪峰中，穿透山壁，钻入女娲神像怀中的辛秀的眉心里。

其余跟随而来的光也一道道进入旧乌。旧乌原本的屏障在铜钟声响起、神像裂开后，变得无比薄弱，这才使得他们都能进入。

有白光落在赶路的老二身边，一句话没说就将他收进了袖中。

有白光落在昏迷的老三身边，同样叹息一声将她收起。

速度仅次于灵照仙人的那道白光则落在辛秀身边。他将双目紧闭、眉心发光的辛秀从神像怀里抱进自己怀里。

"申屠师弟……"

有人想说些什么，却见申屠郁周身亮起一道灵光。申屠郁将自己与辛秀封了起来，随即竟用自己的神魂与辛秀的神魂连接——就像把自己变成她穿的一套铠甲。这样一来，辛秀的魂魄受到的冲击自会有他一起分担，可是若辛秀无法承受身体中灵照仙人与雪山神的交锋，魂魄消散，申屠郁也会跟她一起魂飞魄散。

阻拦不及，也无人阻拦他的行为，众多同门只能看他一眼，再度飞往旧乌各处。

今次，无论灵照仙人与雪山神一战结果如何，旧乌都将完全敞开，若是他们不管里面这么多上古族群，定会酿成灾祸。

真正的战场十分安静，唯一有幸观战的人只有辛秀。

她并不知道自己偷偷思念的熊猫师父已经来到身边。此刻，她已经变成孤岛，坐在一层白光笼罩的地面上，看着自己的世界被两位神仙变幻出各种模样。

她还看到了许许多多在远去的时光中消失的景象——那是雪山神的记忆与世界。

女娲神与众多上古神明各自创造种族,在最开始,女娲神创造的种族并非人族,而是女裔族——不分性别,生育能力惊人。就像女娲神的真身是人身蛇尾,女裔族也同她一般,是她按照自身形象所创。

为了让女裔族强大,让他们能一直繁衍下去,女娲神割去自己的蛇尾,用自己的血肉半身创造出这个种族。

然而,女裔族与其他神明所造的种族一样,创造出他们时,女娲神就感觉到了他们的不可控性。当他们在大陆上迅速扩大地盘,达到强盛的顶峰的时候,女娲神的双眼就已经看到了他们的灭亡场景。

于是失去了蛇尾,长出了双腿的女娲神再度创造了新的种族——人族——彼时大陆上个体能力最弱的一个种族。

辛秀听熊猫师父说过那些事,如今又亲眼见到了。

女娲神预见女裔族的衰亡命运后,就用泥土造了无数人类,然后作为神明中第一个陨灭的神,将自己化作人族的魂魄,使人族能够轮回。至此,人族才拥有了独一无二的生命,成为唯一能在这世上千万代繁衍下去的种族。

作为大地之母和人类始祖,女娲神唯一留下的东西,就是一节指骨——她造人时给人族以生命的那根手指。这根手指被赋予了特殊的力量与信仰。

指骨被人们嵌入女娲神像内,受香火供奉。

之后就是神造的各个族群的衰亡。除了妖族与人族结盟,因此留存了一部分妖,其余种族都是力量越弱,消亡越快。

巫族的辛秀就是在这之后的一个阶段里消亡的,化作了漫山的竹林。那时候的妖族深涂四处寻找让她复生的办法,长跪于女娲神像前,最终求得一丝生机——不仅是辛秀的生机,也是千万年后人族的生机——女娲遗存的指骨里保留的最后一丝意识，使得辛秀以巫族的身份轮回。

人族强盛，各族衰败。

而女裔族，这个同为女娲神所创造的种族，就像第一个被放弃的孩子，将与其他种族一样消亡。

各族神明不甘消亡的结局，各显所能，共同造出一个独立的碎片世界，使得极少数族人进入这个世界而不至于灭绝——这便是最早的旧乌的由来。

至于雪山神，她并非真的神明，而是名为青女的女裔族首领。青女与一名强大的巫族人相恋，为了活下去，吞噬了那名巫族人的力量，改造了自身。那名被恋人背叛的巫族人死后化作雪山，将青女困在此处，她不得不沉眠在雪山底下等待生机。

很多年过去，人族中一位野心勃勃的人物想要得到长生的力量，听说了旧乌这处上古遗族存在的地方，偷走女娲神像后，又借由神像中的女娲指骨穿破旧乌的屏障，来到旧乌。

沉睡中的青女被女娲指骨的力量唤醒，得到女娲指骨，并用自己的力量污染了它。她用女娲指骨的力量让旧乌中的各族后裔血脉肆意杂交，造出了许多不同的"畸形儿"。

然而，青女使用女娲指骨的力量会使身体更加虚弱，她原本的身体就因为使用指骨的力量衰败下去。于是她生下不同的后裔，并让这些后裔为她提供身体。

尝试过所有种族的身体之后，她发现只有使用人类的身体，才能完全发挥出女娲指骨的力量。

"同样是女娲神创造，我们女裔族甚至是她的骨血所造，为何得到偏爱的却是人族？！"

"为什么人族得以长久，我们却要消亡？！"

青女看着族人消亡产生的怨气、长久岁月里对力量的渴望，还有心中生出的贪婪，使她成为旧乌中妄图操控并制造更多种族的雪山神。

她不断更换因女娲指骨力量崩溃的躯体,想要得到一具能长久使用并被女娲指骨认可的身体。

她将自身的血肉身躯炼入女娲指骨后,无法与单纯的人族血脉融合。她需要人族与巫族或者人族与女裔族血脉混合的身躯,只有得到这样的躯体,才能彻底炼化女娲指骨,挣脱雪山对她的束缚,带着她制造出的无数上古遗族,去占据人族拥有的美好世界——去抢夺,去毁灭!

辛秀这才明白为什么自己会被雪山神看上,自己确实是个美味的饵。所以,在她到来后,虚弱的雪山神迫不及待地现出真身,想要与她这个健全的人族与巫族混合的魂魄以及身体融合。

而祖师爷大约就是每个故事里都必须存在的,那个得授天命要来阻止大 boss 的正派领袖了。

她这么一看,这好像还真不是个新鲜故事。这个世界有一群人要去毁灭什么东西,就一定有另一群人要阻止他们,说到底就是各自为生存博弈。

辛秀瞧着自己的意识世界里黑白分明的双方,时间的流逝感慢慢变淡,只有他们此消彼长的变化。

辛秀不知道那些战场之外的人是什么感觉,只觉得自己被两种力量冲击久了,这具由神魂凝聚的身体在慢慢消失,最开始是脚消失了一截,像个幽灵。

他们要是这么没完没了地打下去,她不会整个都消失吧?

辛秀想起了熊猫师父。

他这个师父当得太难了,一开始碍于身份纠结了那么久,后来好不容易克服社交恐惧症和身份差距谈一次恋爱,都没好好谈就被迫分开,现在婚都没结就可能要当鳏夫,上辈子被骗,这辈子又被骗……怎么会这么惨?!

辛秀漫无边际地想着,闭着眼睛坐了下来。不行,还是得挣扎一下，她不能让熊猫这么惨。

不知过了多久，突然白光大盛，驱散一切灰云与阴霾。

辛秀立刻仰头，看见白光中一节恢复了洁白颜色的指骨落到她面前的不远处。

辛秀惊喜地想，打完了吗？

"握住它。"这好像是祖师爷的声音。

辛秀依言伸出手，等着那指骨穿透白光罩子过来，指骨却停在光圈外面。

"伸出手去握住它。"祖师爷又说，语气有些急促。

辛秀这回没动，甚至怀疑地看了那指骨一眼。

她是看过《西游记》的人，孙悟空给唐僧画的圈里面是安全的，一旦唐僧主动走出去，那就是把自己送进妖怪嘴里了。她这方寸之地的白光罩子是祖师爷画的，如果祖师爷打赢了，大可把那指骨丢进来给她，可如今让她伸手出去碰那指骨，这就很奇怪了。

辛秀瞬间警惕起来："我没了腿，走不动，让这指骨自己进来吧。"

砰——

洁白的指骨猛地撞在白光罩子上，黑云从指骨里喷涌而出，瞬间弥漫在罩子周围。

辛秀再眨眨眼看去，发现先前白光驱散所有阴云的画面根本就是假的，阴云明明还有薄薄的一层，而且不知道什么时候全部笼罩在她的周围了。

辛秀明白了：这是雪山神在垂死挣扎，想骗她，然后让自己翻盘。雪山神着急了！

辛秀想：还好我不容易被骗。

垂死挣扎没能成功的雪山神开始疯狂地扑向辛秀，而辛秀坐在那儿看着雪山神一点点被白光驱散。这一回雪山神是真正被驱散了。

那失去了颜色的指骨在最后一丝黑云散去后，碎成齑粉。

结束了。

辛秀看着那些指骨的粉末闪着光飘散下来，穿过白光罩子，落在她的身上，或者说落在她的神魂上。她神色一动，感觉自己勉力维持的形态重新变得牢固起来。

她这是跟着祖师爷蹭 boss 经验，成功后升级了吗？

白光，无尽的白光后，世界就沉入黑暗之中，并非被吞噬的黑暗，而是梦乡的黑暗。

辛秀醒来，以为自己只是做了一场梦。

她睁开眼就看见大开的窗外竹林摇曳，满眼绿意，远处一棵眼熟的紫杜鹃仍旧开得如烟如雾。鸟雀啁啾，风声飒飒，空气中都是竹叶与山中草木的气味。

这种独属于幽篁山的气息，让她意识放松。

这场梦可太累了，她累得浑身骨头都散了，一动不能动，也不想动。

但床旁边有什么东西动了动，黑白色的毛起伏着，那种毛茸茸的样子一下子吸引了辛秀的目光，她不由得动了动脑袋，把目光转过去——一只熊猫坐在床边，静静地看着她。

辛秀愣了一会儿，才惊喜地喊了一声："啊！"

这是熊猫师父，这里是蜀陵，以及之前的经历不是梦。这三个念头先后出现在她的脑海里，第一个念头就让人忍不住露出笑容来。

辛秀忍着酸痛，伸长手臂，撒娇道："哎哟，师父，我感觉好久没见你了。我可想死你了！"

熊猫把她抱起来，抱在怀里摇晃，让她整个人都埋在软毛里。

辛秀用自己的脸使劲在浑身沾满了竹叶香的熊猫身上蹭了蹭，

问:"师父,你没事了?事情都结束了?战况怎么样?祖师爷赢了吧?"

"嗯,都结束了,赢了。"申屠郁终于开口,又把她往怀里搋了搋,一副失而复得的模样。

"那就好。"辛秀虽然有心想提醒一下师父的手劲太大,但鉴于这个时候气氛实在太好,也就稍微忍耐一下被挤到窒息的感觉。

"你坚持下来了。"熊猫低头,高兴而亲热地蹭了蹭她的脑袋,声音里有着欣慰和感激这一类的复杂情绪,"大家都以为你坚持不下来了。"

要忍受那种强大的力量在身体里碰撞是一件很痛苦的事,若是意志没有那么坚定,神魂会迅速溃散,可是阿秀坚持了那么久。那时候,他抱着一动不动的阿秀几乎绝望了,可最后她竟然坚持下来了。

辛秀不以为意,伸手摸他的腮帮子,说:"我当然要尽力坚持,答应了回来和师父结婚的嘛。"

要不是实在没办法,谁想骗自己爱的人?

辛秀从床榻上挪到熊猫怀里,像躺在一个温暖的毛绒软垫上,愉快地跷了跷脚,摸了半天久违的熊猫。

摸够了熊猫,辛秀才半身不遂地被师父扶着往外走。据说她已经躺了许久了,她可躺不住。

作为战争的场地提供人,辛秀虽然受了伤,但同时也得到了莫大的好处。灵照仙人和雪山神的力量都在她的身体里留了不少,只等她稍稍修炼,那些都将变成她的修为,可以想见,在之后几年内,她的修为就会快速提升。

而且女娲指骨最后碎裂在她的身体里了,虽然那股强大的力量已经消失,但还是会给她带来一些特殊的改变,那些改变或许就需要她日后再去慢慢发现。

与她相比，被师叔、师伯一同从旧乌带回来的老三伤得反而重一点儿，老二也伤得不轻。

"已经没有旧乌了。"申屠郁告诉辛秀。

辛秀愣了愣，惆怅地叹息了一声，想说点儿什么，结果一转眼见到门前大石头上放着的一个人头——竟然是那瘠尸族的人。

那位慈爱的瘠尸族的人自从带她找到了大师伯的鬼面具之后就不知道去哪儿了，如今怎么出现在这里？

辛秀指了指那颗好像在晒太阳的人头。

申屠郁继续说："旧乌大部分地方已经随着雪山神一起消失，还有一小部分被搬到了蜀陵，就在后山上天台后面的位置，还活着的一些上古遗族也在那儿。"

辛秀听得一愣一愣的，接着就哈哈大笑起来："哈哈哈，挺好的，挺好的。"

旧乌没了，那些奇奇怪怪的家伙被收进了蜀陵，也免得他们到处乱跑再闹出各种灾祸。蜀陵里多了这么多奇怪的家伙，同门有事做了，大约很多师兄师姐会感到高兴。

他们慢悠悠地往前走着，走过熟悉的竹林小径，踩着竹叶，看见白色的云雀啾啾飞过。

辛秀的目光跟着它们投向后山，她问道："祖师爷怎么样了？"

祖师爷解决了雪山神，似乎也只是险胜，辛秀有点儿怕听到他老人家和雪山神同归于尽的消息。

申屠郁看她走得艰难，干脆将她抱起来，让她坐在他的手臂上，又让她把脑袋靠在他的毛领里，才说："师父元气大伤，在后山休养，之后恐怕多年不会出来了，但是已经没关系了，他不再需要当阵眼镇守蜀陵了。"

辛秀想起自己当初询问祖师爷为什么不能出蜀陵，他老人家给她的那个说法。因为那说法和她依据各种网络小说得到的猜测十分相像，所以她心里其实不太相信，觉得肯定还有内情。而且那时候她一问,祖师爷就说了,哪家长辈会把这么重要的事轻易告诉小辈?这一听就是假的。

如今这个问题,已经不需要再问了,辛秀从那场战斗里得到了答案。

在那种玄妙的状态下,她知道了很多事。

旧乌原本自成一界,但自从雪山神青女拥有了女娲指骨觉醒后,就与外面的世界有了联系。雪山神用女娲神像做阵眼,用整个旧乌汲取世界的灵气。因此,人世间饥荒、瘟疫、战乱不断,人族内耗,久久得不到发展。

灵照仙人修成真仙,冥冥中感应到内中因由,于是建立蜀陵,以自身为基,使得蜀陵成为另一个灵气充沛的"旧乌"。他收了许多弟子,令大部分弟子在蜀陵闭关,同时成为镇守者。如此一来,世间气运与灵气便不会尽数被旧乌汲取,而是因为蜀陵与旧乌两处相对相斥,在周围徘徊。

这样微妙的平衡,使得世间人族哪怕没能得到发展,也不至于大范围死亡。

灵照仙人不出蜀陵,不是因为一出蜀陵就会吸取所有灵气,而是因为他是阵眼,要镇守蜀陵,防止旧乌吸收太多灵气。

如今雪山神死去,旧乌消失,不仅灵照仙人不用再当阵眼守在蜀陵,许多原本无事不能出蜀陵的师叔师伯也可以自由入世了。

"我就说怎么这么多师叔师伯、师兄师姐历练过后就安安分分地待在蜀陵,从不乱跑,原来不是他们不想出去,而是不能出去。"辛秀笑着感慨。

她又想起出门时遇见的几位师伯,这几位出去,大约也是各有因由。

离开幽篁山的竹林,辛秀立刻在落英缤纷的花林里看到许多熟悉的师兄师姐聚在一处聊天,甚至二师伯扈先紫也在那儿坐着。

"秀儿师妹,你可好些了?快来这边坐。"有人和她打招呼。

辛秀瞧了一眼师父,见他没露出恐惧的神情,便拉着他一起坐了过去,特地让他坐在二师伯的身边。

二师伯见她过来,目露欣慰之意:"没事就好。"

辛秀慢吞吞地扶着熊猫师父的手坐下,说:"劳二师伯挂念,总算有惊无险。我经常有惊无险,都快习惯了。"

蜀陵的日子十分闲适,与外面截然不同。

师兄师姐聊着后山那些之前在旧乌的数量稀少的上古遗族,约定什么时候结伴去看。辛秀听了一会儿,悄悄向二师伯询问关于大师伯的事。

旧乌一行,她对大师伯猿胡有了些好奇心。

扈先紫听她问起猿胡,不知道想起什么,脸色慢慢黑了,过了一会儿才说:"大师姐她就不是个好东西!"

辛秀:二师伯你这样说,我好奇又不失礼貌的笑容可就维持不下去了。

扈先紫面无表情地说道:"师父最先收下的徒弟就是我们两个,所以我们相处的时间也最长。犹记当年我们外出游历,她去什么地方都能惹一身麻烦。喜欢她的人和讨厌她的人一样多,而且个个都难缠,她烦得不行,干脆戴了个鬼面具。后来还是被人纠缠,她就借我的身份在外行走,又给我招了一堆仇敌。就连四处流传的灵照仙人右护法扈仙子的种种绯闻,都是她搞出来的,我根本什么都没做!"

他好像被引出了压抑多年的怨言,越说越大声,说到这儿还端起茶杯喝了口水压压火气。

辛秀问:"呃,所以大师伯不仅是左护法,有时候还兼任右护法?"

扈先紫继续黑着脸说:"我的名声都被她败坏了,什么'扈仙子结情网'的传说!就是她惹得太多人喜欢,又觉得麻烦,干脆乱点鸳鸯谱把人凑对,来解决自己的麻烦!后来惹得一群人见到我就求姻缘!我最开始扮成貌美的女子,也是因为她非要与我打赌。我赌输了才扮作女子,因此认识了扈真……算了,这事不提。总之后来因为被人当女子拜多了,我的法相都变成女子了!"

像他们这种享凡间香火的人仙,法相的模样和神像的模样是密不可分的。

辛秀看二师伯越说越激动,咳嗽一声准备转移话题,恰好老三这个时候被两个师兄带了过来。

老三的伤还没全好,她暂时只能坐在轮椅上。辛秀瞧见老三,笑着招手,让她坐了过来。

"大姐,你好些了吗?"老三关怀地问。

辛秀说:"好多了。倒是你,听说你伤得重,我还准备过两天再去看你,谁知道你都直接起身了。"

"没有那么夸张,我身上的伤只是看着严重而已。"

老三捋起袖子,露出皮肤,胳膊上面还有一条一条红色细丝般的痕迹。

给辛秀看过,老三又拉下袖子,问起了老二:"不知道二哥怎么样了?"

旁边一位师兄说道:"过儿这些天一直待在冰龙那里,据说在和那冰龙聊天。"他们都习惯了随辛秀一起喊老二"过儿",老二的名字虢反而没多少人叫。

辛秀知晓老二为什么去见冰龙,没有多谈这事,倒是老三还有些担心,和她商量着哪天去看看二哥。

扈先紫看他们姐妹兄弟相亲相爱,十分感慨:"还是你们这些小辈感情好,懂得互相关怀,都是些好孩子,尤其梅溪很不错,不像我那大师姐……罢了罢了,不说她了。"

被夸奖的好孩子老三露出一个不太好意思的笑容。

辛秀看看这两个人,露出微妙的神情。

看来，二师伯不知道老三就是猺胡大师伯转世，不然他的怨气这么深重，怕是夸不出口。

只是，这么多年了，他还将猺胡的许多事记得清楚，说起她还有这么强烈的情绪波动，这何尝不是一种无法忘怀的感情？

蜀陵晒太阳、嗑瓜子、闲聊"老年团"散会的时候，辛秀又被师父牵着慢吞吞地往回走，二师伯送了他们一程，又主动说起了自己那位大师姐。

"大师姐虽然性格不太好，但从未放下作为蜀陵大师姐的责任。当初一力揽下前往旧坞之事时，她就已经知道此去必然有去无回。她当时的修为距离真仙不过一线之隔，放弃这样的修为，坦然赴死，只为给后人铺一条坦途……她是很好的大师姐。秀儿师侄，你是与她不同又相同的大师姐。"

扈先紫说完这话，深深地看向辛秀。

申屠郁伸出手，直接把二师兄的脸转向了一边。

扈先紫吼道："你搞什么？！我可是在说正事！"

辛秀笑着扒着师父的手臂，说："二师伯不用担心，我明白你的意思。我并不介意走这一趟，做这个任务。就像我已尽力保护我所在意的人，他们同样在尽力保护我，足够了。更何况，这只是我的'任务'的开始。"

辛秀向二师伯挥了挥手，与师父一同走向青翠竹林中。

在蜀陵养伤期间，辛秀好像长在了熊猫身上，两个人几乎形影不离。蜀陵里原本还有些害怕申屠师伯的弟子如今都习惯了，遇上他们偶尔还能开两句玩笑。

关于申屠师伯与秀儿师妹要结成道侣的消息，大家心照不宣，偷偷讨论了许多次要怎么办这一场典礼。

按照秀儿师妹的习惯，当然是搞个大型烧烤派对，大家一起聊天喝酒，大吃一顿，不，要吃三天三夜！

然而突然有一天，大家发现秀儿师妹和申屠师伯不见了——他们不知道什么时候悄无声息地离开了蜀陵。

被人询问起这事，老二哈哈大笑："大姐跟我们说了，她准备带申屠师伯出去度什么蜜月。挺好的，我也准备出去了！"

"过儿师弟真是和秀儿师妹一样待不住啊，不过你又准备去哪儿？"

老二举起自己奇怪的左臂，说："我准备再去流潭看看！"

"哦？过儿师弟还是想去找龙吗？"

老二摇头说："不，我有龙了，我现在想去找个傻弟弟。"

师兄师姐不明所以，但都笑着送他离开。

等他们再去问老三，老三摇头："我不知晓大姐要去哪里，但她肯定是去做自己想做的事了。大姐他们都有事做了，我也该去做自己要做的事了。"

"梅溪师妹伤才好又要出去吗？你又是要去哪儿？"

老三认真地说道："去终山寻雪精花，因为先前的意外，我的任务还没完成，总要把这任务完成了才好。"

于是，过了没多久，谢绝了两位师兄的护送，老三也出门去往终山继续做自己的任务了。不过这次她还带上了自己养的雪豹，长大的雪豹可以把她驮在背上，她算是多了个一同上路的小伙伴。

看着师弟师妹一个个来了又走，蜀陵弟子也有不少忽然想要再度下山的，于是一时间蜀陵人数剧减，显得清静了不少，只有那永远青翠的山林和烂漫的山花在湿润的云雾里生长。

辛秀把师父拐出蜀陵，去的第一个地方不是别处，而是镜湖，就是那个传说中灵照仙人捡到大弟子猿胡的地方。镜湖十分偏僻，为了弄清楚具体位置，辛秀在上天台请灵照仙人为她和师父结契的时候，还特地问了灵照仙人，这才找到正确的地方。

不过，镜湖和她想象中的有些不一样。

"这里就是镜湖？湖呢？"辛秀问。

时隔多年,曾经的镜湖已经消失,取而代之的是一条弯弯的溪流,溪水清澈,两岸积雪。辛秀和申屠郁顺着溪流走,忽然闻到了梅香,踏雪寻梅,不久便见山溪两旁出现了一树树红梅。

辛秀望着这眼前的溪水与梅花,感叹道:"原来如此,曾经的镜湖已经干涸,如今只剩这一条'梅溪'了。"有些凉的脸颊被人摸了摸,辛秀转头看去,突然说,"前世与转世,便是不同的两个人了,师父觉得呢?"

申屠郁说:"对。"他抬手遮了遮辛秀上方梅枝的滴水,说,"前世是前世,今生是今生。就像前世的深涂喜欢前世的辛秀,而今生的申屠郁喜欢今生的辛秀。"

辛秀突然听到这句原本没想到会听到的告白,一愣,脸上不由得露出了个见鬼的意外表情。虽然她觉得现在应该感动才对,但实在没控制住。

她的熊猫师父不是个耿直又憨厚的人吗?他怎么会说这种好听的话了?难不成真是近朱者赤,近墨者黑?

辛秀咳嗽一声,拉下头顶师父的手,擦掉他手上冰冷的雪水,玩笑道:"我还以为师父喜欢我,是因为想起了前世的记忆。"

申屠郁说:"不是,是因为他们,我才明白自己对你是什么样的感情。"

辛秀嘻嘻笑着说:"师父,我发现你是真的会说甜言蜜语了,一定是近来吃了太多蜂蜜的原因。"

申屠郁发现,徒弟好像在不好意思。看着她笑嘻嘻的模样,申屠郁一把将她抱起来,让她可以将脑袋埋在他的肩上,这样她绷不住的话也不用担心被他看见。

辛秀的脑袋撞上了头顶的梅枝,撞下来一片碎雪,很快"梅溪"边就响起她的笑声。

他们相偕走完这一条开满梅花的小路,便离开这里去了另一个地方。

"还记得这里吗？"

申屠郁自然记得这是哪里。他用人身乌钰的身份和徒弟相识的时候曾受过毒伤，那时候徒弟当着他这个师父的面发誓不去找乌钰，结果扭头就追上去了，还把他骗来这个山谷，又让他莫名其妙地答应和她一起在这里造个屋子养伤。

申屠郁当时想不明白，如今倒是想明白了，他这么容易被徒弟骗到，大概只是因为心里喜欢她，愿意被她骗。

当初造这屋子的时候，申屠郁还在纠结身份，没能好好造，因此屋子不怎么牢固。这么长时间空置下来，被风吹雨打，屋顶都破了，屋内全是灰尘，还有些小动物留下的痕迹，院子外面的野藤蔓从窗外长进屋子里了。

见辛秀在屋子里转来转去，时不时扭头给他一个笑脸，申屠郁主动开口说："屋子，重新建一个。给你造个大阳台，能放摇椅晒太阳的。"

辛秀觉得这句话有点儿耳熟："啊，这话是我当初对你说的。"

对一个人仙修为的熊猫妖来说，造屋子很简单，很快这里就起了一座崭新的屋子。按照辛秀当初的要求，屋子里有各种用处的房间，那些房间的位置大小都和从前一样，只有辛秀从前最喜欢的大阳台扩大了。

忙完之后，申屠郁还在周围种上了一片竹子，竹林将屋子围了起来。

辛秀乐呵呵地看着这一切，搂着熊猫师父的脖子，任他拖着自己到处走。

她正在那儿乐着，忽然听到熊猫师父问了一句："所以你现在还是更喜欢乌钰吗？"

辛秀：这是什么死亡题？刚才师父是不是问了自己一个死亡题？

空气微妙地沉默了一瞬，申屠郁很快听到辛秀信誓旦旦地说："我当然是喜欢师父的。不管是叫什么名字，不管是什么外貌，都是师父。"

熊猫严肃地想：看看徒弟拼命开动脑筋的样子，她真是太可爱了。

原本还想着在这里住两天的辛秀，抓着师父的手真诚地说："既然房子建好了，咱们该去下一个地方了，走吧！"

申屠郁当然一句话不说就跟着她走了。

他们又去了好几个地方，还重走了一遍去往自在天的路，戈壁、石窟、佛像，一切好像都没变。

十分巧合，他们这一趟又遇上了一支想要前往自在天朝圣的队伍。

辛秀看着人家队伍中光着脑袋的兄弟，再看看旁边的师父一头飘逸的头发，忽然笑到直不起腰："师父，你当时到底是怎么想的？我那时候看到你把头发拿下来，简直都回不了神。"

申屠郁闻言，也有些无言以对。或许也是那个原因，在喜欢的人面前更容易做出傻事，年纪大的熊猫妖怪也不能例外。

夜晚，他们在石窟中休息，面前燃着一堆跳跃的篝火。辛秀趴在熊猫师父的背上，和他一起看外面的星空。

"上一次走这条路，我心里其实很难受，但现在再想起来，就只想笑了。"辛秀一边说，一边悄悄拽申屠郁的头发。

申屠郁说："头发是真的。"

辛秀又问："那就是说人身的头发是假的？"

申屠郁沉默了一会儿，说："可以是真的。"毕竟一切皆可炼。

辛秀忍俊不禁："哈哈哈哈！"

去过这些地方之后，辛秀再一次去到琥国的九公学宫，去见老六南柯。

和辛秀上一次来这里时相比，老六又有了许多不同之处，虽仍然是谦虚友善的模样,但沉稳了不少。

"大姐,师父给我送来了一道卜辞。"老六看着辛秀,眼睛亮晶晶的,"卜辞所示,这一团乱的局面即将结束了,而百国之地也将出现一位共主。"

辛秀摸了摸老六的脑袋,说:"我知道了,祖师爷说,人族大兴。但这兴盛要靠无数人努力,也要靠我们。"

老六郑重地点头:"是的,我一直在准备。"

辛秀说:"那就好。"

她和师父离开了九公学宫。

他们要去的地方还有很多,要改变的东西也还有很多。

十余年后。

"后国大胜!"

"后国大胜!"

这个面积不大、曾经在夹缝中求生存的小国,经过十几年的时间,变成了最强盛的国家,如今,后国已经吞并了大部分周围的国家,天下之势尽在后国。

只是战争仍旧是残酷的,一场战争无论失败还是胜利,都代表着无数人的死亡。

这样一个战斗刚刚结束的战场中,硝烟未散,死人堆中的伤者还在呻吟,幸存的人还在痛哭着带伤打扫战场,寻找活着的战友。

这个时候,战场上忽然出现了一高一矮两个人,一人唇红齿白,一人发白眼黑,看上去和这战场格格不入。但无人注意到他们两个,两个人如入无人之境,在那些伤兵的眼皮底下走进战场。

这两个人正是辛秀与申屠郁。他们这些年已经看过不少战争,早已习惯这种场面。今日无意中撞见这一场战争,辛秀没准备过来,只是心念一动,仿佛有什么让她在意,这才绕路过来一看。

这一场战争是后国军队胜了,只是也是惨胜。军队中的主将与副将都身受重伤,被士兵们抬到一边,身边围了不少人,每一个人脸上都是血泪混合,气氛格外凄凉壮烈。

"咦?"

辛秀依着心中那一点儿微妙的感觉过来看看,谁知见到那垂死的两名将军,却发现这两个人都是女子。

这时候以女子之身领兵打仗,还是两个人一起,就有些奇特了。

辛秀走得更近些,又发现两位女将军衣襟里露出一模一样的金色小吊坠,吊坠的形状是大熊猫。

申屠郁也注意到了,不由得看向辛秀——喜欢做熊猫模样的装饰品是辛秀独有的习惯。

辛秀稍稍一想便想起来了:"原来是她们,是那两朵石榴花!"

她离开蜀陵不久后捡过不少弃婴,其中有两个女婴,虽然那两个孩子不是血脉亲人,但被她送到同一户人家做了双胞胎姐妹。这一对儿石榴花姐妹,她送走她们的时候,给了一人一个熊猫金吊坠作为纪念。

"想不到时隔多年,我又遇见了她们。当初的两个孩子都长这么大了,还成了两位女将军。"

辛秀感叹着,将手中的灵力灌入两个人的身体。

眼看着要咽气的两位将军忽然从地上挣扎着爬了起来,周围一圈下属都愣住了。

"啊?怎么回事?"

"大徐将军!小徐将军!你们没事了吗?"

"我的伤呢?"

辛秀乐了,朝看不见她的两位年轻女子摆了摆手,又和申屠郁离开此处,将那一群人惊喜的声音抛在身后。

"接下来去哪儿?"

"去那边看看。"

师徒两个人说着,身影消失在地平线上。

番外合集

番外一 九公学宫

几百年后的九公学宫已经成了举世闻名的圣地,无人不知,无人不晓。每年招收学生的春季,都会有无数学子慕名来到琥城,想要得到入学机会,然而,入学九公学宫并不简单。不同于如今民间开办的大部分初级学堂和中级学府,九公学宫是公认的最高等学府,里面所有学子都是在某一方面有着过人才能的人。

多年来,九公学宫的规模越来越大,早已成了一座巨大的城中城,学宫内部开设的一百多个坊代表了不同专业的学区。

譬如九十九坊学子的专业是传统修仙灵力与能源转换,研究修行中产生的灵力如何更加有效率地输出成为可消耗能源。

虽然很早之前就有炼器大师研究出了可用灵力驱动的各种便捷的生活器具,但对没有灵力的普通人来说,使用这些器具仍然相当不方便,因此最开始大范围推广器具遇到了很大的问题。直到后来有人研制出长久储存并利用灵力的办法,才使得灵力成为一种能源。

这样一代代改善下来,九十九坊学子在如何提纯不同灵力、如何大量产生灵力、如何更有效率地聚集灵力，还有灵力的不同用法等方向，都有了相当喜人的成果。直到现在，他们还在积极开拓不同的研究方向。

再比如六十六坊学子的专业则是传统修仙与医学，这个专业一度十分热门，还分出了一个传统修仙与疫病防治子专业。这个大专业培养出的学生几乎个个都是有名的医者。早些年妖鬼肆虐的时候，这个专业的学生赶赴灾区，留下了不知多少或感人或吓人的事迹。

不仅能攻击，更能治疗，就是几个与医学相关专业的学子的真实写照。

再有三十三坊的炼器专业。这个专业名前面没有加"传统修仙"几个字，就代表着这个专业并不需要学生有灵根、会修炼，只需要学生能使用特殊的火，有毅力，有创造性，有想象力。

如今走入千家万户的各种便捷的生活用具，大多是这一专业一代代毕业的学子研究出来的。因此学子想要进入炼器这一坊，甚至比进入那些需要灵根的传统修仙学坊更加困难。

和炼器专业相似的还有建筑专业，同样是十分热门的一个专业。据说在最开始的大开荒时代，就是建筑专业的祖师爷带着第一批学子前往各地建起了一座座城池，连首都中城都是他们建造的，那高耸入云的城墙坚实精密，号称能抵御仙人攻击。直到现在还有人专门去中城游览，就为了亲眼看一看那象征中城的城墙。

著名的古老建筑都留下过建筑专业学子的名字，而各种大型建设中也时常活跃着他们的身影。

二十二坊的农学专业是学府里面积最大的一个学坊，还在寸土寸金的琥城外城拥有一大片种植基地。早些年，这个专业主要研究的是各种粮食培育，高产是第一目标。但在粮食丰产、普通百姓都开始追求生活品质的当下，他们的研究方向大多偏向了开发新品种上，更注重口味。

几乎每隔两年就有新品种的蔬果面世，在种植基地成功小规模培育后，就会被输送到几个有"粮仓"之称的种植区大规模种植。

这一百多个专业不同的坊，几乎会聚了全世界一大半的人才。专业最全，教师最多，历史最悠久，哪怕还有其他几个著名学府，九公学宫也是当之无愧的世界第一学府。

这样一所学宫，哪怕招收学子的条件苛刻了些，每年前来碰运气想要入学的人还是数不胜数，连带着琥城每年这个时候都人潮拥挤。临近九公学宫那条宽阔的大街上，平日里能并排开过去十二辆车，这个时候也是人挤人，看不到半点儿空隙。

进入九公学宫的第一关，就是毅力与自觉性的考验，没有毅力的人，只会一事无成。而自觉性则是对学生自主学习的考验，如果一个人对学习知识没有渴望，也没必要进入学宫。

就这么一关，刷下去百分之九十九的学生。

之后就是摸底考试，学子拥有什么样的才能、学识程度如何、人品如何都要考查。还有选择进入哪一个学坊修哪一个专业，这个选择是双向的，学子选择后，由那一学坊的老师与同学共同考验。各坊入学考验各不相同，如果学子考过了自然能入学，考不过的只能离开学宫。

但凡能入学宫的人，不仅学费全免，还有各种补贴、福利。每一个学坊自成体系，学坊内大多没有年级之分，早入学和晚入学的人都学习同样的课程，采取的是师兄师姐带师弟师妹的制度。大家基本上上课、吃饭都在一处，感情很是不错。

当然也有例外情况。

三十三坊炼器坊，今年新入学的两位学子刚被领进炼器坊的大门，就瞧见宽阔平整的院子里，隔着一座铜炉雕像，一左一右泾渭分明地站着两队人。男左女右分列而站，气氛剑拔弩张。

听说过学宫学坊内师兄师姐相亲相爱的传说的新学弟，感觉有点儿不对劲。作为一个不明情况的新人,他不由得将目光投向旁边与自己一同进来的新同学。虽然他不知道发生了什么,但是先抱团取暖再说!但是旁边的同学没有惊慌,背着手看着院子里的两队人,眼睛里满是好奇之意和兴味,似乎很喜欢这样的场面。

"刚好,今年进咱们炼器坊的两个人,一男一女。"

"分了吧。"

两队人分别走出一个人,将站在门口的新学生带到自己的阵营里,然后两队人在双方老大的带领下各自朝对方翻白眼,带着这种紧张的气氛分道扬镳,进入自己的所属区域。

直到看不见对面的男子队了,这一群二十多个年轻女子才放松表情,热闹起来。她们围着新来的小学妹露出友好的笑容:"小师妹叫什么名字,吓到了吧?"

被围起来的小师妹微微一笑,看上去狡黠又聪明:"我叫辛秀秀,师姐,刚才那些人也是炼器坊的师兄吗?怎么感觉大家好像有矛盾?"

听她问起这事,师姐立刻解释起来。

"我们确实都是炼器坊的,但早几年我们就分成男女两个区域了,不管是上课、训练,还是休息,都不和他们接触,因为他们太可恶!"

"其实早几年上头的师兄师姐还没毕业外出的时候,我们炼器坊没什么男女之分,但是这几年,就是那个涂风炼进炼器坊成为大师兄之后,事情就越来越糟糕!"

"那个涂风炼,出身涂风氏,在炼器一道上确实很厉害,因此看不起我们,还说什么'炼器本就是男子的事,女子就该去医学坊,不该到炼器坊浪费时间'!"

说起这事,所有师姐同仇敌忾,很是厌弃了一番那个涂风炼。她们能进炼器坊,自然是有毅力和能力的,虽然自古以来炼器坊女子人数少于男子,但也不是他一句"不合适"就能否定的！

"那些男子在涂风炼的带领下有意无意地开始排挤和嘲笑我们，想独占炼器坊。虽然他们人数比我们多一倍，但我们也不害怕，更不会让他们得逞，一定要和他们斗到底。小师妹，你也别怕，师姐会护着你的。"

"好在我们也有南霁云师姐，师姐炼器同样厉害，是我们之中唯一一个能和那涂风炼一争高下的人。"

站在最前面的女子本来绷着一张脸，这个时候神情也和缓了些，不好意思地笑了笑，又无奈地说："不用在小师妹面前这么夸我，我的能力大家都清楚，和涂风炼比试了几十次，我只侥幸赢过两次而已，确实比不过他。"

"但是除了涂风炼，南师姐比其他男子厉害多了！"

"是呀，是呀，南师姐不要妄自菲薄，只要我们继续努力，迟早有一天能胜过那'自大狂'的！到时候就轮到我们把他们赶出去！"

自称辛秀秀的小师妹听她们说着，又被带到食堂吃饭。师姐各自推荐了喜欢的菜，还买了一大盘农学坊新研制出来的水果，欢迎她进入学坊。

辛秀秀性格开朗，能说会道，短短半天就俘获了所有师姐的心。然后，辛秀秀便在晚上大家一同泡澡、聊天的时候，提起了一件事。

"其实，我家中也有擅长炼器的长辈，所以在炼器一道上我也有些能力。既然那涂风炼如此过分，不如我去挑战他，将他打败，给师姐出口恶气。"辛秀秀这般笑着说完，师姐都沉默下来。面面相觑半晌，才有师姐说道："小师妹不用勉强，那涂风炼确实厉害。"

辛秀秀说："师姐若不放心，咱们这就去炼器房，等你们亲眼看过再说？"

见她如此有信心，一群人便跟着她去了炼器房。亲眼看过她炼器后，所有师姐都兴奋了。她们之所以被那群男子压一头，无非就是他们有个涂风炼，她们技不如人只能忍气吞声，可如今来了个这般厉害的小师妹，肯定要给他们好看！

"我们明日就去挑战，打败涂风炼，挫挫他们的锐气！"

"吓他们一跳，看他们还敢说什么'女子不适合炼器'！"

"师姐莫急。"辛秀秀笑眯眯地说道，"我觉得不应该这么简单地放过他们，非得让他们特别是那涂风炼受个教训才好。"

"小师妹有什么想法吗？"南师姐问道。

辛秀秀说道："九公学宫有一个留传多年的传统，只是近百年来没人提起过，所以许多人不知晓，恰巧我知晓一些。"

众师姐好奇地问："什么传统？"

辛秀秀答："男人变女人的传统。"

九公学宫有一位镇守学宫的学督，历代学子都称他为南柯先生。无人清楚南柯先生是男是女，但他一直都是九公学宫中最博学、公正的长者，是所有学子心中最尊敬的先生。

"南柯先生能使男子变成女子，女子变成男子。我们可以与涂风炼打赌，进行一场比试，请南柯先生见证，谁输了谁就变性。"辛秀秀一一望过诸位师姐，看见了她们闪烁着惊异和期待之光的眼神。

"这样真的行吗？"

"南柯先生会管我们这些小事吗？特地去麻烦南柯先生是不是不太好？"

辛秀秀说："南柯先生是位睿智、宽厚的长者，一定能体会我们的心情，据说男变女的方法最开始就是南柯先生用来教育学子的。"

新学子入学第三日，炼器坊发生了一件大事：新入学的小师妹辛秀秀挑战炼器坊大师兄涂风炼，而且两个人要请南柯先生见证，以变性作为赌注。

"怎么样，厌了吗？"

"厌的应该是你们才对吧？我们大师兄什么时候输过？！"

"既然不怕，那就答应！涂风炼输了就自愿变成女子五年，并且到我们女子这边与我们一同上课、学习，自此就是我们的姐妹！要是小师妹输了就变成男子，去你们那边！"

涂风炼看她们一眼，目光定在南霁云的身上，说："如果我输了，可以答应你们的要求。不过，如果你们那个小师妹输了，我要南霁云变成男子来我们这边。"

不等辛秀秀说话，南霁云就毫不犹豫地答应了："可以，那就这么定了！"

一行人前往九公学宫南柯先生处请求见证。南柯先生所在的小院看上去十分寻常，连个守门人都没有，然而无事没人敢去打扰他。今日如此多的学子过来，刚到门口，就有许人犹豫着不敢进去，还是辛秀秀一马当先地走了进去，其余人这才硬着头皮跟进去。

一群年轻人鹌鹑似的站在院子中说完了自己的诉求，屋内便传出一个温和的声音："如此，我明白了，我会为你们见证。"

得到了南柯先生的肯定，所有人都精神一振，涂风炼更是斗志昂扬。

然而，当结果出来时，涂风炼面如死灰，其余师弟难以置信。

"大师兄，竟然……竟然输了？！"

"怎么可能？！"

涂风炼也觉得不可能，但自己确实没比过那个叫辛秀秀的小师妹。

"怎么样，涂风师兄，愿赌服输吗？"辛秀秀笑着问。

涂风炼面色黑沉，终究挤出了一个字："服……"

他在一群师弟的目送下走进南柯先生的屋子，再走出来，就变成了一位细腰的丰腴美人,哪怕臭着脸也十分赏心悦目。原本不少痛心疾首的师弟看傻了眼。

最晚入学的小师弟还傻乎乎地说了一句:"大师兄变成女子可真好看哪!"被两位师兄拼命使眼色,他才闭了嘴。

师姐已经乐成一团,上前拉住手脚僵硬的涂风炼,把他拉进女子堆中,故意喊他涂风师姐,热热闹闹地簇拥着他去搬行李。之后的五年里,涂风炼就要用女子的身份成为炼器坊女子班的成员了。

等到这群年轻人离开,南柯先生的院子重新恢复了安静。那扇紧闭的门被人从里推开,南柯先生仿佛早已预料到有学生去而复返。

"老六,好久不见。"那位炼器坊小师妹辛秀秀站在门外,语气熟稔地打了个招呼。

南柯先生露出一个笑容,将门外的人迎进去:"大姐怎么想起去做一个'小师妹',还去欺负小孩子了?"

辛秀哈哈大笑:"就是欺负小孩子才好玩!我本来只是顺便来看看你,见今年学子考试有趣,就下场玩了玩。"

老六南柯笑着问:"大姐有这个闲情逸致,是申屠师伯有事出门了?"

辛秀坐下,等着老六倒茶喝,随口说道:"师父去涂风氏交流教学,枯燥得很,我就干脆到这边来了。"

南柯给辛秀倒茶,一举一动尽显闲适从容,与辛秀闲话家常:"师伯去涂风氏交流,大姐你却在这儿欺负涂风氏的孩子。"

辛秀端起茶杯一饮而尽:"什么欺负?教导而已,那小孩儿早晚会感谢我的。不过他们涂风氏真是代代都有这样的家伙,我记得当年我们刚入蜀陵没多久,就碰上了涂风氏的人去找我师父比试,后来被我的一场厨艺大赛招呼走了。"

南柯也想起了那件事:"我记得,我还写了横幅。"

两个人说笑几句，喝了两杯茶。

辛秀说："好了，我就是来和你打个招呼，现在我接着去和那群小孩子玩了，她们怪有趣的。"

涂风炼的新宿舍就在南霁云的旁边，房间是专门为他布置的，比所有师姐师妹的房间更像女子闺房，涂风炼站在里面三分钟就感觉自己要窒息了。

"涂风师姐既然是我们的姐妹了，从前的恩怨咱们就一笔勾销，从今以后大家都是姐妹，我们会好好照顾涂风师姐，争取让师姐早日习惯当女子。"

"是呀，是呀，涂风师姐快来看，我们给师姐准备了许多好看的裙子，这件大红色的怎么样？很衬师姐的肤色！"

"涂风师姐不会梳这样的发髻吧？我们教你呀！还有这些化妆品，都是我们姐妹为师姐凑齐的。"

要说她们在挤对人，那兴奋和热情的样子又不像是假的，可要说她们是真心的，涂风炼又感觉怪怪的。

涂风炼真的觉得自己快要窒息了，胸口一直很沉重。他低头看了一眼自己突出的柔软胸脯，突然觉得心情和身体更加沉重了。

再度和曾经的师弟狭路相逢的时候，涂风炼哪怕板着脸也感觉到了难以言说的羞耻，特别是师弟神情复杂地盯着他，那感觉好像他变成了叛徒。

等到上课，一群师姐师妹更是完全复制了先前师兄师弟趾高气扬的样子。

"看到了没？炼器第一，我们辛秀秀小师妹；炼器第二，我们涂风师姐；炼器第三，我们南师姐。炼器前三名都是我们女子，你们还好意思占最大的炉子和最好的材料？赶紧走开给我们让位置，男子炼什么器？！"

被这些耳熟的话挤对得面红耳赤，一群男子忍不住愤愤地说道："什么涂风师姐？！大师兄迟早会变回来的！你们别嚣张！"

"哈哈哈哈！你们的大师兄已经是我们的人了！"

"欺人太甚！"

"跟你们学的！"

"我……我要跟你们比试！比炼器，谁输了谁变性！"

"比就比，谁怕谁？！"

辛秀秀笑眯眯地看着这群年轻人热血的模样，完全没有阻拦的意思。性别有什么好在意的？等到他们尝试过变男变女的滋味，就会发现其实也没差。经过这一番磨炼，今后他们大约能更专注于炼器本身，而不被外在事物影响了。

——嗯，主要是男人变女人真的太有趣了。

南霁云发现涂风炼有些异常，本着负责的态度去敲门："涂风炼，你憋在屋子里两天了都不出来，干什么呢？"

涂风炼在屋子里沉默许久才说："我要死了，肚子很痛，还流了很多血，已经两天了。"

南霁云神情古怪，控制了一下自己的面部表情才说："你是来月经了。你不会连月经都不知道吧？"

涂风炼啪的一声打开门，露出一张有点儿扭曲的脸："你是说女子的月事？可那不是蓝色的吗？不是只来一天吗？怎么还会痛？"他看上去有点儿崩溃。

南霁云看着他，第一次露出了同情的目光："姐妹，好好体验吧。对了，需要我教你怎么穿安全裤吗？"

涂风炼心情复杂。

接下来的时间里，炼器坊又陆陆续续多了好几个师姐师妹。

大家学习之余，逗弄这些别扭的变性过来的师姐师妹，令人心情舒畅，连其他学坊的学子都慕名前来参观。之后，九公学宫就掀起一股变性风潮。

之后九公学宫干脆出了个新学坊，专研性别转换，短期转换、长期转换、永久转换，准备推广造福大众，这就是后话了。

辛秀在这儿当了几个月的小师妹，体验了一番学校生活，终于在某一天等来了家长。

"阿秀，该回去了。"白发黑眼的男人站在门口。

辛秀转头见到他，露出个大大的笑容："师父，你来得太慢了吧。"

申屠郁说："我看你玩得很开心。"

辛秀说："哈哈哈，没有，没有，也就一般开心。"

炼器坊的师兄师姐听说小师妹退学了，还遗憾了一阵。不过，辛秀秀小师妹带来的新一阵变性风潮，一时间是难以平息了。

番外二　过青山

老五——艾草篇

惊蛰，万物生。

春雨淅沥，去岁冬日枯黄的野地一夜生了茫茫青草，休憩一冬的耕田也开了满满的野花。

乡下农人还有锄地、耕田、种粮的习惯，不比那些大城吃的粮米都由几个"粮仓"种植，偏远处的人们仍然过着日出而作、日落而息的生活。

眼看到了要翻田的时候，村中、镇上都做好了准备。人们先在乡间四处敲打大锣，算是告知乡野中的虫神，然后各家聚在一起准备去拜农神。这农神，有些地方也叫农仙，总之就是那么个意思。

就像一般建房子的人在动土前习惯拜一拜华岳这位建城祖师爷，农人也习惯了在开始耕作的时候拜一拜农神，祈求今年丰收，粮食满仓。

农神的神像是一个骑着牛的年轻人，关于农神给人们带来各种丰产粮食,将不适合种植的大片平原变成沃土的种种传说已经流传了许多年。农神算是家喻户晓的知名神仙,在如今香火最盛、有名有姓的一百多个神仙形象中,也属于最知名的神仙之一。

不说家家户户,起码每个村中都会供着一座农神像。

每到这个时候,农神像就会被绑上红绸抬出来,在田地里走上一遍,称作福田。

"听这锣鼓声,又是附近村子在福田吧。"白发长脸的尖瘦老头,看穿着打扮,是个老道士。他已经很老了,但精神还不错,像个老成了精的"人精"。

走在老道士旁边的是一头黑牛,鼻上有鼻环,显然是一头耕牛。这耕牛载着个身着青衫、戴斗笠的年轻人,慢腾腾地往前走着。

"今年天时好,这里的庄稼能长得不错。"牛背上的年轻人望着不远处村外的田地,声音和缓而清澈。

这年轻人正是被人祭拜了几百年的农神,也是辛秀的五弟艾草。

老五身旁的老道士,则是他早些年的坐骑牛道士。本名吕升的牛道士被辛秀交到老五手中后,跟着老五一起游历多年,受了不少教诲,修为也有增长。

原本老五见道士改过自新,早早要放了道士离去,谁知道士自己却不肯走了。

道士扭扭捏捏好一阵,才说要继续跟着他,这一跟就是许多年。老五体恤道士年纪大了,便没再把道士当坐骑,另选了一头黑牛代步,道士也就以人形一直跟着他四处行走。

只是道士的修为资质比不过他,寿数终究是快要尽了。

"道士,你还有心愿未了吗?"老五问他。

道士哼哼道:"我还有什么心愿?能多活这么多年,见到这么多从前想都没想过的东西,我也满足了。"

老五就明白了，不再多问什么，只是带着道士又往从前的家乡走了一趟。

嘴上不说但心里已经完全释怀的道士感觉自己大限将至，不由得问起这个与自己相伴多年的农神："你呢？你现在还有什么事要做吗？"

"若是有一日，这世上有人居住的最荒芜的地方，都能长满粮食，我便可以停下了。"老五微笑着说。

他就像一粒草籽，走过的地方都开始焕发生机。

老四——华岳篇

在九个兄弟姐妹的师父中，老四华岳的师父天工绝对是脾气最差的那一个，老四当年还曾因为师父的严厉偷偷躲起来哭。但时隔几百年，老四自己也成了个脾气差的师父，如今只会把别人训哭。

作为建筑一道的祖师爷，他的徒子徒孙遍布天下，其他几个兄弟姐妹的学生加起来都比不上他的学生多，而且他的作品同样多得数不清。

后朝都城中城是老四华岳带着人一点点修建的，史上最高的撑天塔与最长的通天桥是他修建的，流经几处"粮仓"的水渠与运输河道也是他配合老二、老三等人一起修建的，还有其他一系列巨型民生工程的修建工作，里面都有他的身影。

如此多杰出的作品耗费了老四巨大的心血。如果说最开始他是对大姐说的那些话向往，到后来那就完全变成了他的爱好与追求，整个人都钻了进去。他不仅脾气更暴躁了，连人也更"疯"了。

因此他如今反而是最显老的一个，再加上一心扑在建设上，不太在意自身形象，看上去就是个胡子拉碴的中年大叔。

老四的一群徒弟在外面都是大师，可是到他的面前就被训得抬不起头来。也就只有辛秀，去看老四的时候，敢把这个脾气越来越差的弟弟从干不完的活儿里捞出去，塞他一嘴肉和酒，再尽情笑话他的胡子。

几百年的时光，曾饱经战火和灾祸的大地，由老四重塑了最坚硬的骨架。

老二——虢篇

老二一直在寻找让龙弟弟复生的办法，总觉得雷龙的身躯被自己左臂的木头吸收了，其实根本没有死。为此老二去了流潭岛探寻神木的秘密，寻找各种有关龙的传说。

那么多年过去，除了帮忙造了几条大河，改变了山脉和河流的方向，他偶尔还去兴云布雨，其余时间就在各地行走。

他去过无数凡人无法到达的险地，遇到了许多有趣的事，也曾遇到生死危机。以他的性格，遇到生死危机其实也是正常的事，但他次次都能化险为夷就着实是幸运了。就连距离死亡威胁最近的一次，他也得到了一个神秘人的帮助。

把他从死亡边缘拉回来的神秘人戴着一个奇怪的鸟人头套，从不摘下来，也很少说话，有种世外高人的冷峻和威严感。只不过老二对这位救命恩人有种微妙的熟悉感，却不知道这种熟悉感到底从哪儿来。

一同游历了一段时间后，两个人也算成了朋友。老二恰好收到大姐的消息，便邀请这位神秘好友一同前往蜀陵，神秘人欣然应允。

"他叫杨康，救过我的命，是我的朋友。"老二把神秘好友介绍给大姐，然后就看见大姐脸上露出古怪的神情。

大姐对这位神秘人很感兴趣，亲自带着他在蜀陵转悠，和他聊天，甚至带他去后山逛了旧鸟。老二一度怀疑自己是不是要成为破坏大姐与师伯的感情的罪魁祸首，直到那天，神秘人脱下鸟人头套,露出一张和老二一模一样的脸。

老二愣住了。

"只是偶然得了个宝贝,发现可以随机穿越时间回到过去,于是来看看故人。"那个家伙笑呵呵地说,"真是怀念,这个时候的我还透着一股傻气,不过大姐就是大姐,短短时间内就猜出了我的身份,聪明!"

辛秀说:"虽然不知道具体是什么情况,但是穿越时间这种事你都做得出来,不愧是你呀,老二!"

老二沉默了,明明是以后的他穿越时间,大姐为什么现在要瞪着如今这个一无所知的无辜的自己?

老二瞧着面前的另一个自己,忽然目光灼灼地望向他的手臂:"你的手臂不是龙爪了?"

那人伸出一只看上去正常无比的手臂,开玩笑似的说道:"手臂成精了。"

老二其实不太相信这家伙是未来的自己,但是与这家伙同行一段时间后也不得不承认这家伙绝对就是自己没错了。

"你就是我,我就是你,你就不能多告诉我一点儿以后的事?帮我就是帮你自己!"

"什么都知道了还有什么意思?你就自己慢慢去经历吧,哈哈!"

未来的老二神出鬼没,不知道哪天忽然失踪了,或许是回去了,或许是又跑到某个时空去了。

他做了什么,只有未来他才知道。

老二这么一想,真是期待。

番外三　黑白汤圆

辛秀被舔醒了，迷迷糊糊地摸到一手柔软又温热的软毛，还没完全清醒过来，脑子里就冒出个念头——今天师父兴致这么好吗？

虽然修为高深了，但辛秀更习惯每天吃饭、睡觉，和其他同门的生活习惯比起来，更像个凡人。

毕竟两个人成为道侣了，师父的生活习惯和她开始无限趋近，从前那种他坐在树杈上吹风一吹就是一两个月的生活一去不复返了。

这种凌晨时分，按道理他们应该是睡熟状态。辛秀突然被变成原形的师父闹起来，顺手准备配合，结果手脚刚缠上去就被熊掌按了回去。

辛秀问："嗯？什么情况？……等一下，好像有哪里不对？"

她终于爬起来，看见了床上多出来的一只小东西——巴掌大小，肉色，像个小老鼠。

"这是什么，老鼠崽吗？"辛秀说完才忽然反应过来，不对呀，小东西这个模样好像熊猫崽刚出生的样子。

先前因为好奇去后山看过食铁灵兽生孩子的辛秀猛然发现了这个大问题，他们的床上出现了一只刚出生的熊猫崽！配合今晚师父奇怪的行为，辛秀倒吸一口凉气，问："师父，这难道是我们的孩子？！"

熊猫师父点点头，又舔了舔她。

他们竟然能生孩子吗？

老实说，因为人妖混血挺罕见的，而且双方都是修士，更难生出孩子，基本上天然就有避孕效果，辛秀都没想过会有个孩子突然冒出来。

一般来讲，人与妖要是想生孩子，必须感情深厚，而且是双方都想要，才能孕育出孩子。比起人类生育繁衍的行为，修士之间生孩子可能更像一种修炼的结晶。

和熊猫师父感情深厚这一点不用怀疑，但是她真的想要孩子吗？辛秀陷入沉思之中。

仔细一想，她虽然没想要孩子，但是经常想着摸熊猫崽，这大概算想要孩子吧。还有个原因，可能是当初碎在她身体里的女娲指骨给她带来看得见的好处的同时，偶尔也会给她一点儿"小惊喜"。

辛秀又想到了一个问题："这孩子是我们两个谁生的？"

这似乎是个傻问题，变成原形一直在舔她的熊猫师父忍不住顿住动作，好像没听清楚一般反问了一句："什么？"

辛秀这会儿才感觉到自己的肚子有一点点疼，立即改口："好吧，原来是我生的。"

这不能怪她没有真实感，因为她真的完全没感觉自己生了个什么东西出来。而在这之前，更正常的孕期，她也没感觉。她还没发现自己怀了孩子，孩子直接就生完了，进度快了数倍。这是什么修仙世界的特色怀孕模式？和凡人惨烈的生育情况比起来，她这简直方便快捷得像煮泡面。

辛秀瞧着那个好像是自己生出来的熊猫崽，觉得自己怀孕没感觉，生孩子也没感觉，主要原因可能在于这个熊猫崽实在体形太小。成年食铁灵兽体形很大，是一种力量强大的猛兽，但与此相对，它们刚出生的时候体形非常小，换一种更可爱的说法，熊猫崽就像个粉色的大花生。这么小一个东西在肚子里，也不怪她发现不了。

虽然对孩子的到来没什么准备，但辛秀立刻就接受了，并且心里喜滋滋的。毕竟，这可是熊猫崽，虽然暂时丑了点儿，但是等长了毛那就是世界第一的萌物了。

相比于她这个母亲的状况外，作为父亲的申屠郁就稳重多了。虽然他同样没有发现道侣怀孕的情况，但好歹在孩子刚出生时就发现了，并且一直在缓解辛秀的痛苦——虽然那点儿痛辛秀都没在意，还试图安慰辛秀这个产妇——虽然辛秀也不太需要。

辛秀现在兴致勃勃地趴在床上，用被子堆了个包出来，又嫌弃黑暗的环境，打了个响指造了两个光球悬浮在熊猫崽身边。

"哇哦，你看她……他……这是个女孩子还是男孩子呀？"辛秀问师父。

申屠郁仔细看了一会儿，语气有点儿不确定："女……"

后来证实申屠郁这个新手上路的爹也不是很靠谱，上路就翻车。辛秀把自家崽子当了好几年的女娃娃，后来才发现自家崽子原来是个男孩子。作为一出生就能修炼的食铁灵兽幼崽，性别宛如一个谜。

在小小一只熊猫团子长出了黑白的毛，变成了一个柔软的"糯米汤圆"，还会发出嫩嫩的娇俏叫声后，辛秀对这个崽子的喜爱之情飙升到了最高，每天乐此不疲地抱着熊猫崽。

看上去软乎乎、毛茸茸的一个熊猫崽，等到上手了才会发现，他其实有着实心铁铸的重量，这般"熊不可貌相"，小小年纪就有了日后超越亲爹的体重增长趋势。

"小孩子都需要玩伴，所以我把后山很多看着体形和他差不多大的小崽子都抱来了,让他们和他一起玩耍。"辛秀坐在一群熊猫崽旁边,脸上带着慈爱的笑容。

刚从雪山回来的老三身边躺着一只甩着尾巴的雪豹,她也是个资深的喜欢摸动物的软毛的人,看着面前爬来爬去的熊猫崽,再看看大姐,神情微妙地说:"所以,这就是大姐你认不出来孩子的原因吗?"

辛秀面不改色地说:"我的出发点是好的,以防混淆,我还在孩子的爪子上绑了根红线,这样一来,哪怕熊猫崽都长得一样,我也不会弄错。"

老三默默捡起旁边那团成一团的红线,看向大姐:"因为你出去一趟回来后发现孩子把红线弄了下来,他又混进了一群熊猫崽里面,所以你认不出他来了。"

辛秀说:"怕什么?虽然我认不出来,但熊猫师父认得出来,等他回来了就知道了。"

老三只能无奈地摇头,大姐竟然分辨不出自己的熊猫崽的气息,也认不出自己的熊猫崽,听上去真是有点儿好笑。

将这十几只熊猫崽都圈在竹屋里,辛秀终于等到了回来的熊猫师父,毫不心虚地打招呼:"师父回来了,你看我们的小熊和小伙伴玩得多开心啊!"

申屠郁看她一眼,从熊猫崽堆里抱出了一只熊猫崽。

辛秀立刻上前接过:"妈妈的小熊是不是瘦了点儿,怎么感觉没咋天沉了?"

申屠郁把她怀里的熊猫崽放到外面,对那熊猫崽说:"你自己回后山去。"

辛秀暗叹:失策,竟然不是自家的小熊。面对熊猫师父的眼神,她面不改色,假装没有发生过刚才的错认事件。倒是老三,很为大姐感到尴尬。

申屠郁又从熊猫崽堆中抱出一只。辛秀这回没有急着上前,而是静观其变。果不其然，这只也被申屠郁抱到了门口，自己回后山去了。

这样一直到只剩最后一只熊猫崽，辛秀觉得这下子情况很明朗了，上前抱起那只："哎哟，妈妈的小熊，脸是不是瘦了点儿，嗯？"

等她说完，申屠郁把这只熊猫崽接过去，也放到门口催促他自己回后山。

辛秀怀里空空，看到屋子里也空空的，有点儿笑不出来了，眼神疑惑地问："我的小熊呢？"

申屠郁用同样的疑惑眼神看着她，问："我们的小熊呢？"

辛秀说："他应该就在这屋子里！是不是师父你刚才没认出来，把他抱出去了？"

熊猫叹气。

最后他们还是从柜子底下找出了那只睡得四仰八叉的"糯米汤圆"小熊，原来小熊不知道什么时候爬到柜子底下睡觉去了。

辛秀把小熊抱起来，揉揉熊脸："哎哟，妈妈的小熊，瞧瞧这睡了一天，脸又睡圆了。"

申屠郁接过小熊，抱着他去旁边修炼。

老三刚准备走，见申屠师伯面无表情的样子，对大姐使了个眼色，说："大姐，看申屠师伯那样，他莫非是生气了？"

辛秀淡定地摆摆手，然后凑到大小熊那边说了句什么。

很快老三就看到申屠师伯露出了笑容，他像一个被感化了的反派，还主动把小熊往大姐手里塞。

老三清楚听到了大姐对申屠师伯说的那句话，大姐说："我确实认不出我们的小熊，这世上这么多食铁灵兽，我只认得出师父。"

走在离开的竹林小径上，老三摸着大雪豹的脑袋，心想：还是大姐厉害。

如此厉害的大姐，师伯全无招架之力，真是太难了。

番外四　镜湖梅溪（独家）

"你叫梅溪？"

"是的，师父。"老三看着面前长着一张娃娃脸、和善的师父，犹豫了一下问道，"是不是要改名？若要改的话，还请师父赐名。"

"不必改，梅溪此名就很好。"师父笼着袖子，笑着说。

她的师父叫君山，是祖师爷灵照仙人的第十五位弟子，他的洞府在蜀陵的最高峰西岭。西岭上终年积雪不化，是一座清冷的雪峰。

梅溪拜师第一日，入住西岭的那一夜，做了个奇怪的梦。

她梦见在月光皎洁的夜晚，圆月如银盘，而她站在西岭最高的雪峰上，看见雪峰上长了一棵玉树，树下一个人望着月亮。

她站在那人的身边，陪他看了许久月亮。不变的月夜，那人也未曾说话，只是在她的梦将醒之际，抬手抚了抚她的头顶，神色温和而慈爱。

醒来后再回想，梅溪却想不起那人是男是女、多大年纪。她去了西岭最高的那座雪峰上，未看到什么玉树，也就没把这梦放在心上，毕竟梦境总是混乱奇怪的。

在蜀陵修行的日子清静而温馨，有温和的师父，爱护师妹的师兄，还有几个不是亲人胜似亲人的兄弟姐妹。尤其大姐辛秀，真如长辈一般带着他们几个迅速融入了蜀陵的众多同门中。

梅溪很喜欢处处山花烂漫的蜀陵，在她从前的家中，都未有过这种归属感。

如果不是那一次旧乌之行，她可能无法明白那种仿佛重回故乡的欣喜之情与安心感从何而来。

她在旧乌得到了名为镜湖的长剑，初时因为受伤休养没有使用，后来伤势好转准备再去终山雪山寻雪精花，那柄长剑也就成了她的随身武器。自从开始随身携带镜湖长剑，她忽然发现师父与几位师叔师伯看自己的眼神多了几分古怪之意。

"徒儿，这剑……？"师父似乎有些笑不出来的模样，眼神飘忽。

"这剑是在旧乌得到的，师父，这剑可是有什么问题？"梅溪不明所以。

"没有……没有，为师只是看这剑颇有灵性，有些诧异罢了……这等灵剑，不好收服吧？"师父试探着问。

梅溪只好如实回答："并不是，轻易便认主了。"

师父沉默半晌，飘走了。

之后好些日子，只要梅溪稍加注意，就会发现师父站在暗处窥视自己。

梅溪不明白，师父在干什么？

随后是二师伯到访。她与二师伯扈先紫其实并不相熟，所以他找上门来时，她也觉得奇怪，但更加奇怪的是二师伯。他苦大仇深地盯了她许久，她都忍不住怀疑自己是不是哪里得罪了二师伯，忽然见他挥手给了自己一堆宝物。

梅溪问："二师伯，这是……？"

二师伯长叹一声，又有点儿不情愿地说："给你的，你就当我这个做……长辈的赏赐给小辈的东西吧。还有你这长剑，给我看看。"二师伯拿着剑看了许久，"还真是认主了……原来没有魂飞魄散。"低不可闻地长叹一声，随即也不知他是喜是悲，将剑还给了她，气汹汹地扭头走了。

还有几位师叔师伯，说是特地来寻师父下棋论道，结果最后都来指点她修炼。一个个对着她时是十足的长辈派头，可一转头又都是喜滋滋，甚至偷着乐的模样，实在古怪至极。

梅溪并不愚钝，能看出这一切古怪都源于镜湖剑，于是顺着镜湖这个名字，轻易联想到猿胡大师伯，又在某本记载中得知猿胡大师伯的灵剑便是镜湖剑。

如此一来，事情便清楚了，她极有可能是猿胡大师伯的转世。

这种转世之说并不罕见，尤其是在修仙之人身上。梅溪也曾听说，蜀陵从前有师兄师姐早早陨灭，有些师叔师伯放心不下，千方百计地寻到他们的转世，再将他们接回来收为弟子。

心中有这样的猜测后，梅溪没有深究。转世而已，上一世与这一世，性情与经历不同，造就的人也不同，她实在不必过多探究前世种种事情，过好此生便是。这还是大姐从前告诉她的道理。

梅溪这么洒脱，唯一不能招架的就是包括师父在内的几位长辈每日兴致勃勃地前来教导她。于是她严肃地告诉师父，要再去终山寻雪精花，完成先前因为旧乌的意外未能完成的任务，并且在师父的挽留下，义正词严地表示一定要自己完成任务，方不辜负师父的教导。

如此，她才得以脱身。

如同师兄所说，雪精花并不难寻找，但十分难抓到，因为它们有特殊的逃脱技巧。梅溪直到现在还不清楚，当初自己追着的那一株雪精花是怎么从终山雪山跑到旧乌的雪山里的。

梅溪再度前往终山雪山，还带上了她的小伙伴——那只被她养大的雪豹。雪豹已经是灵兽，长得十分高大，能载着她在风雪中奔跑。

风雪中矫健奔跑的雪豹和雪豹上坐着的女子，在误入雪山的普通人眼中，仿佛是传说中能带来风雪的雪女，为终山一带生活的雪山族人增添了不少新的传说。

第二次来到终山，梅溪确实找到了一株雪精花，只是这株雪精花仿佛变异了。在她将它抓住即将摘取的时候，这株雪精花倏然变成了人形，没有骨头一般瘫软在雪地上，抱着自己瑟瑟发抖，十分可怜的模样。

梅溪从来没听说过雪精花还能变成人，雪精花应当只是一种奇特的植物。

"难道你是雪精花变成的妖？可怎么不见妖气？"梅溪蹲在那奇怪的雪精花身边，拂开他遮脸的头发看了看，瞧着他一张人脸，有些束手无策。

若是有点儿灵性的植物，她摘取也就摘取了，但如果植物生出灵智，她却无法动手了。也没什么仇怨，她怎么好平白害人家的性命？

"算了，你能成精生出灵智也是难得。我不抓你，你走吧。"梅溪放开限制，坐上自己的雪豹坐骑，走进了雪山更深处。她准备另找一株雪精花，没成精也没生出灵智的那种。

但是——

梅溪居高临下地看着再次被自己抓住的雪精花，它又变成了那个黑发白肤的年轻人的模样！她有些头痛："怎么又是你？"

她抓到三次雪精花，结果次次都是这一个成了精的雪精花——难道这终山雪山里就没有其他普通的雪精花了？

"你不要再跟来了。"她对那瑟瑟发抖的雪精花说。

然而走出去一段距离，她又在身后的某处雪地里感觉到了雪精花的波动。她实在没忍住，过去把那雪精花从雪里掘了出来，想要问个清楚:"你为什么总是跟着我?"

雪精花仰头看着她,愣愣的,嘴唇张合,发出"啊啊"两声。

梅溪按一按额头,自言自语:"我问你这个干什么?你又不会说话。"

话音刚落,她便听到那雪精花结结巴巴地开口说:"想……想见……见……你。"

梅溪一愣:"你会说话?"

雪精花似乎对她有几分畏惧,但又不知为何,一边畏惧,一边非要跟着她:"会……说话。"

梅溪不知道这雪精花是什么情况,直接告诉他:"你别再跟着我了,我是来挖取雪精花的,劝你躲远一点儿。"

那雪精花听罢,竟然又悄悄凑近了一点儿,望着她期期艾艾地说道:"挖……我,挖我。"

梅溪皱眉:"我听说雪精花一旦离了雪山,就会化作一摊能治病救人的药水。"对雪精花来说,那样自然就是死了。

然而她这般说了,雪精花还是望着她,说:"给你……药,给你。"

梅溪先前听说雪精花的天性便是隐藏自己,好生长得更久,这一株雪精花怎么反而主动送上来?若他真是妖,大约也是个傻乎乎的妖。

看她不说话,雪精花又试图到她身边去。

梅溪后退一步,用长剑把他抵开:"我不摘你,你好好在这儿长着吧。"

说罢,她骑上雪豹飞快跑走了。

因这株奇怪的雪精花一直跟着她,这一次梅溪也没有成功摘到一株雪精花,只好先行离开。

听她说了这件奇事,大姐笑着说:"暂时没找到,那就日后再去找,反正你这任务也没有期限,怕什么?"

话虽如此，梅溪仍是有些郁闷。

"终山那么大，下次我去其他方向寻找，总能带回来一株。"

于是，之后她便去了第三次、第四次，次次都能遇到那株奇怪的雪精花。她每次出现在终山雪山，他就好像能感应到一般，飞快出现，不远不近地跟着她。

梅溪也遇上过普通的雪精花，只是还不等她出手去抓，那奇怪的雪精花就已经上前将另一株普通的雪精花吞了。他吞吃同类的模样与在她面前瑟缩可怜的模样完全不同，显得凶残、迅捷，原形毕露。

一次两次如此，梅溪恼怒地说道："你做什么？真不怕我摘了你，让你失去性命？！"

那雪精花就可怜又期盼地朝她伸出手："摘我，不要它们，你带我走。"

梅溪不知道该说什么，骑上雪豹就走。

因为有这家伙在，梅溪许多年都没能完成这一个任务。

"下次吧，下次一定能摘到一株普通的雪精花回来。"她回去后，无奈地和大姐说。

大姐笑过后，也很好奇："那雪精花为什么非要你摘它？"

梅溪摇头，叹道："我也不知。"

她们都不知，当年那一株被梅溪追到旧乌雪山的雪精花，在雪山崩塌的混乱中，阴错阳差地吞吃了落在岩石缝隙里的一颗头颅——那颗蛇弋仅剩的头颅。

无法转世、没有轮回的怪物，留存在世上最后的执念与爱意，在那株普通的雪精花中生长，使它变成了他。

于是，有了人形的奇怪雪精花，也懂得了等待与追寻。